广东哲学社会科学成果文库

Guangdong Achievements Library
of Philosophy and Social Sciences

《全粤诗·明代卷》辑补

（上册）

《QUANYUESHI·MINGDAI JUAN》JIBU
SHANGCE

李国栋　编著

·广州·

版权所有　翻印必究

图书在版编目（CIP）数据

《全粤诗·明代卷》辑补：全2册/李国栋编著.—广州：中山大学出版社，2020.12

（广东哲学社会科学成果文库）
ISBN 978-7-306-07008-1

Ⅰ.①全… Ⅱ.①李… Ⅲ.①古典诗歌—诗集—中国—明代 Ⅳ.①I122.72

中国版本图书馆CIP数据核字（2020）第206534号

《QUANYUESHI·MINGDAI JUAN》JIBU

出 版 人：	王天琪
策划编辑：	金继伟
责任编辑：	叶　枫
封面设计：	曾　斌
责任校对：	林梅清
责任技编：	何雅涛
出版发行：	中山大学出版社
电　　话：	编辑部 020-84110283，84111996，84111997，84113349
	发行部 020-84111998，84111981，84111160
地　　址：	广州市新港西路135号
邮　　编：	510275　传　真：020-84036565
网　　址：	http：//www.zsup.com.cn
	E-mail：zdcbs@mail.sysu.edu.cn
印 刷 者：	佛山家联印刷有限公司
规　　格：	787mm×1092mm 1/16 44.875印张 781千字
版次印次：	2020年12月第1版 2020年12月第1次印刷
定　　价：	98.00元（全2册）

如发现本书因印装质量影响阅读，请与出版社发行部联系调换

《广东哲学社会科学成果文库》
出版说明

　　《广东哲学社会科学成果文库》经广东省哲学社会科学规划领导小组批准设立,旨在集中推出反映当前我省哲学社会科学研究前沿水平的创新成果,鼓励广大学者打造更多的精品力作,推动我省哲学社会科学进一步繁荣发展。它经过学科专家组严格评审,从我省社会科学研究者承担的、结项等级"良好"或以上且尚未公开出版的国家哲学社会科学基金项目研究成果,以及广东省哲学社会科学规划项目研究成果中遴选产生。广东省哲学社会科学规划领导小组办公室按照"统一标识、统一封面、统一形式、统一标准"的总体要求组织出版。

广东省哲学社会科学规划领导小组办公室
2017 年 5 月

目 录

上 册

凡例 …………………… 1

《全粤诗·明代卷》已收作者补录
…………………… 1
何 真 …………………… 1
陈 琏 …………………… 2
卢 祥 …………………… 4
陈献章 …………………… 5
祁 顺 …………………… 5
祁 颐 …………………… 26
苏 葵 …………………… 27
祁 敏 …………………… 27
湛若水 …………………… 31
唐 勋 …………………… 31
祁 政 …………………… 32
祁 敕 …………………… 35
梁世骠 …………………… 36
邝元阳 …………………… 37
吴允禄 …………………… 37
岑 万 …………………… 38
钱 仝 …………………… 39
吴继乔 …………………… 39
陈 珪 …………………… 39
邝元乐 …………………… 39
黎民表 …………………… 40

欧大任 …………………… 42
陈绍文 …………………… 43
吴 旦 …………………… 43
郭廷序 …………………… 44
潘光统 …………………… 92
梁 孜 …………………… 93
陈一松 …………………… 93
梁有贞 …………………… 106
黄在衮 …………………… 108
黄在裘 …………………… 109
黄在素 …………………… 110
黄应芳 …………………… 112
黎民衷 …………………… 112
李以龙 …………………… 114
吴誉闻 …………………… 122
杜 渐 …………………… 149
戴 记 …………………… 150
黎民襄 …………………… 150
苏尚劝 …………………… 150
谭清海 …………………… 152
黎民怀 …………………… 155
唐守敬 …………………… 156
梁逢登 …………………… 157
梁 岳 …………………… 157
周光镐 …………………… 158
尹 瑾 …………………… 318
陈 履 …………………… 321

袁昌祚	322	朱 完	414
黎邦琰	323	孙光祚	431
傅敏功	323	陈子壮	432
林 培	324	陈经翰	448
袁 敬	326	周一士	449
麦秀岐	326	黎邦璘	449
祁衍曾	327	刘克治	450
高为表	327	邓时雨	450
李元弼	330	刘克平	451
		李 恺	451
下 册		梁兆奇	453
		梁有谦	453
谢 赆	363	翟绳祖	454
卢瑛田	363	梁应高	454
尹守衡	363	黎邦瑊	455
温可贞	364	何士域	456
张 萱	364	李觉斯	464
卢龙云	365	郭之奇	465
区大相	365	何士埙	466
韩上桂	365	苏 球	471
何荆玉	366		
梁有年	367	《全粤诗·明代卷》未收作者辑录	472
袁崇友	378		
洪 信	379	陈 迪	472
李元表	381	何文邦	472
张应申	383	冯天骏	473
林 坦	385	李邦光	473
余士奇	385	唐守勋	540
陈向廷	385	杨 钧	541
李如榴	386	邝元礼	541
张 博	387	梁有兆	541
黄儒炳	388	黄启让	542
区庆云	388	黄在业	543
樊王家	413	黄在宸	543
罗奕佐	413		

林 乔	544	范 钦	601
李士表	545	李渐蕃	603
徐兆魁	545	王济川	604
赵 响	547	彭世诏	606
黄文科	548	梁敬之	607
黄流芳	548	王而御	609
曾舜渔	549	钱大猷	612
赵 襄	549	史记事	613
陈 果	550	林敬修	615
车鸣时	551	翟恂章	618
翟廷策	552	陈又开	620
温皋谟	553	翟廷谟	622
梁天植	555	吴苎歌	624
何绍圣	555	王克思	626
周梦龙	556	王万寿	626
骆凌霄	556	邝 春	627
梁为诚	556	王前谏	627
黎 密	557	谢 昺	627
张文录	581	徐 璋	628
张人龙	583	黄文学	629
范 缉	583	祁一菁	629
方遂千	584	戴 霍	630
蔡兆祥	585	刘大湘	630
王时春	585	殷一德	631
梁上云	586	陈承龙	631
董江都	587	刘绍高	632
陈 谏	589	蔡梦松	632
梁文烜	591	王用康	633
余道南	592	谢圣庆	633
龚必登	594	张 铎	634
陈 玘	595	苏 琼	634
尹朝鍌	597	张 渚	635
赵弘猷	598	翟承誉	635
陈大业	600	何 荇	636

翟承学	637	麦如京	656
曾　昈	637	陈少登	656
钟　沂	638	祁应震	657
张　相	638	梁广誉	657
周之纪	639	钟继樑	657
钟兴国	639	吴道昭	658
袁　裳	640	杨应龙	658
孙　珪	640	陈凤韶	659
梁志勤	641	蔡秉光	659
陈启心	641	谭逢时	659
李殿扬	642	袁学贞	660
尹　璋	644	杨弘勋	660
钟善鸣	644	陈　骥	661
何予方	645	袁　贺	661
王　宠	645	蔡嘉胤	661
陈梦斗	646	黎元望	662
祁　堪	646	李　通	662
王　盛	647	李应桂	663
蔡嘉宁	647	李日芳	663
朱　樵	649	李呈器	664
王素业	649	李仲惇	664
王维藩	650	李文炤	665
迁士约	650	李兴周	665
钟公恕	651	李茂桂	666
温可权	651	李兆斗	666
温益谟	652	关镇明	666
陈向明	652	高赉明	667
陈凤阁	652	孙　瑜	667
王一新	653	李钟岳	668
黄思谏	653		
林应奎	654	《全粤诗·明代卷》作者生卒考	
梁元祯	654		669
卢廷龙	655	李　震	669
陈向殿	655	张志逊	669

邓　林	670	钱　仝	686
翟　溥	670	郭廷序	687
李　亨	671	邝梦琰	687
卢　宽	671	邝元乐	688
陈　琮	672	郑一统	688
罗　泰	672	林　烈	688
彭　谊	672	胡世祥	689
李　颙	673	梁　孜	690
方用中	674	区次颜	691
郑　敬	674	钟继英	691
黄　瑜	675	霍与瑕	692
戴　缙	675	李　辂	692
谢　佑	676	尹　瑾	693
祁　颐	676	吴誉闻	693
林　掞	677	方　藁	694
苏　葵	677	吴从周	694
姚　祥	678	韩鸣凤	694
丘　敦	678	邓世厚	695
郑　铭	679	林　培	695
张　津	679	李元弼	696
陈　锡	680	林熙春	696
黄　重	680	谢与思	697
盛端明	681	黎民衷	697
唐　勋	681	李之世	698
陈志敬	682	张一凤	698
祁　敕	682	苏　升	699
杨　骥	683	李觉斯	699
钟景星	683	黎　许	700
周孚先	684	黎彭龄	700
杨　鸾	684		
何　彦	685	**主要征引文献**	701
刘　模	685		
岑　万	686	**后记**	703

凡　例

1. 本书是对岭南美术出版社 2008 年至 2018 年出版的《全粤诗》明代部分所作的辑佚补录。

2. 凡《全粤诗》漏收的作品皆在辑补范围。

3. 所有辑佚成果皆系笔者独自发现，在辑佚过程中注意了学界关于《全粤诗》辑佚成果的发布和查询，尽量避免重复。

4. 《全粤诗》已收作者补录部分，依《全粤诗》原有顺序编排，并注明每位作者在《全粤诗》中的卷数。

5. 《全粤诗》未收作者的辑录部分，依其生卒年及大致生存时间为编排顺序。

6. 未收作者尽量撰写小传。

7. 所辑作品及新撰小传皆注明文献出处。

8. 所录作品间有校勘考辨，或随诗句注，或附题下注。校记力求简洁。

9. 本书为简体横排，异体字一般改为规范字，通假字一般保留不改。

《全粤诗·明代卷》已收作者补录

何　真五六

经梅关

奉命重过庾岭梅，伤心马迹旧苍苔。山僧唤起烹茶急，父老惊传策杖来。古树阴森张相庙，飞烟远杂粤王台。自知桃李为春令，全仗东风巧剪裁。

靖卿宴上

乱后英雄能有几，吾曹何幸久而存。未云共喜筵前乐，且惜同盟血未干。战马任从闲白昼，壁弓犹可照青樽。梅园菊圃勤修整，待我回来更共看。

和廖允忠诗_{洪武四年}

乱同生死十余年，治结思情意愈坚。愧我自痴贪利禄，输君闲雅乐田园。风萍逐水难留恋，岸柳攀枝思忧然。遥想鄱阳湖上月，谁怜孤旅夜行船。

别靖卿经韶州南华寺

寻僧久欲参僧禅，十年清梦寻无缘。竭来布袜青鞋缱，偶结静社东林边。灵花宝山流暖烟，削云千尺开青莲。翔鸾翥鹤相联翩，曹溪流水去不旋。化作飞瀑悬青天，松风万壑鸣冰弦。春林裂锦花争妍，飞花乱落春风颠。拂衣欲就香中眠，归来俗务纷纷然。彼此忧乐何其偏。寄言老师当垂怜，为留寸地容归田。

经南雄谒鼻祖何将军庙

王事驱驰暂息鞍，碧潭犹有古祠存。派分东莞员山里，本出南雄沙水

村。袅袅香烟腾虎踞，离离旭日覆龙蟠。登临再拜频惊讶，我是云仍宗子孙。（以上均见于明何崇祖《庐江郡何氏家记》）

陈　琏七一

挽黄少保

圣世崇文治，英贤集庙堂。维公当盛际，秉德最忠良。蚤岁怀经济，长才合赞襄。上书陈大本，接武上岩廊。才学咸推重，功名未可量。许身侔稷契，有忠佐虞唐。一旦迁行部，清风动朔方。抚绥皆丑类，发摘在豪强。炎徼惊氛祲，蛮酋肆跳梁。羽书征虎旅，大将得龙骧。奉诏回京国，乘轺入瘴乡。重开唐节镇，新复汉封疆。藩宪司兼掌，旬宣愿足偿。惠敷如雨泽，令肃似风霜。郡邑遵条格，藩维振纪纲。化人兴学校，务本劝农桑。报国心逾赤，忧民发易苍。威名常赫赫，令誉自洋洋。渐觉夷风革，皆因礼乐彰。乖崖居蜀郡，叔子在襄阳。忽领天书诏，归陪鹓鹭行。旧衔兼辅导，三接沐恩光。督漕期刘晏，筹边类子房。舳舻行接尾，粮米积盈仓。今上常褒谕，诸公极赞扬。司徒官秩贵，少保诰绫香。机务勤参赞，猷为善主张。兵戎咸悦服，黎庶总安康。清操思加励，孤忠矢弗忘。才闻木水稼，倏报哲人亡。士女皆悲恻，官僚尽蓝伤。秋香应寂寞，晚翠亦凄凉。后乐堂空在，东莱筑未荒。朝廷颁恤典，内酝荐琼芳。薤露歌声惨，灵輀去路长。箧箱无长物，书剑是归装。宅兆初营建，铭旌永秘藏。奇勋昭竹帛，遗爱在甘棠。愧我蒙相与，常时藉激昂。裁诗写哀曲，不觉泪沾裳。（明黄福《黄忠宣公文集·别集》卷四）

赠醇翁

旌门只在麟溪上，题表峨峨岁月赊。夜雨频添慈竹笋，春风帘满紫荆花。江南第一衣冠族，海内无双孝义家。积善由来臻福庆，明时事业倍光华。（明郑太和《麟溪集》壬卷）

菱溪夜雨

菱溪浩弥漫，万顷同一色。新涨涵绿莎，寒光浸苔石。浮云结暝阴，倏觉溪水黑。入夜风雨来，萧骚声转急。菱歌凄以断，渔唱坐来寂。刘金宅久荒，空滋土花碧。（清陈田《明诗纪事》乙签卷五）

题杨补之《墨梅图卷》

江南风雪里，花发数枝新。不忆罗浮梦，长怀庾岭春。（清卞永誉《式古堂书画汇考·画卷》之十四）

六月五日致斋龙潭精舍

灵湫湛泓渟，神宫极虚敞。下有龙所栖，云气日来往。疏竹过新雨，台榭觉清爽。山色晴更幽，泉声静逾响。徘徊踪良觌，足惬平生想。安得常此居，坐看玉芝长。

华构倚山麓，俯瞰潭水碧。蜿蜒宅其中，变化神莫测。邦人沐嘉泽，灵应著今昔。于时致禋祀，祼献在兹夕。斋居坐忘言，万虑若水释。感通在精诚，焉用祝巫觋。（明赵廷瑞《南滁会景编》卷二）

游琅琊开化寺①

环滁皆名山，琅琊擅幽胜。云霞纷卷舒，泉石互交映。维时春载阳，日出天宇静。禅宫凌紫霄，琅琊度钟磬。逍遥者谁子，抱琴候萝径。相逢共忘言，颇领此时兴。

兹山信灵异，地位复高爽。清风韵金铎，晴日丽银榜。鹤归幽林动，鱼跃寒潭响。娟娟紫兰秀，晔晔玉芝长。尚羊极幽讨，足惬平生想。抽思托毫素，方期重来赏。（明赵廷瑞《南滁会景编》卷八，又见明李之茂《滁阳志》卷十四，章心培、释达修《琅琊山志》卷五）

①原诗共四首，《全粤诗》据《古今图书集成·方舆汇编·山川典》卷九二收入两首，今将余下两首予以补足。

游龙蟠山

滁山号龙蟠，玉立高嵯峨。晨光耀白石，夕景生紫萝。梵王之宫久芜没，尚有遗址依岩阿。嗟予平生重访古，公暇载酒时经过。玩珠峰头试一望，好山满眼堆青螺。禅翁释子已往不可问，但闻林间幽鸟鸣声和。灵芝井香石泉满，桃花洞平春水多。行寻偃月洞，松桂交枝柯。洞中石刻最奇古，岁久字画半灭磨。龙翔凤舞之态已莫辨，我时举手一一闲摩挲。解衣憩磐石，临风时啸歌。且呼松花酒，满酌金叵罗。浇我磊落怀，顿使欢颜酡。溪山信美不一醉，人间岁月犹飞梭。酒酣长吟白云里，此时安得诗笔如悬河！（明赵廷瑞《南滁会景编》卷九）

祀丰山

环滁多名山，紫翠千万重。独有丰山最雄胜，壮观淮甸高巃嵷。手扪南斗近咫尺，白云缭绕生层峰。闻昔媚仙子，栖栖隐其中。守道合自然，百岁颜如童。一朝御气游碧落，西风吹老丹桂丛。岩前谁见长生鹿，石上空余五粒松。我本列仙儒，昨出蓬莱宫。一麾忝作守，来访欧阳公。圣朝礼乐在兴举，况乃禋祀当追崇。丰山之祠著灵应，复有石井栖神龙。维时季夏初，炎炎暑正隆。夜半凌绝顶，两袖来天风。金鸡呷喔夜将旦，沆瀣之气犹蒙蒙。乾坤万里入双眦，三山遥在沧海东。日轮镕生金，渐映榑桑红。瞬息散光景，五采腾苍穹。祠宇敞虚明，寮寀肃仪容。椒浆奠瑶斝，神灵歆感通。惟愿神龙降嘉泽，常与人间作岁丰。我当磨崖纪灵贶，照耀宇宙垂无穷。（明李之茂《滁阳志》卷十四）

琅琊古刹

开化古兰若，乃在琅琊山。楼阁倚霄汉，丹碧炫岩峦。钟声度幽壑，幡影落空潭。昔闻琛粲翁，巢居白云端。折葵事清斋，煮苓供晚餐。冥坐悟禅秘，不知芳岁阑。（章心培、释达修《琅琊山志》卷五）

题刘安道幽居

刘生读书处，森秀面琅琊。夜对青藜焰，时参玉版茶。紫薇添晓露，凉月皎晴沙。我欲频相过，群蜂莫报衙。（清张宗泰《滁州志》卷七之九）

卢　祥九三

和琅琊山六题

归云洞

洞云无涯不可测，洞口云归山路黑。洞云飞出上天去，便作下土之甘泽。

琅琊溪

琅琊山高不可上，溪源只自山中来。此溪澄澈端可吸，若到长江无复回。

石屏路

琅琊小径人往来，一石壁立山之隈。欲将铁笔记行乐，只恐岁久生莓苔。

班春亭

幽谷回春到小亭，亭前喜有蕙兰馨。任教高树黄鹂语，不落游人耳畔听。

庶子泉
飞泉涓涓出岩窦，庶子凿石储清泠。皎然寒光可照物，亦可濯我之尘缨。

方　丈
智仙上人不复见，有亭何处寻醉翁？空余方丈半荒落，山僧肃客犹鸣钟。（以上均见明郑廷瑞《南滁会景编》卷八）

陈献章九八

寄　诗
辱示游白鹿洞佳作，阁下文日进矣，乡里有人矣，庐山五老不可谓秦无人。小诗一首聊以代简，不足为斯文重也。

文章后出众称工，乡里斯人岂易逢。聊将白鹿千言赋，直压庐山五老峰。胡儿岂尽能骑马，赤手如何敢捕龙。酩酊一壶春酒后，半笼衫袖笑龙钟。（明祁顺《巽川祁先生文集·附录》卷上）

祁　顺一一七

汉江之游，议政徐君赋律诗二章，同游诸君子皆和之矣。余虽次其韵，而未足以尽江上之思，因再作小辞二章
江水兮悠悠，车马杂沓江之头。驾楼船兮横波，謇吾渡兮安流。令丰隆兮追随，命飞廉兮前驱。山纷纷兮来迎，云飘飘兮护予。放怀兮浩歌，举杯兮延滞。人影兮波心，鸟飞兮天际。揽幽兰兮东皋，采芳芷兮南浦。思美人兮不来，结佩缥兮容与。

其二
古渡兮熊津，春碧波兮粼粼。集冠盖兮来游，俨旌旆兮如云。呼鱼龙兮后先，驱蛟鼍兮左右。波灵骇兮迅奔，川伯揖兮迎候。酌云液兮嚼琼珠，擘麟脯兮脍文鱼。天风兮吹衣，恍吾登兮仙都。望天涯兮渺渺，聊咏歌兮一笑。日将夕兮不可久留，思停舟兮就道。白鸥兮双飞，安得与尔兮忘机。

安州遇雪，走笔赋一律，录似贤相徐君侍史，幸不以粗率为诮

六花璀璨遍安州，乘兴还登万景楼。千里江山银世界，四围冰玉帻沟娄。光侵庭户先知晓，润透田畦谅有秋。圣世隆平和气洽，天恩遥到海东头。

过博川

承索道中拙诗，惶悚无以奉答。然盛意不可虚辱也。妄以日昨所辏四章，草草求正，观者得无掩口卢胡而指其鄙陋耶？

咫尺晴江判两途，江亭高耸白云孤。纷纭人影归冰鉴，浩荡春流湛玉壶。田野光风迎使节，海山珍味出行厨。扁舟不减西湖兴，却笑诗才愧老苏。

过清川

萨水萦回几许深，春风持节偶登临。两堤断隔无尘迹，一鉴平开见道心。带雪寒山涵白璧，破云晴日漾黄金。城头箫鼓催行色，人度中流自在吟。

登百祥楼①

楼高地胜最相宜，四面看山一样奇。风景岂殊摩诘画，才情偏助少陵②诗。平川日暖冰消易，远塞天空鸟度迟。心在帝廷身在客，五云回首不胜思。

① 《全粤诗》据明祁顺《巽川祁先生文集》卷四收此诗。
② "少陵"，《全粤诗》作"拾遗"。

宴百祥楼却妓口号

绮筵何用出娉婷，礼重由来色是轻。尤物移人应速祸，淫声乱雅太无情。因缘旧愧风光曲，落魄空赢薄幸名。争似昌黎文字饮，醉来歌咏有余清。

晚登肃宁馆楼，同行张司副和壁间诗见示，勉依韵酬之，录徐君贤契

百尺阑干锁夕阴，客边登眺思难禁。驱驰共秉张骞节，忧乐常怀范老心。霞影远随孤鹜尽，松声时作蛰龙吟。明朝又指东南路，看遍三韩紫翠岑。

叠承和诗，巧速殊可人意。披阅再四，因赋一律，以致称慕之情

谩说庭筠手八叉，君才清捷更堪夸。吟多惯吐心头锦，梦觉曾惊笔上花。云点春空偏有态，玉生玄圃本无瑕。潘邦淑气钟英杰，不乏冥司为护纱。

晚宴安定馆中，参赞徐君行觞，谓"今日天寒，满酌不须辞也"，余即其言赋一律

天寒满酌不须辞，看取醒醒到醉时。千里相逢初面识，几回同寓即心知。松冈笙管来天籁，汉水葡萄上玉卮。非是朝臣耽宴乐，周书曾道享多仪。

大同江舟中次陈缉熙内翰一律

浿水苍茫绕古城，隔江遥见碧山横。安东都护空陈迹，破虏将军谩有名。对景不妨随处乐，泛舟聊当赏春行。留题总是中朝使，应有邦人试重轻。

又次张靖之黄门一律

楼船清晓送行装，云淡风轻日载阳。绿蚁满浮金盏滟，碧鳞争献玉梭长。云山伴我添诗兴，箫鼓催人到醉乡。笑问浿江何处尽，扶桑东去路微茫。

登浮碧楼漫作一律，录奉求正

画阑朱栋瞰深清，山势回环两岸平。万顷寒光浮不去，一帘飞翠卷还生。晴川芳草难为句，野渡孤舟易感情。两部戏游今寂寞，独留佳景壮西京。

平壤怀古①

朝鲜有国临东海②，箕子封来几千载③。就中平壤是雄都，昔时形胜今犹在。冈峦迂郁田野平，楼台雉堞空中横。秦初远作辽东徼，汉末新传王险城。何年并入扶馀裔，复自④丸都迁此地。沃沮涉貊纷来归，渺渺东西六千里。隋兵三举空扰攘，可堪秘记符唐皇。天山得捷薛仁贵，浿水成功苏定方。振衰继绝不旋踵，五代之余遭有宋。玄菟乐浪息纷争，使介联翩奉朝贡。嵩岳迁都久已成，长安旧治名西京。鲁阳城古人非⑤昔，马邑峰高地有灵。胡元不道图吞并，分疆直抵慈悲岭。西京内属将百年⑥，赢得⑦腥风污

边境。圣明⑧德化覃八区,乐天字小古所无。鸭江东畔平安道,还入朝鲜旧版图。居民熙熙事耕凿⑨,女解蚕桑士知学。中华气习渐染深,文物衣冠宛相若。朝⑩臣奉诏天上来,登高览胜襟怀开。不须吊古重惆怅,写景新诗聊尔裁。

① 《全粤诗》据明祁顺《巽川祁先生文集》卷三收此诗。
② "临东海",《全粤诗》作"营州外"。
③ "几千载",《全粤诗》作"经几代"。
④ "自",《全粤诗》作"见"。
⑤ "非",《全粤诗》作"悲"。
⑥ "将百年",《全粤诗》作"知几时"。
⑦ "赢得",《全粤诗》作"徒有"。
⑧ "明",《全粤诗》作"朝"。
⑨ "事耕凿",《全粤诗》作"耕且乐"。
⑩ "朝",《全粤诗》作"使"。

自浿江至生阳馆有作
乐浪田多近水,扶余山尽连云。草木满含生意,是谁分付东君。
其二
燕尾溪流几曲,羊肠径路三叉。风卷隔林烟起,个中知有人家。
其三
草屋依村半露,松桥带叶新铺。一石平分小涧,两山中夹长途。
其四
公馆清风驻节,画楼新月开筵。为爱清凉山好,坐来移近东偏。

雪后登黄州广远楼次陈内翰韵
晓色初晴雪作堆,四围屏障坐中开。寒侵玉宇非凡境,清澈冰壶绝点埃。倚槛笑攀红日近,卷帘闲放白云来。文章太史留佳句,不愧平生卓荦才。

再和陈黄门韵
翠霭深中耸画楼,无边风景入双眸。飞尘迹向山前断,远水源从天际流。碣石长城登汉史,洛书玄象发箕畴。题诗莫谓粗豪甚,胸次由来隘九州。

又和金太仆韵
使节驱驰自帝州,倦寻春色惯登楼。疏林带雪琼花落,远岫排空翠浪浮。万景分明归画谱，一樽寥落负诗钩。藩臣相伴多文雅，却讶东韩近鲁邹。

道憩亭中小酌

溪含云影树含烟，海绕青山路绕田。潇洒草亭留坐久，不知红日已中天。

其二

山殽分荐洞庭春，橘似黄金鲙似银。一段野情消不尽，底须炰凤与烹麟。

登凤山环翠楼次张中书韵①

山头②古洞白云封，楼上岚光雪后浓。老去诗名惭赵嘏，醉来豪气逼元龙。一人有庆乾坤大，千里宣恩雨露重。欲向朝阳听鸣凤，碧梧修竹隔晴峰。

①《全粤诗》据明祁顺《巽川祁先生文集》卷四收此诗，题作"登凤山环翠楼次张中书世琏韵"。
②"头"，《全粤诗》作"前"。

龙泉馆中承再和环翠楼诗见示，不揆粗拙依韵奉酬，亦效吴体也

东藩民俗今可封，风物满眼春光浓。冰蚕五色惯成茧，宝剑一双曾化龙。海云琉璃渺无际，雪山粉黛高复重。群仙开宴笑相候，把手共登鳌背峰。

昨过凤山妄作一赋，盖经两昼一夜方克成篇，而来教引左思故事称拙作为速。嘻！吾敢古人比哉，感愧之余，以诗奉谢

江山撩我谩留题，短赋犹烦两日思。灯下考图鸡唱早，路傍搜景马行迟。竽吹南郭难藏拙，琴遇钟期喜见知。从此挥毫浑不厌，任教心苦鬓成丝。

龙泉馆

拙作甚不足观，然亦以纪行色耳。

驻马日将夕，临高眼界赊。洞门闲岁月，茅屋老烟霞。流水横拖练，遥山半露髻。龙泉光射斗，何处遇张华？

宝山馆

仲春途中月初半,骑从遥临宝山馆。不须望气识金银,且卷朱帘纵清玩。晴云叆叇山郁纡,老寺剥落遗苏屠。燃灯佳节传闻久,借问今宵还有无。

金岩道中遇雪效禁体

安州初遇春雪飞,黄州楼前复见之。龙公追逐金岩道,飘洒不异黄州时。江山千里绝氛垢,天地一色无瑕疵。高低田亩饱沾润,远近草木含华滋。使臣不敢事高卧,玉节暂憩还驱驰。重裘怕逢薪者泣,一蓑且学渔翁披。烟村有景露茅屋,山径无踪迷路歧。初嫌暖光眩醉眼,旋觉微冻生吟髭。仆夫彷徨马蹄滑,揽辔步步防颠危。扁舟溪上可乘兴,流水桥边浑是诗。倦投孤馆不知暮,欲纪三瑞传东陲。醉翁白战有遗响,泚笔强效前人规。

开城小咏

崧岳山高插碧天,晚云飞杂万家烟。玄菟都督初开府,已历人间五百年。

其二

城头楼阁郁嵯峨,联络三京胜概多。惆怅人民非昔日,提封还是旧山河。

其三

《九经》颁本墨犹新,《文苑英华》未涴尘。况又圣朝声教远,局堂时有读书人。

其四

古寺经营七十区,几区犹在几荒芜?山僧不悟前朝事,只记孤城是旧都。

其五

蛤窟楼台拥夕昏,松风萧飒海涛喧。马蹄踏过平山土,尽带当年汉帜痕。

其六

急水门边岛屿青,碧澜亭下野烟横。不知宋使经游惯,来往明州几日程。

其七

青山一髪度岧峣,满路人问汉使轺。犹有儿童谙故俗,横吹芦管和鸣箫。

其八
乡乐无如唐乐清，往时分部尚留名。凭谁为说虞庭事，一曲箫韶万古情。

其九
郁葱山气晚来佳，多少人家住两崖。东穴隧神迎祭久，至今犹说八关斋。

其十
节序推迁秋复春，城南沧海渐扬尘。多情惟有嵩山月，照尽古今无限人。

过临津江舟中
两岸相望咫尺间，一江流水玉湾环。惊帆鸥鸟飞仍止，撒网渔舟去又还。歌扇影中摇翠浪，酒杯深处见青山。留题笑我诗才拙，空负幽怀半日闲。

又和张司副廷玉
轻云不动水无波，春满江头景趣多。未暇寻源穷胜迹，画船催送使星过。

其二
万斛龙骧占上流，缓移兰棹散轻沤。酒阑又踏江东路，无数青山拥马头。

晓发碧蹄馆
茅屋鸣鸡报四更，骊驹催客上藩京。千夫奔走如云陈，百炬纵横讶火城。夹路好山难辨景，过桥流水只闻声。平明带得霏微雨，宣播皇恩属此行。

奉使出京
仆自京师东来，尝勉强作诗遣兴。兹录一二，与朝鲜诸君子论之，且愿有以教我也。古者使于四方，必采列国之诗。晋韩宣子至郑，六卿饯于郊，亦请其赋，以观郑志。朝鲜文物之邦，能言之士远胜他国，其肯为使者靳哉？

建节江南忆去年，承恩今又使朝鲜。檐头风月诗三百，眼底关河路几千。选任敢忘天子圣,勤劳羞谓大夫贤。东藩文物知何似,咨访行当奏日边。

过榆关

榆关形胜久知名,野草寒烟入望平。冰逐河流遥赴海,雪分山色半连营。茅檐晓月鸣鸡早,沙径春风匹马轻。此日太平奸暴息,不烦鱼钥守精兵。

登山海镇东楼

关上危楼孰与齐,层梯登去路如迷。白云满地海涛阔,斜玉绕山城郭低。烟火数村人远近,轮蹄千里路东西。中台使节今重到,爱把新诗续旧题。

发广宁都宪诸公饯于东郭①

路出城东门,朝暾吐晴焰。霜华白于雪,山色青似染。名公设祖筵,治具良不俭。金盘列珍羞,玉斝②浮潋艳。含情强分手,恋德犹未厌。盘山远经过,周道平如簟。郊原杳无尽,斥堠青数点。边墙近深沟,非有山溪险。战守在得人,何须比天堑。夕阳返余光,金背寒鸦闪。停车③宿高平,夜静重门掩。挑灯坐胡床,默默自防检。胸藏千④卷书,袖有三尺剑。兹行奉⑤王事,使命期不忝⑥。肯学扬子云,空能事铅椠。

①《全粤诗》据明祁顺《巽川祁先生文集》卷二收此诗,题作"发广宁都宪诸公饯于城东是日宿高平"。
②"斝",《全粤诗》作"液"。
③"车",《全粤诗》作"装"。
④"千",《全粤诗》作"万"。
⑤"奉",《全粤诗》作"重"。
⑥"不忝"句之后,《全粤诗》作"圣贤有明训,好恶求自慊。平生冰玉姿,肯受尘埃玷。却笑扬子云,空能事铅椠"。

高平道中

缓缓过沙岭,遥遥望海州。远山菩萨髻,异草野人头。塞日寒侵道,墙云暗度沟。谈边思献策,应不慕封侯。有草名野人头。

三叉河

冰薄桥添草,风轻鸟近人。出墙三水合,隔岸两祠新。远窦通泉脉,余波溢海濒。何当作霖雨，万里洗胡尘。

尖山观猎作雉之飞

雉之飞，雄引雌，红冠绣颈文锦衣，山田野草相因依。将军出猎人马随，东驰西骛纷成围。雉之穷，难遁迹，列炬腾风众交逼，举头欲飞飞不得。马前生擒来献绩，毛羽襕褋光五色。将军一笑劳众军，明朝再猎前山云。

东宁道中宿土民家

笳吹声中晚驻兵，行营刀剑耀霜棱。远山旋绕疑无路，古刹荒凉尚有僧。茅屋疏林分院落，野田残雪露沟塍。土床夜坐谁为伴，数卷图书半壁灯。

将至鸭江，寄辽阳潘侍郎陈宪副

风光迢递隔襄平，屈指东来六日程。云水有情频入望，溪山无数不知名。途中酒兴寻常减，马上诗怀分外清。同榜故人应见念，客窗风雨待寻盟。

过鸭绿江

乐浪分疆近接辽，一江中隔绿迢迢。源从长白穿山骨，流出东瀛杂海潮。两岸山光晴浸玉，四时云影冷涵霄。行人不用招鱼鳖，自有坚冰为作桥。时冰未解。

宴义顺馆

公馆筵开白昼迟，满前肴核列珍奇。醁分绿水香浮瓮，屏拥青山影到帷。云锦制余花粲烂，色丝妆就凤差池。圣朝德化天无外，喜见殊方重礼仪。

宿良策馆

潇洒林峦紫翠房，客边谁与共行觞。藩京遣使迎丹诏，千里西来几日忙。

其二

翠烟斜罩小亭台，四面缃帘取次开。龙骨马头山左右，等闲都入坐中来。时参赞徐君居正、参判李君坡自藩京来迎。

车辇馆前盘松

半亩浓阴覆道傍,徂徕分种到遐方。擎天羽盖深盘屈,出地龙鳞欲奋扬。老去贞姿饶雨露,生来高节傲风霜。山前碧树纷无数,争似灵根独异常。

林畔馆遇雨 西有废城曰东林

石径东来度一关,迎宾亭馆翠微间。古城近接东林境,去路遥通北岳山。春逐星轺临绝域,雨分天泽洒尘寰。寒灯照夜添诗思,细把前题次第删。

云兴馆

冰泮泥融雨乍晴,清风两袖到云兴。重重海味供瑶席,浊浊春醪倒玉瓶。松树隔檐车盖合,郭山当户烧痕青。皇恩浩荡临东土,何限居人睹使星。

过嘉山岭

路上崚嶒步步高,嫩岚飞翠湿宫袍。疏松响奏钧天乐,远岫晴翻渤海涛。一寺烟霞依石壁,几家风景近林皋。郡人迎候多如雨,历历前驱见羽旄。

朝鲜杂咏①

三韩风物,途中赏咏一二,有未尽者,兹复形于笔端,第浅拙无足为诸君子道也。平时学识最疏,入仕以来又将廿载,而每役心于政事之内,其如笔砚荒落何!对景强成,恒自抱愧,惟希郢正,以副所怀。

峨峨安州城,西有清川水。孤隋昔争强,远略数千里。师劳力不逮,遇敌先披靡。堂堂大将军,此地亲战死。古人戒贪兵,知者曾有几?秦穆败崤函,往事同一轨。千年川上波,不洗奔亡耻。

其二

浿江何处来,远郭清一派。汉家复秦徼,于此别疆界。李唐务争战,肆毒比蜂虿。峨嵯朝天石,几度观胜败。东流无尽时,今古一砰湃。悠悠春江云,还锁青山外。

其三

平壤多流水,发卢河更清。有唐恣吞噬,将士频东征。李侯率偏师,来破新罗兵。俘囚余万计,历岁凡四更。徒因一朝捷,博此千载名。当时交刃处,古渡扁舟横。渔翁伴鸥鹭,终日两忘形。
其四
海州邻瓮津,陆地逾百里。西南距中华,巨浸无涯涘。传闻端拱初,宋使尝经此。东牟逢丽人,舟楫能指示。来从芝岗岛,风便两日耳。修程素难涉,斯役何其易。往事空茫茫,鲸波望中起。
其五
朝鲜津水急,过客频登临。红裳绝踪迹,白鸟自浮沉。昔年提壶叟,一去无回音。箜篌动所思,伤彼丽玉心。徘徊写哀叹,听者咸沾襟。所以琴中曲,遗声传至今。谪仙与长吉,感慨有豪吟。
其六
金岩接宝山,相去才咫尺。林峦弄辉光,径路多赭色。坤灵孕富媪,所产辄奇特。既堪方丽水,亦可比垂棘。我闻古贤士,义利中不惑。外物虽足珍,视之犹瓦砾。而况治国家,轻重尤当择。九经次尊贤,贱货而贵德。
其七
六鳌戴三山,千仞浮海面。昔人求神仙,可望不可见。徒令方外士,欺世逞夸炫。謇予获东游,海岛看欲遍。惊涛破万里,乘此天风便。麻姑笑相邀,错落开华宴。醉呼王方平,来问水清浅。
其八
中国有嵩岳,降神生甫申。一时建功烈,万古扬芳尘。神嵩在三韩,雄胜亦有闻。英灵赋人物,尝作邦家珍。乾坤气不息,山水名犹新。生才不限地,孰谓秦无人。
其九
亭亭扶桑树,盘②结沧海东。两干连根株,散作金碧丛。羲和蕴灵巧,分得造化功。寻常出异茁,状与瓮盎同。弥罗暨灵池,一见皆下风。谁能拔其尤,置向文房中。制成五色锦,上献蓬莱宫。
其十
东藩好楼台,壮观临海峤。朱帘卷风月,有景供诗料。使君事幽寻,到处一登眺。心闲眼界宽,忘却在边徼。仲宣聊消忧,阮籍几长啸。醉来亦狂吟,不做相思调。遥遥望京师,归兴先飞鸟。

① 《全粤诗》据明祁顺《巽川祁先生文集》卷二收此诗第九首和第十首。
② "盘",《全粤诗》作"蟠"。

宴中用女乐,非所安也。途中曾有诗却之矣,恐未见信,仍奉绝句二章
圣朝风化万方瞻,男女纲常贵谨严。为语红妆早归去,莫教还露玉纤纤。

其二
铁石心肠宋广平，一生孤特最知名。幽盟只与寒梅共，不为闲花别动情。

余与左司张君廷玉奉使抵三韩，同谒先师孔子庙，廷玉赋七绝一首，余因和之
杏坛深处谒先师，曲阜云山入望思。荐罢芳芹留恋久，一番时雨遍东夷。

短句未足尽怀，再赋一律①
朝鲜诗礼独称雄，孔庙规模上国同。数仞门墙无路入，千年丝竹有神通。斯文自与天长久，吾道常如日正中。四海车书今一统，典章何处不尊崇。

①《全粤诗》据明祁顺《巽川祁先生文集》卷四收此诗，题作"谒孔庙"。

坐中获睹诸生所作文赋因赠以诗①
青袍济济列生徒，千里骅骝汗血驹。论秀远规周俊士，慕华同事鲁真儒。功名自古非难事，道德由来是坦途。莫学隋唐昧根本，只将词赋费工夫。

①《全粤诗》据明祁顺《巽川祁先生文集》卷四收此诗。

明日有游江之约，未知风雨肯晴否，妄赋一律柬同游诸公①
海国东来感异乡，醉中怀抱为诗狂。烟花转觉清明近，风雨都随寒食忙。作讼岂无韩吏部②，出游应有③段文昌。汉江佳致传闻久，愿借春晴泛画航。

①《全粤诗》据明祁顺《巽川祁先生文集》卷四收此诗，题作"将游汉江风雨未止"。
②"作讼岂无韩吏部"，《全粤诗》作"惯事谩夸王介甫"。
③"应有"，《全粤诗》作"谁似"。

登汉江楼次议政徐君佳作
楼前风卷白云开，坐看群山紫翠堆。百济地形临水尽，五台泉脉自天来。题诗愧乏崔郎句，对酒难辞太白杯。花鸟满前春景好，不妨谈笑更迟徊。

其二

春雨初收天气高，汉江新水绿盈篙。云边丹诏来双凤，海上青山驾六鳌。绕郭晴光摇麦浪，隔帘幽响散松涛。斯文簪盍须酬唱，莫负诗中第一豪。

汉江舟中和张左司大人①

江头风景满楼船，花柳争妍二月天。帆影带②将飞鸟去，笛声惊起老龙眠。山连两岸云林合，石激中流雪浪溅。莫怪③东来好游赏，寻常诗酒惯相牵。

①《全粤诗》据明祁顺《巽川祁先生文集》卷四收此诗，题作"江舟中和张廷玉一律"。
②"带"，《全粤诗》作"逐"。
③"怪"，《全粤诗》作"谓"。

江游乐趣何限，适有拙作未尽所怀，再赋七言一律

倚罢高楼未尽情，又携春色泛空明。人随竹叶杯中醉，舟向杨花渡口横。东海微茫孤岛没，南山苍翠淡云生。从前会得江湖乐，今日襟怀百倍清。

龙头山晚酌

步上龙头第一峰，烟光无限兴何穷。四旁山水诗情外，万里乾坤望眼中。村舍北连城郭近，渔舟西去海门通。主人置酒频留客，不觉残阳失晚红。

顺使朝鲜，屡与国王相接，心甚嘉之。盖其妙龄秀颖，崇学好儒，威德旁敷，一邦辑睦，诚他邦所罕俪也。竣事比还，宴别慕华之馆，敬赋拙律，以达微忱

恩诏宣传自帝都，贤王相见即心孚。齐阶下拜威颜近，晋地谦盟礼意殊。治国才名光玉检，照人丰采彻冰壶。忠勤一念思无斁，永固箕封旧版图。

宴别慕华馆中，月山君索诗为赠，因赋一律畀之，兼柬其宗亲诸君子

济济衣冠重礼文，东藩疆土列封君。累朝支派今尤盛，五部豪华古亦闻。公族咏歌麟比德，高岗鸣集凤成群。慕华亭馆开城路，醉罢琼筵惜袂分。

舟渡临津，承惠佳作，依韵奉答，深愧不工

江头开宴风物新，炊香泛绿烹鲜鳞。美人同倾药玉船，舟联李郭如登仙。风恬日暖波不惊，隔岸一带山光横。举头却念京华邈，五色祥云连碧落。诗翁佳句超黄初，琼琚玉佩频遗予。自惭謇拙虚流年，东来胜览非偶然。平生胸次慕李白，只恨千钟消未得。登临赋咏曾几何，可堪归骑凌风沙。鸭绿迢迢限南北，暮云春树情无极。

再 和

前村雨过江水新，山涵螺黛波鳞鳞。春光满座酒满船，衣冠总是华阳仙。诗成不管魑魅惊，千军笔阵纵复横。鸢鱼飞跃道岂邈，云影天光镜中落。忆昨使节经游初，江山佳趣能助予。予今豪迈非少年，相逢不饮应徒然。狂来还唤江鸥白，欲共忘机忘未得。功名相伴知奈何，东华车马多尘沙。还朝正在天之北，万里扶桑望何极。

重度临津江，议政徐君示诗。既和之矣，佳境如斯，不宜少咏，再赋一律置于舟中

四牡匆匆经海邦，归程又渡临津江。青山倒浸几千丈，白鸟齐飞三五双。风洒残云点客袂，鱼吹细浪侵蓬窗。醉来含笑问欢伯，多少离愁因尔降。

敬和三月途中之作①

三月风光属禁烟，踏青时节艳阳天。倦行驿路魂堪断，远望乡园梦亦牵。洛水有鯱曾泛羽，楚山无树不啼鹃。诗来忽动伤春思，一度微吟一黯然。

其二

客怀如醉复如憨，四十流年又向三。修禊未成新宴会，赐筵偏忆旧朝参。魏王堤老烟尘合，公主园荒草木酣。惟有浴沂歌咏好，清风长在鲁城南。

①此诗共两首，《全粤诗》据明祁顺《巽川祁先生文集》卷四收第一首，题作"和徐议政三月三日途中之作，是日寒食"。

承佳咏有所感发，再赋五绝十首

握兰逢上巳，改火逼清明。佳节行边度，那能不怆情。

其二

三春今过二，桃杏未开花。独有庭前草，纤纤长翠芽。

其三
上国春如海，几番花信风。云山遮不断，吹到鸭江东。

其四
寒食节初到，远游人未归。思亲意何限，遥逐白云飞。

其五
浅白催蒲笋，轻黄染柳条。如何春渐老，不听一声娇。

其六
隔岁辞京国，中途过暮春。跳丸将老我，推毂属何人？

其七
烟火自阑珊，东风晚尚寒。美人招不至，何处采芳兰？

其八
有酒酬清景，何须泛曲流。凭将青艾饼，取次上盘羞。

其九
春老犹伤别，愁多强赋诗。故人霄汉上，今日集西池。

其十
琴尊唐大学，觞咏晋兰亭。旧事悠悠尽，芳辰冉冉经。

清明寓黄州有感
禁烟时节一登楼，剪剪轻寒袭晏裘。感别肯辞浮白饮，惜春还爱踏青游。松楸万里乡关思，风雨千山客路愁。槐火石泉诗入梦，也惊身世在黄州。

向辱国王饯别，尝奉小诗，而意犹有缺也。矧未别之前，承致赆礼甚厚，虽不敢祗领，而于盛德岂能少忘哉？途中怀仰日深，因辂七言律十章，用表惓惓之敬，倘不以为拙，时一展观，千里犹觌面也①

诏下天门宠渥新，东藩人物入陶钧。唐虞声教覃荒服，孔孟诗书溢海滨。百政修明夸令主，一心匡辅总贤臣。河山带砺今犹昔，应共皇图亿万春。

其二
八道山川奠一方，追思前古事茫茫。局堂置后人知学，金带封还岁不荒。圣代修文恩诞布，贤君奉贡礼超常。星轺记得经行路，草木无情亦有光。

其三
神嵩北岳入云青，人杰由来识地灵。邦国大平常验海，岁时丰约惯占星。越裳修献厘重译,晋悼中兴属妙龄。遍采民风供使职,便须陈奏彻天庭。

其四

客路盘桓月已三,马蹄随处历巉岩。玄菟旧域江为堑,紫凤新书玉作函。匦有包茅时入贡,囊无薏苡不生谗。汉城回首相思切,漫托飞鸿寄一缄。

其五

箕疆迢递接新罗,眼底皇华次第过。鲁国望存周典礼,文侯勋重晋山河。蓬莱仙去波涛渺,霄汉春来雨露多。满路耄倪瞻使节,欢声频作大平歌。

其六

外域梯航万国通,朝鲜近在海云东。君臣治道光前烈,人物衣冠有古风。八教条章终不改,三京形胜久称雄。农桑乐业边尘静,正囿吾皇德化中。

其七

天泽旁敷远近沾,使臣咨度遍穷阎。陆生何用千金赠,穆叔犹能五善兼。驿路云山浑旧识,诗囊风月记新添。西行渐觉京华近,蔼蔼红云马上瞻。

其八

浅薄无由赞盛时,只凭忠赤答恩私。吟多耻售鸡林价,客久常悬凤阙思。山似留人多北耸,水因归海尽东驰。临歧莫怪辞行赆,杨震从来畏四知。

其九

营州东畔古名区,耕有田畴读有书。果下尽乘三尺马,筵中多尚八梢鱼。绿通长白江分后,红映扶桑日上初。自入圣朝文物盛,不应还比旧扶余。

其十

一片归心浿水头,王程那得再淹留。玩余易象深知鲁,辞罢形盐不辱周。聚散有期空怅忆,主宾无愧复何求。汉城楼馆今宵月,谁卷珠帘上玉钩?

①《全粤诗》据明祁顺《巽川祁先生文集》卷四收第六首、第八首,题作"朝鲜途中寄国王十律今录二律"。

重过大同江

浮碧楼前两度过,煌煌龙节照江沱。日轮穿动浪花碎,雨脚积来岚气多。怪石槎牙撑砥柱,灵源迢递接银河。前朝争战无穷恨,都逐春风入棹歌。

大同江舟中敬和佳作

高吟恐惊水底龙,促席缓酌何雍容。楼船荡桨起烟浪,疑是米家书画舫。沙头对立双驾鹅,惊飞直傍云山过。主人爱客事远迎,锦筵吹彻云和笙。江醅满泛春葡萄,醉看两颊生红桃。鲁城山色连云烟,就中绰约多神仙。追随无路空大笑,学仙不似还家好。九重深处明光宫,环佩亦与群仙同。人生天地任去留,肯甘海外违中州。感君瀛洲尘九斛,却愧临歧酬未得。明朝别去天渺茫,马前径路多羊肠。相思一夜头堪白,凤凰山高鸭江绿。

寄题箕子庙①

曩余谒箕子庙,尝赋之矣,使旋欲吊其墓,弗遑也。因再咏此,以池余思。虽视前赋所云未免重复,然言之不足而再言之,其亦古人之意欤?

被发佯狂岂②为身,忍看家国遽沉沦。平生方寸谁能会,孔氏三仁语最真。

其二

宗祊颠覆力难支,强③抱瑶琴只自悲。一曲清歌欲流涕,故都回首黍离离。

其三

直④谏无能悟独夫,明夷心事有⑤谁如。九畴不向周王授,后世何由识洛书。

其四

东藩制度旧封君,千载遗风尚礼文。欲吊英灵何处觅⑥,淡烟⑦荒草锁孤坟。

①《全粤诗》据明祁顺《巽川祁先生文集》卷七收此诗,题作"寄题箕子墓"。
②"岂",《全粤诗》作"不"。
③"强",《全粤诗》作"独"。
④"直",《全粤诗》作"力"。
⑤"有",《全粤诗》作"更"。
⑥"觅",《全粤诗》作"是"。
⑦"淡烟",《全粤诗》作"夕阳"。

万景楼用陈内翰韵

当年杰构出埃氛,踪迹犹存旧所闻。远近人烟城断隔,高低田亩路平分。青连北塞千峰杳,绿涨东溟一水沄。安得乘闲频到此,共凭诗酒乐朝曛。

其二

客程西去指京畿,三月殊方未授衣。辽左晚山经雨碧,蓟门春树带烟微。情耽胜境双眸豁,诗入行囊万象归。仙鹤不来天地老,白云空傍故檐飞。

重过清川江

一月重过萨水头,春风归旆暂夷犹。波流不尽英雄恨,山色犹含今古愁。碧草晴沙金勒马,青尊瑶瑟木兰舟。横空独鹤飞鸣去,错讶坡仙赤壁游。

重过博川

昔日东行半踏冰,归舟一叶喜同登。头青却笑山藏佛,眼碧翻疑水有僧。楚泽携来萍似斗,齐樽倾尽酒如渑。游观总是江南趣,只欠佳人唱采菱。

适蒙惠诗,感甚,依韵奉答,愧不工耳

东海清游胜踏冰,好山何处不同登。仙棋柯烂惊樵客,诗壁纱笼付野僧。眼底乾坤低峋嵝,胸中云梦小淄渑。黑头勋业还相勉,莫待秋霜点镜菱。

其二

人物风流出壑冰,青云要路羡先登。才高堪称庙堂客,心淡不殊云水僧。磊落酒怀深彻海,澜翻诗思浩逾渑。笔端造化须臾事,绝胜刘生咏采菱。

其三

尽日狂吟愧镂冰,小楼春景爱频登。满郊芳草多逢牧,一路名山半属僧。谩把笑谈穷宇宙,底须肴酒比陵渑。清时君相深知遇,孤负红香海上菱。

承和诗有所兴起,遂依韵再奉五章,但觉捣残椒桂有余辛矣

清衔珍重一条冰,藩国崇阶取次登。载酒问奇非俗客,话禅留偈只高

僧。龠沦道脉洙连泗,浩瀚词源海接渑。还想公余多逸趣,扁舟闲采汉江菱。

其二

五色丝蚕每熟冰,满田禾黍又丰登。柴门不闭稀逢盗,粒食赢余但施僧。菁菹修诚通上国,江醅浮滟胜东渑。况逢司牧多龚遂,渤海年来尽蓄菱。

其三

杨柳花飞讶剪冰,晓来栏槛拂衣登。才堪咏雪谁家女,心似黏泥何处僧?鹤伴行途清比蜀,马经滩水急于渑。回思乡曲频年别,老却南塘几度菱。

其四

春寒犹觉砚生冰,千仞骚坛未易登。石鼎联诗惭道士,金山留带愧仙僧。家居越水遥邻楚,路入齐郊惯渡渑。谁料年年持使节,又从东海问芳菱。

其五

当代权衡一鉴冰,瀛洲人物似仙登。文章不敢干明主,骨相何劳问老僧。浪说骊黄分牝牡,谁因风味别淄渑?含情更把菱花对,渐觉新菱变旧菱。

义顺馆中留别参赞徐君居正、参判李君克墩、承旨柳君眷兼朿国中诸君子

宾馆琴樽遇赏音,别离何事独关心。春随行客寒犹剧,草怨王孙绿已深。乡国念多频积梦,江山看饱懒成吟。莫言归橐浑依旧,新赠词章抵万金。

其二

烟光如画水如苔,共把深情付酒杯。藩国不劳金塔献,使臣非为玉环来。斯文交谊寸心在,远道归程一骑催。后夜月明相忆处,大平楼馆郭生台。

余偕行人司左司副张君奉命至朝鲜,而司译院正张有华为通言使,从行日久,恭慎益至,因其求诗也,书此以畀之

天子命两使,东来经海隅。鸭江抵汉城,尚有千里余。邦人远相迓,心类语则殊。侏离徒聒耳,刺刺不受呼。贤哉张司译,承遣自藩都。辛勤待行李,跋涉凌修途。语言赖以通,恩德由以敷。往回逾一月,恭慎恒如初。送行至江浒,欲别还踟蹰。愿求片言赠,永比明月珠。吾言不足重,

子意宁可虚？霜毫一挥洒，聊以答勤渠。越裳肇重译，《周礼》名象胥。勉旃效厥职，次第登亨衢。

余使朝鲜，其国遣司译院正张自效随侍逾月，将别求诗，乃赋此以塞其意

藩语华音两熟闲，登庸有路任跻攀。东藩司译勤官守，北阙观光惯往还。拜诏远驰千里外，通情全仗片辞间。使轺临别难为赠，拂简题诗一强颜。

鸭江别徐君议政

海国诗书彦，推君第一流。相逢频下榻，到处共登楼。琼玖难为报，明珠不暗投。临分意何限，东望缓移舟。
其二
江头停斾久，尊酒伴情深。别去翻疑梦，交来已见心。清才歌白雪，高谊薄黄金。明隔关山远，盟寒岂易寻。

孝思亭为议政卢君赋

音容沦逝杳难追，一念悠悠不尽期。仕路久怀风木叹，文房曾废蓼莪诗。萧条霜路关心日，恍惚羹墙见面时。王国只今崇孝治，显扬应慰九泉思。

题狎鸥亭

潇洒衡茅汉水东，主人情与白鸥同。寻盟肯负沙边侣，易虑深惭海上翁。野渡浮沉千顷雪，钓船来往一丝风。相门德业光前后，不但名亭比魏公。

渡鸭绿江西还

旋旌自东境，暖带阳春脚。冰消马訾水，一派从天落。东风开别筵，沙际横翠幕。香醑浮鸭绿，滟滟供杯酌。醉中上兰舟，风静波不作。鱼龙亦来媵，先后争踊跃。平生一寸心，自省无愧怍。名山与胜水，随处堪行乐。却闻吴惠公，曾值风涛恶。怡然对黄卷，不异在斋阁。波灵识贤俊，讵忍肆陵虐。忠信通神明，斯语诚匪错。

凤凰山 定州禹判官回自辽阳

峰峦环合势参天，垒石高城尚宛然。晓日梧桐应有凤，白云楼观岂无

仙？唐皇驻跸几千里，辽主开疆二百年。欲访旧碑何处觅？马蹄冲破洞门烟。

八渡河
久说东宁八渡河，客程今日厌经过。寒流曲傍青山转，乱石横冲碎浪多。万里边尘凭净洗，千金宝剑为重磨。临清悟得沧浪意，欲和当时《孺子歌》。

高岭东望
玉削芙蓉插碧霄，人从飞蹬蹑山椒。石门日暖岚犹湿，水洞春回冻未消。雁塞北临辽境阔，鸭江东隔汉城遥。断云残雨天涯路，不唱多情《望海潮》。

山行纪东宁土俗
村落邻边境，人家得自由。山深余草木，地阔有田畴。毛革充常猎，粮刍足岁收。胡尘不侵扰，官府少征求。老未谙时事，居常守故丘。诛茅添屋盖，编栅固墙沟。剪纸为神像，浇糠当烛油。耄倪多赤脚，女妇总盘头。木器胜陶冶，麻衣即褐裘。泥盆烧炭火，空树斫烟楼。居寝浑无别，生涯正若浮。语音沦外国，礼俗异中州。境土虽云乐，民风实可羞。采搜浑未尽，欲咏更夷犹。

光山下营①
渺渺平原面面山，亚夫坚卧柳营闲。春云散作龙蛇阵，夜柝严于虎豹关。金吹一声天地外，剑光千丈斗牛间。行当借此三军便，剪却残胡奏凯还。

右二诗乃仆东行之时过辽阳境外所作也。以其地近朝鲜，因录去一看，其辽阳道中有作，不能一一遍录。

①《全粤诗》据明祁顺《巽川祁先生文集》卷四收此诗。

开州道中遇雪
开州东近鸭江涯，路指辽城八站赊。三月尚寒山有雪，一春将尽树无花。金元拓境人何在，秦汉修疆事已遐。守在四夷今可信，普天咸属帝王家。

九连城①
此地何年罢战争，春风犹锁九连城。辽东老鹤归来晚，四野无人草自生。

①《全粤诗》据明祁顺《巽川祁先生文集》卷七收此诗，题作"鸭江之西二里许有九城，基趾相近，相传曰九连城"。

董家峪①

古洞深中别是春，烟霞为侣石为邻。桃花流水门前②路，恐有秦时避世人。

右三诗乃仆西还之时过鸭江后所作也，录寄之意亦同于前，余不能一一。（以上均见于明代朝鲜官府编《皇华集》）

①《全粤诗》据明祁顺《巽川祁先生文集》卷七收此诗，题作"宿董家峪"。
②"门前"，《全粤诗》作"溪桥"。

祁　颐—四六

成化乙未予试南宫弗偶，得请而归，朝之缙绅赠诗三十章，大兄郎中公即韵赓和，兄弟之情见于言表，佩服之余，因搜枯肠勉强赓和，不敢言诗，用志不忘之意耳今录五首①

其一

南北迢迢音信稀，束书遥自帝城归。心防蹊径有通塞，道在鸢鱼同跃飞。孤馆此时甘落莫，九重何日得瞻依。平生素有忠君志，愿罄丝毫补舜衣。

其三

封章敷奏谢儒官，荣寿堂前拟问安。素念恐亏人子职，此身非厌广文寒。云山入望乡怀切，风雨生凉客袂单。两地茫茫天万里，思兄何处托飞翰。

其五

少年学力肯乖违，孟氏辛勤为断机。道德在人非外物，圣贤于我可同归。传家麟史应无恙，出匣龙泉尚有辉。待得抟风双翮健，九重天上拟齐飞。（明祁顺《巽川祁先生文集·附录》卷下）

①《全粤诗》据张其淦《东莞诗录》卷九收第二和第四首，题作"会试下第"。今将第一、第三、第五首予以补全。

苏 葵一五五

泛袁河

柔缆危樯款款拖,傍花随柳上袁河。山深鸟语张仪辩,春老风光下惠和。行过不妨樵竖识,耽闲无奈钓翁何。日斜更倚船楼望,怪杀王孙草色多。(正德《袁州府志》卷一二)

南康行台

小向蒲团悟八还,不知花鸟乱青山。得魂或者前身见,学士今谁半日闲。忙里乾坤真是幻,梦中尘劫竟何关。寻幽预与支公约,借我他年第几间。(正德《南康府志》卷一〇)

祁 敏一八五

寿金台段翁八十

段翁八十鬓犹绿,远到期颐可豫卜。青山不老海筹添,蟠桃花开春酒熟。我闻五福寿为先,贵虽万乘尊高年。古来黄耉号祯瑞,不必蓬莱斯即仙。神仙尚不如翁乐,贤子云霄看凤跃。绕膝斑斓真足欢,满堂金玉亦奚若。人生贵在逢良辰,多寿皆由气化醇。非遇盛时焉得此,问翁何以答尧仁。

碧溪为袁廷玉作

二顷不须求负郭,腰缠徒慕上升鹤。溪山堪爱远市朝,轩冕何尝似闲乐。碧溪闻说绝尘喧,隐君贤与谁人肩。芦花两岸一烟艇,风月满怀诗百篇。潮生辋川绿荡漾,云卷蓬瀛景千状。烟波钓徒绝潇洒,江湖散人最高尚。溪流不尽乐无穷,长笑长歌春复冬。俗虑我惭无处涤,可能容访濯清风。

丙辰会试下第

年年辛苦理蚕桑,月老无凭尚洞房。不识邻家新嫁女,拜翁还着甚衣裳。

送谭生文佐
讲席劳君半载留,西风又促广寒游。斯文情重殊难别,满臆萧条不为秋。

为念高堂远去程,一江明月照离情。久淹吾馆功何有,旷汝三春爱日诚。

停棹倾怀话到真,何时灯火复相亲。天衢认得云头是,去去逢人再问津。

赋侍御刘克温《庆寿卷》
寿筵正奏鹤南飞,戏彩人从帝侧归。此乐莫云容易得,北山非不忆庭闱。

赠博平令守城有功
救得生灵百里安,当城誓死见忠肝。殊勋不用层崖刻,千古吾诗作史看。

赠同年钟大韶宰崇安
一琴一鹤赴崇安,政暇鸣琴鹤振翰。勿谓大才非百里,朝庙多是旧郎官。

馈杏
杏熟人家相送新,借西邻馈馈东邻。燕山粤海八千里,佳果无由远寄亲。

送罗应宿任怀安掌教
他年凤池客,暂尔乙科拘。才器从君用,行藏与道俱。古来崇教化,今日重师儒。莫道官居冷,清闲好著书。

冬至述怀和邵二泉都宪韵
年年佳节客中过,非不思乡奈远何。阳道亦知今日复,宦情不似少年多。湖山有约名犹系,岁月无情鬓易皤。安得归闲无一事,日将诗酒养天和。

送钟大韶归省

十年郎署羡清才，此日宁亲特暂回。封诰辉增仙老鬓，彩衣光照画堂杯。从来子不于臣异，粤古忠惟自孝推。恨我未能同棹去，明朝独上望乡台。

辛未除夕和成地官汝从韵

北风除夕倍思乡，几点寒梅趁雪妆。残夜客怀将尽瘦，新春慈发又添长。昔途如梦今方寤，少日偷闲老始忙。毛檄莱斑谁竟好，岁徂未解解铜章。

壬申元日和林地官廷元韵

东风初动雪将残，过眼年华指一弹。腊去尚留诗债在，春来莫放酒杯干。老侵潘鬓慵看镜，悟愧汤铭欲刻盘。千里罗浮成久别，梅花十载对长安。

东曹夜直 壬申岁四月，时山东寇正猖獗

漏静云河斗牛斜，卧看槐影上窗纱。身耽吏责无安梦，玉比行藏慎小瑕。良夜无诗空负月，老年有恨不因花。戎尘未靖鱼书阻，最是关情国与家。

题竹坡别号

万竿翠色自淇分，满径清阴净不尘。见竹便知非俗士，过门不用问何人。虚心只管闲风月，有斐思齐古缙绅。我亦素怜高节好，百金宁惜买为邻。

游凤台和闽人何元量韵

层台千仞压南城，此日游观天气明。真境自来殊俗境，秋晴元不减春晴。浮云出没浑无迹，飞鹤循环似有情。借问仙翁何处去，愿求丹药活苍生。

送谈州判之任濮州

异乡萍水喜相逢，荣拜除书马又东。吾道正遭乾运泰，秋光争似宦情浓。百钧肩担民兼物，两字官箴爱与忠。最喜濮城天咫尺，贤声容易达宸聪。

新　秋

新秋草木未曾知，先觉萧条到客帷。杜老多愁惟对酒，沈郎自瘦不缘诗。弭缝衮黼非无志，归戏斑斓未有期。百事因循空抱愧，秋霜未许上吟髭。

不遇赏花有感

自愧行藏半俗埃，过吟逢笑亦难哉。几当睡去月才好，恰正忙时花却开。种种恼皆随事至，频频客不为诗来。一觞一咏罗浮下，何日天教遂此怀。

病起作

浮名郁郁向谁论，去去年光不可援。疏懒未能诗债了，病贫惟有药囊存。人当老景难逢笑，花对他乡易断魂。无奈俗尘何处涤，清风凉月忆淇园。

怀乡邑诸老

非缘松菊忆乡关，念念亲朋半鬓斑。千里梦魂劳月夜，十年音问隔湖山。乾坤莫放诸翁老，世道今当拙子还。花下唱酬将有日，春风先为扫诗坛。

早　朝

太平春晓九重欢，万户弘开宇宙宽。金烛光腾青琐外，玉箫声彻紫云端。动摇旗羽看龙影，拜列衣冠睹凤翰。双袖朝归犹馥馥，天风分得御炉檀。

再用前韵

木落寒蝉鸣不休，风声吹送客窗愁。有怀邀月谁将酒，无处看山欲借楼。年矢不堪催我老，名关却解使人留。簿书清署忙终日，花未曾看过了秋。

和邵侍郎祝慈寿韵

百福天归作善家，年年甘雨润萱花。风衔封诰来云表，仙进蟠桃自汉涯。万里斑衣恒爱日，千秋金女伴栖霞。未须闲倚思乌哺，川济今方仗巨槎。

和林正郎廷元寿母诗

白云远思写新春,为念萱堂又寿辰。轲母教惟先致主,毛生仕不为荣身。近天尚拟思沾润,爱日因惊岁去频。我亦与君同此念,非轻莱彩重朝巾。

春日写怀用韵

笑□百岁几良辰,十载长安马足频。自畏恒如天鉴我,无惭惟有影知身。客中风雨空消鬓,何处沧浪可濯巾。空贮诗筒忙又懒,莺花谁领上林春。(以上均见于明祁顺《巽川祁先生文集·附录》卷下)

湛若水一九一

云 岩

休宁道人方直养,昔说齐云在天上。天风浩浩吹游人,雨晴二月花初长。游人自爱花生意,花开不为游人赏。我来长笑山云深,拍手放歌天地广。世间聋聩人,种种不足言。不闻三十里鸾凤声,又安知三日有遗响。(明鲁点《齐云山志》卷四)

唐 勋二一三

云 岩

凌风绝顶亦奇游,信是齐云入远眸。便小他山皆丘垤,应知此地即瀛洲。泉飞半壁晴还雨,烟薄层峦翠欲浮。吏事催人看未了,山灵期我再来留。(明鲁点《齐云山志》卷五)

祁 政 二一六

春日怀宗韶哲卿
感阳和之布德兮,忽普宇而皆春。今日何日兮,幸亦遇此芳辰。芳辰可乐兮不可言,庭草交翠兮风景无边。恐流光之易失兮,叹岁月之不我延。聊兴言以登眺兮,于以揽众芳之鲜妍。爰有鸟兮鸽鹈,载飞载鸣兮嘤嘤。出幽迁乔兮求其曹,嗟予怅独处此兮,谁与游遨。怀亲朋而不见兮,延望于四郭。东郊东郊西郭兮,有美其人。珩璜眉宇兮,嘉怀孔珍。愿言思之兮,于以道夙昔之情。亲彼美人兮,可思而不可得兮,予将寄幽思于停云。

《春草图》为陆希旦题
淑气荡寰宇,众芳咸悦怿。芃芃草数茎,泼泼生意适。阶前弄阳和,中虚含太极。惟彼达观人,览之良有得。默契玄化机,妙感时雨力。新知日以长,旧累脱然释。岁序有更迁,此心元不易。载言图其真,永永保终吉。

送河源古朝显诸友东还
河源诸俊艾,邂逅曾与游。斯文情分浃,岂但胶漆投。羊城分手后,倏矣岁五周。怀人不可见,使我增离忧。今晨复何晨,得遇李郭舟。济济二三士,系缆北城陬。欢然共倾盖,夙愿良已酬。呼童剪春韭,聊永信宿谋。云何弃我去,能不为少留。后会当何时,还此问津不。中流一长眺,目断海天鸥。

题尹演溪《荣寿卷》
城西有遗老,宛在水之滨。水滨清且浅,春波碧粼粼。借问兹何溪,云是讲武津。国家严武备,车马时来陈。欢声动天地,干戟驱风尘。先生闭门居,寂若耳不闻。穷年事探讨,唯以乐吾真。翛然北窗下,自觉有余春。闲心逐流水,浩气摩秋旻。亲朋日相遇,斗酒共论文。酣歌发高兴,一醉忘主宾。诗成载挥翰,错落生烟云。胸中有兵甲,推毂是何人。冯唐今老矣,吕尚何时伸。双眉覆方瞳,须发烂如银。达尊世所重,天道良福仁。康强八十余,笑领一命新。乌纱耀闾里,欢会洽比邻。子孙罗当前,彩服舞缤纷。嗟予有远行,未能庆芳辰。京畿试伫目,当见驾蒲轮。

送谭友文佐乡试

君不见，南山有玄豹，泽彼山中雾。毛质日以变，文章日以露。又不见，九皋有胎禽，戛然鸣于阴。青天何寥廓，清声能上闻。高明谭友真磊落，南山豹兮九皋鹤。文章烂烂声琅琅，巽川暂此藏头角。朝廷网罗英物今有期，豹兮鹤兮应见羁。青毡共坐未及暖，堪叹江头又别离。别亦不足惜，离亦不足愁。伫看文彩惊人目，更播高声遍九州。

题卫松崖号

宝安山水最清胜，旗岭莲峰相掩映。茶山正在东南境，中天突兀画屏开。乔林偃蹇成徂徕，谁遣造化巧安排。晴岚净挹岩前碧，春雨浮空翠欲滴。何人为鼓湘灵瑟，江湖散人卫孔交。诛茅小筑山之坳，幽栖真欲希由巢。久要贞操期终始，崇朝啸傲丹青里，欣然自谓松崖子。忆予少年西度太行山，危巅矗入白云间，苍松倒挂虬龙蟠。又尝东泛武夷水，松风沿涧奏清吹。悬崖壁立万仞平如砥，登临已是廿载前。至今魂梦长相牵，何时更驾双凫到彼再盘旋。松崖松崖在何处，我欲乘风从此去，适我生平烟水趣。

袁子裕请题《秋江送别卷》赠翟典幕之子往山阴

秋风满江芙蓉芳，秋高一雁天边翔。江头留别注离觞，金罍潋滟泻琼浆。新橙擘绿菊呈黄，樽前醉舞乐未央。画船移动晚生凉，中流击楫溯澄光。举头一望江天长，豪来清兴起予狂。狂歌激烈发清商，明朝又各天一方。人生聚散信无常，相思岂惮限河梁，雪夜还乘访戴航。

题增邑赖雪窗号

北风争捣海，白浪怒淘空。万里阴云合，玄冥匝地封。纷纷皓雪垂檐下，玉宇琼楼宛如画。书斋静透一窗明，此外萧然尘不惹。个中高卧羲皇人，满床经史足怡神。谁云入夜寒侵骨，常有胸中万卷春。

赋都门别意送经户侯汝立袭职回

迢迢都门道，菲菲御堤草。长亭更短亭，都是别离情。将门华胄经汝立，妙年才调真难得。青衿初拂泮芹香，行装又作京华客。京华旅邸几月留，彤庭锡命承天休。箕裘克绍前人业，思亲又理南征舟。清风飒飒迎归袂，顾我情深挽无计。挥毫强作赠行篇，用写都门别离思。

题卫司直双岗号

茶山有双岗，双岗真卓荦。老石高嵯岈，遥岑互磅礴。两峰相对青，一尘不能着。莺花满眼春，禽鸟四时乐。我昔来游兹，和风扇林薄。东西一登眺，万汇纷交错。载歌盘谷章，使我心缅邈。人生贵适志，肥遯殊不恶。吁嗟兮，双岗之中兮，可以怡吾情。双岗之水兮，可以濯吾缨。吾将徜徉于双岗兮，又何事乎浮名。

玉溪为重珪叔父题

迢迢玉溪水，绕屋自潆纡。中有玉溪翁，结屋溪边居。溪边风致无边好，年年顿觉韶华早。一带玻璃润众芳，景物四时长不老。江梅遁春信，琪葩压阑干。荔子夏成丹，琼浆溅齿寒。秋风敲翠竹，清韵响琅玕。玄冬催橘柚，累累瑶玖堆林端。溪翁对此乐未已，时把长竿钓游鲤。夜搦清流弄月明，玉轮倒浸琼波里。清晨课儿读书攻文章，满篇珠玉声琅琅。良时呼朋载酒临溪酌，玉山颓处群仙乐。旧闻蓝田白璧多，方之此处当如何？此翁怀玉还自重，三献应惭楚卞和。

题兰窗堂兄号

鹤发一仙翁，倚兰植数丛。庭前气芬郁，窗外色茏葱。绕砌孙芽长，盈轩生意融。灵根天所异，绝品世无双。九畹从来盛，孤标独擅雄。众芳萎白露，一葶占西风。影瘦黄花并，香满丹桂同。时来明月照，长有彩云封。秋老枝愈劲，霜浓味更丰。自能坚晚节，端不羡春秋。桃李今何在，芙蓉空自红。当年委空谷，今日近帘栊。迤逦雕阑护，霏微雨露重。栽培真得地，绰约易为容。宣父无劳叹，骚人正喜逢。高情共潇洒，馨德此陶镕。永结同心契，还思入室功。凭阑谩三嗅，清兴托孤桐。

南轩为黎仓宰题

宦海驱驰老大回，一轩今日向阳开。乌纱曾领虞庭奏，犹爱薰风拂座来。

暮春和柏轩叔韵

年光冉冉醉中过，无计留春可奈何。暖日欲同沂水乐，薰风将动舜庭歌。落花万点坠红雨，流水一湾萦绿罗。欲过前溪遍游览，问津何处觅渔蓑。

题月峰兄号

层峦叠嶂绝纤瑕，喜见清光景倍嘉。天目山头飘桂子，影娥池畔有莲花。东坡赤壁应同趣，陶令匡庐未足夸。对此令人长仰止，好天良夜兴无涯。

冬日游大涌口

冬来随处访真源，舟泊涌边若个村。八口谋生都捆席，十家庭院九封门。音翻偈语听难识，酒市粘醪饮易醺。抚景不知归路晚，一钩新月挂黄昏。

又游双岗

乘闲又到双岗游，步上双岗岗上头。海角直从天际杳，虎头常镇水中流。渔人举网翻银鲙，稚子藏机钓白鸥。目极烟波无限兴，恍如身世在瀛洲。

寿柏轩叔六旬有一

南轩老柏常年茂，东海蟠桃今日丹。满眼儿孙供彩戏，一堂宾客尽衣冠。酒倾玄露杯频劝，春满华筵兴未阑。屈指期颐应可待，寿星高照五云端。

赴京会试，清远道中作

别却亲闱万里游，白云飞处重回头。几朝归思关心切，五夜滩声入梦流。一介也曾叨国宠，寸心端欲答天休。来春共领看花会，见说长安佳气浮。（以上均见于明祁顺《巽川祁先生文集·附录》卷下）

祁　敕 二一六

恭和御制赐辅臣诗

维皇抚万国，立教惟君亲。爰当孟春日，凤驾出严宸。精禋格九庙，显相趋群臣。礼乐既明备，孝情一朝伸。载念翊赞功，华衮褒忠纯。主遇实千载，臣谟非一身。云龙开景运，川岳效祥珍。太平有作述，雅颂追生民。

昭 君①

莫以恩私杀近臣,留簪画笔侍枫宸。汉廷早貌商岩叟,不遣蛾眉属虏尘。

①此诗共二首,《全粤诗》据清张其淦《东莞诗录》卷一一收另一首。

送朱邑簿致政归南安

政成方拟陟崇班,遽挂朝冠指故山。千计不如归计好,百年须放晚年闲。离筵醉为宾僚集,去舫迟因父老攀。丞相祠前霜月晓,清风两腋振衣还。

都城八咏今录四咏

奉天常朝

严鼓疏钟次第催,翠华遥自九霄来。凤凰楼观春云璨,龙虎旌旗曙色回。八采共瞻天表近,万几亲听玉音裁。日高绮陌鸣珂散,唱和谁真白雪才。

南郊迎驾

圣主南郊礼百神,上穹垂佑答精禋。沙平万骑回丹仗,日出千官候紫宸。北极待颁成庆诏,东风徐布禁城春。退朝听得都人语,白首重看礼乐新。

皇陵陪祀

春风缓辔出郊坰,缥缈晴峦入望青。七圣宸游隔人世,千秋陵寝卫祇灵。中天云雾疑仙仗,午夜玄纁荐德馨。残角疏灯归路永,龙蟠回首气晶莹。

掖垣候牍

文书房阁倚晴空,珇砌迢遥秘殿通。昼晷立移宫漏永,天章传出禁云浓。重瞳明彻衡程表,万姓恩沾尺牍中。献纳独惭无寸策,昌期千载误遭逢。(以上均见于明祁顺《巽川祁先生文集·附录》卷下)

梁世骠 二三五

初春访黎绍山北园①

献岁乘休暇,选胜访名园。城春紫烟蔼,门静绿阴繁。逶迤鹤径窈,睍睆莺枝喧。五柳荫芳沼，列岫围孤轩。碧泉澄玉甃，丹洞隐玄猿。鸾情极冲想，凤翮当高骞。文光绚户牖，淑气浮兰荪。伫立檐日转，遥望[②]江云翻。瞥尔翔寥廓，超然尘俗蠲。看竹若有得，归路欲忘言。（明黎民表《清泉精舍》）

①《全粤诗》据嘉靖《广东通志》卷一六收此诗，题作"广州清泉精舍"，但无末两句。

②"望"，《全粤诗》作"见"。

邝元阳 二三六

题清泉精舍

山上幽亭亭下泉，主人心远地成偏。泉声入夏凉如雨，山色逢秋澹若烟。绕径松篁供宴坐，满天风月对谈玄。不嫌冲宇还相并，醉咏忘归白露前。

答黎惟和

高遁北山隈，幽亭面水开。四山云独在，千里客重来。松叶堆茶灶，梅花落酒杯。留题沉醉后，谁是仲容才。

题惟仁馆画壁

北来天柱壮，东去海门空。涧积千年雪，波摇万里风。春亭开密翠，晚径落深红。龙卧何时起，悠然钓舫中。（以上均见于明黎民表《清泉精舍》）

吴允禄 二三七

天 门

一到天门景绝佳，名山此外更无加。千寻鸟道悬丹阁，百尺龙宫枕紫霞。羽客乍鸣金殿乐，仙童时献玉岩花。由来真境非人世，无怪希夷薄采麻。

晓发谷城道中望武当

　　天际群峰果绝奇，丹青那复羡王维。参差玉笋高还下，错落晴云乱不欹。西望岂徒三楚胜，北来真慰十年思。应怜匹马冲寒久，愿借春阳几日晖。

　　西北雷声犹隐隐，东南日色渐瞳瞳。泥深马足时遭蹶，技痒诗囊屡不空。几处闾阎咨访外，一春花柳笑谈中。明朝问我游何处，踏遍层云最上峰。

玉笋峰

　　万姓瞻依礼独勤，九重褒锡制犹新。古来异教非无谓，天下名山固有神。玉笋峰头云似锦，紫霄台畔月如银。凭栏不尽登临兴，暇与游人细指陈。（以上均见于郧阳师专学报编辑部、云阳师专武当文化研究室编《武当山诗集》）

岑　万 二四四

过圆通寺次少师桂翁韵

　　杉桧碧阴阴，空门使节临。慧光留佛阁，山色静禅心。斜日看云坐，春风倚马吟。游踪询老衲，缘尔是知音。（正德《云南志》卷四二）

夜宿五层楼①

　　秋色危楼相蔽亏，凭高无奈鬓毛衰。莫言缘酒来何暮，应有黄花开太迟。康乐多才人所羡，杜陵独酌思兼悲。乘风我欲离尘鞅，姑射佳人不可期。

　　山城蠹蠹绮筵开，杰阁谁抡巨栋材。一水浮涵孤屿出，群山遥拥五羊来。夜看北斗星辰丽，却忆中天华岳回。天上台衡正虚席，东人惟恐衮衣回。（明郭棐、清陈兰芝《岭海名胜记》卷一）

①此诗共三首，《全粤诗》仅收一首，今予以补全。

钱　仝 二四七

题游仙石
竹林无处访仙居，寥廓西风想步虚。百尺丹崖悬断石，游踪应是未曾除。（吴宗慈《庐山续志》）

吴继乔 二四七

题濂溪
早向图书叹望洋，几更寒暑费消详。如今天假潇湘便，直溯濂源日未央。

题月岩
岩里清光总旧时，高风千载动遐思。焚香百拜心无限，陟降犹疑公在兹。（以上均见于明崇祯化《濂溪志》卷八）

陈　珪 二四九

登归宗岩
归宗未遇朱夫子，寥落人间欲不闻。假使当年聊一憩，风流不羡武夷君。（嘉靖《建宁府志》卷三）

邝元乐 二五二

题清泉精舍
卜筑瀼西头，路转林塘隔。夜静卷疏帘，遥看江月白。

散发坐庭石,性僻颇好古。仰天发浩歌,四顾皆吾宇。
清斋无事时,晓起觉春早。习习回东风,拂我阶前草。
门前五柳阴,宅后千山碧。中有卧龙人,焚香读《周易》。(明黎民表《清泉精舍》)

黎民表二五七

吴明卿见过山堂叙旧
草堂烧烛夜生凉,岂意风期万里长。白发惊心论世事,青袍濡迹向江乡。行吟野鹤闲相引,起舞林花笑不妨。为爱习家池上好,汉恩还许到淮阳。

梅花堂酌别张羽王
谁知空谷里,别有上皇人。对酒挥孤影,看花坐几巡。我狂歌凤鸟,君去近龙鳞。回首柴桑宅,垂杨一径春。

别陈彦国
津亭将解缆,谷口复真游。江路看新月,离心属暮秋。功名收虎竹,身世托菟裘。谁谓廉颇老,烽尘待借筹。

仰山亭
远游吾已倦,多暇此登临。云自罗浮出,江连越井深。风烟来倚杖,泉石应鸣琴。何必仇池去,方坚避世心。

墨池
甃石才盈丈,堪为涤砚池。涓流通药圃,清冷浸松枝。钓具闲来觅,鱼筌醉后披。濠梁向来意,惟有郢人知。

奕台
古甃耕耘得,重台亦偶成。息柯忘世事,围局见浮生。芒履侵苔滑,纶巾占竹清。无劳标坐隐,懒性少逢迎。

和公补携酒过汲古亭看菊
看花篱落下，谁为解貂裘。远客风尘色，空山池馆秋。壮心轻少别，小饮缓羁愁。走马长安日，知余揽桂留。

汲古亭
累石护中泠，诛茅结小亭。云光开浩渺，山色俯空青。酌水曾传置，驰烟未勒铭。年来休诵读，惟可续茶经。

山亭送甥公补、公绍会试
嵩宫新日月，双起凤皇群。挟册从金马，携壶访白云。绿萝成揽袂，青壁肯移文。别墅同君睹，麟台定策勋。

墨妙亭
林樾朝来爽，无人自往还。看碑销岁月，发兴得江山。松桧因风落，莓苔过雨斑。休论铭汉水，散发且岩间。

袭芳亭
附郭无耕地，依山有卧园。藤萝垂四壁，云木荫孤轩。瓜芋因时种，桑麻把酒论。桃花知几代，还有古风存。

梅花洞
岭外多奇树，留春小洞天。孤根饶古意，冷蕊入残年。积素疏棂外，飞花曲沼前。却疑姑射里，别自有神仙。

小东林
莲花开秀色，宛对匡庐山。高斋禅诵歇，旷然心境闲。佳期不可遇，苍林难独还。因风招隐士，乘月候松关。

题吴道子石刻
寂莫东林社，风流岂重寻。谁将金粟影，遗向玉山阴。梵像青莲暗，天衣碧藓侵。所嗟留妙迹，千古不传心。

见是庵
黯然海水黑，鸿濛犹未判。扶桑蒸云霞，金沙忽凌乱。幽人掩关卧，欹厓夜方半。毂转无时停，年华此中换。

招二山人入社

飞腾看后辈，艺苑独称奇。玄学侯芭好，清言惠子知。闻名从昔日，见赋又同时。已扫松间榻，相携竹下期。

玄芝山房

华阳期入道，蚤岁炼神丹。异草阶前摘，方书枕上看。烟霞秋结伴，猿鹤夜同寒。莫叹钻磐石，成仙自古难。（以上均见于明黎民表《清泉精舍》）

欧大任二七三

修复山中旧社

夙有山中好，弥敦物外盟。林塘仍胜赏，杯酒是平生。北海宾盈坐，东陵地近城。兰亭推逸少，竹径挹元卿。菊挺三冬色，鸿冥万里情。灌园机已息，卜筑计初成。邺下多名士，浔阳擅隐名。欢逢明圣世，辞赋忆西京。

月下过黎惟和山房

闻道仙居傍桂柯，蓬池应许夜相过。波连汉水银为浦，月度星桥玉作河。窗里异香萦宝鸭，山中灵盖掇金鹅。瑶台飙驾归何日，拟共松门结女萝。

雨中玄芝山房雅集

漳渠嘉会日，尊酒媚寒天。密冻随风度，残冰入溜悬。山霏侵缥帙，石润上朱弦。观雨多新倡，难酬□眺篇。

宿紫芝山房怀惟敬、惟和

下榻山房夜已阑，起瞻北斗望长安。请缨系房逢多事，开阁招贤属二难。宁戚此时还叩角，贡生何日更弹冠。天涯忆汝离群久，月满关河只自看。（以上均见于明黎民表《清泉精舍》）

陈绍文 三二五

游黎惟敬北郭园亭①

路傍仙城绕，山将粤峤通。帘枕侵紫霭，台榭隐丹枫。兴溢图书外，欢生眺览中。因知岩户客，日与世缘空。

境寂心多妙，人闲艺绝惊。琴师嵇叔夜，诗拟谢宣城。蕊气浮幽洞，葵阴到曲楹。自应尘鞅寡，何意欲逃名。

地僻扬雄宅，烟深向秀园。泉光分井口，山翠湿篱根。选树安棋局，临苍设酒尊。莫愁归路晚，凉月映柴门。

背郭开蓬室，依山结草堂。雨余书幌润，花落墨池香。檐集将雏鸟，岩交迸笋篁。非关悬榻待，自是客徜徉。

①《全粤诗》据明张邦翼《岭南文献》卷二七收此诗第三首，题作"游黎惟和北园"。诗中字句多不同，迻录如下："地迥扬雄宅，烟深向秀园。泉光分洞口，山翠湿篱根。选树安棋局，临花设酒樽。莫愁归路晚，明月映柴门。"

玄芝山房

幽筑古城隈，佳期冒雨来。字翻青李帖，香引紫芝杯。问道怜衰鬓，征诗愧薄才。晚晴兴方洽，更烛小迟徊。

共有嵇山约，巾车向此中。磬声临户发，炉气隔窗通。疏叶寒侵雨，低鸦晚度风。诗成聊纵饮，不必问途穷。

寂莫扬雄宅，相过岁色阑。云霞天外变，楼阁雾中看。细雨笼花气，清尊对夜寒。狂歌兴不浅，秉烛罄交欢。（以上均见于明黎民表《清泉精舍》）

吴 旦 三二五

清泉精舍为黎惟敬赋

别馆邻仙宇，名园类隐君。主人惟好古，兄弟总超群。径笋穿岩石，池花覆洞云。地从方外得，尘向此中分。露迥先秋滴，泉清入夜闻。崇兰香馥郁，丛桂影缤纷。士论推文苑，家传擅典坟。剑光连北斗，琴曲度南

薰。致默原无累,机深讵有恨。愿言协良晤,持此谢嚻氛。(明黎民表《清泉精舍》)

郭廷序 三三四

过延平作

年已蹉跎鬓已斑,萧然行李又长安。愁中烟雨孤帆宿,梦里家乡独夜欢。用世有心还击楫,忧时无计且垂竿。临津寄语双龙剑,一遇张雷莫自蟠。

重过钓台

半竿烟雨钓簑寒,远动征书一尺丹。足跨君王知故友,眼空丞相是何官。直扶汉鼎云霄上,尤惧群雄草莽间。万古清风遗像在,绿阴高处白云间。

游子

轨路何崎岖,年华眇衰谢。游子中夜心,依依在亲舍。仰望南山云,俯忆西畴稼。子道良久乖,尘途不遑暇。空惭曳彩衣,无由斟寿斝。嗟嗟还哺乌,盍驾回鞭马。膝下有余欢,朱紫何为者。

渡钱塘江

琴书迢递此登临,两度来游记盍簪。严子庙前风凛凛,伍胥江上昼阴阴。一灯细雨扁舟夜,两鬓清霜万古心。自信行藏吾道在,此生那敢愧寒衾。

渡扬子江

锦袍笑作天涯客,望望焦山坐晓舷。婉娈年华思故里,空濛烟雨渡长江。虚名于我真何补,壮志而今未肯降。笑指回澜最深处,浮沉闲看白鸥双。

守冻

阴崖藏积雪,荒湖合新冰。玄云映白日,朔风搅清冥。孤舟岁将宴,寂寂抱遗经。中宵耿不寐，兰膏自荧荧。缅邈思前修，起坐空涕零。何由蹑遐轨，远道惭疏翎。策驽聊自励，焉敢愧惺惺。

纪　梦

终古怀亲恨，昨宵愁眼明。形容来入梦，欢笑若平生。悲喜方交集，惊回正五更。凄然双泪下，枕上血纵横。

月　夕

豪兴月中游，清歌月中发。云闲鸟不飞，青天自空阔。

淮安发舟

南风挂席一舟轻，曲曲黄河两岸平。树染霜华红叶老，江涵霞影白鸥明。壮游司马曾题柱，慷慨终军自请缨。此去尘踪竟何似，只将葵赤向阳倾。

有　怀

严霜剥衰草，凉月照疏林。荏苒岁律殚，原野何萧森。中有忧世士，被褐恒苦吟。酣歌舞长铗，有时弄瑶琴。岂为食无鱼，所希在知音。焉得金兰友，相与叙同心。

岁　暮

去矣三冬尽，倏然两鬓苍。冠裳朝上国，菽水负高堂。有梦频留恋，无书可寄将。此行归尚远，何日纤眉黄。

除　夕

去年此夕扁舟里，此夕扁舟似去年。乡国可堪诗梦外，江山都在客愁前。庭闱甘旨凭妻子，身世行藏任老天。闻说青梅已如豆，不知堪否荐华筵。

过济宁

目极飞云旅思深，暗尘和雪满寒襟。联镳尽是朝天侣，策蹇应同叱驭心。朋旧云霄多意气，栖迟湖海已侵寻。劳心抚字终何补，独笑囊无季子金。

览 镜

览镜朝来瘦，鬓眉非故吾。思家亲不养，学道岁云徂。身世和蓬转，心情对月孤。天塞松径远，何忍听啼鹄。

试笔写怀

炊玉京华室欲悬，望云乡国眼频穿。穷人笑语浑无味，浮世功名信有缘。万里苏裘成败絮，几年齐瑟费安弦。倚栏尽日莺啼处，满地烟花欲暮天。

将 归

半庭新月窥疏牖，四壁风寒起暮空。老我声名成画虎，趋时文字耻雕虫。卞和泣玉真无赖，秦史吹箫却有功。归去不妨诗兴在，岸花堤柳正青红。

园 树

有美园中树，抱病晞春阳。孤根藉黑壤，意欲凌群芳。霜风日夕起，萌芽屡催残。高枝委蔓草，憔悴依东墙。羡彼桃李姿，容华耀朝妆。良时不易遇，恻怆中自伤。谁吹邹子律，一为发幽香。

纪 返

两屦云轻负笈还，渥丹非复旧时颜。凤毛逞彩真为瑞，豹足深潜惜未斑。节概只今空笔砚，梦魂无夜不家山。辛勤可笑平生拙，输与渊明早闭关。

望 月

漠漠广寒宫，皎皎嫦娥女。当时厌垢氛，飘然自高举。婆娑月桂阴，玉佩何容与。迢迢不可亲，望望空延伫。焉得凌云梯，飞和青鸾舞。殷勤中夜心，惊风忽吹雨。

拟 别

忆昨同携手，宁识别离艰。思今久分袂，始知会合难。强歌无好韵，强笑无欢颜。丈夫负奇气，谁肯偷自闲。妇人秉贞性，孤栖诚所安。但恐时节变，空令盟誓寒。哦彼《白头吟》，凄然伤肺肝。

杂　诗

有一华颠翁，衣冠俨如削。奇形抱古苍，游心契冥汉。相逢歧路中，立谈无枘凿。问翁何所为，寓于城南郭。前接黄金台，右接白云壑。左苑植匏瓜，右苑植葵藿。朝看光范书，夕览归田录。玄言迷出处，沉思暗惊愕。为语行舟风，逆顺不可度。譬彼奕棋家，输赢无定着。世运有兴衰，人生等忧乐。春来野草香，春去岩花落。

贾人行

西北贾人子，张里秦杨徒。被服丽以鲜，颜容美且都。罗网东南美，宝货连舳舻。今年游闽广，明年复荆吴。朝夕御华筵，左右列名姝。清歌振云响，妙舞随风敷。一饮连数斗，千金赠当垆。粗豪何可当，不数贫丈夫。流光忽如掷，好恶俗处殊。宫市颇易售，何楼众所逋。贾师日以远，珍贵徒自娱。满载空月明，瘒然返旧庐。

偶　成

孔颜吾所慕，赵孟吾所扳。二者交相战，菜色恒满颜。徘徊不能胜，岁暮空长叹。

魏匏品非小，齐弓材孔良。五石不为多，千里不为长。毋令乖所用，宝此宜深藏。

苍茫汉使槎，飘忽周王马。欲穷河水源，拟蹑仙人驾。去路无所归，抚心独悲咤。

有约青山阿，相期白云岭。月斜人未来，露湿衣裳冷。长笑倚修松，茕然对孤影。

山空松桂阴，洞杳烟霞静。念此怀幽栖，令人心怲怲。嗟哉游宦子，辛勤事驰骋。

即　事

归兴怜长路，来游忆去年。莺花红夹岸，燕麦绿盈阡。双阙青云上，孤舟落照边。应知裘仲侣，相望倚南舷。

枸　杞

采采仙人杖，绿叶抱心黄。橄橄遍原野，行行忘路长。芬芳倏盈袖，贮之复满筐。岂不爱鱼肉，此味苦且凉。可以壮筋骨，可以补劳伤。可以明眼目，可以益元阳。吾方坐幽疾，魂梦眇飞扬。骆骈望远道，鸾凤思高岗。身世满怀抱,将为却老方。

闸上俟水

阁船候流水,登岸乘凉飙。嘉草发奇葩,杨柳舞杂条。翩翩蝶翅轻,冉冉莺语娇。是岂不乐欤?吾心良自焦。途穷阮籍哭,粮绝孔徒憔。羝羊叹触藩,鸣鸟思迁乔。安得双黄鹄,驾之凌紫霄。

拟寄远

结发入君门,柔情两相慕。昨夕奉光仪,相看美无度。琴瑟和且柔,年华矧方裕。一别参商乖,红颜宛成素。燕赵多妖娆,吴越妙歌舞。君心能不移,妾心良自苦。知君骙骊材,终有伯乐顾。愿保千金躯,非为贱妾故。

自 述

当年效铅椠,弗能遵矩矱。濡毫学放纵,汗漫成飘泊。迩来狎时好,刻意尚简约。竟亦无老韵,枯槁更穿凿。小试或可观,大敌屡昏错。奇功不易建,至今空落落。此力未云衰,古人如可作。

寄内 四首

嗟予久行后,念子常独居。山河渺修广,园林日萧疏。音响不可接,梦寐恒与俱。如何经年别,都无尺寸书。望望南来鸿,令人久踟蹰。

携书徂京邑,曾无经世资。风波屡怀险,道路长苦饥。浮名信为累,作客少所宜。养静可延年,奔走将奚为。勉矣吾当归,秋菊以为期。

妇人无职分,高堂奉姑嫜。吾家慈祖母,八旬年未央。短鬓杂苍白,牙齿仍坚刚。勿以未衰故,小心缺提防。体弱感时易,晨昏候温凉。衰肠易饥饱,嘉旨合时尝。间举康乐酝,数献中和汤。被衣思瀚垢,改绽理所当。行止恐遗失,杖余宜在傍。端详视颜色,毋令喜怒伤。凡百宛承顺,孜孜身自张。但恐疾病侵,要令肌体康。勿谓妯娌多,汝自代予行。古来长孙氏,至今有遗芳。

养子教攻书,耕田教种谷。义方诚在父,吾行汝当督。大儿已弱冠,中材可收录。小儿始童蒙,生质颇淳朴。玉琢乃成器,驹驯方可服。毋容养禽鸟,毋容弄丝竹。博奕荡情志,营财蠹心腹。四时粗布裳,三餐陈米粥。非人勿与比,非书勿与读。爱苦易因循,因循乃禽犊。怒甚勿鞭笞,鞭笞伤骨肉。良友好切磋,求师在明淑。谷似理所宜,岂必慕荣禄。古来有孟母，至今仰遗躅。

蕲家闸望雨

云汉频瞻雨，江风浪卷沙。黄流思汴水，绿涨暗蕲家。野菜穷人卖，村醪达士夸。徒能谙世味，实枉度年华。

烟草

烟草迷迷湿，风枝嫋嫋斜。识途成老马，朝阙忆飞鸦。无事起何早，有怀人自遐。遥怜故园雨，竹色映窗纱。

疲卒

朝游河源头，有人河水侧。骨干颇丰伟，瘦面无颜色。自言甲胄士，少小从兵革。二十事东夷，三十事西域。挥剑草俱偃，扬旗日为蚀。平步及奔马，虚弦落飞翼。胸中有胜算，眼底无全贼。见敌辄先驰，捐躯思报国。奏凯共欢歌，征勋殊黜陟。欲诉汗马劳，无由展鸡肋。仰望旧同袍，薰莸不同植。时闻羽檄飞，愤懑填胸臆。言罢泪如縻，行人为叹息。

咏史

汉文三代主，浚哲自有真。仁风既昭洽，政化亦维新。止辇嘉言进，按辔将权伸。丕烈岂二端，明良贵相亲。兵刑久不试，功归称圣神。惜哉贾孺子，一谪困埃尘。拊髀颇牧思，飞将终沉沦。

白头吟

深沉青琐闼，悠扬绿绮琴。不悔一朝误，期同百岁心。幽盟指天日，密好结知音。何意求凰操，翻成别鹤音。人情多反覆，世路转崎嵚。昔为娄为鶒，今为商为参。君心如海水，谁能测浅深。

学陶体

人皆重轩冕，我独业农桑。孰故违时好，营名非所长。耕作岂不苦，食力自有方。灾沴讵能免，丰稔固其常。岁事或有成，妻女罗酒浆。虽无歌且舞，即事多徜徉。尝闻荣有辱，不闻贫靡康。醉卧茅檐下，陶然百虑忘。

豪门女

晴日丽园林，薰风袭台榭。野鸟鸣间关，嘉树阴相亚。流水自萦回，芳蕤杂开谢。借问此何时,朱明转初夏。谁家豪女儿,清晨恣游冶。济楚烂如云,飒沓纷车马。杂佩响琼瑶,巧笑馨兰麝。婉娈若可食,粉黛光相射。丝竹奏清声,酣歌不知夜。行人如堵墙,谁不希光价。西舍有孤媭,独绣幽窗下。哦彼行露诗,梅标谁为嫁。

邳州遇雨

风高云淰淰,江阔雨茫茫。野店朝烟湿,孤舟夜气凉。游鱼方自适,飞鸟各深藏。为客偏多感,无由问彼苍。

招 隐①

逍遥出城郭,步入西山阿。断桥芳草合,幽径落花多。扪萝跻绝壁,牵裳涉清波。闲云自舒卷,绿繁郁婆娑。禽鸟巢丛竹,猿猱啸高柯。飞泉下岩窦,声如琴瑟和。中有巢由徒,岁寒心靡他。朝吟考槃诗,夕诵采薇歌。我欲往从之,雅志成蹉跎。迟回怨岁月,如此美人何。

① 《全粤诗》据清温汝能《粤东诗海》卷二六收此诗。

端 午

佳节端阳至,惊心客路长。暖烟蒸细草,晴雨带垂杨。虎艾真何谓,枭羹亦自香。有人沧海上,独醒浴兰汤。

梅 雨

梅雨何霏霏,烟林昼来暝。野树不知名,芳华湿满径。嗟汝远游人,前路泥方泞。覆车良可忧,勿谓马蹄胜。揽辔且逍遥,鸣鸠若相应。

时 感 过常州

金斗繁华地,富裕安可量。游船满河涘,箫鼓乐声长。优施竞华艳,粲若桃李光。衣裳被五彩,举动何端庄。一曲未及终,宾主各尽觞。金乌已飞去,欢娱殊未央。君看陈烈氏,闻歌竟逾墙。

抄袁天纲 二首

富贵人共欲,得失命所关。少年闻此语,含笑且加讪。我年逼四十,俯仰观人寰。黑头忽短发,壮齿变颓颜。惊心云汉远,蹩足道路艰。生辰果安在,危坐成痴顽。天乎可奈何,长啸还故山。

平生信文字,无心问日者。年来屡颠踬,谓言惭稷下。是为才所拘,何由策驽马。有得袁仙数,且莫辨真假。父母兄弟行,妻儿妙模写。探往实奇中，来事或可把。聊且疑信间，安居俟炉冶。

兰　溪

朝发富春渚，暮宿兰溪头。新月傍林起，绿水缘城流。星辰光可数，云烟烂不收。江空万籁寂，夜静百虫游。隔岸明渔火，层楼响更筹。披襟无溽暑，坐久生凉飔。所至皆乐土，吾心亦虚舟。饮啄良有分，富贵焉可求。寄言宦游子，栖栖良足羞。

别亲友 二首

肃肃出郊垌，行行及河涘。屡为虚名驱，复当万里去。戚戚奚所怀，悠悠念予美。愁来不可挥，欲去还复止。人生若浮云，聚散何时已。但愿能久要，百岁长如此。

孤舟何渺渺，江水何茫茫。离别在俄顷，去住两仓皇。那忍即分袂，执手且徜徉。明旦非今日，杯酒合尽觞。匪曰无俦侣，念子不能忘。愿言各自媚，毋忘时月良。

送敬斋司训海门

芹地新雨净，杏坛春日熙。吾皇重风化，养士择儒师。夫子受灵眷，秉铎坐皋皮。染丝当使青，攻驹当使驰。春风一骀荡，桃李忽成蹊。端为吾道重，讵敢论崇卑。一朝风雨会，奋翅宁可期。

晚　凉

晚凉生枕簟，孤坐对深秋。雨暗临江树，灯明何处楼。凄凉双短鬓，漂泊一孤舟。永夜清歌发，聊将遣四愁。

夏　日

夏日非冬日，吴天是楚天。云开山色近，沙聚水头圆。饭粝山茶美，羹清野菜鲜。不知为客久，屈指忽经年。

浩　溪

凄凉游子思，寥落浩溪头。烨烨星浮动，潺潺水乱流。黑云将酿雨，红蓼欲惊秋。笑被浮名绊，吾生几度游。

孤　臣

孤臣频北望，游子南向归。橹击中流响，家思远道微。天边群鸟过，草际一萤飞。凉露行方始,炎风渐解围。

挽刘木亭先生
大星惊陨黑云迷,此老天胡不慭遗。早岁文章清庙器,后来勋业岘山碑。高名偶落秋槐句,久病俄闻薤露悲。我有斯文数行泪,为公洒向夕阳枝。

代送月波陈子
野店鸡鸣天欲曙,寒郊烟草何微茫。西风游子寄情远,明月故人归兴长。金井叶飘惊雁过,玉阶露冷照萤光。他年宿雨潇潇夜,应忆今时此对床。

夕　晴
雨霁星河近,风多秋气高。一灯青自照,两鬓白空搔。魏阙心常恋,韩江梦总劳。题诗寄归兴,兔魄起林梢。

挽洪兰溪
虞殡年来费手笺,高人奄忽又成仙。空怜夜壑移舟处,却恨晨蛇落镜前。尘世黄粱惊短梦,化台宿草自长年。传家有子青云器,行见恩光照九泉。

己亥元日二首
奔驰方息轨,端月又来临。萧索两行鬓,峥嵘一片心。震雷惊隐蛰,旭日动幽阴。岁事已如许,人情只似今。

谁不惟新岁,吾方惜去年。简身惊日退,许国让人先。服药朝妨老,挑灯夜渴眠。笑予奚自苦,居世岂徒然。

元宵喜晴
风雨潇潇厌管弦,百花娇困倚寒烟。天知此夜人心好,月向浮云破处圆。灯火楼台悬列宿,秋千院落下群仙。因思旧日追游处,回首于今又十年。

过飞尘岭
万叠青山直又斜,行行岐路欲无涯。深林日暗无啼鸟,荒径霜寒有落花。回首自疑迷去路,冥心直欲会仙家。拟将真境归图画,到处还将向客夸。

路人深山绿四围,时闻吠犬出岩扉。云根缭绕泉声近,竹树参差日影稀。曳屦行时浑不倦,披衣坐处欲忘归。人间此景无多地,我欲移家傍翠微。

丘梅江自潮来口传平安赋二首

有客故乡来,识面忽惊喜。孱然一病躯,仓卒披衣起。行李到多时,程期何日始。寒宅想经过,安否知何似。弟昆相见无,有书胡不寄。

客言未发口,粲然笑容微。解缆孟夏终,昨朝入京畿。君家虽不到,消息颇依稀。平安谅靡他,莫疑空是非。不觉病已去,坐久夜忘饥。

纪 别

别离恒事耳,少壮不知愁。老矣恋乡曲,欲去还迟留。叮咛儿女语,仓卒惧不周。一语再三想,再言生百忧。寒山色惨淡,啼鸟声啾啁。驱车屡回盻,恻怆谁为谋。仆夫那解意,歌笑何悠悠。

睡 起

睡起钩帘对远岑,重添香篆听鸣禽。半窗花影图书静,满院松阴岁月深。爱竹误称王子志,赋梅谁识广平心。蒲团扫地趺跏坐,闲看江流自古今。

除 夕

三年客里逢除夕,两度金台柏酒香。回首故山天万里,应知猿鹤笑人忙。

围坐寒炉拨夜灰,春光先已到庭梅。一年风景须曳事,为报铜壶且莫催。

长乐除夕

爆竹声高岁欲穷,淡云残照影匆匆。雨滋烟草将凝翠,风动霜林乱落红。更送短长三点后,人居新旧雨年中。明朝拜舞无私愿,惟愿清朝岁屡丰。

江头疏影照寒梅,为客偏惊节候催。一雨凄凉将腊去,百花妆点待春来。光阴过客成虚度,怀抱何时得好开。独为重华忻圣主,前星今已耀三台。

旅馆孤灯冷旧毡,弟兄相与对床眠。烟花故国思千里,风雨他乡又一年。抚剑未须悲老大,执鞭犹欲共联翩。明朝且醉屠苏酒,吾道穷通总付天。

元　旦

云开凤阙颁尧历,童叟欢声遍百蛮。烟暖柳阴笼翡翠,风和莺语弄闲关。人居太古羲皇上,春满成周宇宙间。我亦山中无事客,振衣歌罢白云闲。

静　夜

清宵一操鼓《猗兰》,闲倚珠帘酒兴宽。玉宇云沉风细细,瑶台人静月团团。养心有道愁偏少,处世无惭梦亦安。未了浮生半场话,好随贫富且为欢。

公子行

重重锦绣夺红霞,一宴中人产数家。信马春风行乐处,却嫌南亩不栽花。

写　怀

浮世光阴一箭风,每临佳节叹时穷。含风野水年年绿,映日山桃灼灼红。朱紫未能谈笑取,烟霞长与梦魂通。年来也学长生诀,犹恐霜丝入镜中。

赠郑炼山分教上饶

迅风转劲翮,溟海跃修鳞。志士望远道,贞女亦怀春。吾子富怀抱,弹冠际明晨。高谈发华藻,壮节丽秋旻。驱车从此去,慷慨良足珍。

结发两相期,青云起平地。荏苒岁华遒,长途仍按辔。予屡蹑春闱,君姑掌槐市。览镜能不悲,朱颜靡前似。努力更加鞭,老骥直千里。

贵臣称赵孟,富室羡陶朱。二者谁不愿,分定焉可逾。吾志苟得行,官卑亦自娱。愿言慎自爱,重为贤者模。毋为苜蓿叹,战胜良不癯。

冉冉春光暮,飞花委座隅。有鸟悲且鸣,声如求友于。况我同袍士,离别在斯须。酌酒叙衷曲,为我且踟蹰。心欲从君去,无翼将何如。

次玉峰促踏春之作

风花烟柳弄新晴,又见乌龙海外升。绿野沾衣有余润,天应迟我踏春行。

雨晴晴雨雨还晴,竹影当窗降复升。浊酒未期何日醉,草茵深处纵鞭行。

过母家有感

曾记童时此戏游,繁华光景足风流。而今古树空明月,满目江山一片秋。

禾黍离离日半斜,眼看兴废感年华。衔泥尚有堂前燕,犹傍空墙索旧家。

庭台百亩稻花明,春雨年年布谷声。堪叹庞然木居士,至今颓庙尚重更。

上巳游西湖山,次石上韵,呈同游诸友

执兰人竞出湖西,浩荡风光信马蹄。紫燕黄鹂欣有托,红桃白李尽成蹊。飞花时逐流觞转,过鸟如闻度曲低。自是升平多乐事,不妨拚饮醉如泥。

学隐无端百虑萦,登高遥望玉京城。困临芳草忘形坐,兴逐飞花缓步行。瑟瑟松风醒醉梦,潺潺流水杂歌声。浮生万事谁非是,未信人间有不平。

写　怀

云净天高月影横,绿阴庭院晚凉生。故人有约来何暮,风送莲壶忽四更。

代人挽友

交情千载契金兰,杯酒论文出肺肝。天上玉楼悲独召,床头宝剑忍重看。九泉路远乌啼切,三岛云深鹤梦阑。他日思君墓前过,满林枫叶望中残。

庚子元旦

生长太平世,峥嵘四十年。疏狂原似旧,贫富且随缘。细草雨增翠,幽花寒更妍。随人歌帝力,俯仰乐尧天。

见 梅

春色催梅开古岸,寒风飘雪满江天。心悬亲舍八千里,名玷乡书十六年。清晓闻鸡还起舞,何时攀凤共蹁跹。食芹欲献平生志,敢为区区郊外田。

辛丑元旦

京国逢新岁,家国忆远天。无为瞻舜治,多寿祝尧年。御柳将抽翠,河冰欲泮坚。和风兼化雨,尽在五云边。

宿胥口

月光生暮霭,树影漾寒波。鸡犬人家静,江山旧事多。扁舟千里道,孤客二年过。有病那堪酒,时时亦自歌。

春 兴

万红春润绕园明,风送流莺得意声。惊起游仙半床梦,杳然幽兴一时生。

清 夜

小院风清玉漏迟,素娥初转碧梧枝。隔墙忽有歌声动,人在花阴梦觉时。

游灵光寺用中灵子韵

野寺闲游日未斜,数声钟磬出烟霞。幽林尽日空啼鸟,古树无风自落花。苏子喜将棋寄兴,阮宣更把醉为家。登临不有今朝健,几柱人间好岁华。

日转琳宫草树斜,游人携手步云霞。眠欹石枕听流水,倚遍栏杆看落花。风月果吾真乐趣,山林何处不为家。高僧况许频来往,肯恋无情富贵华。

木屐登山路几斜,白云深处访丹霞。天风引动萧萧竹,涧水浮来片片花。今古几人同此兴,江山千载自成家。何时写就归来赋,水际松阴诵法华。

远望峰峦对日斜,独寻古寺入烟霞。云凝老翠千岩树,风送轻红满路花。真境由来在人世,养生何必问仙家。吾今亦有香山意,不使尘侵两鬓华。

游遇仙湖 四首

相逢大笑即登山，野鸟留人去复还。手把玉箫山上弄，凤凰声在万松间。

绿树阴中卧看山，清风两袖不思还。题诗万首苍崖下，留得声名宇宙间。

把酒徘徊坐碧山，莺花留我未应还。临风屡动游仙兴，铁笛狂吹水石间。

滟滟湖光叠叠山，日斜飞鸟望林还。游人归去歌声缓，穿出花阴树影间。

春日杂兴

春从东斗下江南，曳屦寻芳一再三。露滴柳梢新绿嫩，日蒸桃蕊乱红酣。题诗叶上莺来和，酌酒花前蝶偏参。醉倒歌声还不断，百年风景几回探。

忽逢春景便成忙，携酒园林乐趣长。日挽竹阴随户转，风吹花气入帘香。静听乳燕歌声巧，闲看游蜂舞袖长。眼底新诗随处是，兴来一扫纸千张。

帘卷春光野兴饶，一生诗景在今朝。草回旧色千重翠，鸟弄新声百啭娇。习习和风穿绣户，迟迟晴日转花梢。野人自笑闲无事，试把棋枰独自敲。

隐几萧条欲坐忘，春光不觉满山堂。和风细草芊芊碧，微雨幽花淡淡香。野树连阴遮别院，小溪分水过横塘。早寻款段游春去，莫待山峰半夕阳。

遇乡邦之旧于上杭，寄平安书

云掩遥山忆故庐，风吹落叶旅怀孤。忽逢里客惊还笑，为寄平安一纸书。

舟中月夜

坐对青山月四更，潺潺流水傍船鸣。清宵此意无人会，一曲沧浪万古声。

宿瑞金

鼓角声悲乱北风，清樽不解客愁浓。思家只在青山外，知道青山几万重。

有怀弟昆

潇潇风雨忆连床,共对寒灯笑语香。一别动经千里路,百年消得几时忙。青云系足交还浅,绿水牵情味却长。何日仙舟咏归去,几回春草梦池塘。

江西城下夜坐

雨落寒江杂水声,孤灯偏照别离情。夜长不寐披衣坐,风送莲壶忽四更。

过鄱阳湖

初过鄱阳渡,仙舟一羽轻。天空云有影,风静水无声。鱼鸟相忘趣,尘埃自不生。悠然有余兴,坐对远山明。

次清水港

雪花飞满客舟寒,独酌郫筒强自宽。高枕不知红日上,梦魂犹在白云间。情关猿鸟劳相怨,心厌风波拟乞闲。安得飞鸿知此意,将诗寄与旧人看。

次西湖亭

万里征途是此游,长江渺渺泛扁舟。绿摇垂柳春风动,翠拥高峰晓雾收。许国襟期犹自壮,经年离别不知愁。分明记得前宵梦,曾向彤云五凤楼。

过房村 或云项羽所生地

楚业无成汉业兴,河流千古未能平。恶风卷地三更后,犹似当时战马声。

次枣林闸

月明江上路,酒醉天涯客。今古几千年,照人头尽白。

漫 兴

随处江河惜寸阴,等闲端不费登临。落花啼鸟闲中趣,流水行云静里心。已拂尘埃还故曲,敢将筘鼓乱清音。月明此意凭谁会,笑把阳春付玉琴。

过新安
烈日初蒸汗,清风忽满怀。不知何处起,只将树间来。

夜景
夜静人无语,天高斗自横。千秋收众色,万籁纳繁声。短烛光初暗,方床气亦平。悲欢各云散,鼻息自雷鸣。淡淡忘千古,悠悠度五更。真知一夜寐,胜似百年惺。无奈鸡声晓,来惊鹤梦清。日光催户入,天色透帘明。已去愁仍在,无穷事复生。何因驻清景,万古乐无竞。

遣兴
莫问吾家何处楼,吾家应只在扁舟。百年风月天教管,万古江山我独游。心地清平玄水淡,歌声嘹亮白云收。拂衣未尽豪狂兴,双脚还应遍九州。

过扬子江
游仙曾有梦,此渡亦蓬瀛。眼孔随江阔,心源对水清。等闲浮世界,辛苦笑平生。浩歌聊适兴,鸥鸟竞来听。

登楼写怀
携琴迤逦出秦关,独上江楼一解颜。豪气平生吞北海,好怀今日对南山。心能乐处方无愧,意到悠然始是闲。清夜酒醒和梦起,满天星斗正阑斑。

阻风
小艇系江干,花阴柳色闲。南风偏爱客,留住不容还。

次陈世望年兄韵
万象包涵此寸心,年来不洗被尘侵。六经有影光明鉴,太极无声上古琴。榛莽剔开应得路,泥沙披尽可求金。拂衣起舞犹堪看,谁道朱颜病已深。

鲤鱼头阻风，与同寅辈坐于树阴下，乐忘归漫成

草褥江头坐不归，花阴树影共芳菲。歌声突起蝉来和，机事都忘鸟不飞。行止由天心自乐，卷舒随世道何违。同年此会聊樽酒，相与留连弄晚晖。

清宵向月

竹声何处来，风冷吹华发。手把旧鱼竿，船头弄明月。

古别离①

自少不出门，岂识天涯阻。郎欲上青霄，船系江之浒。从容对我言，慷慨无多语。妾亦不知愁，率尔聊相许。风雨递深更，闻鸡还起舞。酌酒壮行装，薄劝三杯住。执手问归期，笑指相如柱。匆匆分袂间，对面无分付。上马出门行，马首犹三顾。归来心始忧，此别何仓遽。孤灯耿兰房，滚滚流光度。记得别君初，黄花冒寒露。此日又春回，绿柳阴如雾。登堂拜问姑，郎行何久处。姑愁强笑颜，神京八千路。闻语暗心惊，低头泪如雨。那知大丈夫，一别轻如羽。妾欲寄新衣，肥瘦应非故。消息两茫然，鹊语空相误。欲上望夫山，愁心不成步。清宵欲望之，东西忽迷路。何敢怨归迟，愿接夔龙武。仗剑向南面，风光应未暮。却恐凤书严，致身归圣主。草色上空阶，衡门疏旧屦。郎兮归去来，毋为功名苦。

①《全粤诗》据民国《潮州府志略》收此诗。

过铜陵县

打破浮云万里关，来游碧海弄潺湲。乾坤荡荡茫茫里，风月平平淡淡间。未老岂须忧白发，既闲何必爱青山。浩歌声被东南送，送到琼楼玉宇还。

月 夕

万籁杳无声，天机真活泼。物我两相忘，虚舟载明月。月影湛清辉，江天同一色。长啸两三声，神游周八极。

用侄邦衡韵

平居那爱彩云楼，赢得清闲此钓舟。起舞影留明月殿，长歌声满白鸥洲。要知寡欲心无累，可是多营梦亦愁。闲倚鱼竿无限趣，东风华发两飕飕。

宿梅根

挟策长游赶少年,投闲却笑祖生鞭。乾坤倒我非无谓,山水随人信有缘。早已誓心盟皎月,不妨露冕对青天。而今懒甚无官况,一任雕虫不值钱。

清水港阻风

尽日停舟狎野凫,岸花汀柳识吾无。云收溪影涵明镜,雨霁山光列画图。风不送人归畎亩,天应留我镇江湖。百年温饱吾何计,蔬食鹑衣也丈夫。

登安庆大观寺

大观寺榭俯江开,此日登临亦壮哉。天柱乱云当槛起,小孤明月逐人来。微茫烟树吴门路,迢递帆樯楚水隈。欲傍浮槎访天汉,即凭佳气望燕台。

阻风泊雷港

宦途游走笑如颠,尽把高怀寄五弦。身到闲时成散荡,景逢佳处便留连。品题风月聊还我,分付行藏只信天。何用别忧身外事,却将辛苦送流年。

自笑

曾对青山许共闲,见山今日果何颜。忽逢山鬼揶揄笑,不肯居山漫说山。

写兴

天放春风满上林,急携挂杖到亭阴。花香戏蝶留连舞,柳密流莺自在吟。吾道谁知闲底趣,人间偏用动时心。我今独坐忘言处,山自孤高水自深。

渡湖偶成柬同舟诸友

手携凤尾扫尘红,独驾浮槎泛碧空。鱼鸟忘形无物我,江山得意每从容。浩歌惊起梅花月,拂袖招来杨柳风。欲起尧夫问真趣,行窝肯许一樽同。

秋　意

炎风稍怯暂生寒，草树青黄不耐看。谁信吾家三径菊，亭亭傲雪满阑干。

送　别

三叠阳关动水滨，淡烟疏雨净黄尘。相思两眼非无泪，剑倚长空岂妇人。

元宵喜晴

轻寒漠漠锁花枝，倏忽清光满路歧。明月出从云破处，元宵好向雨晴时。影摇火树风香度，歌彻星桥翠佩移。纵饮莫辞今夕醉，风光此去隔年期。

贞妇行为杨氏母作

结发为夫妇，相期克令终。深闺宛宾主，举案欣相从。悲君蒲柳姿，不耐秋风度。忽焉与衰荷，埋没先朝露。推倒旧妆台，击碎长明镜。无复整颓颜，瘦骨长如病。夜深起独坐，仰叹嫦娥月。嫦娥守孤孀，月焉为之缺。感此激侬心，三嚼熊丸苦。梅影上窗纱，仿佛瞻眉宇。庭前有幽竹，敲风时自鸣。午望频惊起，闻郎谈笑声。细听已寂寥，掩袂啼痕乱。暮雨复斜阳，对之肠欲断。挑灯屡看剑，剑锋白差差。盖棺思事定，顾影怜孤儿。孤儿类所天，犹足继书田。望儿速成长，使我乐余年。

过通衢岭夜宿

路绕寒崖日欲斜，青云役役暂停车。霜欺老竹还成径，雨压疏林尚有花。富贵倘来真是梦，江山到处且为家。孤吟无和凭栏久，一剑横空射暮霞。

游仙述梦

踏遍蓬莱四百峰，交梨火枣映春红。数声啼鸟花深处，自与人间曲不同。

弃妇吟

妾偶蒸梨触夫怒，仓皇被遣凭谁诉。残妆尽改旧时容，归家羞见来时路。妾知命薄怨阿谁，姑老堂前不忍离。犹望贤夫复回顾，欲行不行故迟迟。再入洞房看菊酒，留与新人祝姑寿。邻姬笑我何自劳，妾是伊家旧箕帚。少年恩爱谁敢忘，梦中犹忆凤求凰。落花委地无人拾，春雨年年空断肠。

送别代

鸡叫西城罢晓钟，孤舟寒影趁飞鸿。雨余草树浮沉翠，霜过枫林远近红。此日江山樽酒外，平生今古笑谈中。为君试把秦箫弄，不讳相思曲未工。

清溪晓发

野店鸡声早，蓬窗蝶梦惊。晓烟笼竹翠，残月照溪明。抚景时看镜，临流思濯缨。那能遗世事，浊酒醉还醒。

月夜

晚云收尽月苍苍，万籁沉沉玉宇凉。睡起钩帘清坐久，一声风送桂花香。

写怀

曾将宇宙无穷事，尽付瑶琴曲底声。独抱锦囊天际去，五云深处望神京。

舟中柬黄体和

白蘋红蓼满芳洲，万丈奎光照素秋。山海奇观千幅画，乾坤浮世一虚舟。壮怀时倚双龙剑，清梦长依五凤楼。此去倘逢宣室召，寸心应不为身谋。

舞剑欹残酒兴慵，故园遥望白云封。风林惨淡惊飞鸟，烟水苍茫起卧龙。岁月与人争老大，江山留我任从容。夜深忽有游仙梦，身在瑶台第几重。

夜起偶书

玉漏声残酒半醒，月流疏影透窗棂。悠悠好梦乘鸾去，高和箫韶舞舜廷。

楚天雕鹗气横秋，午夜龙光逼斗牛。清兴倚阑禁不得，凌风真欲跨瀛洲。

和梁惟思韵

烨烨奎光透岭南，禹门行看浪头三。平生短剑屠龙手，万里长风渡海帆。杨柳晓烟新绿嫩，杏花春雨乱红酣。摩挲醉眼长安道，一任香尘点素衫。

柏林寺夜坐

月上松梢醉倚阑，浩歌声震彩云端。山僧未识龙眠处，共讶风雷绕院寒。

送李春卿还琼海毕姻

天际飞云接海涛，露荷烟柳送行舠。水浮花片桃源近，风引箫声凤背高。文苑羡君年最少，江湖嗟我气空豪。萍踪会向知何日，把酒临风且郁陶。

题 鹤

冲天老翮劲翻翻，独舞松阴协舜箫。误落网罗飞不去，鸣声犹自逼青霄。

纪 梦

独夜凄凉旅思稠，梦魂飞到鳄溪头。候门童稚惊相问，聚首亲知乐未休。山拥旧云青压郡，草承新雨绿盈洲。笑谈不尽鸡声晓，愁听疏钟野寺幽。

望 月

步月中庭柳弄阴，风传鼓角夜沉沉。乾坤万古三更梦，宇宙千年一片心。黄巷青灯长自媚，幽兰绿水向谁吟。奇功总付床头剑，笑倚梅花兴独深。

遣怀柬平岗兄

手试沉香倚暮弦，东风花底听啼鹃。嫦娥颇似知人意，弄影穿帘照不眠。

暮春即事

平生奇兴在高岑，振履招提且越吟。小院绿阴啼鸟静，空庭疏雨落花深。风霜半改忧时鬓,霄汉长悬捧日心。学得柘枝无舞处,可怜疏散到如今。

喜晴述景
孤舟横野渡,晓起听蝉鸣。雨霁山河润,云开花柳明。有营皆我累,无愧自心清。此景凭谁会,浩歌时一声。

闻琵琶有感
云静虚舟月影孤,琵琶声近绕平湖。倔强肝胆平生事,虽有青衫泪却无。

寄林平岗
扫地焚香独坐时,闲情惟有白鸥知。江山不负清游约,风月堪供得意诗。吾道岂知贫可厌,此心真与静相宜。年来屈指人间事,胜负争残几局棋。

坐对南山酒一钟,尽将光景付诗筒。醉翻舞袖招明月,狂放歌声弄晚风。修己谁能轻毁誉,听天吾仍任穷通。曲肱欹枕兴不浅,闲看浮云过碧空。

雨余寄平岗
旅泊依春屿,孤吟寄野航。峰霞开霁景,浦日漾晴光。宿润含新草,轻烟罩绿杨。何知此日思,翘首望江乡。

对　镜
两度长安听晓钟,壮心犹老对青铜。儿童笑舞春风回,依旧桃花映日红。

宫　词
玉颜委汉宫,明妆异承赏。荏苒岁时迈,羊车绝清响。君恩谅有专,不在铅华上。哦彼小星诗,命薄良自怆。咫尺望龙颜,怀哉劳梦想。

长信寂已闭,迢迢秋夜长。尘埃满珠翠,蟋蟀鸣洞房。临风增惝恍,歌吹近昭阳。若人美何似,怅望可怜妆。愿言调玉体,令仪慎趋跄。恩光勿终恃,欢娱当未央。

阳和点幽谷,群芳竞菲菲。中有蕙兰质,所忧风雨霏。愁来抚鸣琴,自伤知音稀。那能比团扇，犹曾效一挥。愿告彼姝子，鸡鸣学齐妃。一人有遹庆，妾当被余晖。

过白马湖

鱼饭随时过，琴书到处安。云山披古画，风水献奇观。妙趣闲中得，浮名静里看。兴来频拊缶，歌罢独凭阑。

扬州夜泊

鸡鸣茅店静，玉漏屡传更。月小江湖阔，天高风露清。机忘尘事息，静极道心生。自起焚香坐，今宵一梦祯。

过樟树

几树蝉声送夕阳，无边秋兴薄穹苍。风霜鬓短羞明镜，湖海深情寄野航。痛饮且拚今日醉，高歌不减去时狂。山风水月知人意，送与清宵一味凉。

思 家

弹铗归欤野兴浓，风霜暗里换形容。吾庐只在浮云外，知对青山第几峰。

忆京师述怀

竭来迢递入京关，满面风沙袖手还。弹铗无媒攀凤翮，负暄徒欲献龙颜。归心已在南云外，清梦犹依北斗间。鸥鸟莫惊行客去，已拚同尔碧溪闲。

闺 意

闷倚妆楼高几许，望夫山上风和雨。落红满地绿阴生，门掩黄昏燕双语。

用林锦中韵

一笑虚名骰子绯，漫携书卷望云归。风声晓树黄鹂语，日满沧洲白鹭飞。抱璞未应明主弃，吹竽偶与世情违。囊中剩有长杨赋，老大何妨未拂衣。

锦中依前韵见寄复韵答之

枫叶惊秋色转绯，江山缭绕客初归。卧龙自是闻雷动，倦鸟还应矫翰飞。旧学自知强项在，流年偏与壮心违。惜春无计频回首，柳絮和风沾客衣。

和锦中滩字韵

笑向烟波问钓滩，万松影里宦情安。满嬴何补传经易，三顷虽疏说国难。湖海襟怀同月皎，雪霜肝胆照人寒。与君酌酒谈诗兴，共把梅花席上看。

送 别

两岸芙蓉照水明，琴书一别马蹄轻。多情山鸟知人意，飞过长亭叫几声。

飒飒金风水一蒿，玉人千里寸心劳。蛮声惊起相思梦，梅影横窗月色高。

小亭独坐

闲对青山着眼看，扪心独坐小亭宽。风轻点点杨花白，日暖枝枝荔子丹。万里功名劳梦寐，几年身事杂悲欢。向阳拟共葵心赤，不信人间有岁寒。

抚景寄易斋

晓雨初晴绿树凉，隔帘风送野花香。援琴抚罢高山调，闲听莺声自短长。

代送刘印山迁临安守

崒嵂擎天柱，汪洋渡海舟。南人欣酌酒，相庆得贤侯。

挽刘印山

早向天衢振羽翰，忧时赢得鬓毛斑。岭南他日思刘宠，江右于今失象山。死别似闻春落后，光仪犹想月明间。盛名遗爱还公论，薤露歌余泪未干。

夏日幽居

避暑凉亭读楚骚，山光水色照青袍。龙吟野外松声远，凤舞庭中竹影高。风暖燕传新乐谱,日薰花醉旧香醪。笑铺枕簟供清睡,时际唐虞庆所遭。

开　窗
幽栖僻地避炎蒸,雨霁开窗四面明。树讨乱枝邀月影,庭飘竹叶助秋声。凄凉往事丹心在,荏苒流光雪鬓惊。俯仰无忧皆帝力,不知何以答升平。

效康节体
春春熙熙十二窝,醉来起舞影婆娑。道中天地规模广,眼底风云变态多。闲倚幽林观众妙,喜从啼鸟听清歌。太平无事身康健,闲是闲非奈我何。

闲居写兴
深沉别院起常迟,满架图书乐在兹。春雨亭台花烂漫,午风帘幕燕差池。无文送鬼贫何厌,有志希贤力不衰。调得此身尚强健,百年应不负心期。

代送朱敬之会试
几年灯火记行藏,此日江帆蜀锦张。杨柳晓风离别易,荷花新月酒杯香。凤扬五彩翔千仞,龙起三春泽万方。北望燕云杳何许,论文相忆梦魂长。

匣中宝剑气成虹,此日云逵别渐鸿。信有图南鹏翮健,即看冀北马群空。封书好寄三秋雁,挂席遥乘万里风。笑我栖迟尚如许,漫将流水托枯桐。

对景偶成
独坐西楼百虑忘,湘帘高卷对时光。花经雨过香仍在,鸟怕春深语更长。多设机关知俗陋,笑谈今古任予狂。焚香读罢南华语,一阵风来满面凉。

登最高亭
柳外停骖望碧峦,小亭高处且开颜。从容足蹑云霄上,仿佛身居日月间。长啸数声尘梦断,遨游此日道心闲。山灵未许成痴遁,招得天风送晚返。

清溪夜泊

轻舟舣河畔，新月上林梢。凛冽霜风重，苍茫河汉高。孤怀双剑古，壮志一灯劳。努力将吾道，穷通任所遭。

发蓝屋驿

曙光聊引望，初日正苍凉。野竹晓寒翠，山梅寒更香。洗心思古道，医国采奇方。兴到悠然趣，无言真味长。

经会昌

独抱琴书壮远游，无边风景在扁舟。云收晓色千峰露，梅吐寒花万木秋。百岁情怀周孔教，平生肝胆庙廊忧。长歌不尽豪狂兴，一剑光芒射斗牛。

夜坐偶成

吏情乡思两悠悠，可笑行藏不自由。迢递云山飞鸟外，寂寥风景暮江头。朝天有路行将近，经世无才独抱忧。迂癖岂知随世态，拟将吾道付沧洲。

南浦遇雨

几年灯火照寒楼，此日飞尘湿敝裘。万里云霄双短屦，满江风雨一孤舟。解囊剩有湖山趣，弹铗羞为富贵谋。读罢残编机事息，闲看鸥鸟戏中流。

出都城

袖拂红尘出帝京，潞河烟柳听啼莺。孤臣一片心如水，长绕神州无尽情。

天阴欲雨

欲雨未雨东风凉，薄云弄日何苍茫。孤舟倚岸无人将，飘飘花落溪流香。南枝蜀客催归忙，瑶琴独抱声悠扬。酒酣起舞天低昂，浩啸不知行与藏。

别侯方二子

瘦马栖栖并出关，潞河风雪满前湾。我惭携鼠真谁市，君亦乘鸾偶见弹。邂逅只愁倾盖晚，别离真信解舟难。相期他日知何处，金马承明指顾间。

睡　觉

风生野树碧毵毵，葵扇无声午梦酣。燕子不知人意懒，故来窗外语喃喃。

题《长江万里图》为浮梁方竹城作

蓬壶老仙竹城子，平生豪气凌云起。奇才涌出倒长江，更写长江千万里。长江之水何渺茫，发源引派来岷岗。东驰渤澥沃坤舆，并湖合汉吞沅湘。风驰骇浪铁骑走，电掣惊波万牛吼。玄螭叔鲔谁知数，怪怪奇奇无不有。鸣鹍老鹘不敢翼而过，深夜苍茫落星斗。有时雨霁风波闲，天光云彩涵奇观。层楼杰阁往往列其下，但见遥山几株修眉宽。坐看袅袅罗纹细，仿佛银河落人世。忘机鸥鸟对沉浮，弄影游鱼自来去。吁嗟兮！此水根鸿蒙，绝岛多灵踪。亦有冯夷之洞，宓妃之宫。云蒸雾瀚无寻处，欲往求之安所从？嗟哉竹仙好事者，袖取生绡锦囊下。龙眠居士久寥寥，忽觌此手真其亚。我来披卷何夷犹，宛然身在麒麟洲。安得兰孙之桨竹叶舟，与君摆脱出尘去，一笑同为汗漫游。

再次前韵言别

槐阴日影下诗坛，谁拾仙家一点丹。乍学柘枝知我陋，却将流水对君弹。樽前风月论心易，别后江山会面难。携手欲分还不忍，浩歌声震水云间。

观书有感

乱草埋幽径，冥行踏落花。月明将夜半，得路喜返家。

织锦辞

天香弄影嫦娥立，玉漏穿花夜深急。纵横万里云霞光，织就回文百忧集。兰膏风灭水沉干，闷倚琼机泪暗弹。芙蓉帐冷云屏小，雪压金梭玉笋寒。我欲裁成合欢被，黄云紫塞凭谁寄。殷勤卷罢悄无言，忽听鸡鸣天欲曙。

开河闸对月

玉宇清无滓，江头弄碧波。蓼花风细细，疏柳月明多。

元　旦到吴江县

朝元箫鼓彻江边，笑拂冠尘对曙天。旭日彤云多瑞气，杂风碧草又新年。梦回越峤瞻亲舍，身在吴江到客船。遥望九重宫阙近，阳和从此入虞弦。

过豫章吊孙都宪

仓卒妖星犯帝阍，长城万里赖公存。威行雷雨群凶惧，气压豺狼国势尊。已敛英雄返造化，犹余精爽照乾坤。百年香火传公议，焉用人间太史文。

吊许大夫

巍峨祠庙孤忠在，万古纲常自力任。击虏只凭三寸舌，报君已竭半生心。遗名尚可强宗社，正气何曾间古今。我有哀忠双眼泪，望公一拜一沾襟。

泊桃源

孤舟倚江岸，流水何潺潺。清飙起巅末，明月生云端。群动各已息，众星灿然班。翠衾拥寒坐，怀哉行路艰。浮生若大梦，胡为声利间。浩歌聊自适，酌酒聊自宽。岁月不得再，遇景且开颜。

苦暑

溽暑蒸云火气焞，柳眠花困玉山颓。儿童急把珠帘卷，颇放凉风入座来。

题《冷泉》诗卷

一源何处冷悠悠，流出尘寰亦自幽。我有寒冰千万丈，与君添做五湖秋。

梅花

万品花中第一流，独持风采照南陬。尘埃扰处难污面，霜雪严时始出头。刚与竹松争老健，耻随桃李弄春柔。蓬壶阆苑多佳趣，谁把英枝种一丘。

寥落湖山一片秋，萧然疏影映寒流。色明上苑三千树，香满江南二百州。未许游蜂惊逸梦，只应孤鹤伴清游。湘累不识当时面，万古芳名惜未收。

睡余偶书

睡起松风欲满襟，手钻榆火试檀沉。琴弹古调惊新耳，书探今文费巧心。瘦马途长春草远，渴龙洞小暮云深。幽窗细雨凭阑望，落尽残红又绿阴。

赠黄别驾芹塘致政归漳

北阙悬车便引年，都门重睹二疏贤。功成霖雨龙将卧，力倦斜阳鸟独旋。潮海去思真父母，山林归学老神仙。教儿努力青云上，不羡黄金郭外田。

朝奏封书拜琐围，笑骑羸马出皇畿。相逢共讶休官易，勇退犹惭乞老迟。范蠡芳名潮海重，昌黎遗爱越人思。归来绿野闲游咏，平地行仙是此时。

代和汤府尊南岗先生蕢宫秋试韵

日转槐阴午乍晴，画堂鏖战鹄袍明。风云万里英雄志，礼乐千篇雅颂声。教仰周程时雨化，运逢尧禹泰阶平。儒生壮节非温饱，笑倚秋空一剑横。

春　雨

春风动遥野，春雨迷前江。柳色拖新样，莺声押旧腔。浮年真屡换，壮志未能降。东鲁曾经过，从容欲问邦。

喜　晴

山鸟知晴语乍长，游蜂花底挟风狂。诗人睡起寻新句，手拂蔷薇满袖香。

怨歌行

忆昔瀛洲榭初起，宫槐绿映醁醾紫。虾须帘卷绣屏开，月色穿云淡如水。楼山香袅春光和，斜倚瑶床乐意多。参差凤管凌风度，琼楼玉宇高嵯峨。散春愁暖惯朝暮，擅宠三千复谁妒。蛾长瓠白美且都，岁岁年年得君顾。闲花开落几回忙，不畏红颜鬓发苍。房栊昨夜闻秋雨，辇路无声翠草长。鱼钥重重锁深巷，龙准依稀梦中见。绛缕谁封晋帝纱，素纨空掩班姬扇。犹记光绫独赐时，云和自鼓鸣声悲。鸣声悲时情转苦，因风愿递君王知。

题《积善堂卷》为海阳吴掌教作
尘心牙筹笑不触，殷勤种德自年年。安心止处皆平地，信步行时不愧天。恶少尽孚王烈化，幽冥应试赵秋贤。芝兰阶下和春长，分得馨香到海边。

幽居即事
幽居无事乐偏宜，笑领风光几句诗。门掩碧桃春雨重，帘垂翠柳晓烟低。中流志节应长在，朝露功名敢恨迟。日永南窗春睡足，坐听啼鸟报明时。

读《易》
晓起焚香坐，风和春意长。为邦思问对，隐几任行藏。马骨霜前瘦，龙纹雨后光。闲将《周易》看，万事总须忘。

送洪章之秀才赴省试
绿槐夹道祖筵清，日转灯花照眼明。湖海风高帆影正，云霄天阔剑光横。文成搏虎君谁似，技学屠龙我自惊。此去端为吾道重，望仙楼上听蜚声。

送友省试
三叠阳关酒百钟，江亭分袂语从容。红薰祖帐花光润，绿映征袍柳色浓。孤鹤凌云天万里，长鲸出海浪千重。秋风已快平生志，莫美诗书旧所宗。

题《韩江别意卷》送许大尹
江亭一叶下，商飙起寥廓。携手上河梁，怅离动深酌。酒尽玉壶倾，高歌震冥漠。歌竟不可留，风帆去如射。眷彼孤飞鸿，谁系凌云翮。望望人已西，遥山暮烟碧。

送蒋大尹还乡

爽气澄南浦,星槎溯北风。梦魂双阙外,诗思五湖中。门柳栽新绿,县桃留旧红。应知分袂后,见月此心同。

宿石牛驿

寒风飒飒鬓萧骚,迢递肩舆一绨袍。到处芳梅临驿路,行看连雁下江皋。清朝遣使皇华重,永夜高歌客子劳。最是南云回首处,倚门终日思切切。

元　旦 乙未

天开黄道颁新历,乐岁欢声遍九埏。雨水骤添江水满,梅花开向雪花妍。魂飞故国空千里,寿喜高堂又一年。自愧迂疏长耿耿,愿祈补衮抱遗编。

姑苏述怀

昨别钱塘江上路,扁舟今夕到姑苏。思家欲寄平安字,风雨天寒雁亦无。

夜坐偶成

沉沉玉宇暮云闲,凤篆烟销滴漏残。花影半帘人不寐,洞箫吹罢月光寒。

早　春

城雪初消雨半晴,东风吹处草还生。流莺认得春来路,杨柳梢头叫几声。

和李白湖亲家赠行韵

深惭铁砚未能穿,月旦清评只浪然。岂有金声堪掷地,空将剑气漫腾天。疏狂未了烟霞愿,老大还推富贵年。风雨鸡鸣眠不得,兰缸光映百家篇。

出都门有怀

霏霏细雨洒寒襟,归袂凌风动越吟。十里柳阴宜瘦马,一年春色付鸣禽。空劳几度飞腾梦,未减平生壮烈心。回首芦沟桥上望,凤楼高处五云深。

过崇德夜泊
孤烟超茅舍，野水倚兰航。行路各千里，乡音杂四方。梦回山月曙，歌罢竹风凉。散发归流坐，荷花入夜香。

寓武林
少年骨气凌溪山，浮云过眼空人寰。天风万壑响松桧，浩然长啸思忘还。竭来儒冠效尧步，争红竞绿黄尘间。折杨黄华与谁听，危途饱历鬓眉斑。贤才衮衮集鹓鹭，孩儿倒抱空羞颜。醉来拔剑指牛斗，起舞不知天地宽。

游吴山
蓬店喧嚣暑气浓，试寻幽处乐吾慵。香分翠阁松花老，色映苍崖树影重。禽鸟识人陪笑语，烟霞随地可从容。归来兴寄清宵梦，长绕云间第一峰。

登小蓬莱远眺
古寺幽沉面面风，偷闲尽日倚帘栊。天留真境开三岛，地绝尘寰起半空。鸡犬万家烟树里，鹳鹅千橹雪涛中。兹游冠绝平生少，欲借禅家便息躬。

游西湖
平湖清浅映晴空，画舫来游西复东。古树斜阴金烂漫，断桥流水玉玲珑。窗开草色侵袍绿，帘卷荷花入面红。随量好拚今日醉，浩歌归去月明中。

吊岳武穆
陈桥紫气属南邦，胡马投鞭欲断江。赤手扶天功第一，丹心报国义无双。频闻丹凤征书急，若到黄龙敌忾张。兴废也知天有意，临风何必怨东窗。
独领貔貅百万兵，志吞黠虏气峥嵘。一时人物山河壮，万里旌旗父老迎。事已垂成嗟复坏，身虽先死凛如生。至今坟上南枝树，风雨年年长恨声。

咏新月

海天空阔净无烟，皎皎凉蟾又一旋。细影横斜青嶂外，微光掩映碧云边。先天八卦方初画，太极圆图始半圈。万里重轮行有望，四方翘首看婵娟。

过钓台

新室蛙声乱，春陵瑞霭浮。人皆攀凤翼，公自着羊裘。豪气惊星象，奇谋隐钓钩。君王非故友，归去白云秋。

前出塞效少陵

丑虏窥青海，天兵渡黄河。旌旗蔽云日，衣裳杂绮罗。愿言贵奇谋，兵精岂在多。直须探虎穴，万里笑横戈。

二国互征战，用计多奸谋。中原贵有备，胡马来无时。日夕常忧危，两鬓今成丝。前军方秣马，后军复搴旗。

朔风吹沙漠，战血常在手。却忆别家时，岁月去已久。君恩丘山重，贱躯岂吾有。爵禄何足多，所贵名不朽。

转战常千里，飘零空一身。欲言边塞功，却恐将军嗔。家室日已远，朋侪日已亲。离魂两愁绝，犹足慰酸辛。

颠毛嗟种种，结发已从军。悲笳月中起，悽惨宁堪闻。天地隔华夷，自古不同群。哀哉不量力，策马争奇勋。

矛戟不用强，技击不用长。一人有明德，四海尽来王。元气在朝廷，何劳辟边疆。两河皆赤子，斯言良可伤。

运粮出深海，驱车越危山。胡儿不见面，胆落层崖间。欲进惧有伏，空手羞言还。卫青真福将，伟绩谁为攀。

幕南争战地，白昼如黄昏。千金募奇士，突陈长先奔。杀气横辽海，清歌回雁门。但愿生还乐，封侯何足论。

将军图贵显，杀人以为功。宁知王者师，所至时雨同。神武贵不杀，蚊虿视夷戎。喟然发深叹，此志何当穷。

柏梁体

烟林过雨翠欲流，广庭暑退风飕飕。须臾月出青云头，含辉荡景西南楼。歌激清商叩玉瓯，烧春满泛谁人酬。半空玄鹤横素秋，软红堆里空名浮。笑铺竹簟无闲愁，曲肱一枕当王侯。穿花玉箭声悠悠，花影满地无人收。

行行踏落花，独访岩头寺。幽人卧空山，苍苔满双屦。松风涧水声，恋恋不能去。

悠然默坐抚枯桐，树树鸣蝉聒晚风。乱石倚溪声浩浩，淡云笼月影朦朦。越人笑我空垂钓，楚地知谁幸得弓。归去田园有余兴，满庭岩桂拂秋红。

梦　醒

湘簟风凉睡正酣，无端惊觉燕呢喃。依稀记得还家梦，花满楼台月满潭。

贞女吟

齐有贞女，约夫家聘有年矣，岁已摽梅而夫家不以时娶，若有悔者。贞女静以待之，若终身焉。闻之有感，为述此云。

忆昨委禽初，名门得佳侪。匪图朝夕欢，信誓期偕老。伫立望轩车，相携即长道。御礼烂盈门，纷华饰奇宝。坐感时运倾，微霜凋百草。咫尺是君家，望之若蓬岛。幽思不可当，梦想萦怀抱。宿昔桃李姿，一旦成枯槁。柔肠君讵知，冰玉长皓皓。亮君执明晖，终堪奉蘋藻。

旅馆睡熟，梦见老母，答问甚欢。既而惊觉，乃在万里外也，闷而志之

奔驰歧路间，流光几回易。行行道转远，去去心弥迫。忧愁日夕生，正如芳草碧。凄凄已满原，离离覆盈陌。欲寝不遑安，起坐还如螫。何许一梦间，怡然见垂白。蝉响无端来，惊起忽如失。翘首望云山，云山邈修隔。安得麻姑鹏，借以凌风翮。到家在须臾，定省欢晨夕。

送林掌教东海擢荆府审理

楚楚瑶玙器，峨峨廊庙姿。春风扬木铎，时雨润皋皮。陶铸多金选，声名动玉墀。遂移文庙席，去作汉藩仪。董相文斯显，王晞行岂为？登舟自今日，会面当何时？堤柳凝烟翠，山花含雾滋。修名各自励，皓首以为期。

别鲍石泉回维扬 四首

相见欢未久，别君复匆匆。感此春将半，握手情无穷。归心不可挽，征盖且从容。一樽沙头酒，聊以叙深衷。望月寄相思，两地将无同。

之子驾言迈，恋恋不能舍。苍茫江上舟，去去惊湍泻。顾望良独勤，音容邈难炙。日夕梦寐间,乍见梅花下。再会隔年期,长吟泪盈把。

春雨落花深,佳人怅言别。感叹中夜兴,披衣步明月。川凌阻且修,怀哉戒车辙。人生真浮云,聚散成飘忽。殷勤金玉音,勿使飞鸿绝。

久阔乍邂逅,周旋情未了。骊驹已戒严,鸣声出林表。别促感会难,援琴不成调。风寒乱草深,江鸟残月小。去矣慎所之,相期以终老。

方业叟挽诗

香消兰室动深悲,浮世黄粱只一炊。大衍数终仙客逝,少微星陨哲人萎。空山落月青驴远,新冢寒烟宿草凄。欲奠椒浆云水隔,故凭蒿里寄凄其。

送春有感

黄鸟啼残万树春,隔窗风雨正愁人。凭谁细与东君道,留取孤红照水滨。

述 怀

荏苒岁云暮,美人期不来。烟波阻南浦,怅望空徘徊。岂无一樽酒,可以充君罍。愿言长相思,所恨无良媒。闭门拥琴坐,风雨生苍苔。

过樟树偶作

孤舟行何迟,薄暮投烟渚。凉飙发清商,旷野收严暑。浩歌和者谁,远道行未已。仰视天边云,俯看溪中水。云水各有依,幽怀眇千里。感慨不能寐,披衣成坐起。所忧岂饥寒,所志非妻子。吾道苟不行,遗经其已矣。

读《前定录》有感

半囊萤火照青编,漫学扬雄守太玄。白石清泉成独往,短琴长剑任吾年。故知尝胆方成霸,谁道吹笙便得仙。已把行藏听天命,且将风月付吟边。

雁峰精舍为史惠州作

碧岫巍峨倚半空,诛茅绝顶羡飞鸿。雨余草色浮新翠,春到花光展嫩红。万卷书藏烟树里,百年人在画图中。悠然得意忘言处,化作仁风万里同。

代挽方业叟

忽忽西斜景,茫茫东逝波。人生若朝露,去去无如何。所以壮士怀,诉苦成悲歌。嗟哉方业叟,渊潜郁不发。翁姥力耕桑,而俱享黄发。一梦起鱼餐,形神遂超越。白杨悲暮雨,芳草泣寒烟。斯人不可见,丹旐何翩翩。叹息琴弦绝,空山啼杜鹃。

感遇 四首

有客操齐瑟,三年无与怜。有人吹晋笙,一旦成飞仙。如何同艺士,穷通乃相悬。遭逢诚有命,君子听其天。

四序有代谢,两仪互盈亏。天道固如此,人生每若兹。富贵倘来物,伊谁能久持。智者莫自劳,愚者莫自悲。冥冥天固定,顺适乃其宜。

青楼临大路,崒嵂凌云起。蛾眉燕赵姿,体貌多相似。岂但倾城国,桃李花羞死。一笑贾胡迷,再笑王孙靡。自说色无双,宁知老将至。日夕秋风生,荣华付流水。亦有素心人,相看犹敝屣。

朝过桓魋墓,石冢何嶔崎。刍荛日交践,牛羊亦相欺。暮宿董相坟,累累一丸泥。行人皆再拜,下马肃威仪。为善不近名,风流百世师。恶骨不速朽,徒为后代嗤。

惜别行送陈月波还潮

黄菊离披满秋夕,载酒长亭送行客。云间鸿雁时一声,寒露为霜满天白。拂衣起舞歌阳关,柳条折尽生愁颜。飞花啼鸟两分散,玉河流水空潺潺。牛车碌碌走长道,滚滚红尘出衰草。风前短笛不堪听,自古相思人易老。一度登楼一望君,悠悠万里江东云。匏瓜系我未归去,北山笑杀新移文。

和成井居雷港阻雨韵 二首

晓起看明镜,萧然两鬓秋。世方随道显,心岂为贫忧。水色连天暗,山容带雨愁。高吟有余兴,罝兔本侯仇。

学古焚香坐,天寒欲暮秋。濂溪寻至乐,范老抱先忧。梦醒元无梦,愁多不解愁。可堪荆棘地,频与蕙兰仇。

用井居九日韵

游子逢佳节,居人问去程。风前双剑古,天际一舟轻。故国花应瘦,明朝蝶亦惊。满城风雨近,佳句羡潘生。

五月念三日午后有雨连夜志喜

国旱频瞻雨,山空今出云。鸣豫初隐隐,解泽已纷纷。物色都浮动,人情各醉醺。威通真有在,何以颂明君。

袅袅从风散,霏霏入夜增。炎蒸随处解,枯槁应时兴。德动蛟龙感,功非蜥蜴能。螭头青史在,纪圣合先登。

送谢环溪司训大田

圣代崇文教,斯人是典型。皋比明正道,绛帐讲遗经。草木欣时雨,江湖望德星。终须腾踏去,王路正清宁。

送郑少溪司训建昌

蔼蔼文坛将,莪莪清庙姿。云衢淹骥足,璧水坐庞眉。绛帐欣传教,青衿幸得师。他年作梁栋,持此佐雍熙。

书 梦

久被虚名误,长怀故国悲。思为林下卧,梦作臼中炊。愁鼓庄周缶,痛吟潘岳诗。觉来心绪乱,抚枕自惊疑。

忆幼子

别来年再易,忆汝梦三更。啼哭怜无母,提携赖有兄。饥寒劳远虑,淳朴系深情。长大今何似,书香在短檠。

悼 亡

可叹离别后,常形梦寐间。沉思知丧久,痴想或生还。术乏鸿都巧,灵逢帝女难。归当筮葬地,何处是佳山。

失 鹤

偶离玄圃路,误落网罗阴。几度思仙侣,随时狎众禽。临霞应振羽,惊露尚遗音。何日归华表,云霄怅望深。

赠吕宾阳分教归化

万里青云器,今为绛帐师。传经扬木铎,讲德坐皋皮。山斗声名重,鱼龙变化滋。圣朝崇教典,行作舜廷仪。

秋　怀

黄芦碧草莽萧萧，羁思逢秋转寂寥。塞北雁鸿摩月度，海东鹰隼挟风骄。眼瞻河汉星槎近，心系莼鲈水国遥。却忆少年堪自愧，几回风雨误良宵。

槐　黄

庭外槐黄暑气阑，一年为客向长安。西山月色照归梦，南海风涛忆壮观。无可奈何双短鬓，甚非得已一微官。帘垂昼永图书静，惭愧诗人不素餐。

病　坐

小楼独坐思依依，节近重阳菊正肥。身与啼鹃频北顾，心随去雁总南飞。少陵岂是缘诗瘦，中散多应与世违。弹罢号钟满庭月，飘飘风露湿人衣。

秋　思

即看黄菊过重阳，空倚青萍望故乡。纵饮每疑彭泽醉，放歌谁道接舆狂。萧萧落叶千山暮，唧唧吟蛩满院霜。病卧牛衣惊岁晚，宦情羁思总茫茫。

谒韩祠

拜瞻庙貌发歆歔，韩氏江山孰肇初。青史峥嵘回正气，丹心激烈化豚鱼。道经秦岭蓝关过，望系泰山北斗墟。天为潮阳生刺史，区区何必问三书。

敬步《重阳见菊霜》韵二首录呈大贤王

风雨初晴景色佳，东篱满眼又黄花。一年节候三杯酒，万里情怀两鬓华。笑把绛囊随俗佩，羞将乌帽向人斜。醉吟杜甫茱萸句，真是诗坛第一家。

莫向牛山谩叹嗟，好随风景笑簪花。人间此日真佳节，客里三千度岁华。兴去登山芒履健，醉来题壁墨行斜。壶中我有长房药，欲济疮痍百万家。

九日登韩山①

松风满袖觉身轻，蹑屐登临逸兴生。夹路野花迎客笑，隔林幽鸟向人鸣。爱闲愁向尘中老，吊古能无物外情。百岁重阳逢有几，浩歌归去月华明。

①《全粤诗》据康熙《潮州府志》卷一六收此诗。

渡钱塘江

扁舟荡漾越江浔，两度经过感慨深。鹭岭风高秋澹澹，海门潮长昼阴阴。致身未□青云上，搔首空惊素雪侵。拂轸试操流水调，不知□处有知音。

过宿迁县怀旧

维舟河浒记前年，正值青阳逼岁迁。爆竹声中千万户，椒花香里一孤船。并游有客皆诗圣，纵饮逢人讶谪仙。今日重来成独慨，暮云春树故依然。

瑞松卷

马鬣封成瑞气通，亭亭偃盖出玄宫。花香细逐春风度，叶翠长宜晓雾笼。嘉兆已知投客梦，流膏还许佐仙功。蓼莪一卷无穷泪，多着龙鳞老干中。

送余损斋还潮

送客河桥不尽欢，都门分袂出桑干。乡心已逐归骖去，别恨遥应驻马看。堤柳影疏秋色净，塞鸿声断晓霜寒。相思此后知何处，明月清宵独依阑。

题鄢棘庵《祝寿卷》

即看南极有辉光，应是群仙献寿觞。几树棠阴皆种德，满庭兰茝已飘香。丹调九酝颜容少，树荫三花岁月长。我欲从君授鸿宝，笑窥尘世变沧桑。

陪祀义陵献陵有述

园陵秋祀敞朱扉，拜罢玄宫日未晞。北岳苍龙盘帝寝，西山紫气绕王畿。如闻仙佩风前响，时有龙旗月下归。圣泽万年思不足，凄凄霜露共沾衣。

恩放归省，出都门有作，时同陈玄山、梁雨川行

晓风清冷月华明，恩许返乡喜气立。回首云霄双阙迥，归心衢路一车轻。暖摇宫柳将抽绿，香入芳梅欲吐英。从此羁怀随日减，同年相对酒频倾。

浙江驿前舟中

浙河南去路依稀，回首吴山澹落晖。严子庙前听雨宿，伍胥江上待潮归。悠悠世事看云变，郁郁乡心共鸟飞。方信在家贫亦得，风波能使宦情微。

传胪有述 辛丑三月十八日

天开文运际升平，乐奏钧天太古声。紫殿风云扶圣主，丹墀鹓鹭立群英。日光掩映旌旗晓，花影参差剑佩明。自庆遭逢无以报，敢将温饱负平生。

游海珠寺

何年古寺屹中流，突兀凭空日夜浮。庭树锁云巢野鹤，浪花飞雪舞潜虬。红尘两岸人家远，风雨一帘天地秋。扰扰浮生真醉梦，从今拟伴赤松游。

冬至

客边岁月鸟飞忙，才见重阳又一阳。窗里已看添弱线，山梅行欲斗新妆。养心颇识琴中趣，医国谁传海上方。煨芋饱来无一事，闲观云物验灾祥。

过李一泉沙竹江村作

为忆东陵访故侯，棹歌乘兴舣芳洲。茂林修竹重重翠，绿水青山事事幽。泛渚白鸥浑不起，迁乔黄鸟故相求。闲情笑彼朝簪系，何日同君汗漫游。

甲辰元日

东风冉冉岁更端，草色花枝又满山。无事每占鸡历巧，有言欲献兽樽难。学思经世书常览，发可怜人镜未斑。回首乡园白云外，五胡何日泛舟还。

幽　栖

数载幽栖事讨论，闲来曝背倚南轩。风生江海龙蛇远，草自园林鸟雀喧。岂必天皆知我是，但求事可对人言。焚香独坐醒醒处，万里云开月满村。

示运花寺僧

肩舆游冶趁晴曛，踏破峰头半亩云。树带烟笼藏古寺，磬声和雨到江渍。笑予潦倒纡朱绂，何侣幽栖出紫氛。寄语碧山吾不负，兴来何惜佩鱼焚。

哭讷斋兄

风寒荆树晚来稀，遥望家山把泪挥。尚忆鲁桥当日醉，忍闻泉室一朝归。苏床夜语人何在，姜被春眠事已非。焉得平生如此愿，化为鹏雁一双飞。

恩重同胞四十霜，一朝分手路茫茫。床头宝剑光犹在，案上瑶琴韵已亡。堪叹人生真似寄，可怜儿女自成行。微官误我成鲍系，南望孤鸿儿断肠。

谩说灵椿寿八千，有谁执笔记流年。玉楼何豫人间事，赤鲤俄成海上仙。披卷忍看前墨迹，开窗仍有旧灯烟。伤心洒尽千行泪，欲向西风滴九泉。

晓来怪见鹡鸰惊，岂意琼林树已倾。每忆儿童相对舞，共期鸾凤两和鸣。一经未了书麟志，百岁空悲赋鹏情。从此松楸山下路，忍闻风雨杜鹃声。

云满四郊雨未成，霜蹄处尔蹶长□。岂因舐犊情钟长，却使盘龙梦忽惊。芳草池塘空自绿，荆花庭树为谁荣。不才后死知何用，未报亲恩已半生。

携手平生友爱敦，兄今何在弟空存。剪须莫效和汤义，灼艾还思割痛恩。花萼相辉成往事，埙篪合奏已无闻。九泉谁报吾兄道，男女于今尽有孙。

朝觐归途 三首

五凤楼高日月间，觐光拜领敕书还。梧桐雨细青春静，杨柳风柔白昼闲。敢为肥轻移素节，且将药里驻颓颜。可怜枥马心千里，不及寒鸦趁早班。

三月南游天气凉，酒旗江郭竞高张。啼莺老去山花瘦，乳燕飞来岸麦长。一曲凌风何处笛，九回欲断此时肠。思乡恋阙心俱切，潞柳苍茫系夕阳。

觐罢龙颜佩玉锵，朝衣犹自带天香。笑携独鹤辞燕市，梦逐双凫绕建章。无路从容瞻玉几，有心抚字愧铜章。微臣只任丹心在，不计江湖与庙廊。

途中即事

朴簌尘埃落满衾，每因风起忆山林。图书万卷忘年老，灯火三更坐夜深。毁誉定时犹有胆，穷通极处付无心。平生怀抱同谁语，抱膝聊为梁甫吟。

杏花春雨满江南，画舫言归三月三。漱石枕流堪自壮，呼马应牛亦何惭。乡园有梦鹃啼急，宦况无聊蚁战酣。拟把柯亭竹三弄，会看蛟老出深潭。

陈东溟归莆，无以为别，因取苏李《送别诗》"良时不再至，离别在须臾"之句，演为首尾吟十首以侑觞云

班荆欣邂逅，谈笑发芳香。执手叙衷曲，俯仰希虞唐。遥指孤飞凤，高举凌穹苍。久矣衰迟姿，赖君且张皇。此别讵能忍，之人金玉良。

之人金玉良，峨峨清庙姿。幽怀抱孤伉，浩啸风披披。翛然远行游，泄此胸中奇。伊予资丽泽，屈指曾何时。江亭云乍起，骆骥两分驰。

骆骥两分驰，我心空怫怫。渺渺望江天，惊风鸟飞没。年华生婉娩，音容眇超忽。鄗杳了复生，思君讵能不？霜寒松桂枝，芬芳自幽郁。

芬芳自幽郁，念子来不再。翘首望参晨，披襟出肝肺。愁随流水行，闷与青山对。亦有泪盈眸，羞为儿女态。但愿能久要，毋忘金玉诲。

毋忘金玉诲，相思劳梦寐。朵朵芙蓉花，路远不可至。逝矣欲从君，无由生两翅。寂寞江楼中，四顾谁予媚。日落晚风生，袅袅垂杨翠。

袅袅垂杨翠，离离芳草滋。高林出飞鸟，求友莺声悲。况予别三益，恻怆当告谁。江河望靡极，孤舸行何之。愿言期后会，献策当明时。

献策当明时，岂为妻子悦？平生慷慨怀，耿耿希前哲。老骥志千里，长江思百折。谁肯浪汰眉，腐草同衰歇。愿言各珍重，努力爱兹别。

努力爱兹别，人生无百岁。策马树奇勋，宜及青春在。嗟予拥肿材，弗受工师戒。挹君珠玉颜，始觉吾形秽。何以赠君行，芝兰以为佩。

芝兰以为佩，亲友遽忘吾。谓言别家久，高堂鹤发孤。鞍马悲且鸣，

仆夫严戒途。欢娱未云艾，为我且踟蹰。试听渭城唱，此曲古所须。

此曲古所须，劝君强倾壶。秋风起江畔，翩翩鸿雁徂。嘉会不可常，聚散水中蒲。前途浩游邈，梅雨慎瓯臾。多方调玉体，慰我长郁纡。

送吴竺源年兄五首

竺源年兄荣登省榜，未参廷对，盖为造化小儿所苦也。发源迟者其流漫，蓄光久者其照普，其在兹乎？今赋归矣，愧无以赠，谩取苏子卿诗"良友远别离"一句为韵，赋诗五首，聊叙别怀，抑寓期望之意云。

天衢骋骅骝，云霄飞凤凰。之子抱奇器，铿然金玉相。一朝振六翮，辉光惊四方。顾予毛羽短，何幸参翱翔。临轩策嘉士，方期对贤良。如何遘兹疟，无由陈慷慨。浩然赋归来，翩翩旋旧疆。勉矣图后会，飞鸣千仞岗。

洁身游魏阙，倾盖逢嘉友。笔锋扫云烟，剑气冲牛斗。周旋未云艾，河桥惜分手。瑶瑟奏离歌，玉卮斟别酒。同是异乡友，何时还邂逅。仰眄孤鸿翻，俯视游鱼走。无计往从之，仓皇谩回首。此心空惘然，真如失琼玖。

疾风吹征帆，浮云送飞幰。游子厌离弦，星言望乡返。去去途转长，行行日应远。何当留斯须，为子重缱绻。凉飙已届候，隆暑未云卷。河塞伯矧艰，虞山魁更偃。风尘多所忧，时序忽复晚。愿保金玉躯，殷勤戒羊阪。

有美生人豪，青春抱奇节。平生耿介怀，俯仰希前哲。忠孝两关情，所志期无别。方登南省书，遽转西江辙。莱衣舞蹁跹，思为庭闱悦。荣矣羡君行，我心空蕴结。忍诵《蓼莪》篇，长悲风木折。翘首望行云，潸然泪成血。

儿女恋别离，丈夫贵交期。譬彼山头云，聚散无定时。譬彼水中萍，离合何常姿。所愿如松柏，岁寒色逾滋。亦愿如金石，年久性不移。南浦何足叹，灞陵亦胡悲。万里是比邻，同心谅无疑。烹鲤得素书，当如奉光仪。

梅　花

谁谓梅开早，冬残花始芳。萧然抱疏影，自在溪桥旁。凛凛冰雪中，露出头角长。虽无桃杏姿，岂减兰蕙芳？楚骚偶遗失，信矣灵均狂。

梅花何太苦，岁暮凌繁霜。群葩已开尽，瘦面何清扬？人方怜惨淡，伊节自坚刚。化为苏子卿，独立犬羊场。正气垂清史，至今有耿光。

北人不识梅，众目争凝视。讶有铁石肌，而无脂粉气。淡然清白姿，合在瑶台里。惟有姑射仙，风流庶堪比。若比张六郎，六郎怕羞亡。

追和少陵《古柏行》

此柏不类人间柏，直与武侯同柱石。山鬼正宜加护卫，工师岂忍容寻尺？七纵七擒真独步，一枝一叶犹堪惜。亭亭擎日映云红，落落参天彻霜白。忆昔汉祚挽不东，黄星飞落昭阳宫。三分割据丹心苦，八阵纵横妙手空。古庙丹青照月明，老柯苍翠拂秋风。垂阴似布当时泽，战雨如鸣旧日功。谁取沉檀为华栋，何如此树能胜重。岁久长为龙虎蟠，根深不怕波涛送。实垂珠玉啖行仙，韵戛笙簧引来凤。莫将樗栎一般看，清庙明堂想堪用。

病起

伏枕经旬若抱鸡，无端带孔向腰移。狐裘已敝寒将近，鹊语无凭节屡移。王粲登楼空有赋，马融闻笛为谁悲。归期未卜频看镜，何日微黄纤两眉。

救月偶成

闻道蟾蜍能食月，此妖无翼怎飞扬？中天忽睹二时暗，大地空怜一寸光。天道盈虚诚有数，人间奔救得无忙。微臣袖有诛邪剑，欲奋无翼自慨慷。

癸卯元旦

新年四十又加三，自悔前非始觉惭。心已随春之冀北，身犹卧病在江南。和风吹柳腰腰细，暖日烘花面面酣。天下担头轻与重，听君分付此肩担。

送刘尹东曙赴惠来任

鸾凤高栖枳棘孤，云霄万里壮前途。山城好试栽花手，行使清风遍海隅。

昭君怨

绝代风标冠汉宫，君王亲选去和戎。但教烽火从今净，不悔当时傲画工。

和周礜山年兄

昔年京邸同携手,别后相思溪水深。此日逢君又分袂,暮云春树若为心。

沛 宫

剑履无踪汉业空,淡烟衰草自王宫。琉璃井上长明月,曾照当时舞大风。

苏武牧羊图

手持汉节坐阴山,啮雪吞毡有壮颜。忍耻牧羝岂无意?腥膻都在指麾间。

飞 燕

弱柳乘春出翠微,偶逢鹰隼却惊飞。衔泥去去栖何处?直傍连云大厦归。

孤 雁

万里衔芦带晓霜,伤兮飞不过衡阳。何时更得呼群去?书破霞天字一行。

瘦 马

愁蹶霜蹄却远征,瘦眠芳草向人鸣。一朝病起如堪用,能佐将军决死生。

病 犬

一吠曾遭伏草伤,那甘司夜老门墙。主人欲带平安信,万里不辞关塞长。

尘 镜

陶铸成时灿雪霜,飞尘掩处忽无光。美人梳洗若回眄,拂拭犹堪照晓妆。

焦 桐

饱雨凌风翠叶深,年来错被斧斤寻。伤心不忍成灰烬,故向中郎作好音。

杂诗六首

老色侵朝镜，雄心忆壮年。策驽今费力，何以企前贤。
岁月垂垂老，鬓毛故故疏。朝来倚长剑，天意竟何如。
春来花自发，雨过竹声凉。耿耿丹心在，清宵照月光。
水涨溪痕满，山空野烧明。孤舟人独卧，闲对小桥横。
露湿花枝重，风飘柳絮轻。卷帘无事客，独坐听莺鸣。
夜深灯烬落，风冷炭烟微。客子愁无梦，才成梦即归。

题望湖亭

翠微深处小亭幽，一望乾坤不尽头。笑倚阑干吹铁笛，数声惊破海天秋。

代 作

海外孤城百雉新，牛刀新试小经纶。行看殿柱题名姓，留得甘棠满地春。

除夕立春

日短云寒岁暮天，春风先到土牛前。疏狂海外琴书客，四十明朝又一年。
守岁频惊滴漏催，阳和暗觉地中来。明朝定有梅花树，妆点春容向日开。

忆故园亭子

凉亭半亩对山横，万朵琅玕绕径清。最爱一宵帘外雨，满林烟叶听秋声。

出塞曲

画戟森森绕将坛，风传露布满长安。角声吹起边城月，长照荒郊万骨寒。
凛凛腥风野燧红，飞禽无影戍楼空。九重拊髀思良将，万古令人忆寇公。

明妃曲

朝辞永巷出函关,瞥见毡裘胆自寒。从此昆明休习战,胡尘应不到长安。

闻人改葬有感

朝来杜宇声何急,茧室香尘一旦空。可惜故山松柏在,几行苍翠拂秋风。

岁 夕

朔风吹冷透窗棂,病守残更睡复醒。灯火向人如有意,钟鸣犹自照荧荧。

守岁无如去岁何,屠苏满饮更高歌。新年孔乐人何厌,天下人心念旧多。

昭君怨

马上朱颜映绿鬟,两行香粉泪斑斑。试听鸟集苞桑曲,肉食应须也汗颜。

举世惊夸卫霍功,山林何代少英雄?可怜延寿空诛死,刘敬当时且受封。

将坛莫铸封侯印,彩笔毫端奏凯歌。可是毛生有深计,丹青功比朝堂多。

舟人采山花上船偶题

云气沉沉酿雨天,水声山色偶幽然。梢人也解愁春去,采得汀花插满船。

张良庙

圯桥受履自从容,一跽教成万户封。近代衣冠有余韵,也能屈膝到三公。

四皓商山久闭岩,卑辞宁似紫芝甘。多君描出黄头老,坐镇东宫一笑谈。

韩信庙

发轫曾依漂母亲,藏弓恨值野鸡晨。韩侯可是英雄漠,生死原来属妇人。

霸王庙
乌江一剑死何难，百战无成尚忍还。千载卓刀泉自在，至今遗恨水潺潺。

函谷成灰亚父亡，无人无险又谁强？当时霸气今销尽，戏马台空草自芳。

午坡绝句
深山无路可通津，满洞桃花不记春。不是渔郎踪迹到，至今谁识武陵人。

闻选宫嫔追和壁间韵
素脸朱唇赛牡丹，倚楼妆罢晓天寒。极知青眼明如镜，却恐孤容不耐看。

次杨源山韵五首
雨霁春庭花满盆，玉人相对饮芳樽。谈玄入妙天机阔，不觉鸡鸣月在门。

黄鸟留春语更飞，桃花落尽鳜鱼肥。浴沂正好携童冠，一病难堪此愿违。

鲍系浮名鬓发稀，小山松桂旧盟违。一番午梦莺惊觉，仿佛身犹立钓矶。

风景清和春满城，参差花木映檐楹。兴来不讳山歌手，强把高人白雪赓。

画堂银烛照清明，风引笙歌细细听。花影半帘新月上，恍然身世在瑶京。

《月溪谣》寄赠兴化黄太守 见《明音类选》
壶山迤紫逻，木兰澄翠川。结璘耀霄汉，山水含芳鲜。岩花零露漙，汀杜蔚烟绵。瑶光应羲驭，桂斧睇吴仙。万里迥虚照，秋毫争弃捐。扶舆肇唐运，组绶怀丁年。分符洵有美，树绩当无前。电骥始遐步，云鹏渐高骞。丹衷向龙阙，玄理遗鱼筌。愿为环与瑑，奉子同周旋。

望龙虎山见《明音类选》

龙昂虎踞护烟霞，中有神霄正一家。云锦洞深丹鼎冷，玉人空醉碧桃花。

上巳游西湖山次石上韵呈同游诸友①

采兰人竞出湖西，骁骈蹄轻去若飞。酒听鸟声传不住，席移树影坐忘归。烟花过雨枝枝瘦，霜竹穿云笋笋肥。隔岸遥山是何处，绿围红拥望中微。

①《全粤诗》据康熙《潮州府志》卷一六收此诗，题作"上巳游西湖山次石上韵"。

游安庆大观寺

杖藜游此暂徘徊，吟倚东风望九垓。万水争流当栌过，千峰舞翠入亭来。参差草树枝枝合，浓淡烟云面面开。一笑莞然诗忽就，却惭平日费安排。（以上均见于明郭廷序《循夫先生集》卷一）

潘光统 三三四

校书清泉山中，惟仁携酒见过

暮云闲共倚，萧索爱楼居。风月能悬榻，年华几著书。每因看有竹，不叹食无鱼。披豁忘归路，林塘月上初。

黎君华君全携酒过酌奕台得生字

谢庭多玉树，伯仲蚤知名。缃帙承家学，绨袍念友生。赁春聊自适，载酒愧君情。萝薜怜分手，相思共短檠。

汲古亭

井渫还堪汲，清池更接连。浮桴谁酌水，通惠旧名泉。置灶花岩外，移床竹径边。主人元嗜古，不独挹茶仙。

听松馆寄怀惟敬

落落幽怀不易裁，欲凭高处望燕台。海翻远水兼天静，风挟寒云带雁来。江上形容生白发，山中猿鹤自苍苔。词□游从皆陶谢，书札何因到草莱。

小东林
空外金轮起，山中草榻悬。片云闲阅世，丈室且逃禅。佛是西来古，言应象外传。宗雷惭我辈，莲社许攀缘。

见是庵
望远凭高得，山林一室清。江风驱落月，海日吐残更。俯瞰南溟尽，回看北斗平。飞云何处是，一水限层城。（以上均见于明黎民表《清泉精舍》）

梁　孜 三四四

十五夜清泉山中待月得鸿字
偶随飞盖集芳丛，十载相看意气中。三径漫吟红叶堕，一樽长啸暮云空。池边小草停归骑，城上悲笳落断鸿。共据胡床成不寐，南楼偏觉露华浓。（明黎民表《清泉精舍》）

陈一松 三四六

拟西北有织妇[①]
西北有织妇，寂寂深闺里。朝朝弄机丝，纷纷不成理。霜月夜孤明，悲风四坐起。谁云无所思，良人在万里。言欲寄[②]寒衣，经纬乱如此。仰盼双飞禽，妾身羞[③]可拟。借问从王师，烽火何年已。

[①]《全粤诗》据温廷敬《潮州诗萃》甲编卷四收此诗。
[②]"寄"，《全粤诗》作"穿"。
[③]"羞"，《全粤诗》作"差"。

梅斋翁公挽诗
圣朝有遗佚，南海一仙翁。鹤锦恩初被，龟龄望忽穷。少微沉月纪，南极殒秋空。欲挽长升驭,迢迢云雾中。

其二

恤典沾霄汉,恩辉曜海隅。岭回天使辙,碑湿辅臣书。世事浮云尽,泉扃落照余。有生岂不化,况此复何如。

李氏山亭宴别五侍御馆丈分韵得柳字①

饯别出郊亭,系马亭前柳。袅袅向南枝,折赠同心友。白日照飞霜,星轺下北斗。当路无豺狼,澄清志不负。昔登白玉堂,忆君同结绶。晨夕恣欢谈,浪迹今何有。念之动中怀,况兹复分手。离弦促征鞍,殷勤更杯酒。共言别相思,宁辞坐云久。

① 《全粤诗》据温廷敬《潮州诗萃》甲编卷四收此诗。

送吴之溪令宜章①

飞斾楚南下,别筵河上秋。独怜仙令去,君是古②人流。门种五株柳,阴垂百里麻。眷予故相忆,何以慰离忧。

① 《全粤诗》据温廷敬《潮州诗萃》甲编卷四收此诗。
② "古",《全粤诗》作"故"。

送杨一溪守靖州

大夫乘轊别皇州,万里湖湘足胜游。共喜入官先领郡,谁怜一鹤在行舟。月明江路愁芳草,春到花村鸣乳鸠。公暇有怀蒐往迹,停车应访著书楼。

送给谏黎忠池馆丈佥宪闽中

使旌遥指八闽墟,骢马骄嘶别谏庐。封事幸遭明圣主,仙才不数汉相如。九霄宫阙登楼外,南国江山揽辔余。正忆往年曾倚玉,郊亭折柳倍愁予。

送冯改溪守广州

几从华省共风烟,忽向芳岐送别筵。骑竹总迎新太守,绾符翻讶老郎仙。星回南斗天疑远,城抱沧溟地故偏。征路未应愁万里,看君五马正翩翩。

其二

羊城古是越王州,风俗犹传歌舞楼。言借使君为地主,拟从南海挹风流。烟云郡阁驯园鹤,桑柘郊原唤紫鸠。怀我同衾还故国,离亭别酒若为酬。

送陈双谷文学之思恩

少小事书剑，意气蔑多士。蹉跎三十年，一官万余里。策驴出长安，遥遥粤西指。日月登大明，冠裳被遐纪。风流羡广文，雅念在夫子。且喜屏簿书，况复簇门李。地乐道在兹，何必拥驺骑。雁断燕塞云，天寒潞河水。何堪故人别，一樽残雪里。

送萧帘泉上舍还潮兼讯安所年丈

岁暮燕郊芳草歇，羁愁况复与君别。有怀为讯草园人，何时相对长安月。

送陈玉峰令融县

十年书剑事横行，此日烟花辞上京。制锦可云君是学，鸣琴应慰我同盟。天临象郡万山尽，雨别燕郊芳草生。恋阙心如悬北斗，停云望鸟不胜情。

春日衡阳道中次陈雨泉使君韵[①]

星轺临岳度，云磴倚穹跻。双旆凌空出，千山人望低。折梅惊岁换，烧竹讶春迟。瑞色摇书剑，琼华照眼齐。

[①]《全粤诗》据温廷敬《潮州诗萃》甲编卷四收此诗。

人日自衡还潭道中次雨泉使君韵[①]

天风乍起吹山雪，人日那堪匝地阴。自诧[②]身为苍水使，何辞车度翠微深。乾坤客路三湘鬓，日月鹏[③]霄万里心。东望白云生岭外，乡愁春思总难禁。

其二

七日春来半风雨，况逢飞雪转多阴。瑶华堪折美人远，仙盖欲临湘水深。十载风尘愁作客，百年交谊幸同心。索梅本谓能供笑，对尔寒花更不禁。

[①]《全粤诗》据温廷敬《潮州诗萃》甲编卷四收此诗。
[②]"诧"，《全粤诗》作"托"。
[③]"鹏"，《全粤诗》作"鸿"。

永丰道中怀雨泉使君

兼程何事促征轮，西逐东驱尽夜分。岂有霜风清楚甸，谩劳驿炬乱江渍。帷灯细落永丰雨，野阁虚停石井云。惆怅仙韶驻何处，春山鸣鸟何堪闻。

其二

节过上元犹使轮，春光今惜与谁分。十年灯火怀燕北，万里萍流叹楚渍。兴岂剡溪回夜雪，情同彭泽候江云。欲知此夕相思处，山雨喧喧不可闻。

永丰道中次雨泉使君韵[1]

于役戒晨征，春入湘西路。方停永丰节，忽返黄茆驭。道有荷薪者，相惊问何故。岂急苍生病，岂勤紫芝晤。使君自有真，劳劳非所悟。语终忽我辞，飘飘若鸿骛。因之念故人，伐木鸟声数。感慨思其言，似知出与处。回首欲叩之，夜雨鸣空树。

[1]《全粤诗》据温廷敬《潮州诗萃》甲编卷四收此诗。

次馆壁韵[1]

湘江如练带平原，长沙自古称雄藩。封疆万里秦郡国，阡陌一望汉王孙。衡岳南来负形胜，洞庭北走开户门。感慨有怀洛阳少，《治安策》在何销魂。

[1]《全粤诗》据温廷敬《潮州诗萃》甲编卷四收此诗。

岳阳晓发大雨，次韵寄雨泉使君，时二月十五日也[1]

节序三春半，风尘一客来。雨藏巴国树，云暗岳城台。雪浪翻犹没，林花湿更开。商霖如可作，还拟遍穷垓。

[1]《全粤诗》据温廷敬《潮州诗萃》甲编卷四收此诗。

同日舟中怀雨泉使君次韵[1]

揽策逢朝雨，登舻欲夕曛。远天浮楚水，白日散江云。渔火岸将瞑，莺花春正分。有怀成独坐，愁绝棹歌闻。

[1]《全粤诗》据温廷敬《潮州诗萃》甲编卷四收此诗。

舟中有作[1]

楚国晚山霁，巴江春水生。雨余烟浪阔，天远暮云平。若济惭非楫，临流[2]想濯缨。未能投组去，泉石负幽盟。

①《全粤诗》据温廷敬《潮州诗萃》甲编卷四收此诗。
②"流",《全粤诗》作"风"。

春日谒少鹄殿下,燕饮复惠花醴侑以诗篇,依韵奉谢①

贤王有佳趣,词客独相过。园胜春披画,林芳鸟竞歌。余尊沾后渥,名朵赏来多。不尽清狂兴,其如候骑何。

①《全粤诗》据温廷敬《潮州诗萃》甲编卷四收此诗。

午日谒屈、贾二先生祠有感而赋,岁嘉靖甲寅也①

伤 屈

去国已多恨,况乃宗将颓。大夫成自放,渔火②谩相猜。白雨沉沙没,清风激浪回。独怜余谏③草,空作楚骚裁。

其二

三闾不可作,千古有余悲。精灵向何处,宗国竟去之。颓风仍逝水,落日自荒祠。不尽临湘意,含凄赋采蘼。

怀 贾

汉文称右士,太傅却遐迁。岂谓才蒙忌,终于志转怜。蜚鸿魂自怆,神鬼席空前。惟有《治安策》,犹能千载传。

其二

披策叩宸扉,瑰才近代稀。胡为湘水赋,空使壮心违。论惜过秦是,人怜事汉非。观风访遗庙,怀古不胜欷。

①《全粤诗》据温廷敬《潮州诗萃》甲编卷四收此诗。
②"火",《全粤诗》作"父"。
③"谏",《全粤诗》作"诛"。

奉寿少鹄殿下初诞国嗣排律一章

翼轸分临南斗枢,汉江萦绕鄂城闉。湖湘自昔称雄甸,甲第于今占选区。帝子楼台跨黄鹄,天家亭馆赛蓬壶。瑶池源接银潢远,琪树纷从玉叶芊。雅道东平惟乐善,况云河间更推儒。耽书癖每编三绝,爱客情偏席屡铺。佳气芝生园圃满,瑞光花夹御楼敷。林芳过雨园披画,弦奏薰风节应蒲。忆昨贤王罴叶梦,当年元子凤传符。喧喧始讶啼声异,嶷嶷还惊骨相殊。郡国河山良有托,云霄日月若为扶。宫诞试玩喧初甲,海浦腾辉仂更珠。大雅堂开仙盖集,桂花亭洗寿觥濡。追倍忝窃梁园侣,文采风流愧独吾。

题永安王怀义册

黄鹤东，凤凰下。朱第入云披，银汉自天泻。胜览笥中足秘图，仙寻门外多轩马。有怀正慕东平贤，好文况复梁王雅。

李太守母寿诗

寿域春开二月天，莺花鸾披并堪怜。已惊仙帙夸逾七，更睹韶华阅几千。青鸟书衔蓬岛下，紫霞觞竞北堂前。大夫喜是移忠日，不羡人间舞袖翩。

旱祷次韵

斋坛步日情何切，出岫游云苦未连。万井烟消蒸气断，千山树迫暮霞鲜。虚闻野鸟能呼水，翻讶神龙但跃渊。龟坼老农愁我共，移文直欲叩高园。

和宾岩太守郡斋除夕时在制中

日月年残此夕余，乾坤霜满倍伤予。潸然欲下思亲泪，苦息何能献岁书。爆竹万家惊腊去，愁云孤榻坐宵虚。忽闻郢什传新调，海国春回泰履初。

和宾岩太守谒韩祠遇雨

韩山东望隔溪沙，古庙瞻临路未赊。非是逆鳞批佛表，那教英采落潮涯。春秋盛典还今代，邹鲁风流岂万家。不尽使君参对意，满携车雨度春霞。

和宾岩太守夏日试士[①]

郡国祥云拂曙开，三千白[②]战亦雄哉。风尘正想飞霜剑，海国应怜献赋才。长日莺花随彩笔，中天象纬落蓬莱。人文自昔看今胜，尽道曾经藻鉴来。

①《全粤诗》据温廷敬《潮州诗萃》甲编卷四收此诗。
②"白"，《全粤诗》作"百"。

与吴元山并舟北上，阻雨相失，赋此见怀

李郭同登江上舟，遥天万里一云浮。忽然山雨晚来急，独倚孤篷望斗牛。

其二

六月于征暑正骄,直看燕北路何遥。诧予又逐青云侣,呼取山醪对解嘲。

和吴军门镇海楼觞乡大夫之什[①]

十万旌旗海上开,南征谁似武侯才。一时氛祲敛空尽,满野欢声动地来。天极扶桑看日[②]出,雨余穷谷自春回。临觞雅有升平咏,丽藻惊昭云汉回。

①《全粤诗》据温廷敬《潮州诗萃》甲编卷四收此诗。
②"日",《全粤诗》作"今"。

李太夫人寿诗

瑞霭薇堂开寿宴,居然王母御瑶池。共怜鹤锦承欢日,正是鸾章锡命时。婺彩光连台极迥,仙葩长对白华披。遐年不用频占算,八十翩翩步自持。

其二

百年将母情何极,此日承欢愿不违。黄鹤山回潘岳驭,紫薇花拂老莱衣。烟开湘笋迎盘出,露湛江鱼入馔肥。细数海筹应未半,云霄长睹沐恩辉。

和武冈殿下新楼落成之什[①]

齐云殿阁俨仙居,别有层楼俯万间。桐叶自承茎露渥,葵花元向日光舒。牙签玉检清相映,宫月檐星步独虚。海内簪缨尽倾盖,乾坤何必访樵渔。

其二

翼轸天临帝子居,宫楼帘卷楚人间。自怜刘向书能著,共识东平乐更舒。玉树醉攀仙盖集,朱弦独抱夜堂虚。岂谓河山生远思,画图时展问耕渔。

①《全粤诗》据温廷敬《潮州诗萃》甲编卷四收此诗。

夏日苦热和林梅墩使君纳凉涌月亭[①]

休沐炎蒸思不禁,江楼向夕足幽寻。露华尚[②]靳金茎下,燠气偏从白屋侵。思凿井冰沾道渴,谩挥毫雪傍栏吟。月明川上观流水,爱尔澄然物外心。

其二

如焚暑气未曾收，我欲避之江上楼。今古人怜黄鹤去，乾坤身似白云浮。鸟飞欲堕炎波里，鱼跃频惊火树头。拟倒银河涤寰宇，只悲渔父失沧洲。

①《全粤诗》据温廷敬《潮州诗萃》甲编卷四收此诗。
②"尚"，《全粤诗》作"向"。

夏日南楼宴集和梅墩使君

楼开南极落星河，有客相邀明月过。槛俯夕岚看处满，山连爽气坐来多。共怜湖上金波涌，况复尊前白雪歌。庾亮风流成感慨，登临今日意如何。

中秋谦集洪山寺，林梅墩大参以告不果作诗见示，依韵奉答①

楚天秋色满山门，待月相邀野寺尊。梵阁云移宾坐爽，凤箫声逐鸟歌繁。金波忽向杯中堕，雪调还从醉后论。万里清光看不尽，瑶华犹傍紫薇②轩。

①《全粤诗》据温廷敬《潮州诗萃》甲编卷四收此诗。
②"薇"，《全粤诗》作"微"。

双寿逢恩为李文冈宪副赋

移孝曾看鸣凤采，承恩今喜际龙飞。只言桃结三千实，况是齐眉七十稀。露泛霞觞春万顷，花明豸绶日初晖。长有宠华娱白发，何如膝下舞莱衣。

腊雪，健斋方伯诗邀傅川方伯邸中共赏，倚韵奉答①

瑶华纷可折，持回②故③人看。布地怜三白，赏心同一丹。预知农望惬，能使客怀宽。莫对伤摇落④，庭中有岁寒。

①《全粤诗》据民国温廷敬《潮州诗萃》甲编卷四收此诗，题作"腊雪，健斋方伯诗邀傅方伯邸中共赏，倚韵奉答"。
②"回"，《全粤诗》作"向"。
③"故"，《全粤诗》作"古"。
④"落"，《全粤诗》作"荡"。

谷日喜晴次傅川方伯韵

新年瑞色霭春城，云物忻占八日晴。可有青尊邀茂对，拟持万宝答群生。

其二
农家占候得年丰，迟日人熙皞皞中。闻说康衢多鼓腹，不妨深酌坐春风。

荣恩三代为健斋栗方伯赋
四海维新日，前星继照辰。汉储归羽翼，明命锡丝纶。于铄句宣使，堪称社稷臣。胸藏罗象纬，磊落出风尘。畓献长杨赋，横驱紫塞轮。名书屏简在，德比玉无邻。二品崇三代，两朝致一身。华光荣潞草，茎露渥庭筠。推择才文武，安危卜甫申。勋成金作砺，度越厩为薪。行赐趋朝里，长垂正色绅。更看霄汉上，岁岁沐恩频。

送曾确庵大参之浙中[①]
祖席停征盖，瑶琴伴使车。陇梅差可折，津柳若为舒。白雪歌来凤，青春客佩鱼。不堪频送别，况乃岁将除。

其二
幸托兼葭好，因攀玉树姿。忽从分手处，转觉渺心期。越国人占岁，楚乡客问岐[②]。独怜汉川上，一鹗下江湄。

[①]《全粤诗》据温廷敬《潮州诗萃》甲编卷四收此诗。
[②]"岐"，《全粤诗》作"歧"。

贺曹傅川方伯得孙
瑞雀喧清昼，端居对玉壶。忽闻传锦鲤，云是挂桑弧。在昔嵩能降，于今事岂诬。投怀星入梦，践迹鸟衔符。山甫生周日，平阳诞汉初。异香惊远迩，英物识头颅。喜跨门中璧，欢持掌上珠。得孙谁不羡，率祖自应殊。弱抱诸神拥，筵开百玩俱。能言奇日问，学礼迈庭趋。世德歌麟趾，池毛起凤雏。通家吾慰藉，宁错补璋书。

送洪及泉谪判安吉
忆昔连翩日，于今三十年。此行怜宦拙，相送倍情牵。天日临官舍，雪川度客船。愿言厉毛羽，鸾凤看高骞。

送蔡青山舅任丰泰仓[①]
执鞭从委吏，徇禄岂辞卑。行道固如此，代耕良在兹。岭郡乡[②]烟合，都亭别思滋。驰驱看轫发，珍重慰吾私。

①《全粤诗》据温廷敬《潮州诗萃》甲编卷四收此诗。"素",《全粤诗》作"索",误。
②"乡",《全粤诗》作"蛮"。

迎新进士志感①

几从芸阁事囊萤,今日瀛洲喜共登。奎聚早闻传太史,龙飞况复际中兴。愿将钟鼎酬三策,莫以笙蹄试六经。琼宴醉归人快睹,迂庸深愧百年曾。

其二

献赋明光俱妙选,茫茫道岸几先登。三千正遘夔龙会,五百能无礼乐兴。共羡宫花簪绿鬓,谁怜筒草续元②经。珍重恩荣何以报,科名应不愧王曾。

①《全粤诗》据温廷敬《潮州诗萃》甲编卷四收此诗,题作"迎新进土志感"。
②"元",《全粤诗》作"玄"。

送大司空镇山朱公致政归万安次韵

先朝弱冠赋甘泉,回首风尘四十前。鬓发正当归洛日,安危犹系在唐年。驰轺带玉行仍赐,野树江云望欲连。屈指旧臣还旧隐,几人能得圣恩全。

送御史大夫麟阳赵公之留都次韵

一剑曾看请尚方,埋轮不数汉朝强。主恩今日三台座,臣节当年万里霜。独领法星照南国,满携茎露入江乡。白简重游增感慨,斗光宁减向时芒。

送镇江推黄复斋、六安守吴肖渠、清江令郭希宇三君之任①

翩翩曾睹凤联飞,衔命初怜下禁闱。郡邑王图全盛在,江南民力半嗟非。泽中歌雁声应藉,天上班鹓愿岂违。揽策都门何所赠,莫将钟鼎付轻肥。

①《全粤诗》据温廷敬《潮州诗萃》甲编卷四收此诗。

秩满荫子酬素原先生①

虚縻忽奏虞廷考,殿最从将汉法持。岂谓恩叨延世泽,翻惭尘忝负明时。过庭只望书能读,报国那知孝可移。我已扁舟归海上,逢人休说有垂丝。

①《全粤诗》据温廷敬《潮州诗萃》甲编卷四收此诗。

送常熟留中台、桐乡蔡调吾二君之任用前韵

南去双凫喜并飞，吴中犹及奉亲闱。风流弦诵音看嗣，政叶嘉禾事岂非。正爱青春夸二妙，那堪黄菊赋相违。皋夔自许平生志，努力宁甘战后肥。

送苏阜山守许州用前韵①

独怜题柱际龙飞，新拜分符出凤闱。政暇可堪棠阁卧，质成犹听芮邻非。春入中州花自好，云停②北阙意偏违。欲知稼穑供调燮，且向民间问瘠肥。

①《全粤诗》据温廷敬《潮州诗萃》甲编卷四收此诗。
②"停"，《全粤诗》作"腾"。

贱日酬素原先生①

五十五年初度日，蹉跎双鬓愧浮生。每缘餐素多渐②积，忽念劬劳百感并。阳至正逢吾道③长，龙飞况值海波平。修龄有梦从天锡，不向金丹问九成。

①《全粤诗》据民国温廷敬《潮州诗萃》甲编卷四收此诗。"素"，《全粤诗》作"索"，误。
②"渐"，《全粤诗》作"惭"。
③"道"，《全粤诗》作"代"。

送沈衡岩尹颍上用前韵

极目风云颍上飞，翩翩双鸟下彤闱。正怜郎宿清辉满，莫问牛刀小试非。到日春花行处合，九天晴雪望中违。悬知麦秀如膏沐，野色遥看百里肥。

送李屏山丞宝应①

十年彩笔意何涯，此日承恩鬓未华。佐政风流唐少府，行春湖上汉仙槎。时艰民瘼堪垂涕，阀阅簪缨岂浪夸。正是枳林栖彩凤，飞腾还向帝王家。

①《全粤诗》据温廷敬《潮州诗萃》甲编卷四收此诗。

送洪穆庵守信阳用前韵①

千里芳尘骑欲飞，一麾出守别皇闱。看花正爱青春好，剖竹宁论壮志

非。草树周南车下偃,风云蓟北客中违。政成他日承宣对,应有民图写瘦肥。

①《全粤诗》据温廷敬《潮州诗萃》甲编卷四收此诗。

送萧桐阳簿连城

几年怀白璧,一命得连城。佐邑通时贡,崇图在令名。棘栖阿阁凤,花度客亭莺。衣冠夸世代,应不堕芳声。

送萧学南之海口盐场

挟策从边实,典鹾为国谋。正当珍献日,况是海尘收。民力疮痍后,家声阀阅优。富齐思管子,何以附名流。

万历乙亥冬,予初度之前二日,日南至,天子亲郊宴群臣,予以得请展墓,阻冻通州,有感而赋

五十六年初度日,不堪双鬓客燕州。周南岂谓嗟司马,魏阙应同恋子牟。天幸南郊瞻咫尺,身还万里且淹留。获展松楸恩浩荡,感余惟有泪交流。

其二

叨陪华省尘何忝,归去青山喜自由。只恋明时饶白发,却忘蒲质欲先秋。上书解绶宁辞汉,许假还乡为报刘。肉食年来无寸补,蓬辰深愧此生浮。

通州旅怀①

展告辞凤②阙,仓茫问粤津。几年为客梦,万里获归人。冰合堪濡滞,时平足隐沦。无能生羽翰,利涉待江春。

其二

几载客京华,千山归路赊。误将忠作孝,敢以宦为家。坏土变陵谷,关河阻汉槎。不须叹留滞,回首是天涯。

①《全粤诗》据温廷敬《潮州诗萃》甲编卷四收此诗。
②"凤",《全粤诗》作"枫",误。

旅馆对雪,时腊之十日也

翔空六出竞纷缤,极目千山迥绝尘。共折瑶华占万宝,还疑柳絮报先春。拥貂思挟征夫纩,挺翠惊看节士筠。蚤避威棱归白发,天涯对尔转伤神。

赠别西宾刘素原先生

垂髫白战志何壮，俯首青毡数竟奇。璞献卞和还自抱，珠遗沧海更谁知。时名雅重乡评选，经术真堪学者诗。莫向门前问车马，桃花万树待纷披。

其二

宾席辱临惭稚子，长安倾盖慰吾私。多君凭问元经字，赠我常投白雪诗。万斛京尘饶共被，三冬旅色重相随。春风不尽临歧意，努力明时鬓未丝。

立 春①

天临客鬓逢春日，岁逼青阳欲暮辰。云物瑞占周太史，图花巧剪汉宫人。旅怀尚觉沧洲远，淑气能催白发新。休沐满携仙掌露，恩辉犹带上林春。

① 《全粤诗》据温廷敬《潮州诗萃》甲编卷四收此诗。

除 夕①

侧身忽感岁将换，去国那堪冻未消。凤历一年尘里尽，心旌万里梦中摇。趋朝恍若陪鹓侣，入社迟应讶海樵。短鬓有怀空对镜，深惭冥鹤自寥寥。

① 《全粤诗》据温廷敬《潮州诗萃》甲编卷四收此诗。

集句自遣①

江亭晚色静年芳，晶晶行云浮日光。白首相知犹按剑，青春作伴好还乡。高车驷马带倾覆，行酒赋诗殊未央。舟楫渺然自此去，海天愁思正茫茫。

① 《全粤诗》据温廷敬《潮州诗萃》甲编卷四收此诗。

椿萱同茂

有美灵椿树，庭萱相映鲜。托根邻上苑，擢秀迥嚣廛。岂尽栽培力，应多雨露偏。苗兰看玉峙，乔木自云连。瑞色侵书幌，祥光霭寿筵。荣华傍文藻，还睹赋甘泉。

元 旦

青阳启律临新驭，紫禁朝元忆旧群。此日孤灯悲送旅，中宵频梦侍明君。春光欲闹天边树，佳气先浮日下云。南望故园应万里，不胜愁思共丝梦。

元日，读王摩诘逆旅佳节之句，感而续之①

逆旅逢佳节，征帆未可前。雪华添旧鬓，岁历检新编。冻浦渐仍结，春云霭欲连。主恩同恋马，清梦尚依然。

其二

逆旅逢佳节，征帆未可前。帝郊回淑气，客鬓入新年。野色千林幸，乡心万里悬。东风如可借，为上泛湖船。

① 《全粤诗》据温廷敬《潮州诗萃》甲编卷四收此诗。

元日读刘文房新年之作，感而续之

乡心新岁切，天畔独潜然。旦日惟孤馆，和风自八埏。蓬莱云五色，枌树眼双穿。羁思正无绪，那知春可怜。

其二

乡心新岁切，天畔独潜然。客里逢元日，镜中惜去年。风尘双鬓短，湖海一舟偏。迢递南归路，莺花五岭边。

人 日

荡荡春风气转凌，纷纷酣赏几能醒。可堪旅馆过人日，谁道江门有客星。尘世乍惊新眼白，梦魂常绕故山青。何当双翼随归鸟，飞渡罗浮海畔亭。

访阴那山禅寺①

二月那溪柳放梢，迟迟马膝路岩嶅。白莲已罢来时社，乌鹊犹存旧日巢。更有飞幡龙钵在，空留卓锡虎泉泡。濛濛世界山如海，小雨犹酥密似醪。（以上均见于明陈一松《玉简山堂集》卷一〇）

① 《全粤诗》据民国温廷敬《潮州诗萃》甲编卷四收此诗。

梁有贞 三六〇

访清泉精舍

幽寂郊居地，真成水竹村。城高过朔雁，村古断寒猿。世事杯中尽，心期野外论。登临有词赋，清绝拟梁园。

十五夜清泉山中对月

曾是山中结社游，清樽仍为月光留。层云岂负三秋色，素魄终消永夜愁。千里关河常共赋，十年朋旧复相求。与君东望还搔首，孤啸时登城上楼。

黎职方惟敬便道南归集于梅花堂

地僻隐中林，山回亘长路。高人避名园，景物自佳趣。一朝起南峤，杨声振天步。通籍金马门，与此别年屡。鸾性在烟霞，水石萦情素。回迹践旧坰，新恩旃仍驻。亭榭复增葺，泉源更奔注。炎夏风日嘉，招携喜良晤。憩石荫修篁，班荆积英布。绿水满芳塘，中泛凫与鹭。对此怡心神，列坐盘餐具。兴剧亦忘疲，情高或能赋。斗酒岂云薄，聊以厚亲故。永惬丘壑怀，期洗尘凡虑。逍遥至日夕，东方月将吐。

赐书楼

千峰积翠拥层楼，俯瞰沧茫万井稠。烟树近连官阁迥，暮钟遥听上方幽。早寻白社携骚客，晚就青山学道流。试向南溟看气象，扶桑东影在瀛洲。

见惟敬池上桃花作

奇姿争逐艳阳开，秾蕊繁枝映绿苔。风入乍飘香作阵，雨余真讶锦成堆。且浥野外堪幽兴，还向庭前送酒杯。却似仙源堪避世，只妨洞口有人来。

小至汲古亭得河字

仲冬庭院喜来过，石径幽深挂薜萝。竹外行厨供野酌，亭边倚树醉狂歌。随阳旅雁声还急，偷腊寒梅色渐多。明日葭灰浮六琯，书云吾欲望关河。

同黎惟仁至听松馆

爱尔松间馆，连山叠画屏。开帘阴正合，高枕韵堪听。翠竹含烟密，红莲堕露零。窗前吟咏处，书带草青青。

玄芝山房

谢家昆弟好,更有惠连奇。留客题青竹,开尊话紫芝。城云低抱户,山雨细通池。疏豁从吾乐,能忘后夜期。(以上均见于明黎民表《清泉精舍》)

黄在衮 三六六

宿清泉精舍

萧萧苔径接云泉,望逐金茎白露悬。越岭远浮江色外,秦台半出月华前。风飘木叶惊残杵,寒入藤萝散暝烟。多病茂陵堪自起,未应劳咏北山篇。

梅花堂送别舅氏黎职方

梅花片片下城阿,白社何妨载酒过。洞口花枝欢把袂,池边车骑怆离歌。隔林野色含风转,卷幔松涛杂雪多。共羡省郎江左去,烟霞犹自滞羊何。

九日登山楼

溪上风烟莽自开,白衣犹见挈壶来。霜华万里荒台净,羽燕三秋绝塞回。落叶漫惊公子思,纫兰空负楚臣才。相逢此日还萧瑟,戎马愁心未易裁。

携酒汲古亭看菊

南汉登高后,何人复此来。白云檐际出,秋色雨中开。繁朵回霜砌,疏枝映羽杯。山门天欲暮,冉冉客程催。

汲古亭留别职方舅氏

地僻柴门迥,萝垂曲径深。池霜开片石,山月挂遥岑。塞雁侵离梦,边烽感壮心。芳园清宴夜,云外听疏砧。

袭芳亭

尊前新雨换群峰,数点飞花碧涧封。倘遇胡麻君莫问,武陵春色隐疏钟。

小东林

太史还朝日，名园喜并游。窗虚云气入，林密鸟声幽。碧树摇征袂，青山纵远眸。不堪离别暮，池馆思悠悠。

曲磴悬晴瀑，双林倚碧空。仙韶千里去，雅咏一尊同。院静含朝□，岩高动晚风。河山遥在望，知侍九华宫。

见日庵

旭日初升处，苍凉曙色开。山晴回曲牖，露湿散高台。嘉树千峰匝，浮云万里来。天门知不远，伫立思悠哉。

过舅氏云野山房寄怀

高斋春色逐云来，猿鹤青山莫浪猜。乱石松杉晴自出，含风兰芷暮还开。朱弦流水怜同调，玉笥藏书忆隽才。闻道铨曹栖隐后，蚤传封事动蓬莱。（以上均见于明黎民表《清泉精舍》）

黄在裘 三六六

七夕雨中登清泉山楼迟同游诸子

已订芳期作胜游，美人何处怅淹留。岚光半逐云光落，雨气全将暑气收。万壑松风吹客帽，一江秋色起渔舟。凭阑笑指今宵事，河汉还闻渡女牛。

我来山阁集群才，骤雨如奔过迅雷。江上鼋鼍吹浪出，河边乌鹊架桥来。芳时只仗青尊遣，尘世那堪白发催。无限旧愁浑尽却，尚余刘阮滞天台。

袭芳亭

亭榭翳云林，芳菲客共寻。泉流通曲涧，鸟语隔危岑。地主金门旧，仙灵玉检深。永怀尘外赏，与尔涤烦襟。

九华宫

削壁俯平泉，空林积暝烟。地疑庐岳胜，人是玉堂仙。柳外携壶榼，湖边舣使船。晚来延眺处,松杪一灯悬。

偶止茅斋下,萧然远俗尘。山留金粟影,桃泛碧云津。愚谷藏真久,鹅池染翰新。骊歌弦奏里,猿鹤忽逡巡。

长至宿玄芝山房与舅氏白泉谈玄

至日招携步竹扉,宵分云物静相依。乾坤何处□铅汞,岁月从今了是非。寒露渐迷仙佩冷,曙鸟遥散鹤笙微。相逢莫问商山曲,肠断青骡海上归。(以上均见于明黎民表《清泉精舍》)

黄在素 三六六

仰山亭

柱史声名振,抽簪此构亭。径通珠浦白,门掩越山青。薜荔摇虹月,江湖老岁星。蛰腾看后辈,诸子竞谈经。

墨　池

为有笼鹅兴,还怜载酒过。雨翻鱼藻乱,风约墨花多。
白雪元难和,沧浪一放歌。转看云汉上,起草促鸣珂。

奕　台

谢公围别墅,千载蹑幽踪。甃石烟霞合,诛茅麋鹿从。孤城临睥睨,半壁削芙蓉。时有高阳侣,消闲日杖筇。

汲古亭

高人池馆护仙灵,芝草琅玕昼不扃。北望秋阴生巨壑,西来佳气透疏棂。曲中流水怜同调,花下开尊偶聚星。十载讵愁披执戟,知君蚤就太玄经。

墨妙亭

幽人厌尘鞅,屏迹卧云林。亭敞莓台湿,碑藏日月深。未论黄绢碣,且试绿绮琴。寂寂柴荆外,谁人解此音。

袭芳亭

名园堪寄傲，水竹散清阴。屡动看花兴，因知抱瓮心。风尘书帙静，世事酒杯深。未拟歌招隐，金门忆陆沉。

同林维乔、潘少承过小东林

早岁论交比断金，竹梧池馆坐披襟。风尘老去堪杯酒，世事愁来转陆沉。千里雁滩回落日，几家砧杵动秋阴。楞伽妙诀谁参遍，高论悬河月色深。

世情方扰扰，之子独逃禅。坐对茅斋下，依稀庐岳前。峰峦标四座，松栝隐诸天。因悟无生理，相期谢俗缘。

见日庵

夜半扶桑色，凭高眺海隅。二仪元气合，万里郁轮孤。尘劫俱形役，浮生自辘轳。此中堪阅世，休感岁华徂。

修复山中旧社

白社逢寒假，青山觅昔游。风尘终傲吏，湖海此名流。淡日茅茨暗，疏林石径幽。莵园芳宴后，今复似曹刘。

招二山人入社

翔风吹雁过蘅皋，节序惊心只浊醪。莲社旧游夸彩笔，竹林寒影散绨袍。山深鸾啸传风磴，岁晚鱼书隔海涛。何事五噫俱寂莫，空令仲蔚自蓬蒿。

正月四日同林维乔、梁公瑞集黎惟和山馆

春来颇厌雨翻盆，稍霁名园拟卜欢。棣萼转辉芳径早，椒花犹媚绿尊寒。天涯战垒销兵气，湖上烟波起钓竿。更忆谢庭多雅咏，青青池草若为看。

题玄芝山房

怜君卜筑类华阳，芝秀春风叶叶长。窗里灵光浮棐几，阶前晴色映琳琅。仙人曾授长生箓，词客新题乐府章。可是卿云成烂熳，虞庭持此补垂裳。（以上均见于明黎民表《清泉精舍》）

黄应芳 三六六

邀刘兵宪游艮岩不赴次韵

胜游随处堪登眺,天造灵岩欲画难。穿石寒泉环洞出,拥云丛桂入图看。禅房净扫僧空候,野蕨徒供客未餐。独羡霜台高兴趣,秋风莼菜有余欢。(民国《宜章县志》卷三)

黎民衷 三六七

清泉精舍

卜筑清泉上,行寻一径幽。野池芳杜积,水槛落花浮。珠树来玄鹤,沧江起白鸥。不妨同酒伴,云卧恣丹丘。

青山聊隐几,虚室自焚香。细雨莓苔润,微风草树凉。门稀题凤客,箧有换鹅章。寥落机心省,空知白日长。

十五夜清泉山中待月

青山一啸集群才,何处秋阴惨未开。天上风云多变态,人间乌雀漫惊猜。梧桐夜滴千家雨,玉笛凉吹万壑埃。却倚金茎思献赋,庾楼尊酒不堪裁。

仰山亭同邝子乾诸子小集

丘中无结构,上客自徘徊。涧户留云入,轩窗向水开。候虫秋转急,松月夜还来。不独南池席,金尊屡共陪。

奕台

看君下局时,不记柯在手。世路俱亡羊,输赢复何有。

汲古亭

掬水爱芳辛,林间坐几巡。漉沙供梵客,汲竹与憐人。傍石安茶具,临风侧葛巾。偶来成胜事,摘遍小园春。

墨妙亭

何年空谷里,复有二贤碑。落日登台处,青山览古时。才名空草露,人事有推移。谁下羊公泪,冥怀付酒卮。

听松馆

高馆坐清夜,修然断俗埃。忽闻天籁起,如杂雨声来。繁响传霜杵,凉云度吹台。披衣还出户,明月堕岩隈。

梅花洞

岁华行复尽,幽赏未云疲。洞口莓苔石,亭前玉雪枝。地深春自远,人散境相宜。恰似淮南树,淹留又几时。

修复山中旧社

京洛缁尘倦,梁园逸兴俱。风期怜易涣,星聚叶重娱。白社修遗事,青山觅酒徒。蛩声希大雅,促席总文儒。得句频题竹,观生或据梧。陆沉惊岁月,樗散任江湖。寒促灰葭变,霜岩夕卉枯。四愁还可赋,三径未应芜。北去浮云远,西来紫气孤。乾坤聊倚剑,何处是蓬壶。

招赤城、嵩丘二山人入社

独倚南楼风雾浓,美人何处卧云松。青山病后谁同看,白石歌来少定踪。落月满梁空有梦,残霞一水恨难逢。何如卜筑烟萝下,共听东林半夜钟。

送社中诸子

翩翩南翼尽天池,挥手西风未可期。雅社十年翻似梦,烽烟四海欲何之。才名尔自鸡林早,作赋谁应狗监知。咫尺浮云任飘忽,更堪明月照相思。

奉和泰泉先生《梦游罗浮至瑶石山房》

忆昔餐霞事列仙,朅来尘梦到钧天。霞衣化去迷瑶草,绛节归来燕白莲。石磴芳菲翻翠羽,铁桥鸡犬入寒烟。疏狂一笑浮生客,曾记轩辕问道年。

社中诸子同贾道人过山房因赠

道人骑鹿来青山,人间未许扣玄关。夜来梦到清都境,风急云奔吹剑还。沧海云流木叶飞，浮生何处问皈依。天边欲借星槎去，北斗横斜玉露晞。

题惟仁弟玄芝山房
开径披三秀，南荣岁不凋。灵涵元气闭，香贮紫气飘。载酒烟霞僻，招仙日月遥。毓华聊驻景，海岳转空寥。

雨中集玄芝山房
岁晏喜招寻，参差花竹深。家贫谁载酒，地僻几闻砧。黄叶雨中乱，暮云天际阴。攀翻多大隐，聊寄短长吟。（以上均见于明黎民表《清泉精舍》）

李以龙 三六七

夜 坐
朔风吹云尽，寒窗坐月明。夜深人静处，千古一时情。

九日书怀
去岁重九日，公堂醉清觞。忽忽又逾年，念兹岁月忙。把酒对茱萸，细看正彷徨。百年已壮立，忧病苦相将。圣途亦云远，奋策志皇皇。一形漫有役，万感乱中肠。怀哉结幽居，收功期坐忘。努力更何时，俯仰心悲伤。光阴恐虚掷，展转秋夜长。

上座师魏参政
昔随桃李斗芳菲，病入东风春事违。千里又迎新岳伯，十年还着旧儒衣。白云有恋移青锁，黄阁无私望紫薇。只道江门风月好，何时吟弄上渔矶。

癸酉元旦
斗柄初回一夜春，衣冠同拜冕旒新。乾坤万历逢明主，野老三朝亦旧臣。那有丝纶共补衮，只将花鸟答洪钧。春来漫有江门兴，好向源头更问津。

将北上次白沙先生韵 二首①

花满溪头水满陂,林亭深处日华迟。秋根自老便高枕,岭树回春正北枝。魏阙忽惊沧海梦,柴门终与白云期。明良千古凭谁计,尧舜巢由亦此时。

其二

不问云台与钓矶,百年身世任行违。平生献纳心犹壮,当日头颅事已非。制锦那堪供补衮,行囊剩有密缝衣。孤云何处惟衔恤,肠断江头是暮时。

① 《全粤诗》据明张邦翼《岭南文献》卷二九收第一首。

嘉会楼 四首①

飞阁层空坐榻深,百年拄杖此登临。江门秋水来天地,庐阜春云自古今。鱼鸟忽惊今日意,江山空忆往年心。不堪吟罢更回首,满眼风尘半夕阴。

其二

少年曾作江门游,百尺楼高望隔洲。一病移时空有梦,十年回首又登楼。山光水色凝秋思,野树荒台起暮愁。谁剪榛芜开塞路,梅花明月旧矶头。

其三

日出东南万里明,高台遥指白云生。漫随古道寻花柳,肯向时人说姓名。残碣旧诗犹有迹,沧波烟艇已忘情。却怜扰扰浮生梦,欲向先生问八溟。

其四

沿流问渡入江门,山绕川回旧有村。万里江流归大壑,一泓溪水泻真源。也知大极元无极,不道忘言更有言。老我一襟怀古意,倚栏默默向黄昏。

① 《全粤诗》据清顾嗣协《冈州遗稿》卷四收前三首。

江浦吟追次林南川韵 五首①

梦谒定山,遐思江门,诵诗寄怀,怅然有作。

梦入鸢鱼意亦佳,乾坤风月定山家。江清草阁犹含雨,树老溪云半着花。也向源头寻活水,恍随仙子醉流霞。烟霞一觉公何在,孤枕寒欹半榻斜。

其二

高枕羲皇也自佳,千年删后又名家。青天白鸟真谁意,万紫千红是此花。都把中庸归大雅,绝无烟火住云霞。吟余忽动西林兴,坐拥寒衾对月斜。

其三

乾坤风月定山佳,诗到江门是一家。南海沧波谁钓濑,东吴明月又梅花。白云影静千江水,碧玉秋连万树霞。两地神交浑梦寐,倚栏吟望几回斜。

其四

杏坛风日景全佳,剖破藩篱是一家。风咏未忘沂水月,梦魂深绕定山花。闲亭芳草凝春雨,秋水长天阁晚霞。醉倒东溪何处是,秋根老树自欹斜。

其五

云闲水淡更清佳,万古风流是此家。那得春风坐明月,漫寻流水问桃花。青牛已去关门路,紫气空残嶂外霞。目断闭门长坐处,微茫江上数峰斜。

①《全粤诗》据清顾嗣协《冈州遗稿》卷四收第三和第五首。

吊 厓①

澶渊未了百年计,锁钥空教房使疑。和议已成宋故事,出师无复汉威仪。云深落月金牌愤,风驻信潮铁锁悲。留得乾坤正气在,长风吹雨洗残碑。

其二

南北河山入战图,中原戎马失皇都。海门日月有千古,晋国衣冠惟五湖。渺渺翠华游岛屿,萋萋青冢落蘼芜。黍离歌罢还祠庙,拭眼江门看大书。

①《全粤诗》据明黄淳《厓山志》卷五收此两首诗。

杨太后①

间关为赵忍,社稷与身沉。母子当年义,华夷万古心。厓门秋雨过,湘水暮云深。风落鱼龙夜,依然有鼓琴。

①《全粤诗》据清顾嗣协《冈州遗稿》卷四收此诗。

文丞相①

风雨终朝恶,山河万里空。有歌遗激烈,无地失英雄。不作归来赋,空怀方外踪。燕台千载泪,日落海门东。

①《全粤诗》据清顾嗣协《冈州遗稿》卷四收此诗。

陆丞相①

相国丹心破，扶天只手孤。行朝犹正笏，大学有吁谟。鱼腹星辰冷，龙髯海日枯。两厓有奇石，端合为公模。

① 《全粤诗》据清顾嗣协《冈州遗稿》卷四收此诗。

张太傅①

鲁连初蹈海，唐帝犹在房。中流空有楫，夕浪已无航。华夏千篙水，兴亡一瓣香。乾坤信翻覆，终古任纲常。

① 《全粤诗》据清顾嗣协《冈州遗稿》卷四收此诗。

汉桓王庙

阖国人何在，泗流水自清。天连汉阙迥，云入楚江平。断岸无横槊，长桥有喝声。祠前谁倚槛，今古此含情。

雷电山萧、庄二节妇墓①

步上大云巅，徘徊眄雷电。青草倚寒原，累累二坟见。移步抚残碑，浩歌泪如溅。吁嗟节义肠，生死那能变。彼凶者何人，淫欲肆沉湎。残贼灭天性，刚贞逾百炼。恶业竟芟荑，芳名流畿甸。乾坤茂宰心，纲常为谁振。

① 《全粤诗》据清顾嗣协《冈州遗稿》卷四收此诗。

圭峰登高①

扳缘石径上云层，数十年来又一登。涧水松风浑落莫，玉台空忆旧时僧。

其二

重阳抱病起登高，暂倚危阑醉浊醪。半夜浮生闲未了，欲随山月卧蓬蒿。

① 《全粤诗》据清顾嗣协《冈州遗稿》卷四收此诗。

旅夜书怀①

月上房栊静，夜寒刻漏沉。一声何处雁，千里此时心。身上意何密，天涯思独深。明朝理舟楫，指点白云岑。

其二

悄悄人初寂，迢迢夜未央。秋声惟野树，月影自寒塘。归路纡情远，旧游入梦长。故园有丛菊，花发似重阳。

其三

乘月坐江干,幽思转夜阑。丹心犹魏阙,清梦只家山。迟暮身多病,萧条路更难。归来趺坐处,夜气满松关。

①《全粤诗》据清顾嗣协《冈州遗稿》卷四收第二和第三首。

雨中书事寄同馆诸友

虚堂鸣雨昼萧骚,寒掩重门着敞袍。剩有清闲吾道贵,从教世利物情劳。黄花带雨秋容淡,绿醑冲寒雪调高。却忆故园秋更好,对花何日与持醪。

病中纪梦

万里沧江一腐儒,萧萧华发惜居诸。梦中不识身犹病,又向金门赋子虚。

忆 梦

姬王鲁叟当年梦,浦口江门独夜吟。怀抱百年空有意,东亭卧病水云深。

舟次沙头①

绕径溪流曲,乘潮舟子轻。野花迎槛白,汀竹乱帆青。寺杳半空落,村连一带横。可怜秋夜月,犹自鼓鼙声。

①《全粤诗》据清顾嗣协《冈州遗稿》卷四收此诗。

入 港

树生斜夹岸,隐映云林幽。落日迷前浦,孤篙渡浅流。垂萝低压帽,乱叶覆平舟。逢人欲相问,疑向武陵游。

端午即事

负疴颓檐下,星流节屡更。时日方端阳,一阴遽此生。翳翳繁云结,萧萧飞雨鸣。苍茫四野暗,万象凄以清。湿气侵坐寒,絮衣方自营。时闻鼍鼓发,急作竞渡声。感此怀旧日,寥落壮心惊。临流一舒啸,默默阻中情。

夏夜不寐①

暑气晚来收,空斋夜景幽。蝉鸣高木叶,舡渡远江流。月色窗疑曙,风声枕似秋。不眠思旧侣，心折此淹留。

①《全粤诗》据清顾嗣协《冈州遗稿》卷四收此诗。

七夕次孟浩然韵

七夕今何夕，清秋澹客愁。凉飙初入户，新月乍明楼。露冷银河静，云空碧树秋。更欲乘槎去，心期问斗牛。

中　秋

皓月圆初上，阴云暝暂遮。当歌徒慷慨，对酒惜年华。丹灶那无术，赤松自有家。迢迢银汉道，谁与共灵槎。

秋夕怀唐韦庵同年

露下疏林静，天空澹月浮。别离惊远意，衰病失清秋。杳杳闻鸿雁，茫茫见斗牛。夜阑劳倚杖，河汉正悠悠。

秋夕饮光宇叔宅言别

佳辰近黄菊，秋气晚澄清。披襟破寂寥，尊酒亦同倾。淡淡晴空远，凄凄清露凝。未穷幽赏心，揽袂言西行。胡然合复离，感此雁初征。丈夫志千古，为别岂功名。文章世所贵，吾道在墙羹。临岐欲有赠，念兹重关情。天寒日将暮，修竹倚檐楹。

重阳雨坐有怀圭峰登高①

望望玉台秋可怜，登高心事转悽然。黄花牢落东篱晚，细雨霏微九日天。杳杳秋空遥度雁，依依海树半浮烟。胜游回首今如梦，坐对山灵忆往年。

①《全粤诗》据清顾嗣协《冈州遗稿》卷四收此诗。

赠施介洲

不赋长杨与子虚，东城高树隐班庐。诗篇得手寻常兴，酒盏逢春七十余。海外青山云外鸟，窗前流水枕前书。相逢漫有沧洲趣，细雨斜风话钓鱼。

九　日

黄花九日天，高秋涵暮色。园林带露疏，江水澄空碧。凄风日夜寒，大化无停息。悠悠百年内，心每为形役。嚣疾相倚薄，时节屡迁斥。淹留亦何成，栖迟空自适。十年事可羞，酒阑不须忆。

九日怀古
风露正凄凄，黄菊有佳节。愁予一病身，孤此三秋月。违世若为情，露英犹未掇。杳哉念高人，千古自芳洁。

重阳后一日
萧萧木落秋声悲，江影初涵雁度时。一笑漫逢尘世老，重阳又过菊花期。江湖远我空劳梦，风月撩人剩有诗。却忆南山佳气在，可能无意向东篱。

题碧池
一鉴浮尘静，半空秋色寒。晚来更有意，好向月中看。

题野舟
击楫非吾事，扁舟信所如。回舻明月晚，长啸倚江虚。

《出牧遗歌卷》送林明府还连山
花间何处有琴鸣，云水遥闻太古声。兆鲁政成三月化，游心人静片云轻。江花山雉来何晚，露冕扳辕俱有情。老我柴门惟卧病，春风满路听啼莺。

送陆仲冈司训文昌
天入沧溟此间程，白云红树隐孤城。数千里外别离日，四十年来童稚情。坐有春风吾道重，官无甲第世途轻。天南正丕愁春色，碧海琼枝日夜生。

其二
道源亭下水云生，千里风潮一日轻。岁月各悲垂老鬓，别离空见古人情。林风先暖花明槛，海色浮空月近城。去去鱣堂终有得，南溟何地不鹏程。

寄翠屏叔翁
千里风尘隔，十年越峤西。西戎愁汗马，中夜听鸣鸡。铜柱留新迹，云台失旧题。东亭今夜月，偏照柳城低。

潭 江

海国西南地，人村远近烟。野云晴带树，江水静兼天。风花惟一老，倏忽已成仙。我来念畴昔，回首涕潸焉。

舟 中

西向潭江去，北望圭峰归。往来成信宿，烟水日霏微。海绕山随转，沙长鸟倦飞。江风何处笛，怀旧不胜悲。

闻陈佥宪省斋讣

君德思防渐，王章惜假人。立朝谁仗马，当道有埋轮。梦卜求明主，沅湘泣逐臣。旧游那复问，回首涕沾巾。

其二

三去丹心独，一官白首俱。上方剑欲借，中夜席犹虚。志决余军务，名成此谏书。一函归太史，掩泪看踟蹰。

哭舍弟

泪洒江烟落，魂惊旅雁歂。池塘空有梦，憔悴不成诗。忽忽桑榆晚，菁菁杕杜悲。啼猿树何处，春水自凄其。

嘉会楼题壁

独上江门日，海阔更天空。登临千古意，都在倚楼中。

寒 夜①

时节小寒过，林塘细雨来。不眠知夜永，多病惜春回。衰骨频欹枕，愁肠不遣杯。邻鸡无意绪，钟漏递相催。

①《全粤诗》据清顾嗣协《冈州遗稿》卷四收此诗。

和友人栽花

花入名园春色深，碧桃红杏已成阴。幽兰不改寒岩色，赢得清风遍远林。

闻萧自麓先生讣

何处悲风起暮潮，春残梅雨夜萧萧。江门紫水空陈迹，清庙朱弦可自调。千里生刍愁道远，百年落月怅魂消。石莲有洞凭谁问，古道行人正寂寥。

赠司马训升任桂林二首①

公粤西人，常自铭其斋曰山阁瞻云，曰江门望月，各赋诗以见志。见推署县事及莞二邑，俱廉静得民，其操尚足嘉云。

山阁云来雨亦深，三城万木已成阴。春风又著桂林树，明主应知捧檄心。

其二

征帆带雨②过苍梧，春色黄云定有无。天远离心何处著，江门秋夜月同孤。

①《全粤诗》据香港中文大学文物馆藏品收第二首，题作"云岳尊先生升任苍梧诗以言别"。
②"征帆带雨"，《全粤诗》作"北风吹雨"。

题松鹤

霜风千尺老龙鳞，远避茶烟此托身。鹤亦是君君是鹤，与松并结岁寒盟。（以上均见于明李以龙《寒窗感寓集》卷一）

吴誉闻 三六七

夜同万少峰待月

高会怜才彦，能欢旅客情。壶觞浮夜色，砧杵送秋声。兴逐清辉发，凉从碧落生。居然尘外赏，何更访蓬瀛？

喜 雨

骄阳缠夏杪，隐几百忧侵。忽散千峰暑，来为七月霖。连霞翻昼暝，层霭助秋阴。何事一言感，能回造化心。

题朱别驾若轩竹居

轩居环翠竹，隐吏亦潇湘。兴逐王生逸，愁仍阮客狂。狼烟销九部，黍雨溢千仓。似尔勋名少，还应勒建章。

长至前夕，小酌朱使君署中，得刘守戎白泥之报

多君能爱客，斗酒重相寻。为有风尘急，翻惊迟暮心。飞灰寒欲动，

秉烛夜偏深。数听晨鸡唱，依依恋佩音。

雨不绝
独坐萧萧雨，阴弥白日愁。空将神女梦，散作楚王游。点细因风急，声轻入夜幽。客衣寒五月，犹自问貂裘。

凤嬉台留别
此地还嬉凤，开尊即别筵。山云当座出，池月向人圆。把袂情初合，探棋思欲元。翩翩飞盖者，何忍遂扬鞭。

渔矶湾别严元卓
挥袂劳追饯，驱车再问津。与君今日意，俱是倦游人。地即桐江濑，祠还蜀相邻。依依从此去，歧路欲沾巾。

补林道中
野火余残戍，崎岖岭上行。风从人语立，雪过马蹄明。篱落三家寨，蚕丛尽日程。欲投茅店宿，更听夜猿清。

还郡
葛衣秋问路，归日岁寒侵。野戍青烟断，空阶黄叶深。旱云书后梦，焦土到时心。不尽周余意，萧条起暮吟。

初四日晓发黄梁
晓渡黄梁水，溪山似梦中。马嘶空峡雨，人语断桥风。暖翅催幽鸟，新声起塞鸿。物情将宦思，吾欲问苍穹。

东风
东风吹日夜，虚籁总春声。袅袅浴堤柳，迟迟到晓莺。寒归黄落尽，暖向绿芜生。多少长征客，空悬故国情。

题《陈情终养卷》二首
白云不可望，陟岵欲何之。自饮终天恨，谁申寸草思。十年纤组地，斜日倚门时。双鲤盘餐迥，沧洲乞钓丝。

循良淹六诏，飞梦自林邱。去国宁怀土，还家只为刘。三公那一日，万事总虚舟。诏许西来侍,瑶池十四秋。

留别邹南皋先生
江潭楚逐客,边徼汉孤臣。世路谁相假,风尘且自亲。涨鸣漓水恨,花发蟒山春。后夜清樽月,长歌问故人。

留别太府梁豫山
迟迟过野渡,回望忽兼津。麦雨千家足,山城百雉新。薰风初入夏,黔父待行春。拟献中和颂,无因托四邻。

留别匀中诸公
离心不可问,芳草已萋萋。白舫争飞渡,青山欲解携。人仍荀里聚,诗似邺中题。古色相看处,萧然匹马嘶。

先君忌日志感
元冬寒欲峭,起问夜何其。游子他乡泪,高堂独夜思。藻蘋聊一荐,风木有余悲。若忆遗经室,茫茫不可期。

居九楼即事 四首
地险雄苗落,由来汉未臣。簿书堪寄傲,花鸟自为春。与世宁孤愤,投荒念此身。风波天地满,何处问垂纶。

孤山荒外服,九姓石中天。檗叶春先苦,葵心日并悬。浮觞聊引白,作赋且思元。夜夜空楼月,依栖独未眠。

何来烽火色,一夕大荒西。仓卒严关隘,溪山人鼓鼙。先登谁坐策,逐北马频嘶。露布须臾事,书生气吐霓。

风尘何意气,白日暗边城。魑魅窥人立,羁危独客行。瘴云山叠叠,苦雾草盈盈。纵有浮桴兴,那堪听夜声。

十五夜对月怀南皋丈
天末夜来惊,相思倦客情。桂轮寒乍满,珠露滴初声。白晃传经幄,光分抗疏名。何当同此夕,一泛玉壶清。

送万少峰之任贵阳贰守 三首
五载麻阳郡,风波一苇杭。极天来滟滪,匝地扫欃枪。麦秀车前雨,烟清峤外霜。攀舆今日意，曾是汉龚黄。

仙诏推才彦，金符佐上游。位高周庶尹，权亚汉诸侯。三仕淹罗甸，孤忠望斗牛。黄门风骨□，恩渥五云浮。

余留山独卧，君去凤同栖。竹叶离樽浅，桃花别路嘶。蓬将春梦断，诗倚夏云题。何处风清夜，相思一雁西。

宿回龙寺

乱山回合处，客自叩禅扉。影殿三花暗，空林独鸟飞。折芦僧几在，洗钵偈全稀。咄咄怜踪迹，还堪静者依。

送包瑞溪归嘉禾 四首

容台原国隽，宪府旧儒臣。飘泊衔沙志，艰危报主身。一麾淮海月，万里越江春。遮道樵川叟，依依日几巡。

卧治才三匝，春风遍郡城。狼氛销党斗，冰月湛孤清。芹沼开新象，军储罢远征。流莺无限曲，啭入咏歌声。

不谓风尘色，天门白昼昏。投闲原尔妒，沉璧竟谁论。去国堪孤愤，还山亦帝恩。长沙千载泪，飞洒向乾坤。

放逐何须问，归来且旧庐。畏途宁俯仰，生计有樵渔。叹世须看剑，忧时合著书。五台高卧处，烟雨正愁予。

舟次丰城

帝里燕山北，慈帏粤海东。孤臣堪泛梗，游子倦飘蓬。霜节丹枫外，寒衣白露中。即看丰剑在，炯炯气成虹。

卫河冬日值先君忌辰

佳节逢长至，萧条罢举杯。年光川上水，心事管中灰。荐藻情空结，瞻云思转哀。可堪双泪眼，滴尽卫河隈。

留别黎瑶石

东风吹客旆，咫尺即天涯。会少游非倦，情多别更悲。关河春一骑，杨柳日千丝。去矣恩波阔，金门许再期。

留别关碧湾、韦洪初二国子

鸣珂联二妙，璧水望弥弥。经术谁堪并，风流尔足师。弹棋过雪夜，把酒话佳期。此别天涯隔，琼枝入梦思。

留怀欧祯伯

浪游期不定，别恨转难平。万里燕山路，孤鸿何处声。风尘予楚泽，词赋尔承明。独有南楼月，长应梦帝京。

夜泛洞庭听鼓瑟

苍梧云断处，飘忽至湘灵。珠泪滴斑竹，悲风吟洞庭。低徊人宛在，烟水梦初醒。月上余音杳，君山隐隐青。

冯司理邀饮习家池

有客弹长铗，开樽选习池。座中山太守，击节更谈诗。岘首云初起，襄江月上迟。白铜鞮曲好，听唱遍童儿。

送李侍御按楚

绣斧秋霜动，浮江辨楚萍。山连衡作岳，水汇洞为庭。日月低湘竹，风霆护法星。方城原熟道，不必问图经。

承孙淮海先生新刻见贻

藉甚名山赋，初诒十二篇。璧光辉部屋，紫气郁青莲。黄石书将授，华胥梦已传。百年鸿宝诀，应烛大罗天。

将解郡东归二首

投闲何足问，久已乞归耕。空谷幽人计，浮云倦客情。豪仍招酒伴，狂岂藉诗名。白首高堂在，承欢慰此生。

颛洞风尘色，飘零放逐臣。三旬堪九饭，半壁且全身。到处黄金色，何来白眼人。东皋新水阔，犹及故园春。

登界山望铜柱

铜柱铭标日，天高谤易丛。囊谁明薏苡，剑自辨雌雄。茵草千山露，楼船一叶风。至今溟海上，犹数伏波功。

寒食日怀陈南墅

春草几萋萋，君仍刺碧鸡。携堪万里去，梦入九峰迷。禁火寒中食，看山雾里题。遥凭青鸟寄，尺一潞河西。

柬陈宪副鸣翊

其忆悬车日，多君按蜀年。暂辞绵竹使，高卧薜萝烟。云吐山中白，珠从海上元。承颜应有道，莱彩更翩翩。

柬罗自学

与君论契阔，一十六为年。白首情如昨，苍生望早悬。翱翔看凤羽，次第拭龙渊。犹记传经处，辉辉夜草元。

南园，故国初五先生社。嘉靖间，梁比部、黎中秘复相倡和。兹公等翩翩结社，寻盟大雅，因以李投，伫听琼报

五君不可作，高会更南园。真率胸中约，诗名海上尊。振衣群象失，舍筏一灯存。知尔骊龙隐，元珠日在门。

柬陈宅吾

翩翩书记者，及尔赋悬车。彩笔中原后，浮云万仞余。掌珠元自合，星剑夜仍舒。多少栖霞思，因风一起予。

柬陈莱峰

水石南园胜，衣冠洛社存。五花骢暂驻，二仲日开樽。白简需前箸，苍生望北辕。无为赋招隐，宵旰正凭轩。

中秋对月怀陈士鹄

圆精三五夜，佳节此秋中。露借芦花白，霜欺槲叶红。南枝乌梦远，清响雁行空。潦倒莼鲈兴，于今只数公。

有　感

生事萧条甚，余年计若何。耕山闲傲骨，玩世寄渔蓑。昼永销残蠹，樽开罢叵罗。前溪箫鼓动，谁共采菱歌。

秋夜书怀

闲心惊坠叶，独夜听秋声。湖海饶孤愤，罗浮入胜情。弦桐悲自语，箧苡恨难平。回首风波事，能无妒贾生？

幽 栖

但语幽栖得，时清罢讨论。交从穷处澹，境入暮年真。白酒狂中圣，青山笑引人。无言生事拙，虾菜五湖滨。

人 日

海国风花媚，行吟介绮辰。星辉初作酒，日御更逢人。绿墅眠云席，青山垫角巾。图书千古上，相对白头新。

漫 兴

岂必学逃禅，清闲此亦仙。三杯竹下酒，一擘镜中天。洞有长春草，山藏小酉篇。无劳问瓶粟，吾意已忘荃。

春 半

绿野春将半，风床梦欲成。苔深无马迹，院静有莺声。懒岂嵇中散，狂宁阮步兵。夜来新水涨，及尔海门耕。

梦王凤洲于燕台，怅然有感 二首

春夜洗孤清，依依曳履声。振衣存契阔，握手话平生。仿佛趋枫陛，殷勤列兕觥。觉来双泪眼，梁月不胜情。

修文今地下，瞻仰尚星辰。七子风流昨，诸孤雪涕新。遗书藏石室，不朽亦斯人。阔绝惭知己，何妨荐藻蘋。

春暮梁计部夜至村舍，凌晨遄发，怅然有作

别墅云生处，梁鸿野服过。入门惊岁月，把酒话烟萝。斗室联床易，风窗剪烛多。枉书犹未答，相对意如何？

送方邑侯 二首

九州修岁事，三殿肃冠裳。疾苦披民瘼，讴歌祝帝康。螭头星引佩，鸡舌旦含香。倘荷从容问，南天化日长。

阳和嘘太乙，瑞雪映朝元。玉烛双茎露，金瓯五凤门。仙吟辉斧扆，天语沃兰荪。野献心空赤，那凭一负暄。

喜鹿门伦滘恶少就擒呈方邑侯

衡栖犹暮夜，守望恍当关。为有神君在，能舒赤子颜。卖刀俄里市，

驱犊尽田间。一掬疮痍泪，行春鬓欲斑。

樵　者
攀陟搜蒙密，丁丁谷互鸣。如何探局客，犹是烂柯情。日薄长松色，风回绝磴声。踏歌归路杳，丘壑足吾生。

四月初一日
膏泽春先竭，骄阳夏欲枯。鸠声愁赤日，草色没平芜。雨脚浓还淡，云旗有乍无。周余堪瘝慨，何以报秋租。

闻　雁
桑干冰渐合，刷羽望罗浮。阵渡衡阳晚，群呼海国秋。帛书将远恨，筝柱促牢愁。迢递中宵听，那堪独倚楼。

十五夜对月
不寐中秋夜，清辉大海圆。踏歌飘白雪，把酒问青天。心事十年后，关河一鉴前。桂枝如可折，何惜醉婵娟。

午日观竞渡
投丝原楚俗，挝鼓竞江垂。锦浪鼋鼍动，香风菡萏披。千秋伤贾赋，终古泣湘累。独有长醒客，飘零空尔思。

岁　晏
岁晏不自意，隙驹催二毛。物情骄雨霰，吾道合蓬蒿。鼙鼓三家市，行藏一佩刀。太平何以奏，椒酒听持螯。（以上均见于明吴誉闻《绿墅堂遗集》卷上）

初至独山感述
驻马边州雨乍晴，千山何事独山名。浮云不掩青萍气，明月谁传白雁声。九姓渐看驯部落，雨阶应见奏升平。孤臣敢讶投荒远，铜柱西南万古情。

万少峰席上喜雨得欢字
星聚山堂且共欢，商霖千足堕栏干。暝姿不辨双蛟吼，春意还从万井看。网湿檐蛛风细细,泥新梁燕路漫漫。徘徊此会惜分首,容易秋高木叶丹。

朱若轩邀白泥河观渔,同刘、黄二守戎,张挥使

自是濠梁乐事多,边尘搔首共渔蓑。千山半拂朱旗影,一水平开绿玉波。网出纤鳞供野馔,曲传双调散烟萝。临流不尽浮觞兴,雨雪萧萧夜渡河。

太平寺燕集同朱使君若轩、黄明府汉岑

云际中开双树禅,居人犹说驻师年。旌旗漠漠余残吹,营垒萧萧起暮烟。曲水漪分遥浦外,万峰寒落一樽前。太平此会僧何在?半日浮生兴杳然。

立春日奉怀严凤林丈

岧峣山绕自为城,无限边州怅别情。鸿雁不来空岁晏,梅花还忆傍春明。拂琴流水千峰远,倚剑酣歌百虑并。落落羁栖魂欲断,更从何处问君平。

闻梁延复拜官泉南有赋

忆昨栖迟近拜官,黔南消息断长安。黄金尔自燕招后,白璧谁非楚献难。绝徼风烟孤剑倚,圜桥桃李七闽看。相思欲寄东流水,江海冥冥叹羽翰。

闻南丹夷逼烂土司界攻陷羊安诸寨

闻道丹夷近弄兵,边烽春照合江营。霜飞大壑旌旗色,日落千山鼓角声。流血即看沉汉垒,解围何处断胡缨。侧身东望多忧思,不待西风白发生。

春日居九楼怀仁和梁明府①

春风黄鸟坐相求,倚听声声重客愁。削壁飞花聊进酒,乱山疏雨对登楼。黔天不到云中雁,湖海难逢雪后舟。应笑故人酬世拙,一官寥落自边州。

① 《全粤诗》据清梁善长《广东诗粹》卷五收此诗。

怀罗自学

珠宫回首五经春，役役风尘叹此身。元草故山谁复主，黄金燕市未逢人。薄游拟就居夷隐，倦翼翻惊出守新。廿载君恩曾不浅，独怜烟艇滞垂纶。

送文生北上

十年萝崿望蓬莱，此日翩翩入彀才。贵水炎风龙剑去，蓟门秋色雁书来。行边绿野低空度，马上清樽作赋开。知尔远心嗟燕雀，千金还上郭生台。

高真观夜坐 观在平越城西有张三丰飞炼遗迹

高真楼倚越城西，合沓千峰路不迷。飞凤池边烟寂寂，步虚坛上草萋萋。泉鸣石窦风宜听，槛倒星河月欲低。九转丹成人去远，空林惟见夜乌啼。

夜宿杨老站迟万麻哈不至用郭方伯韵奉怀

荒城戍角下斜阳，此夕思君意倍长。近市山门尘漠漠，傍岩寒竹晚苍苍。灯前引局曾先路，雪后听鸿即异乡。留滞不堪芳岁暮，椒花应许共传觞。

候彭观察久不至，再用前韵寄万少岑兼柬南皋丈匀中，时五月一日也

积雨征衣几夕阳，蹉跎星使路偏长。涛奔麻哈湍仍碧，山隐都城晚自苍。蒲酒岁时淹客梦，彩丝风俗忆江乡。楚魂不用悲留滞，十日平原待举觞。

和马直指饮中丞翔云阁之作

孤城斜带碧山嵬，高阁祥光接上台。双绣云来龙气合，一枝秋泛菊花开。流淙似泻天边籁，结社频停洛下杯。曾记青藜元讨夜，西风谁问汉庭才。

再次晚复登舟韵

虹饮江纡望转赊，渔矶烟火隔前沙。南浮胜比登仙兴，西去人疑上汉槎。桂楫弥弥冲鹭浴，荷盘曲曲绕山斜。枻歌莫厌沧浪晚，明月犹能照客车。

同严元卓夜集风节堂，怀苏君锡得林字

霜静乌栖漏欲沉，堂开风节柏森森。青灯夜对疏帘雨，半榻云停万里心。海内风尘能几见，天涯琴鹤况同音。相思何处听鸿度，萧飒秋声起断林。

送苏君锡之任临安

征书遥下未央宫，作郡看君气自雄。五马行歌飘白雪，三秋寒色入丹枫。人家僰筰荒山外，金碧空濛落照中。莫道滇游堪汗漫，铜标还勒汉时功。

送童理问蕙亭入觐

薇省秋高几论文，贪趋何意此离群。青尊夜倒池亭月，紫马寒嘶碣石云。鹓序总看归汉阙，苗讴应得献明君。上林春色千官里，百啭流莺树树闻。

立春前一日万麻哈宅观春

投荒三载意如何，两见春盘客里过。丝菜由来夷俗少，踏歌偏喜郡斋多。人间大药欺冰雪，海上双鱼恋芰荷。明发谷风应习习，几曾消息到阳和。

月　食

春漏沉沉夜色残，五更鼓角肃千官。辉销桂阙一轮影，碧落星河万户寒。神武只今夸盛际，清光何处溯长安。依稀晓吐盈盈在，犹自栖皇觉后看。

送刘两江之任贵阁金书

分阃黔东边燧稀，登坛此日倍光辉。旄干叠嶂穿云出，铁骑千山踏雪飞。白鹊夜闲诸葛寨，碧鸡昼入伏波围。汉家麟阁年年事，共待封侯万里归。

春暮陪杨太府、林别驾游东山

春山春伴忽相求，天削芙蓉面面浮。弄袖风经泉涧冷，开樽云傍石坛幽。桃花似入秦人洞，草色偏宜谢客游。乘兴不妨归路晚，步虚还上最高楼。

喜陈见羲登第柬南皋先生

郭生燕市登台日，邹叟黔天不寐辰。但使文章兴绝域，何妨边徼作孤臣。龙山灵发千年秀，牂水霞飞五色新。最羡盈门桃李者，一枝先醉曲江春。

五月五日

菖蒲九节泛瑶觞，风俗依稀亦故乡。海上扁舟水竞渡，天涯今日又端阳。云移岭树千重隔，书到江关万里长。苦忆新堤丹荔熟，白头春酒正相望。

雨过麻哈州

闰夏麻阳两度过，暖风吹雨下岩阿。乍凉飒飒炎威少，欲霁亭亭爽气多。泉涌石梁喧古渡，带垂香草被长坡。三年踪迹成奄忽，回首天门尚绛河。

奉和王镇远太府见怀之作

沅水弥弥注大荒，中和歌处即甘棠。谁言郡比淮阳远，曾是春回卧阁长。染翰孤云开锦绣，望乡三楚限津梁。相思赋就登楼后，不为销忧感夜郎。

王大夫亨野宅赏牡丹

早辞华绂赋归来，卜筑城西蒋径开。花自洛阳夸异品，客从金谷醉深杯。轻芬细逐姚黄吐，淡蕊偏教蝶粉猜。为报东风纡胜赏，年年春色此登台。

雪中过黄平，访李使君不遇

春驱羸驷访平原，历乱峰头白雪屯。看竹犹疑招凤侣，停车何处问龙门。边尘牢落难期定，乡思依栖谁共论。无赖夜郎天万里，满窗寒色一开尊。

留别麻哈诸致庵州守

孔璋才自邺中闻，黔省秋高几论文。飞舄乍离匀渚月，剖符新拥合江云。天涯浪迹嗟萍逐，川上酣歌失雁群。策马荒郊从此去，不知何地更逢君。

守戎李篆庵邀饯匀城西楼，诗以谢之

新筑匀西百尺台，将军犹及故人杯。楼头霁色青山出，渡口涛声白雪来。一剑转看雄细柳，十年空复梦蓬莱。相将歧路情何限，麟阁清时羡尔才。

上巳日

三月三日乍晴暄，不归芳草伴王孙。山阴禊事天边梦，渭曲香车日暮魂。片片瘴花风自舞，嘤嘤蛮树鸟能言。山杯绿泛绳桥水，一曲夷歌醉掩门。

得陈士鹄过清平书

孤山岁晏忆相求，咫尺清樽不可留。虎竹诏分仙掌日，星轺人拜潞河秋。瘴开羌笮天边尽，池到昆明象外浮。那得与君同远翮，翩翩西去足奇游。

和士鹄兴隆见怀之作

雪残长至重凄凄，忽听鸿声路不迷。骏骨久抟燕市北，黍膏遥被夜郎西。乾坤满目悲生事，边徼聊吟忆旧栖。两地春光天万里，一枝何日共莺啼。

送李藩幕赍长至表笺北赴

秋深黔竹雁初分，北捧薇臣祝圣文。凤阙阳浮仙掌日，龙池欢动羽林军。簪裾玉立群千品，钟琯灰飞近五云。稽首恩光天咫尺，好纾边画献明君。

送高少参恕庵之任蜀中二首

薇省新恩下九霄，严程风雪正潇潇。黔中历试双龙壮，剑上当年五马骄。遮道香疑青霭结，连冰山似白云朝。口碑野父无穷在，此去春风可再招。

雪霁巴山拥剑门，紫薇清切伫飞翻。万行欲拭攀车泪，九折犹惊入栈魂。槎泛星河邻帝座，草深江馆识王孙。可堪一顾人千里，剪拂何年国士恩。

别师且八载，顷叨黔守，谓得便造讲堂，不知尚千里远也。职事纠缠，无能谒请，兹又奉思恩，简书方行矣。望望斗山，弥增怅仰，申之短篇，无亦要之将来耳

曾是滇云息驾年，菊丛三径自陶然。春风旧识谈经座，白雪新传入社篇。别墅霞烟仍谢傅，及门樗栎忆彭宣。可堪咫尺翻燕越，何日重来问草元。

闻梁博士自燕京奔丧还南泉

罢诏金门事已非，更堪哀报失春晖。浮云燕市籝金尽，落日沧江匹练飞。一掬椒浆双泪迸，十年藜火寸心违。泉南缟素如林在，应护慈魂万里归。

渔矶湾承杨心老载酒同林别驾

虹桥恋恋雨霏霏，篱落茅轩隐翠微。二妙风标春欲住，千山云气昼如围。严陵钓罢空流水，诸葛祠荒带夕晖。便拟披蓑论独往，可堪星斗犯渔矶。

爱山堂承林草老追饯次严寅老韵

使君高谊如山重，为爱山堂驻马时。芳草不堪游已倦，清尊何意醉频移。新桥别处人千里，后夜天涯月一规。我亦爱山兼爱主，看山烟雨但相思。

春暮同万林麻哈为者牙苗情再入瓮袍

病起春风欲暮天，与君联骑再行边。山山树吐凌烟色，曲曲流分隔岭泉。可讶书生轻□饵，不劳都护在燕然。开轩坐待瓮袍月，多少苗讴夜未眠。

代槐泉张绪送万少岑之任贵阳贰守

蟒山高处共翱翔，佳郁清居见贵阳。苜蓿吾能歌白纻，琴书君去坐黄堂。薄游何更逢知己，先达应多念故乡。莫怪攀车重惆怅，川原迢递梦魂长。

代前津潘崇聘

青丝络引五花鞭，此去风流佐郡年。曲水桥分官舍外，碧山帘卷郭门

前。蝉声市趁千家合,棠色春迟九驿连。别后依依匀渚梦,思君疑在赤城天。

再宿五云寺

五云回首万峰低,野寺凭虚望不迷。漠漠水田眠犊稳,山山烟树乱莺啼。花明豆蔻翻新恨,诗倚芭蕉忆旧题。鸣磬一声僧饭后,长风吹雨夜郎西。

雨不绝 时寓清平

何事行云久未归,万山疏雨注如飞。含风碧穗抽枯稼,出沼青莲落旧衣。旋斫生薪烹野蕨,好凭积水望渔矶。阴晴莫道无真宰,夜半乡心事事违。

雨后过清平,时有筑城之役

千峰迢递入清平,设险初经百雉城。版筑无劳驱海石,金汤犹列伏波营。溪田雨足三秋望,鼙鼓烽销五夜声。一统泰阶登此日,不妨山骑踏花行。

纪 梦

一梦登楼紫阁重,青山面面削芙蓉。云中剑履三千客,槛外罗浮四百峰。雪案凭虚开日月,风弦闲水奏笙镛。追随恍蹑瀛洲胜,环佩珊珊起暮钟。

王郡博道许之南康任

梨花白雪夜停车,槐舍清尊赋索居。鹿洞春深元草席,颍河水泮赤鳞书。匡庐瀑布瑶天末,太室疏钟海日初。此去峰头偕五老,湖光山色较何如?

钟同年心瞿过许之南畿督学

官柳阴弥望不穷,青天历历界河嵩。燕歌分首鸣珂后,使者乘秋揽辔中。把酒湖亭星再聚,振衣荀里气偏雄。文衡此去推台隽,江左风流旧汉宫。

朱仙镇 二首

十二金牌借敌筹,陆沉咫尺竟神州。顶香父老空遮道,直捣旌旗不可留。三字狱成天地老，中原哀恸古今愁。踟蹰泪似南枝日，依旧东随汴水流。

臣掳书生握算奇，星驰金字促班师。功亏十载中兴业，哭咽三河左衽时。有地南迁终泛海，无天北狩滞归期。抚膺一代君臣际，驻马悲歌吊古祠。

大梁书院同帅、冯诸文学晚坐
疏柳鸣蝉路几重，晚从飞阁眺晴空。光分冰鉴三更月，响落风檐数尺松。受简邹枚轻雪赋，浪游高李怅秋蓬。代兴词客俱梁苑，并入栖迟感慨中。

福州送李观察之楚
三山杯酒赋荆游，使剑冲星不可留。雪霁猎夸云梦泽，风清瑟鼓洞庭秋。阳春可许巴人和，宣室终当贾傅求。闻道南楼盛宾客，几人同泛李膺舟。

建宁洋城
东西洋里屹孤城，保障漳南奠大瀛。雉堞斜临河没里，龙头新罢灭蛮兵。廛居落落人家少，岩岸萧萧野寨平。独抱杞忧频踯躅，风松千壑况滩声。

送顾观察冲庵公归扬州
旌节临春海气浮，片帆北趁大江流。七闽薏苡攀车日，五岭风烟铭柱秋。雨宿山花迎去旆，云移津树绾离愁。赐环应为苍生起，多少天南夜倚楼。

过许留别旧游诸子
为忆中原星聚处，却从西问旧青毡。谈经雪帐春仍在，对客琼枝晚更妍。伊落千秋论往事，苏湖一去自流年。莫将离合怜踪迹，好向清时共著鞭。

雪霁渡漳河
腊朝晴向邺中过，雪照千门玉树多。一代繁华随逝水，三台丝管散烟萝。解貂换酒寒相问，倚剑临风晚自歌。为忆西园飞盖者，至今明月满漳河。

蓟门夜雪

纷纷飞絮遍神州，五凤高盘玉作楼。似有仙环攒羽节，更疑鸾吹在瀛洲。当歌白堕樽中满，如意空花象外浮。坐傍九霄浑不解，恍从银海弄珠游。

晓渡芦沟河

马首芦沟望九重，太行春晓郁葱葱。三千海上龙蹲壮，百二秦关虎踞雄。神武宫高凭碣石，天中山霁表河嵩。帝京形胜于今盛，拟献燕游赋未工。

留别梁冲宇乙亥出京

燕市灯花照客裾，悲歌此别意何如？才高迟尔金门诏，吏隐偏余玉笥书。半塌论心春漏短，十年回首雪窗虚。只今南北萍踪转，莫使风尘雁字疏。

过钧州柬马小溪并其伯子朴斋

钧阳佳气冠开封，百二山河锦绣中。乔木高含司马里，井梧深锁旧皇宫。勋名想象千年在，冠盖依稀六代同。莫讶元成迟世业，碧霄双翮待春风。

重阳先一日汉阳郡伯邀饮晴川阁

昼航箫鼓渡中流，敞席晴川竞倚楼。夏口风生帆欲趁，岳阳天末月如钩。杯光隐映黄花候，涛色空凌白雁秋。明日登高谁更赋，赋成鹦鹉至今愁。

万襄阳雨夜邀集文选台

几忆方城文选地，夜来风雨一登楼。飞觞合引山公兴，选胜偏宜谢客游。大野宿烟浮翰海，半窗残蠹锁春愁。空台突兀人千古，紫气犹能射斗牛。

奉部檄清房保万山诸屯

弥日弯弓缓步游，几家屯种尽岩幽。虎凹曲转千盘石，龙首孤悬百丈流。破险前旌明复灭,窥人群鹿去还留。先零风士凭高画,敢向清时浅汉筹。

送张助甫昆仲归嵩东兼寄令弟乾甫

荷芰青青槐穗垂,双星何幸聚天涯。清樽未许山公醉,白雪空传郢客词。七泽风烟随杖屦,三湘耆旧忆旌旗。却怜池草春归后,汝水嵩云起梦思。

送户部韩半塘之任留都兼寄水部龙春江

郧台春色散千家,握手河梁别恨赊。五马清标棠荫在,一镫芳草雁行斜。停云暮暗三巴树,到日晴飞六代花。为忆同官天尺五,几从霄汉问星槎。

楚闱中喜得佳卷

桂苑西风晚斛香,陡来佳气压衡阳。连城下璞从今剖,什袭隋珠此夜光。钜野猎酣夸献鹿,洞庭秋迥纵望洋。数峰江上青如梦,一曲遥闻瑟鼓湘。

奉和王凤洲中丞春雪楼

黄云楚望气萧哉,玉屑冰铺迥未回。色晃瑶天飞太白,寒冲衡岳接中台。因风絮缀千门柳,笼月花深几树梅。从此仙郎高寡和,满城璧映夜光杯。

送心吾芳春元赴制举兼寄汉阳萧以孚

秋云回首楚天空,次第骊歌指汉宫。光拂青萍龙气合,词翻白雪郢人工。高冈响协双鸣凤,极浦霞飞一断鸿。风雨杏花春赏里,新题应遍玉河东。

寄江陵陈、郭诸子赴京

七泽秋风振羽翰,九霄春色望长安。荆歌待诏燕山满,侠气凌空易水寒。尺璧总归天府贡,高弹应共汉臣冠。上林三月花如簇,折倚金门策马看。

登谒太和宫

金柱宫高百二寻,将之黔竹独登临。双悬华表苍藤袅,三历天门紫气深。缥缈祥烟浮帝座,和鸣仙乐下层嵌。由来静界栖真处,松柏萧萧旧羽林。

留别江寅长达泉

燕子飞飞杨柳丝,春风何事即天涯。一尊迁客长沙泪,万里孤臣瘴塞悲。白首交情魂欲断,青山行色赏偏奇。定知别后翻成赋,彩笔花生起梦思。

留别费别驾民益

嗟君才与鲍家同,郢上移官白雪工。流水夜挥曾赴曲,惊风晨起自飘蓬。春残烟树三巴暗,秋入苗荒一雁通。此去依依魂梦里,故人多在楚云东。

再别江费二寅丈

郧山元眺紫霄重,咫尺丹梯愧莫从。才道除书同逐客,何妨促膝待疏钟。别筵酒染芙蓉黛,刺郡荒仍魍魉封。芳草芊芊南去路,欲因衡岳访禅宗。

赤壁晚眺

黄州城瞰大江流,石壁霞铺一镜浮。岛树烟笼金刹月,渚花晴泛木兰舟。山川尚忆三分胜,文藻谁先二赋留。徙倚西窗听别鹤,翻疑秋色梦中游。

九日燕集清源山

九日清源落帽风,何因招赏一樽同。花边五马来天上,座里群仙出洞中。大海东翻帆影杳,乱山北折暮云空。登临不尽南台兴,为惜离人日转蓬。

观音阁 在平越河中

绝岛凌空百尺楼,莲花一片出中流。潺湲似落云间奏,缥缈翻疑象外浮。尘海风烟堪短褐,镜湖天地亦虚舟。凭高试问吹笙侣,消渴相如已倦游。

右江秋夜怀草元旧社

秋清如练溯牂牁,鼓枻中流晚自歌。历历滩声侵客篝,辉辉萤点乱星河。醉来天地聊衿枕，梦后朋簪忆芰荷。东去鲤书珠海上，草元梧月夜如何？

经都阳旧司望归州

几家山郭石嶙峋，漫说都阳旧垒人。瀑落半峰晴亦雨，气曛斜日草如茵。蝉鸣野树村村急，水白溪田片片匀。归德依稀凝望里，断桥曲涧自为春。

登太平山绝顶望东峒

停筇环望四山青，矫首看山上太平。喷玉恍从天外落，冲飙忽傍马前生。离离还照行人小，点点流霞远树明。此去东冈堪咫尺，竹林烟火隔滩声。

喜岑小郎绾镇安郡

念汝纡金五马新，专符西粤洞中春。移忠不外承家孝，作郡须存御众仁。九转河山开带砺，遐方魑魅识星辰。箕裘世祚如天福，万岁南荒祝圣君。

登茶岭舆霸山顶望天邑

郡分南服控交州，鼲鼲云山似上游。玉节远持开绝巘，星旗遥转度荒陬。村原部落炎风迥，社甲人烟瘴树浮。何处封疆非帝土，质成还上望京楼。

立秋前一夕，宿南安界绝顶，望大明山，怀郑公钦斋

茨构竹垣宵柝鸣，可堪新月度连营。天空匹练千峰色，秋入疏梧一叶声。北溯风烟开粤隽，南来海色护沧瀛。大明山下悬台斗，眺望应深夜夜情。

寄邹尔瞻匀中兼旧游诸子

相逢肝胆近如何？九九风尘意气过。岚瘴病来无石髓，江湖归去有渔蓑。远山长识封中白，小草频惊梦里多。为问匀江听月夜，几人杯酒话松萝？

朗宁别江贰守

握手樵川十载忙，朗宁何意更离觞。醉来客自鸣燕筑，歌去谁从问楚

狂。下濑苗讴仍拥节，畏罗鸿性故凌霜。依依返照猿声外，春水牂牁听淼茫。

苍梧舟中

临除风色怅飞蓬，爆竹椒花似梦中。臣节羁孤随海鹤，主恩涕泪宿江枫。艰虞魂断苍梧野，萋菲天高碣石宫。归去轻舠堪一叶，冥冥鸿雁五湖东。

乌蛮滩卧病有马将军祠

尽日危滩势转雷，伏波遗像阻登台。鸢飞浪泊天垂尽，水散牂牁地未回。毒草逢人风自舞，急江触石气俱催。孤臣病似相如渴，何处金茎露一杯。

东归二首

投杼何来刺魄寒，乱山风雨促征鞍。覆盆日远葵心赤，归路霜清枫叶丹。海上鸥盟新白社，云端凤阙旧长安。东畚望望闲初服，敢向清时傲鹖冠。

草枯千里一归舟，江屈牂牁澹不流。万态且凭青眼客，片心先折白云秋。傍萱迟日花迎笑，扣角酣歌雪满头。一出浮沉奄二纪，百年今稳卧沧洲。

过罗旁江

乱山盘郁莽岧峣，半壁蚕丛销寂寥。残垒昨传歼虎豹，将军犹自说嫖姚。潭潆绿水春方浅，野尽黄花岁自饶。反侧百年新气象，太平天祚圣明朝。

得邹比部秣陵书

屈指匀山待月年，风涛何地不依然。赐环再检囊中草，披肷初传白下篇。肝胆赤来犹是梦，江湖深处却思元。心斋自昔颜如见，扃钥秋空斗并悬。

寄怀梁冲宇

武夷东望闲罗浮，九曲仙涛赋胜游。迁客风尘双白璧，故人江海一虚舟。含香旧识炉烟袅，书最应占御墨留。为报早莺将出谷，迁乔新曲满皇州。

送叶大令入觐

秋高海色入丹枫，仙令飞凫自海东。斗极光瞻双阙表，星轺寒拂五云中。江山志后留吴草，剑佩趋时想汉宫。燕锡主恩知不浅，可无民瘼献重瞳。

送陈文学北上

芙蓉千片淡秋空，璧水弥弥趁朔风。老气横将孤剑倚，清时赋就两都雄。金鞭此去黄河外，玉几由来绛阙中。却羡孔璋书记者，翩翩簪笔石渠东。

贺佘国傅仲子登第

三湘一疏赋思元，白雪仙郎入毂年。掌上骊珠归象阙，匣中霜剑拂星躔。经传韦氏怜同调，秀掩眉山羡独贤。试问禹门春几许，九霄簪笔玉堂悬。

秋暮怀梁彦国

岩坐秋空万井烟，海门一碧溯婵娟。轻霜寒逗芦花渚，极浦声归鸿雁天。独客光阴堪隐几，高山怀抱并忘弦。凤栖知尔阳春在，何但登楼赋仲宣。

谢藩司惠历

衡门十月雨潇潇，卧听轩车响寂寥。忽枉台官来岳伯，手函新策奉神尧。六花寒峭天中玉，闲气春先岭外条。一笑韶光虚掷惯，葵心偏向日南标。

怀郑武缘慕洲

高峰雄矗朗宁西，百里花明候骑嘶。坐啸风清群虎渡，倚弦春晓乱莺啼。苗歌步月牂牁远，草色浮天粤峤低。为忆旧游棠茇在，且凭谷口寄新题。

寄陈腾越，时州夷初靖志喜

隔岁西风一雁传，逢君书最拜恩年。潞河瘴敛千山月，腾部风清万里烟。买犊春农归未耜，停驺深峒散戈铤。宵衣此会纾南顾，尺五功高六诏天。

别墅书怀柬伦钟祥

委巷天开一洞春，桃花不羡武陵津。竹萝深处渔郎问，水月空来野性驯。玩世转看青眼妒，耕山还说紫芝贫。何年五岳从君访，去住烟霞垫角巾。

得陈中翰心易书

染翰宫云五色重，鸣珂朝映玉芙蓉。裁成锦字分仙管，衔出金鱼是素封。谏草久悬青琐梦，凤池犹听未央钟。碧霄咫尺论推毂，洗耳天南一钓翁。

丙戌生日 时年五十

半百兹晨鬓未华，东邻至酒对黄花。昨非始悟离鸿网，晚节还看访葛砂。池岂右军留墨诀，诗从高适问名家。望洋一碧秋俱澹，散帙何妨到五车。

晓　起

明星当户晓鸡号，牢落空山感二毛。衰岂穷愁狂阮籍，卧凭清赏梦卢敖。一瓢秋水溶溶淡，五岳浮云片片高。世事浮沉何足计，每来悲怨起风骚。

雨中怀梁孔适

池林宿雨晚烟迟，寒袭西窗啜茗时。梁苑雪残谁授简，陶堤菊在自裁诗。廿年支枕余鸡肋，九饭全生出菜丝。为问两都词赋者，白头抽笔□前随。

七　夕

月印西池澹不流，鹊桥高矗待牵牛。风清响堕钧天乐，碧落香飘桂阙秋。箱服暂闲今夕御，机丝新断隔年愁。巧看儿女阶前贷，银汉云霄万古浮。

雨中春望

雨中春树郁罗浮，咫尺霞烟十二楼。丹灶未逢勾漏诀，玉箫犹傍铁桥秋。吟边五岳相将往,海上三山不可求。几欲凭风驭青鸟,扶桑东望更悠悠。

为伦玉子志喜

片石归来水竹居,一蓑烟雨混樵渔。大名竟掩中山箧,小草新裁玉笥书。郁郁绿沉彭泽柳,鳞鳞虹化粤溪鱼。相传文似巴江篆,次第君王献子虚。

望罗浮

黄木湾头路万重,天开四百玉芙蓉。云边符竹无多字,笛里梅花第几峰。瑶草金光飘大药,铁桥流水度疏钟。乘风欲访安生去,削壁千寻挂白龙。

梁兴安报政因寄

主恩君已再鸣琴,铜柱天荒未陆沉。桂岭秋高鸿雁早,湘流春汇洞庭深。苗童蹀索歌连袂,峒女穿花出合簪。三载政成休诏假,北趋何日更论心。

海上望西樵

药里山山寄杖藜,乘风北折是樵西。苍茫海涌胎光现,七十峰攒羽盖齐。诗律晚于金菊细,酒星斜倚玉绳低。石麟秋草王孙恨,依旧烟笼尺五梯。

亭望

天畔罗湾一草亭,亭孤元眺雨冥冥。新篇匣里谁同调,浊酒樽前只独醒。绕槛白云供散帙,隔溪红树当张屏。即看幽谷阳和转,停策山山杜若青。

粤台怀古

谁擘天荒百粤开,尉佗北拜始登台。珠崖置郡长鲸殪,铜柱铭标大将来。滑井讴歌春雪句,东洋职贡夜光杯。万年一统归昭代,肯向南陬数汉才。

书情

百龄心事寄沧洲,浩荡平沙稳白鸥。长笑未言天路迥,半慵翻觉此生浮。废兴终古双飞鸟,汗漫从吾一叶舟。得得烟霞尘外赏,赋成杯酒夜登楼。

元　旦
丙火当阳岁在申,韶光六十太平身。暗香点处如欺雪,绿水浮来可问津。掌上一轮新日月,壶中双鹤旧精神。悬车犹记经行地,采采商芝不道贫。

喜梁荆州将归
楚乡供帐亦贤哉,一叶飘飘江汉回。曾是葛洪思市药,不关陶亮欲衔杯。钓竿采就湘君竹,吟板悬留水部梅。迟暮与君调白雪,肯容停简羡邹枚。

春堤曲
氤氲佳气入蘼芜,酩酊高阳兴不孤。百代光阴如过客,一尊烟雨任支吾。鸠筇在在春芳绿,鹤发丝丝海色扶。为讯狼烟今晏否,可容方外寄潜夫。

楼　望
徙倚高楼望未涯,掀髯一笑在烟霞。云移树杪碧为海,霜急芦湾白是花。珠寺东边扬子宅,铁桥深处葛洪家。凭虚更拂冲星剑,紫气光芒烛斗华。

晓　起
鸡声缭绕夜何其,起视西窗欲曙时。星汉影斜扬子阁,霜华寒宿习家池。乾坤莽莽双过鸟,葭菼冥冥一钓丝。便拟乘槎观海日,扶桑东望去奚之。

夜宿海珠寺
子夜寒潮撼岛门,蕊珠深处佛灯传。万花成市香如海,五穗专城石亦仙。山簇白云开粤隽,湾纡黄木镜壶天。尉刘伯业俱陈迹,巨浸东南万古悬。

脍　集
永日庭芳至雨新,冰壶纤脍坐邀宾。火轮不动长空色,法豉潜回别洞春。荷叶渐应裁楚佩，桃花偏自醉秦人。金龟莫惜垆头换，及尔逍遥漉葛巾。

长　夏

长夏炎风涤广除，绕檐芳树尽扶疏。懒过中散仍操缦，愁似虞卿未著书。称意溪山纤履杖，等闲踪迹混樵渔。碧天绿野何超忽，读罢相如赋子虚。

寿黄少白

太白山高揖太华，君从少室访三花。关纤斗极青牛气，宴敞池西阿母家。合有碧桃窥曼倩，宁输元草立侯芭。赤松朱鹤人间少，色色尊前戏彩霞。

有　感

阵阵风高岭外声，黄花摇落此时情。三河冻合鱼龙窟，九塞霜横草木兵。明月珠归贫水府，丹砂矿断闭山城。无端狼藉先忧思，回首冰天虚翠屏。

初入镇郡①

镇郡开黔户，罗施迹尚留。山原犹北折，河水自东流。猿作殊方语，莺为绝国愁。攀崖凌鸟道，沿谷瞰龙湫。弥月晴阳少，经时毒雾稠。鸡声出寨晓，萤火入边秋。仗剑星随马，当歌雪满楼。暗蓬惊散地，飞梦杳浮邱。白发游堪远，丹心愧未酬。艰危身万里，曾不为封侯。

① 《全粤诗》据清梁善长《广东诗粹》卷五收此诗。

登匡山①

灵岳标南纪，澄湖澹北流。青莲梵宇豁，白虎洞门幽。瀑趁星河水，风含谷树秋。三天虹作驭，双阙玉为楼。雁塔云中起，鳌峰象外浮。仙踪徒历历，吾道竟悠悠。横睨空诸界，幽寻胜十洲。几时招五老，重与访丹邱。

① 《全粤诗》据清梁善长《广东诗粹》卷五收此诗。

偶以锁院阻饯河桥两载交游，溘焉判袂，其为惨黯，彼此心印矣，无已申之片言，聊祝辕首

槐锁秋风急，怜君东越行。骊歌不可问，烟树共含情。

春 雁

木落来南渚，春归度北燕。如何留滞客，不与雁同天。

杂 咏 四首

萧洒竹松三径，虚无楼阁千层。一枰烂柯野叟，双树留偈山僧。
煨芋山中丹火，挂瓢岩际松屏。浮沉亡是公子，闲寂乌有先生。
飒飒林间度曲，潺潺石罅流商。花落空庭斗雀，月明破壁啼螀。
五柳闭门乐只，一瓢委巷晏如。墨池波暖试砚，绿野堂深著书。

代我泉赵时叙送万少岑之任贵阳贰守 二首

五马晴嘶五色云，阳关一曲不堪闻。青毡自笑无他在，惟有冰壶可赠君。

孤城飞盖狎追寻，芳草离离送客心。不待临风听别鹤，山山烟树夏云深。

黎娘营

曾是黎娘此驻兵，离离营垒至今名。樵人指点前朝事，犹向蓬蒿说旧城。

梯子岩

岩峣高倚翠云间，不道秦中百二关。九折惊魂君莫问，岩前风雨一溪闲。

马鞍岭

直蹑飞云天与齐，停鞭一望九嶷低。征夫不减跻攀兴，却听猩猩树上啼。

即 事

暗风吹雨度前湾，一曲凉州梦未还。却笑乐羊书满箧，不教飞骑拔中山。

读淮海先生诸刻感赋

南天岳色接衡庐，窟宅仙灵纵目初。便欲卜居从五老，祝融峰顶赋归与。《衡庐游稿》。

元岳三天跨玉龙，参差宫阙削芙蓉。跻攀不为卢敖癖，清梦会依紫盖峰。《太和游稿》。

春　兴 二首
星出耕□晚弋鱼，笠蓑相对话樵渔。归来浊酒陶嘉月，还检东堂种树书。
西挹樵云七十峰，千窠踯躅映山红。采茶日暮纷官市，却听前村寺里钟。

春絮词
谷啭迁莺海日辉，千行丝柳报芳菲。六花不入南园路，却遣东风带絮飞。

偶　咏
霜老山山木叶丹，雪颅恰称竹皮冠。登徒使者如相问，为报津头且钓竿。（以上均见于明吴誉闻《绿墅堂遗集》卷下）

杜　渐 三七六

有本亭观水
浅浅清溪发豸岩，龙山倒影落溪南。因知理物虚能受，万丈巑岏尺水涵。

太极亭
元公此地未生前，月岩之景自天然。元公既生作图后，遂云太极岩中有。元公霁月与光风，不在石岩一窍中。图中万物靡不备，岩月盈亏局一器。豸岭龙山岂两仪，五星绕宅亦堪疑。向令元公生别壑，太极玄图其不作。与君姑舍月岩碣，深杯且把看岩月。（以上均见于明脊从化《濂溪志》卷八）

戴　记 三八九

载酒江皋饯靖吾、青霞计偕北上
联翩双翼向天门，曾是重溟变大鲲。圣主垂衣正仪凤，紫云宫阙逐文鹓。

其二
遥怜健羽透春云，风雨连床旧论文。柳色千门看倚玉，曲江人说凤毛分。

其三
烟水鸥群把钓丝，忽看鸿起大江湄。青冥万里遮凝目，怅望鸳行有所思。（明李元弼《江皋小筑集》下卷）

黎民襄 三八九

春日与林惟乔诸君游北园
春山伐木自幽幽，野服新裁拟胜游。黄鹄望中怜汗漫，白云飞处转夷犹。禽声细绕青松馆，树色斜连绿水洲。如此风烟甘独老，清时谁为问菟裘。

赐书楼
出谷欣闻伐木音，况逢春暮此披襟。十年裘马经过少，四野河山眺望深。雨歇乱松生暝色，风归千叶散轻阴。未缘衰鬓成凄感，五岳三山正可寻。（以上均见于明黎民表《清泉精舍》）

苏尚劝 三九一

虚阁迎薰
疏棂高栋已生凉，最爱南来一味长。闲把琴尊消白昼，隔溪犹送芰荷香。

如亭听籁
静坐幽亭漏欲催,潇潇清籁自天来。凭阑听到无声处,真境如如亦妙哉。

层台远眺
凌虚楼阁碧玲珑,步上丹梯眼界空。北望长安天咫尺,九重宫阙五云中。

庭院飞花
芬菲未忍委轻尘,旋逐香风上绣茵。最爱翩翩双蛱蝶,庭前缱绻为留香。

课耕涉趣
频频布谷语林巅,蜡屐拖云出晓田。共喜一犁春雨足,片时耕破陇头烟。

八柏环青
锦石琼葩自岁华,柏株三五亦从遮。枝柯不改千年色,相对庭前共一家。

梅坞涵春
阳回生意已潜萌,彩杏绯桃尚未芬。惟有梅花消息早,南枝先占上林春。

荔矶钓月
荔熟林头燕燕飞,葛衣轻拂坐苔矶。一竿欲把长鲸钓,月色苍茫未忍归。

玄关镜水
促席谭玄在此间,重门洞辟隔尘寰。心如止水无纤碍,坐看鸢鱼自往还。

星槎晚泛

荡漾仙舸水竹隈，忘机鸥鸟近人来。临流况有如泉酒，一任狂歌醉月回。（以上均见于明李元弼《江皋小筑集》上卷）

过酌江皋为北征劝驾

彩鹢翩翩泽国秋，江皋相送上皇州。青尊歌管行边壮，白雁风烟剑外浮。万里云霄双健翮，千层桃浪一仙舟。看花紫陌人如玉，几度相思月满楼。（明李元弼《江皋小筑集》下卷）

谭清海 三九一

登镇海楼赠杨解元贞复

古人倾盖语，一语轻千金。驾言上高楼，把酒酬嘉宾。翩翩凤凰姿，文采照江濆。吐词戛金石，脱颖思风云。惠我以瑶篇，期我以盍簪。四海皆兄弟，谁谓无知音。

舟次芜湖怀贞复

人生无根蒂，飘如风中萍。朝发上新河，夕宿芜湖城。顾瞻长江浩，踟蹰望金陵。风霜一以别，经此复何龄。念彼青云士，慷慨伤我情。丈夫志四海，安能事躬耕。他日长安道，相逢共散缨。

居士行赋赠尹刺史

大江之西有十洲，襟怀磊落古人俦。少年读书破万卷，下笔顷刻如泉流。昔日曾为州刺史，三年视篆民如子。权豪不放入州门，里巷全无胥吏至。一朝丑女妒娥眉，顿令罗网虚设施。岂知冥鸿各万里，风云杳漠谁能羁。我本江湖落魄者，文江数过闻声价。十年怀抱愿识荆，此日相逢将泣下。持杯把剑为君歌，平生慷慨将奈何。古来富贵俱泯灭，百年世事同风波。君不见，商山遗逸有四皓，采芝充腹兹焉老。沛中龙起多云从，黄鹄高飞自穹昊。又不见，鹿门大隐称庞公，龙争虎战嗟群雄。栖迟此意尝自足，能令后世师清风。世人役役何为耳，旦夕流光谁不死。亦知嗜欲能杀身，龌龊徒然怨没齿。嗟哉十洲尹居士，翱翔千仞谁能似。千古高风并鹿门，商山突兀还仝峙。嗟哉十洲尹居士！

泰山眺望

岱岳乘春至，肩舆冒雪游。东窥初日上，西瞰大河流。树自秦封古，碑仍汉时留。悠悠千载事，谁与问丹丘？

讯陈道襄兵宪

翩翩使节巡行地，甲士缤纷走五花。勋伐北关留锁钥，文章西汉旧名家。青天夜静时看剑，紫塞风清暮听笳。此日长城应有赖，圣人垂拱自中华。

赠戚少保

念载谈兵自蓟边，龙韬亲见万人传。南浮日月标铜柱，北望风云护玉泉。宝剑夜寒星欲动，彤弓恩重世长悬。云台应宿千年耀，迟尔勋名照简篇。

潞河午日

节序舟中益可怜，艾花蒲叶自相鲜。天涯对酒伤迟暮，世事惊心感昔年。沙苑目穷云漠漠，潞河愁断草芊芊。难堪万里归途远，惆怅孤怀北极边。

陈山夜饮河上

美人旧苑今何地，对酒河滨想像中。击筑独伤游子意，悲歌无奈故人同。花开野寺空春色，夜入层城自暮风。燕北粤南君莫问，人生踪迹本飞鸿。

燕京写怀

朝廷万载当皇极，两度封书拟治安。元老一朝心共赤，鲰生孤愤泪曾干。貂裘敝尽谁怜汝，华发飘零只自看。雄剑忍教藏大匣，夜来文斗照波澜。

送王宪佥入贺

楼船春杪傍江开，车骑秋回向輂催。帝座自来尊北极，使星人识旧西台。鹓班再拥千官入，嵩祝遥看万国来。岭海只今民瘵切，肯令词赋拟邹枚。

送陆兵宪考绩入京

纶音亲捧出朝阳，绣斧重挥日月光。南海更生余德泽，西台留草旧封章。楼船十道霜威肃，麟阁千年汗竹香。献最承明忠赤在，且披肝胆苓垂裳。

送庞与虔之官恩平

三城吾党怅飞辕，西去诸生望转繁。人世风麟知间出，天涯桃李总无言。三朝自信承家学，一命难忘报主恩。翘首杏坛明月夜，奋身元在圣人门。（以上均见于清屈大均《广东文集·谭处士集》）

虚阁迎薰

凭虚天外者何人，信手朱弦是舜琴。不为乘凉贪解愠，千年流水有遗音。

如亭听籁

风亭天外几回闻，不是林森入鸟群。人世固知难问窍，敢云鸣籁落纷纷。

层台远眺

百尺高台生紫烟，万方云水远相连。京华一望情何限，欲驾飞鸾会众仙。

庭院飞花

日长无事倚晴晖，何处香风入绣帷。十二碧阑春似海，乱红时逐锦云飞。

课耕涉趣

有幸元为寄闲情，岂谓今传万古名。三聘敢云前代事，秋来禾黍满郊坰。

八柏环青

柏树怜君手自栽，何年分种到蓬莱。千枝尽是凌霜色，管甚闲花斗艳开。

梅坞涵春

腊前飞雪正纷披,上苑琼姿喜遇时。青帝欲回天上辇,一花先报状元枝。

荔矶钓月

荔红千树洒江舟,试问谁将钓月游。圣主只今垂拱治,岂容飞骑入神州。

玄关镜水

半亩方塘一鉴开,日长鸥鹭不须来。冥心共对情何限,不信人间有劫灰。

星槎晚泛

银河七月水西流,翘首双星是女牛。太乙真人何处问,莲花今已作仙舟。(以上均见于明李元弼《江皋小筑集》上卷)

赐书楼

北郭谁开翰墨堂,群公临眺兴还长。三城雨色来溟渤,六月秋声入桄榔。浮世几回逢胜赏,壮心何羡此飞觞。千年河朔风流在,赵尉台荒只夕阳。(明黎民表《清泉精舍》)

黎民怀三九一

仰山亭

清风不可企,遗迹寄江山。抱瓮甘违俗,焚鱼早闭关。暮云屯画栋,凉月到澄湾。惟有眠云处,年年细草斑。

奕台

岁月余嘉树,繁英自满台。停云金刹近,爽气石窗开。渔父寻源入,仙禽听奕来。相看机事息,驹隙未应催。

汲古亭

天井分源处,花阴转辘轳。秋惊一叶下,月印半轮孤。承去疑仙掌,澄来失玉壶。相如吾不厌,消渴已全苏。

山馆听松

夙心尚贞遁,矫首嵩华路。婚嫁嗟已迟,颇惬烟霞趣。天籁何虚寥,松声近当户。萧疏带雨来,瑟汨因风度。天际俨鸾凰,丘中有韶濩。怀我守默士,纡郁结情素。乐志仲长言,招隐淮南赋。叨陪文史林,幸入丹丘署。意协理无暌,神清风可御。日月如转环,营营何所慕。

冬日与林、杨二山人游北山洞中

忽觉严冬尽,应怜物候催。共寻东郭侣,去剪北山莱。老鹤啼深树,寒花落野台。尘踪从此却,乘醉且徘徊。

策杖丘中去,蓬门偶自开。林间无犬吠,石上有云来。松子飘棋局,梅花送酒杯。最怜行乐地,猿鸟莫惊猜。

修复山中旧社

莲社一为别,梁园此再逢。心期追宿昔,物候转秋冬。野径余篁菊,空山老桂丛。苔幽无鹿卧,檐白有云封。涨海兵常满,沧洲兴自浓。鹿门将栗里,千载忆遐踪。

冬日与公补、公绍玄谈

神仙不可栖,幽感一何深。万事且尊酒,片言谐道心。箧有王维笔,囊余叔夜琴。他时婚嫁毕,五岳许相寻。

世人皆有适,而我独眠云。心境本无累,生涯安足云。市喧日以远,鸟声时一闻。待得丹砂就,青骡逢少君。(以上均见于明黎民表《清泉精舍》)

唐守敬 三九一

李相所诸君北旋,过访青门别业留酌,兼怀李敬可

献赋明时实壮游,归来仍及桂花秋。剡溪舟放高歌入,竹径风回暑气

收。公等已先占彩笔，故人多是傲沧洲。天涯散合浑常事，目断蒹葭落日愁。

承靖吾兄索书江皋扁联却寄

避俗青门远世氛，喜承飞札最殷勤。知君作赋卑玄晏，老我挥毫愧右军。客赏园林题墨迹，车填门巷绮联分。相看意气还今古，十日平原未足云。（以上均见于明李元弼《江皋小筑集》下卷）

初秋集清泉精舍

山堂寂寂隐清笳，雅舍招携感岁华。剡盖自惭梁苑客，风烟多似杜陵家。侵帘翠竹含秋色，蘸水红蕖着晚苍。后夜星河如可望，欲从牛女问仙槎。

小东林

飞盖鸣驺避暑来，赏心甘恋水云隈。衔觞尚忆山公醉，授简重逢谢客才。拟取清歌留暮景，漫招明月步高台。东林亦有逃禅处，何日追随覆茗杯。（以上均见于明黎民表《清泉精舍》）

梁逢登三九一

送靖吾丈北上

趋谒承明去莫疑，幽栖且与旧山辞。声名已向词林重，经术还应汉室知。龙剑夜光聊独倚，貂裘寒色更相披。由来老骥能殊众，一遇孙阳定尚奇。（明李元弼《江皋小筑集》下卷）

梁　岳四○二

赐书楼

芳草萋萋春已阑，青山楼阁倚云看。天垂雨色孤城暮，风落松涛众壑寒。归雁数声连鼓角，飞花千片堕阑干。登临此日堪杯酒，莫把时名滞羽

翰。(明黎民表《清泉精舍》)

周光镐四〇二

初入陪京首谒孝陵恭述
上陵秋色满巉岏，闭殿玄宫翠郁盘。五色云深钟阜气，九霄龙抱鼎湖銮。森沉玉露祠官肃，缭绕周星羽卫寒。千载精灵朝此地，镐京今作汉长安。

白云歌
白云潆潆，山川芒芒。俯视九州，邈矣大荒。将子东归，我独翱翔。傒兮再来，瑶池未央。

穆天子谣
悠悠白云，言别逡巡。天路阻修，维我思存。驾言旋归，抚我兆民。步玄曲兮，载以云琳。

卿云歌
卿云烂兮，朝旭灿兮。于昭于天，日初旦兮。
朝日烨烨，卿云隆隆。惟天休命兮，集于帝躬。
日月不忒，五星顺行。光哉帝德兮，荷天之灵。
乐有宫县，庭有韶舞。夔乎鼓之，轩乎俣之。奏之羽之，四灵其睹之。

秋至留都顾武选道行李缮部若临壶觞枉过
越山分袂几伤魂，南国相逢又弟昆。别后音书劳怅望，到来离合可无论。延津自遇冲星剑，吴苑还开对月尊。世路于今争劲翮，莫将摇落叹飞翻。

春日游摄山寺二首
碧嶂隐青莲，穿林一径悬。春阴流四壁，云气霭诸天。翠滴沾衣雨，寒飘挂石泉。到来尘虑涤，愿此学安禅。
其二
法界元闻胜，春深结驷行。到来千树雨，坐觉数峰晴。宿客开禅榻，垂萝隐梵声。法筵初散处，还现宝花明。

同丁、王二方四省丈游燕矶
胜日招寻好，春流放舸轻。停桡跻石壑，展席听江声。雨后吴天爽，帆前楚树青。矶头无限景，的的晚波明。

乙亥除夕
南国逢除夕，屠苏孰与亲。杯衔吴苑雪，梅忆故园春。身世长为客，年光太逼人。羁愁浑是旧，惟有鬓华新。

初春郊望用杜韵
物色乍宜人，芳郊逐望新。淡烟轻曳水，远树故笼春。绿渐侵堤柳，青先点涧蘋。翻将游赏意，转令客沾巾。

灯夕观梅用苏韵
五夜华灯启，寒花掩映开。客从吴苑集，春自汉宫来。宝树光侵月，琼枝碧吐梅。良宵兼胜赏，一任曙钟催。

移居，辱荆、陈、甘三比部携酒枉过，赋谢
逆旅何尝定，浮踪泛若槎。三迁俱僦屋，一憩便为家。豹隐名空负，鹏抟事总赊。祇应吾党在，尊酒慰天涯。

拟《君子有所思》
南国有佳人，荷锄理空谷。栖志入渊冥，探道溯玄穆。箕颍言为侪，遗荣谢车毂。斯人久已徂，大道逝不复。伊余永怀之，卷编犹在目。总发属孤征，中年叹朴樕。眷言谢尘嚻，长往不辞独。

杂　诗
天地奚劳劳，羲驭无停勒。日出群喙喧，日入群动息。动静互争驰，升沉一何极。夸父毙虞渊，鲁士挥戈戟。伤哉策尩颓，我思亦孔棘。惟彼玄冥子，妙契在端默。

嘿嘿探元化，悠悠观此生。尘务何喧嚣，动息故凭陵。世人徇耳目，所遇多爱憎。于我既以蔽，于物曷营营。尼父教辩惑，庄生云撄宁。破障匪言诠，游蒙岂说铃。无由怯物役，所贵在忘名。

叔季何靡靡，真元日以漓。六经炳日星，诸子布町畦。凿者恨不深，遁者淫以离。乃有抵掌谈，褒博竖颔颐。溯源实滥觞，沿流遂陵夷。自然本希言，大道曷多歧。滔滔东逝波，去去奈若何？
　　南国多丽景，清时难再得。言集君子仇，行迈遵长陌。遨游惬素期，所遇无故识。怅焉忽有思，我心良不怿。壶丘闻有言，玩变曷有极。贵在务内观，外游乃陈迹。列子重喟然，此意感自昔。

秋　夕

　　绀宇净无云，薄帷鉴凉月。萧萧爽籁生，渺渺河汉澈。丛桂叶初盈，幽兰芳已歇。物华难久持，景光倏然灭。胡无金石坚，而乃徒自慑。感此宁不悲，微霜变华发。有酒湛盈尊，夜遥愁易竭。悠哉予有思，不寐待明发。

不　寐

　　凉宵漏初永，揽衣步庭月。霜风寂有声，淅淅振林樾。沉冥虑正澄，辗转思横发。微尚忽已乖，素心欺华发。眇矣白云期，坐见红芳歇。遥夜抱繁忧，百年长矻矻。

山亭移竹

　　怜尔幽贞趣，空园蔓草深。移来逢好雨，种处傍繁阴。曲槛邀新月，方庭净素琴。漫将廖廓地，聊结此君心。

寒夜同顾司勋小集得中字

　　摇落周南客，衔杯此夜中。风尘嗟已暮，意气许谁同。吏并三台旧，谈高六代风。羁愁浑欲破，不是醉心雄。

春日督饷出江淮道上望金陵有怀

　　春云冉冉覆孤軿，江柳青青拥客帷。陌上晓风吹碧芷，洲前烟雨暗芳蘺。云霄郎署思朋好，岁月征途总度支。一自渡江情未遣，怀人芳草满天涯。

秋夕邵梅墩侍御过饮江亭 二首

　　久矣藏寥寂，何期柱史过。青骢摇岳渎，紫气傍关河。吏迹吾偏傲，才名汝自多。明朝嗟远道，揽辔为蹉跎。

其二

吴浦秋鸿至,江亭使者过。离心经岁阔,剧饮此宵多。末路劳相慰,中原几放歌。尊前看堕月,莫问夜如何。

同顾道行司勋矶头晚眺

脉脉经春别,盈盈一水间。涛声过燕渚,树色接龙关。鼓棹吴湘阔,衔杯天地间。醉来重握手,不作剡舟还。

江行有怀同社

江水碧沉沉,江行白日阴。澄波望不极,倚棹意何深。绿树烟疑暮,苍葭露欲侵。伊人在水曲,萧瑟望鸿音。

秋日浦上望江亭晚眺

层城天堑锁烟流,徙倚空亭夕照收。汉渚涛声来远浦,秦淮木落正初秋。尊前栋宇垂鲛室,槛外蒹葭散鹭洲。莫道戍储多汗漫,渡江何处不高游。

送甘比部出守临安

一官剖竹日南陲,万里驰驱怅别离。执法久淹金虎署,褰帷遥过碧鸡祠。风清瘴疠城云薄,蜃结楼台海日迟。四十专城元自贵,相看何必重凄其。

秋署杂兴 四首

江上逢秋暮,泠泠见晓霜。风前双健鹘,水曲一吟螀。高枕云垂白,疏篱菊又黄。河洲芳杜落,采采一沾裳。

其二

山静寒偏早,霜微菊故迟。物华空岁月,服食佐清羸。愁岂陵阳璧,悲看潘岳丝。簪缨元长物,丘壑是深期。

其三

白日下高原,千山露色繁。芙蓉已摇落,鹰隼更孤鸾。岁月堪容傲,风尘且自存。谁云非吏隐,日事五千言。

其四

岁月争驰去,胡为客久留。霜寒惊早角,木落自深秋。已识人间世,还同天放游。静思箕颖上,毕竟是名流。

秋夜怀天台山人

朝来江上堕微霜,萧瑟怀人杳一方。天老梦悬珠树迥,石梁望隔剡溪长。几逢洞口青精熟,犹忆春深薜荔香。珍重素书鸿雁至,赤霞飞处正相望。

得徐给谏孺东姑孰书却寄①

双鲤遥传采石书,南州丰度近何如?朱衣汉殿传封草,白苎江城问谪居。一出只缘长孺戆,立谈谁道贾生疏。赐环自是明朝事,未许灵山便结庐。

① 《全粤诗》据清温汝能《粤东诗海》卷三五收此诗,题作"得徐给谏书却寄"。

再得徐书,书多慰劳语兼订游仙之约,有感却寄

不尽飘零去国情,西风泪满逐臣缨。清时岂尽苍鹰吏,汉室谁怜白马生。湘水连云过采石,楚山含雨暗吴城。遥来漫有投簪约,缑岭他年共订盟。

独 坐

静对双幽树,沉冥足岁华。谁云分部署,一似卧烟霞。云起藏孤阁,鸦归散晚衙。只余方朔俸,尽付酒人家。

渡 江

渺矣江波永,经年一渡来。浮空云水阔,逐望海天开。雨外征鸿度,帆前浦树回。莫须嗟物役,总愧济川才。

岁暮卧疾

伏枕风尘里,天涯岁又徂。年光嗟驷隙,世路谢鹏图。病疏何时达,乡书半载无。那禁清夜永,何梦不江湖。

江城灯夕宴严将军宅 二首

三五江城夕,春融刻漏长。雪余歌院白,梅落舞衣香。蟾镜悬冰彩,骊珠吐夜光。太平兼丽景,不惜冠军觞。

其二

已放金吾禁,何妨玉漏残。张筵严武宅,集客汉郎官。宝炬回春色,琼卮破夜寒。堂高歌管急,响入彩云端。

春日怀余君房时下第东归

愁结春江暮，寒深江雨零。东风吹碧草，散作晓烟青。幽鸟鸣相和，新醪醉复醒。思君回首处，寂寞草玄亭。

春　兴三首

居然靡斗粟，又度一芳春。巧鸟闲相调，孤怀懒向人。才名元薄劣，世路且逡巡。只看长安柳，朝朝雨色新。

其二

细草连天碧，幽云曳水青。离居春黯黮，独往兴纵横。鹖息浮生事，鹏图浪世名。浊醪偏解事，一洗滞留情。

其三

世故谁能解，春怀浩不禁。风尘淹短鬓，江汉老华簪。落日中原色，浮云万里阴。子牟悬魏阙，今古一情深。

得余君房蓟门书感赋二首

闭阁成何事，游心竹素园。江湖多郢调，今古几玄言。有语都疑剩，无名且避喧。中原知己在，便不负虞翻。

其二

岂乏云霄念，无媒只自怜。浮湛看世态，容与且诗篇。道在从匏系，名微愧瓦全。人间多胜事，不朽几谁传。

闻顾道行武选转铨曹寄赠二首

试问清时誉，谁如武库豪。谈诗多顾况，启事定山涛。文武持衡重，云霄振羽高。嗟予愁病剧，为子醉春醪。

其二

汉室怜才甚，移君便至公。清华推阮武，简要识王戎。物色尘埃外，人伦藻鉴中。吹嘘非我望，赋或似河东。

哭吕太卿巾石师六首

先生谢病归于石塘者三十余年。讲坛在灵鹫、鹅湖之间，余尝同唐仁卿问学函丈云。

逝矣吕夫子，斯文殒自今。胡然歌凤隐，不尽泣麟心。鹫岭松风暮，鹅湖夜雪深。精灵还有在，千古总希音。

其二

先考君与先生同学增城，别去三十年所矣。考君逝而先生念之无已。

越戊辰，余方谒先生受学，叙世交焉，先生为书《久要不忘卷》以归。

一自离芳社，谁云此道东。百年传素业，两世挹休风。问字惭侯氏，通家愧孔融。久要遗墨在，洒泣向苍穹。

其三

余辛未起家入越，谒先生于石塘，无恙也。越癸酉夏，走一介行李，候起居于山间，归报先生逝矣。越中发书之辰，乃先生正寝之日也。孤茕悼往，风木兼悲。

千里械书去，归来便讣音。还将陟岵泪，并起筑场心。白日飞寒雨，沧江满夕阴。平生伤逝者，此日恸方深。

其四

先生仕中朝，名起史室，声振谏垣，未老悬车。年跻耄耋，惟讲学不辍，人咸以磻溪望之。今云往矣，山斗尚存。

胡不憖遗老，谁怜吕望才。伪师崇虎观，侍从忆兰台。禄逮关常闭，经谈帐独开。朝来紫气歇，山斗尚崔嵬。

其五

先生晚年著述甚多，绝笔于《皇极》《大衍》诸书。卒时雨雷轰，其正寝与刘元城无异。今从祀于学宫矣。

绛帐声容杳，儒宫俎豆尊。千秋藏副墨，一代绝征言。正气云雷解，斯文宇宙存。临风挥泪断，何日荐芳荪。

其六

先生学传于增城，增城传之江门，其持论与舂陵同归旨趣。今其往矣，门人子侄能不坠先生之绪者，尚可慰也。

溯自舂陵后，江门一再传。玄言归太极，绝学衍先天。门有康成客，家垂韦氏贤。无言后死者，点检到遗编。

游定山寺 庄定山先生栖隐处，江门夫子曾过访焉

春游何所适，法界定山岑。见说名贤隐，如同出世心。松萝幽径合，钟梵夕阳沉。一自江门过，凭谁复赏音。

其二

名山不在远，十里有招提。吏部读书处，征君命驾时。到来芳躅杳，坐共白云迟。前辈风流在，令人起慕思。定山为南吏部郎，白沙先生则征聘为翰林检讨也。

飞翠亭小酌

孤亭临碧沚，飞翠落崇阿。地远尘嚣绝，山深薜荔多。鳑鱼吹藻动，

乳燕掠泥过。不尽淹留兴，斜阳一放歌。

送张国博之南昌别驾 二首

忽解桥门席，分符入豫章。离尊芳草暮，挂席大江长。经术元高第，才名总擅场。海沂歌咏起，知不让王祥。

其二

风景南州胜，褰帷便壮游。云沉帝子阁，月满使君楼。宦况看孤鹜，离觞属暮秋。下车访孺子，应识古名流。

秋日过玄武湖①

极目澄空际，天高水曲秋。残霞波上断，夕照雨中收。景以图书秘，天疑阆苑浮。何言羁物役，一似泛沧洲。

① 《全粤诗》据清温汝能《粤东诗海》卷三五收此诗。

阅册库

六代盘游地，雄图此日称。封疆赤县尽，栋宇白云层。汗漫收秦籍，逶迤接汉陵。独怜沧海上，氛祲尚频仍。

夏日江北旋署顾司勋携酒枉过夜坐

江上叹离索，尊前喜合并。论诗惊岁月，把酒见平生。叔夜元耽懒，山涛故有名。迩来涓滴断，此夕为君倾。

灵雨三章 有序

戊寅暮春之初，铨署多暇。南国熙和，偕诸僚友于莫愁湖，修禊事也。

灵雨零零，惠风其柔。遵彼曲渚，濯于素流。匪我也湛游，君子是仇。

灵雨零零，惠风袭袭。眷彼青阳，慨此芳集。匪汝也燕集，徂矣曷及。

载欣载瞩，骋于华洱。载泛载斟，被于芳沚。燕婉好歌，君子洵美。匪饮食之，以用介汝祉。

《灵雨》三章，二章章六句，一章章八句。

扬之水四章 有序

吴子思母言还新都，载及春阳，以介眉寿。诸大夫登歌助觥以祝，于是周叔子为赋《扬之水》，以其地所胜也。

扬之水，其流瑀瑀。彼其之子，归以将母。言及芳辰，载觞载舞。曷茇水之馨兮，居比三釜。

扬之水，其流弥弥。彼其之子，奉母以旨。筵之秩斯，载腆载洗。于母心之愉兮，寿介亿秭。

水之陂，采有芳蘼。彼美一人，岂弟令仪。出自中帷，披谷佩璃。式燕以嬉，乐且乐兮，春日载迟。

水之滨，游有修鳞。彼美一人，令德如珣。晏彼中嫔，庶羞具陈。既喜以嚫，乐且乐兮，春日载旼。

《扬之水》四章，二章章八句，二章章九句。

初　夏

绿树荫芳池，宴坐日初永。水木澹清阴，云山散迟景。时名拙可逃，俗虑静方屏。对此问华觞，陶然入真境。

寄　友

日永殢穷愁，闭阁云阴满。无树不鸣禽，流莺向人懒。感此念友生，青阳寸心绾。

送友人以使事还楚

岁晏发京邑，皇皇安所之。商飙正凌厉，复此霜露滋。驾言渡长淮，适彼楚泽湄。简书自肃将，周道日逶迤。行子怀征途，羁人重别离。

别离何匆匆，江流何汤汤。白日骤以驰，斯臾恋君傍。岂无他所怀，君子美清扬。纡回揽柔辔，言迈阅边疆。王事故多劳，大夫独不遑。湛湛盈尊酒，携手向河梁。

河梁秋正深，凉飙西北起。飘飘游子裳，翩翩过故里。长风满大帆，江流疾于驶。朝发石头城，暮宿潇湘沚。美人日以遐，含情逝流水。愿言勉行役，清时勿濡轨。

濡轨复何为，良朋时方萃。冠盖满上都，操觚各自媚。之子才翩翩，荆楚夙灵异。抚弦发清音，矫足骋高致。顾我偃蹇流，孤抱谐君意。亮君秉精坚，岁寒良所贵。

所贵崇令图，兹别况匪远。顾彼众芳零，对酒忽烦懑。寒云江介深，晨风羽翼短。慨焉屈宋徒，芳躅遐谁缵。感此重郁纡，抽思托湘管。

雪夜帅膳部过饮

岁晏寡欢绪，复值崇朝雪。门鲜轮鞅招，帷映卷编澈。抚景有深怀，眷焉念时哲。何意惠前绥，入门感契阔。共叹芳事徂，况此凝阴冽。因之命壶觞，坐久藻思发。循梅芳渐盈，投兰意弥结。无数觥筹飞，烛短霜韵切。寤言适所欢，妙赏忘筌说。所欢在趣真，未厌中厨粝。何以答琼瑶，寒钩吹一唳。

挽潘处士太宰水帘先生伯兄也

叹逝兼怜古道稀，悲君遽掩灌园扉。千年陇草埋幽玉，永夜寒星落少微。海上赤霞飞不散，仙家丹鼎事全非。独怜太宰池塘梦，翻向缑山望鹤归。

方思善候调东还饮别赋以送之

岁暮天涯雨雪侵，别君尊酒更沾襟。时名肮脏应须惜，世故萧条已不禁。醉听歌声惊变征，起看天色欲横参。不缘此夕吴江别，那说当年楚怨深。

同张侍御伯大、方计部子及、思善集俞羡长山人客邸，分赋得春花

长安春事自豪奢，二月茏葱满眼花。金谷雨深千树晓，青楼月上几枝斜。歌筵袅袅浮香醑，步障盈盈落绮霞。却忆曲江游玩处，翻从南国度年华。

纶褒双寿十篇为李缮部若临赋并序

儒业篇

制语曰"士之子恒为士"，言儒业之相承也。奉直公以经术起家，邑人宗之。一传而为缮部大夫，盖业以世显矣。爰赋《儒业》。

皇风翼圣教，弥弥浃海宇。逖矣粤南天，汋穆称良土。世业孰不营，呫哔亦何窳。猗惟子大夫，嘐嘐日道古。矫矫奋章缝，堂室跻邹鲁。械朴遘昌期，黼黻克天府。良矣贻弓裘，荣哉服珪组。惟兹君子躬，三命鞠如俯。

志行篇

制语曰"砥砺志行不求禄仕"，盖嘉奉直公所养也。公学贞于志，孝醇于行。盖鸣阴之声，和而闻者远矣。爰赋《志行》。

海国有佳人，清时在空谷。栖志入渊冥，秉尚溯玄穆。含厥楚生真，抱彼陵阳璞。岂其忘所需，念兹惟我鞠。母氏履坚霜，贻教贞而淑。惟君益砥修，遗荣谢车毂。所愿志匪亏，升斗胡朴樕。淳风久已颓，钦此有遐躅。

孝敬篇

制语曰"孝敬奉慈闱之养",盖奉直公以岁荐上公车,时母年云迈矣,遂不谒选以归,旦夕甘旨承欢,人咸曰"禄养不如善养"云。爰赋《孝敬》。

谒帝入承明,拂衣返故疆。策名分匪微,将母念不遑。方其陟屺时,涕泪沾衣裳。乌鸟异方啼,白云正孤翔。谁无万里心,倚门情则伤。三釜养亦荣,绝裾一何戕。所以脱蕝归,菽水乐未央。

信义篇

制语曰"信义解闾里之争",盖言奉直公居约时,释曾田与上管岩之斗也,事甚烈,里人至今多之。爰赋《信义》。

烈烈高士风,伊余闻自昔。遘彼溟海祲,盗弄潢池赤。闾里一何愚,戈铤奋躅踖。无论剥肤灾,宁异关弓射。谕之慨且慷,立令销锋镝。岂彼俄顷间,信义良所积。古人不我欺,豚鱼诚且格。

教子篇

制语曰"教诲子弟,敦切忘倦",盖嘉封大夫之作则也。爰赋《教子》。

芃芃万卉滋,美植惟嘉谷。胡世种者非,苞稂被原陆。伊余观哲人,耘耔务以淑。敷菑既已勤,岁取油而稴。故兹髦士蒸,养之以鼎铼。岂比灭裂徒,町畦徒有菽。

扬庥篇

制语曰"食报于今,扬庥于后",盖言前美既彰,后传滋盛。封君之于大夫,允相成矣。爰赋《扬庥》。

之子慕荣仕,非为华其躬。翳彼笃生人,流庆一何丰。诞毓斯贤哲,从事秉靖恭。帝用宠眷之,章服显以融。主恩犹未已,大夫方守邦。秩比二千石,四牡正彭彭。岂其偶得之,笃类自无穷。懿德积则宣,铄哉石氏风。

解佩篇

制语曰"有解佩之谊,以相夫子",盖言马宜人微时拮据,佐奉直公学,解衿结庀供具,以需过从者,以故学成,而名益显,盖实内裹之贤云。爰赋《解佩》。

嗟哉女中彦,委委多令德。肃肃君子逑,缟綦闲维则。矢言相夫君,勤劬忘晏昵。愿当君子心,杂佩匪所惜。象服既以宜,鸡鸣儆益力。故兹彤管音,一朝下南国。

樛木篇

制语曰"有樛木之风,以昌嗣人",盖言宜人有逮下之德,贤声中周南矣。爰赋《樛木》。

国风久不作，贞教日如靡。嚚嚚彼丈夫，骨肉如枝指。如何姆氏流，圣善类姬似。穆穆诸媵心，振振宜孙子。彼垣崇于基，彼衣韧于里。德兮既好修，绥之自福履。载睹《螽斯》篇，嗣音于《葛藟》。

永绥篇

制语曰"眉寿具庆"，盖嘉子大夫之勋劳，而推其所生，锡之无已。即诗人"天子命之""福禄申之"之意也。爰赋《永绥》。

帝恩布遐壤，褒命介微臣。宠之五花篇，彼以佩玉绅。照耀遍海隅，丁宁出丝纶。嬛嬛岩穴叟，遭际庆兹辰。雷奋无枯荄，龙兴无潜鳞。之子方从事，鞠躬分未申。屺岵匪无私，义命所当循。康爵时正修，宠眷日以新。愿奉双白发，亿载颂皇仁。

具庆篇

制语曰"眉寿具庆"，盖嘉奉直公偕马宜人跻于耆耋，介兹禄养，即睹世所希有也。爰赋《具庆》。

嶷嶷庭中树，菀菀堂前萱。盈盈秋露滋，灼灼朝日暾。感此清穆时，眷言奉所尊。丹霞拥朱毂，章服御华轩。瑶佩日色辉，冠盖云中屯。堂罗玉麟羞，户列椒柏樽。宾客前致寿，主人正怡颜。稽首载称觞，优渥介皇恩。

谒孔庙 考绩上都，道过曲阜

载涉洙流入圣乡，岱宗东望接灵光。千年云护藏经壁，一亩松阴鼓瑟堂。汉代声歌周礼乐，明时宫殿鲁衣裳。徘徊我自羞蘋藻，浩叹于生总望洋。

杏 坛

杖挈者谁子，奏曲入淄帷。春风坛上树，犹忆翻经时。

桧 孔子所植

亭亭枯干矗，千载几枯荣。乃知造化机，一物亦流行。

登洙水桥

为问洙水源，上接鸿蒙远。我欲观其澜，伤哉逝不返。

望尼丘山

芒芴初判时，兹山在人境。如何三季间，精灵始彪炳。

望龟蒙山
皋原旷无际,屹尔瞻东土。我愿陟其巅,一望了齐鲁。

楷 子贡所植
嗟尔故剥落,孤根托且深。泫然千古泪,想见筑场心。

沂　水
漾漾沙际宽,云光碧似琰。一曲沧浪歌,春风我也点。

涉泗水
黄河昔日过,震荡不可砥。粼粼静且深,今涉泗之沚。

雨雪吟 三首
晓雾欲迷天,沾沾轻作雨。长风忽吹晴,雪片大如羽。
何处是津亭,风霾日暮矣。仆夫走且僵,冻合黄河水。
旧雪盈郊原,旋风卷作雾。又见新雪飞,没尽郊原路。

圣节日侍班恭纪
南极星高帝座县,光回阊阖曙钟传。嵩声晓动鸣珂里,瑞色遥深彩仗前。五玉函先金鉴录,九花觞上柏梁篇。远臣何幸陪鹓鹭,颂比轩辕受策年。

秋日同周观察、礼上人游西山宿碧云寺
高秋并马入烟冥,十二芙蓉敞画屏。绕径珠林穿窈窕,当轩石溜溅清泠。云连燕市千家碧,天入长陵万壑青。自是攀跻情未极,坐来凉月满方庭。

游香山寺
秋色西陵杳不穷,群峰历历堕云中。层峦半是铺金地,紫气遥开碣石宫。一径扪萝凌峭壁,高天疏磬下烟丛。却怜扰扰缁尘者,谁向真如一悟空。

游西山登卧佛寺
落日照诸天,何山不可怜。磴盘秋树杪,钟断暮云前。有佛堪长卧,

无灯可共传。津梁我亦倦，于此问安禅。

碧云寺观泉

绀宇开云际，空泉落翠微。岩悬青壁断，涧引碧池归。展簟琅玕湿，临流钟梵稀。澄澄功德水，长带玉龙飞。

洪光寺

处处开莲宇，洪光倚碧岑。高云藏窈窕，夕景转森沉。岩户丹梯迥，禅栖翠壁深。上方钟磬罢，爽籁尽清音。

来青亭偕礼上人待月，久之皎然，喜而呼之成赋

为爱空林月，凉宵几度看。不甘玄露冷，转见鬘云繁。望久澄青汉，呼来涌玉盘。方知明净境，如现宝光寒。

自西陵归，过摩诃庵访静堂上人不遇，因谒其师守庵

策杖下西陵，旃檀此一登。洞深多荫界，师老上宗乘。乞饭从香积，传心了慧灯。因知大小朗，去住亦何凭。

良乡晓发

莽莽京畿路，关河冻欲攒。残灯低灞水，晓角渡桑干。月雪寒相映，星河夜欲阑。苍茫辞魏阙，回首是悲端。

滹沱道上夜发

雨雪朝朝甚，征途意若何？冻云迷涿鹿，薄日下滹沱。宦为跟跄倦，愁缘肮脏多。何能谢簪绂，高枕卧烟萝。

睢　阳

落日睢阳道，萧萧雨雪飞。城闉临水阔，笳吹隔林微。鸟雀声犹噪，风云事已非。渔阳千古恨，立马泪沾衣。

濠　上

我载观濠濮，茫然有所思。伊人不可作，逝者固如斯。秋水篇犹在，鲦鱼乐自知。由来川上意，千载是吾师。

南还渡江

万里驱驰岁月荒，大江东望水汤汤。风波满地孤帆夕，道路淹人两鬓霜。忽睹梅花如故园，即过桃叶亦他乡。十年裘马凋零尽，留滞谁怜执戟郎。（以上均见于明周光镐《明农山堂汇草》卷一《金陵草》）

初春三日宿长干寺虚公房

蓂草方三叶，珠林访四禅。游非耽景物，坐已悟人天。衲为轻寒拥，灯从上乘传。远公知不拒，去住我随缘。

春　怀 四首

恰喜韶光至，何堪兴转孤。避人常踽踽，止酒罢欢呼。名岂挥毫重，春从隐几徂。朝来风日好，花鸟亦相娱。

其二

南国春将暮，郎曹病未瘳。行藏凭客难，语默忌人传。拙拟《闲居赋》，思深《小宛》篇。莫须谈往事，归兴已翩翩。时江陵专柄，陪京二三，专以游言谪人。一时秉正挟义者咸排挤去。会以北铨，猥相推及，余引避之，因云。

其三

何事萦幽抱，春来故不舒。经旬寒进雨，长日罢摊书。鬓发愁偏改，青山梦却虚。那堪朋好在，近亦过从疏。

其四

岂不解藏迹，何如故逐人。物情身外浅，世态眼中新。那复论推毂，从来叹积薪。即教长寂寞，已自适吾真。

送吕子和归信州诗 有序

余与子和别于石塘，距今十易岁朔矣。子和一日来金陵，属以《太史师传》，余谢不敏。已而强论次之，别去。又二年复来。谓子和谒选道此也，乃子和涕泣言："大咸何心于升斗间哉？王父逝八年，所即诸所，表著崇祀，幸邀惠于数君子，以不没惟是，玄庐未卜，沥血彷皇，故出于越，入新安，来金陵，为觅一青乌氏，并走谢丈人。"余感泣叹曰："自古仁圣贤人道立矣，或未必传。传矣或不有其人，吾何幸？师氏一再传而有子和也，子和于先世之学统绪明矣，惟厥衷则忝忝莘莘，惧不克绍前人之丕绪。今之跟跄靡遑者，志岂须臾忘大父事耶？余家赠公与师契以道术，交称昆季，余最后，则及师之门也。今顾沦于风尘，无所阐发，即表章崇祀，庶几就事，乃其平生论著劫于兵燹，终天之憾，余于是愧为人子矣。又何忍复闻子和氏之言哉？"因与之抚心悼图者数日夕，于其别也，乃缀数语以抒所思云。

白露忽已堕，浮云敛高旻。飘风西北来，鸿雁何侁侁。客子有羁怀，况言别故人。千里途何遥，嬿婉一时亲。抗手须臾间，能不共苦辛。

辛苦亦何为，中念自轸切。伊余与子交，臭味自前哲。夙昔欢好时，胶漆良非别。中道忽暌违，冥言犹痛诀。伊人虽云徂，往训尚昭晰。所以感今兹，忧来不可掇。

可掇不可持，泪为昔人滋。存亡世已易，回衷路多岐。俯仰千百年，斯人乃吾师。声容杳莫求，赖子嗣良规。白璧藏家乘，良骥骋长逵。置身波荡间，贞亮幸不亏。

不亏匪苟图，眷言崇令德。吾生苦尘嚣，缠绵曷终极。羲驭无停毂，景光易沦匿。春华百草滋，飒焉焜黄逼。于物亦已然，有生胡不惜。顾子远行迈，我亦策驽力。斯言傥弗谖，聊慰长相忆。

暮春酌顾司勋丈室同公临席上得二句各足成之

为喜尘嚣隔，相过丈室间。莺花三月暮，燕笑一尊闲。绿借城头树，青分雨外山。坐来心更远，新句好同删。

署中夕泛答司勋二首

谁识沧州趣，居然画省中。尊开凉雨夕，棹入暝烟丛。濠濮心初会，园林赏暂同。拍浮非我事，游泳意何穷。

其二

曲沼平新涨，波回太液连。共怜华署夜，一泛水云天。林暝萤光散，台空雨色悬。淹留殊不厌，况复酒如泉。

病　起

不为叹离别，何如宦迹孤。病惟怜狗马，拙自厌簪裾。社客时堪集，医王近欲疏。霜吹风短户，萧瑟子云居。

其二

久作文园卧，秋风到客帏。怀人惊节序，病骨任支离。梧堕霜前叶，荷残雨后枝。朝来过二仲，浊酒正堪持。

其三

强为清秋起，形神黯自憎。年光消卧病，世路罢飞腾。华发繁休摘，青云杳莫凭。惟应寻旧社，雅兴尚堪乘。

采莲曲

朝朝呼女伴,同到若耶西。昨见荷钱小,今来荷叶齐。轻舟莫远去,芳草绿烟迷。

泛泛双凫鸟,敛翼宿前沙。何事风光暮,欢犹未到家。遮莫侬愁杀,恨折并头花。

前旌操

伋、寿之死,千古一大冤也。读史至此,泪不可挥,援琴以哀之。

齐之路兮险以巇,境上之刃兮饥如鸱。兄谓父命兮不可违,愿假白旄兮疾以驰。兄一人兮毋我追寿,即死兮母有朔儿。

后旌操

客胡不察兮,弟尸载途。弟何自荼兮,夺旄以趋。父爱弟兮,煦煦如鸰。如伤考心兮,我罪当诛。客速戮我兮,父心乃娱。

赋得双寿篇庆刘登州、少岚两尊人并跻七十

黄钟之月柔敦年,玉绾春回启寿筵。堂上晓瞻双色喜,里门新报驷车旋。老翁迹自关西起,手握铜章宰百里。佐郡尝骞冯翊车,登藩时坐辕生几。紫诰重膺帝命驰,喜看翁姁两齐眉。丹颜雪发神偏王,玉佩霞裾步更迟。最羡郎君新使者,驰驱画轼幡如赭。尽道踉跄畏简书,却愿登辰称寿斝。是日翩翩彩服翻,群仙遥庆集君门。青牛老子过函谷,紫凤夫人出上元。紫凤青牛能几见?祥云瑞色盈西甸。盘罗玉脯海中珍,乐奏云璈天上宴。天上人间那复分?但看翁姁醉颜醺。尊开渤澥筹如屋,帘卷扶桑日正昕。古来有道多黄耇,期艾担觯称上叟。遥想刘安此后身,更夸孟氏为良耦。猗哉使君才且贤,大泽神皋产则然。为君更效无疆祝,莫羡仙家有大还。

秋夜吟[①]

萧萧暮角起城头,耿耿银河拂槛流。络纬声啼断复续,竹梧淅沥风飕飕。幽人夜半揽衣起,露堕帘栊白于水。空庭何处捣衣声,举头见月思千里。思千里兮夜超超,星汉西流桂子飘。哀鸿夜度鸣嘹嘹,客子对此朱颜凋。芳时易过蕙草歇,玄霜岁岁染华发。欲归不归胡踌躇,十年长负故山蕨。

①《全粤诗》据清温汝能《粤东诗海》卷三五收此诗。

秋日游灵谷寺，寺近孝陵，盖为志公敕建者

十里祇林道，当年翠辇过。宝幢参汉起，紫气傍陵多。四偈凭谁证，六时尚有歌。澄澄功德永，不尽圣恩波。

无量殿翻经

为启金函重，贪看贝叶藏。三车传象教，亿载护龙章藏经有敕护之。悟处翻疑剩，参时偈亦忘。比邱无量众，谁许对空王。

松关夕眺

万树秋声入，诸天夕照沉。僧归青嶂远，鹿过翠苔深。一历真如界，超然出世心。谁云非净土，爽气到幽襟。

病中柬顾司勋道行

伏枕兼秋暮，萧然似隐居。砧声凉雨外，木叶下霜余。已任交游绝，何妨岁月虚。为询山吏部，可似病相如。

丁丑除夕

惙惙丁年暮，悠悠子夜过。羁愁深雨雪，世态下江河。华发将春至，屠苏傍客多。坐听钟漏曙，逐队且鸣珂。

春日张大来孝廉、李子同国子邀饮周太学园亭得流字

爱此招寻好，林亭事事幽。言从求仲饮，拟是辟疆游。改席花相媚，当樽翠欲流。中天停皎月，若为雅歌留。

春日游清凉寺得凉字

旧是离宫地，空林夕景凉。苔深埋古碣，径窅入疏篁。野寺连江碧，春烟抱日黄。衔杯思往事，惆怅立苍茫。

送荆考功视学滇南二首[①]

十年华省叹淹留，一诏惊从万里游。拥节遥过荒徼地，传经犹是古梁州。天连越巂蛮烟晓，沼泛昆明汉水秋。莫问旧曹朋好在，山公谁复似风流。

其二

江干分手即河梁，驿路春风拥传长。考簿西京留启事，传经南服见文

章。蛮天欲尽浮盘水，粤徼初分度夜郎。倘念含香同舍在，音书远道好相将②。

①《全粤诗》据清温汝能《粤东诗海》卷三五收此二首。
②"音书远道好相将"，《全粤诗》作"飞鸿应见几琳琅"。

春日戴愚斋、刘淦溪二司成邀同俞考功游凤凰台，用李供奉韵

佳丽原称古帝州，凤凰台瞰大江流。汉家殿阁中天起，南署宾朋胜日游。供奉有才偏去国，繁华何代不荒丘。醉来指点苍烟外，二水三山落日愁。

青溪闻笛

水满青溪月乍生，谁家吹笛晚风清。细听杨柳堤边曲，忽忆梅花岭外声。倦客楼高频自倚，塞鸿天远又孤征。故园万里心堪折，不尽关山思转横。

梅花曲 二首

青春十载忆罗浮，一度梅关暗白头。江上朝来花又发，并将春雪乱乡愁。

马蹄长陌尽红尘，独抱孤怀懒向人。含却幽香兼瘦影，怪来诗骨倍精神。

赋渭滨渔隐为郭相奎使君尊甫寿

姬运启元化，名世翼昌辰。卓彼磻磎叟，晦迹清渭滨。猎卜周文考，政寓臧丈人。玉帛一以出，轩车起后尘。潜龙跃玄渊，素书兆赪鳞。功成牧野阵，履赐东海濆。于兹际清穆，江汉眇垂纶。爰媲师尚父，载见汾阳君。匡阜盘幽谷，章江发浚源。夷犹玄牡合，登假太初邻。倪乎若遗世，翛然嬗后昆。之子方从事，四牡驾朱轮。麟符二千石，凤藻七襄文。日以康爵修，载见章服新。鹿毂拥丹轵，鸠筇被玉绅。猗哉旌蒲典，烂矣周玄缫。惟翁益自啬，三命府而循。寸肤敛若寂，甘澍布无垠。照照扶桑景，滃滃渤澥春。身世檐蘙艾，行藏钓泽缗。于斯稽物理，南华大有椿。

渔父

子胥自郑奔吴，至江追者急。渔父以舟渡之，解所佩剑以酬，曰："直百金。"渔人云："楚令捕，赏五万粟，爵以珪，何羡一剑？"噫！若渔人者，岂异人哉？

森森中流绝,丛苇乱一舠。昭关追卒猛,吴地迥风涛。为念王孙怨,那求楚爵高。哀君未入郢,宝剑且须韬。

春日愁坐,忽枉顾道行诗,因以酬答
春愁春兴较谁多,江上春醪独放歌。忽把瑶华江草绿,飞来春雪满晴波。

探梅
尽日山行为探梅,撩人诗思暗荒台。春风不信天涯隔,几树寒烟独未开。

寿邵月湖封公八十二首
当年露冕拥专城,执戟犹传水部名。一自悬车随豹隐,悠然把钓狎鸥盟。尊开越峤霞光起,日出江门紫气横。正是汉恩娱老日,应颁灵寿自承明。

其二
森森玉树映高堂,绣斧仙郎出未央。绕膝璃卮秋正迥,舞衣宫锦日偏长。星摇斗极初垂榻,月满湖波更引觞。但使稽山供贺监,何须渭水待周王。

送熊客部出守吴兴
关河木叶下纷纷,其奈褾帷陌上分。驿路晓经千嶂雨,郡斋秋落五湖云。月明兰省思同舍,花满蘋洲拥使君。傥采民谣翻乐府,前溪歌曲几回闻。

春日同沈选部游桃花坞,顾司勋以病不至,故末章及之
十里红尘绕翠堤,一尊疑傍武陵携。村村曲曲花相似,不是渔郎路总迷。

无赖桃花掩映开,招寻竹里坐深杯。居人尽讶溪源杳,车马何缘此地来。

一色霞光锦障围,临风轻荡午风微。春来载酒几回出,忍向花前不醉归。

改席频愁夕景斜,还教叠鼓更催花。仙源岂有人间乐,双吹遥听隔紫霞。

怪来风雨动经旬，少放晴光已暮春。何事南邻多病客，看花犹作卧游人。

得唐明府仁卿书寄答
劳劳十载望音徽，茂宰风流似尔稀。锦鲤遥从江上至，仙凫常傍帝城飞。故人踪迹仍寥落，今日才名有是非。早晚君应司献纳，清时莫湿侍臣衣。

送薛舜恭太学归凤城
奏赋当年出汉京，风尘犹困鲁诸生。业传楮大窥残箧，家世韦贤有旧名。别路云深彭蠡泽，故园秋满凤凰城。相逢若问周南客，为道年来病长卿。

寒 食
客里春醪不愿醒，天涯火禁柳烟青。伤心万里逢寒食，独夜啼鹃带雨听。

得张太史阳和会稽书，读所寄《一息楼》《秋游》二记有感，并怀南昌邓定宇年兄未起
忽报稽山使，开械转自嗟。怜君登彼岸，叹我浪生涯。一息楼中赋，三秋剡上槎。平生鞭弭望，惆怅说京华。

其二
扰扰人间世，冥冥史氏心。风尘闻乍起，丘壑意何深。南署遥相问，金门忆赏音。匡山高卧者，声价自南金。

送春二首①
落红飞絮半沾泥，别意年年客里题。欲唱渭城江雨暮，阳关只在秣陵西。

啼鹃如怨复如悲，楚水吴山奈别离。斗酒不妨今夕醉，明朝又是隔年期。

①《全粤诗》据清温汝能《粤东诗海》卷三五收第一首。

初夏鹫峰寺小集，同刘大理、张侍御、顾司勋、俞山人，得官字
高林初暑暮钟残，载酒征歌卜夜欢。南国新声翻玉树，西京朋好泛崇兰。尊开薝卜多词客，月满招提现宰官。不有郢人工绝调，风流谁是擅

登坛。

自哂

自哂成何计，悠然兀坐心。穿蹄明日事，弹剑此宵吟。芳杜江头绿，羁愁雨后深。不须长物累，只是未抽簪。

秋月思故园

芭蕉月色上帘栊，坐傍檀栾散晚风。徙倚夜深谁共酌，凄清露下拭孤桐。高城落叶催新杵，久客归心托暮鸿。万里故园沧海上，独将双鬓叹飞蓬。

明妃曲 二首

酪浆尽日醉单于，毳幕终成夜夜孤。闻道秋来迎汉使，莫教又送美人图。

筝筿一曲塞风吹，满地寒云白草衰。汉主恩深怜戍卒，忍教红粉度燕支。

中秋同诸省丈宴集齐王内园

高秋凉雨散千门，月满楼台夕吹繁。冠盖五陵华省客，风流千古辟疆园。中天露色垂金掌，永夜歌声傍绿尊。茗芋不妨酬令节，羁愁尘迹莫须论。

柳枝词 二首

雨色台城暗古陴，千条婀娜傍涟漪。可怜水调歌残后，犹有隋烟绾绿丝。

拂水笼烟春事赊，暖风晴雪散千家。河桥载酒金羁过，踏作芳泥满地花。

雪后同沈选部、王司封、李考功、顾司勋饮冶城道院

雪霁瑶华满禁城，洞窗月色散吹笙。星辰楼外寒堪摘，角抵尊前态转生。起舞醉疑乘羽化，踏歌归作步虚声。莫嫌岁宴频佳会，不分人间苦病醒。有僚友每集必称病，故云。

海棠二本盛开

娉婷何事斗红妆，并倚春风笑客狂。谁识夜深酣赏处，双株犹自向

周郎。

冬日饮司封台望中有感
醉上层台拥鹔鹴，高天寥廓雁孤翔。隔帘寒色钟山树，何处周颙旧草堂。

春日潮音阁小集
高阁崚嶒俯帝京，长堤一望晓烟青。城头叠嶂回寒色，洞口春潮杂梵声。度曲尊前黄鸟至，传觞石上翠苔生。从来胜赏多江左，此日风流万古情。

人日同沈、顾、王三省丈饮李考功斋
一醉初沾柏叶春，东风骀荡正芳辰。韶年恰聚星为客，华省相邀日是人。彩出汉宫花竞丽，雪消梁苑柳初新。莫言流赏须臾事，御李千秋属后尘。

题画梅 二绝
梦入罗浮巅，相逢长安陌。尊前眼倍青，客里头堪白。
寒蕊白于雪，盈盈正堪把。满前桃李姿，谁是素心者。

催牡丹 二首
何事迟迟放，如疑惜暮春。无言幽谷里，自有赏心人。
谁不怜春去，何须细雨催。凭今相与约，花发不停杯。

秋夜读中郎方思善稿题寄
展卷向参寥，无竟复无始。何处觅玄音，子云原不死。
吹万胡嘐嘐，独掩青藜阁。夜半听秋声，泠泠天际落。

皖城夜泊，叶使君龙塘邀饮大观亭
江回斗转接明河，江上征衣霜露多。鼓角夜摇青雀舫，蘼芜秋散白鸥波。倦游已自淹寒暑，拙宦惟应返薜萝。却忆中原朋好在，开尊维艇夜相过。

秋暮西征，林时献、薛舜恭、张心南、姚浑之诸兄饮饯韩江赋别
秋来迢递又西征，落木霜花总别情。未了世缘驱我去，暂将尊酒为君

倾。航前鳄渚烟波渺,天外羊肠客梦惊。握手不须嗟远道,风尘何处避时名。(以上均见于明周光镐《明农山堂汇草》卷二《金陵草》)

出守剑北道上二首

江上今何夕,银河挂碧空。双星犹有会,旅泊更谁同。鸿雁尊前影,风尘剑外踪。怀人空伫望,摇落桂花丛。

其二

江流弥浩浩,征路亦何赊。大舸长风满,高秋片月斜。一麾仍出守,十载岂忘家。浪迹波涛里,吾生未有涯。

夜起闻滩声

暝壑吹幽籁,危滩激石声。霜华初淅沥,夜色转凄清。拂剑明秋水,维舟伴客星。空江独倚望,摇落壮心惊。

江上见新月,寄都门同好

乍与同心别,秋蟾又一新。婵娟空对客,烟水易伤神。籁起萧疏曲,光垂寂寞滨。遥思朋赏处,谁忆远征人。

沅湘道上

千山枫叶染霜华,迢递褰帷蜀道赊。马首寒云垂七泽,猿声驿路近三巴。愁来却叱王生驭,秋尽虚传汉使槎。不是风尘容拙宦,那将踪迹遍天涯。

中秋蜀闱席中对月赋呈同所诸公

桂树盈盈玉露浔,凉宵尊俎馨交欢。一时论价争投璧,千载谭心胜握兰。蚕国交夸机上锦,蟾宫光滴掌中盘。群公藻鉴良多暇,画角高楼兴未阑。

浣花溪草堂谒杜工部祠①

杜陵亭子浣花浔,秋色云光净远林。傍水芙蓉开烂漫,绿江桤树暮萧森。长留天地惊人语,不尽艰危恋主心。自古更谁推大雅,流风逸韵到于今。

①《全粤诗》据温廷敬《潮州诗萃》甲编卷五收此诗,题作"浣花溪草堂"。

谒武乡侯祠①

锦江十里锦城东,丞相祠堂翠霭中。鱼水君臣看定鼎,龙蛇风雨走虚宫。参天老柏巢双鹤,落日长桥饮断虹。一自杜陵题洒后,直令千载泣英雄。

①《全粤诗》据温廷敬《潮州诗萃》甲编卷五收此诗,题作"谒武侯祠"。

唐仁卿计部以论学谪倅海州

忽有东来讯,闻君谪海州。疏因原道起,辨岂为身谋。宦迹沉沦后,才名黯淡秋。波臣休洒泪,渤澥尚堪浮。

其二

谔谔封章入,昭昭正道扶。风尘元宦拙,放逐敢恩孤。岂是持坚白,从来恶夺朱。应知沧海上,尼父愿乘桴。

上计道楚襄,两宿玉泉寺,观隋唐钟鼎,摩读张曲江、孟浩然、白乐天题碣

涧道通香积,寒流莹玉泉。隋唐苔上碣,荆楚雨中天。客路高云外,斋心夕梵前。百年悲物役,一憩亦随缘。

秋日宴僚佐于朱凤山亭子 二首

雨色沙边霁,山光槛外浮。管弦淹日落,宾佐尽风流。鸿雁初遵渚,蒹葭忽暮秋。理人惭未效,敢自美遨游。

其二

诸天盘磴上,落日放船过。窈窕闻钟磬,招寻到薜萝。叶鸣秋在树,沙净月沉波。无限逃空意,微官可奈何。

自阆中下蓬州

阆风西下接蓬莱,字水夷犹逐缆开。九叠云深连剑阁,一江烟暮锁琴台相如琴台在蓬。高秋未遇新槎过,谕蜀虚传汉使来。满目转多凄恻意,飞鸿鸣雁总堪哀。

蓬州与祁恤部饮广慈寺

穿林遥望白云居,蜀道秋逢使者车。益部有星垂法象,宰官此夕对真如。空门话引慈航阔,圣代恩深解网初。入奏定知膺劳问,为言荒徼谬分符。

峡中舟次

巫山十二半侵霞，江上孤舟客梦赊。帆影半江衔夕照，鼓声入峡慢回挝。黄陵石濑沙如雪，白帝丹枫叶作花。楚水燕云犹万里，朝朝暮暮鬓双华。

上觐邯郸途次晨发口占 二绝

朔色霜风欺敝貂，荆门驿路尚迢迢。邯郸短梦悬双阙，到日龙颜定早朝。

晨鸡蓐食走荒皋，拂面霜华凛若刀。四牡朝宗谁复重，那堪厉禁宿蓬蒿。

邯郸才人嫁为厮养卒妇

妾望丛台宫，忆初被泽时。春花与秋月，皎心长自持。一辞玉辇侧，出为御者妻。君王重赏功，不惜弃娥眉。妾身故有托，妾意良多违。颜色落朝华，梦魂绕蕙帷。君勿矜意气，愿复报恩私。

中山道上

岁晏任驰驱，王程何肃肃。丛台昔经过，邯郸忆旅宿。由来重皇华，四牡驾朱毂。今岂汉盛时，大夫乘牛犊。敢自叹风尘，犹惭负覆𫗧。述职愿有陈，水旱淮南牍。神圣正垂衣，遐荒望一烛。

入　燕

岁晏入燕关，萧萧渡易水。行行缆敝裘，严霜欺客子。健马并州儿，轻矫疾于驶。酣歌燕市中，感慨客裂眦。忆昔蹑电告屏来，十载几过此。荏苒岁华更，驰驱良未已。但感主恩深，何辞臣节苦。

皇极殿立春侍班

彩杖迎春出未央，垂衣苍玉御明光。堂开左个乘阳令，礼祀先农祝岁祥。太液曙烟浮禁籞，五陵佳气入长杨。遥瞻天上仙桃色，愿奉恩辉被万方。

长安春夜，丁元父明府、莫廷韩文学携觞见过得栖字

风尘我自厌卑栖，尊俎何期此夜携。计吏遥来秦栈外，词人偏集掖垣西。星文影动延津剑，彩笔光含太乙藜。不是骚坛来二妙，长安春事好

谁题。

计事竣，将归郡，出憩报国禅寺，丰城徐仁仲、南海崔子玉二孝廉见过，因登佛阁赋别得神字

已去仍还住，逃禅复近人。吾将息我踵，子自王而神。对景成空寂，明心识漏因。他年双剑合，何地是延津。

都门答梅禹金见寄

宛陵相望阻关河，京洛何期雁影过。三载怀人歌杕杜，一麾怜我度岷峨。吴门别后青笺少，燕市游来白眼多。见说诸梅争应诏，如君何事卧烟萝。时诸梅联上公车者三，故云。

出都门留别同好

西谒承明返斾迟，新恩犹是旧褰帷。燕云晓带河流色，朔雪春含塞柳姿。叱驭邛崃还此日，挂冠神武定何时？尊前可但离情剧，恋阙宁无万里思。

出苏门得王元德观察书，赋此酬之，时观察备兵天津

别后风尘尺素难，苏门何意到飞翰。自怜蚕国驱车去，转望渔阳征斾寒。幕府清秋开障塞，羽书白日走呼韩。津楼舒啸应多暇，海色还将倚剑看。

过保定寄怀唐仁卿，初仁卿以论学谪倅海州，至是擢理是郡，未至又闻召命矣

清时籍甚使君名，畿辅还劳揽辔行。可但法星高北斗，即看紫气接蓬瀛。中朝尽道推唐介，前席犹闻召贾生。只念长驱巴蜀者，剑门白首不胜情。

入蜀过襄阳，刘予藐司理具酌于岘山亭

翠岫含烟雨乍晴，襄阳柳色大堤平。尊开岘首逢山简，檄到巴渝愧长卿。行役不堪芳草暮，登临可使别愁轻。莫嫌此地如泥饮，醉听铜鞮曲里声。

襄阳曲二首

芳草习家池，苍茫叔子碑。秋风吹汉水，那复唱铜鞮。

日夕渡川梁，高楼宿樊口。不唱铜鞮歌，且醉襄阳酒。

九日登郡阁得仁卿秭陵书有感

江树低垂白日斜，江城孤阁俯流沙。三秋几见南来雁，九日谁看蜀地花。满目风烟惊岁暮，伤心朋好隔天涯。登高何处劳相忆，一度茱萸鬓总华。

登牛头山亭读陈五岳观察诗用杜韵

禅宫连雉堞，览胜上牛头。一历诸天界，如同出世游。经翻花雨细，榻借洞云幽。几度褰帷过，浮生苦未休。

其二

古磴盘云上，孤亭落照中。郢人多绝调，杜老有遗风。暮色芙蓉冷，禅心贝叶通。坐来钟梵寂，明月下烟丛。

牛头山亭子久废，余过谋之署印杨别驾。复建既成，陈观察题曰"怀杜"，因用韵赋纪

亭子何年废，苔痕础石深。雨花余净土，祇树散晴阴。谁度千回劫，初逢一布金。应知怀杜意，不尽使君心。

寿砚亭为陈玉叔廷尉题①

欲飞拔剑心雄伟，直入深潭截龙尾。老骨年来化石鳞，西郊夜半啼山鬼。才子折冲尊俎傍，穷搜禹凿获琳琅。运斤雷电起倏忽，开函波浪摇洸洋。龙蟠凤翥风云变，艺苑词场共麈战。定价无论十五城，著书已足三千卷。管城秃尽瘗山丘，墨子临歧泪不收。谁信石卿年已老，汉家仍拜寿亭侯。

①《全粤诗》据清温汝能《粤东诗海》卷三五收此诗。

玉沙草堂①

一望平皋翠雨流，虚堂睥睨碧沙头。湘江兰芷明于玉，泽国楼台迥似秋。坐里芙蓉开列嶂，尊前瑶草散芳洲。玺书无奈频催起，猿鹤窥人怅别愁。

①《全粤诗》据清温汝能《粤东诗海》卷三五收此诗。

莲花草堂

使君日涉有新庄，太史当年旧草堂。十里湖天开菡萏，一帘湘雨赋沧

浪。楼台倒映凌波影,歌舞低回洛浦妆。最是骚人能赏趣,秋风好为制荷裳。

天尺楼① 以上具为陈玉叔窗长赋

百尺楼高切太微,中藏万轴尽珠玑。自天题处龙章湿,奕世传来宝帙辉。影绕汉川波作练,光摇星斗玉为扉。于今竞说陈荀里,不数城南傍帝畿。

①《全粤诗》据清温汝能《粤东诗海》卷三五收此诗,题作"百尺楼"。

寄怀顾司勋道行

稽山忆昔逢君后,十载南宫并马蹄。依幻榻前谈小品,清音阁上赋新题。几回休沐频相过,何处登临不我携。迁谬一麾今万里,故人那复问巴西。

寄怀选部沈征甫舍长

含香侧席同君日,并马鸣珂入梦遥。清籁池头催小舸,如兰阁上醉深宵。莺声南苑今娇好,鸿影西川久寂寥。但使故人芳誉在,何愁双剑隔层霄。

漳河遇李河南两山使君夜话

莽莽征尘柳外黄,追随旌盖驻河阳。尊前夜色沉青汉,树底寒流走浊漳。愧我长驱还谕蜀,知君千骑正游梁。相思别后知何处,引领嵩云立大荒。

过邺城李两山、石贰守邀游成皋园

初从入赵问王孙,倾盖成皋倒绿尊。星聚一时梁苑客,风流千古辟疆园。朱栏舞队回波渺,绮席歌声子夜翻。不俟使君投井辖,拚将十日饮平原。

春日过王廷评别业雨中夜酌 二首

十里平沙半亩宫,倚江青嶂落层空。车悬白日尘嚣外,榻下春云睥睨中。灯火一尊淹细雨,柴桑千古自高风。谩言马首冲泥怯,永夜酣歌兴未穷。

其二

路入仙源转翠微,衡门花鸟弄春晖。塔标远岫双林迥,江绕层楼匹练飞。绣虎才高曾执法，冥鸿赋就遂初衣。习池风景差无异，莫笑山公酩酊归。

林井丹游罗浮作此寄问

铁桥飞渡自何年，碧玉朱明几洞天。池上应传阿耨偈，箧中拟有会真篇。石楼海日宵堪见，银汉秋涛晚定县。闻说三山还可到，巨鳌我欲驾苍烟。

孝甫自武夷来游三峨，过郡斋，为平原，约临别赋赠

域内多灵境，遨游孰与群。诗篇峨顶雪，瓢笠幔亭云。济胜知玄度，耽奇也少文。何时解簪组，丘壑会平分。
其二
相逢欢不极，语别便凄然。游岂相如倦，才惟季子贤。离筵当暮雨，蜀道在青天。可负平原约，而同访戴还。

宕渠道上

岁晏褰帷出，山城古宕渠。梯云沉圻坂，叠屋似巢居。但道官厨禁，何言骑从都。莫须嗟险道，民俗似康衢。

宿牛头寺

窈窕松林路，萧条薜荔秋。寒云垂马首，夕雨上牛头。梵罢诸天寂，灯悬夜榻幽。客心与禅意，永夜共悠悠。

中秋前一日游龙门寺，泛舟望月

千山红树带江流，江上孤城砧杵秋。舸放龙门风瑟瑟，星沉牛渚夜悠悠。藤萝客散诸天静，乌鹊尊开一境浮。莫把羁愁惊节序，吏情何处不沧洲。

赴蜀闻途次杂咏三首[①]

岁月三川道，迟回五马车。经过卖卜肆，再访草玄庐。秋入山光净，风清桂叶疏。何如偕计者，又上荐贤书。
其二
何处逢秋色，萧萧又锦城。蹉跎元拙宦，摇落见深情。汉水尊前白，霜华剑外明。行藏《周易》在，何事问君平。

其三

漠漠川原路，村村杜曲边。真看陆似海，不断水平田。杼柚西人赋，笙歌蜀国弦。当垆有少妇，惯数卖浆钱。

①《全粤诗》据温廷敬《潮州诗萃》甲编卷五收此诗第三首。

之锦城汉州道上晚眺

群山隐见白云齐，日落烟生野望迷。汉水斜飞双斾外，剑门寒倚万峰西。封疆岁久虚熊轼，雨雪冬深没马蹄。不尽羁愁何处写，浣花亭畔醉堪题。

登陈子昂读书台

绝巘登临夕照开，翠微高阁俯城隈。天清列嶂芙蓉冷，日落晴沙雁鹜来。垂拱时危堪豹隐，建安衰后起麟台。千秋《感遇》遗篇在，词客重游思转哀。

郡斋梅花盛开，偶有阆州之役，归忽残矣。霜月尚悬，花神顿悴，对景兴思，怅然今昔

多情何处不堪怜，忽见飘梅倍怆然。姑射雪肌人已远，罗浮春树梦空悬。扶疏影落银钩月，黯淡香残玉树烟。莫听江城三弄曲，断肠元在落花前。

秋夜听雨 二绝

淅沥乍飘幽竹，凄清忽闪残荷。几度秋来听雨，今宵客泪偏多。

凉雨初生几席，征鸿又度关河。病里江城落木，愁边汉水增波。

杂 诗

瑟瑟江上枫，幽幽泽畔草。霜零枫叶雕，露浥幽兰好。我欲往撷之，将心寄远道。道远不可持，芳馨长自保。

行行楚色秋，迢迢涉澧浦。幽幽泽畔芳，采采空延伫。美人隔秋云，欲寄道修阻。

黄山草堂为吴孝甫赋

黄山高倚碧云岑，此地精灵自古今。遁世硕人常在涧，采芝丹洞不辞深。兴来策杖过名岳，归去为园灌汉阴。见说轩辕回辇后，时闻玉女紫鸾音。

吴孝甫自武陵来游三峨，诗以送之

瓢笠仙仙属胜游，延陵自古擅风流。携来玉女千峰色，看到峨眉八月秋。箧里定多瑶草秀，杖头遥见佛光浮。香台无限苔花碣，好为摩挲半偈留。

九日过射洪，杨子仁别驾邀登陈子昂读书台_{二首}

登临何处具壶觞，千古麟台迹未荒。选胜正堪逢九日，看英那复问他乡。天风洞壑吹寒雨，江郭晴洲带夕阳。不为羁愁兼吊古，无边心事倚苍茫。

其二

五载与君客蜀郡，重阳几度共登台。雪山涪水萧萧暮，羌笛城砧处处催。久客风尘游欲倦，当年感遇思堪哀。遥怜后会知何地，对菊应同此日杯。

对　菊_{六首}

西来巴子国，三见菊花开。剑外霜初坠，天南雁未回。浊醪聊酩酊，凉月好徘徊。不减柴桑兴，东篱自举杯。

其二

秋色满天地，群英孰耐霜。芙蓉雕锦水，桃李谢青阳。赖有菊盈把，还谋醉是乡。郫筒新酿熟，日泛使君觞。

其三

蜀地秋多雨，重阳菊故迟。朝来芳艳发，日与酒杯期。晚节谁堪傲，颓龄我自怡。家园三径在，对尔有遐思。

其四

不尽看花意，朝朝数短茎。篱边陶令赋，泽畔楚臣英。簿领缘多暇，琴尊兴转横。寥寥千载后，达者自垂名。

其五

故园东海上，蚤喜植奇葩。一自牵缨组，抛来几岁华。雁声寒七泽，秋色怨三巴。惆怅黄花发，何能不忆家。

其六

有美甘馨液，延龄自昔闻。露从仙掌泛，种自紫薇分。采采金光草，霏霏玉剪云。王乔何处遇，此夕醉颜熏。_{时从王方伯家得一本醉仙颜云。}

落　花

千山啼鸟落花繁，锦水飘零暮雨残。懒向春醪谋一醉，晚衙初散独凭阑。

对竹忆留铨沈、顾二舍长

清籁池边浮小舸,含香署里日初醺。美人今隔潇湘浦,不尽相思对此君。

唐仁卿寄新刻《白沙先生集》感赋 四绝

元运由来合复离,纷纷末学竞多岐。江门直溯春陵起,谁道斯文不在兹。

碧玉楼前春色深,春陵光霁想同心。多君独阐图书旨,五百贞元又到今。

由来吾道贵知希,玄牝千言也似非。刚到自然无别说,满前花鸟尽天机。

当年空下董生帷,觉后言诠总费思。老去名山堪不朽,谁将铅椠更相随。

悼别

萧萧征舫去何之,万里吴门怅别离。巫峡猿声悲不尽,傍人休唱竹枝词。

薄命佳人自古论,一杯聊尔酹芳魂。莫愁湖上桃花渡,销尽红颜自白门。

春晴

鸣鸠恰恰报新晴,几树桃花照眼明。春事抵今嗟又半,绿杨芳草大堤平。

春阴

晨烟霭霭酿轻寒,草色经旬覆井栏。吏事只堪供伏枕,春光犹作故园看。

春兴

春兴春愁总不禁,花朝雨色弄晴阴。天涯岁岁王孙草,一度啼鹃思转深。

春 愁

春愁春兴较谁多,独抚春醪几放歌。九十韶光花鸟换,不堪芳讯尚蹉跎。

春 梦

袭人花气午风轻,卧阁春深倦客情。栩栩梦回飞蛱蝶,隔林斜日听啼莺。

春 星

帘栊掩映烛花青,客里深宵叹独醒。海内良朋惊聚散,不堪华发对春星。

秋 怀

剖竹那堪岁屡移,惊心时事鬓如丝。涛声八月江沱下,秋色三巴橘柚垂。北极诏书忧水旱,西州羽檄急边陲。涓埃未效良虚忝,敢道前薪事有期。

其二

庭院森沉宿雨收,碧梧枫树又惊秋。西飞乌鹊巴云暮,南望星槎汉水浮。婚嫁向平思五岳,莼鲈张翰忆扁舟。年年桂树寒花发,客里摧人暗白头。

寄俞羡长于阳羡,时江南充进卿,被召命南行因附

阳羡思君久卜居,巫山楚峡雁来疏。难忘白社衔杯日,谁念青天叱驭初。四海交深霜后鬓,三年泪湿袖中书。江淹此别兼愁切,远道相符解佩琚。

朱凤山登眺因怀张侍御有约不至

翠袖敞禅扉,晴江匹练飞。何年看凤下,落日数鸦归。涧雨频沾席,天风一振衣。怀人空伫望,秋尽转音稀。

秋夕寓怀

悲哉秋气慄,客久壮心惊。酒德堪长颂,骚坛敢自名。一麾甘独老,万事更何成。岂乏沉冥意,惟思阮步兵。

五载再入朝，回郡，谢诸父老迎劳者。
时方忧旱，是日渡江，有雨如注，因以志喜

津楼东望倚江开，夹岸儿童拥骑回。轙盖再纡陈史里，笙箫遥接谢仙台。但看霖雨今朝足，莫问君侯几度来。父老好须歌帝力，丰年击壤醉新醅。（以上均见于明周光镐《明农山堂汇草》卷三《嘉陵草》）

出峡旅怀

扁舟出峡思依依，西望嘉陵怅夕晖。九折壮心还叱驭，千山寒色到征衣。云连楚泽猿声断，夜泊高唐客梦飞。数载风尘嗟远道，解簪何日向渔矶。

别少傅陈松谷先生 并序

余在郡四载，雅受知先生。出入觐行，辱赠以诗。至是先生抱恙，重与余别。临发出郊，具饯洒泪。嗟余守官无状，负学士先生教。惭面父老，何足当长者眷顾？因感赋志别。

郊亭供帐雨霏霏，为惜分携向帝畿。五载握符过锦水，几回沾宴侍黄扉。嶙峋史笔名篇在，迢递波臣尺素稀。不尽南天瞻祝意，尊前别泪湿征衣。

渝州江上张侍御伯大载酒四十里，同韩文学饯别限韵

故人消息动经年，忽漫维舟是别筵。五马征途淹岁月，一尊寒雨暗江天。峥嵘剑合层霄外，慷慨交深十载前。莫道临歧偏洒泪，风尘何处不堪怜。

登张侍御伯大东山亭饮赋限韵

高台百尺白云居，低挂星辰入夜疏。玄雾正深方隐豹，青山无恙蚤焚鱼。中朝簪笔传封日，四海为霖属望初。谁道出山呼小草，惠文征起莫踟蹰。

竹枝词 四首

二月瞿塘春水生，八月瞿塘秋水平。春去郎舟秋又暮，书来还在汉阳城。

其二

西陵山下石滩多，东去郎舟信若何。妾在江头候风色，教郎好自慎

风波。

其三
隔水烟村四五家，岩前水际尽山花。丈夫打鼓操舟去，妇女簪花学种畲。

其四
神女祠前月乍生，刘郎浦上雨初晴。郎舟莫向巫山宿，惹却朝云暮雨情。

出峡有所思
峡云垂垂江云飞，巴树苍苍巴雁稀。一夜猿声悲客梦，美人何处不同归。

赋得绵绵思远道 并序
乙酉岁，余以守吏入计，载家室东归。下巫峡，过武昌，之汉口，别而登途，于时秋也。歧路分携，舟车异适，以此言悲，悲可知矣，爰以成赋。

祇役之上京，迢迢万余里。解缆下长江，弭棹汉之汜。霜雪时载途，四望何弥弥。榜人理舳舻，仆夫脂车轵。驾言各行迈，川原怅殊轨。岁晏路阻修，有怀谁能已。萦回遵山阿，浩渺凌江汜。薄日照通津，归帆疾于驶。极目川上观，寒飙西北起。悠悠我所思，离忧从此始。

过武昌阻雪，仲和王孙邀登黄鹤楼[①]
洞庭东下楚天浮，挂席西过黄鹤楼。千载白云寒冉冉，一江巴水碧悠悠。波摇鹦鹉洲前月，霜落芙蓉镜里秋。何事王孙邀授简，不堪乘兴雪中舟。

[①]《全粤诗》据温廷敬《潮州诗萃》甲编卷五收此诗。

大梁道上遇耿成都子健
我发自汉口，君来由楚黄。片帆同出峡，五马共游梁。腊色残冰雪，征途老鹡鸰。帝京看不远，春事在长杨。

大梁会太湖王明府同行
喜遇神明宰，翩翩度太湖。青萍龙剑合，白雪郢人孤。上国方求骏，中原且并驱。何期驵乘者，亦得傍仙凫。

同耿、王二使君由汴梁渡黄河，风雪夜泊北岸

何意同舟楫，河梁白日阴。渡来水半合，泊处夜方深。短烛斜飞雪，高沙独抱衾。惟怜江汉吏，共此岁寒心。

苦寒行

我行日以迈，朔风日以高。荆楚之宛洛，征途何辽辽。古来重朝会，四牡建旌旄。周道宛不殊，今胡宿蓬蒿。尘飞时飘忽，逆旅多混淆。争席半屠沽，仆夫动嘈嘈。晨起星未晞，蓐食闻鸡号。腊腊寒刺骨，霜风利于刀。征鸿晓哀鸣，斑马寂不骄。抚物感我心，我心一何忉。晦朔互以驰，燕蓟尚迢遥。王程有期会，大夫敢言劳。

邯郸夜雪

旅宿邯郸夜，霏霏雪乍晴。灯寒花自结，夜永梦难成。华发嗟行役，青跌阅世情。仆夫炊黍熟，斟酌向前程。

至日井陉道上

至日井陉路，霏霏雪未阑。古人关尚闭，此际客冲寒。剥复天心见，驰驱我道难。羁愁添一线，何处酒杯宽。

过漳河怀李使君，时备兵岢岚

当年御李渡漳河，邺下梁园几和歌。自领虎符称节制，遂令鱼素叹蹉跎。北来塞上烽烟少，西望关门紫气多。惆怅怀人铜雀暮，愁心犹欲托微波。

听无弦上人琴，因读其《徒非幻》诗

帝里春将半，云房花正深。坐来谈小品，到自涤烦襟。物外咸清咏，禅中有妙音。津梁我已倦，对汝是皈心。

礼上人自长干来访报国寺，话宿三日方别，兼订峨眉山之约得缘字

曾结长干不住缘，别来风韵尚依然。翻经昔过苍筤径，持论今听白马篇。霜净法宫诸梵寂，夜深谈尘一灯悬。三峨遥傍西天竺，飞锡何时雪岭边。

里中陈、姚、程诸孝廉携具出报国禅寺饮饯，登阁眺望赋别

苍茫梵阁俯中原，云里遥悬帝阙尊。碣石长风吹海色，蓟丘寒树拥关

门。坐看绣壁丹青古，醉傍虬松白日昏。奈可思乡兼惜别，不须歧路已销魂。

邯郸行

长安策马逢春早，上苑玉堤花正好。三月三日过邯郸，邯郸道上多芳草。城南年少踏青游，击毂摩肩陌上头。炫服靓妆相照耀，惠风佳日任夷犹。昔日丛台纷锦绮，层城曲处高楼起。歌管那看步辇来，登临惟见漳河水。漳河铜雀曾经过，邺城西望荒烟多。冰井崩来走石虎，劫灰黑处埋铜驼。昨时尚有成皋邸，飞榭崇台冠戚里。罢宴芙蓉今几秋，重来池上生荆杞。此地人多游侠名，路傍叱咤英风生。呼卢买笑轻一掷，探丸挟弹重横行。倏忽繁华成逝水，豪举于今那复尔。千秋陈迹眼前人，征途揽辔嗟无已。征人春暮愁转结，瞥眼韶光已消歇。君不见，绿杨垂处鸣鸲鹏，蕙草衰时叫鹧鸪。岁月推迁不少延，浮生行役年复年。何能归对南溟月，四百峰头散发眠。

途中杂诗 四首

已倦驰驱意，频年万里行。平沙惟见柳，三月未闻莺。目向南天尽，愁随春草生。不知行近远，日自计乡程。

其二

既落风尘籍，何妨老郡符。春愁深策蹇，旅兴罢操觚。天地宁穷我，形骸尚故吾。若教长往遂，那复问雄图。

其三

旅食又经春，褰帷独怆神。南天稀见雁，旷野四无邻。自分才如栎，何言积似薪。依依杨柳色，长是傍征尘。

其四

寒食邯郸道，经旬出蓟都。丛台花自发，漳水月同孤。浪迹真飘梗，微名合守株。羁愁何以遣，斟酌问清酤。

渡黄河

大行西北起，河水划中流。势欲凌空去，波如浴日浮。断冰栖落鹜，远树带行舟。试问乘槎客，星源何处求。

平原道上

伊余朝宗吏，遥来自巴蜀。驱车冒雪霜，回辕见青澳。忆昔在长安，日市长安酒。不问橐中装,但求和歌友。一出蓟门行,迢迢独远征。芳草愁中绿,烟花望里青。二月滹沱河,三月邯郸路。白日没黄沙,疾风吹古树。王程日稽留,川途渺何所。欲向故园归,简书犹未可。因之行迟迟,羁绪乱如丝。有恨成孤调,无因寄所思。昔日平原约,王孙今在否?池台宛不殊,歌舞复何有?感此重悲凄,幽鸟异方啼。既乏同心侣,又惜知音稀。梦醒漳水月,春暮铜台柳。但觉时光徂,不道客行久。

过漳河望铜雀台

怅望寒垌外,铜台已莽然。风尘愁落日,歌舞忆当年。暮色西陵树,平沙古渡烟。雄心千古事,邺下总堪怜。

大梁道上二首①

骋望中原路,逶迤入大梁。河堤垂绿树,节序度青阳。卫水浮烟暝,沙河落日黄。愁来看短铗,犹带蓟门霜。

其二

晋魏开封地,工歌自古闻。雄图嗟已歇,淇水复何存。公子能倾士,蛾眉亦报恩。西风堪洒泪,若处吊夷门。

①《全粤诗》据清温汝能《粤东诗海》卷三五收此二首。

月夜登博望驿亭眺望隆中,用费观察壁间韵

暮陟高台览大荒,燕云楚树尽青苍。春过汝水晴偏好,月傍征人夜转凉。西域使槎曾犯斗,东来客子倦游梁。封侯博望那堪问,惟有隆中引睇长。

小　泊

极目西川路,伤神楚岫云。孤舟维岸曲,细雨乱波文。峡口涛新涨,滩声夜转闻。不须听杜宇,归思自纷纷。

泊舟楚江之曲,晚雨初晴,流览水际,有青鸟飞来,饮啄自若,感而赋焉

雨霁洲渚清,维舟西岸曲。帆前暝色初,有鸟自饮啄。潇洒水云身,夷犹沙际宿。稻粱匪所谋,罗网岂虞触。伊予方倦飞,对尔惭局促。留滞重兴嗟,川原聊寄瞩。沧潭碧转深,浦树织如渥。遐思在沈寥,幽兴散青澳。物理咸有宣,我怀谅匪独。

晚登秭归山亭，望楚王台、屈大夫祠赋

楚王台上雨初收，屈子祠前浪欲浮。只为抱疴投阒寂，故回短棹任夷犹。朝看爽气云沉阁，夜听滩声月在楼。况是卜居千载地，令人吟望转添愁。

羁　怀 寓归州作

经旬卧山馆，长夏日登眺。峡水来滂沱，群峰削青峭。朝云石上生，返景林间照。沉疴藉散蠲，奇诡恣问吊。疑是商洛居，时发苏门啸。溽暑苦郁蒸，良朋阳欢笑。聊以托咏思，无因寄同调。

古道荆蛮地，如何可滞淫。伊予弭棹来，信宿遂侵寻。地主眷同社，山堂倚危岑。静虚愿所谐，嬿婉情弥深。喜无形骸阂，况绝尘迹侵。岂予耽晏游，仆夫多苦辛。溯流褫我魄，叱驭伤吾心。矢言谢良朋，我欲抽华簪。

端阳前二日，秭归山亭延眺，惟时峡雨初收，江云乍起，夕阳孤雁，感睹兴思，怅然有作

群山日夕时，高台独延伫。孤鸿杳回翔，众鸟下洲渚。极眺川波深，指途巴峡阻。伊余初发辕，不谓行偶偻。二月出蓟门，三月渡河汝。倏尔届端阳，留滞尚荆楚。行行何逶迤，愁绪梦如缕。关河阻我归，岁月不吾与。忧来非一端，朋旷无与语。子山赋江南，安仁傲长圃。久抱沉冥思，况此倦飞羽。简书故靡遑，税驾应何所。止足贵早知，斯言诏自古。

山亭对雨

晓看江上云，滃霭沉峭壁。倏然山雨来，空亭寒瑟瑟。云飞山雨青，雨散江云碧。一夕声滂沱，峡波朝百尺。狂涛激丛滩，嵌洞窅苍黑。云根势欲摧，乱磜吹如擗。诡绝殊骇观，奇甚亦良觌。俄而霾霁开，恍似鸿蒙辟。林麓净涓涓，峰峦了历历。阴晴指顾间，虚盈亦顷刻。既澄川岳氛，复办岩阿色。坐此悟化机，飘飘如过客。逝者胡滔滔，惟兹重慨息。流览意曷穷，感叹将安极。劳劳天地间，奚如静者适。

高唐夜宿，望巫山顶上月

阳台月上江波白，十二峰头漾碧澜。神女梦回妆镜晓，鲛人泪湿夜珠寒。停车欲赋高唐暮，倚剑还歌蜀道难。何处竹枝声又断，关山此夕思漫漫。

游万州岑公洞① 洞有流泉石芝甚奇，云周人隐此成仙，不可考矣

天开洞壑倚层湍，见说周人自考槃。瑶草岁深凝作石，流霞春暖液为丹。峰头鹤度三山渺，江上涛飞五②月寒。碧海玄洲何可遇，白云空自长琅玕。

①《全粤诗》据清温汝能《粤东诗海》卷三五收此诗。
② "五"，《全粤诗》作"两"。

游梁山蟠龙洞 洞深数里许，石乳、流泉凝为龙床、碧柱，种种奇绝。水泻出五六里许，为瀑布千仞，即飞练亭云

龙宫一壑到霏微，向是龙蟠龙已飞。玉乳珠泉垂满地，流云瀑布晃斜晖。岩边石色含秋冷，洞口萝阴受日稀。好为八荒行雨遍，潜鳞何处可忘归。

飞练亭① 一名飞雪，苏子瞻所改也。水自蟠龙洞泻出数里许，悬瀑千丈。肃皇帝朝有白兔出，抚臣献之，今名白兔亭云

百丈飞泉下翠峦，孤亭爽气到凭栏。吹来半壁银河水，泻出长天碧海澜。五月炎蒸过鸟道，千山雾雨起龙蟠。玉毫曾入长生殿，此地虚疑近广寒。

①《全粤诗》据清温汝能《粤东诗海》卷三五收此诗，题下无小注。

访邵子演易台 台在云阳县治

先生洛阳人，何来巴子国？不知至何时，于此演周易。蜀道故岭巇，行者重累息。遥遥历巴渝，乃作云阳客。牒乘无可稽，高台有遗迹。想当志初雄，遨游恣所历。求道靡不之，况兹匪殊域。周卫元苞编，子云草玄宅。故非北海传，亦契希夷赜。先生神会之，何嫌舍重蹟。已而浩然归，遂尔深紬绎。观物内外间，弄丸规皇极。安乐既有窝，小车时以适。嗟哉几千秋，此道曷臻棘。于时有盈虚，元化亦消息。我兹及艾年，从事于十翼。敢云象中窥，庶几蠡以测。坎止本无心，行藏见损益。再拜问先生，太虚元嘿嘿。

云安道上

云安自昔江可怜，水碧沙明两岸天。日破浪花双白鸟，堤藏柳树一啼鹃。帆前滟滪春涛没，马首高唐夜月悬。见说此乡多曲米，可无买醉费青钱。

巫山高

巫山高，高且重。苍壁森削，青林蒙茸，上拂白日盘高空。其阳神女祠，其西白帝宫，引楚控蜀居其中。行道之人，攀援西东。车不得度，骑不并容。唶尔崄巇至此。古来窃命者，奈何弗能终。乃知守国在有德，恃险肆志陨厥躬。

唐仁卿以司理擢客部郎赋寄

波臣十载叹艰关，此日征书始召还。典礼夔龙登上秩，才名黼黻近天颜。南宫清切含香地，北斗寒光起草间。念子报恩知不浅，能无归梦到斓斑。

李给谏邀饮徐中军水亭

郭绕缘江路，亭深翠竹烟。芰荷迎小队，歌舞醉芳筵。帘卷秋蝉外，杯行锦水前。夕郎宣召急，爱客尚流连。

自水亭放舸之金沙寺听琴

不尽凌波意，同登载酒船。沿江回短棹，彼岸是诸天。物外堪游暑，杯中可问禅。忽听山水调，心赏更泠然。

秋夕嘉陵郡斋愁坐，得张伯大侍御寄怀，用韵酬答

巴峡秦关苦滞留，飞萤落木又惊秋。忽看江上征鸿度，正值尊前大火流。白首一麾孤剑外，寒砧几处望刀头。思君不断嘉陵水，拟泛山阴此夜舟。

题杨观吾孝廉竹香亭

翛然亭子浣花浔，客至檀栾一径深。雨过箨香侵卷幔，风微玉韵静鸣琴。知君家世耽玄草，岂学清狂傲竹林。我欲相过还问主，几回解带坐清阴。

秋夜起坐有怀唐仁卿

夜色何萧疏，乌啼梦觉初。霍然沉病起，惜矣景光徂。绝学凭君问，荒畦我自锄。百年相望处，消息叹离居。

空庭暑气清，入夜群喧屏。坐久忽蛩声，西来无雁影。黄花晓露泫，独树秋云冷。短发尚长心，有似自深省。

龙门寺登眺用任少海太史韵①

东望龙门入紫烟，江行十里到诸天。长林暑尽松风细，匹练晴飞汉水悬。一叩法宫心自远，况逢宝树月初圆。宰官现处僧休讶，不是笙歌载酒船。

① 《全粤诗》据温廷敬《潮州诗萃》甲编卷五收此诗，题作"龙门寺次韵"。

蜀国弦

西南侈形胜，蜀都富山川。岷嶓濆江脉，峨嵋刺井躔。玉垒标东别，铜梁控西偏。云区剑阁转，坤络峡涛穿。沙缘产金丽，水以濯锦鲜。木羊绥山去，箭鹤青城还。居人善词赋，游客多圣仙。夷歌颂汉德，渝舞归乐编。更怜昔守吏，曾进中和篇。

自锦城还过石镜寺

爱此禅栖胜，褰帷自去来。江光浮石镜，□①色冷香台。陇上双旌暝，城头暮角哀。不须嗟远道，我意且徘徊。

① 原文中"色"前脱一字，疑为"秋"。

金华山子昂书台

青嶂临涪水，金华翠欲浮。天清楼阁迥，客到洞林幽。石势垂孤壑，江声带早秋。麟台嗟作者，千古想风流。

凉 夜

长河匹练挂江城，南斗微茫北斗横。无奈文园多渴病，秋来何处望金茎。

蕉 阴

南薰一曲送飞鸿，水簟冰壶卧阁中。鹦鹉几声惊午梦，沉沉蕉绿上帘栊。

梅禹金自宛陵寄书刻以七夕至赋酬

秋来何处望婵娟，尺素遥从巧夕传。河畔双星看乍渡，人间一别几经年。参差鹊羽填银汉，迢递蚕丛到锦笺。不信思君肠转结，请观灵匹泪潸然。

望锦屏山寄怀陈于韶参伯①

西望屏山翠几重,丈人遥在最高峰。玉台碧映云台月,剑阁青连锦阁松。绝顶振衣孤吹起,清秋染翰赤霞封。中原戎马频多事,此地如何稳卧龙。

① 《全粤诗》据温廷敬《潮州诗萃》甲编卷五收此诗。

雨夜吴孝甫过郡斋山亭小酌二首

远地谁相问,劳君过小亭。那知今夜雨,得与故人听。江上云俱暝,灯前意独醒。回思十载事,片语托青冥。

其二

握手怜今夕,襟期自昔年。风尘嗟蜀道,诗赋满吴笺。剪烛尊前雨,论心剑外天。应知同调者,相对意泠然。

寄题陈玉叔草堂三首

南纪草堂

南纪临江汉,风流擅竟陵。园移金谷树,坐拥玉壶冰。载酒频中圣,称诗最上乘。不因同调者,意气许谁矜。

背郭草堂

闲情何所适,小筑傍城阿。野色烟村合,晴云睥睨多。平沙邀牧笛,江槛落渔歌。有客开三径,时从问字过。

建兴草堂

逶迤步城曲,咫尺便岩阿。北郭先生里,南阳梁甫歌。心同濠濮远,景入楚湘多。无奈嗟行役,时从揽辔过。

秋夕登楼寄友二首

洞庭木叶下,巫峡正初秋。天末凉风起,尊前大火流。纫兰思作佩,采葛赋深愁。惆怅悲公子,佳期未可求。

湘水一为别,巴江不断愁。授衣秦塞远,解佩汉皋秋。我拙图南徙,君同智北游。蘼芜千里望,明月独登楼。

秋月

碧草露泠泠,空庭片月明。近人促织语,入夜捣衣声。华发迎霜白,萝烟挂壁青。时愁川路杳,秋至不胜情。

蜀有事西南夷，得移备兵报有慨

为邦常愧汉循良，推毂何期出建章。总为雕题频入寇，遂令白面效平羌。一冠柱后惊华鬒，千骑秋来戍远荒。莫道折冲非我事，请缨好为系名王。（以上均见于明周光镐《明农山堂汇草》卷四《出峡草》）

出师南征渡泸河，道经白马堡，登晒经台①

九月严霜晓渡泸，征南十万握兵符。天垂竺国连直塞，檄过牂牁问筰都。象教西来传白马，狼烟秋净插雕弧。晒经台傍干戈地，消劫还凭佛力无。

① 《全粤诗》据清温汝能《粤东诗海》卷三五收此诗。

渡泸适王友长卿至因赋

流沙黑水自西来，雪岭寒烟逐望开。司马倦游还建节，王尊叱驭自雄才。石林射日旌旗出，栈道沉云羽骑回。此日平蛮应有颂，磨崖好与勒崔嵬。

越巂观兵

秋净霜威肃，天晴太白高。峰形标羽纛，雪色照弓刀。异类争稽首，军声到不毛。古来横槊者，余兴亦挥毫。

邛海营前同李元戎泛舟观月

放舸邛池月乍生，甲光摇动水犀兵。三千组练尊前影，一曲铙歌塞上声。天远鱼丽横瘴海，霜寒虎旅静边城。西南此夜欃枪落，醉倚吴钩拂汉缨。

元宵前一夕同友人登湖上峰望邛海

塞上岩峦碧海隈，沧波流影望中开。春宵月向蓬瀛出，野戍灯疑照乘来。万里楼船初下濑，一时词客共登台。西南会见狼烟息，佳节何妨重举杯。

春夜辕门画角歌

君不闻，辕门画角声最悲，吹落边城片月时。袅袅黄云垂毳幕，依依榆柳暗西陲。军中忽报传飞矢，夜半羌戎尽南徙。营外流星秣马追，帐前杂吹铙歌起。营头西挂月如弓，画角悲凄咽晓风。忽听龙吟西出海，转闻鹤唳度晴空。十万天兵开棘道，三月黄茅瘴生早。戍儿何日不思归，行人那道从军好。君看此夜太白高,杀气纵横喷宝刀。细柳营中卧虎帐,贰师坛上试龙韬。七部青羌那敢战,夷奴争缚夷王献。群群反接出番城,封豕长蛇尽奔窜。此时挝金更垒鼓,尊前拔剑醉起舞。但看猛士气如虹,何事征夫泪如雨。捷书早报未央宫,共羡南征破虏功。那知万里边臣思,不尽深宵画角中。

南中三日,春霞亭前竹下泛觞,同王生赋得泉字

三春三日泛流泉,竹里杯行曲涧前。景物不殊征战地,风光犹似永和年。愁来戎马南中逼,喜见莺花塞外偏。不有右军工记事,兰亭芳草更谁传。

河西营寄李元戎

三月峦烟碧,千山羽骑横。有期宣庙捷,不战是天兵。雨濯苴兰塞,风高细柳营。那知西陇将,兼有渡泸名。

春日理经堡山同李将军观射

塞南烟草碧离离,千骑材官校猎时。饮马邛池春涨浅,射雕榆岭夕阳迟。乌号直矫由基矢,猿臂谁当李广师。无数番夷争面缚,辕门飞出受降旗。

四月八日浴佛成赋

佛日分龙水,人天集雁堂。范身围共浴,妙相俨新妆。薝卜祇林蕊,旃檀异域香。和南同社友,依幻觉殊方。天竺连西塞,苴兰接远荒。浮生嗟物役,佛子困津梁。阅尽人间世,看成石火光。挥戈心已矣,无念对空王。

五月行营次雪山

五月狼山雪未消,嶙峋霜锷倚层霄。阵云晚结沙河泠,使节西来玉塞遥。辛苦羽书征部曲,分明号令肃嫖姚。当时正重犁庭议,铜柱应为汉将标。

中宪公忌日哀述 时丁亥岁,督兵征南夷

东望白云莽自驰,茕茕此日不胜悲。朝陈象服惊如在,老筑菟裘未有期。梦里松楸天畔泪,愁来兵甲鬓中丝。泉台纵已承三锡,风木何能慰

所思。

夏日登越巂城楼望雪山

雪山长夏雪崚嶒，谁道炎方苦郁蒸。陇坂千寻萦不断，瘴烟尽日莽相仍。戍楼西望寒堪倚，天险由来迥莫升。自古功成须六月，即看士气转飞腾。

即　事四首

何意握兵符，南征六月徂。瘴烟随地起，物候各天殊。京观封狐尽，崔嵬我马痡。古人重出处，吾道任艰虞。

其二

念尔从征戍，经年役远荒。艰危百战在，羽檄一身忙。邛部方乘障，龙州又拓疆。只须各努力，大将是汾阳。

其三

移营近雪岭，转战度盐关。草白瘴初起，瓜时役未还。珠崖惭使陆，玉塞尚留班。莫问封侯骨，空催壮士颜。

其四

玉斧河山外，朱提部落多。一时开境土，此日罢兵戈。谕蜀劳司马，平蛮让伏波。功成好归去，自有五湖蓑。

雪山歌① 时五月提兵营次

雪山西来，横亘天南几千里。排云划雾，直控穹窿而特起。金沙西流赤日晖，山中之雪常齿齿。忆昔提兵九月秋，雪风泠泠洞壑幽。今来筑垒当长夏，旧雪崚嶒新雪下。朝看剑锷倚青苍，暮落芙蓉片片霜。疑是昆仑浮②玉海，直愁花雨下天荒。昨夜营头风瑟瑟，晓起嶙峋散空碧。三军寒色满弓弢，大将霜威攒列戟。虎牙门傍雪山低，越巂之水背城飞。羽檄遥来邛塞北，旌旗直度索橦西。百折千盘冰路滑，崖崩石碎马蹄脱。偏裨握槊惨不骄，壮士宝刀冻欲缺。阴风杀气连宵起，山后山前半营垒。九姓青羌随汉麾，六州番部俱南徙。山头有海云是鲛龙宫，千寻百尺神物潜其中。伐鼓扰金蛟子怒，飘风吹雹飞晴空。当年汉帝思汗血，西极流沙通使节。昆明渥水浐神驹，首蓿蒲梢归汉阙。于今有道服群夷，不是唐蒙建节时。我欲扫尽雪山砻片石，勒铭永照西南陲。

①《全粤诗》据温廷敬《潮州诗萃》甲编卷五收此诗。
②原文献"浮"后衍"愁"字，据《全粤诗》删之。

从军五更转
一更刁斗鸣，逻卒起巡营。放出宵游骑，收回夜猎兵。
二更月乍升，都护正占星。西望旄头落，中天太乙明。
三更夜色昏，帐里演奇门。未动双龙剑，先驱五将魂。
四更星斗阑，霜满铁衣寒。苦乐军中异，那知征戍难。
五更鼓角悲，曙色渐开旗。侦报羌奴遁，归师定有期。

少暇
尽日愁兵檄，今晨恰下帷。湿云飞欲懒，溽暑静偏宜。草色侵书帙，蝉声到奕棋。情神何所寄，浊酒问军持。

辕门
灯前一夜雨声多，塞外寒生五月过。地拥僰羌生瘴疠，江回越巂下滂沱。功成赖有青萍在，战罢无如白发何。几度愁霖思欲赋，并翻新调入铙歌。

题仇十洲《团扇扁舟图》
天澹江空一苇秋，蓼花芦叶散汀洲。逃名岂是玄真子，歌罢沧浪自举瓯。

又
烟水微茫万顷浮，坐看纨扇入新秋。功成莫问鸱夷子，载去西施一叶舟。

泸山寺饮至
战后河西百寨空，黄云白草剩悲风。鲸鲵戮尽成京观，邛海波涛血尚红。

其二
宴罢辕门日欲曛，椎牛醑酒劳三军。铙歌已奏平蛮曲，铜柱应标海上云。

送李元戎南征凯旋 三首
朝平獯犹赋于襄，夕露旌书入未央。再锡彤弓兼赤玉，几逢玄钺下青羌。从今宵旰宽明主，信是天威薄大荒。试问汉家谁似者，崔嵬铜柱倚扶桑。

其二

羡尔登坛鬓未皤,于时推毂下牂牁。风雷阵起摧戎垒,草木声寒走敌戈。但道诗书谋邵毂,谁知欢好结廉颇。泸河秋净蛮烟息,东渡雄兵唱凯歌。

其三

西南天地此休兵,朝报元戎启乘行。尽道名悬麟阁重,其如公去雪山轻。平蛮谁复谈诸葛,谕蜀予今倦马卿。聊以壶浆遗部曲,不堪骑吹起离声。

近 事

闻道戎州未解围,于今转战更堪悲。犁庭误听王恢议,出塞还劳李广师。岂是庙廊频杀伐,独怜巴蜀苦疮痍。安危赖有群公在,嫠妇宁忘恤纬思。

出塞曲

生来谈剑术,老去握兵符。烽火连秦塞,嫖姚出汉都。霜花严绣斧,月影傍雕弧。总为封侯贵,关头早弃繻。

入塞曲

直捣单于垒,横探突厥头。云移胡帐尽,月偃汉弓收。伐鼓陈朱鹭,飞缰跃紫骝。归将塞上曲,移调入箜篌。

平蛮曲 四章

绣斧遥持破暝烟,南邛一道接西天。筑成京观泸河上,扫落欃枪雪岭巅。

十年群盗莽纵横,此日都成草木兵。自有汉家飞将在,折冲那问一书生。

干旄直上切云霄,羌笛横吹玉塞遥。部曲半多齐技击,将军元是霍嫖姚。

马首千花满目斑,如云骠骑度前山。吹笳尽唱回军乐,倚剑谁歌蜀道难。

初秋回军渡泸 二首

楼船千舻拥回军,黑水黄沙两岸分。波上甲光凝晓日,渡头笳吹起秋云。鲸鲵戮尽封京观,鱼鸟收来绝塞氛。一道旌旗疏陇树,洗兵凉雨碧纷纷。

其二

玉斧遥麾划大荒,泸河东渡晓汤汤。流沙奉使持星节,盘木开边抵夜郎。秋日华山归战马,暮烟郊野牧夷羊。筰都自古怀柔地,周室重歌贡白狼。

短歌行

初诛南蛮,再定邛部。三时露刃,六月服成。班师泸水,饮至锦官。述而赋之。

受命徂征,爰整我旅。卜日誓师,伐彼羌虏一解。驾言行迈,触瘴冒暑。桓桓我师,如熊如虎二解。彼泸之水,汤汤伊阻。朝既济矣,戈船万舻三解。霜雪载途,夷羊盈薮。矫矫我师,田田伐鼓四解。上将登坛,材官万弩。左角右参,鱼丽楚楚五解。相我方营,陵谷牝牡。雪岭之椒,河西之浒六解。蠢兹羌蛮,初敢跋扈。我戈一麾,如咋鸡羒七解。旌耀如云,矢飞如雨。俘馘旅陈,百千其数八解。惟兹多士,余勇可贾。载勑以移,东问邛部九解。彼邛之酋,喁喁在釜。腹败肢披,献其窃组十解。既剪既屠,载绥载抚。震如风霆,集如客堵十一解。三月命师,六月振旅。我服告成,不忘敬惧十二解。耀我皇威,笃我周佑。亿万斯年,奠兹疆土十三解。

平蛮饮至之日,郭相奎学宪贻赠大篇,用韵酬答

召对同称子大夫,雄才君自赴三都。西来独启传经帐,海外曾还合浦珠相奎领海郡,有惠政。倒峡词源回象马,中天星斗烛鱼凫。于今揖让通邛筰,须信文翁再剖符。

老我当年学弃繻,床头匣剑伴阴符。苴兰塞上收雍闿,细柳营中卧亚夫。缚尽名王归汉阙,拓来疆土绘蛮图。独怜鬓发萧萧在,烟艇何时泛五湖。

名山道上山即《禹贡》蒸荣、旅平之二山也,邑以是名

蹑屐名山未有期,蔡蒙秋色到征帷。南横越岭干戈后,西望秦关雨雪时。刊伐千年登禹迹,于襄六月赋周诗。锦城何处闲丝管,又报戎州羽檄驰。时马湖夷叛,征师伐之。

九日,雅安甘参伯邀登龙山观,时平邛回师驻此二首

重阳何地不登台,徼外逢君此日杯。白羽乍看征戍罢,黄花犹傍战场

开。山连瓦屋横秋迥，江下金沙绕郡回。可是云深高卧外，居然霖雨望中台。

其二

龙山高阁倚巉岏，绝顶星辰夜可扪。千灶野烟回战马，一江秋树暮啼猿。独怜华发逢多难，共把茱萸对此尊。旧是武侯营垒地，雄心何日忘中原。孔明屯兵于此。

登蔡蒙山，访孔明梦周公古石刻，上有铁瓦殿、飞云寺，古《禹贡》旅平山也_{时平邛回师}

剑外名山说蔡蒙，直从西极表蚕丛。我来持节千年后，蜀相南征五月中。地着《水经》征禹迹，师平僰道梦姬公。兼夷那似东周伐，戡定同为社稷功。

其二

蔡蒙崴嶵倚空冥，汉将提兵此地经。古殿阴风吹铁瓦，高萝翠壁冷秋屏。霜清江上芙蓉紫，日落辕门剑戟青。千载英雄同一梦，磨崖应好托山灵。

雅安署中杂咏_{五首}

南诏烽烟净，军城秋色深。留屯时草檄，捣练夜鸣砧。木下霜前叶，人危战后心。自嗟行役久，华鬓故相侵。

秋尽无晴夕，元知是漏天_{雅有大小漏天}。山堂寒转寂，檐溜夜深悬。练石功难就，愁霖赋欲捐。乡园频有梦，断续雨声边。

徼外平羌水_{因孔明平孟获故名}，奔腾战马滩_{州前滩名}。溪声喧巨壑，石势倒回澜。潭黑蛟龙斗，关深虎豹寒。今年戎虏灭，腥羯洗初残。

闻道碉门险，重关阻一隅。南来开僰道，西极控邛都。乱后泥丸易，时危箭括孤。慎言防戍者，莫浪启边图。

万胜冈雄峙，相传说卧龙。四郊经战垒，百雉起崇墉。山水仍周姓，居人识汉踪。皇图今广大，千载此提封。孔明于此梦见周公，今山曰周公山，水曰周公河云。

漫兴六言_{七首}

列戟门青远岫，挥毫几白江涛。荏苒十年蚕国，峥嵘五月龙韬。

纨绔那知剑术，章缝谬作兵谈。老去上书陆贾，癖来嗜左征南。

西塞风烟未息，中原朋好飘零。嗜酒穷愁阮籍，倦游多病长卿。

氛祲乍消泸水，旌旗又度龙关。梦里频飞南国，朝来长咏北山。

诧女霜侵客鬓，伊谁玉节朝簪。避世如何方朔，赋归好作陶潜。
谁哂抱关碌碌，堪嘲投阁玄玄。睥睨危途多棘，咄嗟直道如弦。
白马遥来竺国，青牛遁去沙河。我向扶桑晞发，谁从榆岭挥戈。

后出师 时有邻疆黄郎夷作乱，司马台议再提兵克之

十道征兵再秉麾，严霜籥箫晓风吹。招摇直指欃枪落，将士秋驰塞草衰。白马久看争入赋，黄郎何事更劳师。独怜前后三持节，灭尽天骄鬓已丝。

南　征 二首

明发又南征，邛都几日程。扬旌千嶂晓，叱驭九盘轻。鞅掌知勤役，长驱岂为名。应思干羽后，好自慎佳兵。

霜旆又行边，千盘相岭巅 山以武侯经过故名大小相岭。初驰折坂驭 玉尊叱驭处，又棹渡泸船。怪石时眠虎，岚烟晓跕鸢。堪嗟班定远，玉塞望生还。

题王长卿画菊

五柳先生善醉，三闾楚子偏醒。我爱浊醪妙理，兼之秋菊落英。

大相岭行

三十四盘峰插天，排云揭雾凌绝巅。南征蜀相曾过此，大相小相名巍然。此山真是控夷域，巨镇重关限南北。汉使分符开笮都，蜀兵十万奠梁益。秋来万壑多悲风，一道旌旗缥缈中。俯视苍茫下界合，仰扪参井落晴空。山头雪冷山半雨，逼切云霄禁人语。倒见天门白日飞，天下奇观那有此。

邛崃阪行

邛崃山北泸水西，叠栈沉云白日低。壁削崚嶒断垠堮，桥悬窅窕费攀跻。此阪由来称九折，千寻蹬道嵌黝壑。崖孤峡仄石参差，林暝湍哀积冰雪。行行缥缈旌旆愁，风急云横猿啸秋。但道殊方路转恶，那知夷灭战初休。汉家列郡开严道，武帝频年费征讨。奉檄相如下巂州，七部青羌烟尽扫。于今西顾尚堪忧，叱驭分符来远陬。却笑回车王刺史，吾侪何敢为身谋。

悲折阪

我军两度邛崃阪，陟尽崔嵬秋正晚。群壑霜寒冰欲坚，千林树古风争

撼。秦栈曾遗汉代灰，蜀兵今落戎王胆。谁者叱驭谁回车，天下畏途宁在险。

黎州军城绝句 二首

重关虎视故眈眈，十部貔貅晓驻骖。不枉三川称地险，天留锁钥在西南。

层城百丈俯危湍，瑟瑟天风卷斾寒。此日南夷争内附，筚关何用一泥丸。

韩生钦甫来自剑北，访我建南，念其历险，炯有高谊，于其归也，赋以志别

之子来千里，顾我南征幕。陇阪雪正深，泸河瘴初歇。驾言陟崔嵬，念予展契阔。古人戒垂堂，子胡轻九折。不虞道路艰，但为交情切。西来仆马痡，东征斧斨缺。羌戎势鱼糜，丽谯犹鹤列。峥嵘解佩钩，陆离照靺鞨。赠我平蛮章，慰我行军乐。流调感且悲，深衷劳转结。边庭岁云徂，丈夫思敢决。愿子恣骞腾，无为顾蹩躠。

感　怀 五首

我意忽不怿，行行陟高台。高台俯层岑，四壑凄以哀。长风发林莽，吹万争喧豗。岁月忽已徂，美人殊未来。怅望尺素书，佳期安在哉。

其二

憭慄岁云暮，边庭秋气深。虚籁起崇阿，凝霜被远林。依依縈旅怀，戚戚疢我心。旷迹无与偕，驾言事登临。戎马生四郊，鞞鼓多悲音。望远迷故乡，忧思讵可任。尼父叹在陈，庄生犹越吟。信美非吾土，伤哉苦滞淫。

其三

久客故鲜欢，殊方更多绪。抚轸忽不挥，对酒莫能御。人生俯仰间，倏忽同朝露。年往思弥深，德薄愆恒聚。矫志托浮云，抗迹超尘路。局促问九州，九州焉足步。

其四

朝旭忽西晖，明星吐海湄。羲驭苦不停，夸父力已疲。志士惜余景，哲人贵知几。泥途何沮濡，天路良逶迤。脱蓰尘壒间，挥手白云驰。奈无凌霄翮，坐令此意违。嗟哉鲁尼父，志欲居九夷。

其五

蛮方气候别，十月桃李华。木叶黄不落，庭树荫交加。寒暑无四时，

景物殊三巴。感此增离思，况复闻悲笳。群盗莽纵横，兵甲纷如麻。天马西北来，飞驾渡流沙。

即事绝句 三首

铁豹关前汉水流，□牛山下战场秋。征人莫听羌儿笛，一曲翻成出塞愁。

六郡良家出陇西，频年征戍向雕题。昆弥灭尽头堪白，又逐乌蛮下五溪。

不断金沙塞外流，无边白草接天秋。健儿解作矛俞舞，千队琶琵拥阵头。

边城杂诗 五首

南征之役既告成矣，会邻师封敔分符，掎角业未遂，解组也。于是有殷忧之思焉，聊抒短篇，遥告同好。

申旦不能寐，边城警柝悲。玄冬夜气肃，宵漏一何迟。庭树结严霜，余寒流薄帷。揽衣起徘徊，出户夜何其。招摇指西南，星角芒微微。视彼河鼓间，两旗耀赤辉。谁能明象纬，昌运在摄提。

其二

太一宵炅炅，中天灿华光。箕口斜噏张，隐见参斗傍。边尘起西陲，杀气缠未央。三帅却秦师，二殽在河阳。嗟哉黄口儿，鼓舌播兹殃。缪公不汝诛，作誓告忠良。惟彼王孙满，皎如蹇叔言。

其三

于昔垂拱时，八政象天经。溯彼涿鹿野，轩皇曾耀兵。有虞征逆苗，干羽来不庭。圣武匪徒扬，贵在师中贞。五季何纷纭，七雄转纵横。强力相击轧，智勇互战争。境土一何多？丁壮苦飘零。元气既以厉，抠拊其能胜。戒哉止沸薪，匪以耀威灵。

其四

招摇正西指，阴风动杀机。王师号无敌，桀虏靡孑遗。于师之上六，勿以小人疑。云何截截徒，谝言俾易辞。尚愿询黄发，庶罔所愆违。亏成同一马，三四众徂嘻。名德苟不愆，喜怒亦何为。

其五

少小喜弹铗，西游学老羌。技成过燕市，试罢出天闱。飞耀射四陲，报恩争激昂。入秦北击胡，跨蜀南游梁。碎敌如猰㺄，指佞裂刚肠。东遇鸿蒙子，戒我以韬藏。睢盱何寰浅，血战久纵横。君子以防己，圣人慎履霜。楚帐夜击遮,赵客多创亡。由来一人敌,何足相頡颃。愿言慎所服,至宝有含光。

午　梦

永日慵无赖,思归却梦归。俄怜荒径在,忽尔故山违。蕉鹿浮名是,冥鸿吾道非。何时解簪组,一赋遂初衣。

讯朱秉器方伯并序

不佞领郡安汉,时公总蜀宪。既登右辖,雅受知焉。会建南作乱,乃独推毂不佞领兵符,既受玺书,公同左辖、今开府西粤刘公张饯郊外,诸所指授领略,意独殷至。乃今南服告成,庶几克慰初心。顾不佞入蜀七易岁,拟以旦夕乞解组归,终无以副知己远期,则感遇与负恧并深矣。因赋二章,用征今昔。

向来参佐拟登龙,于我如同剧孟逢。负弩避骢尝局促,弹冠接燕每从容。清时岳牧连荒徼,当代文章属大宗。行省重臣看仗钺,幕中宾客许谁从。

其二

郊亭曾忆醉骊歌,锦水岷山别思多。一自分符过越嶲,几回列戟下牂牁。微材推毂身堪许,多难论兵鬓欲皤。无那报恩惭国士,更兼戎马苦蹉跎。

战城南 鼓吹铙歌

战城南,转城北。城南羽旗黄,城北羽旗白。枭鸣旗头,胜负莫测。秉羽先登,千军辟易。左广吹鸣笳,右广飞鸣镝。战城南,转城北。去年破氐羌,今年平邛僰。阵头尘起,前军凯回。归数军实,辕门洞开。有肉如坻,有酒如淮。饮诸部曲,齐唱康哉。明发露章,驰入未央。填填朱鹭鼓,荡荡启辰闾。下诏旌军伐,不吝宠金章。但言爵赏,那问封疆。何兵匪骄,何谋匪臧。殽陵三帅,白马黄狼。

将进酒 铙歌

将进酒,歌泰元。鸿运启,圣祚昌。将进酒,歌乐只。宜神人,受多祉。将进酒,歌芝房。灵符协,圣德章。将进酒,歌麟趾。享高坛,游灵时。将进酒,歌朱凤。文教翔,武功诵。将进酒,歌神鼎。纮维张,羌夷靖。将进酒,歌宝历。配皇天,永无极。

朱　鹭 铙歌

朱鹭朱鹭翔尔羽，猎缨掉翼登君鼓。八荒九译归明主，阗阗煌煌扬君武。扬君武，振君威。不拂拭，将安归。

九折坂

灵关折坂路堪愁，况复萧萧木叶秋。四壑阴风吹箛篥，千山落日照旌旄。秦关鼙鼓声尤急，栈道驰驱苦未休。莫道二王殊勇怯，一身忠孝总难谋。

七纵桥

渡泸当日叹南征，险道于今十度行。风土不堪周处记，山川犹识武侯名。但知禽纵称神略，谁似艰危报主情。前后出师双表在，英雄千载泪沾缨。

登　台

徙倚孤台望，天荒塞日微。重关秋欲暮，尺素雁来稀。海近喧渔市，山寒下猎围。不堪寥廓地，吟眺欲沾衣。

读史慨古诸将 三绝

经纶草昧仗雄材，何事功成转见猜。试看筑坛登国士，翻从云梦后车来。

落尽旌旄汉节残，上林飞雁帛书寒。茂陵洒泪丁年使，皓首归来典属官。

辛苦南荒百战过，平蛮铜柱尚嵯峨。云台高处图诸将，何事偏遗老伏波。

丁亥除夕 时在兵次

戎马西南岁又除，屠苏灯火傍穹庐。天边鱼鸟含飞动，塞上风云漫卷舒。老去频忧经战伐，春来何计向樵渔。殊方云色愁经眼，故国梅花信转疏。

戊子春三日 时在兵次计自辛巳入蜀，三逢闰余

征麾频改岁，萐叶吐初辰。入蜀三余闰，浮生五十春。兵戎犹满眼，边塞未归人。朝酹屠苏酒，无因报所亲。

春日兵次，寄怀耿子健益州

五载褰帷锦水西，无言桃李下成蹊。谁如吏治东京上，更有才名北斗齐。郡阁云深看凤下，浣花春半听莺啼。宁无忆我同怀者，头白纷纷厌鼓鼙。

暮春督兵越巂，忽辱唐仁卿客部、耿子健使君书刻并至，喜成二咏

尺素经秋阔，双缄喜并临。不因谐二妙，何以慰孤吟。作圣嗟予晚，微言见子心。年来方学《易》，物外看升沉。

其二

西蜀循良传，南宫抗疏心。谈经窥石室，奏曲入淄林。久绝朱弦调，何来白雪音。因思非二子，此道更谁任。子健守成都，有卓异政；仁卿客部疏乞病归，故云。

春兴

春事日侵寻，春愁浩不禁。边尘犹满目，世路尚惊心。战垒残冰雪，纡筹自古今。汉家方用武，那得便抽簪。

夕雨春霞亭愁坐 三绝

坐对空亭夕雨凉，杂花新箨引微香。边城可奈蛮浆薄，那得祛愁入醉乡。

五月泸山夕雨残，蛮方天气峭生寒。不愁眠食衰年后，却为兵戎吾道难。

暑气蒸人湿雨来，千山忽送夕阳雷。空亭独敞邛池上，白水苍烟拂槛回。

即事

千灶残烟战垒傍，卖刀买犊事耕桑。可堪戍卒疮痍后，塞上屯田又岁荒。

放鹤之泸山寺

筇笻万里遥，青山杳如许。有鹤西南来，垂翅邛池渚。伊予自渡泸，孑然无与伍。置汝阶庭间，相看行踽踽。警露嘹唳哀，向日婆娑舞。汝翼非不修，汝仪亦楚楚。胡不摩层霄，而故落网罟。周穆昔南征，君子化禽侣。我方建军旟，未暇搜谈尘。岂爱耳目资，令汝饮喑苦。俯仰如会心，轩翥欲遐举。移疾予将行，送汝于梵宇。泸山傍海隅，杉松菀而古。汝栖

息其间,徘徊依释子。纵无支遁高,聊以养灵羽。羽成好冲飞,莫滞蛮烟薮。

朱秉器方伯自黔南寄怀二诗隔一秋矣,用韵奉酬,时将入觐

关山戎马岁悠悠,忽到双鱼隔素秋。触目琳琅纷杂佩,惊心时序叹如流。边头杨柳催星骑,北上霜花拂剑鞬。此日虞廷方辑玉,彤弓白钺锡君侯。

其二

瑶华折自锦官城,别后谁怜徼外情。枢筦武灵惟镇静,羽书邛笮又纵横。莫论推毂衔知遇,况是登坛奉主盟。遥望星辰高曳履,可劳铁钺更西征。

杨观吾孝廉邀同武邦聘观察游金沙寺,时七月望日

小队来初地,金沙净远天。盂兰僧作会,载酒客逃禅。楼迥高蝉外,杯行锦水前。耽奇君不厌,我意亦留连。

水月楼对月

寺带双流远,波涵一镜天。翛然楼上望,宛在水中央。竹里笙箫细,尊前苡苕香。真如疑现界,明月在沧浪。

秋日渡泸水寄怀梅禹金

塞上风云白日阴,别来戎马暗沾襟。中原尺素经年隔,南国佳人系我心。征雁不飞泸水外,跕鸢独赋武溪深。汉家边境仍多事,谁念萧然鬓发侵。

酬蒋崇甫阃帅

万里戈船下益州,看君缓带佩吴钩。禁中颇牧登坛日,塞外嫖姚破虏秋。握槊风生秦栈道,裁诗月上锦江楼。瑶华远寄邛南使,雪岭寒光烂不收。

夹江林明府来,道从子大解天台郡归游罗浮

浮丘。今且逾年,乃无尺书见寄也,怅然成赋,因责勉之 四首

西来青鸟信,报尔在浮丘。一自簪缨解,真成汗漫游。采芝丹洞古,拾翠海天秋。闻有餐霞诀,行将遍十洲。

其二

见说行游趣，超然出世尘。言探丹井秘，欲访赤松人。瓢笠千峰月，沧桑一幻身。直愁天路杳，何日度迷津。

其三

自从看病疏，忆子解华簪。谁不称高蹈，其如系远心。何当鸾鹤侣，遂断雁鸿音。东望扶桑影，西风一洒襟。

其四

一落风尘籍，遂令叹索居。形容疑好在，魂梦会偏疏。隐去寻丹诀，贫来注道书。霜帏犹可恋，归自结精庐。

挽井丹林学宪三十二韵

井丹天下士，于我里中人。铅椠曾相假，丰仪独蚤亲。结交元有道，超契亦惟神。予志耽微尚，君才动八垠。中兴天意在，逸韵海邦振。揽辔中原路，谭经浙水滨。襟期涵象纬，领袖概人伦。庶品归衡鉴，群言待缉纶。冰壶推朗彻，山斗望嶙峋。入顾多名骏，传心自剧轮。豸冠惟触佞，龙性总难驯。未老先投檄，清时便解绅。东山高稳卧，北极荐书频。宁免入宫妒，还遭按剑嗔。物情寻改旧，世态递为新。睥睨时无侣，呼嗟俗靡淳。晚节神弥王，生平意未申。伊予学不敏，所藉德为邻。匍匐羞初步，愈心笑学颦。自惭葭倚玉，转结晋谐秦。别后希晨羽，书来托素鳞。把缄尝字字，解佩尚璘璘。颜阔思琼树，诗成类白蘋。皎疑悬夜月，清似挹秋旻。但望弓旌日，谁期薤露辰。归欤何太早，已矣反而真。叹逝那能赋，含情讵可陈。辍弦悲伯子，作诔愧安仁。何日西州路，干时剑外身。乾坤同浩劫，今古一荒榛。莫听山阳笛，临风泪满巾。

邛崃道上

几年持节拥征裘，折坂长驱苦未休。今古邛崃称绝塞，西南锁钥护神州。千山雨濯芙蓉紫，一剑霜飞虎豹愁。不但王尊偏叱驭，汉家司马旧曾游。

临邛署中秋夜有怀友人 二首

八月临邛道，萧然独抱疴。经时谁晤语，竟夕起悲歌。旅雁南来少，秋蛩客里多。所思三载阔，尺素亦蹉跎。

其二

凉飙吹碧海，白露湿秋河。病起文园赋，悲深宋玉歌。风流千载尽，感慨此宵多。况与同心别，年光荏苒过。

登名山飞霞洞_{洞乃文昌君神游地也，自撰记文，真迹犹在}

向说飞霞有洞灵，翠微曾落斗魁星。上方帝座通呼吸，下界人烟接杳冥。剑佩神游秋气紫，蔡蒙山倚玉霄青。于时井络逢昌运，多少英髦集汉庭。

秋日有事临邛，武邦聘观察邀游鹤山_{山有严君平点易洞，魏了翁读书台}

翠微高阁倚江隈，晓色双旌度陇来。萝草岁深翻易洞，潭云秋泠读书台。青衣天外寒犹碧，白鹤峰头去不回。惆怅西南戎马后，与君吟眺转徘徊。_{青衣水名。}

登相岭绝巅远眺

百折千盘意未穷，岧峣独立俯群峰。旌旗摇曳天风下，呼吸微茫帝座通。沙海西流迷鹫岭，沧溟东望接鸿濛。华夷指顾苍烟外，总在停骖夕照中。

母恭人忌日哀述_{时提兵征马湖夷}

乌啼何处动晨钟，想见霜帷问母容。逐子大家空有赋，征人衣线更谁缝。伤心孤塞三千里，回首龙山几万重。纵被彤编青史在，长教挥泪白云封。

读《列》漫语

有生胡不化，唯学无所息。非学则非生，息焉反其极。
阴阳相侵胜，亏成不顿错。本是一盗机，阴符已先发。
披发游吕梁，痀偻承蜩翼。志定神乃凝，无私故无溺。
失鹿与得鹿，士师分之半。悠悠梦与真，千载不了案。
王屋山可平，愚公志可立。世世期荷担，其愚安可及。

戊子除夕

渡泸三度见青阳，入峡于今已十霜。每向危途思病罢，却于末路慎行藏。屠苏遥夜愁关塞，烽火连天接渺茫。未信此生那老蜀，漫将春兴托壶觞。（以上均见于明周光镐《明农山堂汇草》卷五《渡泸草》）

己丑元日

腊尽宵残曙色新,边城梅柳又逢春。东风晓度征南幕,烽火全消塞北尘。天地此时休战甲,江湖何日是垂纶。一冠柱后嗟华鬓,万里朝元向紫宸。

邛南得唐仁卿客部《春兴》四首,用韵述寄

乞归何事故迟迟,又见蛮方瘴雨时。烟草塞南绿似染,鬓华霜后白于丝。天荒海畔空残垒,山近云深覆古陴。旅病未苏春又暮,尺书常负故人期。

其二

金沙白水接天流,烟雨微茫隐戍楼。乱后兵戎犹在眼,春来花鸟不禁愁。空羞往事辽东豕,好结新盟海上鸥。无那欲归归未得,故园遥望海西头。

其三

徼外灵关杳不穷,千盘百折路初通。春云半湿葱山雪,羌笛长吹柳塞风。自古平夷无上策,于今即叙有西戎。灾荒总是天王地,铜柱何须勒汉功。

其四

绝羡东山卧正高,草堂春兴寄挥毫。当年孤凤名初起,此日元龙气转豪。念我邛崃车自叱,思君湖海梦偏劳。巴江不断蘼芜草,遮莫羁愁破浊醪。仁卿以言学谪而复召,时请告未起。

送武大参邦聘入贺

青琐昔曾联北极,紫垣今复颂南山。遥探宝箓轩辕策,入缀仙桃曼倩班。露色晓垂金掌外,骊歌春动浣花间。边臣并切嵩封祝,无奈骖骓不可攀。

从子信别十九年来省建南因赋 二首

念子多年别,遥来万里途。山川嗟跋涉,兵甲共艰虞。把泪双裾湿,防身一剑孤。莫须论往事,相对且欢娱。

其二

不为瘴江骨,那轻折坂车。青天蜀道险,白首宦情疏。喜讶承颜后,翻疑入梦初。家园耆旧在,次第检来书。

会川道上遣怀

遥将使节下雕题，近事西南罢鼓鼙。蛮部七州归禹贡，壶浆十里劳周师。金沙地尽滇云出，铜柱天连雪岭低。为报中丞频问俗，年来刀剑易锄犁。

病起，小亭对月，侄式复呈所作，因以示之

病色将秋起，凉天片月生。当杯还自怯，对汝倍含情。已倦支离骨，空余肮脏名。何须谈七发，且喜罢论兵。

其二

岂为蛮方瘴，那堪暮景侵。阴符长在肘，药里总关心。隐几星河白，当尊桂影沉。坐来凉爽至，差慰竹为林。

其三

箕坐空亭夕，相携独汝亲。病余神黯淡，宦远路逡巡。傍水桃双树，高天桂一轮。羁愁聊自遣，抚景得吾真。

其四

去老群书屏，年来百虑轻。雕虫元小伎，刻鹄竟何成。子自耽微尚，予将厌薄名。应知回首处，吾道在躬耕。

立秋夕雨述怀

坐傍空亭暑气清，忽看边树入秋声。西流大火烽烟净，南望关河乌鹊惊。风雨此宵堪对酒，乾坤何地罢论兵。每逢摇落伤怀抱，一夜应添白发生。

苦 热 二首

暑气故凭陵，炎方更郁蒸。病来愁束带，狂走忆层冰。虚拟乘风御，长思结夏僧。空亭饶竹色，夕景尚堪凭。

其二

习静堪忘暑，忧时意每违。密云恒不雨，大火正西飞。厌见黄尘起，频劳白羽挥。倦来抛卷帙，移簟避斜晖。

寄怀吴明卿参知

骚坛羽帜任纵横，楚国原来狎主盟。九奏洞庭张广乐，千斿云梦抗前旌。观风自古推吴季，哀郢于今又屈平。鞭弭此生嗟晚暮，渴从斗外望金茎。

白发自哂

那堪戎马后,转见鬓华侵。白雪盈青镜,蹉跎说壮心。
鬒者昨如云,白者今如雪。秋霜被春华,伊何不摇落。
潘生叹二毛,墨子悲素丝。素丝犹可染,二毛变何时。

七　夕

西来秋色满关河,牛渚微茫织女过。瑶佩玉霄风露冷,银妆宝瑟怨离多。闺中几处停针望,塞上何人倚剑歌。无奈征鸿天路远,羁愁此夕渺烟波。

摘白发吟

一摘朝离离,再摘暮飞飞。三摘犹自可,四摘镜中稀。侍儿掩口笑相问,古有白头吟是非?

咏玉簪花 四绝句

素蕊盈盈倚玉阶,湘妃巫女漫同猜。香魂细逐风前度,琼佩遥将月下来。

玉镜台边露粉光,素娥懒作汉宫妆。铅华洗尽云鬟淡,朵朵还疑雪有香。

绰约遥疑姑射神,冰肤玉质净纤尘。秋宵拟赴瑶池会,片片霜华冷侵人。

凌波仙子佩琼琚,素彩亭亭玉不如。金凤翠翘羞作艳,晚风斜倚淡妆初。

秋日按部邛黎泸,泸河夕涨

相岭崇朝雨,泸沽涨夕波。奔鲸群壑动,刳木一舠过。蛮落泉为碓,征人垒作蓑。风涛津吏恐,公渡更如何。

过三桥峡,登九盘龙远眺

晓骑凌三峡,飞旌上九盘。危桥横绝壑,孤垒瞰层湍。雨色千峰暝,泉声六月寒。白云何莽莽,不见北来翰。

方子及学宪自滇寄惠二诗,用韵酬答,兼以见怀

郎省追欢十载期,滇南剑北忆同麾。兵符怜我头先白,文印看君手自

持。洱海昆池摇使节，碧鸡金马傍经帷。承明会见三鳣起，万里云霄慰所思。

其二
词采风流向不群，传经南去士如云。朱提徼外谁知己，白雪飞来恰对君。汉室共推韦氏学，明时重策秀才文。于今揖让通邛笮，何处铜标更有勋。

河南、镇雄、定番等五堡城成，阅视因赋
南荒亭障屹相连，设险于今异昔年。百二雉城雄斥堠，三千虎旅控鸣弦。犬戎徙去无窥塞，车骑秋来尚阅边。为语材官勤戍守，汉家不吝水衡钱。<small>时以征南方颁赏赉。</small>

临河堡新路开成，鬼皮罗番出降，渡泸者称便，因赋识之
诛茅叠栈陟嵯峨，泸水盈盈一舰过。岂是巨灵开蜀峡，还如鞭石渡鲸波。材官贾勇夸神技，番部新降出鬼罗。尽道往来称利涉，况逢南徼息干戈。

中秋夕，陈则济宪使邀游云居寺，登台对月，放舸中流，席上得波字
清宵小队入烟萝，人在香台月在波。客到临邛逢令节，地怜选胜属奢摩。尼珠光傍冰轮满，爽籁秋兼夕梵多。似此何妨判一醉，更教回棹奏笙歌。

又得空字
皎月当筵秋正中，江行十里到花宫。诸天钟梵尊前寂，大地河山象外空。影净慈云开碧树，寒生玉露湿青枫。不堪寥阔增悲思，明发孤飞又塞鸿。<small>时余将之邛南，故云。</small>

秋暮出临邛，逢新安方景真、方林宗昆玉携汪伯玉司马书见贻，于其归也，赋以送之，兼绍介司马
临邛秋尽不胜情，萧瑟何期鲁两生。未向具茨参大隗，先从襄野驭方明。携来连璧巴山照，归去双鸿楚峡清。君到为言司马幕，可容下里藉微名。

九日，陈则济观察约赴临邛登高不果，乃惠大篇、佳酝，用韵赋谢
灵关三度过重九，怀抱今秋得好开。赤羽频年初解甲，黄花随地可登

台。思君有约临邛道,念我遥传栗里杯。更喜新诗将进酒,赋成谁似大夫才。

悼苍云僧 并序

苍云,长干寺僧也,名广礼。严戒律,善书画,游燕蓟、荆楚间。余于诸释子独契许之,十年前曾有三峨之约,今云逝矣,诗以哀之。

觉身生灭事堪疑,雪岭峨山漫有期。南寺几逢支遁讲,别途曾寄惠休诗。于今真相超空界,会见阇黎出定时。独忆长干苍竹径,萧然花雨动人悲。

送谢参伯凤渚之滇藩 二首①

仗钺初戡白雪城,分藩又报徙昆明。总知宵旰勤南顾,故遣星轺累译行。幼度宁无思部曲,稽山未可负苍生 公既闻命,遂欲请告,故云。滇池水自通邛海,莫使双鱼冷旧盟。

其二

才报羌戎息鼓鼙,又闻飞檄急朱提。蕃宣西去蛮烟净,剑戟回看雪岭低。番部但思蜀相国,偏裨还忆谢征西。点苍不让燕然石,一柱天南可并题。

① 《全粤诗》据清温汝能《粤东诗海》卷三五收此诗第二首。

雅安雨夜杂咏

悲秋秋暮矣,征骑苦骎寻。塞外貔貅静,尊前蟋蟀吟。时危多病疏,客久改乡音。未遂投簪计,空伤叱驭心。

其二

靡靡山城暮,寒云覆戍闉。饥鸟太无赖,夕雨故侵人。天漏言非谬,秋残病是真。忧时兼请疏,此意讵能陈。

其三

山署依林莽,征帷雨色深。早霜惊病骨,遥夜赋愁霖。天外豾狐塞,生平狗马心。非干忘报主,迟暮思难任。

秋暮之建南,陈则济观察辱赠二诗,用韵酬答

同籍看君意气殊,西南天地此分符。干旄早建相如里,弩矢争先汉吏驱。伯玉诗篇多感遇,孔璋戎檄自雄图。瑶华忽到邛崃塞,入握还疑照乘珠。

其二

巴渝为郡蚤知名，烟塞俄看揽辔清。列戟霜威寒画角，埋轮风采倚青萍。从来尺牍惊人坐，更有新诗宠我行。何以报君思解佩，艰难长自愧深情。

咏滴水厓冰帘

雪山何地最称奇，滴水厓冰百丈垂。阴洞玉帘寒不倦，高天瑶柱昼常支。霜威瑟瑟摇金勒，云气霏霏湿羽旗。疑向珠林观宝络，恍将空色对琉璃。

冬日宴内江王邸第，登捧日楼，抚琴眺赏有赋

飞甍绮构接层阴，托乘来游紫气深。梁苑风花频授简，锦官山水入鸣琴。宾僚谁奏凌云赋，帝子常县捧日心。应教长歌招隐曲，满庭松桂散清音。

雪夜饮陈则济观察别署得卢字

思君折简问清酤，怜我驱车雪载途。徼外霜花寒倚剑，尊前明月醉呼卢。疏帘腊尽宵犹永，短径春回兴不孤。梅蕊欲舒芳讯至，当筵一曲凤将雏。时观察后阁有将字之喜，故云。

腊月十九日

寂寂乌啼夜，茕茕孺慕心。余生已汰艾，绝塞更沾襟。恸问苍天远，悲从白发深。所须彰母德，彤管有徽音。

春日见易轩对梅，从子五呈诗，因赋示之

腊向残宵尽，梅开岁朔新。盈虚谁见易，边塞亦逢春。破雪先群卉，当筵伴五辛。行藏我老矣，对子漫精神。

首春雅安送式复侄东归 三首

去去言将母，行行不可留。彩衣归自好，解组急难谋。玉峡思开径，桃溪忆泛舟。叮咛先陇在，好为护松楸。

其二

离别谁能免，那堪送汝愁。汝形元瘠弱，予鬓又萧飕。天远连芳草，囊贫只蒯缑。家庭诸阮在，何日竹林游。

其三

别愁非一绪,别意总难明。廿载风尘倦,三巴羽檄横。谁言留锁钥,那是恋冠缨。为谢诸游好,应怜久客情。

二月自锦官回邛崃,道出浣花溪,途中即事六首

浣花新水涨平川,路入绿江锁翠烟。不尽草堂春事好,绿蒲疏柳净娟娟。

轻鲦出水水融融,雏雉将雏逐野丛。但喜飞潜春意足,未将行役叹飘蓬。

青林羽族尽飞飞,乳燕衔泥款社扉。更喜新莺鸣恰恰,绿阴迁上最高枝。

青郊如织水如云,才渡津头日又曛。莺燕向人愁并剧,不堪春事又平分。

烟树萦萦一径斜,石桥流水有人家。依稀可是仙源路,泛出津桃烂熳花。

新杨细柳满河洲,几树桃花映碧流。已过锦城三百里,风光犹似酒垆头。

花朝锦官道上

百花潭上柳如烟,司马垆头酒似泉。不尽锦城春色好,阴晴长是护花天。

朱秉器方伯由黔南入补大京兆,喜而寄怀

万里思君振羽翰,诏从畿内扈金銮。蕃宣昔领南天尽,侍从今依北斗看。春殿朝回频柱笏,蛮方乱后喜弹冠。秦川巴峡甘棠地,多少生灵望筑坛。

其二

侍宴当年赋柏梁,于时岳牧几飞扬。帝畿公望归师尹,汉室才名薄赵张。山衮补来天穆穆,水苍佩入晓锵锵。赓歌此日虞廷上,彩笔遥干象纬光。

移病四首

十载归田赋,今朝削牍陈。非缘犬马病,敢乞瘴烟身。恋主情元切,忧生意本真。殷勤当路者,好念畏途人。

其二

岂不徇荣禄，那堪衰暮侵。频经豺虎窟，况断雁鸿音。王粲登楼赋，庄生抱越吟。伊予今日病，转见古人心。

其三

万里艰危道，殊方旅病魂。风尘游已倦，丘壑意常存。何事标铜柱，长思入玉门。解簪如可愿，骸骨总君恩。

其四

寥落山城夕，栖迟独抱疴。形疑惊扁鹊，心是老维摩。坐久春星细，忧深白发多。行藏元有定，莫自叹蹉跎。

陈则济观察入贺，便道归，称双寿 二首

骈骖使节上河梁，瑞色秋来满建章。万里遥函金鉴录，九霄先献玉霞觞。嵩声本自中封出，桃实元从西海将。况是昼游过汝水，此行谁不羡飞扬。

其二

秋高南极两星悬，蜀使朝回启寿筵。乍向五云瞻北阙，旋逢三鸟下西天。分来仙掌金茎露，携有青羊紫气篇。正好豸衣称戏彩，锦江春色动经年。

陈于韶观察辱叙小集，特以南征事奖借赋谢

阆山西望接苍茫，锦水东来有报章。花鸟三春供染翰，烟霞九叠佐飞觞。请缨怜我邛崃外，卜猎还君渭水阳。尊俎无劳夸往事，只将词赋借辉光。

熊陆海观察候调未起寄怀

思君何处避才名，白璧偏令按剑横。著作几留金马署，风尘长满汉臣缨。谁怜玩世同方朔，但道雄文似长卿。四十参藩元自贵，莫将高卧负苍生。

春暮述怀 时请病未遂

上书不得请，归计转蹉跎。风雨兼愁夕，繁华逐逝波。壮心销伏枕，落日倦挥戈。强起频搔首，浮云片片过。

初夏

病起逢初夏，流光岸帻时。山云常满目，城树足支颐。乳燕巢新落，

朱樱摘尚迟。边庭逢少事，懒拙亦相宜。

雅安五日

风俗天涯总不殊，邛南此日荐新蒲。帘开桃竹当尊净，花发葵榴照眼孤。草檄漫挥白羽扇，辟兵无事赤灵符。十年留滞三巴客，五月曾经七渡泸。

邛都署中风雨偶阅邸报有感

邛都骑从漫飞扬，坐叹征尘苦未央。孤馆竹梧深淅沥，一尊风雨对苍凉。怜才狗监能传赋，病肺文园罢举觞。搤虎雕虫俱赘事，几人今古擅词场。

和武大参金沙寺水月楼 二绝

忽放尼珠白满楼，起看明月拥江流。无边寂照恒沙界，人在禅宫玉宇秋。

一水盈盈半榻横，逢君此夜话无生。江中楼阁禅中景，色相空来片月明。

答式时侄寄怀用来韵

风烟万里总含情，十载艰危蜀道行。子早挂冠思傍母，吾今窃禄敢忘兄。百年泪为姜肱尽，九转丹凭葛令成。见说东岩栖隐在，更于何地觅蓬瀛。式时解郡组归，隐东岩辟谷，故云。

武参伯邀同李、郑二使君游云居寺，登呼月亭，览旧时题咏，因再成赋

空亭上与白云齐，双树重过路不迷。洞口秋风吹荔薜，峰头明月散招提。依稀可似当年兴，茗芋还寻旧日题。不是临邛多地主，谁能选胜故相携。

其二

香台独敞隐岩峣，隔岁登临又此宵。七月秋声看乍起，空林暑气坐全消。尊前桂树昙云冷，江上芙蓉玉露凋。夜静沧波流皓魄，箫笙犹自拥回桡。

秋月夜坐 四绝

月中青桂影初长，消渴偏宜傍晚凉。坐待银河横北斗，满庭风露白

瀼洋。

牵牛遥夜入明河，露滴千山秋草多。西望洞庭连楚峡，萧然一叶下微波。

月上关门照海西，河山大地入玻璃。苍梧遥在南天外，怅望云烟隔五溪。

历落中庭满白榆，西风一夜变蘼芜。疏荷却为移时晚，数叶犹堪泻露珠。

秋风辞 古歌谣

嗟忽素秋兮，白露瀼瀼。回飙在树兮，征雁南翔。洲有霜葭兮，汀有幽芷。楼船中流兮，笳吹悲起。风瑟瑟兮白日阴，江水永兮汉水深。怀征人兮苦滞淫，阅岁序兮伤我心。援鼓清商兮奏鸣琴。

七夕夜女歌 清商曲

天河望弥弥，良夜正迢迢。嬿婉双星会，含情向此宵。
天上良宵迥，人间美会稀。聊将今夕意，同作百年期。
巧自人间巧，欢从天上欢。长年罢机杼，此夜泪潺湲。

采葛妇歌 古歌谣

葛枝蔓蔓指纤纤，行采采之制吴裳。卧薪之心一何伤。
葛藟蒙茸，荆棘丛丛。我君有心，曷敢不忠。

黄鹄歌 古歌谣

黄鹄翔翔，鸣音昌昌。下饮太液春波光，以喙以喋蘅藻芳。太液之波清涟涟，黄鹄游衍飞翩然。凌风宣声闻九天，砮卢矰缴且莫前。

归风送远歌 古歌谣

风飘吹兮飞蓬，征人杳兮孤鸿。驾言远迈兮冯冯，丈夫志意隘寰中。临歧谁者心忡忡，努力四方兮爱尔躬。

落叶哀蝉曲 古歌谣

夕露泠兮凄清，拂素琴兮空庭。树萧萧兮落叶，蝉幽咽兮悲鸣。爰再鼓兮商声，思美人兮泪零。

初秋积雨遣怀二首

四墼炎云聚，孤城瘴疠间。滩声朝撼郭，雨色暮沉山。楚峡书难寄，松州戍未还。西归何日遂，坐惜鬓毛斑。

其二

正喜当徂暑，何堪雨作霖。白波吹瘴海，赤电曳长林。不信真天漏，翻疑是陆沉。莫伤禾黍候，黎首尽关心。雅有大小漏天，故云。

秋日丁参伯寄怀大篇，用韵酬答

萧瑟边头木叶纷，遥来芳讯倍思君。便攀桂树悬秋月，况有瑶篇烂锦云。摇落自怜悲楚赋，吹嘘那得似雄文。高深漫许夸同调，鸿雁西风苦索群。

通相堡武侯祠成，秋日展谒成赋

关头秋色晓嶙峋，丞相祠堂栋宇新。当日长驱开险道，于时孤垒辟荒榛。卷舒万里安危手，出入千重雾雨身。今古此心同报主，西风下马荐芳蘋。

秋日宴诸阃帅于凯歌楼，望邛海当年出师地感赋

西南天地此高楼，五载登临属暮秋。极目不堪风土异，凭栏聊散古今愁。山空豺虎云初白，海净鲸鲵浪不浮。莫问凯歌当日事，诸君无限借前筹。

秋　怀二首[①]

灵关秋色白榆多，九月霜飞黑水河。天外雁鸿嗟阻滞，篱边松菊怨蹉跎。南来邛塞无烽燧，西报临洮走橐驼。此日三秦忧不细，禁中亲诏出廉颇。

其二

十载将身寔险艰，秋来归梦满巴山。时危短鬓风尘里，岁晚微名瘴塞间。《九辩》楚歌悲廓落，《七哀》王粲滞荆蛮。殊方服食关心事，那有黄金可铸颜。宋玉《九辩》云：廓落兮羁旅而无友生。王粲《七哀诗》：荆蛮非我乡，何为久滞淫。

[①]《全粤诗》据清温汝能《粤东诗海》卷三五收此诗第一首。

秋暮行部建南署中杂咏

岁月南中路，淹留徼外身。园亭仍宛转，山雪又嶙峋。烽火看全息，

飞潜意转亲。不堪吟望久，幽独恐伤神。
其二
传舍同蘧舍，层台接射台。晚风随步屟，短径立荒苔。社燕何时去，征人此复来。边庭尘事少，秋望转悠哉。
其三
天外饶风景，人间老戍关。重来开爽阁，依旧对泸山。雨湿蛮云白，霜寒野菊斑。酪浆成底事，强酌破愁颜。
其四
九月何暄燠，边头叶未黄。不应桃蕊绽，并见菊花芳。物候看如此，羁愁奈何忘。从来烟瘴地，迟暮自堪伤。建南十月桃花盛开。
其五
汉室雄边土，明时重缉绥。民风今用夏，吾道尚居夷。但喜征尘息，何嫌返旆迟。南人不复反，无事勒丰碑。时建南以平蛮勒碑，故云。

漫 笔

万物一气机，咸从无生始。蟫衣水土际，染变种有几。无情生有情，有情复无已。列子悟所生，骷髅安于死。出机复入机，谁者妙斯理。《庄·至乐篇》。

身名孰与亲，烈士故多徇。况彼货贿轻，天壤岂所论。贪夫胡迷惑，剖身藏所珍。剖者既已枯，藏者将奚存。名多为我辱，货多损我神。卓哉君平叟，千载炳遗言。《老·名与身章》。

溯自巨灵初，浑敦胡可訊。泰元原有物，万劫同一舜。考彼丹壸书，局士谁能信。往者日以消，来者日以进。羲驭毂不停，夸父力徒尽。杨朱本达观，汤棘匪徒问。身名等浮沤，枯骨亦难润。维彼冥灵春，八千历余闻。姑射有仙人，壶岭有神瀵。我欲往从之，无事周王骏。《列·汤问篇》。

坐阅青阳变，忽观朱夏流。嘿嘿运无端，四序相推求。斗柄北而南，寒暑自成周。植者俄茁茁，鸣者俄呦呦。群象若布敷，衰谢倏而遒。天地匪能系，于物矧能留。时至自消息，畴者觉其由。悟斯贞胜机，盈庐岂我谋。大哉易元篇，天人共悠悠。《关尹子·八筹》。

阅《庄》偶成 五绝

苍云白日尽交驰，野马尘埃息息吹。斥鷃飞鹏咸自适，逍遥何物不相宜。

真人元自有真知，却说知来便转疑。最是两忘通一化，天人同此大宗师。

今古名言色色新，卷编犹自见精神。若收口耳循糟粕，信愧当年老斫轮。

真人纯素本同天，贵在韬藏守自然。不信请看于越剑，精光常在匣中悬。

朝看秋水意汪洋，曲士由来笑大方。若到无边思议处，直愁海若亦茫然。

晚　步

碧梧黄菊满空庭，小径荒园尽日扃。何意重来秋惨淡，回思十载客伶俜。镜中旅鬓凌霜白，天外泸山插汉青。怕向军城听暮角，飘风吹入海冥冥。

至日甲子，寓越嶲军城，朝贺毕，时五鼓，望雪山日射其顶，莹然绝奇

军城雪后曙钟催，长至嵩声动地来。日射千峰明积玉，阳回六管正飞灰。殊方云物朝堪纪，故国梅花晚定开。最喜历元逢甲子，九霄应上万年杯。

行路难 并序

季冬由嶲州出邛雅，过大相岭，九折阪，途次坚冰沍雪，险艰莫能尽状，聊倚辄成歌，以舒烦郁。

行路难，难于蚕丛鱼凫巴子国，况在邛崃折阪井鬼之绝域。时危势险山峡深，天寒岁暮风景逼。穹苍厚地总神州，瘴海蛮关限南北。西来山势本多端，此山去天疑咫尺。四时阴雾昼不开，仲冬日薄风惨戚。千盘嶵崒直排空，垠塄灏宕黝莫测。阴藏太始雪，日射平沙碛。碛上磊磊冰，雪里亭亭柏。石林森沉峰锷尖，栈磴洰洳崖水滴。行者眙愕步逡巡，倚肩接臂如缘壁。吁嗟此道胡频来，岁岁年年忧孔棘。节旄半落邛海西，剑声悲啸伊吾北。来者胡滔滔，我思转奕奕。千军步踪顿复僵，骑士旌竿冻欲折。欲折未折淞亚枝，将坠未坠冰压石。伏虎蹲狻怒我傍，紫眼雕题满我侧。当年征戍赋濯征，此日边氓卖刀戟。阪屋鳞鳞烟晚青，估商绎绎道傍食。负戴伛偻湿毳衣，斧冰作糜石火赤。眼中此景饱惯经，壮怀摇落翻凄恻。行路难，难在兹，行人至此重嗟吁。谁者叱驭谁回车，我马虺隤我仆痡。千峰亭畔立斯须，西极流沙紫气孤，东望扶桑日影疏。曩空大泽秭米稃，睫间瓦屋三峨如点栵。行路难，难在兹，那说蚕丛与鱼凫。汉家无事雄边土，梯航九贡入天府。天子有道守四夷，虞廷此日舞干羽。边臣长拥节如霜，

将士何须力似虎。但知荒徼主恩深，敢道淹留岁月苦？

望雪山行

蜀山雪色高照天，蜀州雪花不到地。严道军城向北开，万壑高寒气凌厉。三峨瓦屋排青霄，中闻古雪犹未消。春来半作江沱水，炎天常见堆琼瑶。临邛迤南泸水北，蒙蔡之山高千尺。频年不见雪花飞，惟见岩云抱幽石。灵关南去气偏暖，夜雨昼阴长作涔。殊方客到多苦心，服食经年自烦蕙。腊月玄阴苦不开，长疑密雪自西来。今朝遥倚邛台望，忽见前山一树梅。（以上均见于明周光镐《明农山堂汇草》卷六《渡泸草》）

春兴四首

徼外春过半，山花色渐殷。流莺深树啭，芳草接天闲。岁月繁双鬓，烽烟老百蛮。物华看似此，何计驻颓颜。

其二

云烟朝满目，百卉正芳芬。山色轩槛出，江声脾睨闻。地幽春自足，客病日初熏。无计驱愁祟，长书发愿文。

其三

含景惜芳菲，繁英落渐稀。榆青新改火，草绿换征衣。何事客行久，频年春自归。时光流水逝，惆怅故山违。

其四

积翠园畦满，沉疴卷帙阑。寨芳愁欲暮，隐几阒生寒。浊酒堪谁共，删诗强自宽。故人天外信，犹自劝加餐。

寿萧刺史九十 有序

刺史安所公，少领贤魁，晚分符竹，飘然解组归也。今且享期颐矣。余入蜀逾十载，悾偬兵事，亦冉冉老去。时辱书，且惠以二诗，因成二律，侑以丹砂一皂囊为寿。

天南寿极烛南荒，耆旧如公乐未央。剖竹昔称唐刺史，明经曾领汉贤良。于今白发三千丈，况有丹砂百斛强。鸡犬云中浑易事，且留人世漫相将。

其二

服食闻翁近百龄，人间谁不羡仙灵。瓮中丹火朝霞色，海上蟠桃老岁星。紫气青牛看冉冉，新诗白雪尚泠泠。西岩见说新开径，愿乞归来傍采苓。

二　月

二月忽已破，三春尚几余。繁华悲促节，日月漫居诸。故国军麾外，山城旅病初。浮生空俯仰，何地不蘧庐。

春　宵

春堠边城息，春星户牖稀。向人兰烬净，入夜竹风微。镜里朝容改，山中旧侣非。愁心与芳草，此际欲沾衣。

游仙诗 并序

辛卯初春，维夜庚寅，梦游一所。丛岩碧嶂，珍石奇花，台榭宛转，流泉粼粼出石上。入洞深处，见一老翁隐石几，余拜下风。问之，云年二百六十矣。其骨棱棱，神采射人。顷之，一童子以一皮裙束其腰，毛色非豹非狐，指余过一洞。童子引之，见珊瑚虬结，五色奇石焕然。一铁树若佛前灯，可数丈许。摩挲间，忽而悟矣，若寐若觉，口占二句，因续以纪之。

春宵何缅邈，游梦洞霞中。阴壑参差入，阳崖曲折通。既历云水户，忽遇玄冥翁。惟翁时隐几，长跽扬下风。启唇遥相讯，顾答若春容。云年二百岁，岁岁桃花红。指点烟峰顶，中可达崆峒。饮我以琼液，导我以青童。披云陟累榭，咫尺望琼宫。奇石出丹溜，瑶树偃青松。已悟非人景，自喜逐仙踪。岂是王子晋，乃遇浮丘公。流览意未已，怅望莫与同。俄尔蘧然觉，恍若堕空濛。抚兹自悲叱，抗迹将安从。

蒙　山

赋也灵关，徂暑旱魃如惔，用祷于蒙，厥应不爽，爰赋蒙山。

瞻彼蒙山，有云泛泛。流兹下土，灵雨其濛。彼山之阳，宜稷宜种。油兮漻兮，何谷不丰。

瞻彼蒙山，有云霮䨴。有木郁郁，敷于山麓。彼山之麓，宜黍宜稑。既优既渥，何植不育。

靡山不云，兹聿以窿。靡泽不渊，兹衍以瀜。既旅且平，惟禹之功。有湾同同，兴雨漻漻。庶土赖之，原隰攸丛。

靡山不灵，惟蒙楚楚。靡泽不升，惟蒙湑湑。侯印侯瞻，以祈尔雨。聿彼寸肤，如商之舞。芃芃膏之，厥泽斯溥。《蒙山》四章，二章章八句，二章章十句。

鸣 雨

鸣雨夜向深,檐声静不辍。悠悠枕上思,不寐待明发。人生夫何如,阅世苦无多。志修道不立,百岁亦蹉跎。

清明述怀

他乡节序倍愀然,况值清明暮雨天。地入蛮方多瘴候,时过寒食亦新烟。千家榆柳伤心丽,万里松楸旅梦牵。巴峡楚湘归路远,王孙芳草自年年。

春宵雨坐拨闷 六绝

啼乌初罢雨声沉,短烛西轩此夜心。喜有蛮童偏解事,摘蔬烹茗酒频斟。

漫兴年来颇费吟,禅家理障也堪箴。杜陵底事惊人句,犹道阴何苦用心。

渊明责子意何如,此事宜应一破除。天意任看贤不肖,吾衰那复问留馀。

领郡当年四十强,玺书郑重出明闾。于今回首惭空负,谁说风流汉水长。时有以安汉郡去思碑见寄者,故云。

南国当年有艺坛,一时词侠罄交欢。于今蜀地兵戎满,怪底中原尺素难。

羌戎杀气满关河,南徼年来独偃戈。诸葛垒前春雪少,周公山上白云多。雅安有周公山,诸葛屯师梦周公处也。

春晓偶成

青青草色上书帷,坐点南华白日驰。偶向小园循薜径,山樱文杏熟多时。

四月八日闻梵

慈云初夏满松龛,大士分身化日南。见说恒星回朗夜,遥闻仙梵度晴岚。伊蒲苍卜清斋供,山色蝉声远树含。欲向香台题半偈,菩提明镜亦空谈。

夕 雨

疏雨夕阳外,山城暮景悬。园亭无杂赏,几席散群编。适意惟庄列,浮生问偓佺。近传新酿法，为可摄吾年。

喜雨

炎方四月火云殷，况自三春雨太悭。箕毕昨宵占度次，风雷一夜响千山。长怜杼柚东人后，喜望茨梁陇亩间。信是天心符帝力，好歌灵雨遍灵关。雅有古灵关道。

筇杖

葛陂长说化为龙，绿玉争如九节筇。汗漫何时携尔去，千峰踏遍紫芙蓉。

瘦节青筇点绿苔，碧云苍树倚邛台。西南僰道开今古，汉使那缘此物来。

寄怀顾道行学宪二首

一麾忆我出南宫，君亦竿旄领岱东。更羡文符过蜃海，独怜兵甲滞蚕丛。于今瘴徼愁多鹏，不尽襟期托暮鸿。闻道解簪头未白，清朝还说旧山公。

其二

尺素中原久寂寥，怀人清梦隔层霄。西京朋好浮云尽，吴苑词名白雪骄。我老未回郏鄏驾，君归何处太湖桡。相思别后朱颜在，无奈冥鸿不可招。

寄左司马汪伯玉并谢惠诗笺名刻二首

赤玉彤弓报主身，明时彝鼎有斯人。生逢五百贞元运，名重三朝社稷臣。瑞世文章仪鵷鹭，笺枢勋业上麒麟。自从司马悬舆后，歊水居然作渭滨。

其二

绛帐心期久未从，素书谁意下临邛。题纨皎并中天月，奏响洪如清庙钟。自诧玄珠求罔象，何时紫气御犹龙。无言艺苑齐盟主，今古斯文属大宗。

七夕对新月有怀陈则济观察

七襄今夕报牵牛，忆别婵娟隔素秋。天上佳期犹有在，人间良会转难谋。明河一道波如练，桂树千山月半钩。鸿雁不来乌鹊暮，思君遥夜倚边楼。

送贾孝廉行可北上公车

入对公车信有期，洛阳年少擅多奇。治安封事今千古，经术求贤又一时。家令谭边多自喜，平津媚世更何为。知君雅抱西京上，好在昌言慰所思。

中秋阮、司二阃帅邀同陈观察集锦江楼玩月

月满高楼秋正中，坐来凉露湿青枫。芙蓉城上筵初敞，桂树尊前赏暂同。丝管正深庾亮兴，鼓鼙新定郄支功。西南万里烟尘净，爽气于今满碧空。时阃帅有平羌筹帷功，故及之。

锦官重阳后夜酌对菊同方林宗赋

采采东篱菊露泞，良宵坐对玉缸寒。一尊已负登临约，三径还同酪酊看。疏蕊向人秋并老，明星入户夜初阑。与君莫苦萦羁思，醉里抽毫强自宽。

忆昔行并序

邛南除夕，旅怀多绪，感今溯昔，怅然不饮，盖时以兵戎役瘴徼者七年矣。岩廊梦浅，江海思深，惟不能忘帝京之怀焉，因遂赋此。

忆昔群牧朝上京，长安五夜枥马惊。天门沉沉鱼钥动，周庐戛戛虎贲行。良久漏壶催晓箭，东方欲白霞纹绚。金埠声彻曙鸦飞，天子出御未央殿。隐隐箫韶下九天，霏霏香雾御炉烟。缤纷雉尾千官入，照耀龙文五色鲜。旭日渐分仙仗里，螭头雷动嵩声起。肃肃夔龙玉笋班，行行缇骑貂蝉珥。礼乐我朝陋汉章，梯航重译觐明光。征来玉帛周王会，舞罢干旄舜德昌。述职之臣随奉引，敷陈不尽民间隐。万方尽道天听高，咫尺今见天颜近。朝罢重承赐玺书，兵符旋拥下邛都。三年颇事相如檄，九折频驰刺史车。今夕何夕谁可语，明灯坐听军城鼓。但知边塞主恩深，敢道淹留臣节苦。明朝圣主御青阳，春色遥思满建章。远臣愿献中和颂，不羡当年赋柏梁。

壬辰初度，新安方景真国子、雅安张元静孝廉以诗言寿，述意酬之

阅世桑蓬渐老身，倦游江汉未归人。甘年徒窃东方粟，一骑曾扬西海尘。但向鱼凫嗟物役，谁云龙马是精神。朝来二仲阳春曲，白雪芳梅事

事新。

人日晴

人日晴偏好,蜀天似此稀。风传兰气浅,黄入柳枝微。采胜缘巴俗,花光上客衣。物华空自赏,惆怅故山违。

元夕雪

三五边城夕,华灯对雪开。天应添丽景,人拟集瑶台。碧映千门火,寒飘几树梅。沉沉深夜酌,羌管莫相催。

邛南闻阆中陈于韶观察讣,哭以二篇

文藻如君足我师,西来消息不胜悲。登坛一代神犹王,去国当年鬓未丝。感遇于今哀伯玉,赏音那复问钟期。招魂赋罢知何处,风雨临邛二月时。

其二

白日沧江逝若何,忍看三峡下颓波。怪来鸿雁春偏少,却信龙蛇岁厄多。壮志空余锫水铗,千年谁续阆山歌。烟云九叠斜阳外,何日西川白马过。

暮春三日,陈则济参知邀游凌云寺,放舸乘流,登山晚眺,修禊事也 二首

胜日招要袚禊游,登临况是古嘉州。停桡窈窕金绳路,改席参差绿水洲。苔碣漫寻唐岁月,羽觞犹似晋风流。烛怜留滞天南者,芳草年年向客愁。

其二

嘉陵雨后蔚蓝天,选胜同登载酒船。宝地箫笙吹梵曲,晴川草树散芳筵。巴人亦解回波乐,赋客重歌洛水篇。美景良辰应纪事,莫教长说永和年。

嘉州感事寄郭使君 二绝

巴南鸟雀故啾啾,春尽飞鸿不可留。剩有凌云江上树,含晴带雨满沧洲。

春暮山城雨乍收,朝来江上见归舟。平羌驿路烟波阔,大艑峨舸趁稳流。

凌云寺祖师堂，乃僧千峰自元至正圆寂兰若，幻身在焉。
客有指予色相者戏题二偈

幻身不灭事堪疑，若个灵光尔护持。记取本来真色相，千峰云尽月明时。

江光潭影碧悠悠，坐对千峰一镜收。莫道此身真是幻，法华长现水长流。

读 史

乾坤中画是诚明，象数元从画下生。若向此心观此画，参天两地自成能。

晓发嘉州过苏溪渡谒东坡书院

晓发瞻峨门，透迤苏溪渡。风土郁且宣，冈峦莽回互。古道暗榛芜，荒祠蔚嘉树。三峨在西南，屹屹撑天柱。眉山世挺生，宛若鹓凤翥。风流在斯文，节概逾今古。造物胡漠然，于时多龃龉。宦迹天地间，精灵一堂聚。我来赋西游，仰瞻夙所慕。斯人不可作，何以慰延伫。

登圣积寺真境楼 楼有魏鹤山先生"峨峰真境"四篆字

渐远尘嚣地，初挥圣积烟。登峨循觉路，问景到诸天。小篆真儒笔，丰碑宝庆年。凭阑新雨后，岩壑尽苍然。

大峨山神泉 有陈希夷真迹

嵯峨一片石，下有清泠泉。苔藓云根古，渊沦绀宇偏。濯缨人自到，跨鹤字犹传。好结无生契，侬之种白莲。

歌凤台 楚狂旧隐处

岂爱名山遁，元从避世来。泣麟嗟已远，歌凤意何哀。此道成千载，斯人逝不回。空余菡萏石，今古自崔嵬。

由华严次白水寺

行行访名胜，在在停轺车。一憩华严寺，还栖白水庐。悠然诸籁起，坐觉四天虚。独拥山僧衲，长宵一梦无。

息心庵

履险心自惕，险平心自息。此心是何心，劳劳为景役。

自初殿至峰顶，经行瞩眺

磴道盘纡雾雨深，笋舆直上白云岑。才过初殿初欢喜，未到峰头未了心。

山行四月不胜秋，云石荧荧水气浮。何限杉松含宿雨，又传沙濑有仙舟。

花明四照树千章，怪石苍藤夹道旁。不待杨枝甘露洒，令人心地自清凉。

茏葱紫气七天浮，菡萏千峰宿雨收。远近云房钟梵动，山僧惯迓宰官游。

双飞桥 有孙思邈丹鼎在焉

双涧长桥饮玉虹，鸣泉十里响潨潨。飞来匹练层峦外，落尽松涛暮霭中。释子尚留丹鼎在，仙人一去紫芝空。依稀曾记经游处，天姥危梁昔日逢。

观音岩

嵯峨片石倚云间，绣壁丹梯此日攀。芝盖俨从螺顶覆，青莲半湿古苔斑。千山飞翠悬空镜，四壑流泉响佩环。宛转直愁天路杳，回看人世隔尘寰。

七天门

谁将灵斧辟天门，西极居然此地尊。望入法宫玄雾冷，到来祇树雪花繁。上方钟磬群山动，下界风雷四壑昏。呼吸信知通帝座，何须伯仲问昆仑。

大峨峰

向说灵陵太妙天，于今十地是青莲。苍龙驾去雕台寂，白马乘来贝叶传。绀殿朝云长五色，阴岩藏雪已多年。三峰总属空王境，何日鸾笙下紫烟。黄帝问天真皇人于峨嵋，故有洞霄宫观为灵陵太妙洞天，今皆缁流所居。

宿光相寺夜上观音岩望圣灯，忽而雪至，时四月望后也

见说圣灯飞朗夜，忙惊寒气浸袈裟。冥濛忽霁千峰雨，炎夏旋飘六出花。宝树诸天森积玉，祇林皎月照恒沙。深宵衲拥阇黎话，不记尘寰尚有家。

晓起过圆觉寺访通天和尚，云住峰顶数十年，断粒食，日饮水，间嚼芝麻、枣、栗少许个。与之谈，颇见性明理，语简要不烦云

一住峰头四十年，茹芝饮水薄尘缘。客来晨磬诸天净，坐对明灯白日悬。满户慈云浮贝叶，千山空翠响流泉。相看悟到无言处，灭尽空华现宝莲。

大峨峰顶长歌

登登八十四盘岭，矗矗三峨第一峰。峰峰半与青冥合，曲曲尽藏兜率宫。普贤殿在最高顶，十丈金身开化境。崚嶒铁瓦天风吹，唊嗋金茎接溟滓。自从融结来，此山名八域。谁云太妙天，初开震旦国。昆仑伯仲果何如？宝洞霄宫切太虚。古称天真之窟宅，皇人之幽居，八千仞上拟方诸。地接青城群仙之九室，脉通句曲金坛不夜之神墟。有客来自华阳都，手持一捻青玉珠。囊中五岳真形图，山精冈怪争奔趋。朝发华岩暮白水，突如羊角抟风起。木禾杪树织道周，嚖瀑神泉走涧底。隐隐萧笙下九霄，泠泠疑是御风飘。雪山葱岭银为界，玉垒青城玉作标。西望晒经横似几，白马三乘来自此。更看瓦屋俯可凭，竦身欲作冥鸿举。峰峦远近势多端，峭壁层崖不可攀。指点尽凭诸释子，冥搜岂丰现灵官。此地由来称奇闭，天真问道轩黄至。于时尽作瞿昙居，碧殿霞天光炯碎。石林松壑异朝昏，嵌窦中藏古雪存。咫尺忽惊千嶂雨，须臾日射七天门。眼底阴晴殊顷刻，普贤岩前云半壁。兜罗布满银涛翻，法界空中晃五色。倏然云散景初收，抚心凝睇不可求。云是金轮射绣壁，疑如蜃海幻银楼。苍茫指顾日欲夕，赤县神州看历历。弱水东影随汉波，扶桑西枝挂峨石。伫立良久阴风凄，瑟瑟寒侵衲子衣。但道炎天下晴雪，谁知四月雨花飞。为问佛灯未可见，云房展转倍惆怅。荧荧忽散千炬光，无数鸟声呼佛现。如是我见信奇哉，慧眼从来触处开。种种空华缘妄想，妙明圆湛是如来。我也平生欸岑历落之狂客，倦游拂衣归未得。十年蜀国此初登，五岳何由遍足迹。洞天福地夫如何？李白当年发浩歌。未遇骑羊挥手者，沧桑万劫等恒河。

中岩水月楼读朱中丞秉器、陈廷尉玉叔二公诗，怅然有怀

江介高楼枕碧峦，翠微深处一凭栏。到来雨气千峰合，望入萝阴五月寒。远岫暮烟横紫翠，新诗白雪满巉岏。故人遥在云霄上，鸿雁何时到羽翰。

水月楼对月集唐

河汉三更看女牛，山腰官阁迥添愁。水晶帘外金波下，月色江声共

一楼。

寺下春江深不流，蒹葭杨柳似汀洲。楼前澹月连江白，一夜潺湲送客愁。

登石笋峰夕眺

一上峰头引望赊，野烟岩树翠交加。石林晴带沧江雨，萝径幽垂紫蔓花。爽气灵肩天咫尺，绀宫虚牖斗横斜。不堪极目飞鸿外，驿路平羌接远沙。

王长卿别五年矣，来自新安，兼得梅孝廉禹金、俞征士羡长书，是日雨中小集

当时把别忆灵关，五载重逢鬓欲斑。江左故人书缱绻，巴山今雨泪潺湲。向来兵甲伤心地，此日尊罍感慨间。自是才情君不浅，解囊诗句好重删。

春日巴江送客集杜

送客逢春可自由，江花未尽会江楼。自知白发非春事，想见归怀尚百忧。念我能将数字至，悲君已是十年流。东行万里堪乘兴，高视乾坤又可愁。

月夜同友人江楼偶兴集杜

江月光于水，中宵步绮疏。兴来犹杖屦，客至罢琴书。天地军麾满，朝庭记忆疏。如何关塞阻，临眺独踌躇。

陈观察入贺还，喜而集杜见怀二首

抱怀何时得好开，不知旌节隔年回。他乡就我生春色，重镇还须济世才。仗钺褰帏瞻具美，青帝白舫益州来。浣花溪里花饶笑，莫怪频频劝酒杯。

其二

风生洲渚锦帆开，抱病起登江上台。念我能将数字至，殊方又喜故人来。浮云不负青春色，潦倒新停浊酒杯。传语风光共流转，须成一醉习池回。

得王恒叔观察滇中书并《五岳游草》却寄，时恒叔调中州督学未代

双旌尊开廿载秋，思君丰度擅名流。别来梦隔三巴路，寄到书题五岳

游。岁暮兵符怜绝塞，春深文幕启中州。嵩高华岳遥相望，总为风尘苦滞留。予时有秦中之移，故云。

蜀江舟次送北征客集唐句

晴川带长薄，日暮且孤征。复送王孙去，谁堪羁旅情。剑留南斗近，江向白云平。明发遥相望，无由见两京。

移官入秦，留别锦城诸同好

南北风尘未偃戈，郊亭忽漫唱骊歌。秦关旌节三秋暮，蜀国兵戎十载过。见说洮河新罢战，遥闻辽海又扬波。忧时转并离愁剧，立马尊前感慨多。

方伯王元德、宪使郑克渐二年丈遗赠大篇，勉我入关，赋谢

南国分携十载前，西来促席又离筵。苍皇九塞频飞羽，迢递三巴到锦笺。天地战声秋欲暮，江湖归梦老偏县。亦知世路劳推毂，谁识冥鸿意杳然。

泸川晓发

江馆侵晨发，严程并日驰。简书何事逼，戎马正交绥。宵旰劳西顾，招摇又北麾。生平思报主，孤剑敢濡迟。

果州道上 故所领郡

忆昔褰帷地，重来又远征。秦关烽火候，蜀道滞留情。斗气看雄剑，霜华满汉缨。空惭父老问，白首向边庭。

谢果州父老

果州谁信是并州，五载褰帷忆旧游。郡阁尚留高士榻，津楼重倚使君舟。依然佳气浮江郭，无恙长桥锁汉流。自是民风元不薄，壶浆父老立沙头。

果州门人杨长虞孝廉追送遂宁，舟次夜酌

予乙酉在郡试长虞以文，奇之，时方垂髫。既以辛卯登乡试，适予署蜀藩司，与文场事，益喜焉。

饯送何劳百里遥，一尊江介坐寒宵。怜予叱驭头深白，忆汝操觚发始

鬓。西蜀草亭那寂寞，北冥风翮自扶摇。悬知早就凌云赋，尺素无忘海上樵。

其二

河梁杯酒惜离群，江上维舟日又曛。一自郡斋延孺子，遂令艺苑识雄文。尊前木叶千山暮，剑外风尘百战纷。世路纵横应莫问，如君高谊薄层云。

遂宁江干登大佛寺，玩黄罗石壁 二首

蜀山饶怪石，此地更峥嵘。峭壁含丹室，垂萝隐化城。云门风磴响，江曲曙烟清。眺赏情何极，无能翰羽生。

其二

石色明于玉，双林一径藏。天风吹宝瑟，江雾濯流黄。倚棹回前浦，披襟出上方。未须嗟跋涉，我意转飞扬。石壁千仞，色黄润最奇，其裂为梯，磴处有琴声焉。

渝州门人贾行可孝廉追送巴江，舟次饮别分赋

论交十载更论文，岁晏那堪把袂分。子几上书忧汉室，予还仗节赴秦军。剑星斗外寒初合，尊酒河梁日又曛。慷慨衔杯歌出塞，相思遥隔陇头云。

舟中漫集杜句 时自建南移秦总宪

回首扶桑铜柱标，天涯霜雪霁寒宵。锦江春色来天地，南海明珠久寂寥。宛马总肥春苜蓿，夷歌几处起渔樵。主恩前后三持节，未有涓埃答圣朝。

过涪陵，登北岩，谒程伊川先生祠 二绝

岩前飞峡下清泠，峭壁垂萝万仞青。瑟瑟天风吹古洞，依稀犹是旧翻经。

津头石碛乱吹波，日暮维舟一放歌。百折不回川上叹，谁怜此道下江河。

伊川先生讲易洞 丁右武使君新其祠宇，属予记之，涪士勒之丰碑

枉渚暮维舟，登岩恣瞻眺。岩洞邃且幽，昔贤坐舒啸。方在讲幄时，每事必忠告。胡不在君傍，天欲广其教。画象见羲姬，韦编窥窅奥。涪陵川一隅，人士知崇报。十翼演真传，尹焞谯定领深诏。于今编简青，习诵满

乡校。谁其辟榛芜，聿以新祠貌。猗惟丁大夫，绝学务深造。命余纪丰碑，肤浅愧精到。挲摩感慨间，同仇愧所好。俯瞰大江流，仰观层壁峭。景物寓化机，动息见虚妙。向读坎止篇，亦悟盈虚要。再拜趋下风，坐乞进斯道。

由巴江出峡，舟次杂咏九首

频年言出峡，此日下巴渝。江永鱼龙寂，霜寒雁鹜呼。惊心逾百折，垂老倦长途。何事西征使，犹衔出塞符。

萦萦江岸曲，戛戛下滩舟。咽水饶危石，含烟暝驿楼。蜀川元浩渺，客鬓转萧飕。却忆西来日，于今已十秋。

江路不胜情，邮签尽日程。风烟头欲白，云水梦偏清。木叶千山净，图书半舸轻。归欤沧海上，莫负白鸥盟。

风波元惯历，况复久南陲。兵甲消魂后，楼船下濑时。沙回江是字，霜晓鬓如丝。却愧鸱夷子，扁舟后尔期。

水宿又经旬，劳歌度五津。滩声寒出峡，驿路远通秦。谁作乘槎使，还为击楫人。玉关烽火候，喜见捷书频。

峡圻三江下，峰藏十二移。楚云深似黛，巴雨碧于丝。客梦啼猿晓，乡心旅雁知。雄风谁作赋，萧瑟女神祠。

峡水初消后，寒烟欲霁时。黄陵过彩鹢，赤甲下征旗。浩荡凌波意，逡巡出塞思。胡奴犹未灭，那敢问归期。

柔橹下空舲，危湍又几经。霜寒沙气白，日落渚烟青。象马心犹戒，凫鸥梦始醒。倦途兼岁晏，何事问边庭。

壮矣青莲赋，嗟哉蜀道行。揭来成浪迹，今古几词名。心折王尊驭，魂摇白帝城。深宵看佩剑，星斗尚峥嵘。

后出峡行

乙酉之秋，以郡长吏入觐。既出峡矣，客有哀其纪行诸篇为集者。久之，由蜀臬历藩参。又七年，移官于秦，是为壬辰冬十一月。驾州东下，复由瞿塘出巴东，历览诸奇胜，宛如昨也。壮心未落，霜鬓已非，因感而赋之。

出峡复出峡，风景宛如昔。峡水寒半消，千山净如拭。当年过此霜正飞，于今出此雪又白。滟滪中流屹欲浮，崖门削断天如辟。嗟哉巨灵功，猗维神禹力。千寻铁锁控重关，八阵鱼沙吹细碛。白帝之城最险巇，瞿塘木叶天风吹。岷江东下数千里，万派千流一束之。万派千流峡转窄，峡风吹波白水立。滩声撼岸势欲催,猛如大将天兵赴强敌。涧合湍回势稍纡,澄波漩落碧潭虚。下作蛟龙鼋鼍之窟宅,上有啼猿啸虎相惊呼。啼猿啸虎层峦里,魍怪精灵不可纪。阴林育突觉天昏,翠壁孤标拔地起。觉天拔地总争奇,褫魄惊心转自疑。左思作赋犹未悉,郦氏图经亦莫知。榜人击鼓声纮纮,柔橹跋浪鸣格格。白日照旌竿,霜风寒剑戟。往橹来艘上下轻,万嶂千峰过瞬息。瞬息不可留,引睇曷终极。赤甲黄牛见未真,冥搜览胜日欲昃。冥搜览胜意何如?峡洞中县古素书。壁绝天高不可取,仰面大叫空嗟呼。岂是神物秘,亦疑传者虚。于今南征北讨急征轮,何不借此一筹抒。须臾转过巫山峡,数朵芙蓉天外插。楚雨飘飘碧似烟,巴云冉冉轻于叶。巴云楚雨两虚无,作赋空怜楚大夫。中宵惆怅不成梦,把酒临流片月孤。自叹于斯三出入,岁老天荒忧思集。十载兵戎鬓两霜,三尺吴钩书半笈。此时壮心那复有,滔滔天地几回首。耽奇却让子长游,羁栖直似杜陵久。杜陵司马总间关,今古词名天地间。我也五湖空浪迹,愧君三峡倒词澜。

张伯大侍御走使以诗相送用韵报别 二首

洲渚维舟暮,缄题别意深。远山含雪色,秋水照征心。世故胡多难,知交望好音。秦关通蜀道,去住总沾襟。

其二

巴树寒犹绿,巴江暮转深。怀人同白首,倦客自休心。边塞横秋色,江湖忆赏音。阳关回首处,何地更披襟。

晚 泊

倚棹横烟渚,斜阳一放歌。千山来宛委,百折下滂沱。急濑回澜少,中流阅世多。徘徊川上叹,尼父意如何。

空舲滩

小泊空舲暮,危滩日几经。洲明沙似月,天远客如星。野寺回樵径,山枫隐驿亭。啼猿兼夕籁,秋叶不堪听。

夔府城头望八阵图

三峡长江绕郭斜,阵图千载落平沙。天边鹅鹳惊残垒,石上风云隐翠华。细碛不吹鱼复浪,大星空殒虎门牙。永安寝殿今零落,白帝孤城起暮笳。

再谒工部祠

杜陵曾此苦羁栖，想见看云每杖藜。客向夔门频出入，祠临瀼水自东西。白盐赤甲殊风土，楚塞秦关尚鼓鼙。几度春风蘋藻后，隔林惟听子规啼。

玉泉寺雨宿

玉冠山树远冥冥，路入中峰转翠屏。上界钟声云外湿，隔林灯火雨中青。客来松榻春堪借，僧定禅扉夜不扃。怪底终宵无梦寐，岩前飞涧静泠泠。

后出峡自述

溯自入峡初，于兹逾一纪。谬分安汉符，虚卧嘉陵沚。民风元不薄，为政亦遵轨。五载足农桑，两度朝丹扆。归来突未黔，遽作征南使。秋半解郡符，初霜渡泸水。群盗纷如毛，氐羌突似豕。征调十万师，前旌指越嶲。奏言羽檄纷，无限目集矢。三月封鲸鲵，六月振师旅。捷书入未央，天子乃色喜。猥以入幕功，增秩锡锦绮。间关瘴疠间，奄忽七寒暑。驽力既已疲，疆场幸宁敉。秩满载荷恩，纶音逮予祖。敢负天地私，宁知犬马齿。旅病奈侵寻，世故亦倾否。方求解组归，讵意秦关徙。于时朔方兵，正夺单于垒。谁其状元猷，中丞乃吾里 时闻惠阳叶中丞定朔方乱。见说洮河间，疮痍尚尾尾。皋兰古留屯，长城亘天起。枹罕倚重关，胡奴如蚁蚁。伊予绵薄资，何堪从鞭弭。以此重逡巡，简书急于驶。乃买巴渝舟，言下潇湘沚。峡风正萧萧，峡水方弥弥。凤耽塞上游，恒怀国士耻。请缨岂为名，弃繻匪所比。愿纾宵旰忧，行灭天骄子。归欤不愿侯，此意良非诡。（以上均见于明周光镐《明农山堂汇草》卷七《渡泸草》）

秦 岭

马首西来岁欲新，秦山初度雪嶙峋。八千里外昌黎路，百二关头岭海人。蜀道星霜华发变，天山烽火羽书频。皋兰旧是金城地，自古营平老汉臣。备兵皋兰，即汉赵充国金城图上方略处。

咸阳道上

旌旗猎猎咸阳陌，征骑萧萧渭水东。北斗春城临灞浐，西京驰道接新丰。边臣倚剑愁长塞，壮士悲歌忆大风。汉苑秦宫嗟莫问，终南山色倚穹窿。

道出泾州，学使姜养冲邀游王母宫，饮瑶池上，时首春三日初度也，喜赋二首

当年汉帝此祈灵，阿母曾闻下翠軿。洞口雪消泾水白，殿头鸾起曙烟青。才过元日逢初日，更喜文星是岁星。转向瑶池池上酌，流霞春酒醉云屏。

其二

回中珠树隐雕台，武帝西巡御跸回。泾渭流深丹嶂合，箫笙吹暖碧桃开。春游差拟蓬池会，云起犹疑鹤驾来。客里年华夸胜赏，况逢方朔是仙才。

春日阅兵河湟塞上

按辔西行为阅边，秦川陇树尽春烟。关头鼓角阴山动，塞外河流积石县。犷骑十千横朔漠，捷书何日上甘泉。胡奴未许知名姓，看取长缨系左贤。

宁河邮馆

西出熙河古戍邮，悲笳明月隐高楼。倦来但觉行边远，老至方知出塞愁。

近塞荒郊寒寂寂，紫河高柳碧柔柔。居人指点斜阳外，犹自吞声虏骑秋。

银川驿大雪，时三月初旬

枹罕经年无雨雪，银川一夜遍琼瑶。旌旗晓拂河流白，苜蓿初肥塞马骄。乱后野烟生战垒，春来麦陇长新苗。凭谁更上屯田策，氛祲于今喜渐消。

春日皋兰山登眺

春城崴嵂倚皋兰，绝顶青春立马看。山色西连关气紫，河声北注陇云寒。天晴万树排高浪，日落长桥枕碧澜。见说古来争战地，嫖姚曾此走呼韩。

临镜

边庭淹再月，对镜忽衰老。塞外稀南鸿，湟中多白草。群胡故跳梁，三军无宿饱。以此苦心多，非干华发早。

午日，张元戎邀阅骑射，为躃柳，戏命诸胡奴歌吹为乐

边庭羽猎正飞扬，大将亲行午日觞。千骑材官驰躃柳，一时鸣镝尽穿杨。歌翻胡部军前乐，令肃辕门塞上霜。莫问折冲樽俎事，叩关朝译有名王_{时火酋叩关求款}。

从军行四首答黄昭素太史

铁骑纵横玉塞秋，十千猛士尽貔貅。鹍鹁新淬酬恩剑，斩取楼兰不愿侯。

辕门铠仗阵如云，青海横行日渐曛。夺得蒲梢双紫燕，平沙飞出五龙文。

风吹沙海铁衣鸣，草满平原猎骑横。天外一声秋镝过，双雕落处暮云平。

边庭秋至急挥枹，烽火分明照武都。忽报华阳归战马，不知宵遁几单于。

渭城夕雨二绝

渭城夕雨隐轻雷，雨过千山夕照开。此际边愁知几许，不堪孤角坐停杯。

坐对孤城白日低，眼中无物不疮痍。却怜鸿雁秋归后，又听阴山动鼓鼙。

定羌道上

千山麦陇尽黄云，牧子樵歌远近闻。日暮旌旗过渭水，笳声吹入海西军。

方景真自蜀远讯皋兰，兼怀以诗，用韵却寄

曾记巴山落木时，临江江寺惜分携。尊前渭雨歌三叠，马首秦关忆五噫。交谊几人同范叔，赏音千古忆钟期。皋兰远在黄沙塞，何意双鱼慰所思。

翠华馆

翠华空馆午烟迟，立马峰头夕照低。山拥乱云横峭壁，日含疏雨射回溪。度关虎士连千幕，破虏龙沙散万蹄。为语偏裨思报主，汉家麟阁几征西。

临洮七夕 二绝

云淡天河入素秋,微茫月上海西头。双星莫道经年别,绝塞还深此夜愁。

汉骑千营月半钩,明河西泻入边楼。闺人那识沙场远,只解停针望女牛。

立秋夕 二绝

一夜秋霜匣剑鸣,榆关无限入边声。河流远曳龙沙塞,片月凉生骠骑营。

生来惯做悲秋客,塞上逢秋老更悲。鸿雁数声孤角断,凉风初入汉旌旗。

渭城道上

邑里萧条秋气悲,西风渭水度征麾。山横鸟鼠孤墉出,天入龙荒塞草衰。秦陇于时纷羽檄,乾坤何地不疮痍?请缨壮志惭空负,岁晏愁看两鬓丝。

秋日邀彭将军西岩寺晚眺 二首

忽柱将军骑,河干小队行。陇山含朔气,边树入秋声。令肃貔貅静,天清雁鹜横。相看双佩剑,今古几西征?

其二

倚眺西岩寺,诸天落翠微。萦回洮水白,明灭塞烟稀。改酌临沙渚,孤怀散夕晖。城头吹夜角,猎骑始争归。

高原夕眺

雉雊麦陇秀油油,满地河声不断流。无数人烟依岸坞,榆阴波影上边楼。

万顷高原绿穗稠,平看绕郭夏河流。眼前无限沟中瘠,起色全凭大有秋。

绿浪黄云一望盈,十年荒堘更征兵。于今莫羡庚桑垒,况是胡奴指日平。

南安道上

离离禾黍候,坂屋数家村。地僻熙河戍,秋高陇右屯。暮烟浮渭水,返照下荒原。总为兵戎剧，何时灭吐浑？

驯鹿月下伴行
疏树层台夏夜清，傍人驯鹿绕阶行。也知丰草违麛性，却讶蕉隍梦未醒。

塞上曲
经年闻讨虏，见说驻洮阳。未识楼兰路，应知陇坂长。征人占太白，闺妇怨流黄。何日音书至？愁看北雁翔。

洮河秋防杂诗三首
荒戍不胜情，防胡又远征。河流天外尽，秋色雁边明。剑骑云连阵，铜鐎夜彻营。宵来看太乙，直欲扫欃枪。

其二
榆关凉乍起，陇树尽秋声。积石河流急，连天戍垒横。胡奴骄突厥，汉将老营平。好定乘边议，空忧白面生。

其三
深秋提虎旅，远燧直龙沙。罢幕侦初徙，辕门令不哗。诸羌争市马，估客正输茶。已近烧荒月，还愁虏骑遮。

将进酒二章铙歌曲也，壶铭代贺制府
麟阁有图兮，旗常有书。县有金石兮，锡有路车。将进酒兮，歌乐胥。朱鹭鼓兮，阗阗于都。

黄河如带兮，华山如砥。露布宵驰兮，明闱旦启。将进酒兮，歌燕喜。既饮御兮，辕门受祉。

洮阳雨夜
家园尺素久蹉跎，绝塞惊心感慨多。胡骑深秋驰朔漠，雨声一夜注洮河。金城何日归充国，铜柱由来老伏波。敢道边陲持节苦，不堪萧飒鬓双皤。

渭阳马上对月二首[①]
马上三更月，边庭万里秋。清光县渭曲，星露湿吴钩。风籁泉声细，天山夜火收。羁愁兼别思，此际转悠悠。

其二

一片关头月，征途倍可怜。霜华寒剑戟，马首逐婵娟。飞旆千山度，鸣笳绝壑县。秋来边事少，烽火静祁连。

①《全粤诗》据清温汝能《粤东诗海》卷三五收此诗第一首。

积石关同诸将领阅视

地尽西垂百二州，黄河东下万烽秋。崖门中断天如擘，山势排空浪欲浮。自是巨灵开浩荡，由来荒服重怀柔。偏裨莫道重关险，此日辕门有壮猷。

饮马长城窟

朝报河冰结，点卒筑冰墙。借问筑何为？防胡驰突渡河梁。河长边又远，冰坚利若铓。斫冰指落黄沙血，倩伴裹创征衣裂。点点西来胡射猎，弯弓捉马马蹄脱。胡奴夸猛气，踏冰胜平地。那得将帅善筹边？塞上驱胡尽远徙。

秋日河湟塞上得俞羡长楚中书，兼见怀二诗，用韵却寄

何处晨风羽翼长，玉关沙海路微茫。题缄慰我加餐饭，倚剑思君罢举觞。戎幕深宵看太白，旃裘款塞贡飞黄。凭将郢曲翻铙吹，奏彻秋声满大荒。

其二

忽枉湘江尺素书，别君音问十年余。怀人远度凉州曲，作客长怜楚泽居。天外战声寒毳幕，秋来归梦到山庐。壮心傥问龙沙路，莫遣关头紫气虚。俞诗有"不耐因君怀出塞，笛中新曲奏伊凉"云。

发皋兰之朔方，司饷颜户曹饯于长城大观楼

长城高阁饮壶觞，为惜分携向朔方。天外河流开浩荡，行边尊俎有辉光。旌旗晓拂楼烟白，烽燧秋深塞草黄。最是邓侯司饷在，会看猃狁奏于襄。

甲午朔日

塞上朝元散玉珂，辕门曙色拥雕戈。贺兰雪后胡烟静，灵武春回猎骑过。恋阙有心悬紫极，洗兵无计挽黄河。梅花岭信西来梦，却叹行边岁月多。

春　雪

乍道河冰泮，还看春雪飞。条风吹紫塞，花雨舞青旗。白满边屯喜，寒生剑戟威。夏州灾沴后，农望未应违。

春日行边同萧元戎柳湾观猎，张幕河曲小饮

行边春骑绕长河，碧草丰茸塞雨多。两翼飞䌆争射雉，后军催阵急鸣鼍。割鲜诸校沙头醉，牵羊降酋碛上过。无限荒屯经战后，居人垂泪说干戈。

登贺兰山眺望，夏元昊避暑宫在焉，平虏城北则汉卫青大将军台也[①]

贺兰千队驻征麾，山后山前毳幕移。列嶂党天攒剑戟，重关画地守熊罴。夏王暑殿余荒址，汉将高台接古陴。一自三城收戍卒，胡奴无复泣燕支。

[①]《全粤诗》据清温汝能《粤东诗海》卷三五收此诗。

中卫阅边，墙势高坚延袤，垣外沙漠极目无际，见虏帐点点，顷有群来求赏者，东望则黄河自塞外入流，可称胜观

戍垣高筑隐穷沙，万里河流入塞斜。满地腥臊窥虎豹，兼天波浪走龙蛇。谁凭太白占胡运，漫说飞黄贡汉家。莫道金汤堪恃险，嫖姚何日灭浑邪？

中卫驾舟截黄河回镇，时已初夏

楼船箫鼓绕河沙，故垒新隍两岸斜。流览未应空击楫，寻源何事漫乘槎。行营傍水连飞鹢，浦树迎人带暮鸦。不记临边今几许，炎云忽已变春华。

黄河观兵舟次，赠征西萧将军

楼船大将出龙堆，鼓角中流万橹回。组练日光波上下，招摇旄影徘徊。赫连河畔春烟合，拓拔城边汉帜开。无数鲸鲵争远徙，征西谁似冠军才？

经大坝观汉唐渠

朔方渠口凿何年？龙首宣房事并传。总为胼胝输灌注，故令斥卤变原田。独愁虏骑妨茭牧，每见军储议恤鳏。为语屯官勤劳集，好教残垒起新烟。史记汉武帝朔方穿渠，今汉渠是也。

胜金关阅险

地险元天设，河深啮石门。重天横朔漠，浊浪下昆仑。豺虎雄堪拒，旌旗势欲翻。金汤真不忝，戍卒便留屯。

华阳杨孝廉观吾自蜀惠书并怀二诗，却寄并谢内江殿下书问

论交十载并论文，岁晏双江把袂分。但道急归巴峡舸，何期重整朔方军？黄沙绝塞谁相讯，白雪飞缄恰对君。更忆河间真大雅，题书字字锦城云。

雨后月明夜坐，时家室入关有报 二首

雨后天如洗，云消月在空。时看烽暂息，况复岁初丰。家室危途里，枌榆旅梦中。不堪戎马役，愁倦一衰翁。

其二

片月生西海，微凉傍晚风。久淹边塞苦，坐惜岁华空。鸿雁秋应到，关河信始通。回思十载别，白首护兵戎。

七夕小酌，时内兄郑广文偕子侄来自岭外，话家园事有感

边城秋气清，织月皎河汉。之子坐广庭，良夜谐嘉宴。江海阻以修，星霜倏而换。嗟子来何遥，念予游欲倦。眷言荸葭亲，危途岂所惮？惟兹巧夕秋，女牛惊聚散。仰视河渚深，坐傍群星灿。衔杯怆不欢，对景成窹叹。岁晏谬征符，频年事胡豜。壮心苦未酬，华发忽已变。绝塞归何期，丘园长所恋。儿童更洗觚，深杯递相劝。云以解予忧，鼓角夜曼曼。

上封事

汉代蠲租诏，寥寥几见今。天荒河半徙，乱定岁偏侵。恳疏缘黎首，哀怜识圣心。还愁输挽急，更乞水衡金。

狁虏何常定？残黎苦未苏。庙谟先挞伐，主德在宽逋。四塞催飞挽，三军待宿哺。留屯封事入，臣望岂应孤？

行营有慨

龙沙漠漠绕飞旌，清壁迢遥紫塞行。铁骑西驰遮虏障，铜鐎夜彻受降城。天骄娓娓时称款，庙议纷纷且按兵。一自长驱横绝幕，威名谁似卫长平？

经战场

乘边千队建骈旄，战后萧条望野蒿。戍垒烟中磷火白，马蹄沙外髑髅高。天心何自昌胡运，庙算凭谁握汉韬。那有元戎称节制，宵衣无使圣躬劳。

恳　疏 二首

恳疏情何急，辞荣迹岂迂。非干忘世难，实恐浪边图。岁暮心犹壮，忧深病未苏。即教长往遂，敢道主恩孤。

其二

志锐登坛日，年侵超乘时。青云输庙略，白首倦征麾。曲渚遵鸿雁，长垣卧虎貔。秋来逐房罢，斟酌度关期。

秋日萧元戎宴于兴武关夕眺

仗钺长城氛祲销，登台秋色莽萧萧。霜清朔漠胡群尽，天入黄河汉戍遥。传檄叩关输腰袅，分麾出塞肃嫖姚。折冲自古凭尊俎，醉引双弧落暮雕。

击剑歌 三首

拔剑酣歌击大荒，深秋胡羯胡猖狂。榆关烽火接河湟。六郡良家空裂眦，战声直逼斗城傍。

其二

休问营头乌鹊喜，峣关西望尘头起。伤心喋血漂残垒。部曲那知豢养恩，将帅宁忘巾帼耻。

其三

黄河西下贺兰东，山雪河冰戍火红。汉将台倚夏王宫。但道宵衣长拊髀，时无卫霍谁其雄。

马兰坡行

长城何矗矗，黄河冰棱棱。忽报单于动，将军急点兵。终朝吹觱篥，按籍多虚名。捉马如堵墙，马骨高崚嶒。不听辕门挑猛卒，但闻阵上枹鼓鸣。烽火西传青海箭，旌旗夜拔天山营。四望胡尘何莽莽，三秋杀气转纵横。塞外初传夜捣虏，将骄不识兵士苦。走却千羊失一狼，甲鍪朝弃齐熊耳。马兰归骑矢如飞，榆塞奔军泪如雨。明报辕门忽露章，失师殒将俱无伤。傍人佐斗翻不保，却令井李代桃僵。桓桓故将军，归射南山虎，夜行莫受醉尉侮。

畀儿北游国学书以勉之

维人有志，志乃士心。四民咸等，士曷冠伦。伊士云何？儒为席珍。伊志维何？学以成身。譬彼树兮，心乃本根。荣荣柯叶，由微而振。譬彼射兮，志省其括。矫矢既贞，命中乃发。孰无是心，操之实难。孰无是志，端之良艰。戈戈之子，甘于游般。狎彼淫邪，泛若颓澜。汝盍缔思？先贞而志。顾复有怀，望成汝器。聿我祖父，贻我芳矩。不腆予躬，黾绳厥武。饮泉知源，食美知自。绍述匪轻，浮荣只惧。昔人有言，肯堂肯构。厥志弗怠，嗣德方茂。仰彼贤关，英髦萃止。子抠子游，如琢如砥。谁其企而？宫墙俨思。谁其齐而？轮翩矫思。服戒不衷，交惟慎始。远彼夸毗，迪我素履。既游高明，毋安款启。戒尔坐驰，奋尔懈弛。学精于勤，志荒于嬉。昌黎有言，亦足我师。勿谓愚钝，王屋可平。勿谓迟暮，宁学可成。坚志鼓箧，靡愚不哲。积风负翼，靡高不揭。遵彼南陔，洁汝白华。睠言养志，违颜勿嗟。茂先励志，渊明责子。予言子佩，子行予仔。

倚剑篇送康元龙之蓟门 有序

不佞闉轩先生之弟子也。元龙为先生震器，蜚声艺苑，雅志耽奇，居恒磊磊。慕龙门史迁之游，以乙未春访予朔方塞上，乃勉成《倚剑歌》一篇送之。

之子来万里，顾我朔方幕。贺兰雪正消，黄河流初阔。君胡为乎涉长途，延津佩剑装珊瑚。自道耽奇过紫塞，还将鼓箧入皇都。看君囷囷神遹上，直驾长风破高浪。入门未讯武夷君，起居克问师函丈。君家丈人乃我师，棘院当年入彀初。一别风尘二十载，鸿鱼阻绝尺缄书。嗟予岂忘在三义，蜀道秦关促征骑。朔方更在玉门西，莽莽胡尘满天地。辕门草檄日纷纭，开幕何期忽枉君。剑倚崆峒寒朔气，笔横瀚海抉胡云。长城屼屼倚天起，直出偏师摩敌垒。贾勇犹堪拔汉旌，摧锋我欲随鞭弭。知君雅志负桑弧，不为关头弃尺纑。手挟风云待舒卷，搜奇吊古览黄图。卧君百尺之高楼，淮海元来气不除。我也当时学剑术，少年场里浪驰突。悔来仗钺老边疆，边马归心长咄咄。吾道任艰虞，君才自雄绝。壮志白日挥，高义云天薄。与君十日蝉连语，快底谈锋命千古。八斗临淄无与伍，今见元龙又绣虎。仃君奏赋中书堂，集贤学士观如堵。岁月迅若流，丈夫思敢决。愿君恣骞腾，无为顾蹩躠。君不见，天马元从西极来，追风掣电汗流血。又不见，扶摇九万极莽苍，下视昆仑如坏垤。帐前拔剑起舞歌，莫哀斗酒与君良夜共斟酌。送君行，援君止。沙场别调感且悲，燕市和歌问知己。思君今向智北游，望君早作图南徙。吁嗟！横槊操觚吾老矣。

梦 归

边城长夏昼如年，午梦东还万里天。华岳横当秦塞出，苍梧遥隔楚江悬。青蝇白鸟闲相聒，赤羽黄沙净不传。总为壮心萧瑟尽，谩谈扫石勒燕然。

雨后署中散步短桥二首

雨过兰山爽，桥迥柳岸疏。晴风吹倚槛，新水细添渠。马看圉人浴，园呼稚子锄。顿忘边塞远，浑似旧庐居。

其二

徙倚日将夕，森沉兴不孤。凭阑呼鹿麌，激水泛凫雏。亭榭炎蒸减，边庭岁月徂。秋飙看又起，转眼奏平胡。

夏日饮解元戎于弘农府长春园成赋

绮邸名园暑气清，坐来葵柳午风轻。恰逢长日军书暇，漫约元戎小队行。台榭高云凉锦席，林塘步幛隐歌声。边头物色还堪赏，况是浑邪指日平。

桥上观鱼

晚霞收宿雨，新藻濯方渠。骋目高天净，游鳞一鉴虚。悠然心似水，乐矣我同鱼。千载濠梁兴，应知意自如。

唐司封寄到《寿安寺志》偶阅间有伪厕予一诗者，因寄题以易之

花宫起傍绿芙蓉，湖上潜妖失旧踪。鳄水平为龙藏海，凤山高作鹫头峰。微风宝网鸣天乐，凉月珠林听晚钟。倦客莫言关讖纬，将从此地问南宗。

秋日行边于花马营，同总制李次溪公长城关饮眺，辱示纪事四诗赋答

枢府秋临古朔方，尊前谈笑策封疆。传呼正肃貙刘令，整暇还行燕喜觞。毳幕霜寒沙草白，虎旗风卷塞云黄。长驱共说犁庭事，落日雄心满大荒。

其二

三秦节镇蚤知名，上将仍亲秉钺行。剑佩中期摧旧德，风云绝塞奉新盟。初惊橄下骑裘遁，更喜交论缟纻情。华发丹心同报主，敢劳宵旰问西征。

其三

文茵玉帐几追随，高阁凌秋驻羽麾。饮御总谈司马法，櫜鞬喜属丈人师。天青玄关摧胡垒，地圻黄河绕汉旗。露布正看题报后，又传吉甫有新诗。

其四

锁钥西陲百二州，高筵独敞万峰秋。营连大漠胡天尽，马饮长城瀚海流。此日庙谟申挞伐，古来荒服重怀柔。尊前借箸惭多负，只合归心付狎鸥。

秋　兴八首

玄塞清秋白日阴，岁时戎马总关心。三城尚弃唐开垒，诸将曾蒙汉赐金。臣节封疆虚仗钺，主恩天地未抽簪。榆中羽檄朝朝急，援敌东来报好音。

其二

清霜列戟贺兰隈，鼓角秋严汉将台。灵武天低兵气合，河魁星动阵云开。旋分铁骑搜荒出，夺得金人拥纛回。几度露章驰北极，圣王亲诏御蓬莱。

其三

车辚驷铁本秦风，扼险重关百二雄。自筑长垣横塞北，渐开诸郡过湟中。燕支夺后胡儿泣，宛马西来汉使通。何似我皇神且武，犁庭三驾幕南空。

其四

夏州自古弹丸境，负险频经僭窃余。岂有英雄同踞虎，由来拔扈总为鱼。秋风岁岁吹腥草，战垒荒荒绕浊渠。此日天威横绝塞，肯教南牧有穹庐。

其五

忆昔南征五月中，渡泸曾慕武侯风。帐前几下招降令，徼外争传不杀功。七部羌蛮输贡税，三秋邛海泛艨艟。西来苦望金沙远，朔雪炎云总护戎。

其六

中华声教讫无边，诏下扶桑雨露偏。殊锡于今通卉服，国威兼得护朝鲜。三年辽海军初罢，八月星槎使未还。纵使鲸波终不动，莫教瓯越散戈船。

其七
芒寒星斗夜如何？怅望南箕舌渐多。汉代未须排党议，虞庭端合起赓歌。金风动地云长变，银汉经天水欲波。白日西飞霜露泠，忧来谁奋鲁阳戈。

其八
文章千古破冥冥，悬象中天比日星。一自西京夸羽猎，遂教艺苑乞精灵。齐梁丽藻终浮薄，《左》《史》陈篇尚典刑。试看陵苕霜后色，何如松桧雪中青。

寄题宪长周明卿年兄采真园二首
闻筑名园倚碧浔，径开三益蔚平林。挂冠一自辞神武，抱瓮真同在汉阴。岩岫烟霞流几席，山池鱼鸟托高深。清时纵许成坚卧，可负苍生属望心。

其二
遂初负就拂衣还，汉上为园十亩间。池沼曲通三澨水，峰峦直接内方山。采真独羡开芳径，草檄曾同定笮关。愧我白头戎马地，冥鸿何处可追攀。余与明卿向同提兵平南夷，故云。

宁镇北楼毁于逆，至是请建甫成，固原刘元戎来署镇事，偕兵使大参尹君、副帅都督马君，以元夕落之因赋
巍楼重峙拥飞轩，皎月河山倚塞垣。雪后冰城流影净，风回火树吐花繁。闾阎渐喜生春色，锁钥空惭在北门。拊髀此宵思古将，当筵命骑夺昆仑。

送俞羡长从塞上东归
昔人结绸缪，所钦物外侣。白社忆交欢，谁其狎盟主。侠少多夸毗，操觚半呰窳。下榻予方深，排闼子独许。扼擥避人群，睥睨探千古。一自役风尘，契阔十年所。阳羡久卜居，遨游半荆楚。岁晏一寄书，念予在边圉。茧足涉险艰，入幕经寒暑。欢同剧孟逢，谬以羊叔许。惟时边尘纷，深秋飞赤羽。羡君谈玉铃，慷慨欲当虏。少间述所操，矗矗篇章圃。峥嵘武库兵，奇正淮阴旅。词场日纷拏，猛独婴旗鼓。劂垒出偏师，折冲自尊俎。醉参吸长鲸，射石贯伏虎。意惬转飞扬，机来肆跋扈。时复摄雄心，

皈依大觉祖。启我般若观，见性无剩语。阅世同隙驹，累尘亦蹷鼠。倦游君且归，我亦解缨组。傥问四百峰，海上有浮屿。

友人自史馆寄予龙尾黼砚，背有东坡铭"良古"，喜赋二绝

千秋片石縠成纹，曾侍词臣应制文。一寄塞垣犹吐色，黑山今见涨玄云。

金声玉质黼为形，半蚀眉山学士铭。总为年深光怪发，鲸鱼飞舞出玄溟。

留别李次溪制府三十二韵

榆塞雕阴北，凉州弱水傍。自中悬节钺，无外定要荒。统制临三镇，为网系四方。岩廊推耆硕，社稷仗勋勩。高阙扬旗远，崆峒倚剑长。玄冥云震荡，幽裔日辉光。房杜移旃帐，军书走赤囊。穷搜歼虢虎，简乘射天狼。岂不严钲鼓，毋烦缺斧斨。筹帷多整暇，缓带自徜徉。忆昨追趋地，于时接座香。秋宵高太白，骑士阅中黄。狝罢群凶翦，师陈两翼张。风云生咤叱，指示出肝肠。关险凭孤塞，楼高对兕觥。深情遗缟带，坐啸傍胡床。謦欬珠玑灿，篇章斗极芒。握奇同卫霍，余绪命班杨。绝幕心犹壮，当麾气独扬。惭余滥境土，真自忝戎行。群策交相受，三城复未遑。援邻劳颇竭，敌忾义难忘。越次叨新命，全身趣去装。齿牙烦借奖，腹毳遽飞飏。棘寺虚陈列，梅花正望乡。黄云辞朔漠，白首谢封疆。释负身仍健，酬知分莫偿。中怀犹恋恋，归计复皇皇。麟阁非吾事，鸥盟敢自妨。安危知有在，旗鼓孰堪当。伊吕功犹迈，王侯宠已彰。罗浮高枕处，勋业望旗常。

入萧关望灵武台

经年行朔漠，春暮入萧关。戡乱挥桴出，承恩卷斾还。燕然谁勒窦，部曲尚思班。唐室中兴地，荒台怅望间。

登华山三首

行边百战愧征容，绝塞归来陟华峰。石阙倚霄森剑戟，天绅飞翠湿芙蓉。著书人遁青牛邈，避诏台荒碧藓封。欲御刚风凌倒景，扶筇差拟是茅龙。

其二

华岳三峰类削成，云清远近望分明。天中高挂苍龙影，月下长听石马

声。河入塞垣分晋甸，山连陆海践秦城。醉眠玉井闻香气，枕上莲花一夜生。

其三

丹房璇室缀芙蓉，羽驾飘飖问旧踪。谷里仙人吹雾隐，窗中玉女隔云逢。炎风不动阴崖雪，塞雨低昂绝壑松。谁信巨灵山可擘，试看掌迹在西峰。

谒西岳庙，登灏灵楼望仙掌峰诸景

坤维开奠灏灵尊，削玉撑天斗极翻。擘划鸿濛横塞漠，蔽亏日月疑昆仑。龙门东泻河声远，羲驭斜飞海浪昏。汉代宸游空辇道，亿年歆祀我皇恩。

陕州有怀故刺史方思善，以杭州守逝有年矣，陕人谈善政者尚翕然有余思焉

吾友方思善，初筮刺兹土。为政禀圣模，作训皆良矩。秉性既坚瓠，化俗厌呰窳。惟深恺悌心，言遵召伯武。惠洽教尤敦，作人出余绪。方其在郡时，黎庶歌父母。于今廿祀余，尸祝庚桑楚。伊予附骥尘，相资惟慕古。与君相切摩，谐如律与吕。南国一分携，幽明讵殊路。归来自朔方，间关苦戎旅。道经分陕区，故及茇棠所。吊古既所钦，怀人昭如睹。炯炯郡乘编，津津耄倪语。嘉惠洵冈刊，口碑良非诩。感慨眺川原，倚轼泪如雨。

过汝水有怀丁使君

夕郎再出宰，周甸正中嵩。岳色鸣琴静，禅心玉镜空。声余青琐闼，兴满白云宫。见说魔坛在，宁无人炼功。

过洛阳登封，丁元父明府邀游嵩少不果，寄答兼致俞羡长

自陟太华来，亟问嵩阳主。于时提封君，艺坛同盟侣。折简两招邀，并致山灵语。珥节本素心，奇探亦夙许。况兹岳在中，崧高咏自古。言游神已飞，凌风倏生羽。干旄业已东，回车怯纡阻。徘徊度龙门，踟蹰涉河汝。引睇极层霄，三花亘五乳。遐邈摇心旌，凭轼空延伫。寄言丁令威，惭非子晋伍。震维居士来，拉同叩初祖。

楚黄道上有怀，寄耿子健通政

登顿周秦甸，行行畅楚天。冈峦晴宛委，林麓蔚葱芊。骋目云岩瀑，

怡神水榭茎。此方多隐遁，我欲访名贤。

过汝州境上，吊三苏墓

三苏祠在郏县二十里村，冢去祠十里许。尝观老泉居京师，每有厌蜀移居之意，意曰"岷山之阳土如腴"，"我独厌倦思移居"，意在嵩山洛水间也。子由《汝南迁居》诗云："病暑暑已退，思归未成归。"子瞻《寄子由买宅颍滨》诗云："剑阁大道车方轨，君自不归归何难？"则二苏念念又在返蜀。厥后老苏葬于蜀，遗命以墓傍庚壬二穴为二子之藏。乃东坡自海上召还，病于毗陵，时子由刺汝州，遗书嘱葬嵩阳，故二苏于此阡焉。乃以老泉衣冠招魂，葬从二子，汝人因而祀之。嗟嗟！神会一堂，俎豆未央，亦足慰矣。然而父思嵩洛，卒葬蜀土，子思归蜀，返窆中原，瞻眺之际，可仰亦可悲哉，因赋。

曾瞻遗像眉山麓，又荐芳蘋郏道傍。青冢累累香骨化，文光仍射斗星芒。

长公易箦忆嵩颍，有弟同阡汝水阳。可叹庚壬留二土，反招父魄葬冠裳。

生平节概隘尘寰，岭海中原播荡间。到处丽牲歆俎豆，何须埋玉向家山。

大块由来同逆旅，众生千劫等浮沤。精灵莫向荒丘问，山色河声汝颍秋。

游东林寺

暮雨渡浔阳，晨过庐山麓。东林隐其椒，祇树藏幽谷。沿流渡虎溪，飞磴回青澳。谁其薙宿莽，蔚彼杉松蠹。荒池无白莲，故础埋丛蓼。缅思结社时，远师教初昱。有集皆群彦，名理阐阁宿。陶公意自远，攒眉胡局促。至人谢所牵，偶来无留躅。伏虎何须吼，溪桥只一蹴。我欲洗征尘，余风欣可掬。

端阳宿通远驿因过圆通寺

（缺文）

过吉水访邹尔瞻吏部，辱送江浒，沙上立谈，赋以志别

……（前文缺）刘。幸尔销锋镝，驾言遄归辀。不飏陋麰蓂，欸启类孙休。苞凤俄一觌，登龙遂千秋。灵襟如洒濯，玉质谢雕镂。挺比孤冈松，

莹如东序球。微言昭见性，振雅嗣前修。久惜由庚废，深惟遗绪抽。恫瘝犹在念，饥溺若己由。世兮果莫以，天乎岂终尤。立德原不孤，有朋自来求。班荆未移音，把袂复沙头。跨踖证去就，缱绻且旁诹。知真无外奖，觉慧昭迷瞀。意必忘尼父，行藏仿孟邹。有生惟义命，大化任夷犹。出世方名世，虚游乃胜游。吾已嗟迟暮，君宁久滞留。行行看翥凤，去去狎驯鸥。隐显原非二，心迹亮自侔。勖哉贞良轨，无负结绸缪。（以上均见于明周光镐《明农山堂汇草》卷九《皋兰草》）

塞上初归泛海之故山

秦关蜀道叹长驱，廿载归来觅钓酤。忽泛鸥波横海阔，依然龙首插云孤。枌榆近事翻多局，边塞当年浪弃缥。潦倒此身应再乞，余生誓欲傍江湖。

秋日初归桃溪杂咏 四首

入山遵水曲，双桨杳萦回。海树秋涛涨，村烟夕照开。心摇墟里近，迹倦故交猜。却叹兵戎后，今方辟草莱。

其二

爱此枌榆景，村村隐翠微。尊罍开爽阁，父老款柴扉。自怪迷途远，相逢旧侣稀。少年游钓所，秋水浸渔矶。

其三

忆自辞丘壑，归经廿载间。闲云秋正迥，倦鸟夕知还。萝薜初褰戟，松楸日洒攀。莫教呼小草，重出诮东山。

其四

林壑幽栖地，从来隐者居。两山开玉峡，一水远玄庐。华表迟归鹤，初衣愿解鱼。白云长冉冉，应护旧藏书。

中秋日子侄宴集桃溪故里，时塞上初归

塞上归来日，田园秋正中。祂离惊岁暮，欢宴此宵同。迟月初升海，占星亦聚东。莫嫌鸡黍薄，剩有古人风。

其二

岁岁悲秋客，今秋愿不违。波摇晴汉月，露白故山薇。荷芰寒堪制，莼鲈味正肥。再看封事入，应遂赋初衣。时再疏乞休。

九日，吴光卿茂才邀，同刘参知、吴明府暨郡丞式时侄登白牛岩 韩昌黎访大显禅师地

岭外霜迟菊未开，招寻九日陟香台。牛岩梵启云关路，蜃海波摇赋客杯。绕廓暮烟寒睥睨，摩崖古碣半莓苔。曾闻风送洪都客，谁似延陵上国才。

其二

初地重开碧汉隈，倚天石阙势崔嵬。不缘卓锡头陀住，那得留衣刺史来。楚菊吴萸酬令节，涛声海树拥衔杯。何妨更醉桥头月，自有尼珠照乘回。

重阳次日同诸大夫登北岩，式时侄解台郡隐此 二首①

搜奇直上郁岧峣，何异巢居落木标。星窦几弯开石屋，雷坛半壁驾飞桥。到来便觉尘心尽，坐久全令暑气消。一自挂冠甘遁后，傍人误作楚魂招。

其二

作赋休将隐者招，山林城市总喧嚣。谁知出世方名世，须信心超便景超。石上松风寒谡谡，岩中天籁静寥寥。踏歌洞口游人去，涧户云扃锁寂寥。

①《全粤诗》据光绪《潮阳县志》卷二二收此诗第一首，底本题作"重阳次日同诸大夫登式时侄北岩时解台郡隐此"，本书据《全粤诗》订正。

南珠亭为吴光卿题 二绝

谁道明珠久寂寥，于今赤水烛玄霄。鲛宫夜夜精芒吐，直傍文星射斗杓。

孤亭秋色冷芙蓉，海上朝霞翠几重。怪底夜光千百丈，一弯明月抱骊龙。

欣然台为林克锐题

海上崚嶒山骨殊，高台独敞暮鸿孤。人间多少浮云态，此地萧然一点无。

醉倚层台瞰大荒，高天碧海片云翔。秋过二仲如椽笔，供奉空留赋凤皇。

雨后紫石斋小坐，有怀唐仁卿选部

雨过孤峰紫黛深，空庭花木抱寒阴。年来自叹挥戈事，老去犹怀运甓

心。湖海钓竿归正好，青春药里苦相寻。思君近有罗浮约，策杖秋风兴不禁。

吴友皋明府以西粤石芝盆见惠赋谢

桂洞漓岩饶怪石，盆芝紫菌更堪怜。来疑海上过星渚，坐对山斋恰华莲。勺水便同濠濮想，孤峰重载郁林船。使君自是多奇赏，遗我重开玉峡天。

苦 雨

节近花朝雨转多，阴晴独计老农何。直愁水潦瓯窭薄，不为春光寂寞过。

短烛高楼独拥衾，一春天地苦恒阴。江湖廊庙无穷事，谁抱恫瘝此夜心。

喜 晴

雪卷东山宿雨收，邻家屋角闹鸣鸠。芳辰已度中和节，何处看花不胜游。

春酿寒深始发醅，初晴天气艳阳开。朝来拟与花神约，日醉东风定几回。

玉章楼初成奉藏玺书后，因集家族弟子员课试赋示

层阁初开紫轴封，还乘暇日课章缝。家传文献惭非旧，世答涓埃愿未从。但有代兴追后骥，何妨百尺卧元龙。朝来云雨东山足，庭树阶兰翠几重。

天风行送吴光卿秋闱

层楼夜半天风起，簸荡抹桑万顷水。汹汹波涛击大荒，见说鲲鱼南溟徙。晓来倚望神欲惊，里市喧闻腰褭声。道是延陵之上国，纯钩结束赋长征。乃知彼鲲化六翮，九万扶摇迅一息。那是鹓鸰具九苞，一举翱翔隘八极。季子当年来聘游，工歌象舞先于周。载观列国风斯下，此事寥寥几千秋。吁嗟大雅沉沦久，况斯蕞尔东南薮。岂无项领阗词场，谁是精灵烛南斗。如君实应昌期生，玄抱直窥汉两京。不是雕虫争媚丽，居然匠哲洒襟灵。挹君炯炯清如沚，七尺龙泉照秋水。华藻莼舒蔚瑰苞，姱修湛皭褰芳芷。时方朱夏便骊歌，马首垂阳暗绿波。赵尉垒高秋气爽，燕昭台古黄金

多。致身青云乎何有？欛柄于今落而手。世界纷纷羡一售，丈夫昂藏志不朽。况逢皇运正熙明，射策无须泣贾生。平津曲学亦徒尔，前辈风流自典刑。饮君醉君兴未已，嘈杂夸毗半里耳。吾道由来如砥贞，顾詹海内谁知己。此事岙窃我奚知，边塞频年控羽麾。归来白首楼头卧，卧看抟风怒翼飞。

吴真君灵济宫初成，里党父老索题赋以落之①

宝箓元传大洞君，仙踪遥遍海东濆。曾闻托乘②飞丹日，又见新宫结彩云。紫盖翠幢看缥缈，椒浆兰藉③飨絪缊。巫咸为报玄④都使，消禋无忘父老勤。

① 《全粤诗》据光绪《潮阳县志》卷二二收此诗，题作"灵济宫落成"。
② "托乘"，《全粤诗》作"石室"。
③ "藉"，《全粤诗》作"醑"。
④ "玄"，《全粤诗》作"无"。

夏日游北岩夜宿对月二十三韵

屏居憩岩壑，选胜入招提。涧户缘丹壁，崖门绕绿堤。山泉遥接竹，蹬道倚层梯。楼隐云根峭，亭孤木末齐。言游同汗漫，伏日恣攀跻。杯斝聊相命，楸枰偶自携。避炎无襛禩，结夏问阇黎。河朔风匪邈，高阳侣不睽。藉流缨可濯，扫石偈堪题。海近朝涛撼，林幽夕照低。匡床移荫界，清梵散回溪。适尔耽玄玩，因而借榻栖。荒丛开净土，觉路启曹溪。恍坐三生石，如同五聚奎时同游者五人，一小阮也。潮音吹薛荔，山月吐玻璃。景寂心弥淡，宵沉鸟尚啼。洞开曾伏虎洞故虎穴，自岩开，虎徙去，海阔听天鸡。独慨比丘少，其如众等迷。谁来飞锡卓，愿与乞金篦。幻梦同蕉鹿，禅谈类发醍。阿咸元地主，一了和天倪。在涧硕人尔，沧洲吾道兮。起看龙树隐，笑度虎溪西。

送吴大尹入觐

岳牧趋朝万国同，干旄秋发海门东。霜明宝剑过延濑，春晓仙凫入汉宫。水旱宁劳题汲黯，治平今复见吴公。如闻宵旰求岩穴，为道边臣老挂弓。

秋日过克锐小隐园

经春高卧稳，伏暑偶招寻。曲径藏花坞，高台见远岑。丘园聊自适，濠濮会吾心。莫厌频相访，匡床可对吟。

海上夕眺有怀

飞庐凌浩溟，扬舲我自喜。久厌城市居，乍旷川原视。曦驭停西岑，晴波映霞绮。东面望水端，大泽浮空罍。坐失阳乌权，不辨马牛涘。挂广采石华，遵渚撷芳芷。孤兴散蘼芜，危樯频徙倚。恰悟潮汐机，洞识盈虚理。景物固不殊，时运胡多否？乾坤白浪浮，鸟渚青昔起。嗟哉鹎在梁，怜斯鲂赪尾。泛非皂帽流，隐岂玄真比。昔驾黄河舭，曾集天山矢。散发今拂竿，深衷还抱杞。谁荡海中氛，有愧郊多垒。适志宁忘忧，江湖曷能已？

对 菊 三首

黄花何太晚，十月绽东篱。爱尔繁霜后，怜吾白首时。怀人开蒋径，痛饮读骚辞。采采空盈把，无因寄所思。

其二

餐英怜逸调，漉酒亦高怀。风韵今奚邈，幽芳晚自开。岩云寒倚户，茎露翠流杯。几与同心约，佳期安在哉？

其三

眼底群芳歇，凌霜炯数株。晶晶天宇澹，落落野篱孤。幽赏嗟谁共，浊醪我自呼。柴桑千载后，惆怅几为徒。

买舟江行寄从子式时山中

扁舟落我手，江行足舒啸。夷犹风外帆，料理艖头钓。积水霭寒烟，群山湛夕照。狎鸥已忘机，归鹭引遐眺。达观贵无阂，识趣须领要。试问岩中居，何如川上妙？

除 夕 二首

阅世心偏倦，归田岁又除。主恩容逸老，世路渐艰虞。爆竹乡园俗，传甘稚子娱。灯花残夜漏，春色到屠苏。

其二

物役何能已，年光大剧忙。斯人怜白发，转眼又青阳。运甓心空负，操觚兴未忘。山间仍束带，嵩祝愿无疆。

首春三日贱辰，辱吴孝廉光卿、林茂才克锐以诗言寿赋答

献岁春回碧树姿，蓬门曙色到新诗。百年弧矢三蘴叶，四海兵戎两鬓丝。梦幻此生空老大，高深何处托襟期。椒花柏酒冯谁健，二妙峥嵘振

我衰。

春日桃溪杂咏 四绝

海上群鸥狎可呼,帆前春水长蘼芜。天怜白首垂竿者,不是行吟楚泽徒。

一曲沧浪鼓枻歌,千峰夕照下晴波。东溟忽拥冰轮上,此际孤怀可奈何?

溪上桃花开未开,溪云处处锁青苔。烟深忽破渔舟入,路熟渔郎自去来。

白沙流水旧江村,雨后蓬蒿满径门。二十年前灯火地,青松白发向谁论?

杨若益表弟归自北闱,春日访之邀饮成赋

燕市曾登郭隗台,公车暂为彩衣回。天池自是抟风翮,渥水元生掣电才。命驾情缘中表重,论文尊傍下帷开。花前晔晔春星动,拟是青藜太乙来。

春 半

小楼春又半,芳径翠初深。已作林丘卧,何妨名迹侵?药蔬偏费手,鱼鸟亦关心。客至惟觞奕,留连夕景沉。

赋得春云处处生

春望山屏曙,云生着处深。阴晴殊众壑,澹漾散平林。肤寸俄连海,崇朝欲作霖。冯阑看不厌,出岫亦何心。

三春不雨四月下旬雨志喜 二首

三春灵雨望蹉跎,忽变炎云掣电过。江拥白波吹浩荡,林悬飞瀑下滂沱。已拚蓑笠生涯足,更喜田园乐事多。见说海涛惊未定,可能高枕卧烟萝。时有海寇警报。

其二

山馆青尊此夕开,沧江白雨自东来。竹窗风洒炎天雪,草阁云深翠壁苔。不断鸟声催布谷,相将邻叟且衔杯。亦知帝泽甘如澍,欲赋丰年未易裁。

紫荷端砚歌答吴孝廉

向我所友醉乡侯，日日结袂登糟丘。因之楮颖二三子，经时不复相过语。悔来幸回老石卿，觌面便将心胆倾。紫芝烨烨神霞举，荷裳翩翩轩凤骞。禀德清玄蓄五精，磨砻砥砺见平生。扫榻朝开乌皮几，中山墨子咸萃止。谈锋满耳思翩翩，含芳吐润霭非烟。渟潭似滴天河水，五色云从坐中起。夜半煌煌照前星，山精魍怪尽奔惊。乃知著代传声久，紫袋金鱼世所守。时人但识重金坑，鸜谷讹将作石睛。六一先生能鉴古，特辨子石修端谱欧阳公《谱》云：子石乃大石中小石之精也，此谓紫砚石，非是鸜谷眼石，病也不足贵。多君念我久索居，持赠真同杂佩琚。我比毛生已秃首，运斤批垩力何有？何以寿君兼报君，三事相看垂不朽。

山居答吴孝廉寄怀一首

小筑嗟良晚，幽栖意自真。翠微芸阁迥，烟水钓竿贫。总畏艰虞路，聊便丘壑身。耦耕如有问，何事不知津？

哭亡友唐选部仁卿七首

逝矣仁卿子，谁其襫我盟？人云沦国宝，天自殒星精。有待还前席，何期忽奠楹。止哀仍谛想，平日颇忧生。

其二

溯自江门后，寥寥几嗣音。箕裘惭我拙，丽泽荷君深。楚国持衡意，南宫抗疏心。微言兼坠绪，此事复谁任？

其三

善病怜君性，同归荷主恩。乞身连恳疏，明道独昌言。有约寻芳社，伤心吊楚魂。辍弦兼挂剑，此道莫须论。

其四

大雅甘长遁，高楼扁醉经。一朝萝幌厌，三径暮云扃。有子堪传白，何人为杀青？平生伤逝泪，此日注东溟。

其五

罗浮空有约，泰岱遽先登。麟凤时方隐，龙蛇岁曷凭？九衢方税驾，八极遂飞腾。浊世知君厌，骑箕故上升。

其六

特起君恩重，耄期亲寿多。高深原罔极，义分竟如何？只抱余生憾，难回白日戈。古来桑户死，子孟尚为歌。

其七

暑雨任驰驱，泪沑百里途。拊棺千点泪，奠几束生刍。末路谁知己？

穷昊似丧予。卷篇应不朽,珍重祝诸孤。

夏日黄、萧、李、吴、范、宋、林诸大夫
邀同刘参知饮于姚荔波明府东园成赋 四绝

东山晓望接层宵,麓有名园隐翠条。选胜群公欢醵饮,不须河朔暑全消。

丹荔翘柯绕绿渠,幽花怪石倚庭除。擎杯尽喜呼来月,举网何须问得鱼。

白头且莫厌青尊,共醉林泉是主恩。征会但同洛社会,为园何必辟疆园。

芳亭改席踏青莎,山雨东来湿芰荷。笑折碧筒催酩酊,池风荡漾酒生波。

秋日山居,闽友康元龙寄怀二诗兼制义,和答并致乃翁闇轩先生

当年命驾朔方军,虏酒胡笳几论文。解佩正深灵武雪,题诗遥寄幔亭云。鲲鹏子自抟风翩,麋豕予今狎野群。惟有梦魂悬绛帐,何时重谒武夷君?

其二

归来林卧倦操觚,每向词盟忆大巫。寄到卷编干象纬,直从今古味真腴。三投定识陵阳璧,一索那知赤水珠?珍重下帷秋正迥,怀人西望剑星孤。

送邑侯吴子修擢楚藩司理 二首

自古循良者,王门几曳裾。吴公称治最,贾谊岂才疏?圣代优藩服,邦人恋使车。还看宣室召,莫漫吊三闾。

其二

磊磊为邦誉,翩翩作赋才。楚书推屈宋,梁苑见邹枚。邸第饶清燕,升沉莫浪猜。达观兼玩世,慷慨尽离杯。

玉峡山房初成,式时侄志喜多什,因以杂咏答之兼致光卿孝廉①

廿载思归地,锄云始结茅。深林藏碧榭,曲槛俯青郊。酒德闲中颂,棋声竹外敲。何殊飞鸟倦,选树亦安巢。

其二

一径抵玄庐,因之葺隐居。白云幽壑杳,鸟鸟夜窗虚。微绪谁为托,

荒畦我自锄。彤音三锡在，转令痛皋鱼。

其三
已分尘嚣绝，何嫌一卧高？谁言同豹隐，狂复问龙韬。世路多荆枳，机心罢桔槔。独怜衰倦后，登陟未辞劳。

其四
共此烟霞痼，岩居子更深。主恩同病卧，天意属山林。狗马非无恋，枌榆故欲侵。莫言痴叔在，谁识汝南心？

其五
眼底鸢鱼意，何须问陆沉？揽衣宵露爽，把钓暮烟深。身世元交弃，丘园且自吟。莫须愁寡和，二仲是知音。

其六
侧枕林飙起，披襟天宇高。暑消峡口雨，秋入海门涛。浊酒堪三昧，青山任二毛。所思同调远，离思正萧骚。

其七
大业何时就？蹉跎意转哀。解嘲我未暇，问字客犹来。涧雨悬经榻，桐阴覆钓台。周颙还旧隐，猿鹤莫须猜。

其八
白水蘸柴扉，天空一雁飞。菿田潮外没，莎草雨中肥。壮志消长铗，江星炯少微。棘津人已老，莫负此渔矶。

其九
岂作元龙卧？惟于傲睨便。窗棂悬海日，枕簟拂江烟。于世无裨补，余生剩卷编。床头《周易》在，寡过愧前贤。

①《全粤诗》据光绪《潮阳县志》卷二二收此诗第八首。

海丰令叶春甫过山房，夜酌成赋
衡门寂寞锁苍苔，何处鸣驺动地来。谷口三秋占紫气，河流九里润枯荄。海陬竹骑迎车日，天上仙凫谒帝回。款语阑宵千载意，彤庭青琐急君才。

克锐、光卿九日访山房，登祥符塔，饮玉虹桥，征歌鼓琴，再宿言别赋 二首
九日来佳客，谁其作赋雄？嶙峋疑鹫岭，浩淼见龙宫。塔纪祥符日，诗凌大历风。那堪操别调？极目送双鸿。

其二
老我烟霞痼，诸君雅望高。怀人遥命驾，引睇任挥毫。桥饮长虹卧，

波回白雪操。风流千载事,此日属吾曹。

年友刘参知、姻友吕郡丞过访山居成赋

华发知交两大夫,深秋结驷下平芜。闭关我岂耽玄草?空谷谁其絷白驹。山驹一尊歌有杖,野桥乘月醉呼卢。图麟扼虎浮云事,吾道沧洲兴不孤。

其二

蓬蒿何意到轩辎,破我苍苔碧洞幽。但道吕安遥命驾,谁知鸿宝亦仙游?小山丛桂经霜老,洛社耆英百代秋。囊有赐金须取酒,主恩同拜醉乡侯。

腊月光卿撰良馆中红梅、海棠并开,赋邀过赏,答之长歌

南天至后初长日,撰良馆里多奇植。于时摇落百卉腓,丹蕊红英偏吐色。海棠元从海上移,初春曾乞两三枝。绛梅此地更希有,忆从京国别多时。馆中亭榭饶森翠,主人耽奇多思致。诗篇磊磊忽相贻,邀我同向花前醉。三余垂幌思翩翩,二萼当轩并奏妍。但喜花魁凌素节,更逢幽艳俪花仙。朝疑槛外晴飞雪,夜映池头酣绛月。不为繁华斗两姝,无限春光兴转发。谁云金谷剩名园,南珠亭子更孤骞。花坞城头回睥睨,云根崒嵂海浪翻。花神有意争奇否,丛桂幽兰三益友。高阳游冶勿相过,缛李夭桃具下走。上苑明朝别有春,玉河花衬马蹄尘。我也曾游曲江曲,主人元是擢花人。

腊月带花移梅赋

腊月移梅带雪花,几枝疏影傍窗斜。殷勤种树年来计,莫问西湖处士家。

山云半落钓鱼矶,一径梅开白板扉。爱杀东风吹酒醒,江门独立对斜晖。(以上均见于明周光镐《明农山堂汇草》卷一〇《明农草》)

己亥元旦雨

万里瞻云祝圣明,初辰灵雨注东瀛。当阶瑞荚沾新荄,率土蒸黎愿早耕。辽海乍闻三戍罢,尧天重望六符平。边臣老去心犹壮,篷笠宁无恋主情。

祥符篇题赠任观察子贤

蔚彼金城山,森列霜台载。年来渤澥浸,谁其奠疆场。古䴔宪大夫,寓

内称词伯。秉钺来填之，感灵烨有赫。文教既已晖，率土流洪泽。春雨菀群芳，秋霜凌翠柏。凝香寝阁间，苍莨迸台碣。俄然而紫苞，俄然而勃窣。势欲霄汉平，瑞启桑蓬揭。芳讯忽南来，孙枝喜初索。眷此掌上珠，定是栖鸾翮。龙吟淇水清，鹓鶵岐山赤。律吕截即谐，雪霜树无射。有开物必先，为征休在昔。政以神理敷，祉以嘉和积。海甸正安澜，昆蟓奏闾怪。咸云此祥筊，占君世舄奕。父老问祥筊，欢声动阡陌。章缝问祥筊，考诗更稽易。将校喜祥筊，鞞琫光戎帝。宾客问祥筊，征言缀方册。老我坐渔矶，无言空啧啧。惟祈世有之，勋庸垂竹帛。

瀛洲三老歌为莲花峰隐者吴镜塘寿①

东南大地何所有？积气茫茫惟巨数。南山东走海门西，神鳌奠足印其首。遵②崎石耸莲花峰，击浪回澜渤澥③东。平吞万里溡淵溚荡之蜃壑，俯瞰澎渟黝杳不测之蛟宫。蜃壑蛟宫深罔极，鳝噏鳌翻天地黑。中有神物自闭藏，却产明珠荧青碧。明珠烨烨④射波光，神物虽藏宁尽藏。金魄素秋飞若木，阳乌午夜上扶桑。此时东望春霞紫，忽见三星照海水。俄看三老下瀛洲，相将来过莲花曡。莲峰主人烟霞客，磊块扶疏老风格。胸藏万卷笔涛翻，翰洒莲花烂五色。海鹤为神⑤鸥为友，蝉蜕烟霞号无垢。自从皂帽海上游，世路崎岖不回首。三老元同千岁精，蟠桃春宴自瑶京。邀君同作三朋寿，少微江上粲春星。逢春辰，酌春酒，万顷玻璃落吾手。醉挽沧溟注咒觚，明珠擎出照南斗。

① 《全粤诗》据光绪《潮阳县志》卷二二收此诗。
② "遵"，《全粤诗》作"径"。
③ "澥"，《全粤诗》作"海"。
④ "烨烨"，《全粤诗》作"的烁"。
⑤ "神"，《全粤诗》作"朋"。

清明述怀

江干风雨暗芳辰，节序清明属暮春。榆柳千家新改火，龙蛇往事忆逋臣。寒烟晓梦催黄鸟，蘸水杨花点白蘋。极目川原芳草遍，陇冈何处不伤神？

初夏谢文石博士、李明川、吴友皋二明府偕郡丞侄式时来访山房，登高临深，洒然有怀，率然长谣因以志之

炎云朱夏变层阴，散发空翠行且吟。桥外竹畦分野色，江头渔艇宿森沉。俄闻有客来城市，忽扣蓬门惊倒屣。皂盖翩翩曳海云，清晖灼灼寨芳

芷。千古延陵意气高，玄晖大白亦萧骚。更有耽奇家小阮，竹林河朔暑堪逃。选胜祥符登九级，振衣策杖峰头立。石壑幽寻古梵宫，四顾群山如拱揖。东望玄云海上飞，江涛岛树相因依。雷声隐起蛟潭曲，雨气青垂薜洞扉。改席穿林过别墅，沧湄小阁临江涘。羽觞无算烛花开，痛饮忘形到尔汝。忘形尔汝莫须疑，痛饮由来是我师。壮志龙蛇消茗苎，沧洲渔鸟是深期。醉卧楼头天欲曙，渔郎引觅桃花渡。冯君隐隐插渔标，重来定失初时路。蓬窗烟雨兴弥深，击楫鸣榔愁我心。森森绿波浮远棹，嘤嘤黄鸟转平林。吁嗟！人生局促胡为哉？麟台虎幄总尘埃。白首青山应不负，高谈纵博且衔杯。

风雨楼头观水

连宵风雨撼楼台，白浪平畴接海隈。岂有蛟龙移洞壑，愁看禾黍尽污莱。貂珰采办穷陬急，侠少探丸动地哀。似此可能岩卧稳，天心肯为孑黎回。

山园什咏 四首

几日不窥园，蹊径榛芜甚。晓来偶荷锄，介然分畦畛。积雨抽新篁，缘篱数苞菌。颇嫌宿莽多，恰喜瓜蔓引。芟刈不辞劳，簦笠谁我哂。暴寒苦不均，此意良堪悯。

其二

野径胡荆榛，流波日以逝。山云暧未分，海色朝初霁。俯仰伤吾心，川原聊引睇。逝者固如斯，芜者当自薙。劣学苦多歧，惰农空怨岁。徂矣惜光景，予怀良不寐。

其三

伊予舞象年，窃窥世藏帙。颇于陈蠹间，仰见先贤迹。既涉希世资，靡文丧厥质。迷途嗟已远，回辕复不力。以之虚此生，蹉跎嗟靡及。恒闻奋志徒，不以徂光逼。鲁阳一壮夫，挥戈回日昃。如复甘优游，逝矣将焉极。所以作圣功，匪懈存一息。

其四

彼美陇上松，亭亭几百尺。彼美原上田，芃芃盈阡陌。惟凭雨露滋，良以栽培发。有生胡不勤，岁月成虚掷。大道无回邪，行者迷燕越。恒愁助长枯，尤畏斧斤伐。天人理相因，化机无间隔。优游养吾真，夜气自䌷绎。庶全山木初，毋徒梯稗获。

秋夕初月二绝

　　山叶鸣风又蚤秋，疏桐凉月散芳洲。匡床坐落芙蓉露，爽气偏宜近水楼。

　　一夜西风振草堂，竹梧凄露冷荷裳。炎云片片西飞尽，海月微茫待举觞。

晴　望一绝

　　一片新霞雨后天，群峰苍蔼落尊前。依稀却忆曾游处，玉井西开太华莲。

秋水矶观涨二首

　　龙门滟滪昔曾游，巨浪争如玉峡秋。恍似鼍空浮大泽，还惊夜壑失藏舟。高天截海收虹霓，远涘沉云辨马牛。惆怅水端空伫望，三山不到总堪愁。

其二

　　海啸风高八月秋，曾于浙水壮胥涛。南来白浪弥天阔，东下狂澜砥柱浮。草阁云深飞洞雨，烟村树宿隐渔舟。波臣久戢扶摇翮，差可乘槎汗漫游。

寿黄云溪虞部八十初度，辰值圣寿次日

　　当年执戟汉明光，国老于今养上庠公以虞部郎致政，累膺乡射大宾。芝采商山同汉皓，竿垂渭水钓周璜。长庚西望星连斗，桂树秋荣露满觞。紫极遥瞻嵩祝罢，里门耆旧燕歌长。

玉峡山八景

白雾三台

　　海上三山拥紫云，小楼朝启雾初分。道人暮结枌榆契，着处凝眸独有君。

龙首双髻

　　云霄鸾鹄并高翔，龙首双峰瞰大荒。俨似巨鳌浮碧海，十洲三岛郁相望。

祥符塔

　　招提巘崿旧浮屠，象教千年障海隅。可但文光干象纬，直超浩劫纪祥符。

宝祐井

给孤无复开元迹，甓石犹传宝祐年。信是瞿昙多荫略，云根不动护灵泉。

玉峡桥

长虹下峡驾晴波，千派南来一束过。不为狂澜回砥柱，直看槎影落明河。

明农畴

南亩东畴入望平，鸣鸠处处唤春耕。自怜老去明农遂，日把锄犁荷圣明。

揽胜亭 宗伯湛文简先生题笔

千叠云山晴对抱，一帘江水映虚无。即看宗伯留题在，那羡王维绘辋图。

云吟山 宋魏鹤山先生墨迹

飞泉牝谷奏清音，中有幽人何处寻？曾忆鹤山观易洞，依依秋峡白雪吟。

任子贤观察初春报绩赋贺

霜台奏绩上阳宫，幕府莺声二月中。十道风裁推岭表，三都藻思擅江东。烟消渤海春涛阔，日射金城岛树红。闻道九重深拊髀，蚤膺推毂锡彤弓。

初春自邑还山居，叶四明君侯适至，喜而赋别

我来自邑屋，本以辟尘嚣。忽枉高轩过，如同折简邀。径开曾宿客，桥渡旧鸣镳。谷口莺初啭，柔杨绿始条。欢君谐晤语，慰我久沉寥。凿坏非予敢，愤懑藉而消。大记峥嵘在，巢居海日昭 小楼辱君题曰"海日"，记以大篇。开尊摇碧汉，刻烛话深宵。名岂挥毫重，声因发刃超。心期元浩渺，世路转忧怊。芹菜惭余薄，沉沦任俗嘲。无劳歌伐木，眷言申久要。

其二

故丘培塿尔，春至饶芳蕤。何来大令驾？恰与赏心期。轻风吹燕羽，渌水长芳糜。海甸经年阔，巉岩到客稀。条风方入户，皂盖柱前绥。江树满春云，江星炯少微。沉沉春夜酌，仰见斗杓移。有怀良未宣，晨发遽言归。载以盈尊酒，绸缪酌路歧。征途苦不留，山川忽间之。昔人垂老别，安睹

余所悲。君其骋遐轨，勿复顾我私。

春日山居得吴孝廉芳讯感赋

徙倚江亭暮，江空夕照悬。幽禽鸣在树，丛薄霭生烟。樵度峰阴断，桥回石径连。孤惊偏易感，芳讯更谁传。能念山居者，深衷愧尔贤。

江　门 二绝

春涛十丈拥江门，眼底鱼龙骄又昏。但向荻洲藏小舫，坐看明月照山樊。

来鸥池面镜初平，烟雨湖边击桨横。吾自开尊歌欸乃，饶他老范浪传名。

秋日吴光卿游灵山见寄和答

大教何年振海涯，灵山露地白牛车。龙宫创日云如鬘，鹿毂来时雨是花。莫以沧桑怜幻境，凭将指点散空霞。游人勿剸神潭木，好取乘君泛月槎。

春　思 四绝句①

郊亭处处柳烟黄，新箨抽香过短墙。初试春衫春水畔，濯缨一曲是沧浪。

芳园草树郁芊绵，雨过千峰紫翠悬。春事只今看又半，风光莫惜杖头钱。

雨霁长江曳练明，烟云岛树暮天横。不堪引领孤鸿断，愁听笙簧谷口声。

群葩②眼底剧离披，绿叶朝来密作帷。惆怅一春同调远，楚骚长自怨江篱。

①《全粤诗》据清温汝能《粤东诗海》卷三五收此诗第二、三、四首。
②"葩"，《全粤诗》作"花"。

春夜燕集，赋击筑者 四绝句

曾从燕市和歌游，易水东来几度秋。忽向草堂深夜酌，筑声翻动酒人愁。

千载谁怜侠气豪，秦庭那复问荆高。春宵何事愁听筑，一任沉冥醉浊醪。

剑术休将诋庆卿，渐离侠怨亦硁硁。坐中有老秦关者，怕听燕歌变徵声。

哀丝急管夜漫漫，壮志悲歌去不还。侠骨抵今香在否，筑声犹自满人间。

雨后涉园有怀光卿赋寄

散帙涉芳园，葵蔬日渐长。新溜引决渠，宿雨滋灌莽。苞脱筱已抽，桐疏荫欲广。短桥立半窥，孤亭坐全敞。睇远翠微分，步入丛林爽。寻绎足夷犹，舒啸成俯仰。晤言感芳辰，良朋暌眺赏。鸣禽和且幽，怀人思独往。何以写沉心，濡毫发深想。

初夏鸿阳、云台、友皋诸大夫偕式时侄过访 五绝句

群公不厌草堂贫，载酒西来问隐沦。但道暮年深契阔，那堪长作独醒人。

青尊彩鹢为谁来，风雨蓬门此日开。白发素心能有几，莫教鸥鸟浪相猜。

浊酒相携坐竹林，啼残黄鸟绿烟深。年来尽却声歌会，山水凭将奏好音。

楸坪展坐石床凉，岸帻披襟笑举觞。任取十觥输一局，不妨人说是高阳。

同时几许在青霄，白首林泉意转骄。愿挽长江停客舫，肯教明月送归桡。

岁在上章，困敦月南吕廿有三日，地震自西北而东南，声撼动林壑，鸟惊鱼跃，时漏下初鼓，居民惊呼。食顷始定，既五鼓，连动二次，次之晡又再动。越月六日又动。考《春秋》，二百四十二年地震五，今旬日，五七动，而初震之剧且久也，意叵测哉，纪忧以言

忆昔三川动，伯阳时咄咄。云实阴填阳，比之伊洛竭。载考汉永光，震兼昴卷舌。麟经书者五，乃在周东辙。云何全盛时，氛祲岁不辍。蓐收秉令秋，牵牛日在角。声闻万骑奔，势撼千山蹶。哗言怪陆沉，讹道干戈揭。胡憯以莫惩，忧中故易憎。薄海苦征求，边庭日流血。天意岂难谌，蒸黎苦荼苶。卬瞻我圣明，群工日补阙。胡不宁以臧，职竞畴为孽。动岂为三夫，忧惟结群舌。讹言亦孔将，祲萌谁式遏。所赖天柱高，未虑坤维拆。泰山奠四维，金瓯完罔缺。恭显任多谗，更生摅中切。天心匪不仁，玄默良可格。几在敬肆间，微间不容发。敬则忆斯年，于昭我圣哲。

九日，卢稚修诸子相从登东山有怀 二篇

伊予思昔人，东篱有逸叟。九日兴不孤，菊花常在手。眄望白衣来，所携复有酒。傲睨对南山，白云流户牖。佳节既已酬，真趣良非偶。一醉便陶然，高名元不朽。我也达吾观，洒然问良友。

此日同昔日，今人忆古人。今人匪不达，古人任其真。诸子拉我往，行行遵江濒。杖屦次攀跻，东麓亦嶙峋。引睇胡寥廓，翻然感萧辰。浮云莽互驰，孤鸿揿高旻。商飙一何厉，沧海浩无垠。四顾漭荡间，周道胡荆榛。谩言酬令节，转复叹沉沦。龙山兴自高，落帽岂尔群。所惜白日徂，我思郁未申。嗟彼餐英者，千载邈难论。

池孝廉克成自晋安来海阳省乃翁司校，过我山房，既归赋以送之，兼致意令表康元龙 二首

知君托志在延搜，岂为鸣莺谷口求。奏赋南宫春日晓，论交海国白云秋。清时瑞应文苞鹭，烟渚机忘碧海鸥。山馆此宵聊命酒，明星炯炯照双眸。

其二

江门刚到孝廉船，瞥见文虹烛远天。为是冰壶悬玉峡，况逢丽藻满瑶笺。七闽推毂雄文在，三鳝传经化雨偏。好向君家中表道，扶摇何日望联骞。

周雪蓬乃先朝五经博士百岁翁之孙，隐于郡北之凤栖岩，赋以寄之

高人卜筑白云封，栖凤岩头翠几重。家世五经推旧德，烟霞一壑隐玄踪。投纶江阔芙蓉紫，剾药林深鹿豕从。傥有弓旌来汉室，莫教猿鹤怨周颙。

任子贤观察寄《题玉峡草堂》诗并《修潮郡之凤皇台》诗，二章诗用李供奉韵和以申贺，是秋郡中多得俊云

按节河山属壮游，亨屯自古伏名流。人文王气开遐甸，谶纬南天隐秘丘潮故有凤皇鸣谶云。俨见神乌栖柏府，居然彩凤下玄洲。眼前无限抟风翮，渤海鲸鲵亦解愁。

其二

几见元戎小队游，新成台榭拥江流。扶桑海外县三岛，梓里寰中宛一丘。画栋烟云摇彩笔，金城阛阓瞰芳洲郡有金城山云。何时赏胜陪尊俎，许醉层轩散暮愁。

玉峡有石壑，栖凤岩主人周雪蓬至而憩焉，为点缀布置转见幽奇，因赋长歌

祥符塔下玉峡溇，石壑丛林郁巏嵬诡。阴磴盘云绣壁开，灌木参天寒崖倚。石卿癖嗜宁无同，栖凤老翁来百里。俄然指顾意态新，抛掷东西任移徙。夭娇东挂长江虹，奔渤西拂渔矶汜。垂崖萝发满鬖鬖，碧涧纤流寒弥弥。恍似巨灵擘华莲，又如大泽浮空蕊。裒开小径隐衡阿，白雪堆峰灿玉垒。惯经滟滪瞿塘深，曾溯龙门中流砥。饶君岩古说栖鸾，羡我石多踞苍兕。此翁宜置丘壑中，吾道总在沧洲里。森沉差错色青苍，偃伏谽谺恣奇。谁构茅茨薜洞中，中有幽人时隐几。飘飘杖屦随攀跻，摩挲尽日不移趾。山灵妒之却怒生，叱令鞭石石尽起。江涛荡漪涨春滩，林影窈窕藏江沚。石势多端不可穷，缔构幽阴谁可拟。一岩最奇踞上游，空中幻出莲花绮。木杪层楼海日升，峡口波文散霞理。冯君斫轮寓化机，盘礴解衣臻妙尾。君归记我歌凤篇，我老思君停麈绮。

雨夜有怀，寄邹尔瞻吏部

不寐从申旦，惺惺枕上思。雨声深寂历，身世任支离。梦蝶蘧然觉，雕虫了自嗤。摄心胡不力，良友望天涯。

其二

倚枕春宵雨，明农事不孤。但知便口腹，那复问头颅。湖海胡多难，疮痍望少苏。莫须愁握粟，沮溺有良图。

上巳偕林端馥诸生祓禊南园二绝句

新水桃花绿縠文，春风童冠浴沂群。南园自有群英会，无事兰亭说右军。

谷口莺声柳飐丝，袷衣初试暮春时。诸君莫道韶华早，董相三年苦下帷。

暮春式时侄寄怀海日楼和答二首

年来耒耜足加餐，老去春阴怯暮寒。杖屦可同玄度胜，溪图谁作武陵看。尊前醉抚冲星剑，江上行吟朗月冠。忆子岩居时却粒，宁无分我九回丹？

其二

海色山英秀可餐，短衾高拥曙烟寒。春深鱼鸟扶筇醉，雨霁楼台拂镜看。绕涧竹凉侵短袷，穿云叶密碍山冠。龙钟敢问清时事，恋主空余一寸丹？

恩波桥成赋绝句 八首

谁驾苍龙碧海东,巨灵双峡擘鸿蒙。参天灌木飞虹外,满地狂澜砥柱中。

惭负封疆报主心,波臣谬拜水衡金。津梁直藉神功在,瀚海难同帝泽深。

峡口长虹饮碧波,桃花春水下滂沱。烟林似织行人度,不断旗亭贳酒歌。

舆梁飞跨大江津,鞭石操蛇类有神。汉代休夸题柱客,商家还问济川人。

秋入银河匹练斜,江流地底走龙蛇。成都一片支机石,犹认星源八月槎。

潮汐江门东复西,山梁绕市带回溪。峰阴宛转楼阴直,华表双双鹤羽栖。

夭矫游龙挂草堂,江楼四望水云乡。怪来星汉摇波月,乞得碑铭是大方。桥记为吴孝廉光卿撰。

施石何曾让布金,菩提愿发十方心。沉渊岂少千牛力,架鹊呼鼋只俟今。贵屿陈启贤长者家有巨石,沉江六十年所矣,累起不能为力。今特佐修桥,余命匠汹而绁出之,置之中梁,以征陈氏之善果云。

水槛遣意

何处堪逃暑,斜阳水竹边。新篁宜短葛,曲槛俯长川。沙浅鱼翻藻,风微鹭闪莲。非夸便傲睨,幽意足林泉。

残夜对月,咏杜陵"四更山吐月"句,洒然有怀

海月生残夜,山楼晃碧帷。梦回鸡未曙,林密斗初移。叶露垂珠彩,蘋风漾水漪。少陵佳句在,此景语阿谁。

洗 竹

洗竹复洗竹,呼童砺我劚。繁枝错交加,蔓藤牵朴樕。新篁日已抽,翠筱势若矗。恶彼芜秽丛,如瘃肤负瘵。洗之复洗之,朝来净如沐。既已撤我观,森然莹吾目。理欲互胜机,真妄了相逐。灵源脉已澄,湔涤功在熟。无言契此君,悟悦心自足。

山居朝贺圣节毕,海月初鸡,端坐有感

山居祝圣几经秋,玉殿稀闻御冕旒。闾阖晓开虚警跸,貂珰四出总持

筹。九龄金鉴孤臣抱，亿载皇图肉食谋。万里嵩呼三舞罢，宝轮高拥海东头。

秋旱

蘋霜海上又深秋，赤日如焚大火流。四野黄尘空耒耜，普天中使急征求。希闻辇路青蒲伏，谁抱葵园漆室忧。潦倒波臣休过计，汉家钟鼎巩金瓯。

挽周雪蓬 五经博士百岁翁孙

秋半寒星落少微，凤栖岩上主人非。曾过玉峡题鸿渚，几约韩江访钓矶。百岁家声交恨晚，五经耆旧见应稀。空余健笔留芳草，忍对西风一洒衣。

问吴明府乞菖蒲 二绝

衰年服食嗜菖阳，最羡君家九节香。剩有罗浮一片石，种来端不让金光。

瑶花琪草人间少，白石清泉我自怜。见说玉衡星在地，仙家采撷自延年。

暮秋望日，吕郡丞世华邀同诸公饮于西园之懒真亭 一首

西园冠盖几经过，九月清霜折芰荷。节度重阳秋叶晚，尊开耆社故人多。烟霞自信成真懒，觞奕冯将作耗魔。最爱当筵山色老，冈陵好取作朋歌。

九月大风

天风四壑战高秋，海啸涛奔夜不休。万马声摧横塞阵，三江峡急下湍流。陆沉漫讶邦人恐，禾偃谁怜卒岁忧。欲叩天阊无可问，篝灯不饮转生愁。（以上均见于明周光镐《明农山堂汇草》卷一一《明农草》）

岁事

一自明农岁作劳，拚将生事付林皋。祈年社鼓春星白，雩祀坛堂夏日高。九月狂风吹碧海，千村麦垅浸洪涛。何如城市轻肥者，不问沧桑醉浊胶。

谢友皋惠蒲草 二绝

青青水中蒲，磊磊蒲下石。美人赠我心，为我娱衰白。
磊磊盆中石，青青石上草。置我几席间，宛侣浮丘老。

张秘书孟奇过郡，未展畴昔先辱垂存并贶诗笺，用韵酬答

罗浮四百有斯人，文献韶江又一新。持橐侍中知自汉，躬耕老我岂逃秦。木天夜照燃藜客，枫殿春宣染翰臣。华世但看文似凤，致身何用阁图麟？

悯 农

腊色霜风抱膝居，艰难生计傍樵渔。萧条野望莱芜尽，痛哭东人杼柚虚。沧海几时停榷使，司农何日下蠲书。江湖无限关心事，总为苍生未破除。

答张伯大侍御用韵 有序

侍御别二十年所矣。辛丑仲冬，从黔中开府郭相奎转寄所惠书，情辞款致，其云"门下处东海，弟处西海，相去万里，门下六十七，弟七十九，俱暮年，可慨也"。嗟嗟海内知交，星河阻越。暮年林壑，转相维念，可易言哉，潸然寄答。

十载思君万里途，黔南书到自巴渝。遥来空谷跫声喜，忽漫开缄泪滴珠。但有中丞平瘴塞，何妨我党老江湖。相看满百应同健，两地星河望不孤。

长至，闻册储恩诏并宣麻，爰立沈、朱二阁老，志喜

长年至日叹林居，此日占云喜自书。黍谷一阳吹玉律，桂宫新诏册皇储。岩廊况复多登轴，畎亩何妨老荷锄？为语群生休蹙额，湛恩春自洒穷庐。

林志和都谏近于郡中结社，闻而羡之。顾储诏新颁，召还有日，社盟可不温也，赋以寄怀

词坛赤帜更谁操，喜有枌榆结社豪。昔忆青蒲曾析槛，今于白雪见挥毫。朝中近听歌鱼藻，泽畔何劳赋楚骚？况是储宫新制诏，夕郎应召领群髦。

长至后南园梅花盛开，偶读白沙先生咏卷，不揣赓和如其什数，俚雅未暇论也 九绝

剥复真机何处寻，疏梅几点见天心。暗香淡月南园路，领取春光次第吟。

宛转柴扉石径斜，几枝疏蕊竹横遮。一尊开向南楼月，清兴谁同处士家。

玉作丰神雪作葩，方塘月上影横斜。主人半醉觅诗伴，奈可萧条负岁华。

竹筠梅萼岁寒盟，竹翠梅香逸兴生。莫笑形容偏我老，冰心元不让双清。

百卉腓来岁事贫，梅花腊里倍精神。也知转眼韶光好，总有芳菲属后尘。

翠微深处白皑皑，晓落疏梅点绿苔。上苑更知春信好，汉家曾赋柏梁来。

霜华玉蕊映冰壶，莫问调羹事有无。奈底清芬寒沁骨，杖藜花下问村酤。

曾看何逊官梅句，又忆林逋放鹤歌。一样素心清赏在，西湖东阁较谁多？

海邦风韵久寥寥，独往非缘白雪骄。试问江门幽赏后，罗浮谁复领清标？

玉峡山小八景

松楸径
春露泉台晓，秋霜鹤唳哀。萧萧华表树，攀洒日归来。

秋水矶
垂纶坐苔矶，江雾湿芳芷。不是钓璜人，空竿弄秋水。

来鸥池
一鉴倒苍壁，潭光净不流。徘徊谁与语，狎友是群鸥。

蘋婆岩
年来学悟生，西宗喻檀那。辟岩坐跌跏，手剥蘋婆果。

啸洞
林樾静翏翏，松风吹万窍。半岭哂然声，可是苏门啸。

奕石
仙子奕何年，曾闻烂樵斧。世人局局新，此石苔藓古。

豫章台
崔嵬陟高台，扶疏豫章树。愿尔长千年，勿与匠石遇。

曲窑
茅店斜飞帘，曲径藏糟室。不遇垂涎王，亦作偷邻毕。

江上晚眺
矶头夕景好，散步出岩阿。水远帆樯杳，天高风露多。苍藤扶我醉，白石向谁歌。岂作临渊羡，心期付白波。

刈稻
岁事云将毕，村村获稻粱。喜看秋稍熟，转觉赋偏忙。别业谁相问，新刍我自尝。欢呼同父老，此乐未渠央。

立春前一日，丘祥卿、吴光禄二孝廉邀宴于郭东之摘星楼
城东箫鼓迎初景，尊酒高楼坐摘星。瑞色氤氲浮远屿，春光骀荡起南溟。干霄彩笔双悬紫，老眼当筵独倍青。试向斗杓占王气，转于龙首见钟灵。

病间答诸惠问者二绝
一息乾坤未了身，寻思此际属何人。朝来试定山中眼，白首相看意转真。

剥复天机何处寻？直从病里见天心。凭谁起我长桑手，莫向巫咸问浅深。

不寐
华山曾访蛰龙书，却遇希夷梦觉初。要觅古今真睡诀，直从飞蝶到屠苏。

氤氲调息梦醒余，一气希微亥子初。倚枕静观真幻景，江楼林月半窗虚。

邑中雨后怀山斋诸友寄示
伏枕江城日，山堂叹索居。尘心挥未断，短梦觉全虚。芸业应多暇，春阴惜易徂。南园新雨后，芜莽好教锄。

侄孙攸质叠苍楼中偕吴孝廉诸君小酌成赋 四首

爱尔幽栖处，居然岩壑秋。开轩邻北郭，叠石傲浮丘。迹扫夸毗侣，交欢翰墨流。尊罍乘暇日，老我伴羊求。

其二

小筑傍城隈，层楼睥睨开。芙蓉窗外岫，鱼鸟水边台。拂槛秋声至，当尊爽气来。孝廉诗句好，随意点苍苔。

其三

为玩沧洲趣，云根海上移。萼莲浮紫黛，锦鲤泛清漪。到客多青眼，诸孙几白眉。癖犹耽草圣，笑我拙临池。

其四

子意全真率，都无俗累侵。町畦原不设，磐谷好招寻。太隐忘城市，予生任陆沉。惟知心未了，屺岵思方深。

祓禊次日丘吴二孝廉邀同刘参知年兄游宴东山

群峰拔地障东隅，载酒芳游兴不孤。海色当筵春浪阔，松阴满径翠苔铺。何嫌胜日迟修禊，但喜光风似舞雩。上苑韶华君辈赏，饶将乐事付江湖。

送堪舆氏

玉尺玄苞论正深，海天寥廓几知音。凭君指点千年秘，龙首精灵自古今。

咫尺丹丘何处寻？烟云莽荡万山阴。看君炯炯横双目，总有青囊一寸针。

饯窦子明别驾于白牛岩留衣亭即席 二首

千载留衣地，攀跻敞别筵。几看循异迹，元自禄勋迁别驾转自光禄。皂盖摇花雨，冰壶响锡泉。海沂歌咏在，知不让前贤。

其二

改席俯层岑，骊歌思不禁。留衣千古事，卧辙一时心。名自天庖重，恩从海甸深。谁言风土薄，大雅有知音。

止观榭新成 二首

新作临池榭，翛然碧涧阿。水天双照寂，鱼鸟会心多。洗墨沉芳藻，濯缨散芰荷。欲知观止意，彼岸问维摩。

其二

小结依岩静，修篁拂槛深。晴江沙色浅，夕照野烟沉。水气涵空碧，天心发朗吟。冰轮看欲吐，此际恰披襟。

有慨

逍遥身世类虚舟，物论齐来任子休。但喜山间鼫鼠静，何妨城市叫鸺鹠。

人间魔瘴未消除，白日狂童狂也且。但讶修罗吹虐焰，那知调达骂真如。

塞兑功夫苦未深，兜坚咸颊已三箴。如何不断铅华相，岂是当年见猎心。

初秋，林都谏志和、黄兵部子吉遥访山房，小酌深谈。时都谏以征命将起家，兵部以使事还朝，于其别也赋赠

遥遥凤城客，矫矫清时彦。迢迢凌海航，历历探霞倩。夕郎天下士，青蒲古直谏。叔度樽俎材，戎幕多庙算。愧予匪好仇，胡为辱垂盻。一别自公车，一别自楚岘。风尘廿载暌，尺素希颜面。岂期鸰凤翔，顾我藩篱鹦。惟惭粗粝供，澹泊临池宴。凉飙景乍圆，丛筱露初湛。感此物候徂，共嗟华发变。浊醪寄深衷，忘言荷殊眷。云霄谊自敦，丘壑予忘贱。君行入彤庭，予衰吟泽畔。寂寂空雀罗，炯炯双龙剑。勉事圣明君，勿复江湖恋。明发江上舟，申我河梁饯。

吴孝廉北上公车，先之罗浮游，取道会稽访孙俟居比部，赠以三章

海国天风数载秋丁酉赋《天风行》送之秋试，俶装今始帝乡游。长杨赋奏三春晓，汉殿云占五色浮。自古贤良亲召对，由来经术重名流。石渠金马须君事，老我沧浪一钓舟。右送上公车。

其二

朱明曾负十年期，君去乘秋揽胜时。珠海地浮三岛尽，铁桥天偃万峰垂。青笻到日看灵鹊，仙侣逢时醉酴醿。北望五云天尚远，琼宫玉宇莫栖迟。右送之罗浮。

其三

见说稽山有报笺，越江催渡孝廉船。由来国士衔知遇，总为阳春寡和篇。前席近闻宣室召，著书应并国门悬。遥怜两地深秋别，慷慨看君着祖鞭。右送之会稽访孙比部。

**式时侄以台郡丞致政养母归有年矣，顷奉皇诸恩诏进阶，
时未释母太孺人丧也，有司预行举赠，感赋二章**

忆解天台郡，俄然廿载深。背暄思戏彩，腰重却横金。未释杯棬痛，何期纶绂音。普天重照日，祝颂万年心。

其二

但道烟霞僻，谁言恋夕晖。丁年拚墨绶，垂老被金绯。予倦思逃世，而贫久息机。门庭罗雀后，恩宠藉余辉。

夏日闲居杂咏六首①

岩阿元夙好，况复傍玄庐。风木萦思久，蓬蒿到客疏。身非逃汉后，地似避秦余。莫放胡麻出，教人错问渔。

其二

不必叹离索，幽居摄性灵。杖藜歌白石，高枕抱黄庭。解摈群喧屏，挥戈一念惺。束书嗟往事，垂老此空亭。

其三

避暑宜寥廓，当轩远岫青。炎云多变幻，浊酒任沉冥。河朔元非达，江潭叹独醒。问奇休应客，不是子云亭。

其四

凭谁消永日，编卷亦悠哉。意爽临池草，凉生覆井槐。荆扉无褦襶，亭榭半莓苔。任是耽岑寂，良朋也在怀。

其五

节序天中近，榴花满眼开。鱼龙纷竞斗，燕雀浪惊猜。峡圻浮沙屿，林深隐石台。读骚时痛饮，莫馨楚臣哀。

其六

门径通原野，禾苗日长成。共欢新雨过，一望绿畴平。鼓吹田间部，笙簧谷口声。明农知不负，秋社足浮觥。

①《全粤诗》据清温汝能《粤东诗海》卷三五收此诗第六首。

**端阳前二日，吴、宋二明府偕式时侄载酒江门。因集远近龙舟数十，
插标竞胜。坐客于木兰小舫分二队，胜负为饮令，一时观者夹岸如堵。
群公卷幔飞觞，咸云一胜赏也，各占韵赋诗以记之**

眷此天中节，群公柱碧岑。峡波开浩荡，岸树菀森沉。鹢首欣佳会，龙舟集远浔。张延池水曲，放舸石梁阴。爰鼓浮湘楫，欢同击楫音。夺标掀浪面，转斗破江心。贾勇由来古，挥戈岂自今。沿堤喧拍掌，卷幔任频斟。更看搴旗出，翻惊水阵临。当年曾下濑，此日卧长林。但喜耆英集，

何妨节序侵。灵符常在手，蒲醑足开襟。尊有朋分酿二君各以名酿相饷云，囊无旧赐金。时来人沐辙，岁久我投簪。虬奋将安极，鳞潜不厌深时有传召命者故云。俄然哗竞息，属和楚骚吟。

陈明佐勋禄卿见贻《朱明》《皇华》诸稿赋赠二首

使节崔嵬切上台，如君献纳古今才。里中金鉴千秋录，天上仙桃万寿杯。几奉征书公望重，遥来嵩祝圣颜开。皇华满卷宫商韵，谁识清卿靡及怀。右读《皇华稿》。

其二

忆昔兰台封事传，于今朱洞卧何坚。恩深列戟蕃宣日，乞许卿曹侍从年。四百峰峦供杖屦，三千鸾鹤会星躔。蓬莱别岛无多路，何日追随了夙缘。《朱明洞稿》。

偶　成二

年来底事习耕耘，闲却身心傍水云。满架牙签尘作网，论文轩改作焉文。

谁云大业足千秋，可俟河清易白头。罢却操觚完了债，醉乡列爵便通侯。

送丘祥卿北上兼寄意光卿孝廉

黄金台古切云霄，万里公车岂惮遥。当日筑宫争市骏，于今海国见联镳。集贤奏赋环如堵，开阁抡材馆是翘汉有翘材馆。为语延陵吴季子，玉堂风韵更谁超。

中秋后四日辱吕湖州、吴灵川、宋彭泽同从子式时载酒草堂得高字

草堂云物正萧骚，载酒谁来解郁陶。海上群山迎鼓棹，峡中秋色散挥毫。修篁短径开三益，璧月斜钩照二毛。但使百年同杖屦，商山洛社更谁高。

阅邸报偶成二绝①

河阳老将惯登坛，见说天山战垒残。六郡于今年少在，谁将尺组系呼韩。

其二

天山瀚海昔横行，一衄谁轻卫霍名。最是汉家多节制，留屯应让老

营平。

①《全粤诗》据清温汝能《粤东诗海》卷三五收此诗第一首,题作"阅边报偶成"。

七　夕 二绝

巧夕如何寂寞过,双星遥望隔明河。美人几负瑶华约,脉脉愁心向碧波。

江风江月坐空林,秋入孤怀倚素琴。莫问同心今几许,满前山水是知音。

兀坐自哂

兀坐宵声发,空林梧叶悲。哂然幽籁起,炯尔众星垂。思入秋云湛,人同檞叶衰。贪嗔嗟已断,还剩几分痴。

秋居杂兴 二首

昨宵惊一叶,今雨过千林。渐宽襟裾爽,遥来紫翠深。景晴堪洒翰,意适自鸣琴。拙逸偏吾得,清秋取次吟。

其二

微凉宵气爽,短酌恰披襟。银汉清如泻,金飙静复吟。怀人江路永,稳几露华侵。今古悲秋意,谁同宋玉深。

叠石山构小桥亭初成 一首

一丘成小筑,仄径转森沉。竹隐崎桥度,花明曲榭深。叠山饶海石,扫榻就云阴。即此自怡悦,谁来共赏心。

有怀寄丰城徐仁仲明府

论文曾忆秣陵春,燕市重过贳酒频。蜀道秦关嗟契阔,花封棠树总嶙峋。牛刀自古非轻试,龙性由来未易驯。见说平阴解组后,千秋五柳是比邻。

书　至

何处书来慰寂寥,皋亭风日正萧萧。夕阳雁过千峰紫,秋水鱼沉尺素遥。炎徼天荒愁虎豹,菰芦霜重老渔樵。甘泉多少忧时疏,未见轮台下汉朝。

不寐

子夜山房展转思,萦萦千古是心期。行藏自悟舆县早,名德无成振策迟。蕉鹿总知同梦幻,木鸡终自叹支离。华胥曾受图南诀,正在惺惺不寐时。

闻鸡

入户晨星夜色凄,梦回天地听荒鸡。于今海宇非艰步,起舞休如祖镇西。鸡非时啼者,谓之荒鸡,故祖逖云非恶声而起舞云。

农事

侵晨刈获趁冬晴,午夜连枷拍拍声。最苦农人思卒岁,官家何日罢横征。

首春三日述怀,答诸言寿者

阅世常言七十稀,予今樗散恋斜晖。莼鲈意兴风尘后,龙马精神雪鬓非。湖海几人忧漆室,庙廊诸老佐宵衣。稽山渭水休猜问,赢得闲身傍钓矶。

陈彦庄参伯入贺回任西粤赋送二首

薇省行看切上台,皇华周道敢迟回。藜萧咏喜龙光见,纶绰恩承虎拜来。徼外烽烟秋暂息,中原鸿雁岁堪哀。海天眷雨衔杯暮,谁识驰驱靡及怀。

其二

海国春深使节催,龙城西望岭云开。九霄金鉴嵩呼后,六传星轺粤徼来。满地貂珰吹烈焰,吁天雷雨奋枯荄。知君旧有兰台疏,肯负艰危济世才?

春水泛桃溪

短棹夷犹春水深,桃花点点下江津。烟村几处闻鸡犬,可是当年避世人。

光卿北归未数日,驾鸣鹤舟载越酿访予玉峡草堂感赋二首

昨讶啼莺切,朝来鸣鹤舟。载将箬下酒,恍似液池游。谈久烛三跋,心深月光钩。应知今夕会,河朔比千秋。

其二

蓟北归鞭日，城南放舸来。未售燕市骏，肯让洛阳才。径转檀栾净，杯停菡萏开。那堪经岁阔，信宿便言回。

秋潦

山堂雨不辍，石壑桂层流。老树回桥暮，孤烟曲榭秋。最悯妨刘获，况复半瓯窭。岁事看如此，明农苦未休。

萧曰阶道丈惠题巾石师《久要卷》赋酬 有序

江之右在正、嘉间，有文水、信州二先生。文水学于王文成，信州学于湛文简，同源异派，非有异也，而其传异之。曰阶丈学于文水，予之从游信州也。后君十年所，而契向之。归田来日亲謦欬，适览信州师所题先大夫《久要卷》，惠然题跋，意念深矣。嗟嗟巾师，题此卷时年七十七，今丈跋此卷也年七十八，征神王于笔迹，悟家教于德音。惜予暮矣，何能以灯烛余光而奉师友教于不堕哉？

古人重论世，所贵希前哲。于道无显晦，作圣惟一辙。所以君子儒，贞哉志不辍。新泉杏雨坛，龙江秋夜别。天远义逾敦，岁久意弥结。展卷见丰神，晤言自愉悦。龙门世史家，学道宗于越。鹅湖与螺川，辟咡传真诀。觉哉我后人，斯文幸未遏。堂室羡君登，箕裘惭我拙。感君金石章，昭若日月揭。

蕞尔东南陬，哲人久不作。于昭弘正间，江门倡绝学。增城自得师，源流溯濂洛。维时有会稽，良知振郛廓。门墙转飙驰，异同恣论驳。江右独衍之，念庵启玄钥。三语证真知，两忘昭正觉。谁其上足徒，于君深领略。功以实践多，理繇研览约。愧予驰骛心，须君发砭药。乃知静一方，持为不二偶。

九月初三纪梦

神爽追随说信州，梦回天地是深秋。中宵倚枕惺惺念，总为江湖抱隐忧。

九日风雨骤作，既阻登高又未对菊，因诵潘老"满城风雨近重阳"句续成 四绝

满城风雨正重阳，佳节无言喜荐凉。见说东篱花未绽，登高何处佩萸囊。

满城风雨正重阳，枕上连宵苦未央。最虑瓯窭成巨浸，还惊溟渤海

波扬。

满城风雨正重阳，且喜官租办不忙。自把一尊篱下酌，谁怜千载有柴桑。

满城风雨正重阳，人意休随节序忙。敢把天机饶弄舌，任将景物变炎凉。

九月飓风大作

风雨夜披猖，天地胡劳攘。岂为苦煏蒸，乃尔涤炎暵。时方秋告成，稻花吐畦壤。何当浸荡余，三农愁俯仰。无乃人事乖，俾兹时令爽。造物宁无心，化机谁在掌。调燮须岩廊，殷忧寄草莽。此意谁得陈，端坐垂书幌。
（以上均见于明周光镐《明农山堂汇草》卷一二《明农草》）

至日山堂祝圣毕短述

冉冉玄冬半，悠悠子夜深。一阳吹黍候，万里祝君心。梅萼参差放，春光次第吟。江湖回想处，十载解朝簪。

乙巳贱辰辱，郡邑姻友制彩言寿，赋志愧感

七十俄惊去日多，谁怜羲驭下颓波。渔樵已遂冥鸿羽，宾客何来破雀罗。淇澳尚思卫武赋，虞渊空奋鲁阳戈。山林钟鼎君休问，共向尊前一醉歌。

其二

忆解边符已十年，时从匣里看龙泉。主恩深负云霄后，物论犹凭月旦前。但喜春光随杖屦，何须歌咢肆宾筵。耆英洛社差同赏，惟抱忧时一念悬。

初春同康季鹰、族子式撰放舸游灵山寺，寺故韩昌黎访大颠禅师处

初春初地雨新晴，策杖遥看法界清。别屿鬖云疑鹫岭，片航彼岸说蓬瀛。昙花圆照诸天净，赋客遥来宝镜明。何事留衣韩吏部，三书印证转生情。

拟古篇送康季鹰返三山，拟《枉驾惠前绥》

枉驾惠前绥，佻佻逾千里。维时逼岁除，兼之愁短晷。正值肇青阳，访我玉峡涘。通家乃弟昆，一脉溯孔李。因之聆绪言，含章灿有斐。斯谊询古人，未识谁与比。

季鹰别后雨夜有怀，兼寄谢瑶华社诸大雅

山雨斋头夜烛阑，一尊坐惜物华残。年来老我空陈箧，别去思君振羽翰。春暮海天烟树渺，梦回延濑剑星寒。殷勤为报瑶华侣，惭愧矶头一钓竿。

朱存敬参知枉惠贱辰并题草堂二大篇，用韵奉答兼贺赠祖诞孙双喜 二首

鬻来树德世滋祥，道术家声自紫阳。芨憩甘棠分陕旧，纶褒烈祖主恩长。渔樵老我差无恙，节铖多君靖一方。更喜孙枝连玉树，沧溟倒醉上公觞。

其二

年来鳄渚圫浮丘，十道风裁掌上收。朱凤台高看列戟，元龙身老卧空楼。南天喜见消氛尽，河内还从借寇求。只恐朝中推旧德，笢枢新诏出宸旒。

元巳日同友人蔡与偕集诸子姓修禊于税驾园

眷此熙阳令，言从祓禊游。春衣临水薄，逸爵坐林幽。丽景闲堪赏，群英志可求。浴沂千载事，歌咏见吾俦。

其二

元巳传嘉会，何殊晋永和。惠风吹碧芷，芳燕俯晴波。云水心同湛，禽鱼乐事多。韶光莫浪掷，迟暮奈吾何。

潘筴盘使君自海门驾舟惠顾山房赋谢

海上楼船拥使君，初秋小队下江渍。双旌晓揭岩峦雾，皂盖遥飞岛屿云。但喜鲸鲵消浊浪，何期尊俎挹清芬。雄谭尽是安攘略，始信潘郎迥绝群。

吕郡丞世华七十有二诞辰

髫年意气结交亲，白首林泉意转真。五马雪川棠荫远，九重金绂晋阶新。西园对酒偏神王，南极张弧映寿辰。千载瑶池王母会，回公元是首班人。

邻封诸令公大夫惠赠寿言辱王海轮君侯宠顾山门赋谢

露湛盘阿秋欲深，俄传绣幰度层岑。仙凫暂下云霄迥，彩鹢遥来紫翠沉。但喜群封歌孔迩，其如丘壑道难任。承明献纳须公等，海国千年茇

憩心。

重阳王令公诞辰，会文昌阁落成，迓以称觞赋申瞻祝

文昌高阁象昭回，南极星光烛上台。鲸海波涛摇画栋，龙山宾从醉芳醑。华胥人比华封祝，紫气杯衔紫菊开。多士如云占泰运，化工神宰共栽培。

重阳次日，丘祥卿、郑汝正、胡在协、吴光卿四孝廉邀宴东岩，登武当阁赋

层峦新筑玉虚宫，灏气秋澄碧海东。波净帆樯悬绮席，月明钟梵散烟丛。尊前济楚青云侣，赋底嶙峋大国风。转眼联翩霄汉上，沧洲谁复问渔翁。

除夕同南上人夜谈

山居频易岁，此夕伴沙门。谈以真如契，法从不二尊。年华无去住，春色净林园。岂作逃禅侫，昙瞿有宿根。

皇孙恩诏山中志喜

扶桑曙色上江楼，北望层霄瑞气浮。岁久螽鸿嗟满野，春来丹凤下遐陬。天家卜历逾千策，震器重光耀九州。汉代轮台夸尺一，万方此日散穷愁。

读《正法眼藏》

大教昭如此，吾儒自一家。求仁元圣诀，见性即毗耶。尘劫缘无住，西方路不遮。头陀我匪二，带发少袈裟。

制府颁历不到赋以问之

驹谷幽栖久，辕门法象新。俄传颁岁朔，偏不到垂纶。廊庙方申庆，江湖卧老臣。岁嗟不我与，寓内尚同春。

得邹吏部尔瞻报书

年来学养生，转抱忧生患。因之悟无生，始觉生是幻。艮背获吾躬，楞严何须讪。西方有至人，一偈空中鉴。我欲往从之，惺惺自悔忏。

登石龟山最高峰，四眺诸山拱峙感赋

鳌极高盘碧海东，扶桑晓映石龟红。晴悬黼帐云霄外，胜揽灵丘指顾

中。呼吸可能通帝座，虹霓直是吐龙宫。玄扃笑卜金鹅麓，遥待婆娑一老翁。

谢青莲精修禅学，访予山房，归而赋送

寰中那易见斯人，象教由来几识真。经世元知同出世，刹尘无量遍沙尘。杖头宝偈开华藏，衣里明珠照觉身。去住凭君推法力，慈悲到处是能仁。

题王虞部双节堂歌

嗟轰轰兮正气，薄穹壤兮无疆。比伊人兮攸受，奚坤道兮淑良。悼世丧兮风靡，胡丈夫兮匪臧。乃女流兮罔肆，克允植兮纲常。哀良人兮早逝，忍先后兮摧残。姑缠蕙兮怜妇，妇揽茝兮奉嫜。羌好修兮同室，甘枯操兮姜黄。离旖旎兮自誓，真镠镂兮肝肠。抱弱孤兮申旦，凛饥冱兮冰霜。岂舐犊兮呴噢，实母仪兮义方。遵丸熊兮画荻，纂前绪兮间关。猗莹洁兮惟壶，睹令子兮名扬。颜符卿兮品题竹柏，刘翰苑兮双节流芳。奄名家兮二妙，兼华衮兮宠光。矧令君兮美政，羡最绩兮天闻。膺纶音兮有贲，庶天定兮弥彰。振玄风兮阴教，藉彤管兮永将。

唐寅仲枉惠大篇依韵酬答

九转思君握大还，何殊秦客卧商山。抱疴我自逃驹谷，招隐君应出汉关。瑶草相将娱暮景，芝苓想象对仙颜。竹林胜事传今古，老阮风流未易攀。_{博士公，赏季父也。}

寄寿唐寅仲七十有七初度

大雅谁如大耋翁，临池挥洒兴无穷。五千函谷神弥王，九十苏州调转工。经术世推韦氏业，词林直溯杜陵风。思君芳草偏贻我，不尽襟期托暮鸿。

赠唐公赏擢海宁掌教

南海明珠薮，光增作者林。代兴元不乏，博士予所钦。海色横经幄，铿声调素琴。地远风匪薄，型端道自任。三鳣从此徙，振铎胥江浔。蔚彼神皋产，明时多凤麟。胜擅扶舆会，操多大雅音。瑶华饶赏识，名胜惬登临。去去星轺迈，依依解佩心。毡青凝湛露，剑爽拂秋旻。自叹岩阿寂，羡君桃李春。虞廷崇典乐，圣代重师臣。璧水元虚席，燕台伫上宾。其如

垂老别,何以泻盈襟。君家痴叔在,坛上更谁伦。

题林志和都谏宾韩亭

菀彼金城阿,有亭曰宾韩。遥来江上峰,白云冒其端。飞甍藏雉堞,主人寄盘桓。元和贬佛骨,圣代重昌言。批鳞岂殊心,冰玉凛并寒。千秋同谪籍,今古直声县。山蒙刺史姓,亭作主宾看。世路梦如棘,颓波逝若澜。怡亲甘遁志,报主愿披肝。迹晦同蠖诎,道在总龙蟠。霜严潦水净,雾散海天宽。紫翠萦君帙,烟霞拂我竿。眺赏心曷极,晤言缅独难。为问昌黎子,何时起握铨。

岁晏

岁晏趺跏兀净居,闲看天地一蘧庐。扶桑望觉瑶池远,梅萼春开玉峡初。静向黄庭观内景,懒从贝典证真如。年来矢与尘编别,笑老青山不著书。

春初自金鹅山渡海回邑,中流遇风□号

信宿金鹅麓,崇朝截海还。危樯频蘸水,白浪势翻山。叔子襟元正,坡翁意自闲。风波元惯历,何异弄潺湲。

曾九虚大行出使还朝赋送

周道逶迤使者车,看君凭轼意何如。皇华昔有周宣咏,水旱今看汲黯书。海国桑柔陈对后,掖垣春晓拜恩初。匡时好藉经纶手,莫问枌榆老索居。

江眺偶成 四首

东洋望西麓,郁郁丛林景。渡桥访丛林,彼髡全未省。
桥上眄江波,不息从东逝。昔人川上观,此时悟真谛。
迥然春暮矣,入耳满流莺。惆怅江云度,长吟伐木声。
禅家观白骨,庄氏说浸假。神形本不离,达后亦堪舍。

黄味玄年兄寄怀诗笺和答

武陵同籍最关情,巴蜀分符岁屡更。解组共图修大业,悬舆谁悟学无生。汝南梦系征君远,天禄书传外史清。棠棣于今多振藻,登坛元让狎齐盟。

午日于玉峡江观竞渡[1]

午日沧江白浪堆，龙舟峡口斗喧豗。人间胜负寻常事，独揽纶竿坐钓台。

霏霏炎雨落晴空，峡底洪涛挂玉虹。鳞甲满江看竞渡，夺标眼里[2]定谁雄。

洄渊曲峡隐龙宫，曾作行天化雨功。老去于今心不竞，但言忧国愿年丰。

[1]《全粤诗》据乾隆《潮州府志》卷四二收此诗第一首和第二首，题作"午日玉峡江观竞渡"。

[2] "里"，《全粤诗》作"底"。

答方子及学宪寄怀诗笺

读《易》知君止艮庭，燃黎恍忆旧悬萤。撷英金碧持文印，息念瞿昙老谪星。鼎甲家声传世白，壶公山色卧中青。海天寥廓遥相忆，搔首湖云片片停。

赠戴章尹给谏之戍所

紫极璇枃有戴匡，青宫一疏出明闾。批鳞薄遣君恩重，朴被东来海路长。汉代功成归羽翼，天家册定庆元良。行行莫道珠崖远，指日宣厘召洛阳。

其二

昭代谁其第一流，孤忠直许主恩酬。十年瘴痢勤鞭弭，此日襟期说剑锼。宫壶汉家差定位，貂珰海内尚持筹。天心会转贞元运，且莫蹉跎赋远游。

七月望日立秋，夕集莆友郑邦器、林方鼎、祖璟赏酌兼饯郑返莆

商飙初荐爽，皓魄挂金茎。客集壶山彦，尊开北海盈。朋来真聚乐，调雅证新盟。明发骊驹唱，依依谷口情。

初秋驾舟邀同莆友林方鼎、祖璟之玉峡山房分赋

伊郁炎蒸久市城，朝来放舸浪风轻。未论剡曲堪乘兴，恰喜骚坛雅并名。海上帆樯回暮色，尊前凫雁起秋声。何期短径来三益，况复矶头暑气平。

揽胜亭小酌赋答二林友

曲磴荒台护井干,坐来衣袂逗生寒。亭虚窅窕群峰入,石古莓苔四壑攒。何物新诗成寡和,惭予高卧漫加餐。衰慵敢道朋来乐,望汝联翩振羽翰。

送林祖璟返莆阳

闽粤山灵属胜游,骊歌忽动正深秋。蝉声海树千峰合,马首霜花一剑浮。艺苑瑶华推大雅,临池草圣散芳洲。何堪解佩叹离索,不为芙蓉绾暮愁。

哭胡在协孝廉古风

嗟尔青云士,结束上公车。匪徒擅经术,直是味道腴。褆躬有尺幅,缮性以怡愉。举世事奔营,君独肃襟裾。举世事夸毗,君俨佩琼琚。甘贫学原宪,善病似相如。偃室希澹迹,径窦绝柴趋。时下江都帷,时据蒙庄梧。沉冥宁似拙,遐旷岂其迂。期君日精造,为道挥前抱。期君出用世,为士作良模。时命胡大谬,倏尔遽长徂。正人婴否运,短晷促遐图。予时卧林壑,讣至忽惊呼。初君丧严甫,吊君方倚庐。哀哀孺子慕,支床骨全癯。几筵方辍泣,转哭君之孤。所羡君之孤,少能读父书。或云九苞雏,或云千里驹。大孝在继志,儒者作圣徒。所贵在努力,日月惜居诸。君灵如不昧,鉴余束生刍。

赠郑汝正之崇善令

粤国多君宰上游,河梁饯送丽江舟。鸾栖枳棘谁嗟远,凫傍云霄肯滞留。春到弦歌看露冕,地邻勾漏问丹丘。汉家几许循良传,征召行膺首列侯。

秋日山居

白日行西陆,金波濯皓魄。天地满商声,芙蓉绚佳色。烨烨秀可餐,映水空日夕。惟有幽池筼,檀栾岁不易。霜零节愈贞,穗结凤来食。吾其狎友之,悠然意共适。

九日对紫菊独酌

采采空庭菊,悠然兴转赊。清霜飘紫萼,白首傲丹霞。秋袚蠲疴意,餐英落楚华。登高何处可,独酌漫咨嗟。

寿文湖陈明府七十初度

大丘家世夙钟祥,茂宰风流庆泽长。在泮髫年同鼓箧,服官熙世各回翔。桑榆暮结耆英社,兰桂朝看戏彩堂。几度宾筵崇寿耇,多君秩秩醉霞觞。

玄冬月夜,偕友人自渔矶步过弘恩寺口占二绝

月满矶头水满川,寒光澹澹映诸天。风幡不动真如现,此际禅心遍大千。

霜清月白静娟娟,山寺渔矶倍可怜。衲子夜深钟梵寂,澄江一派镜中禅。

从子式永治宅城东,岁三悬弧矢落成,赋以志喜

堂构秋开桂子黄,斯干秩秩岁征祥。熊罴梦入诗人咏,燕雀欢呈贺厦章。槛外河山横雉堞,坐中宾客醉壶觞。联翩尽道孙枝好,引翼兼延祖德长。

九日偶成

志士秋气悲,猛士秋气奖。惟有逸人秋,神情倍萧爽。栖迟海上山,岁月谢尘鞅。今辰值重阳,云天属清朗。佳卉满萸囊,林壑振幽响。鸿雁天外翔,紫菊篱边长。村墟夕照赊,峡水秋涛沆。蹉跎望良朋,寥廓成孤赏。当尊思古人,龙山兴独往。

首春三日,方学宪子及惠诗言寿,和答以谢

郎著金陵喜汇征,骚坛羡尔主齐盟。拂衣廿载神偏王,白首千篇思转精。谁道庭罗希过客,相将缟纻故交情。知君旧有凌云赋,何日君王问长卿。

送方学宪还莆

廿载暌违望羽翰,何期尊俎馨交欢。故人邂逅堪投辖,世路萧条早挂冠。海树云深紫佩剑,骊歌春晓促征鞍。河桥柳色青犹浅,祖送其如折赠难。

赠黄子吉兵宪之滇南

西南重镇说昆明,使节骅骝赋远征。洱水观澜春雪霁,苍山列戟晓烟

清。于今瘴疠消炎徼,自古怀柔胜勒兵。此去壮猷雄六诏,枌榆遥听早莺声。

寄题李廉宪若临泷门别业用来韵

罗浮春信雪中来,四百峰头梅正开。天为泷门留胜迹,人从楚甸拂衣回。当阶兰玉欢承彩,隐几峰峦翠挹杯。几度停云遥在望,丹颜华发梦相猜。

上巳友人有约不至

谁云娱暮景,倚杖听流莺。未遂临流兴,空嗟伐木声。南园风渐暖,东陌雨初晴。为道春犹在,还教彩鹢迎。

约友过访

草阁傍回溪,山深溪又碧。倚杖眺鸥沙,垂纶坐矶石。所志不在鱼,怅矣怀远客。何时惠顾我,慰我桑榆夕。

姚瀛曙司理应召北上

征书珍重下蓬莱,使节骈骙碧海隈。尽道含香推典礼,谁知谏猎尚抡才。中原氛祲吁天切,万国诛求动地哀。宵旰此时需召对,皇华周道勿迟回。

贺姚使君尊人纶褒双寿

纶绰双承捧日恩,东旋熊轼并鱼轩。彩衣春舞星辰迥,寿斝秋高玉树繁。汭水开筵歌燕喜,虞庭入拜好昌言。白云红日情均重,莫为还将恋里门。

初秋,邹尔瞻吏部寄到诗笺,首读"倍有古今愁"句,顿生感慨,率和三

倍有古今愁,苍黎苦未瘳。重关窥虎豹,白日叫鹈鹕。世路多荆枳,生涯傍寝丘。花源如可问,去去莫迟留。

倍有古今愁,频年赋远游。未遑参绛节,何处问丹丘。树老饥鸦集,山空片月流。河清那可俟,胜地几凝眸。

倍有古今愁,同心忆昔游。晨星嗟契阔,阅世等浮沤。赖有群枢轴,何妨老钓舟。年来天外信,屈指几名流。

中秋夕雨

言赏秋中月,何期夜雨零。经旬山涧涸,一夕陇苗青。村舍沾沾喜,茅茨脉脉听。来宵应洗酌,皓魄吐东溟。

即 事

何处深山可遁栖,短筇尽日自支颐。山村到处多鸣吠,薄海风涛更可悲。

江湖徒抱老臣忧,眼底痌瘝苦未瘳。海角吁号天更远,司农何日罢征求?

秋 思

爽气秋飙起,山堂碧树阴。檀栾苍玉径,箫瑟绮桐音。避影元知久,忧时倍有今。遥闻城廓事,天地亦何心。

登 楼

今晨风日佳,登我沧湄阁。极目望不遮,有怀寄廖廓。秋水碧澄澄,海天空漠漠。三径菊未开,四山木欲落。涤尽我尘襟,浩然见真乐。孔颜千载余,此意谁领略。殷勤语同心,象罔非离索。对景当忘言,此中有真觉。

秋 兴

云湛天空碧海隈,凭栏极目思悠哉。美人有约在江渚,篱畔黄花尚未开。

秋深爽气上楼台,江上芙蓉暮正开。水石霜花天一色,双双白鸟自飞来。

金鹅山馆新成

山馆新营为首丘,千峰晴色正深秋。金鹅抟翮层霄下,彩凤联飞碧海头。禾黍岁登村社远,帆樯风起大江流。扶筇父老劳相问,卜筑谁怜此地幽。

郑茂材邦衮至自莆阳,兼拜乃翁龙冈郡伯惠问喜赋

羡尔佳公子,翩翩赋远游。驾言存父执,鼓箧正深秋。经术康成业,清真谷口俦。欢来疑梦寐,跋烛话绸缪。

停云嗟久矣，命驾惠然来。罗雀庭希构，抟鹏事转猜。忧时重扼腕，述德见栽培。衰暮劳相慰，孤怀此夕开。

赠郑邦衮归莆田短述兼致候乃翁郡伯寅丈

勾甬昔之役，而翁倍我怜。隈云投臭味，所幸荷陶甄。契阔逾三纪，风尘各一天。征途游既倦，解组卧同坚。不断双鱼字，恒申伐木篇。君来跰道里，严命特周旋。恍若亲颜面，欢同侍几筵。情澜良亹亹，神采类翩翩。无恙脐耄耋，何殊侣偓佺。韶华挹君秀，萼棣况多贤。溯自武林燕，重承贵竺笺。多君瞻才藻，蚤拟定高骞。胡乃霜蹄蹶，犹如赤文捐。衔杯欢未毕，置驿遽言还。约愧平原后，鞭挥祖逖先。岂其解佩促，良为舞衣县。愁把骊歌酌，寒冲马首烟。君其奋淹翼，永侍松乔年。

冬月送林茂材还莆

伊予束发来，所希在前哲。惭昧作圣功，空向陈编掇。既涉用世涂，中年濡尘辙。所志匪不贞，为功奈作辍。何幸壶公贤，遥来振我劣。系出名卿裔，矫矣抟霄翻。愧我家塾疏，无能资丽益。岁暮亟言归，抚心重离索。临岐鼓空囊，所望挥长策。图南望高骞，不朽在名节。世多温饱徒，甘以科名蔑。知君实陋之，拔俗乃豪杰。

长至次日，姚明府养吾丈八十五寿初度

日逢长至肇初阳，大耋如公引兴长。乡射上庠周典制，花封令宰汉循良。黄钟律转灵椿茂，碧海春回玉树芳。何幸归来老柱史，百年康爵侍容光。

南园梅花盛开，晨出赏赋

腊色园梅绽两株，山扉朝出一筇扶。共看白发霜华落，谁道南天雪片无。东阁喜春吟不辍，杜陵索笑兴何孤。于今莫问调羹事，漫向花前日醉酤。

岁　晏

年来养拙卧江隈，无事柴门肯浪开。日命山人频对奕，朝闻园叟报观梅。素香疏影笼幽竹，晴雪飞花点绿苔。玄赏那堪兼岁晏，只应着意事春醅。

川 眺

到处斯人吾与群,山桥野市昼纷纷。年华不驻川光暮,生事无涯傍水云。

其二

长年底事狎鸥群,云水盈盈两岸分。恰喜年光新酿熟,沧浪一曲醉颜醺。

有 慨

世故看如此,颓波自昔闻。岩廊喧似讼,海寓罄如焚。满目夸毗态,冥心鹿豕群。三缄元有戒,身隐又焉文。

除 夕

廿载学耕耘,栖迟峡水濆。谁言山木寿,惯狎海鸥群。大化贞元运,年光亥子分。占云天欲曙,遥祝圣明君。(以上均见于明周光镐《明农山堂汇草》卷一三《明农草》)

元旦晴明

恰喜岁华更,况逢元日晴。长年阴曀重,朔旦海天清。气转祥霙吐,春回百卉荣。愿祈诸牧长,嘉惠浃群生。

元朔之三日

孟陬贞摄提,揆览及初度。月惟哉生明,年已惜迟暮。从心仰宣尼,逾兹况又五。回思壮盛时,景光空驰骛。志愿苦不坚,名德眇无树。慨自归田来,恍如梦初寤。黾勉效前人,羁縻慎末路。为学戒多歧,周行无却步。揽茝兼蕙纕,灵修夙所慕。扶桑见曜灵,咸池忽西御。为语作圣徒,总辔勿犹豫。

首春金鹅山登眺 二首

陇草经春宿,鹅山岁又登。溶溶新水涨,冉冉白云层。松老千鳞古,天空一鹤腾。百年观化地,何事问飞升?

其二

策杖上层岑,玄堂抱石林。蹒跚愁脚老,徙倚就松阴。远水浮云碧,连村暮雨深。抚怀伤逝者,俯仰一沾襟。

泉台春眺 四绝

青山处处曳春云，江上峰峦两岸分。尽日扶筇频远眺，墓田新雨足耕耘。

千帆夕照度前湾，紫翠云深隔岸山。老我自娱残剩景，山灵好为护玄关。

江上群山夕照开，冈头弥望水潆洄。一丘尽道眠牛地，华表千年望鹤来。

日日扳挤上碧岑，白波千顷夕阳沉。松花树树春光暮，魂断高坟宿草深。

修幻庵久雨，赋谢诸父老过访者

修幻庵头坐浃旬，那堪久雨闭柴门。喜有邻翁相慰藉，不妨谈笑日倾罇。

石牌蔡亲诸文学过访赋谢

春光到处与人群，况有英髦可论文。前辈风流吾忝窃，诸贤黾勉跻青云。

惭予寡昧预斯文，济济诸贤喜乐群。汉代中郎今后裔，千秋努力振前闻。

金鹅山口占 二首

川源合回此新阡，三锡彤音自九天。若斧若堂劳卜筑，谁跨马鬣与牛眠。

四水潆潆汇一洲，三冈排浪屹中流。玄苞玉尺君休问，胜在如星五石衷。

阅邸报，忽见楚抚臣疏报耿司马子健讣音，哭挽 二章

契阔同心廿载过，封章忽睹泪滂沱。两京尽道留枢重，七泽其如梦奠何。恸为斯文摧泰岱，忧惟世道下江河。应知震悼劳当宁，老我湘沅寄九歌。

其二

三巴凤昔共分符，藉在提携德不孤。天弗憗遗嗟大老，道其将丧失前驱。两朝伯仲齐钟鼎，奕代家声有骏驹。倏尔乘箕观大化，我衰那复久江湖。

郡司马杨钟元远顾山房 六绝句

使者褰帷十部春,深秋迢递访沉沦。欢传远迓迎司马,漫说江湖问老臣。

其二

扶桑晓望赤乌腾,海上年来浊浪澄。未羡伏波铜勒砫,关西胜有玉壶冰。

其三

灌木荒塘曲抱台,张筵聊傍水云隈。渔人网作银丝脍,父老壶觞荐旧醅。

其四

竹净沙凉野趣多,临流改席眺晴波。行觞莫道无丝管,满耳间阎五袴歌。

其五

别墅谁言奕兴阑,携枰摄屐上巉屼。等闲角胜谈尊俎,好为君侯筑将坛。

其六

小队行春碧海隈,襟期同拉孝廉来。兴高不作山阴棹,锦揽牙樯遁地回。时吴孝廉光卿陪访。

挽方学宪子及 二章

雄文一代擅登坛,郎署含香旧日欢。三徙回翔犹宪史,九湖沐辙卧层峦。子瞻叹为聪明误,慧远机忘梦幻看。遥向壶山申一恸,题书无复劝加餐。

其二

南来音问岁龙蛇,廿载思君两鬓华。乞老恩还初豸服,无生偈载白牛车。生平副墨藏金粟,别后留题散彩霞。去住逍遥同一路,休将迟速漫兴嗟。

采 菊

采采空庭菊,侵晨傍短篱。秋风三十度,霜露数枝垂。远道谁将寄,知音不可期。柴桑千载后,对汝起遐思。

己酉除夕 先一日,自玉峡入邑屋

山人入邑屋,越宿便除夕。儿孙共欢迎,灯烛荧几席。伏腊重聚星,光阴叹驹隙。忆自归田来，岁序十五易。时惟恋丘樊，迓且戒置驿。总之厌尘嚣，素有幽遁癖。今宵递献酬，岁觞云无斁。樵鼓夜欲阑，爆竹声转磔。阅彼人世间，劳劳为物役。此夕虽少休，众生恶能适。谁其厌稻粱，谁其啖糠核。以斯忽停杯，我忧不能释。坐来俄顷间，子夜春脉脉。诘旦明闾启，恩诏万方怿。

庚戌元旦朝贺试笔

云光开正朔，瑞霭霁东溟。万里瞻宸极，三呼俨汉庭。屠苏从幼稚，篇卷叹衰龄。尚抱江湖愿，群黎祝岁星。

立春次日回山房即景

屏喧言遁迹，献岁返西岑。但悦春华茂，其如暮景侵。一溪流净碧，四壑霭层阴。春草年年色，那知问浅深。

张惺初以比部郎拜滇宪副，初春纡车里门，赋以赠行

郎署衔香数载经，天南简命出彤庭。埋轮都尉张堪烈，习战昆池汉武灵。珂里春新瞻画戟，点苍秋至好题名。知君雅抱搋筹胜，推毂遥看上将星。

中和节步园即事

晓涉南园路，欣欣百卉荣。柔条陌上蘸，蒲叶涧中横。才过中和节，喧闻布谷声。江光聊远眺，物我总含情。

饶平掌教萧舜仪未老投牒，唁以长篇

春信何突兀，春愁大剧孤。俄传萧凤史，讵列老龙图。髦誉纷惊诧，桥门大扼吁。海邦连塞运，风教久蘼芜。多君饬簧序，砥柱屹东隅。生自中立里，学向豫章趋。源流昭正觉，绅绎味真腴。绛帐春初霁，经帷日始旰。菁莪宏启牖，枳棘奋芟锄。修止门非二，归宗演不迁。型范三庠铎，声清两邑符。苴楂何尝饱，冰壶炯自如。越雪俄然吷，贞瑜谬作砆。于年方耳顺，于教尚勤劬。歘来重掌故，耆宿正孤须。申公与伏生，耄耋上征车。作人宜寿考，于年曷问渠。君行跻伯玉，教复迈苏湖。古道行多窒，正人耻借资。众楚咻齐傅，髦弁弃硕儒。伊予卧林壑，沉疴久索居。向承君子至，謦欬荷昭苏。提撕方厚藉，印证愧予疏。君今浩然往，予怀惨不舒。鼓瑟声方间，皋比勇撤初。去去君休问，行行解佩琚。延津看剑气，

龟麓敞精庐。不断朋来乐，长年好著书。

改卜旧庐，辱杨钟元使君宠顾，兼得时雨，志喜赋谢

小径谁言栋宇新，暮龄犹幸际昌辰。骈幪喜遇褰帷使，环堵何愁磬室贫。海日波光看荡漾，东山晴色望嶙岣。更欢时雨沾濡后，万户同歌大有春。

改筑旧宅赋示诸儿曹

我衰不自量，卜居改敝庐。旧植半朽蠹，新材寡所储。丁丁劳斤斧，落落敞庭除。庾中稀积粟，橐里鲜青蚨。于神耗经营，于力倦拮据。云何罔揣度，且不顾头颅。莘挚昔有言，俭德怀永图。子舆亦明训，仁宅乃安居。晏氏不愿侈，回也乐有余。予胡不学焉，愧彼作圣徒。猥为子孙计，非干老自娱。遗安须自我，堂构汝肯无。落成知有日，苟完在须臾。无劳燕雀贺，所乐戏群雏。予将宅八纮，逍遥游太虚。住已未尝住，全一返真如。

偶阅邸报，见李直指复命，猥辱荐剡，赋以自嘲

忆自解组来，逾纪又三春。已抱烟霞痼，长为畎亩民。时犹重弃捐，垂念老波臣。讵意乌台使，猥及白首人。一疏达朝宁，顿欲起沉沦。岂知樗栎材，只愧列朝绅。群公在台鼎，谁许蹑后尘。崦嵫景已逼，丘壑分为邻。那甘呼小草，肯受漏钟嚬。寄言揆路者，莫妄拟棘津。愿假存余息，草莽颂皇仁。

送蓝掌教擢岳州教授 二首

如君教学有真源，道术端无愧圣门。教授河汾元不让，成蹊桃李欲忘言。行看化雨三湘浃，伫晋师臣六馆尊。何事人间空斧藻，应知儒行重屿璠。

其二

传经海国道方崇，绛帐今移楚甸雄。天入洞庭浮七泽，楼登巴岳振长风。由来髦誉夸南服，此日皋比景祝融。济济桥门深握别，鳣坛到处望征鸿。

端阳次男笃畀以诗侑霞觞上寿喜因赋以示之

长夏江门事事幽，玄云白水任夷犹。何来峡口飞凫急，怪底人间浊浪

浮。寥廓柴荆娱暮景，栖迟吾道自千秋。霞觞引满非祛暑，喜为余年戏彩留。

初秋苦雨 四绝
徂暑再浃旬，玄冥不朝霁。二仪恒作怼，燮理将何似。
白水没高原，瓯窭尽行潦。悯农定有心，咎征谁其兆。
滂沱彻深宵，枕上思农圃。刍牧尚难谋，天漏谁其补。
黑蜧故浸淫，商羊日际舞。天地亦何心，陆沉虑非诩。

七夕雨
山堂逢巧夕，一雨自初弦。共道谐灵匹，宁无滞鹊軿。直愁银汉溢，难与晒书便。徙倚更阑望，昏沉斗外天。

寄题阴那山兼怀萧友赞正醉易楼一首 阴那先赠公读书处[①]
阴那曾负廿[②]年期，先世盘游况在兹。圣谛逢梅多荫界，灵光老桧护交枝。逃禅我未窥三藐，醉易君真陋九师。几欲探奇循旧隐，萧斋阁上梦[③]庖羲。

① 《全粤诗》据明李士淳等编《阴那山志》卷三收此诗，题作"阴那山闻题"。
② "廿"，《全粤诗》作"期"。
③ "梦"，《全粤诗》作"问"。

重阳病阻登高 二绝
伏枕江城九日秋，黄花羞对雪盈头。罢官彭泽贫兼病，洒酒高怀兴未酬。

其二
篱菊晓霜对浊醪，蹒跚草阁当登高。晴空碧海堪舒眺，那羡龙山落帽豪。

重阳病起，畀儿以金紫二菊侑上寿，言赋以示之
秋暮群腓寂，篱花独傲霜。遥来酬令节，端不负年芳。剩有幽贞趣，编怜采襭香。南山朝对酒，无恙报柴桑。

病中不寐调息 二绝
一息调将亥子过，医王无念到维摩。根尘摄尽空明界，宁信回光尚几何。

其二

一息乾坤未了身，依微管摄属何人。悠悠子夜调虚寂，悟至无生始觉真。

庚戌岁长至次日，邑三博士先生率合庠友暨岁荐、乡耆二百七十余人举赠寿言，赋谢志愧

乞得闲身廿载过，暮龄修景惜蹉跎。君亲分义惭空负，编卷情神苦耗磨。敢望枌榆推月旦，已甘杖屦傍岩阿。桥门最羡青云侣，更喜鳣堂瑞色多。

即事自警二首

生来阅世任迟留，短发于今雪满头。陶令赋归非避景，伯阳书就可西游。身名应识谁轻重，缘业何如苦应酬。满眼夸毗差觑破，矢从寡过学前修。

其二

丹铅狃习未消除，况复颓然老病余。兀坐观心皈正觉，无营抱一见真如。雕虫只自销神骨，掔帨终然涉毁誉。子墨客卿今谢汝，明农端合理耕锄。

山居除夕

山馆今除夕，人间望耋年。进修嗟靡力，寡过愧前贤。献岁屠苏饮，深更爆竹喧。南园青草色，春至定芳妍。

辛亥元旦五鼓，于山居弘恩寺祝圣赋纪

海国熙辰贺圣朝，九天畴昔奏箫韶。于时吁望宽租诏，何日含哺击壤谣。但喜青阳新令甲，便安黄发稳渔樵。老臣倚杖江湖上，敢效华封祝帝尧。

贱辰辱云登萧友惠《寿蟠图》赋谢

漫说蟠桃宴，那知弧矢县。时光嗟浪掷，风木苦萦牵。但喜逢萧史，何期问偓佺。愿君高振翩，铅椠更谁传。

人日偶成

瑞策方开七，晴光日是人。物华三益径，遭际百年身。彩胜俗缘古，

洪钧赋岂贫。南园寻胜赏，桃李一番新。

示从子攸习

觉矣吾衰甚，百累咸消释。惟诸陈蠹编，犹与相朝夕。家世本菑畲，中兴振儒席。藐兮余幼孤，既壮勤服役。学宦苦蹉跎，志愿成虚掷。迨兹时已徂，孜孜竟奚益。眼底渊明儿，谁传王粲籍。尚望志学者，乘时勿自画。逸辔戒骛驰，取材须厚积。操觚抶蘪芜，舍矢定破的。所贵绝夸毗，贞志愿无斁。古人有明训，寸阴如重璧。

寝疾自春徂夏，得邹廷尉尔瞻书，书中云"归根一路知丈自得深矣"，悟赋二首

伏枕消长夏，当轩翠作帷。神微犹卷籍，食减任清羸。委运观元化，归根曷自疑。如君闻道早，大觉是我师。

其二

晓枕忽流莺，飞械到友生。只缘今日病，倍见古人情。朝宁盈推毂，弓旌寂不行。水田无限好，未合老孤卿。

夏日卧病

予生称善病，今之病病者。于年已望八，于时正长夏。沉疴苦郁蒸，柴立看炙踝。菑畬岂无由，检点过未寡。吾生命在天，吾道厄在野。天既不我佚，我胡不自舍。禅家观白骨，庄氏说侵假。观者洞百骸，假者资神马。殁宁昔人云，定须全放下。大化与偕游，有何不萧洒。

病起即景

不分经时苦噢咻，方书尽日漫绸缪。镜中玄鬓稀犹落，几上青觚断可休。身世总缘尘业老，情神长傍水云浮。朝来径竹偏萧爽，杖外千山入素秋。

末伏

偃卧经三月，呻吟苦未央。朝来知末伏，念定向医王。院净楸梧落，庭幽菖葵香。物情看似此，衰谢负秋阳。

病起

昨宵沾过雨，晓觉蚤凉生。渐沥林垂露，森沉谷啭莺。景怡神欲爽，病起骨多惊。朝喜秋飙至，残疴应悉平。

闻 蝉

停午炎云避绿杨，还须藜杖觅深篁。病余耳目憎繁扰，喜听新蝉扫石床。

箨 冠

衡门一径净檀栾，避暑移筇傍晚寒。短发萧疏聊结束，笑将新箨小裁冠。

病起初酌

年驱病竖学参寥，秋入园林兴转骄。涓滴乍开杯强把，炎蒸初退月堪邀。冯谁牙齿还相借，无奈皮肤暗自销。耆旧同时今几在，衰残那得久渔樵。

遁 迹

长是遁人迹，柴门满径苔。夏云伏枕过，秋色倚筇来。习静长抛帙，加餐漫举杯。即仍偷岁月，何计断氛埃。

高 枕

高枕逾春夏，拂衣余纪年。秋光逢起色，竹径响流泉。世路回衺甚，天心偃卧偏。几惭推月旦，总道少微悬。

沈祖洲令君惠题玉峡山堂，和答以谢

岩阿廿载恋斜晖，敝尽初裁薜荔衣。制锦风流逢茂宰，垂纶秋水老苔矶。中朝名阀推高第，薄海群星隐少微。黎庶如天湛渥泽，知君声价重黄扉。

重阳雨志喜_{二绝}

江城九日漫挥毫，拟佩萸囊赋楚骚。久旱忽逢风雨过，始知秋泽渥如膏。

其二

秋旱三农望若何，雨声深夜忽滂沱。不缘潘老催租兴，任是龙山寂寞过。

秋夜听琴_{二首}

小隐松罗秋正深，焦桐一曲洗烦襟。跃鱼亦解瓠巴听，别鹄犹惊激楚

音。古调寂寥风韵邈，清商缭绕夕阳沉。从来但说钟期会，山水何人奏好音。

其二
年来操缦学师襄，客至横琴自解囊。虚阁静调幽籁细，秋声拂轸入云长。人间好洗笙簧耳，天上谁传紫翠章。曲罢铿然余韵在，海天风月正沧浪。

晚 菊
秋色冯阑暮，黄花着地鲜。萧然襟似洗，静处色偏妍。疏挺风同逸，沉疴服可蠲。相将怡晚景，且莫问延年。

新 居
卜筑良匪易，经营岁又徂。但看三径就，浪作百年图。海徼犹多难，疮痍苦未苏。应知河曲叟，常笑北山愚。

马典客北上，赋送兼寄意吴孝甫
醉听骊驹倚剑歌，燕京裘马几经过。清时结束纤华组，汉殿传呼引玉珂。邺架卷签元自好，郑庄驿客更谁多。延陵旧友如相问，为道沧江老钓蓑。

暮秋有怀，约吴、林二孝廉代柬
伏枕深秋强自宽，萧萧风雨起凭栏。岩头薜荔寒堪摘，江上芙蓉秀可餐。准拟良朋过短棹，未逢征雁到飞翰。惊心又度茱萸节，肯负篱花醉共看。

送良医温贵纯归上杭 二绝
秦越由来有禁方，多君国手擅长桑。看余起色春光暮，又捉离尊醉杏庄。

其二
人世沉疴久未瘳，怜予伏枕几经秋。如君好展灵枢术，莫遣疮痍半在沟。

即景寄怀友人兼订秋游之约
归田十余秋，树艺日渐广。凌晨启□扉，策杖恣所往。南园灌木深，疏畦荳麻长。永日变鸣禽，流光成俯仰。停云望所思，有约频吾爽。清觞谁与挥，幽趣岁空赏。秋至惠前绥，此言闻自曩。

送国医温贵纯归，寿乃伯八十

如公康寿享期颐，百岁华佗信有之。药圃云深鸠杖稳，丹台春暖鹿车随。禁方元自传东海，国手由来饮上池。更喜阿咸传素业，刀圭随地起疮痍。

从子饷紫菊一本，花可数百朵，侑诗二绝，时重九后矣，喜而和以复之

重阳闰后又经旬，暮色东篱菊乍新。何处一株三百朵，呼童取酒酹花神。

其二

林净江空秋叶芳，遥来紫菊斗严霜。新刍社酒寒堪醉，小阮诗来兴转长。

金鹅山夜宿

忆自泉台掩，萧然云壑秋。霜华沾宿草，魂梦托玄丘。山拥金鹅下，江回石马浮。寄归同逆旅，达者莫须愁。

其二

筑窀先怜汝，鹅山闭夕晖。天家祎翟重，人世玉棺希。梦幻谁能觉，蘧庐总并归。沙丘原有卜，凭子未应非。

母淑人忌日，卧病邑屋不能走奠桃溪，诰封家庙，展对真容，拭泪哀述

鸡声未彻启霜帷，寝庙趋跄力不支。望鳌年来惟药物，孙曾代走荐芳粢。空将祎翟瞻依切，忍把杯棬宛转思。袅袅炉烟盈把泪，九京伏侍定何期。

辛亥除夕自咎

宣父作圣功，七十不逾矩。伊予跻望鳌，愆尤胡缕缕。赋性本觚坚，用世行踽旅。树绩非显融，立言多呰窳。华鬓为筹边，汰艾寻解组。嗜在逍遥游，实昧养生主。检点凤夜间，惺惺徒慕古。寡过叹蹉跎，月旦谬推诩。岁事奈苟延，孙曾乏绳武。纸笔既已疏，堂构谁堪许。暮景无欢娱，连触恒迁怒。自顾嗔且痴，奚殊伐生斧。兼之二客卿，楮墨砭肠腑。戒之嗟后时，况复不自努。及兹改摄提，矢心勖以补。良夜坐深思，悲来非一

绪。跋烛候鸡号，望阙起拜舞。（以上均见于明周光镐《明农山堂汇草》卷一四《明农草》）

壬子生辰二首

桑弧又首春，玄默正司辰。风木深萦抱，星霜任窭贫。颓波谁砥柱，芳草傍垂纶。但喜孙雏戏，觞称海上椿。

其二

蓂草开三策，悬弧望八年。捐糜负圣主，衰谢仗皇天。道总林丘隐，名羞月旦怜。石光过浩劫，何处问真诠。

元夕当楼月满同紫岩老弟小酌赋二绝句

最喜春融刻漏迟，烟花鼓吹懒相随。独怜皎皎中庭月，照我同君两鬓丝。

其二

冰轮东拥上楼台，碧树华灯掩映开。白发两翁相对坐，笑向婵娟漫举杯。

春深病卧邑屋寄怀山居即事四绝句

九十春光强半过，山林城市总蹉跎。花朝雨后群英淡，好语山灵护薜萝。右萝径。

其二

南园草色正和柔，几树莺啼雨乍收。苔径经时无履迹，韶光何计肯迟留。右南园。

其三

春潮漠漠浸渔矶，两岸青山带夕晖。梦里溪桥浮白水，垂竿空挂碧云枝。右渔矶。

其四

桃花飞尽菜花黄，莺燕江天共颉颃。景物撩人春欲暮，闲鸥自在下方塘。右池鸥。

有怀即事二绝

峡云缥缈江云深，江阁烟笼祇树阴。无奈尘缘兼病竖，惺惺梦里海潮音。

其二

孤寺桥边钟梵迟，老僧拥衲颂菩提。惊心月令应施度，况是收轭掩骼时。

沈祖洲君侯惠令倩韩殿撰诗笺赋谢

徽惠神明宰,遥承翰苑君。七襄才子赋,三善海邦闻。佩解明农父,毫挥晋右军。似斯殊宠锡,冰玉共清芬。

其二

汉殿泥金日,蓝田种玉初。层霄冲凤翩,昭代重璠玙。载道昌黎裔,齐盟正始余。自惭称世讲,何日问双鱼。

郑博士邦纶司教程乡喜而赋赠

家世忠良第一流,皋比初展古梅州。先朝折槛名卿秩,考翼分符列郡侯。道衍清贫甘苜蓿,教传髦士赋薪樵。多君藻思元宏博,璞剖陵阳定再投。

斋 头

斋头细雨酿轻寒,江上蘼芜散晓烟。莫问闲愁深几许,落花飞絮满尊前。

恒 雨

一春晴色苦蹉跎,南陌东畴雨满蓑。但得海邦称有岁,村村社酒醉交歌。

客有以叙言相委者,谢病不获,偶自嘲且矢

余生多病岁漫漫,日检方书侧枕看。八十星霜空蠹简,一江烟雨老渔竿。操觚隐几瞳神短,搦管临池腕力殚。楮墨客卿重誓别,须臾无恙且加餐。

春 归

岁朔初更春又过,曜灵天上迅如梭。寄声杜宇休悲切,玄鸟鸧鹒别几何。

佛日禅悦约友

长年此日集群缁,清梵声中度六时。今自斋心香共浴,供余禅悦与君期。

榴　花
独树榴花照眼繁，满庭芳草静黄昏。冰轮忽拥东岑上，可有人来共绿尊。

梦渔矶
峡口长江净不波，矶头匹练落明河。杨枝潋滟千条绿，归兴三春此夕多。

午枕口占
何计避人断世氛，初炎天气坐如焚。抛书倦入华胥境，白鸟闲鸥自狎群。

阅邸报有慨
国是凭谁任，天心定若何。揆衡宣力少，神武挂冠多。尽道垂衣治，其如炀灶讹。高皇灵爽在，无恙万年过。

昝　目
大隐谁怜老市朝，高霞赤日向人骄。皮余卷帙愁昝坐，色相空来意转迢。

端阳病中述怀
当年竞渡落长河，峡口潜龙起白波。几许宾朋成胜赏，如今底事困沉疴。

其二
灵符佳节又经过，满眼葵榴奈昝何。短发年来空悼往，不堪洒泪落层波。

即　事 二绝
端阳不减艳阳天，入耳莺声奏管弦。改席绿槐阴尚浅，须寻翠筱傍前川。

其二
新柳风微拂面疏，袭人花气满庭虚。但喜炎天舒暑度，恰逢清昼漫摊书。

先大夫讳日，病不赴寝庙，就邑屋哭奠纪哀

青鬈违色养，白首叹孤茕。恸远沧溟阔，天空曲籁鸣。纶音三锡重，身世百年轻。梦转松楸径，侵晨掬泪盈。

月下散步渔矶望紫岩来舟

连宵有约步孤台，青雀矶头望未来。钟磬数声禅景寂，疏桐斜月满苍苔。

九日病足不陪友人登高赋纪 二绝

秋阑林净感萧辰，久约登高载酒频。却恨扳跻力不任，青山空望碧嶙峋。

其二

东篱未见菊花新，萸佩萧然惜此辰。白首想应花作妒，清狂落帽定谁人。

《祖洲歌》十首为沈令公题兼送上觐北征①

蓬壶三岛几曾游，揽胜惟传萃祖洲。不有汉皇宣曲室，那知曼倩是仙流。

其二

谁向蓬莱顶上行，云光海色映空冥。个中长啸玄真子，呼吸元和运太清。

其三

水上乾坤第一洲，扶桑朝旭大荒流。凭君静扫玄虚赋，海若天吴日夜愁。

其四

彤云缥缈化人宫，万顷玻璃漾碧空。谁信朱明亦洞府，河阳花发满朝东。

其五

浮空海岛隔尘寰，岛上真人握大还。夜半天鸡鸣日出，遥闻金佩晓珊珊。

其六

麟凤玄元落翠涛，长生聚窟峙神皋。祖洲遥倚层霄上，引领鹓雏振羽毛。

其七

休文自昔隐金庭，见说崇明有洞灵。何似祖洲芝草秀，活人曾载沈

羲经。

其八
八鸿天际翔金令，群岛霜华洒玉壶。一片秋怀君更爽，何殊偃室是仙都。

其九
仙令琴堂玉韵长，桃花春月满河阳。秋成更惬三农望，又见双凫入帝乡。

其十
仙凫遥挟彩云来，左个青阳宝扇开。未道汉家神令宰，翩翩更擅柏梁才。

①《全粤诗》据清温汝能《粤东诗海》卷三五收此诗第五首，题作"祖洲歌为沈令公题兼送上觐"。

式远侄六十一诞辰，赋以长篇志喜，兼致祈勖之意

吾家老从子，行年耳顺中。昆季共言寿，华甲喜载逢。嗟余久行役，归及柔兆重。荏苒忽逾纪，子成六一翁。思余兄艾时，家庭际亨隆。励子勤咕哔，睹子进黉宫。尚期兰玉秀，庶克亢吾宗。乃子志嘉遁，不乐曳章缝。云我周丕基，稼穑自先公。业善趋庭训，诗礼饬其躬。谦贞君子节，朴茂古人风。更勤方寸地，培溉俟年丰。达者深阅世，此理司玄穹。繇来攸好德，景福自来同。惟天介引逸，耋会八九从。兕觥日相命，月旦评共崇。逍遥娱暮景，园林足素封。余也耽林壑，忧累脱然空。赖有阿咸在，天性日融融。箕畴如不爽，耄耋共明农。

李若临年兄起家粤西观察使，辱书寄问，赋答以赠

伊昔逢嘉运，偕君婴华组。中外效旬宣，日惟天子使。华发倦风尘，脱屣事农圃。余生入玉门，君来自荆楚。先后荷主恩，亟自营别墅。玉峡傍先茔，泷门擅胜薮。荏苒时光徂，隙驹十寒暑。余病卧首丘，君望隆朝宁。忽拜明光诏，起持右广斧。君意犹踌躇，奉檄转伛偻。书来有深怀，眷念猿鹤侣。约予登罗浮，铁桥遥相伫。余报君行矣，六翮宜冲举。珪爵来曷辞，疆场应自许。小草任人呼，铜标屹天柱。勖猷幸勖旃，为宪定吉甫。予亦嘉弹冠，其如疴未愈。道匪睽升沉，迹奚殊出处。愿言秉坚贞，此谊敦自古。（以上均见于明周光镐《明农山堂汇草》卷一五《明农草》）

尹　瑾四○二

柏子潭
　　层崖树色郁阴阴，石洞灵湫隐翠岑。水落澄潭含雾湿。山环古柏带烟森。暮林返照鸟双下，夜雨飞涛龙一吟。圣藻昭垂遗泽在，三秋禾黍足甘霖。

龙泉寺
　　龙泉宫殿转霏微，吏散寻幽兴不违。龙去澄潭云尚湿，泉流古涧雨初稀。瑶阶烟静天花落，翠麓林深海鹤依。薄暮山亭一登眺，归鸦无数带晴晖。（以上均见于明郑廷瑞《南滁会景编》卷二）

丰乐亭
　　亭隐丰山小径分，绿苔荒锁断碑文。千家树色浮晴雾，一抹湖光散晚氛。薄宦有时长作客，孤忠何处不怀君。先忧后乐酬平昔，明月弦歌入夜闻。

丰乐亭次韵
　　郊垌秋气爽，幽胜足追寻。山迥晴排戟，泉流曲抱襟。晚烟苍树澹，夜月翠萝深。散步林亭下，西风动越吟。

紫薇泉
　　薇省花开满玉堂，何年移向涧泉傍。水边花发涵冰冷，树里泉流漱石香。

来远亭
　　翠微亭榭倚高台，烟雾霏微拂曙开。万里长空春日霁，远山晴色入窗来。

醒心亭
　　太守滁阳有醉亭，醉翁何用醒心铭。托情山水人同醉，耻学倾罍还独醒。（以上均见于明郑廷瑞《南滁会景编》卷四）

阳明先生祠 二首

包羲图画寄心传，邹鲁斯文一脉连。秦火诗书燔孔壁，何人日月揭中天。道从濂洛窥堂隩，学向关闽入圣贤。赋性良知元不昧，须寻洙泗认真源。

地枕滁阳古涧西，芳祠高敞拂霄齐。浮云飞尽暮山色，积雪初消寒树低。幽谷千崖开化日，原泉一派接清溪。映阶庭草自生意，岁岁春风入槛葽。

醉翁亭

两峰环翠日初迟，亭榭山间有四时。佳兴不缘泉石癖，幽栖长与水云期。野花爱客临芳砌，谷鸟窥人恋旧枝。太守当年曾此醉，谩寻遗迹酌清卮。

酿　泉

野树青峰合，环山碧涧澄。石根寒喷雪，沙井冷涵冰。清气琼浆泻，浮香曲糵凝。临流河朔饮，不见火云升。

春晴游醉翁亭

天回暖气入瀛寰，立马松亭白昼闲。吏隐有时栖绿野，春游何物胜青山。朝晖轻散烟萝外，霁色遥分苑树间。无数飞花晴自舞，芳樽能不醉酡颜。（以上均见于明郑廷瑞《南滁会景编》卷六）

琅琊寺

树里琼宫隐翠岑，烟霞宦迹几登临。上方鹤舞迎仙侣，古殿钟鸣落梵音。石壁泉声和雨漱，洞门云气带岚深。高亭揽秀苍空阔，一坐全销万劫心。

白龙泉

石窦晴沙漾碧泉，寒流细细白龙眠。泥蟠飞上云霄去，带得甘泉沛九天。

庶子泉

庶子飞泉漱石鸣，一泓秋水接天清。水壶湛湛浮寒液，倚槛临流可濯缨。

重熙洞旷览亭

亭高风磴峭，野霁雾烟清。晓日衔淮树，春江绕浦城。天空横海鹤，山谷啭林莺。极目燕云迥，金门曙色晴。

重熙洞

熙阳古洞隐苍岑，别洞重开翠树林。云散石门晴不掩，天边暖日到层阴。

琅琊寺次韵

爱山深入寺，蹊涧几萦纡。古径烟霞合，虚亭水月俱。吏情牵薜荔，野兴寄鸥凫。木落千崖静，松云抱石孤。

登琅琊绝顶偕萧乾养寅长

初日含山静，春云簇树齐。磴横斜岭北，路入小桥西。曲径万松合，晴峰千叠低。碧霞开绀宇，联辔共攀跻。

皆空亭次韵

地僻千峰静，亭虚万象空。云开晴洞北，月上晚溪东。旷野浮烟尽，疏林断涧通。池涵金鉴彻，泉漱玉冰融。氛霭凌风散，江山太古同。红尘飞不到，清宇廓何穷。性分澹无物，人间徒自忽。（以上均见于明郑廷瑞《南滁会景编》卷八）

龙蟠寺 二首

翠微禅刹簇青莲，夹岸松萝一径穿。偃月洞虚晴散霭，灵芝井润暖生烟。荒阶碧草迷残碣，削壁苍苔挂落泉。车马不喧堪避俗，秣陵春树隔江天。

曲径烟萝绕翠岑，上方台殿昼阴阴。蟠龙出洞风云起，老鹤巢松岁月深。初地灵芝翻玉井，诸天贝叶散瑶林。昔游冠盖空尘迹，只有青山自古今。

偃月洞

偃月仙人洞，堙埋不可寻。林藏一寺小，云度半崖阴。石剥怜苔锁，蹊迷憎草侵。登临倍惆怅，万劫此销沉。

灵芝井_{井废，近存凳石}

龙山古刹侧，怪石乱参差。漱齿曾开井，凝祥背产芝。栏颓榛莽翳，泉涸土沙欺。变态故如此，营营何所为。

观石刻

隔代芳踪此处留，到今岁阅几春秋。银钩字断封深藓，黄绢碑残卧古丘。万叠耸云山自净，一泓绕寺水空流。细推物理终归尽，且共幽人汗漫游。（以上均见于明郑廷瑞《南滁会景编》卷九）

环山台

楼台环翠巘，芳砌满苍苔。月傍松桥转，烟凌竹径开。树深莺入坐，水静鹭飞回。移席花阴动，清风数举杯。

超然亭

池塘开径曲，亭榭倚山阿。碧树含晴日，红蕖出晓波。映阶花自舞，隔叶鸟当歌。月夕凉风动，披襟洽薜萝。（以上均见于明郑廷瑞《南滁会景编》卷一一）

载酒江皋饯靖吾、青霞计偕北上

李郭仙舟晓日开，河桥晴色入清杯。延津倚剑双龙合，银汉秉槎万里来。白雪梁园堪作赋，黄金燕市共登台。曲江并骑春风细，南国停云朔雁回。（明李元弼《江皋小筑集》下卷）

陈　履四〇三

天　门

白岳峰高紫气屯，丹梯九转到天门。停车自拂浮云入，倚树徐看落日昏。物外烟霞那易得，忙中岁月不堪论。风尘傲吏人多病，空忆仙人碧玉尊。（明鲁点《齐云山志》卷五）

袁昌祚四一〇

凌云寺和前韵

三江寒色浴珠宫,树杪平临紫翠峰。霜压彩毫区万象,云垂玉勒控双龙。诸天恍见花将雨,胜地原堪酒不空。清眺民艰还满目,会看衢室达尧聪。(周文华《乐山历代诗集》卷九)

峰 顶

杰阁半临北斗边,芙蓉片片袅寒烟。珠光近向镫轮转,谷响遥从塔铎传。静夜松涛千峰①合,崇朝雨色四天连。茫茫下界空回首,结社何年托白莲。(明胡世安《译峨籁》卷一〇,又见清印光《峨眉山志》卷七)

① "峰",《峨眉山志》作"嶂"。

将入曹溪使者来迓谢张明府

宝刹参差出紫氛,四天钟磬隔溪闻。怜君幸借东山屐,镇自扪萝憩法云。

晚 眺

溪水粼粼触石矶,溪云晴拂万山飞。遥看宿鸟鸣高树,知有孤僧下翠微。(以上均见于清马元《曹溪通志》卷七)

总题江皋十景

城流灌溪江,东洲水环带。划然若地另,潮汐通溟海。盈盈断嚣尘,周览更爽垲。玮抱惟李君,抗志蔑百代。四焉馆载筑,益友群相待。独以心匠运,创作十胜概。南薰虚阁入,静听如亭籁。凉燠任所宜,四序浑空界。层台眺远岫,俯视繁花坠。课耕日成趣,八柏青暧䨱。左纽枝擅奇,祖武瞻如在。探春向梅坞,暗香敌兰茝。荔矶月华鲜,横竿漱清濑。玄关抱曲沼,浩鉴天光汇。星槎宵泛泛,兴触歌欸乃。物感讵能齐,幽栖乐无改。暇奉板舆欢,不藉冢庭□。或寻觞咏适,恍惚平原会。或借停燕游,义出形骸外。蘧庐等古今,潜跃随真宰。长风起南天,纵翩观埏垓。(明李元弼《江皋小筑集》上卷)

黎邦琰 四一〇

秋日访潘丈校书清泉山中

几时来海上，双屐过青山。白雪君逾丽，苍松我共攀。席移风径晏，兴在竹林间。更喜探奇字，常从日夕还。

载酒从玄赏，开窗面北山。云移千树失，苔剥一池斑。得句风尘外，论心水石间。只应猿鹤在，故故逐追攀。（明黎民表《清泉精舍》）

傅敏功 四一七

虚阁迎薰

高阁凭虚迥自如，萧疏群卉掩深居。薰风一枕初醒梦，漫炷名香读道书。

如亭听籁

如如亭上解忘机，徙几窗前望翠微。灵籁一声天欲洗，不知清露点人衣。

层台远眺

高台郁郁倚云岑，闲眺谁知望远心。中有草衣霞外客，年年水石自阴森。

庭院飞花

小山独坐恋迟晖，漠漠松阴有鹤归。静里不知花落尽，一庭嘉绿转霏微。

八柏环青

清时寄傲草堂灵，列柏森森拂汉青。幽壑芳姿凌雪色，疏楃掩映诵《黄庭》。

课耕涉趣

十亩新畲种秫时，呼童荷插日相随。是非不问真吾适，孺子风流今在兹。

梅坞涵春

寒坞风香不染尘，堪怜何逊赋先春。芳姿嫩蕊犹含冻，消息惟凭寄远人。

荔矶钓月

荔子垂丹俯钓矶，闲看水落羡鲈肥。渔舟唱罢炊烟散，自在中流载月归。

玄关镜水

闭关晴检白云篇，一点光浮若镜悬。奇问应知频过酒，雪舟何日共谭玄。

星槎晚泛

已赋逍遥入紫烟，乘槎何处觅张骞。沧波泛泠无羁束，谁识人间有谪仙。（以上均见于明李元弼《江皋小筑集》上卷）

林　培四一七

与诸子守岁

寒飙振疏牖，岭梅冻未消。感此岁华改，兀坐对岧峣。亦有会心人，携樽问寂寥。既洗白玉盘，复吹碧玉箫。潜蛟舞幽壑，鸣鹤唳九霄。深杯倾永夜，移步看招摇。明星灿荧荧，蛬虫声喓喓。青阳正当候，曳佩祝唐尧。

过李见罗先生草堂

洪都一俊人，卜筑灵峰阿。砥柱在中流，屹然障颓波。泰岱群岳宗，瞻望何巍峨。勋业振埏垓，仁义沛江河。身在道自尊，贤哲多轗轲。武夷待先生，白驹吟孔多。山南尚堪屋，吾将辟草萝。

用韵怀陈一水先生

忆昔过武夷,先生方去国。执手幔亭隈,世路悲险反。脂韦据高津,英贤播穷谷。吾道足自珍,抱璞何须哭。哲士多迍邅,仲尼叹天勦。先生留我住,藿食无粱肉。谭笑傲羲皇,耻随世碌碌。殷勤语先生,作室须梁木。随时爱景光,岁月忽以倏。先人曾同僚,追念颦且蹙。时复侍跻攀,奇峰分六六。一别十年余,冈峦还簇簇。殊猷满滇楚,茂伐畴能遂。草堂仅容膝,清风映九曲。嗟予臭味同,仰止步芳躅。入门诵玄文,对此增感触。考亭与九峰,道脉赖君续。未学敢蹉跎,继晷烧银烛。仰瞻夷山青,俯眄夷水绿。即乏奇峻姿,矢不堕尘俗。伟矣诸先哲,高名镇山岳。一点灵明心,妙道先我觉。未释伊尹忧,先寻颜氏乐。行当结茅庐,相期岂云邈。

偕陈将军、周太学游雪峰寺

郁郁雪峰寺,层峦紫翠丛。白云连海岱,青霭隔帘栊。有客耽奇癖,招朋访远公。一瓢载溪月,两袖趁天风。笑吸松梢露,闲调石上桐。寒泉喧霹雳,宝塔映玲珑。枯木庵何古,梯云径可通。老僧能说法,野鹤任腾空。感慨千秋事,萧疏两鬓蓬。将军谭射虎,词客咏归鸿。晚著登山屐,朝骖跨海虹。嵩阳遥在望,幽赏兴还同。

和台长黄同老见寄

南还瘴海静波涛,北望燕云日月高。傍母只应怡菽水,啜醨何意问离骚。诗投合浦明珠烂,愁破平原酒气豪。为寄鸣珂南陌侣,银鹓文鹖满江皋。

又

蓟门春杪雪棱棱,底事房心故守荧。仁爱忽惊天象异,馨香奚啻郁金醽。凉生画阁悲纨扇,剑倚平津忆聚星。最爱侯巴明月曲,鱼龙飞傍水云听。

秦母奇节

岁晏孤芳怅独持,亭亭霜竹迥幽姿。断弦已入湘妃瑟,矢死谁赓卫女诗。片石化来犹幻妄,双龙飞去自雄雌。怀清不羡秦皇筑,直表梧山作道碑。

武　夷

武夷自昔神仙窟,此日登临兴欲飞。玉女峰头秋月白,金鸡洞旁暮烟霏。风传舴艋杯浮醱,境入空蒙露满衣。我欲移家傍精舍,碧云深处是渔矶。

玉华洞
古洞幽栖隔市廛,神仙开凿自何年。琪花寒映初晴雪,玉蕊光摇欲曙天。钟鼓有声青嶂隐,楼台无地彩云悬。招携况是蓬莱侣,同听鸾箫月下旋。(以上均见于清屈大均《广东文集·林光禄集》)

江皋晚泛分赋得楼字 丁亥
凌风取醉谪仙楼,乘兴还如上小舟。日落尊开千嶂合,波空云尽万山浮。菱歌断续鸳鸿渚,郢雪翻飞杜若洲。河朔旧游君莫问,振衣同赋越江头。(明李元弼《江皋小筑集》下卷)

袁　敬 四二〇

浈阳别温青霞寄怀靖吾李年丈
朔风吹浪锦帆轻,别酒那能系片程。江上芙蓉秋乍冷,洲边杜若雨初晴。浮踪共作天涯客,薄宦多惭地主情。卜筑江皋人似玉,风流谁并李膺名。(明李元弼《江皋小筑集》下卷)

麦秀岐 四二〇

冬日与黄懋忠、林祯灿、车宜仲、梁幼宁、高正甫携具访李相所年丈于濠上水亭,分赋得徒字
谁道襟期可易图,三年踪迹断江湖。花前见雁遥相忆,雪里移舟幸不孤。隔岸冻云窥下榻,当轩寒色散围炉。旧游屈指今能几,莫惜酣歌倒玉壶。

送靖吾丈北上
北走长安又问津,江皋且暂辍垂纶。齐竽不必工谐世,楚璧终须善遇

人。偃蹇廿年留硕果，风云一日起前薪。禁林花树争含色，合待青莲点笔新。

其二

客衣初换越罗单，秋半趋程尚未寒。连夜月华延去棹，沿途风叶点征鞍。黄金价在登台易，白首交深赋别难。书上定惊相见晚，看君载笔奉宸欢。（以上均见于明李元弼《江皋小筑集》下卷）

寄答

岁晚期君竹下游，于时雨雪满菟裘。一尊握手情难尽，半日论心话未休。别后听莺空闭户，风前闻雁每登楼。谁知春兴偏相忆，赋就新诗忽见投。（明李元弼《江皋小筑集》附稿）

祁衍曾 四二〇

偕梁思立、谭永明集黎惟敬山楼

六月炎蒸秋复生，山楼对倚越王城。竹林世业怜同调，风雨尊醪喜共倾。一水鸣蝉喧昼永，半江残日隔窗明。过逢况有丹丘侣，把袂长歌意自平。（明黎民表《清泉精舍》）

高为表 四二〇

虚阁迎薰

萧疏一径长蒿莱，背郭茅堂远市开。日静卷帘尘不到，清风时过竹间来。

如亭听籁

空亭曲曲散披襟，松薜成围桂作林。吹万忽从蘋末起，啸歌犹似答幽音。

层台远眺

台枕江流一壑回,天高地远倚崔嵬。罗浮直对瑶为室,若木东窥海似杯。

庭院飞花

烂漫横塘锦树遮,菟园兰坂结为霞。香飘万点堪娱酒,何用临风怅物华。

课耕涉趣

一片春云绕池匝,平田细雨荷锄立。长垅黍苗铺绿阴,最是巾车幽意惬。

八柏环青

列柏逶迤绿水傍,葱菁偃盖竞生光。凭君看取岁寒操,长与萱花映北堂。

梅坞涵春

水泉欲动幽岩雪,菟苑先披晓树风。自是丛林千玉缀,春光多在海门东。

荔矶钓月

萃圃朱明嘉树垂,珊瑚环水照新枝。丹葩赤实邻渔火,月出矶边理钓丝。

玄关镜水

关门抱一玄非白,明镜无波水自澄。恬漠只今能得道,因君云石悟三乘。

星槎晚泛

轻舟柔桨荡波红,莲渚萧萧烟雨中。薄暮隔江残照入,徜徉鱼鸟乐应同。(以上均见于明李元弼《江皋小筑集》上卷)

冬日与黄懋忠、林祯灿、车宜仲、梁幼宁、麦德征携具访李相所年丈于濠上水亭分赋得居字

岁色幽期在,冥心濠上居。人烟夹岸密,寒雪断流余。箧著瑶篇满,

衣仍旅食初。向闻系舟处，吾欲傍樵渔。

《赤壁图》为李相所年丈题

剪就生绡画赤壁，凭眺古今情非一。萧萧高树来清风，澹澹澄湖秋月白。学士才藻宋名流，早探石室玄冥搜。掌握南宫西掖制，剖符杭澍历黄州。一麾出牧海隅滢，心情洒落超留滞。陈力簿书未云疲，转于烟霞有深契。秋色苍然万象新，聊同客子泛临津。倚棹放歌凌郢里，逍遥宁复叹波臣。西连汉水吞云梦，东窥樊城接楚塞。羊公岘首碣已磨，蜀相抱膝吟安在。后先汗漫蹑云根，峭壁空江注海奔。吁嗟孟德雄横槊，讵博词人一泛樽。余友青莲富蕴藉，开轩映澈冰壶色。相逢尘态顿能捐，江皋遍植洞庭橘。奇才本自致青云，峨眉楚望欲平分。更喜故人工射策谓温青霞进士与丈同结社也，拔茅休勒稚圭文。

从五羊过访李年丈江皋漫赋

一水盈盈绕万家，郊居更卜浒洲斜。青山入牖图金谷，白浪迎门卷玉沙。幽籁不禁风坞竹，异香纷度石林花。邀欢却问云霞侣，千里山阴兴未涯。

将还五羊，祁羡仲、袁仲奎、周宪侯、李相所同游茅溪江皋，泛舟放歌，相对欢甚。别去，乘潮夜发，山月江涛依依故人色也，舟中寄怀四章

其一

逍遥溪上似平生，斗酒逢君十日倾。此夜起看残月影，苍茫犹傍别时情。

其二

客里风尘杳自闲，蒯缑无恙未堪还。青云不少高阳侣，杖底终悬葛令山。

其三

茅径溪头去问津，渚花吹送渡江人。征帆瞬息扶胥道，一夜涛声入梦新。

其四

片帆飞度掠千峰，去去翻令思万重。东望斗间多异气，倏然岳色映芙蓉。

李年丈见贻《江皋集》，获睹诸名公雄裁及不妄游宝安时留别之什。记忆日月颇长远矣，感念今昔因赋赠是诗，兼呈袁聚老廉宪，待丈读礼后当劝驾北上，亦了此一段春官缘也

睽违思特甚，何得庆遭逢。布帽芒鞵至，充符有道容。姓名欣附骥，门第艳登龙。四纪驹徒过，千秋策可从。马蹄凌朔雪，法乘叩南宗。硕果知舆载，含毫赋恨浓。余犹惭邴曼，君自慕周颙。卜筑丘中胜，希心物外踪。青莲才藻丽，白酒与情钟。小草他年檄，云霞应几重。

送靖吾丈北上

遁迹江皋著万言，秋清时复望中原。百年菽水依亲舍，一日彤云遇主恩。塞雁北来犹接翅，溟鲲南转运腾骞。君家素有惊人句，长策于今献至尊。

其二

朝闻结束借吹嘘，江上蒹葭玉露初。才侔长卿题汉柱，策成徐乐对公车。冲星越锷双钩壮，朔雪燕台万里余。同藉交情原不浅，河梁携手重踌躇。（以上均见于明李元弼《江皋小筑集》下卷）

送李靖吾

邮笺时报海潮虚，紫气江皋指葛庐。杯底欲酣千日酒，笥中新秘八分书。帆樯飙度扶胥急，衣袖冬沾朔雪余。容易风烟经岁隔，莫教凭鲤旧游疏。（明李元弼《江皋小筑集》附稿）

李元弼四二〇

丁亥元夕挹薰楼集得香字

荧煌城市竞春光，偏爱寻幽问草堂。授简俱为青眼客，移尊况复郁金香。楼开海色当窗见，剑倚山云绕槛长。病骨顿苏良夜醉，更从何处觅仙方。

春日集如如亭分赋得杯字

客至蓬门午始闻，童知晨已扫苍苔。主宾天地青阳会，今古衣冠郧下才。柳引乍归春色癖，亭深长使树香回。欣逢莫问浮云事，且尽尊前细

菜杯。

夏至对酌联句丁亥

寻盟载酒问荆扉_{靖吾}，五月亭深暑气微_{青霞}。拂槛荔垂堪小摘_{靖吾}，恋林蝉喈未惊飞。杯传竟日难辞醉_{青霞}，坐扣玄谈解息机。千载芳辰须我辈_{靖吾}，暂时移桌肯相违_{青霞}。

江皋晚泛分赋得扶字丁亥

平明挈伴寻幽赏，带月狂歌此泛湖。潮急云连犹万竹，岸低浪暖逐群凫。兴飞肯负征蓬远，目断能堪斗酒呼。烂醉恍如天地转，不妨携手谩相扶。

冬日招酌挹薰楼同赋得歌字

草庐习静对沧波，忽漫旌麾拂薜萝。天地尽容舒眺览，雪梅偏喜放高歌。淹留佳客无兼味，潦倒深杯只浊醝。见说问奇清兴在，不妨野外更相过。

中秋后如如亭赏桃花

夏日贡实今又花，艳艳蕡桃未足夸。只缘媚客供清赏，不谓先春占物华。隔岸听歌杯愈剧，临池促席兴还赊。赏心取醉寻常事，莫问城头月色斜。

九日登达观台

敢道危楼百尺光，凭虚览胜集茅堂。龙山酒尽冠逾整，陶径秋高菊倍香。佳节千年情不负，阳春一曲和应长。休夸四美还今日，儒雅风流又季方。时石川公子在席。

中秋后一夕集江皋得薰字

高秋银汉净霾云，坐挹风微散妙薰。最爱层楼赊庚月，却怜尘榻点羊裙。卷帘玉露疏疏滴，吹笛梅花细细闻。万事纠纷何足问，拟酬尊酒重论文。

和韵留别

瑟瑟秋声粤海湄，狂涛冲舸净江氛。照人明月飞阳雪，拂阃芳尊倚暮云。野性故怜牛马走,坭途难判鹿麋群。东帆到处秋仍好,取醉看花尽日曛。

抵端重九偕骆心亭、黄复亭游七星岩有怀温仲子

几载仙岩梦,登临值菊辰。扪萝僧狎客,落帽鸟窥人。兴剧频呼酒,狂来却任真。独怜同调迥,去住转伤神。

宿挹薰楼

蒹葭采采江天晚,一笑连床爽气侵。入夜光芒双剑合,登楼披豁百年心。诗成谢朓饶清韵,曲奏钟期有素琴。最是风流擅江左,太真谁复并徽音。

同温刺史集江皋

金飙萧瑟暮江秋,扫石欣迎并辔游。倚剑共看星斗气,开尊同破古今愁。长林日落砧声急,远水云凝雁影浮。久别乍欢欢更别,何时重泛剡溪舟。

夏至江皋赏荔分赋得堂字

佳节俄惊已伏阳,呼童速客过茅堂。联鑣肯怯江天热,把袂狂谈特地凉。漫道荔枝三百颗,偏宜竹叶万千觞。端明识后传新谱,岁岁相期取次尝。

春游同赋 用温韵

郊馆占星聚,高轩辱枉时。庭闲风淡荡,帘卷日舒迟。客至奇应问,鸥群狎不疑。花明云气爽,叶润露华滋。伐木情犹惜,连枝会在兹。韡华呈棣萼,和乐洽埙篪。葭玉时相倚,松云晚并怡。减衣闲白羽,岸帻听黄鹂。下榻怜同调,鸣舷且共嬉。棹移天欲破,舟泛岸相随。江树含烟袅,汀花宿雾披。芝兰投气味,蒲柳异丰姿。空谷传虚籁,深林拂钓丝。蓬蒿萦野径,萝蔓没阶墀。顿觉居诸易,宁论桑海移。襟期聊对适,笑语竟忘疲。主与宾偏洽,情于景更宜。南金君并美,东阁我无奇。已愧孤尊酌,能无后会思。愿言频命驾,心赏永为期。

初夏达观台对月得皋字

入夏寻幽兴亦豪,一尊移棹问江皋。剧谈千古心逾壮,纵目长空望转

劳。宝剑光摇波月动，德星遥聚海天高。酒阑荡桨乘潮泛，回首酣歌愧二毛。

冬日黄懋忠、林桢灿、车宜仲、梁幼宁、高正甫、麦德征携具访于濠上水亭分赋得稀字

系缆江亭对夕晖，喜联驺御枉荆扉。尊移爱汝论心重，赋就惭予雅和稀。鲈脍却先荣解组，雁行曾昔聚初衣。年来忽断瞻云想，魏阙长悬愿不违。

喜高年丈远访江皋用韵赋谢

幽居地僻野人家，修竹垂杨夹岸斜。只以图书供阒寂，谩劳仙舸驻江沙。交情罗雀闲三径，世谊逢君羡五花。欢剧不妨占太史，平原应拟兴无涯。

中秋后五日，廖太学肖松、韩计偕月峰、沙万户原白同集江皋得风字

萧瑟金飙水郭中，清尊偏得故人同。依微树色侵杯绿，绰约蓉花入望红。梁苑词华饶郢雪，柳营吁策壮雄风。相看不尽豪吟兴，应念长途独转蓬。

重阳登达观台分赋得蓉字

集客登台石磴重，一天秋色醉芙蓉。振衣坐染流霞湿，倚剑行看王气钟。迎节紫萸今共把，赏心黄菊岁相从。抽词剩有羊何侣，赋就凌云兴转浓。

乙卯七夕集江皋池亭

鹊桥遥望五云深，佳夕朋从得并临。风雨总为牛女泪，星河偏动岁时心。十年世事看雄剑，百尺危楼竞巧针。佐酒更逢歌妓密，微酣那惜共狂吟。

用韵率答

一病经旬再，凝寒可更侵。惭予无善摄，爱汝独知音。咄咄嗟谐俗，踽踽自苦心。燕京频怅望，抱膝日长吟。

即席留别

三城云树拂斜晖，兴尽飘然解缆归。岂有奚囊千彩笔，谩劳尊酒点征

衣。江山去住心无系，宾主东南愿不违。惆怅河梁分手后，登台翘首雁飞飞。

和韵答赠

廿载论交意气同，梁园词赋尔称雄。江楼火树迟征斾，岐路莺花入暖风。析袂谩应赓白雪，弹冠宁独赋双鸿。看花帝里心俱切，无限离情酒盏中。（以上均见于明李元弼《江皋小筑集》下卷）

夏日江皋晚步集杜四首

其一

去郭轩楹敞，江村八九家。竹风连野色，宿鹭起圆沙。榉柳枝枝弱，津流脉脉斜。宽心应是酒，稚子夜能赊。

其二

野外堂依竹，蹉跎又六年。夕阳薰细草，森木乱鸣蝉。山晚浮云合，江鸣夜雨悬。平生耽胜事，把酒意茫然。

其三

卜居期静处，可以赋新诗。江飞竞渡日，荷静纳凉时。叶润林塘密，沙暄日色迟。晚来高兴尽，少有外人知。

其四

仲夏多流水，风含广岸波。蹉跎暮容色，隐映野云多。门径从榛草，江天足芰荷。年侵频怅望，吾醉亦长歌。

月夜如如亭同温青霞对酌集杜句

同调嗟谁惜，君来慰眼前。云溪花淡淡，石濑月娟娟。步屧深林晚，疏篱野蔓悬。草堂尊酒在，恣意向江天。

送刘生之西粤集唐句二首

其一

重惜芳尊宴_{许浑}，遥悲水国秋_{杜甫}。不知心赏夜_{韩翃}，况复送行舟_{窦叔向}。树隔朝云合_{李嘉祐}，江连暮雨愁_{王维}。知君心兴远_{韩翃}，何日大刀头_{高适}。

其二

苍梧万里路_{刘长卿}，极目思依依_{罗隐}。积翠含微月_{马戴}，西风满客衣_{许棠}。野花看欲尽_{张九龄}，分袂忽多违_{王勃}。相送情无限_{张祜}，凉天雁正飞[①]

张乔。

①张乔《游华山云际寺》作"凉天雁并飞"。

送王养庵之令宁远集唐句 二首
其一

握手一相送 王维，秋山独鸟吟 卢照邻。潮平两岸阔 王湾，石路九疑深 戴叔伦。坐惜离居晚 钱起，行忧报国心 李白。随波无限月 杜甫，佳政在鸣琴 郎士元。

其二

海国秋风夜 李白，南征历汉阳 林翊。水传云梦晓 皇甫鲁，橘熟洞庭香 马戴。鸟雀荒村暮 杜甫，江津万里长 杨炯。看君妙为政 杜甫，南亩起耕桑 皇甫冉。

送岳阳王公子之楚集唐句 五首
其一

碧落涵秋景 骆宾王，方尊别故人 陈子昂。野烟新驿曙 方干，楚色万家春 韩翃。岐路风将远 高适，交情老更亲 杜甫。从来离别地 许浑，侧望苦伤神 杜甫。

其二

何地堪相饯 岑参，时当大火流 李白。举杯聊劝酒 杨炯，辍棹舣仙舟 骆宾王。惆怅烟郊晚 韦应物，萧条楚地秋 岑参。无穷别离思 高适，心折此淹留 杜甫。

其三

宁亲为令子 王维，行李恋庭帏 宋之问。野色笼寒雾 沈佺期，清江照彩衣 孟浩然。别筵花欲暮 杜甫，叶落鸟俱飞 姚鹄。何处看离恨 张众甫，苍茫对夕晖 王维。

其四

握手河桥上 周瑀，秋风动客衣 刘长卿。闲情兼嘿嘿 王勃①，别恨转依依 李治。水色南天远 李白，烟波北渚微 贾至。知心从此别 杜甫，转觉故人稀 李嘉祐。

①底本作"王维"，误。王勃《春日还郊》："闲情兼嘿语（一作嘿），携杖赴岩泉。"

其五

郊外谁相送 王维，车徒促衣装 方干。离殇千里远 卢仝，山路九峰长 孟浩然。树色含残雨 喻凫，池风泛早凉 杨炯。素书如可嗣 骆宾王，莫学晋嵇康 耿湋。

丁亥生日，两舍兄觞我江皋，怅然书怀

十月十二寒气新，惊看三十七年心。疏狂献赋孤裘敝，潦沴窥园种发侵。醉合东楼丛菊吐，望来北极暮云深。慈颜更喜年强健，弟劝兄酬秉烛斟。

琴侣伯兄移席花间鼓琴赋赠

汝素能琴者，连枝会亦奇。鬓皤心未老，曲奏席堪移。傲雪菊万朵，先春李一枝。侵帘还月色，潦倒足襟期。

七夕饮温氏山房

何人北郭敞高筵，把臂欢呼兴划然。宇宙风流诸子在，古今离合两星悬。城头急雨消残暑，花坞芳尊感昔年。却爱相逢深意气，乘槎遥傍斗牛边。

郭生枉过不值，代柬寄谢

潺暑经旬事灌园，偶缘江郭倒芳尊。青春结驷怜看竹，白昼堪罗独掩门。片片飞花苔未扫，嘤嘤留客鸟频喧。仙舟李郭还今古，乘兴那能醉四焉。

偕友人河亭避暑

河朔还谁迹旧欢，凭栏长夏水漫漫。兴来萍会须沉醉，江阁风生五月寒。

七夕寄怀张海寰棘战粤西

片片征鸿度晚霞，数声凉籁落榆花。明河万里天如水，争羡张生八月槎。

又

乞巧佳辰夜气清，西风砧杵不胜情。高秋莫负尊前月，桂海珠江一样明。

寿郭光禄梦菊

遥羡汾阳世泽长，喜瞻南极耀祥光。三朝元老心逾赤，七袠丘园鬓未苍。屏翰英声腾宇宙，斗山清范肃宫墙。苍生社稷惟公在，会见蒲轮下建章。

九日寿范亦琴

蒹葭凝碧晓苍苍,况复南箕烛画堂。岳降娄金逢盛世,尊开云液对重阳。书声夜月虞弦合,玉树秋风橘井香。不插茱萸自强健,年年同醉菊花傍。

寿祁圆山

爱尔悬弧日,阳回万象春。风云来紫气,天地转洪钧。岸柳逾波绿,江梅应芦新。年年桃艳日,莫惜圣中频。

寿何见阳翁,席上步黄禺东韵

腊月十又一,嘉君寿域开。古稀齐案合,览揆彩衣陪。凤翅翩翩起,龙降岁岁杯。九还知有诀,频向火中裁。

寿王光禄尊夫人

仙郎喜动承恩诏,贤母心娱届寿期。戏就彩衣亭是幔,宴高春酒玉为卮。人间嘉树纷兰桂,天上丹书纪岁时。青鸟西来传信息,蟠桃东海正迎曦。

寿刘母

玉树冬青不记年,凌空雪色自相鲜。光涵碧汉摇银烛,曲傍流霞入绮筵。琼岛远传青鸟信,仙风吹度白云篇。陇西旧与彭城近,醉舞从教彩袖翩。

《荣封双寿卷》为张司马尊人题

忽飞丹凤九天来,白发双垂寿域开。此日莱衣光照眼,百年梁案笑衔杯。湖西水远承家旧,塞北风清济世才。知是圣明偏雨露,会看南极映三台。

《鸾章侑寿卷》为李令公尊堂赋

婺彩鸾章相映鲜,锦衣春酒醉琼筵。花边佩玉承恩者,傍母呼嵩祝万年。

又

霞绚龙文御墨香,翩翩鹤发照河阳。春风万树桃花发,飞上瑶池锦绣裳。

贺南安守温瑞明诞日时值奏最

青眼相看半百年,丹心已彻九重天。应虵纶绰龙章锡,更喜蹁跹凤翩连。帝里栽棠依日月,滇池分竹靖风烟。论功奏最悬弧会,剩有勋名北斗边。

送董令公入觐

三策才华凤擅雄,循良兼有汉贤风。千官环佩嵩呼并,万国衣冠拜舞同。日绕龙鳞金阙晓,天回御幄彩云红。从容宴后黄金锡,共道清朝第一功。

送杨令公奏最

天人蚤岁献彤墀,出牵东藩溯四知。春入桥门桃万树,雪融郊野麦双岐。栖鸾已布仇香泽,补衮何惭吉甫诗。课奏明光原第一,赐金增秩未应迟。

送李令公晋比计曹

握别江亭万里津,芙蓉遥映锦袍新。人濡惠爱依良牧,帝念军储急俊臣。欢过三山莱袖彩,花明双阙凤城春。东南民力今逾竭,封奏迟君达紫宸。

送上人节之还衡山

曾渡湘衡一苇流,远携衣钵入罗浮。寻真夙悟洪仙诀,问月偏耽庾亮楼。杖锡霏微珠海月,风幡缥缈洞庭秋。雄裁不为名山秘,方外宁辞汗漫游。

送邓念津之令盐城

白雪才华旧有声,看花帝眷属盐城。离筵杯酒君堪醉,薄暮风云江自鸣。寒入烟花笼远棹,青归柳色趁行旌。遥知勋业齐高密,岂羡当年竹马迎。

《江天云树卷》送陈怀莪归闽

江城二月草芊芊,词客言归思黯然。说剑百年原剧壮,飘蓬双鬓总堪怜。尊开北郭群花媚,奇问如亭独草玄。京国春风无限好,可能同醉五云边。

《将军行》送王右川归羊城

将军昭代重麒麟，西游杖钺销祲氛。屯花夜冷倦占云，乞归笑傲珠江滨。相思移棹剡溪曲，拥炉寒倚青尊玉。凌风取醉挹薰楼，一歌一咏鸣丝竹。君不见，功成身退汉留侯，烟霞长伴赤松游。又不见，封侯投笔班都护，雅好诗书友千古。霏霏冻雪上河梁，骊驹唱彻声琅琅。河阳明发春光媚，忆汝花前重举觞。

《珠海缃杨卷》送邹宾川升延平贰守

秋尽芙蓉夹岸开，天涯离思杳难裁。帆连珠海烟波晓，剑倚延津斗柄回。六载循良推卓茂，当年词赋轶邹枚。重逢斗酒知何地，莫惜春风寄陇梅。

海珠酌别尹莞石掌科还朝 壬午

珠江岁晏净寒烟，无那骊歌此并船。南浦傍萱欢已足，北宫鸣佩语还悬。红云近睹龙颜喜，青琐徐承凤诏宣。圣主从容咨世务，愿言阡陌尽公田。

送王苾吾任琼驿宰

寻春共向粤江滨，半醉夷犹却任真。试看万花无限意，那堪斟酒送行人。

又

皇华亭坞柳青青，匹马骈骈自远征。忽谓□崖天万里，却怜到处有逢迎。

送罗明兄之令兴宁

少小随君听鹿鸣，高才先得属专城。季方敢自称难弟，叔子由来不及兄。春到衡阳新雨泽，风流新陇旧家声。八旬欢菽心俱切，鸿雁分飞无限情。

送王于圣如浙省亲

江皋春早柳森森，握别河梁思不禁。龙剑天边摇斗气，太行山上望云心。槐庭勋业还桥梓，兰室交情自古今。雁荡天台形胜甚，登临那得矢徽音。

病起口占呈友人

满拟清明剧，何期骤疴成。先茔迟谒扫，女嫁费经营。病久甘朋弃，形枯妒镜明。夏来喜新间，披帙学长生。

元夕载酒江皋送洪孺成令尹，时仲兄如郴、翟婿如汀各附舟偕行，即席赋赠兼寄怀清流、兴宁两令公

璀璨怜灯夕，那堪送远征。玉卮斟别思，金柳拂行旌。湘水迟吾仲，闽阳省我甥。各谂清政暇，曾否念同盟。

寄怀翁湛源太守

越隽循良寄海陬，曾飞双舄觐宸旒。衮衣翘望遥千里，蔽芾遗荣阅数秋。福曜光临天北极，玉符仍绾粤南州。偏承雨露逗方洽，五指层峦五马游。

其二

海内时髦众所推，一麾雄镇出南陲。扶山晴映朱幡色，崖水光涵白雪才。制锦蜚华留宝□，还珠芳誉重琼台。遥知竹马趋迎日，共道文翁化蜀来。

送麦祯庵年丈令万年

遥看楚水日悠悠，惜别关河一叶秋。客里青枫孤剑外，尊前明月大江流。凫从帝里双飞入，花发河阳万树稠。知尔循良声藉藉，政成能念挹薰楼。

江皋赠别陈一斋得流字

高义闽阳识太丘，束刍今日远维舟。穗城忽忆团珠月，兰圃堪怜秣马游。不谓批鳞余劲节，何因刎颈缔名流。休论宿草寻常事，肠断黄公旧酒楼。

送黎肖江家甥之任南安仓使兼怀赵思日赣州、兄飞云学博 四首

度支正喜承新宠，储运艰难赖汝供。报答君恩须努力，莫言菲禄易疏慵。

其二

庾梅春半晴初实，粤橘风恬晚正香。迢递东山频怅望，白云天外更徜徉。

其三
廿载风尘忆旧游，片帆章贡大江流。政成知共书屏绩，不独西京赋倚楼。

其四
共羡南安曲米春，几回欢笑醉芳辰。到来杯酒如相问，为说池塘草色新。

喜温南安守膺荐
碧落香飘大火流，绻怀天外思悠悠。烟含岭峤千山色，风动滇南万木秋。岐路晓逢霜露肃，蒹葭人远水云浮。喜观荐剡仍迁秩，迟尔鸣珂蓟北楼。

寄怀袁聚霞大参、薛价屏宪副
岧峣金马插天来，峻极衡阳特地回。龙气斗间何日合，鸿音江上隔年裁。薇垣风动花骢色，柏府霜清尽戟开。乡里衣冠还二妙，勋名应并著麟台。

《登岳先声卷》为解少令荣荐
单车来佐治，清誉邑人传。北海尊常满，南州榻独悬。夜闲千里月，春暖万家烟。不但龙门诵，长歌蔽芇篇。

送刘群玉应选北上
击筑江皋酒未阑，可堪分袂向长安。瑶池夜月千峰雪，驿路梅花一骑寒。赤羽晴曛明旭日，彩云春色拥琅玕。鸣珂十里花如锦，吾欲凌风附羽翰。

题《忠孝廉节图》
无逸披图日，危疑负扆时。翻怜植圭璧，雷电鬼神知。
云嶐千山白，山回万壑阴。云山千万里，咫尺太行心。
玉立青山晓，弦挥白昼长。红尘飞不到，一瓣月明香。
劲节凌霜日，炎晶矢复燃。检书烧烛夜，罢枰欲明天。

送方太守归楚
春风摇动使臣旌，无限元元借寇情。雄镇喜开南岳色，徽猷时见瘴烟清。扳辕无计心应折,起草还当日共明。莫向楚云迟缱绻,九门旋听凤珂鸣。

候慈溪陈座师

檠涧优娱拂绛袍,清徽黄发乐林皋。九重征起裁鸾诏,万里扶摇看凤毛。萝月却移薇月色,松风犹带柏风高。临轩时下苍生问,未许东山醉浊醪。

其二

解组归来结隐沦,深源紫望越江滨。闲烧丹汞香犹满,时漱云芽色愈新。风动菊松欣昼永,露浓桃李荷阳春。抠趋不尽瞻依念,短札遥械倍怆神。

题《椿萱永茂图》为友人寿两尊人

洪生此日拜庭闱,椿树萱花相映辉。献寿并添长命酒,当筵还舞老莱衣。

吴君仲良从新都游吾莞余两月所矣,一日偕王于圣载酒游我江皋,适不佞穗城行未由接款,君俨然贻我联帖,且取案头旧帙,书《丽情》十首见教,旋图展谢,而君又问舟五羊矣,如数赓寄,志神交意云

闻君丽藻驾三何,春日鸣驺忽漫过。漂泊却惭东道主,遥知看竹兴偏多。

雨霁园林思不禁,趁人鸠燕况春深。微吟暗忆知音侣,啸倚高山跨绝琴。

万片风花足断肠,银钩君轶汉中郎。挥毫一咤流云起,草色蓬门夜有光。

北廓江皋积翠遥,芳尊期尔醉鲛鮹。春残未遇翻成别,心折无能解佩刀。

凝艳秾枝万点红,赏心愁断故人同。持醪独对青天酌,一笑烟霞醉眼中。

水镜花秾柳色归,柔条风急未应稀。神交尽在形骸外,目极云山碧四围。

纤纤文赋敌宫针,杖屦湖山岂陆沉。白璧风尘君自爱,许身吾已愧南金。

左屈才雄更有谁，羡君积学辨龙痴。问奇载酒玄亭后，遮莫垂杨听子规。

无事日长春但眠，悠悠世故总难牵。吴门有客贻琼玖，胶漆争如意气坚。

幽栖地僻紫台封，车马天涯恨未逢。安得长房能缩地，平原十日酒千钟。

送飞云兄应选北上
萋萋池草闰方初，一片征帆万里余。献策君今名藉藉，连枝谁复醉如如。关心丛树蝉声嘒，极目长天雁影疏。欲慰白头倚门望，逢人多寄数行书。

其二
珠江骊唱尽同盟，况复原鸰析别情。夹岸芙蕖当锦席，兼天涛浪促行旌。龙头共淬心逾壮，鹡首相看鬓渐轻。为国储才今日事，休夸词赋擅西京。

寿黎屏山九十一
豪来轻棹过丹丘，瓜枣携将紫气浮。九十春秋犹健食，千年家世旧飞游。长耽泉石烟霞僻，新拜朝廷礼数优。赋就冈陵欢把盏，桃花春酒正初篘。

寄赠董扩庵大司寇
听彻鸣琴入帝京，丝纶阁下白云卿。风裁抗疏冰霜肃，簪笔舒丹日月明。曳履共看新渥宠，弹冠还庆旧同盟。遥瞻山斗鸿音杳，夜夜相思绕凤城。

清明，美人携榼江皋，与朱叔祥同酌
燠日迟迟惬解裘，懒登旗岭漫移舟。人疑琼岛三千界，春霭雕栏十二楼。对景肯悭浮白兴，放歌聊恣踏青游。多情最是垂垂柳，江上渔翁亦满头。

赠增城邹明府
凤山仙令天下奇，玉壶皎皎冰雪姿。花深帘卷春昼永，鹤韵琴鸣世所稀。东南旱魃黔黎厄，救荒自古无奇策。怜君轸念在民艰，长孺淮阳仓预

发。间阎菜色尽颠连，一朝尘甑起新烟。龟峰鹤岭顿生色，万姓同歌良牧贤。嗟予亦切同胞视，推食那能均梓里。污潢勺水活涸鳞，远让恩波南粤暨。何当握手抱阳和，坐使万国苍生同登皞皞春台治。

送梁裕庵楚游，兼怀卢祉所、吴清宇两茶陵

五噫歌罢酒盈觞，结客千金剑有霜。波尽片帆过鄂渚，月明孤雁度衡阳。中林兰蕙怜同藉，大历才名最擅场。聚散百年良不偶，都门期共醉花傍。

中秋待月忆去岁是夕同游诸友

去年同醉茶江棹，今夕开尊忍独违。丛桂芬飘蟾影暗，高枝环匝鹊惊飞。凄清天气岐寒暑，纷纠人情孰是非。待月危楼不胜思，夜阑何处捣征衣。

王总戎再招舟酌，席上口占兼约访唐十洲

将军高义薄云河，坐拥楼船海不波。照眼菱荷凉自净，狎人鹥鹅晚偏多。长杨此日推□赋，细柳当年勤枕戈。结驷青门还有约，可能连日共酣歌。

送陈白沙恒宇考绩之京

春早江亭柳乍华，维舟怅别酒堪赊。白沙曙色留循吏，紫气云间望汉槎。数载壮猷元报国，三生情谊属通家。饶君先醉燕关月，迟我荣看上苑花。

赠医官范少泉

爱汝岐黄奕世贤，堂开保寿粤江边。天台西望瞻云气，兰井南分遍橘泉。已羡燮调推国手，还期弘济衍家传。相逢欣道长生诀，应信壶中别有天。

寿姻丈余崧岳民部

满目韶华瑞气新，昌期钟岳正生申。棠栽三地花封霭，桃结千年汉苑春。台鼎才名推梓里，度支声誉重枫宸。霞觞遥祝惭葭玉，翘望长庚耀笏绅。

赏菊索题限韵 童时作

野馆论心日，东篱菊已花。狂歌淹夜月，纵酒惜年华。漫发陶潜兴，犹怜宋玉嗟。相逢今意气，取醉思无涯。

秋日游许公岩，陈生效舜留款

风急天高万木秋，其谁凝眺瞰江流。舟横野峡惭元礼，星聚危岩见太丘。潦倒开尊心欲醉，佯狂下榻意先投。东篱渐尔芳菲日，好向江皋十日游。

送解少尹晋涿州别驾

秋深丛菊映江皋，送客分题试彩毫。席上飞花围绣幄，檐前啼鸟送香醪。哦松帘卷和风细，折柳舟移海月高。喜有汉家青史在，至今犹自数萧曹。

其二

马蹄明发又长安，把酒骊歌蜡炬残。庾岭路从鸡唱度，燕台书向雁行看。忧时鬓白丹心壮，结客囊空旅思寒。龙剑分飞今夜月，暮云春树立江干。

登燕子矶，同徐、何、张、孙、郑诸同袍暨濮都阃分赋得文字

绝巘孤亭半倚云，豪游海内雁为群。时清幕府能言赋，星聚雄才岂但文。六代豪华青眼尽，两仪南北大江分。相逢不尽登临兴，且对矶头促共醺。

鸡鸣山夜酌留别临江胡钦宇丈

系马都门狎野僧，何人倾盖意蒸蒸。学箕最尔家声旧，倚剑惭予国士称。岭海云遥飞羽急，峡江秋杪落花凝。相看此夕犹携手，明日鸡山谁共登。

同夕留别瑞州敖思存 二绝

秋入江干雁影翩，那堪去住思茫然。狂歌烂醉寻常事，无限离情系远天。

粤客怀归不可留，故人白下尚维舟。骊驹忽和金风起，吹彻晴云两地愁。

赠如常上人

地阒柴门寂，天空肃气凉。何来方竹杖，点破径苔苍。天竺云依路，曹溪玉泛香。摩松东向日，重忆过茅堂。

送张海寰荐元之京 四绝

少年词赋汝称雄，廿载欢呼意气同。一曲骊驹人万里，弹冠宁独赋双鸿。

青青杨柳暂维舟，秉烛那堪独上楼。惆怅河梁忍挥袂，月明飞梦绕江头。

西瓯鹏徙汉皋枚，市骏黄金郭隗台。忽忆旧游歌舞地，花前能否待衔杯。

十年磨剑送君行，西北风尘仗肃清。到日长杨初赋就，直须慷慨请长缨。

又集古戏赠随行媚子 二绝

冬至阳生春又来，梨花梅花参差开。可怜怀抱向人尽，莫怪频频劝酒杯。

打鼓发船何郡郎，欲行不行各尽觞。犹惊往岁同袍者，恼断苏州刺史肠。

王于雄初度

遥怜中允声名旧，尘世休惊鬓易华。半百看云俱会甲，廿年交谊称通家。辉辉弧色明秋日，脉脉沙圆应晚霞。奎璧会并南极丽，春风翘首上林花。

袁作所年丈佳章遥寄答谢

卧雪才华夙擅名，燕京几度并长征。百年湖海双龙合，万里云霄一羽轻。入夜参商天外见，怀人筇管梦中清。岣嶙奇石堪娱兴，迟尔江皋订旧盟。

王岳阳馆赏菊，即席用谭见日韵，戏赠丹桂、月桂两美人

朋从此日赏心时，忽谩佳人缓步随。见说天香原异种，任教篱菊斗芳菲。

休道巫山十二峰，多情金菊对芙蓉。狂来莫厌重携手，长啸东山未

易逢。

送刘少尹致政归安庆
桃封曾喜佐鸣琴，何事投簪粤水浔。驿路莺花催去棹，故园松菊候知音。离筵侈有冠裳集，恋辙应怜父老心。把酒临岐情共远，相思异日自棠阴。

赠维扬周山人
百尺琼枝簇簇花，三秋丛桂旖香赊。旧游夜市清如许，遮莫临风问若耶。

银河漠漠水溶溶，咫尺天涯路易逢。最爱飘然尘外客，肯令风雨妒芙蓉。

送马挥使镇大鹏 二绝
石画新推马伏波，南标铜柱奠山河。一方正喜狼烟息，三箭遥听壮士歌。

旟章旆旆蔽晴空，汉使楼船镇粤东。训练强兵鲸岛静，何惭宗悫竞长风。

代柬宁远王公子
盛世翩翩最羡君，风尘那忍复离群。裁诗夺锦还中允，挥翰游龙驾右军。地折衡阳孤雁尽，天回云梦大江分。趋庭礼暇穷诸胜，莫惜新篇寄远闻。

陈梧月、谢孔来晚酌江皋，因怀周、陈二子
薄暮酣歌酒乍醒，芙蓉晚色静江亭。揽衣笑折东山屐，击筑空疑荀氏星。万里西风悲过雁，中原落日叹浮萍。孤城怅望緱山近，何日联镳过竹扃。

游溪南，叶养晦白菊间出黄花，邀赏索赋
有客扁舟刿曲来，相看花发漫登台。休夸灵桂香三种，忽见芳丛色两开。白雪纷披疑月魄，黄金点缀照霞杯。药栏天遣惊奇异，索赏惭非作赋才。

题年兄王省轩光禄飞云洞十二景

云洞藏春
古洞幽栖寂寂,闲云斜日悠悠。律转阳回龙奋,沛然霖雨九州。

山楼挹翠
万仞芙蓉峭削,危楼百尺凌空。绿树青山排闼,天风吹入帘栊。

一区玄草
玄草一区闃寂,浮丘千古芳㳘。最爱笼鹅墨妙,飘飘潇洒出尘。

藕花池馆
桠水红妆欲语,随薰香气宜人。爱客荷筒共赏,悠然茂叔天真。

绿野耕云
五亩园中独乐,一犁烟雨三春。莘野嚣嚣未起,可谁尧舜君民。

兰亭碧鉴
一鉴凌波荡漾,高亭九畹兰芳。春色永和如旧,年年曲水流觞。

龙洞巢云
千尺禹门桃浪,九天雷雨龙翔。凛凛水壶夜月,桓桓白简秋霜。

三径琴尊
出岫闲云暧瞕,菊松三径犹存。一曲朱弦独奏,十千美酒盈尊。

五湖烟景
百顷波光潋滟,凝眸烟色空濛。侧席东山再起,功成岂向湖中。

白云在望
结胜浮丘深岛,山光水色回环。凝望月溪清梵,数声钟磬云间。

小瀛野泊
停桡暂憩芳渚,罢钓时狎轻鸥。横笛几声何处,彷疑身在瀛洲。

泛湖钓舫
上下水天一色,湖光烟树霞流。独钓清溪夜雪,月明花影船头。

送同年高日观比部还京
维舟喜接飞云会,把酒那堪蓟北征。桠水芙蕖当锦席,傍人鸥鸟逐华旌。梯航合浦明珠尽,烽燧重关远戍平。耿耿法星还玉署,肯将憔悴念苍生。

己亥中秋,同岳阳舟饯陈美用进士奉使还朝
岁岁兹辰联胜赏,可堪分手更天涯。飞腾共羡三春色,奉使还夸八月槎。补衮定应留画省,聚星何日醉京华。酒阑夜半骊歌发,极目燕云望

转赊。

其二

蒹葭秋水正苍苍，握别三城恋远航。北塞氛清仙使节，中天月色故人觞。少年作赋推司马，为政风流识季方。久矣东南民力竭，好将封事达明光。

《双松图》寿周逸士

凌空偃盖垂双松，不伍众卉傲严冬。根盘铁石凝琥珀，枝耸拳曲蟠虬龙。亭亭并植夏后社，苍苍独遇秦皇封。撑柱乾坤长不老，偏承雨露日边浓。

《瞻陇遐思卷》为余茂才题

寞寞游魂恨久徂，绻怀犹自隔朝晡。听残乌鸟伤心折，目极流云血泪枯。鹤唳风声疑笑语，帘闲昼永忆欢呼。嗟予同是追思者，徒抱终天未绘图。

题祁圆山隐君仙迹石

留迹遗芳不记秋，养真深处谩重游。庭虚石磴溪声细，日朗楼台树色浮。东望朱明通白鹿，西来紫气贯青牛。知君得授长生诀，笑对蓬瀛海上洲。

同王执夫谒苏文忠祠

循州并舫问江津，春日同游兴倍新。象岭湖边空茂草，鹤峰亭畔颇宜人。徒思往哲瞻遗像，无自行厨荐野蘋。怀古维舟良不偶，焕修祠宇更谁因_{祠稍倾，欲劝修者，故云。}

莫春王兰洲载酒偕游白鹤峰、西湖诸胜

白鹤峰头湖水滨，登临随处任吾真。女墙荒草连凝目，古树啼莺不避人。未让眉山探胜日，还如曲水对芳辰。右军却饮予沉醉，转觉交情老更亲。

惠阳塔边阻风，望兰洲船未至，独酌

景色迟迟自杪春，寻芳同指惠江滨。陡翻风恶舟旋驻，畏近崖巉塔傍人。谩趣奚童杯强进，仍呼柁老语还亲。石交联舸来何暮，遥望推蓬月又新。

上巳集江皋，怀龙头社中诸友

青青杨柳白蘋洲，并舸江干足胜游。十里芳菲修禊事，百壶酪酊曲觞流。林花着雨红妆丽，谷鸟啼春翠管幽。遥忆鸡坛同砚席，何时沉醉倚江楼。

飞云洞九里香

丽日移新树，亭亭九盖芳。主人常爱客，共对挹清香。

题邑学《博彤廷奏最卷》

莘莘才华迥出尘，江皋乘兴喜相亲。青毡荐剡勤乌府，绿鬓横经动紫宸。道倡东南千古思，恩深桃李万家春。三鳣应兆当年事，旋见征书下莞滨。

赠邓瑞宇文学膺奖

长杨曾抱献明光，化日春风洽海邦。奏最九重应隽擢，河阳知尔擅循良。

其二

柏府霜风入夜清，嘉君奏绩上承明。天颜一笑思贤宰，还拟商霖沛远溟。

杨一所外翰按台重荐，卮言志贺

伯仲埙篪叶九天，关西芳誉绍家传。青毡自爱琅玕色，绣斧重膺荐剡先。春入桥门桃李艳，朝来旗麓斗山县。凤毛况复翩翩起，世藉恩光日月边。

其二

千年庾岭钟灵哲，五载玄亭问字过。高阁清芬余苜蓿，当阶化雨浥菁莪。横经誉望乌台重，宠命荣膺凤阙多。圣主只今勤侧席，彤廷应喜振鸣珂。

端阳送董令公荣取

下帷久抱苍生念，对策先驰紫阁声。濒海几年歌瑞麦，关河万里耀霓旌。朱轮绣斧趋新命，黍角蒲觞恋旧情。袖裹炉香清夜永，可能时念宝安城。

寿徐隐君

隐君高卧粤江湄,笑向烟霞茹紫芝。月明醉听沧浪歌,潮平细弄桐江丝。幽栖久抱岩廊志,满架诗书课孙子。计然俯仰非其伦,姱修仿佛燕山氏。清秋菊月五云和,胜日壶觞喜气多。琅琅清韵裂金石,流霞满酌朱颜酡。鸲鹆杓,玳瑁筵。君当为我疏酒泉,我当为君招列仙。等闲再赴瑶池宴,一醉一咏三千年。

送安武胄之京荣袭

熊罴千古诵鹰扬,爱汝传家烁有光。须斩楼兰还报国,送君万里赠干将。

其二

带砺忠贞明日月,清秋旄节动关河。甘泉傥运穿杨巧,落尽双雕莫自多。

木樨盛开,代柬社友同赏 庚辰

去年秋入栽新桂,两度开花今对看。弹铗独归生计拙,抱琴谁念酒杯宽。双株带月疏疏影,嫩蕊含风点点寒。却忆同心陶谢在,俨然乘兴醉阑干。

欧阳少尹入计制不能偕,短章志别 欧阳起家明经

昔年辛苦淬吴钩,今日分曹试壮猷。节操承家原永叔,风流为政自康侯。阳回庾岭梅千玉,夜色幽燕雪万楼。词客寂寥逢上计,金亭供帐思悠悠。

留都偕何、徐、陆诸同袍游弘济寺,迟王任庵不至 寺在扬子江观音岩之侧①

豪②来结驷扣禅扉,到处冈③头重振衣。雅④爱高僧花径扫,却怜王子剡舟违⑤。千峰落木凌空下,万壑晴云入望飞。倦倚危岩聊⑥极目,可堪羁思正依依。

① 《全粤诗》据民国张其淦《东莞诗录》卷一五收此诗,题作"留都偕同年游宏济寺迟王任庵不至"。
② "豪",《全粤诗》作"闲"。
③ "到处冈",《全粤诗》作"才到江"。
④ "雅",《全粤诗》作"为"。
⑤ "违",《全粤诗》作"迟"。
⑥ "岩聊",《全粤诗》作"栏遥"。

江皋集杜句 有引

余有《夏日江皋晚步集杜四首》，传之廿年所矣，亦有和之者矣。兹竣梓附稿，客见而诮之曰："江皋四时景也，足下江皋主人，独夏日有集，何乃薄三时耶？"余嘿然，无以应，遂集之如夏日章数。

春日四首

元日到人日，传杯不放杯。早花随处发，娇燕入帘回。风起春灯乱，鸥边水叶开。长歌意无极，倚仗更徘徊。

谩道春来好，江皋已仲春。幽栖身懒动，久坐惜芳辰。何处莺声切，那知柳亦新。百年浑得醉，更觉老随人。

看花虽郭外，万里过清明。树密当山径，楼孤属晚晴。留连春夜舞，侍立小童清。江边踏青罢，长啸一含情。

徐步移班杖，西郊向草堂。江湖深更白，梅杏半传黄。寂寂春将晚，团团月隐墙。灌园曾取适，疏懒意何长。

秋日四首

养拙蓬为户，应门试小童。桑麻深雨露，秔稻熟天风。种竹交加翠，连山晚照红。清秋望不极，此日意无穷。

三伏适已过，寒砧昨夜听。丛篁低地碧，锦树晓来青。苔藓山门古，乾坤水上萍。坐开桑落酒，醉舞为谁醒。

众壑生寒早，蒲荒八月天。水烟通径草，霜倒半池莲。满谷山云起，空林暮景悬。渐知秋实美，发兴自林泉。

淅淅风声砌，江边问草堂。清秋多宴会，地僻懒衣裳。缀席茱萸好，青悬薜荔长。季秋时欲半，迥立向苍苍。

冬日四首

十月清霜重，江边独立时。山风犹满地，菊蕊独盈枝。野润烟花薄，天寒橘柚垂。绿尊须尽日，排闷强成诗。

天宇清霜净，山林迹未赊。荒村建子月，何事入朝霞。雪岸丛梅发，风前径竹斜。平生憩息地，目断更云沙。

晚景江村僻，孤城隐雾深。雪云虚点缀，时物自萧森。天畔登楼眼，君恩北望心。百年嗟过半，空费短长吟。

寒日经檐短，呼儿问朔风。江城孤照日，霜雪满飞蓬。细草偏称坐，清樽幸不空。乾坤万里眼，望远岁时同。

送姚昭宇入觐还黔

江馆新凉散沈瀏，朝天飞斾转迢迢。词坛喜汝云霄并，幕府今看瘴疠销。驿路花明巴蜀迥，海山高拥夜郎遥。那堪久别成欢聚，回首分携匹马骄。

寿钱肖溪八十有一

佳节重阳瑞气催，联翩遥进紫霞杯。葳蕤昔报芹生色，烂熳徐看菊又开。授简已传黄石诀，敲诗宁数谪仙才。非彫喜际周家卜，不负当年月旦推。

送胡令公入觐

迢递霓旌海国遥，蓬莱鹓鹭喜趋朝。都门雪霁天颜近，粤峤花深匹马骄。缥缈云中飞佩舄，弦歌风细叶箫韶。悬知青琐虚前席，翘首台垣望斗杓。

初冬夜坐

漫坐江皋兴不孤，独耽书札拟潜夫。寒衣未授当阳月，浊酒徒劳入夜呼。皓鉴悬空遥映席，词坛知己半分符。百年事业频看剑，一醉狂歌扣玉壶。

送钟勉可、温尔扬游黔兼怀温思南大夫

西南筇竹万山云，把酒霜前白雁闻。四海朋簪浑浪迹，百年交谊惜离群。调高流水弦声迥，梦入池塘草色芬。明到黔阳凭致语，太真宁独重榆枌。

江皋春谶赋赠刘二奕唐得云字

年少风流最羡君，多才子骏蚕能文。一尊风雨怜同调，千顷汪洋迥不群。迟日看花春欲暮，疏帘移席昼生云。逢人且谩夸连璧，潘岳芳名万古闻。

赠素娥丽人，时泊余倚漪亭

懒慢看春异昔时，何因汝过赏襟期。飞花共艳回风曲，对酒俄惊咏雪诗。西子未应唐相妒，东家休讶鲁人疑。兔花禅絮从今古，握手层台有所思。

其二

荡桨江皋慰所居，朱栏薄暮倚踟蹰。歌声偏逐涛声壮，醉色遥连月色初。红拂丝萝谁李卫，绛仙才调女相如。欢呼尽在形骸外，莫问萧娘一纸书。

送杨文源少尹晋宰武宣

金亭话别气偏雄，海色清秋思不穷。桂萃燕山争毓秀，桃栽潘县再舒红。明时喜仰翔云翮，别绪长悬佐治功。西粤未须叹来暮，鱣堂先已兆三公。

其二

攀辕几欲醉相欢，行斾翩翩晓色寒。海国云霄悬斗宿，宣城父老候江干。地高旗岭名同峻，天入铜标绩共看。莫道遐陬淹骥足，晴云飞舄上长安。

送温尔弼、方仞翔北上 壬子

词客乘槎向北征，江皋惜别不胜情。霜前雁度燕云迥，春早梅开庾岭明。方叔徽猷元壮国，太真摛藻擅芳声。上林三月花如绮，知尔联翩醉凤城。

江皋夜坐有怀邓虚舟金宪

如亭阒寂净琴张，惆怅离群玉漏长。兴剧诗裁看刻烛，坐深花下忆传觞。青萍龙剑三天耀，翠柏乌栖六月霜。遥望美人湘水隔，拟随□雁渡衡阳。

寿祁同宇七十一

度索绯桃簇锦霞，阳生缇室动飞葭。弧帨星灿祥光霭，琥珀杯传瑞气赊。搦管裁诗饶白雪，巡檐索笑对梅花。谁云霄汉玄纁迥，应到茅溪处士家。

听飞琼美人琵琶 十绝

娇歌艳舞碧云流，淡淡新妆赛莫愁。目断彩霞双凤杳，琵琶谁续白江州。

其二

祎服闲妆斗侠斜，遏云声韵竞豪奢。含情笑作龙香拨，恐是当年尊绿华。

其三
高楼薄暮酒微醺，曲奏清声聒耳闻。促拍未终银烛冷，玉绳低转夜将分。

其四
握手相看尽酒徒，辗然欢笑重当垆。徐娘旧日风情在，犹幸君恩昵念奴。

其五
绣幄朝来控玉钩，觞飞花下按凉州。青楼久矣无清梦，缱绻尊前忆旧游。

其六
眉锁青螺画未成，琵琶空作断肠声。幽怀不遣旁人解，疑是浔阳客里情。

其七
芳心一片惜年华，弱态柔情护绛纱。莫漫和戎弹出塞，只今边将靖胡沙。

其八
曲绕梁尘杂四弦，妆成何意斗婵娟。当筵铁拨清歌发，美酒宁辞醉十千。

其九
新传曲谱怨湘娥，争赠缠头博艳歌。不尽嘈嘈弦索动，侍儿终日抱云和。

其十
疏弦洞越转清幽，万壑飞泉指下流。恐值贞元闲乐日，南宫调柱按新秋。

至日舟次阻雨因怀温仲子长途雨雪，蔡季子北舟未发，口占成律
候潮鹿步水弥茫，雨雪霏霏复一阳。握袂科名三不愧，扬旌前后两齐芳。盟鸡自昔怜同调，策马冲寒怅异乡。抽笔长杨应有赋，肯令华发老冯唐。

泊五羊，卢元明业戒北舟，乃系缆，招同黄太史酌白云楼得长字
移舟朔雪系濠梁，词客招携兴倍长。喜对檐梅供索笑，更攀堤柳趣行觞。当筵太史饶清韵，并席幽人自野狂。明发河桥重分手，可堪离思正

茫茫。

题梁幼宁茅冈十五景
香茅宇
青山茅屋霭苍苍，匝树幽花绕径香。箕坐清阴群籁息，卷帘长日傲羲皇。

列岫亭
点点青螺锦幛开，草亭林壑白云堆。主人雅有幽栖兴，自在扶筇日往来。

桔槔庑
十亩蔬畦学灌园，只缘习静远尘喧。汉阴机息消烦虑，不比堪罗掩翟门。

爹箬室
虚空生白道机存，隐几终朝可悟言。蓬荜已知殊境界，幽香差可拟兰荪。

华平沼
清涟一水澹空明，队簇红鳞逐浪轻。会景正当濠濮想，临流端可濯尘缨。

红梅径
玉质琼姿雪色浮，谁将丹艳缀枝头。当阶几许横斜影，恐讶桃林错放牛。

采菱渡
轻舟一叶弄沧浪，采采芳洲杜若香。何处菱歌依古岸，隔林惊起宿鸳鸯。

石蟹溪
何来瑞石倚溪横，仿佛沿堤郭索行。好向溪头轻拂钓，日斜风起暮潮生。

蟋蟀坪
入户当阶巧作声，独饶清韵近人鸣。金闺一段辽阳梦，夜促寒衣织未成。

扶荔湾
几许匀圆火树妆，离离丹实映林塘。宁饶涪溆夸奇品，只博宫人一笑尝。

蕉 林
飒飒西窗细雨催，疏林滴团韵悠哉。只缘衣绿君家事，携得神娥夜半来。

菰渚
佳实沉云夹岸香，蔓搴洲渚吐幽芳。盟鸥海上忘机叟，笑采菱菰足稻粱。

石楼
缥缈璇房接太虚，巍巍崒崒称仙居。坐穷碧落忘今古，时扫飞云只著书。

石户
洞户玲珑一窍空，琤琮瑶室午生风。光莹四壁饶琼玖，知有仙源路可通。

石床
枕襟天地独徘徊，瑶草琪葩锦幔开。昼永不妨棋韵碎，飞花时见点苍苔。

《台辅腾英卷》为少府公祖考绩

使君文采夸才杰，早岁鸣珂趋凤阙。扬旌别驾五羊行，挽储海国欢声彻。绾符曾摄宝安城，万户弦歌戴福星。随车雨润花城锦，露冕春回麦穗青。歌襦已切来何暮，不独殊恩浃中上。流膏榷税抚雄关，译谕献琛来镜澳。清修数载一官贫，摘伏裁奸更有神。腾腾德誉悬朱鸟，藉藉才名著白麟。政成奏最三千牍，孔迩恩覃十六属。桑间驯雉过鲁恭，梁上悬鱼驾羊续。三年佐郡咏棠阴，黯诏颁余奏宓琴。喜睹御屏书汉吏，曾闻岩筑起商霖。自知伏枥惭驽马，孙阳一顾千金价。北海尊同秉烛开，南州榻向披襟下。圣明所仗唯有公，蓬莱会送集夔龙。只今台辅思贤哲，会见征书下九重。

陆霁宇年丈《螺源社草》见寄，短章附赠

多君文藻擅风流，同籍依稀四十秋。社结螺源推小陆，政成闽海轶中牟。三春倚槛相悬切，万里联舟怅昔游。喜接凤毛抟采翮，可堪离思隔沧洲。

送黄倬星太史还朝

茸茸草色回晴绿，露井绯桃锦云簇。新莺细柳媚韶华，入眼春光总堪掬。粤南蓟北路迢遥，漫唱骊驹匹马骄。绿荫垂杨遮夹道，踌躅分手重河桥。驿路花明燕馆月，倏忽趋跄瞻凤阙。登坛视草直銮坡，笋班簉羽鹓行

缀。菁蒨史笔擅才豪,天下斯文庆所遭。石室琅函盈实录,千秋艺苑足英髦。青宫黄阁思贤辅,乡里衣冠推独步。木天华署转清阶,藻誉隆隆欣仰慕。嗟予谫劣寂无闻,愿附青云自置身。只今伏枥思蹀躞,奋翮直欲随飞腾。知君早入明光殿,掀揭才猷应大展。剸犀断蟒太阿鸣,一划升平擎闪电。

寿廖慎吾少尹 时次公至自大同

风流佐治循声最,岳毓天中喜更逢。万里清芬联瑞荨,一尊明月自哦松。遥膺乌府殊恩宠,再借龙门渥惠重。翘望云州腾紫气,授经还尔蹑仙踪。

陈白沙望峰初度

十年两度宦罗浮,葛令群仙得并游。投辖清尊开北海,披襟尘榻下南州。绿蒲丹荔供长夏,玉检金章纪百秋。览揆适逢新宠,称觥吴粤馨名流。

赠云中廖肖松国学省兄宝安 二首

挟策南来粤海陬,辉辉花萼共登楼。陆离文剑腾清汉,蹀躞名驹驰远游。璧水雄才飞雪调,罗浮仙度彻云丘。临轩渴下征贤诏,剩有声华重帝州。

其二

菲菲棠棣映琴鸣,三晋长驱万里程。世彩堂开台谏重,楚才名动汉侯评。沙头佳兆呈滩鹨,天际高飞羡鹡鸰。惠我琼瑶霏玉屑,知君词赋擅西京。

饯廖丹实归大同

祖席江干曙色催,依依疏柳趁骊杯。香飘玉粟三秋色,马嚼金衔万里回。湖海知心怜说剑,燕关迟尔独登台。莫教尺素云中隔,翘望归鸿付短裁。

题张孟奇《笠屐图》

张公清福应无比,何人貌入丹青里。不雕不琢葛天民,仿佛东坡苏氏子。骊峰榕水寄幽栖,时牵青牛饮上溪。松云烟月徜徉处,踏踏行歌醉似泥。辞荣戴笠穿双屐,两手抠衣聊自适。短鬓蓬松觉笠宽,清高无复论冠舃。不问天时阴更晴，闲行那管山与城。游云不系东西影，野鹤宁知去住情。人生尘世浑春梦，异代形神心迹共。怪杀清狂赵子昂，不图制院金莲送。良工画却后人师，更有追踪张孟奇。等闲敝屣二千石，笠屐相从随所之。茫茫宇宙何宽窄，六十苏公官屡谪。相随笠屐两三年，奚似张公才半百。承欢有子更有孙，诗满奚囊酒满尊。侪伴共邀风与月，真修惟有道机存。钓可鲜，耕可粥，西园公，享清福。堪笑世人徒碌碌，深源不起苍生何？宦海升沉无定局。君不见，昔四皓，辞却商山维汉祚。又不见，严子陵，罢钓桐江入帝京。征书再起蒲轮诏，冠履追随福更清。

步韵答谢增城吴钟吕年侄

花前一别动经春，相水寒云入梦新。东望奎垣辉汉水，南来郢雪奏天钧。悬知白璧由来美，为羡蓝田赏识珍。会说扶摇双翮健，伫看龙性恰如神。

题陈伯房集雅斋

南州新第宅，东晋旧风流。云护图书润，窗含景物幽。乾坤容放浪，朋从故淹留。遮莫临池兴，莺声取次求。

江皋缓步，有怀余崧岳、赵柏岳二姻丈

舒怀无奈倚江皋，翘望葭莩意转豪。楚水遥连千顷碧，吴云重映万峰高。何来朔雪摇孤幌，欲遣幽情只浊醪。雅羡风流二太守，云霞曾否念绨袍。

舟中步韵赠觉一道人

相见偏怜晚，知君契已深。词雄飞白雪，道重自南金。去住原无着，坚持独此心。相看端不厌，促膝共长吟。

游茶江，叶海仑款酌，仍许夜月泛舟不果，戏嘲谢之

宿约来相访，倾尊慰眼前。兴酣情更剧，月夜许移船。何事催声急，多时舣岸边。偏知畏醉客，不若恣留连。

俚语答谢叶翼鉴兼呈长公

秋入蒹葭暑未收，怀人明月一扁舟。谭空座上逢支遁，乘兴溪边问子猷。伯仲埙篪俱意气，主宾天地此淹留。相逢莫讶归帆速，尊酒期倾粤

海头。

秋日有怀温青霞吉水二首

忆昔分携粤海东,别来翘望五云中。词华宇内知难并,勋业吴西故自雄。双剑斗间何日合,一尊秋色可谁同。相看意气凌霄外,拟献长杨愧未工。

江亭阒寂漏声迟,清夜怀人倒玉卮。幽壑生风灵籁爽,遥天如洗月华披。文江露浥棠阴遍,汉渚香飘桂影移。心折故园长极目,喜看械素雁归时。

《菁莪最绩卷》为陈冲玄外翰

枌榆雅谊喜传经,铎振贵阳著大名。型范凤高韩北斗,词华早擅汉西京。青毡坐怡菁莪化,绛帐香余苜蓿清。奏最只今承宠渥,仁看嘉诏出彤庭。

麦祯庵年丈招酌赋谢

猎猎长风吹短缨,梅花初发此时情。寒云黯淡迷鸿影,零雨霏微拟漏声。短鬓相逢须尽醉,百年交谊定同盟。梁园旧侣论心处,赋有凌云白雪清。

省游将归,高日观年丈载酒赋诗送别,俚语答谢

江皋梅发射窗虚,短棹扬舲返故庐。江国喜联鸿雁影,扁舟频展故人书。明时雅谊青云重,振世词华白雪余。不尽交游期后会,相看宁遣问音疏。

冬日谒瞻鹤亭分得灵字 卢元明先垅

冒雪行游车暂停,松楸深锁旧趋庭。眠牛卜兆开佳陇,瞻鹤凝眸有草亭。陟岵当年遗凤恨,束刍何日酹先灵。招携不尽追随兴,落日悲风散野坰。

初春寿冯旗阳年丈

谁家弦管胜蓬莱,瑞鹊庭阶翠羽开。满眼晴光流琥珀,九霄佳气下瑶台。花当媚景新醅酌,鸟弄歌声度曲来。世谊联翩称兕觩,南山俚赋若为栽。

秋日寿黄忠所年丈

南山飞翠上瑶台，锦绣筵开紫气回。彩服光涵三岛外，鸾箫声彻五云隈。丹烧日晕存金鼎，酒泛黄英贮碧杯。遥祝九如庆初度，翩翩世谊共徘徊。

梁石楼馆赏红梅得霞字

江南谁寄陇头花，此日依然感物华。烂熳疏枝凝绛雪，芬芳清影散红霞。一尊醉入仙郎梦，百首诗成水部家。对此自能供索笑，艳桃银杏不须夸。

初夏卢元明、罗幼良诸丈集江皋，佳章见投赋答

江城阒寂接烟波，有客停车问薜萝。廿载转怜生事拙，青霄聊得故人过。一尊酒醉浮云暮，三径蓬开返照多。今古交情元不忝，新诗谁和郢人歌。

夏日卢元明招泛舟得东字

扁舟招泛海门东，一镜波光映碧空。看剑几年元意气，论心此日尚飘蓬。千章古木江帆乱，十里疏林细雨濛。击楫中流思正切，夕阳回首送飞鸿。

北征，诸君子赠言华行。舟舣英州，又中秋酹月，短章赋答

一舻英州系白蘋，月华今夕喜重轮。风翻丛桂天香动，寒入兼葭露滴频。对影金杯凝灏气，多君玉屑薄高旻。燕云万里堪乘兴，漫著浮槎且问津。

重阳吉水衙斋赏菊各赋重阳二韵

粤水庾山隔万重，何缘佳节得相逢。杯倾竹叶情逾切，笑对篱花兴倍浓。古署锦纹殊艳艳，文江琴韵自淙淙。饶知为政风流在，曾念江皋听晓钟。右重字。

其二

忆自云霄判雁行，别来欢晤值重阳。当筵凤彩偏殊众，乍会凫飞喜欲狂。泛菊已谋良夜醉，移舟仍向水云乡。迟君策马朝天去，携手酣歌燕市傍。右阳字。

仲冬徐州登陆口占

鬖发风声急,泥途觉苦辛。都门何日至,乡念此时频。阮籍非嘲我,冯唐愧杀人。幸偕犹子往,语语解伤神。

遇杭城徐肩鸿、马恒谷连日邀酌西湖,短章志景用徐孝廉韵

一舸西湖上,笙箫媚远天。梵钟依古岸,渔火映前川。对酌频飞斝,重游漫扣舷。维舟清兴剧,惊起宿鸳眠。

其二

日落波涵照,移舟向柳亭。桥低难纵棹,山峭驻征䡱。欸乃渔张网,狂歌客刺舲。主宾称二美,同醉若为醒。

发钱塘,陈心宇、马恒谷联舟,仍投佳章,用韵占答

解缆听涛响,欣逢二妙过。游湖情共适,泛海兴偏多。秋入风迎棹,更深月映波。计期未分手,得醉即狂歌。

过子陵钓台未登

富春舣棹炎蒸甚,未敢跻攀钓岭行。百丈丝纶鱼岂饵,一泓清澈浪空鸣。漫传横足星辰见,何以庞眉羽翼成。谁谓羊裘原有意,词人怀古自分明。(以上均见于明李元弼《江皋小筑集》附稿)

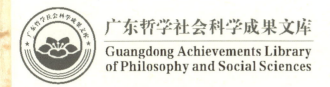

广东哲学社会科学成果文库
GUANGDONG ACHIEVEMENTS LIBRARY
of PHILOSOPHY AND SOCIAL SCIENCES

《全粤诗·明代卷》辑补

（下册）

《QUANYUESHI·MINGDAI JUAN》JIBU
XIACE

李国栋 编著

中山大学出版社
SUN YAT-SEN UNIVERSITY PRESS

·广州·

版权所有　翻印必究

图书在版编目（CIP）数据

《全粤诗·明代卷》辑补：全2册/李国栋编著.—广州：中山大学出版社，2020.12
（广东哲学社会科学成果文库）
ISBN 978-7-306-07008-1

Ⅰ.①全… Ⅱ.①李… Ⅲ.①古典诗歌—诗集—中国—明代 Ⅳ.①I122.72

中国版本图书馆CIP数据核字（2020）第206534号

《QUANYUESHI·MINGDAI JUAN》JIBU

出 版 人：	王天琪
策划编辑：	金继伟
责任编辑：	叶　枫
封面设计：	曾　斌
责任校对：	林梅清
责任技编：	何雅涛
出版发行：	中山大学出版社
电　　话：	编辑部 020-84110283，84111996，84111997，84113349
	发行部 020-84111998，84111981，84111160
地　　址：	广州市新港西路135号
邮　　编：	510275　　传　　真：020-84036565
网　　址：	http：//www.zsup.com.cn
	E-mail：zdcbs@mail.sysu.edu.cn
印 刷 者：	佛山家联印刷有限公司
规　　格：	787mm×1092mm　1/16　44.875印张　781千字
版次印次：	2020年12月第1版　2020年12月第1次印刷
定　　价：	98.00元（全2册）

如发现本书因印装质量影响阅读，请与出版社发行部联系调换

谢 赆 四二三

学斋读《元公集》

鸿濛既剖泄，代浸宣色泽。鲁邹互挥邕，灵源悉翻译。宇宙忽云屯，晻霭无日白。悠悠千余载，天南复朗划。溯彼混辟根，一掬即真宅。鬼神无玄秘，硕果得其核。但勿使之蠹，枝条自纷籍。开关见千圣，穷古由兹脉。

髫非玩群籍，卓荦期古人。枘凿鲜世谐，准绳自前因。志强骨力弱，道岸杳无垠。何以慰中怀，有如疴我身。偶今随薄禄，幸接元公邻。瞿然发深省，巨舰在长津。圣学曷为要，斯言请敬循。（明胥从化《濂溪志》卷八）

卢瑛田 四二五

总题江皋十景

高人卜筑东洲上，地控茅溪纷荡漾。杰阁迎薰奏古弦，危亭听籁宜清况。眺远层台敞画图，花飞深院增屏障。三时且课童，粢盛卒岁□。虚望八柏已抟阴，服食成仙胡可量。寒梅坞，丹荔矶。春凝香雪联衔盏，月映红云弄钓丝。幽轩临水镜，清洲鉴须眉。星槎当晚泛，击汰乱波随。舒徐开拓饶风致，如斯大概难言备。旦夕主人奉檄行，宁独西庄王给事。（明李元弼《江皋小筑集》上卷）

尹守衡 四二五

江皋招酌，先主人至，独步跃如，口占二绝

漫说相招早自催，忽然移步到花台。第令苔畔青尊在，莫问主人来未来。

每到江皋思自幽，迎春好鸟亦相求。盂山池馆偏相似，一月应从一度游。（明李元弼《江皋小筑集》下卷）

温可贞四二五

宿挹薰楼

月明沾醉倚高楼，万井烟寒玉杵秋。地似鉴湖开别岛，人从银汉揽神州。疏云漠漠千山度，清梵微微五夜浮。但使江皋江是酒，何妨日日此淹留。

自亳移滇，便归饮于江皋，时七月望日

胜地悔为别，移官喜暂归。主人虚左席，客子自初衣。池馆秋生色，松筠晚弄晖。共拚良夜醉，欲去思依依。

乙卯七夕集李相所江皋池亭

牛女清宵愿不违，人间天上两依稀。双星度处云为护，三径开时翠作园。岂谓良缘偕窈窕，犹疑乘暇到支机。自惭生计由来拙，乞巧何心望斗玑。（以上均见于明李元弼《江皋小筑集》下卷）

张　萱四二六

香炉峰

紫烟高阁万山青，礼斗归来集众灵。白昼玄关无一事，香炉峰畔读黄庭。（明鲁点《齐云山志》卷五）

卢龙云四三九

《燕市名驹卷》送李靖老计偕北上

忆共当年听鹿鸣,春花几度倍关情。并游帝里颜谁厚,此日公车事竟成。色借宋云开宝殿,香分汉露溢金茎。燕台索骏由来重,况复人夸御李荣。(明李元弼《江皋小筑集》下卷)

区大相四六三

次韵林烃琅琊寺

寺以山名古,人依佛地遥。金池穿石冷,宝铎带风萧。马度溪苔静,禽翻砌叶飘。叨从支许侣,高论日招邀。(章心培《琅琊山志》卷五)

韩上桂四八九

中秋后五日与廖太学肖松、沙万户原白同集江皋得多字

卜筑江皋岁月多,烟霞高卧近如何。一泓秋水浮新月,十亩荒田半绿莎。草就自耽扬子宅,雪霏谁和郢人歌。层轩许借青云色,幽径闲过咏薜萝。

秋日同廖丹实再游江皋廖山西人,席有名妓

将适江皋路,言遵洲渚游。寒烟犹缥缈,疏荻已萧飕。叩此玄扃杳,欣兹胜地幽。登堂情自廓,俯槛意如求。曲沼鱼从跃,丛林鸟任投。台高风乍响,竹动翠还浮。上客来燕赵,雄文集阮刘。气能摧五岳,藻敢轶中州。语洽幽兰拂,歌清白雪流。相看矜一笑,况复艳双眸。银烛催将尽,金樽溢未收。严城寒漏急,归道野蛩愁。别去情翻恋,沉吟兴转悠。至今衣袂色,犹带芰荷秋。(以上均见于明李元弼《江皋小筑集》下卷)

何荆玉五〇五

虚阁迎薰
最爱南来一味凉，日长开阁坐明窗。午间欹枕堪沉着，不去邯郸道上忙。

如亭听籁
大号小和吹应万，到得无声怒却谁。始觉是非随意有，如如元不带将来。

层台远眺
一踏层台眼便空，万山如雾色濛濛。罗浮四百都埋却，独出飞云一个峰。

庭院飞花
庭院深深花满林，飞来一片着人襟。劝君不用惊红瘦，风送些儿点缀春。

课耕涉趣
近山草长宜黄犊，近水潮多足绿苗。不是登山即临水，可将生计问渔樵。

八柏环青
一团丛翠影重重，秋霁凝烟分外浓。怪得有香来百和，锁枝丛里过来风。

梅坞涵春
风递始知香到席，月临还讶雪漫天。青皇行部先传跸，泄漏春光在隔年。

荔矶钓月
荔子如丹覆钓矶，晚凉垂钓月生时。青丝拂水摇红锦，香饵惊波皱小眉。

玄关镜水
红尘不到玄门里,朝夕幽人学闭关。独有庭前镜湖水,可堪长对定中闲。

星槎晚泛
乘舟酌酒偏宜晚,上下天光覆水清。待得月华来照席,便教身坐玉壶冰。(以上均见于明李元弼《江皋小筑集》上卷)

梁有年 五〇六

渡鸭绿江①
夹岸笙歌引画船,旌辉摇曳镜中天。春回暖浪鱼龙跃,泽遍遐方草木②妍。乐意尽从欢舞见,淳风不待语言传。迎恩簪绂纷相属,一雨旋看绿满阡。

①《全粤诗》据康熙《顺德县志》卷一二收此诗。
②"木",《全粤诗》作"树"。

龙湾馆登聚胜亭晓发
幽讨来登岭上亭,山供胜览敞云屏。更怜一派龙湾水,泻向虚檐露远汀。

良策馆
前驱嘶马指平川,风逐轻云送雨便。病肺入春宜几席,好山经眼又诗篇。峰如蝶巘环高下,客似飞鸿度后先。观罢远人祛候吏,馆门闲掩石磴悬。

车辇馆访蟠松有感
两日经行此地幽,云山烟树共悠悠。虚檐不碍花阴转,半榻斜通草色浮。龙去何年空卧骨,涛翻新盖有遗飀。荣枯自是寻常事,莫遣登临助客愁。

万历丙午暮春廿有六日，宿林畔馆，同朱兰嵎年丈望山顶上松孤秀可嘉。赋此以俟同好，兼似李都监正之

佳馆依山拱画屏，孤松峰上自亭亭。应缘巇崄辞岩谷，更厌风尘落野坰。四节繁华宜白雪，五更残月送青萍。凝眸不尽相期意，又逐骖骈戴晓星。

经东潞河午憩云兴馆

垂虹连砥道，云岭辟新途。扳挽轻车度，迢遥列骑徂。行厨罗鼎俎，野蕨撷菰蒲。素饱中怀结，惟欣帝泽敷。

金孝女故闾

客路经过孝女门，丰碑突兀表荒村。娃流断指能捐痛，母病非儿孰返魂。良药不缘餐血肉，真心端的格天阍。从知圣化无中外，万古纲常到处存。

新安馆

玉节东来属再迎，阶前虎拜集群英。风声送乐空中袅，花气和香分外清。傍晚法筵开玳瑁，探怀新句报琚琼柳赞成适投和章。贤王千里频相问，不尽殷勤款客情。

午憩纳清亭观射戏发数矢

几树松阴护小亭，晴川斜带远山青。张侯隔岸依苍麓，布席临风醉绿醽。技到会心忘巧拙，兴随流水自清泠。相逢四海皆兄弟，何事当年叹梗萍。

齐山亭①

亭倚高山山与齐，寄身天地此攀跻。云边远岫②迷晴色，夜半天鸡促晓啼。含③矢犹余当午兴其前作，挥毫急记下车题。夕阳骑散方音寂，一榻梨花傍雪栖。

① 《全粤诗》据清温汝能《粤东诗海》卷四二收此诗。
② "远岫"，《全粤诗》作"野树"。
③ "含"，《全粤诗》作"舍"。

控江亭

江水悠悠漾旆旌，控江亭子浸江明。香桥旋架松枝渡，锦鲤新添午饷

羹。星使骑随驰远道,楼船樽泛待归程。从今更欲乘风去,早散渔舟得治生。桥联数十渔舟阅月矣,予踏桥见渔父若而人,故云。

晓发安州登百祥楼

仆夫星驾又登楼,为爱三清属胜游。四面绕山疑画壁,一江潮水几分流。风来劲敌深倾酒,花趁余春乱入眸。望里烟光收不尽,行边红旭上峰头。

三月二十九日宿安兴馆,怀同省诸公

春花何事为春忙,明发春光不尽藏。天上飞来新雨露,海边沾处又芬芳。赏心乐事随时足,解愠南风递日长。寄语金兰池上侣,天涯归客可端阳。

三月晦日憩肃宁馆,夜坐弄月轩

春宵春月送春归,广殿层宫暂掩扉。休向小轩寻弄影,须教灵府觅元辉。梧桐生处清光到,斤斧来时夜气微。知我素心浑未蚀,故令今夕证前徽。

首夏朔日阴风欲雨因忆春花漫赋

云合千峰迷晓色,雨来几点促征鞍。香尘未染花枝湿,芳草空生爽候寒。落瓣不教新水泛,飞英偏倩好风摊。遥知向晓停骖处,红白纷披上下看。

首夏登浮碧楼故址用李穑韵

泛舟沿江浒,浮碧是何楼。楼去人疑鹤,江清夏似秋。水天仍古色,物我足今游。莫漫愁兴废,山花几逐流。

泛大同江

古堞芳洲一水阳,东流往事几星霜。平波轻织风纹细,巨槛横拖舞袖长。入网金鳞丝作脍,倾尊玉斝醉为乡。更怜万炬城头暮,疑是银河列宿光。

活泼泼地

世路红尘系客愁,何如一叶寄天游。江风海月闲来往,鱼跃鸢飞任去

留。但说虚舟成底事,堪从活水溯源头。怜予不浅沧洲兴,回首江门有哲谋。

太虚楼用许颍阳韵

危楼轩豁凌清虚,长日乘暇宜踌躇。倚槛飞觞月钩澹,凝望披襟云影疏。遨游恍乘飙轮至,绰约只应仙子居。海天空阔惬素抱,莫言渺渺能愁予。

宿洞仙馆

岭头穿出几层云,一望三山缥缈分。古洞仙灵何处觅,昔年笙鹤可重闻。风岩雪壁环如堵,碧草苍松织若纹。漫道丹砂从此熟,停骖刚喜隔嚣纷。

龙泉馆

生长东南习鱼脍,春秋犹让夏时最。兹来屡屡送春酒,兹日更觉情与会。午候忽衍和,炎气乍蒸荟。火云千叠扑襜帷,红尘十丈迷旌旆。烦心急性一时并,策马奔忙思偃盖。盖偃于何其,龙泉水如带。泠泠清浅泻山隈,盈盈荡漾涵苍霭。潆洄向客若有情,欲送清凉入衣袿。何当拱榻火犹存,暖席炙手计无奈。计无奈,欲何居,濯热便宜有脍鱼。霎时已尽两三盂,下箸真成水决渠。吸露餐冰意相似,月冷风清趣颇如。烦嚣半日都消尽,静夜临窗为记书。明朝又逐马蹄去,愿得南薰对面嘘。

翠屏山①

是处佳山上画屏,何如此地自成形。逶迤岩壁同环抱,掩映云②烟入渺冥。点点雨花红蜀锦,苍苍松盖荫邮亭。山光不逐韶光异,云满峰头色倍青。

①《全粤诗》据清温汝能《粤东诗海》卷四二收此诗。
②"云",《全粤诗》作"雪"。

葱秀山

昨日龙泉道,客怀愁乍暑。今日葱秀山,清兴忘羁旅。腾骧千骑此回头,一壑深寒万象幽。烟霞斜绚岩阿彩,日月高悬岭树球。怪石倒垂云欲堕,清溪曲抱水迟留。玲珑切玉韵泉冷,的皪编珠咽乳流。花落花开常满岫,龙鳞龙鬣几经秋。锦屏不待人间觅,翠壁天然坐里收。闻箫莫是凤凰至,观鱼恰称濠梁意。狎水惊看走兽驯,搜林却怪飞鹰鸷。主人爱客不胜情，乐事缤纷归胜地。探泉既酌溜间饮，流觞仍向溪边醉。斜阳催骑入平山，佳境犹来随梦寐。

玉溜泉

江寺中泠品最先，惠山堪与雁行联。酌将此际悬崖乳，犹忆当年沁齿涓中土泉，惠山曾品。首中泠，次经述尝之。自昔茶经应有定，于今冥味觉无边。更怜幽响松风里，万玉玲玲俨聚仙。

回澜石

万壑飞泉逐逝川，中流一柱立巍然。轰雷漫作滔腾势，奔驷还从控御旋。冰雪易随春水去，桑田仍为海波迁。世间几似江河下，对尔盘桓重自怜。

承国王惠弓矢，赋谢并志旅怀云

蓬矢当从两月悬，贻来偏是二弓联。也知好事关天性，应有玄机剖地仙。梦入燕山劳永夜，身驰鲽域度清烟。归程长夏相提抱，不似呱呱阅八年。

入开城登高丽宫故址

残基历历满开城，怀古伤今倍怆情。山径荒芜曾有殿，译人指点几知名。廿年兵火同尘劫，万户编民半死生。往事浮云休更问，泽鸿何以慰哀鸣。

临津江

霁色烟光促晓行，双旌遥指一江清。山为高岸低涵影，舟作长桥远送声。倾注讵同河伯见，波涛端为圣人平。萧萧四牡坡州道，未暇临流咏濯缨。

碧蹄夜发似赵都监一粲

天书明发布恩波，草雾山风策马过。火树成林疑白昼，月轮中夜隐层阿。行行且止天如幕，去去还来役似梭。见说贤王迎道左，炉烟袅袅候鸣珂。

颁诏礼成似许都监一粲

甲观祥开卜世传，恩纶东下五云边。岩岚溪月征夫骑，冬日春宵海国天。雷动喜看千技舞，嵩呼齐祝万斯年。紫宸夜夜悬清梦，归计明朝好着鞭。

宴南别馆
朱馆辉煌敞玳筵，天涯宾主两欢然。珍罗水陆分宫膳，乐听峨洋奏古弦。当席不忘歌帝德，怀人犹自询诸贤。殷勤未尽躬亲意，陪从行觞袂欲联。

题五峰国相彰赐亭，用崔大行韵博粲
奕世恩光着眼前，乾坤雨露信无边。山灵不羡人间直，家庆当从国乘传。退拟功成良早计，虑深志损绍先贤。幽亭烟景他年在，鹤发颓然醉酿泉。

谒文庙示诸生
圣道洋洋际海隅，宫墙瞻拜集师儒。联翩信是多材地，策足应为大丈夫。百行每从根处植，六经如向寐中呼。醒来事事分明在，休把遗编索有无。

泛汉江
带郭群山引使车，山云穿尽到江初。逼人清气舟无暑，集网澄潭食有鱼。渡口杨花迷野岸，亭间鸥鸟傍幽居。更怜夜月兼沙白，一曲残梅听笛余。

题春湖国相狎鸥亭，录似博粲
泛泛轻鸥狎水滨，水亭何事得相亲。生来共抱烟霞癖，到此平分草泽邻。宦况都消人可物，机心不着物宜人。独怜东国伤残后，那得由君计隐沦。

南别馆宴留
十一日颁诏礼成，卜十七日西归。国王已恳留至十九。比张席为饯，复谆谆以蚕头峰请，且谓往使悉游，不可使山灵及举国有歉于今也。余两人重违王意，王称谢不已。赋此以纪雅情。

七日为期九日行，主人犹自不胜情。旋开祖帐千钟酿，又证清游一昼盟。兴托名山邀旅思，意传通国布真诚。睿予可幸追前躅，会看峰头水

月生。

蚕头峰

千山列队饮江溃,骧首层霄此不群。平巘可栖楼十二,苍岩能控水萦沄。座中景色窥天畔,杯底云光带夕曛。最是一帆风更好,浪花飞作雪纷纷。

慕华馆宴别

十里郊坰惜别筵,离情脉脉译来传。衔恩未报乾坤大,敬使先图顷刻延。山馆朝霞明舞袖,仆夫骊曲杂宫悬。深杯易尽心无尽,两地同瞻月一天。

次韵别李中枢国相馆伴

黯黯销魂马去迟,可堪新绿荫荷池。一生未解殊方别,百岁能忘此日思。山水有缘偕赏遍,语言不待已襟披。欲知去后萦怀处,想象清光月半规。

题听泉仙榻

初旬憩葱秀山,余饭幄次,元介兄移饭玉溜泉,旋坐溪边。余亦逍遥踞泉间独石,石间有级若可坐若不可坐,而上下前后左右诸胜则具在目中。余置蒲团于级,倚石坐良久,兴满意足。就元介兄溪边饮,浮数大白,各驰马去。靡及在念,前兴都忘,不知坐之为梦,石之为何矣。不再旬归,坐处已削平如榻,可容五六人。元介兄谓余曰:"子向所坐者,今可复识乎?"余曰:"主人娱客好胜一至于此,不可无一言纪之。"元介兄则已拟"听泉仙榻"名,待余至矣。余曰:"佳哉,名乎!榻所有不止泉,而听泉其首义也。心之发窍莫要于耳,物之会心莫过于泉水。若在川,若观水,以目遇也。以目遇者,非邹鲁不能。邹鲁者,必谛听而后知泉之足听,听之得泉也。能听泉者,其非凡耳可知,则亦非凡榻矣。"爱缀芜咏,用纪颠末。若于泉,则未之能听也。

去时踞云梯,归来坐仙榻。仙榻高不危,云梯低可踏。云梯仙榻无定形,斤斧谁教役五丁。忆昨踞时兴久足,移向溪边醉已醒。得趣忘言并忘意,宁期下榻有仙灵。拂拭不烦风里净,被月铺霞相掩映。湘簟何如松簟香,蜀锦应输云锦靓。环佩珊珊宵昼闻,朱弦曲曲何时竟。数声莺语挟清响,几树鸣蝉和玉咏。飘枫滴露韵若赓,折竹飞霙音与竞。闲来四节有余听，听来万染都消屏。闲未得时听未终，马蹄猎猎逐薰风。竹窗若可安魂梦，为谢多情思不穷。

平壤十六景
德 岩
由来地德称能载，川涌岩根藉奠安。试问含灵兴宝藏，何如独立障狂澜。

酒 岩①
列星垂象泉名郡，世有仙人定酒家。天启灵岩招饮者，故教玉乳滴流霞。

① 《全粤诗》据清温汝能《粤东诗海》卷四二收此诗。

白银滩
怒涛十丈卷新潮，散作银鳞万点飘。直欲寻仙蓬岛上，凌空白玉好成桥。

锦绣山
织锦机头云缥缈，窗前刺绣月玲珑。云光月色兼山影，绝胜人工见化工。

乙密台
虚台高敞出山巅，海甸江天指顾间。骍牡敢云消旅况，骖鸾端可挟飞仙。

牧丹峰
山开锦绣丽春阳，更有奇峰独占芳。万壑千岩如众卉，也输艳质号花王。

浮碧楼①
望余丘阜接浮岚，水面玻璃万顷涵。钟梵一声尘念净，高眠直欲借精蓝。

① 《全粤诗》据清温汝能《粤东诗海》卷四二收此诗。

练光亭
岭海波恬白练铺，壮游今再见东隅。神怡心旷耽玄赏，更爱江涵月影孤。

井田遗制
千载箕封几变迁，宜民古法至今传。淳风犹自存耕凿，不问河源问井田。

朝天石①
仙客朝天去不还，马蹄穿石迹犹传。祇应化鹤归来日，依旧苍山锁暮烟。

①《全粤诗》据清温汝能《粤东诗海》卷四二收此诗。

风月楼

荷香暗递风多力，酒盏明催月有功。贮得楼头风月满，城闉疑是蕊珠宫。

麒麟窟

八骏荒游传穆满，列仙幻迹纪东明。汉廷千里还须却，不遣麒麟浪得名。

绫罗岛

曾向支机取石来，鲛宫海市为谁开。输将遥接烟波外，堆积绫罗待剪裁。

快哉亭①

披襟马②上瞰江流，不负乘轺万里游。纵目虚檐何所快，晴波如縠散汀洲。

①《全粤诗》据清温汝能《粤东诗海》卷四二收此诗。
②"马"，《全粤诗》作"亭"。

大同江

沸流东注势悠然，杂派支分汇巨川。浩渺大同江上水，朝宗北海映南天。

挹灏楼

江天灏彩正无涯，挹取楼头泛紫霞。吹彻长风烟霭净，微茫岛屿指仙家。

望悯忠坛，吊东征战没将士

一战功成复古京，捐躯千载有余荣。志期贼灭宁俱死，身在师中敢爱生。异域江山灵爽著，百年闺阁梦魂惊。不堪此日经过处，脉脉乡邦感慨情。

谒箕子墓

背郭松楸锁昼阴，羹墙仁圣悦徽音。八条泽衍千年祀，麦秀歌残万载心。道在乾坤传禹范，义悬日月照东岑。殷墟几度如棋奕，独有遗风自古今。

孤山九景为伴送使柳赞成题

万松亭

孤亭僻在海东隅，清籁幽香溢五湖。数卷《黄庭》兼古篆，种松为伴十千株。

黄泥坂

赤壁风流成往事,黄泥烟景此方新。主人未暇行歌去,作赋人今拟后身。

观鱼台

却嫌钓饵枉丝纶,独倚虚台看泳鳞。忘去不知谁是乐,朝霞夜月对清滨。

隐屏

屏开古壁烟霞老,松隐宁知有意无。他日功成初服在,任教邀月卧黄虞。

霁月台

明镜非台或是台,禅家微处总儒该。天心不如人心异,台上闲看霁月来。

苍壁

峭壁谁教巧剪成,千秋云物未曾更。悠悠世路如脂腻,几见寻幽预结盟。

迎客岭

隔断红尘路欲苔,逢迎偏倩此山开。只缘镇日云深锁,扫石频频待客来。

映花潭

花底澄潭照月明,日描花影漾潭清。晚烟忽罩花枝暝,又有潭边好月生。

孤山精舍

放鹤湖山有旧图,东藩今复见林逋。青山为客君为主,为报孤山总不孤。

赠默斋兼求教正

天道无言化自随,世间有舌驷难追。三缄每厪金人戒,一勿常持孔圣规。游息不离惟户牖,箴铭宛在即师资。知君守德崇玄默,片语还能继训词。

西坰老丈接送余于江上,把握四旬,意气千古。临歧怅惘,情见于词,录似留别

春风剑气江头合,露叶香珠句里闻。樽酒几倾千里月,芒鞋同破万山

云。今生交谊看金石，化去相思到海濆。佳节别君君共醉，他年逢节似逢君。

龙湾午日，留别养吾怡叔并求教

文星并逐使星移，海外新知若故知。驿路多情消旅况，诗才寡和振清思。江山胜览应怀旧，朝暮延登好献奇。玉帛岁将东土事，重逢端候觐彤墀。

留别梧窗观察朴东亮、南自老佥慰使瑾、柳后村承旨洞词丈，并托谢国王兼寄同游及诸佥慰、诸观察列位

归心今喜及江关，别绪朝来绕碧湾。一路芳筵来白岳，诸君清兴于酡颜。封疆有尽终难决，魂梦无羁自到山。寄语贤王兼法从，相思都在水云间。

题朴氏家藏诗册，步倪文僖公韵

天涯当日缔心知，别去犹闻思两羁。过眼浮云看世态，遗诗先达有芳仪。趋庭礼教贻庥远，报国忠谟奕世垂。东土江山饶胜迹，好将藏璧与争奇。

湖亭十景为许都监赋

胜地多境，冗不及遍咏。聊从君家结亭之下，摘为十绝。不足为湖山重也。幸斧正焉。

太虚亭

湖上危亭切太清，亭边湖水自澄泓。水天渺渺浑难别，疑泛星槎傍斗横。

千秋观

花开木落自春秋，造化由来任去留。独有林中飞观在，千年云水共悠悠。

缥缈楼

楼阁空中旧有名，何来缥缈露雕甍。人从镜里依微望，疑是东溟蜃气成。

凌霄峰

谁插危标直上天，平临星斗自回旋。不因万叠云深锁，跨鹤峰头好结缘。

临沧峰

千仞澄潭万仞峰,汪汪碧水浸芙蓉。等闲莫上峰头啸,惊起沧波卧里龙。

宾日峰

朝来暮去有嘉宾,满目晴光意转亲。莫道山容如水澹,溪毛野蕨四时新。

邀月亭

静夜无人坐对峰,倩峰邀月过相从。东窗看破西窗看,一枕秋声兴倍浓。

鹦鹉洲

拍天潮水载芳洲,好似杯从水面浮。试问主人兴何若,王孙曾逐几番游。

点沧石

湖上依微一点浮,云根穿破水中沤。闲将小艇寻幽去,满镜烟光入望收。

琼花岛

海上三山望去迷,琼花何自到湖西。应缘绝壑非人境,也有神仙过此栖。

劳李秦申三司译及全司译

我来至东土,音殊文不殊。立谈非管城,所藉惟象胥。繄汝三司译,鼓吻如吹竽。一事彻终始,两心各怡愉。问俗知风尚,述往令欷歔。披云指名巘,寻水过平芜。解言并解意,能语若能图。跬步不少懈,只字未尝余。进止式如度,恂雅更堪娱。此非口舌辈,应发自中孚。问汝何能尔,生平向业儒。亦复有全子,来与汉城俱。威仪挟词气,娴习三人符。尔我萍水逢,往返千里区。䩄缩不堪酬,寸心知汝劬。我今渡江去,愿汝陟华胁。继见良有期,职贡来帝都。(以上均见于明代朝鲜官府编《皇华集》)

袁崇友五〇六

和泉州知府程公朝京,同诸公游开元寺角巾登塔 有序

开元禅寺,其来旧矣。钟声一片,佛火犹红。塔影双标,法云长紫。

时维春日，雅属胜游。郡侯程公，停旄至止。二郡姚公，解带斯仝。七级既登，四赋爰著。于是肖源先生，从而和之。玉尘齐挥，金音并唱。玄言如屑，夸白云以犹孤；揽衣遥临，蹑青云而更上。可谓神襟迈古，胜致无今者矣。友鄙人也，孟夏之日，羽苍徐君，与寓目焉。肖源公复执主礼，乃出琬琰以为观，叩宫商而并隽，形神可释，鱼兔皆忘。命步和以菲才，愧追迹而莫及。虽文谢作者，而意悟昔人，用申两章，以酬一诺。固貂续为惭，亦龙雕已尽云耳。具书于左。

塔出日不暝，云藏殿故幽。缘心消圣偈，佛意解蓬丘。拟作出尘侣，权参济世俦。请君临眺处，高咏一回头。

车骑追随觅胜游，题诗转觉紫云幽。欲从白社誉千颂，未种红莲愧一丘。塔影自悬空不染，钟声长寂意难俦。神宫且莫论兴废，悟得余生到上头。（明释元贤《泉州开元寺志·艺文志》）

洪　信五〇六

丁亥元夕挹薰楼集得云字

芳洲步屦何须数，满地尘喧此不闻。曲水平沙宜对酒，早春佳节足论文。习池谁复追山简，玄草因探惜子云。日入江干烧烛坐，隔城歌管信纷纷。

春日集如如亭分赋得明字 时腊月念又八日

出郭移尊笑解酲，名园幽赏复春明。玉盘传菜须今日，彩管题诗愧此生。入座梅花飘短局，近人雏燕下虚楹。物华时事看流转，把剑冲云岁序惊。

载酒江皋饯靖吾、青霞计偕北上

一双龙剑跃龙津，漫道乾坤物有神。直向百年看意气，遂令千古失雷陈。

其二

堪怜年少太真才，北望燕台御李来。一夜片帆天共远，离筵休掷掌中杯。

其三

尊前俱是旧同游，不见三城赵倚楼。万里双鸿今且去，孤帆何日度皇州。

李君读礼逾年，断会荤酒，余与敬宇何君饷之江皋，蔬损常什五纪之

莫以今年似旧冬，终天何日涕无从。蓼莪意味谁堪语，风木情怀尔自浓。苍鬓可辞粱肉会，紫泥应到若堂封。相看俱是绨袍色，曾几萱帏手线缝。

招饮江皋偶事羁不果赴

闻道江皋乐事赊，舞衣歌扇醉筵斜。高阳朋旧还谁长，河朔风流好并夸。霏屑几摇冰玉尘，芳名应泛木兰槎。盈盈一水违欢赏，休问天门五岳霞。

温尔弼征赴江皋盛夸选妓责吝缠头，后乃知其戏也，因成戏咏

不分无缘并绿觞，却教坐客诧红妆。放歌白雪惭同调，醉舞回风枉断肠。捉臂争卢违漫兴，缠头重锦尚成章。绮筵朱履深狼藉，那少淳于五石狂。

江皋赋赠，时李将有喜事

一别江皋动数秋，依然烟竹净沙鸥。聚星本为兰亭会，飞颖今传邺水流。话雨未应谖旧事，高风摇落忆同游。萱花正是宜男草，且着斑斓劝玉瓯。

将之京，留别李敬可、相所昆玉

一空骚社二难同，供奉前朝自国工。词赋世家天下望，埙篪谐乐古人风。六鳌山下淹征骑，五凤楼头盼远鸿。别后相思芳草绿，春风并入谢池中。

《江皋集》刻成，阅元夕、立春两宴会，感今思昔，怅然成句，呈江皋主人

昔年同社几骚人，踪迹飘零记未真。忽见新编存旧雨，潸然有恨问高旻。兰心岂化荒原草，雪调空留邺水滨。衰朽自惭君自壮，向来离合懒重陈。

靖吾静摄戒酒惠我槛樽赋此报之

双樽浑是圣，陆海更饶珍。醉饱谁分我，勤渠见故人。文园消渴久，

梁苑赋诗频。欲问金丹诀，黄庭一采真。（以上均见于明李元弼《江皋小筑集》下卷）

李元表五〇六

丁亥元夕挹薰楼集得楼字 时腊月念又八日

名园依水足芳游，出郭移尊兴倍幽。春草池塘新得句，故园天地晚登楼。南洲火月千峰外，北极风云万里留。高会此逢杯莫却，合谋深醉行江头。

春日集如如亭分赋得嘉字 时腊月念又八日

狂歌累出难逢醉，杯斝宜人独尔嘉。触目萝烟晴俱色，称心亭榭晚犹霞。丝传细菜迎春入，剑舞飞花竞酒斜。尘世飘零须尽醉，苍苍元易镜中华。

江皋晚泛分赋得明字 丁亥

夏日林园赏已清，方舟高宴复群英。兼天涛浪晴偏涌，薄暮风云江自鸣。动兴沙鸥迎棹促，近人新月落波明。回樯见说蛟龙避，谁拟星文动帝京。

中秋后一夕集江皋得游字

病起移尊出郭游，高秋云物兴全幽。江涛半落仍冲槛，桂阙初亏尚满楼。联袂醉疑林竹逸，挥毫人拟建安俦。图归两岸笙歌入，指点寒云傍晚舟。

江皋偕刘青阁痛饮观画漫题竹菊

独树琅轩已自奇，更临寒菊迥幽姿。任教岁晚群霜妒，直节凌云竟不移。

牡 丹

怜君独艳殿春光，竟压群芳夺擅场。绝品久传倾国色，浓枝仍自郁仙香。游蜂逐径休轻过，舞蝶迎风莫浪狂。池上旧堪灵运赋，但来须醉此花傍。

载酒江皋饯靖吾青霞计偕北上

二子趋南省，通家侠气豪。词源倾岳渎，笔阵扫风涛。矫矫祥麟角，双双彩凤毛。论交驱管鲍，问业失萧曹。策射黄扉上，才夸白雪高。云鸿天路赋，迟尔续遗骚。

又

严风肃肃日云暮，海月当空净如素。画舡箫鼓发中流，天际伤离愁欲赋。江皋雄饮忆吾曹，击剑酣歌胆气豪。联襟并臂累数月，六翻人称彩凤毛。忽然聚散如飞雨，二妙同征三并处。一鹏留滞尚三城，海运南溟将欲举。人生会合岂尽同，走兔西飞日又东。孤帆尔辈何匆匆，临行莫放金尊空。临行莫放金尊空①。丈夫要在能许国，期尔麟台第一功。

①同前一句重复，或为衍句。

舟送珠江，再赋俚言别靖吾、青霞二弟

炎海珠浮寺，荒亭设饯游。云恬孤屿出，天阔暮江流。尔去光依日，吾归静狎鸥。春鸿如可寄，无惜付沧洲。

闰九夜同范宪琴醉饮，怀弟飞花庭院

月闰东篱菊已芳，江南今夕又重阳。青天半落流霞艳，碧海高悬片月光。路入三江同纵饮，鸿飞千里伴还乡。飞花庭院春逾好，迟尔携壶问草堂。

铜陵江上梦江皋欢酌

铜陵江上忆江皋，万木青山首重搔。吴苑雪留还赋颂，楚天寒入尽波涛。清风倚槛纷难强，白昼看云梦易劳。未到池塘先得句，孰怜灵运独挥毫。

舟次浈阳有怀挹薰楼

穷愁至后惟高枕，病起人扶足散忧。槛外千山迎棹出，尊前重峡抱江流。当歌韵带泉声古，倚杖云移石影幽。久别惠连佳句少，思君长向挹薰楼。

郴州怀弟相所

新诗贻我共称奇，谩倚郴流独尔思。万树波涛天外壮，一尊云雾雨中

移。兵戈易下忧时泪，迟暮犹含抱璞悲。满地江湖难并醉，几回春梦谢家池。

清明江皋泛舟

栖迟草泽回孤棹，兴发凭高日已斜。时序开尊逢故旧，乡关牢落愧年华。云凝湖海千峰暮，春尽楼台万树花。况插垂杨当令节，可无沉醉答流霞。

游双江寄怀

秋深摇落大江隈，怜尔新诗白雪才。池梦风花宜秀句，别来谁与共登台。（以上均见于明李元弼《江皋小筑集》下卷）

张应申 五〇六

挹薰楼

杰阁高凭逼绛河，翛然炎夏拟如何。窗临水竹阴霏合，帘卷烟霞爽气多。远目不随飞鸟尽，微风时曳商云过。景纯浪怪苔华换_{郭璞《百尺楼赋》：瘠苔华而增怪}，漫鼓南薰发浩歌。

如如亭

为园早已灭情尘，小构悬知亦胜因。望里林皋皆法界，门前溪水即玄津。佛言色相原无着，谁悟空华合有真。不信如如亭上坐，苾刍何异宰官身。

达观台

地僻宁知胜览偏，层台四望迥风烟。山河不碍尊前地，日月长悬槛内天。黄鹄摩空招可下，青鸾为使语曾传_{汉武帝明台事}。不知世阅人多少，试向金台问列仙。_{海中有金台，群仙常游其上。}

课耕处

啼残鹁鸠晓窗虚，极目原畴钱镈_{音剪}博初。种秫可能供岁酿，瞻蒲聊共饷新畬_{《劝农诏》：望杏敦耕，瞻蒲劝穑}。耕云耨月心无系，较雨推晴案有书。

已是一犁春梦破，不妨踪迹近樵渔。

梅花坞

标格如君称_{去声}隐侯，栽梅成坞倍清幽。素心自爱存贞白，芳径何妨到阻修。香雪披丛风韵迥，玉鳞飞砌月华流。亦知奕叶荣仙李，总是春光此尽收。

竹 径

琅玕低径碧云涵，纵拟元卿也不惭。客有求羊非却扫_{古赋"闭关却扫"}，贤逢嵇阮几沉酣。蛇蚹_{见《画竹谱》}拔地节已迥，鸾尾梢云清可耽。岂为往来供啸咏，主人材亦擅东南。

狎鸥蓬

郭外溪边车马稀，草堂花径久忘机。金门十载非蓬累，玉局千秋笑鹤归。坐玩空山衔落日，行看新水没寒矶。襟怀只许轻鸥识，相狎烟波待奋飞。

芸晖圃

绿墅芳洲圃几畦，种芸春满晓萋萋。枝分径竹琅函敞，叶杂河桯翠晖齐_{芸，枝如竹，叶如桯}。汉殿不妨存旧数_{《洛阳官殿记》：显阳诸殿所植芸香各有数株}，相门应耻受新题_{唐权相元载有芸晖堂}。直愁蠹食神仙字，愿托余香护赫蹄_{芸香辟蠹，赫音庆蹄，薄纸也}。

环柏石

花坰桂壑迥芊绵，柏石森环境自悬。长拟缀珠萦赤水，依然醒酒踞平泉。施萝驳_{音驳}藓几风雨，卧月凌霜多岁年。见说赤松时上下，中林曾否对谭玄。

飞花院

绿酒青尊春未稀，万花亭馆醉芳菲。风前舞应垂垂节，陌上歌翻缓缓归。锦树步摇娇并颤，墨林彩笔巧同挥。莫教燕蹴莺衔去，扑席沾泥怨落晖。（以上均见于明李元弼《江皋小筑集》上卷）

林　坦五〇六

夏日集江皋

扁舟几转到门前，兰径松轩罩翠烟。乐事还同濠上兴，好风偏待竹林贤。百年长寄壶觞里，三伏潜□水石边。扫得花茵旁池岸，醉来吾伴白鸥眠。（明李元弼《江皋小筑集》下卷）

余士奇五二七

云岩送鲁子与明府转民部旧广州司理

徙倚孤高对夕阳，重逢犹忆五神羊。青山忽映红霞色，绿蚁旋开宝树香。白练晴飞泉作雨，玄关天造石为梁。也知不属分符客，此日追陪画省郎。（明鲁点《齐云山志》卷五）

陈向廷五二七

登齐云

封内神皋北斗坛，上清宫阙出云端。层崖鸾过箫声渺，白昼龙归玉乳寒。浩荡几人当选胜，阴晴终古此凭栏。竭来何处皈依地，犹笑浮生一宰官。

其二

高阁层岭向远开，何来三度此徘徊。褰帏五老窥人出，倚槛千峰倒影来。龙虎深堂空日月，洪蒙惊坼起云雷。共瞻紫极文昌地，争得群星对酒杯。（明鲁点《齐云山志》卷五）

中秋后三日，集李靖老江亭，时主人将赴公车，因以为别

谁怜秋已半，把酒一登台。林月徘徊见，风轩次第开。当歌来爽气，行乐付深杯。坐久忘归路,城笳且莫催。

　　此地邀欢日,翻为惜别行。远霞天外落,孤棹水中清。六息抟风翼,中宵听雨情。往来吾不厌,猿鹤岂须惊。(明李元弼《江皋小筑集》下卷)

李如榴五二八

虚阁迎薰

　　云物绮窗虚,玲珑八面开。暑从神鸟去,清自故人来。水色侵帘幕,花香入酒杯。泠泠吹不断,斜倚玉山颓。

如亭听籁

　　有怀列子御,自得羲皇心。共结林中契,时聆空外音。着花知蕙转,经竹似龙吟。日夕起蘋末,清清披我襟。

层台远眺

　　呼吸通霄汉,平临俯近川。半空飞鸟度,远树海云连。烟雨斜阳外,人家修竹边。登台重搔首,吾欲问青天。

庭院飞花

　　拂曙乱莺啼,芳丛咫尺迷。人疑竹林赏,地似武陵溪。飞蕊沾春酒,飘香点燕泥。东皇元有意,结实满前堤。

课耕涉趣

　　郭外杏花庄,相看趣正长。犁翻春雨绿,车覆暮云黄。见说三农苦,仍闻五里香。逢年多乐事,吟咏寄奚囊。

八柏环青

　　耸壑连青翠,移根覆石栏。含贞常自喜,带雪不知寒。直干凌风雨,高枝宿凤鸾。门前饶五柳,谁作后凋看。

梅坞涵春

　　试傍寒梅问,孤芳占短墙。一湾斜弄影,片月暗生香。雪霰枝头尽,梨花梦里长。巡檐方索笑，春意满横塘。

荔矶钓月

一往观鱼乐，呼来不掉头。犹余濠濮想，空寄水云幽。浩渺天低树，苍茫月上钩。红尘飞骑绝，清赏自悠悠。

玄关镜水

淡味天生一，光辉映四邻。须眉宜鉴水，鱼鸟复亲人。岂以动中趣，而遗静里真。此心如可洗，千顷绝埃尘。

星槎晚泛

绿水绕孤城，渔灯傍晚明。乘风破巨浪，呼酒解余酲。月过千门晓，潮生一艇横。自能依博望，何事问君平。（以上均见于明李元弼《江皋小筑集》上卷）

张　博五二八

总题江皋十景

村居不厌幽，江皋敞平陆。虽与人境通，颇喜云林独。列柏荫交衢，垂萝翳深屋。春枝梅竞开，夏暮荔先熟。洗药傍清渠，诛茅课驯仆。振衣登层台，远岫列如簇。清籁时一闻，泠泠应空谷。应笑世中人，红尘负流俗。

其二

君本风云人，雅有烟霞契。屏居二十年，居然若遗世。同时通籍人，早已朱绂贵。而君骋高踪，搴萝纫薜荔。垂竿或竟日，散帙以卒岁。云来意自怡，客去门常闭。亭榭志幽深，岂曰侈宏丽。愿言从之游，誓得肆遐睇。（以上均见于明李元弼《江皋小筑集》上卷）

黄儒炳 五三〇

总题江皋十景
江干有名园，云是高人卜。构亭临欹崖，堇户隐丛竹。息机自狎鸥，开径时扫槲。东皋课耕余，鸡豚倚杖牧。远烟长薄浮，暧若云中屋。回塘清且涟，坎坎歌伐辐。壮图负经纶，劝驾贲相属。干禄易淄磷，微尚贞韫椟。寄谢当途子，謦折徒碌碌。（明李元弼《江皋小筑集》上卷）

区庆云 五三〇

登海珠寺拜李文溪先生祠①
片石斜临一鉴空，表贤犹在蕊珠宫。人间白鹤何年到，海上青螺有路通。当日梅花还自媚，千秋蘋藻许谁同。承家不忝韦玄业，翘首关门气郁葱。

①《全粤诗》据明郭棐、清陈兰芝《岭海名胜记》卷三收此诗，题作"谒李忠简公祠"。诗中字句多不同，迻录如下："片石崚嶒一鉴中，古祠犹为昔贤封。人间白鹤何年到，海上青骡有路通。修禊荐蘋仍越俗，登坛挥翰已齐风。韦玄世业丹霄近，翘望关门气郁葱。"

送社友刘觐国应试南宫
郁洲台上敞离筵，彩鹢翩翩去似仙。白璧只应知己贵，阳春何必众人怜。扶摇夜发抟鹏急，苜蓿秋肥买骏偏。他日临轩谁第一，刘蕡名姓已先传。

寄怀陈梅卿
白社同盟日，青山独去时。珠投虽已暗，石抱未全痴。视舌情何苦，横襟气不垂。山中有丛桂，日日长新枝。

别叔震宇
岁晏虽为别，伤心复此行。将雏悲往事，梦鹿见平生。月隐长河色，杨垂短陌情。莫言泚水后，不作谢家声。

送李季良归豫章

离夜悲歌雪满船，风前弹剑酒如川。洞中白鹿谁能待，海上神羊尔并传。积翠树连山色暝，挂帆天共客心悬。衡阳不是无书札，望气何时到斗边。

杪秋前一日偕李子岸游白云月溪诸山二首

并马出北郭，萧然远兴生。天回双寺暝，云拥一僧行。索秋看符篆，探碑忆弟兄。不妨归路晚，相送有秋声。

其二

壁削疑无路，泉通别有池。瑶台攀鹤上，玉洞看云移。涉险甘人后，同游恨汝迟。愿将千劫骨，九返拜尧师。

荣寿同春歌为陈封君作

君不见，武夷之高跨坤轴，南跨清源接金粟。中有万岁之神山，石室时闻贮仙箓。仙家翁老何昂藏，鹤发冉冉双瞳芳。翁龄七十诞良月，姥筹加一当青阳。翁昔读书多意气，九经七略征奇异。风尘南北拥皋行，天禄石渠承汉制。挂冠一日神武前，泉山青兮洛水涟。刺桐城上邀明月，龙首峰头弄紫烟。弄紫烟，邀明月，琪花并蒂辉清彻。耦耕不数鹿门贤，举案休夸孟光节。灵光早岁开我师，天锡孤忠谁得知。含香委佩直三殿，矢谟悉吐胸中奇。文印亲提未央下，起衰济溺弘神化。百川东障无狂澜，山斗千年并芳驾。奏最从兹达帝阍，赤龙丹凤来中原。仙郎首擢参知贵，翁姥同褒稀古尊。黄封遥给天厨醴，豸服新承尚方制。昼锦堂开试彩衣，兰阶玉映春萱丽。此时南极耀闽天，此时弧帨喜双悬。安期巨枣纷争献，王母蟠桃夸几见。人言德里比蓬瀛，清虚别有长生殿。名家况是庆源长，台鼎承恩未可量。人言翁姥比金木，千秋岂不绵妫姜。某也黥蒙趋席末，谈经谬许窥衣钵。鳣帷三载教思深，坐春风兮立冬雪。恭逢盛事乐无疆，罗浮为茹溟渤觞。愿收下士南山颂，还歌天保答君王。

答彦周山居二首

仁里纵非昔，故园差可安。即微五柳誉，聊做一枝观。兰砌春将发，萱闱夜不寒。便应无挂碍，三界亦同看。

其二

山林幽趣足，城市不相同。双阁低群象，孤亭敞八风。看花从舍北，分竹过墙东。天地还容汝，谁教泣路穷。

送别李心池先生归邕州 二首

将毋频年畏简书，一官漂泊意何如。伤心正失谈经后，别恨能忘握手初。地入龙编铜作柱，山连象郡冢成庐。废莪不是门人事，召对还应走使车。

其二

邕管看花又一时，相逢何限故人思。遥知绿鬓皆兄弟，谁解青云半奕棋。载酒尚依扬子宅，挂帆先望伏波祠。还家好报诸年少，念我梅开早寄诗。

送妹夫何嗣德由湖口北上读书成均

南陌垂杨绾去舠，北风吹雪上征袍。十年梦想江生笔，一日纵横吕氏刀。路入匡床清眺远，酒酣燕市和歌豪。还闻羽檄需才急，迟尔夸胡赋转高。

李生行送仲夔会试

李生风骨夙奇绝，跃出名家称汗血。十六英英奏大人，凭陵未识干时拙。览胜还登万里台，豪游半结三秦杰。有莘美女色如花，玉勒金羁攀欲折。五羊海上忽归来，卜筑正当二三月。芳草流莺处处春，剑光夜烛宵明灭。此时同调一何稀，郢曲还教和歌歇。高山流水逢知音，顾盼为予操一阕。惭予曼衍无比伦，独抱襟期何人切。交态交情那得知，但指青松与霜雪。多君羽翼息南溟，一日扶摇起双阙。裘马翩翩待北征，风云昼拥垆头别。顾予欲赠何所言，丈夫功名等蠓蠛。古来不朽安在哉，别有境界非凡说。君今奋翮早致身，出入承明励忠节。白云湖上彩衣鲜，昼锦堂前桂枝越。悠悠世情胡足怜，数尺之躯终忝窃。海可田兮沧可桑，七圣襄城待谁决。此道寥寥君已知，况今世路风尘裂。为君此曲倾素心，目送双鸿泪如结。

若公见过即别，贻诗以订后会 二首

爱尔语言妙，清风吹素襟。仙凡原异界，山水幸知音。锡起慈云净，经翻贝叶深。出门留半偈，无住亦生心。

其二

五浊支离际，三乘缥缈间。将无尘劫重，故使福缘悭。是岸宁分彼，

能空莫论顽。真言如可续，应许叩禅关。

送周鼎石先生入贺万寿

绣节曾看度岭行，玉杯今捧向神京。光分双掌凌云色，书借千秋报国情。盐铁不闻收末议，朔方何事复征兵。攀辕欲赠无奇策，愿罢珠厓答圣明。

送张夏占孝廉归温陵

北风吹雪暗江天，握手相看是别筵。海内交游双璧少，天涯书札几时传。花台听法机初息，柳陌惊春恨转牵。不必词人相引荐，雄文先已献甘泉。

夏日偕李晦孺弢仲、余弟暗卿携儿辈避暑粤秀山分赋 二首

宿雨初收见远天，招携同日到山前。乍经幽壑晴犹湿，笑指深林翠欲穿。坐石不妨禽共语，避人宁识酒为禅。十年偃蹇忘诗债，今日因君有和篇。

其二

霸气苍茫接梵林，化城松栝此萧森。风流未少求羊过，交谊因知孔李深。绿竹亦供儿女兴，青山不负弟兄心。可怜机息人同远，学圃何时到汉阴。

甲寅五月大水

薄田仅百亩，地远不得归。耕敛藉农父，忧乐还相随。丰岁未狼戾，凶年乃差池。洪潦自西来，一日倾不支。颗粒化乌有，室庐尽陵迟。只见嗟获薪，无从宽茧丝。膏晷不必惜，俯仰谁为资。怀刺谒朱门，竽瑟非所宜。一笑谢农父，盈虚那足悲。宣圣曾绝粮，文岂不在兹。

郭梦菊勋卿七秩有一，赋诗为寿

宅近浮丘有大还，刀圭长日驻朱颜。主恩玉案神仙吏，家学龙门太史班。卷幔绿翻槐影合，开尊青对桂丛闲。台星近报临南极，紫气关前未许攀。

送李仲夔扶侍太夫人省觐盱眙 二首

爱日瞻云愿不违，况逢花县有光辉。千年鸿宝谁消息，六代龙蟠今是

非。客路风烟频倚剑,清秋塞雁一沾衣。何时把手看牛女,赠妇还能倩陆机。

其二

雪霁长江万里开,趋庭人讶帝乡来。篮舆暂出青云拥,关吏频将紫气猜。结客盛传鹦鹉赋,题诗多在凤凰台。贫交亦有龙泉赠,丰狱何劳动斗台。

庞明府以《八十自寿》诗见遗,依韵戏答

大道本玄同,何分宠与辱。达士友千古,不宁惟诵读。世人竞嚣陵,欲舒反得促。吾乡有庞公,招隐附芳躅。亮节传中丞,正学表颓俗。结发幕逢干,致身轻九族。万言排帝阍,字字皆实录。薄游吴越间,一泄复一蓄。直道不容世,卷怀聊自足。约法存乡评,壮志起沉陆。国步多艰虞,时事綦反复。回澜仗砥柱,骈风思夏屋。天听日以高,谁能推置腹。苍生望老臣,人情贤梦卜。起视燕山头,浮云蔽日毂。唇吻逞戈矛,伦类化禽犊。害政尽生心,何堪此昼梏。中夜念国恩,义在不得缩。濡豪达政府,泣血洒竿牍。更有门人疏,继公呼阙伏。语出长安惊,奚止郁模哭。妒口谓沽名,容之宗社福。名实岂难知,辨真在衷曲。不见蟠溪叟,非熊梦先触。后车才一还,大力转亨毒。妙哉敬忌训,岂徒矜杀戮。公去继荐扬,勿欺是臣鹄。嗟彼嚣陵者,一跌难以赎。鲰生稚且狂,染翰愧彬郁。筵随玳瑁趋,酒倩葛巾漉。愿持《懿戒》篇,助公千岁祝。

送陈龙峰先生之令通道

列宿官何忝,临边令独尊。一毡仍士望,双凫见君恩。驿断黔云远,烟深郢树繁。莫言天万里,回首即簧门。

循州席上赋别程使君

画熊寒色照蓬蒿,水寺邀宾兴倍豪。岂为功名轻幞被,翻令湖海重绨袍。黄龙日出垂帘近,白鹤春深卧阁高。此去寸心应折尽,几时书札寄江皋。

送社友王性父计偕北上

屈指天边驿路重,临岐呼酒兴逾浓。时名岂让王摩诘,家学争传陆士龙。未少簪缨酬北阙,还将衣钵辨南宗。赋成莫讶无人荐,忆尔遥听紫禁钟。

登星岩绝顶 二首

蹑屣入云际,解衣坐日中。谁云山顶上,容易得天风。

其二

引手扪天壁,俯身落云端。但言上山易,不道下山难。

咏来鹤

冰玉分明海外姿,学仙犹自远寻师。不缘华表嗟人世,却向緱山了梦思。寡和每当幽径立,有心长与白云期。相看正笑虞人拙,风雨冥冥忆去时。

戏问友人病 四首

一笑春风满八行,开函谁遣尔为郎。岂知杂佩相逢后,夜夜还飞五月霜。

其二

幽兴偏宜水竹间,羡君真似白云闲。如何日暮风尘里,犹自仓皇学抱关。

其三

绿鬓低折半当楼,一片伤心黯素秋。自是蓬门人未识,君家兄弟本风流。

其四

消渴经年叹索居,千金词赋竟何如?当时若悟君王意,应把《长门》换《子虚》。

赠内侄李子岸游泮

陌上清风吹子衿,郁葱佳气满缁林。争传王贡弹冠事,谁识徐陈下榻心。八月桂香蟾殿早,三春桃浪禹门深。疏慵敢荐凌云赋,御李名高自古今。

再送震宇叔还山

朝斗坛前岁屡催,不堪分袂更徘徊。焚囊漫说千秋事,照社先占异日才。绿发论文今老矣,青山无伴亦归哉。乡心我自悬旌甚,愁听西风画角哀。

题玉女峰

艳质何年驻此山,化成金屋出双鬟。云深汉检藏铅黛,风动秦韶落佩环。鸾影定知游物外，蛾眉应不妒人间。银床冰簟清如水，一见高唐赋欲删。

子岸别余海上，为期不至，诗以讯之 二首

瑶台一望泪频倾，尺素难通别后情。纵有醇醪君莫醉，春光今在越王城。

其二

萧萧秋色薄人寒，送尔江边夜未残。回首昔时车马地，月明魂断碧阑干。

虚白陈侯诞日 二首

尺一南来拥汉符，赐金恩宠出皇都。春深潘令花成县，天远王乔舄是凫。气色竞翻蓬岛鹤，风霜将起柏台乌。宵衣此日求封事，献纳还期佐庙谟。

其二

家世韦贤擅一经，政成神雀下公庭。云晴帘似山阴合，日静琴如单父听。客在函关占紫气，人从南斗识郎星。还惊汗血驹千里，翘首金台首蓿青。

英德县观音岩

山门面面有青峰，海上莲花不易逢。三十年前来此地，鼋头依旧白云封。

过亡儿冢

呼儿不可作，仰面自沾衣。试问辽东鹤，于今归未归？

小泊漳树

估客帆樯集，乘风日往还。黄金知不少，曾否驻朱颜？

至日寿观察徐宾岳先生 二首

金门桃树手曾栽，吹律华堂喜色开。六辔周咨劳执法，五云缥缈望登台。雪晴阁后梅花放，酒熟春先柏叶催。席畔倘容方外客，也应调鼎献丹来。

其二

良月温风透戟门，极星偏映豸袍尊。不烦鸿宝传仙箓，自握骊珠叩帝

闻。望入云霄新赐履，梦回齐楚旧攀辕。更看世及人如玉，奕叶承恩未易言。

寿冯济美亲家五十初度
真仙岂用集灵祈，光禄园深瑞蔼霏。门外五羊朝绛节，庭前双凤舞斑衣。长群粉黛原非好，不少朱提总解挥。从此华阳丹诀授，年年瑶酒荐春晖。

别意四首
一指岚光蔽玉林，出山犹浅入山深。桃源岂必真无路，只恐重来未易寻。

其二
芳心谁遣压城低，风雨凭将大陆迷。孤榻短檠销不得，断魂应在灞桥西。

其三
绕架荼蘼只自芳，海棠经雨夜凄凉。花神不解相思苦，犹遣余香到枕旁。

其四
春山一望泪盈巾，迢递音书倍怆神。若道生离终死别，岂应龙剑有延津。

黄令公诞日
喆后承昌纪，泉南得俊儒。麒麟钟间气，龙马发祯符。世业三台近，文章两汉孤。登朝翔彩凤，分邑应仙凫。宰树明荒服，郎星傍斗枢。政平三异集，操洁四知俱。敷化弘时雨，抡才识过都。骅骝充厩驷，桃李满郊隅。析木星躔徙，乾坤寿域纡。吹葭添刺线，授箓映悬弧。某也才何菲，翩然遇亦殊。衔思称国士，持论愧潜夫。遥忆尚书履，忻披王母图。甘棠遗爱切，机杼德音乎。芝秀盈三圃，兰芳郁九衢。宠颁仙峤杖，名缀岳嵩呼。回驻非关药，讴歌亦矢谟。愿推眉寿祝，保合遍寰区。

少参魏公捧表入贺署中忽产瑞芝赋此送行
紫薇开尽出双芝，使节欣逢介寿时。瑞世明良原有象，效灵川岳岂无私。九华远拂秋霄色，三秀真含海国姿。想是前身来屈轶，逢尧先献赤文奇。

寿黎隐君七十

种桃东南已成阴,避世何须叹陆沉。肮脏风烟惟傲骨,指麾天地尚雄心。妻曾举案称偕隐,子有联鑣赋上林。况是荪枝俱挺秀,玉杯华烛映萧森。

送易将军视师海上

乘潮伐鼓酒初醺,二月楼船此送君。推毂正当朝汉地,建牙先领伏波军。胡床夜啸江云净,羽扇晴挥岳色分。见说王师犹转战,朱崖铜柱待铭勋。

送乔方伯公孙还东阿

越王城下鼓如雷,百叠江花去棹催。绿绮弦孤堪自惜,玄言经在为谁开。十年南北思炊桂,一笑风尘看落梅。咫尺燕都容易到,不妨买骨待君来。(以上均见于明区庆云《定香楼全集》卷之一《粤中稿》)

洗剑歌有序

内兄李彦周遗余滇剑,出必与俱,归而室之匣中。辄出,侍子必辄洗之,凡五年往矣。甲寅冬将行,侍子复以洗剑告,余悲其以有用而置无用,复以无用而得全其有用,作《洗剑歌》。

李生有宝剑,其行如飘风。赠我忽五年,无日不相从。去岁亲提访嵩岳,大梁雪花片片落。也曾挟之叩胥门,楚水吴云夜腾跃。忽然白日交风霆,我方赤手试发硎。阴纹纤纤吐寒月,碧缦隐隐排疏星。匣里千金人不识,一割之功深自惜。怀归丽韀青玉缄,光怪不受尘埃蚀。仆夫见我启行旌,亟出洗之河汉明。罗浮摇曳鬼为哭,珠海动荡蛟螭惊。吁嗟此剑兮,西来夜郎,东度五羊,能挽崦嵫之扶桑。延津不待合,丰狱不得藏。我今携之向尚方,黄金台上试龙光,天子见之喜色翔。昔时欧冶名不灭,炉锤尚有传家诀。边尘飞兮炯不封,北风劲兮吹不折。臣当满志善藏之,岁岁年年保冰雪。但愿长奉君王欢,不愿轻污佞臣血。

横石驿见梅开

朔吹催寒急,矶边已放梅。共知阳气至,应报早春来。转觉香盈砌,翻惊雪作堆。离家方百里,归思不胜裁。

谒张丞相祠在梅岭上

谁将先见动宸疏,战色千年黯未收。本合勋名归李郭,漫劳中使荐春秋。开元相业孤忠在，正始诗才大雅流。回首曲江仍紫气，不禁清泪满松楸。

过东湖
此湖曾五渡，汹涌孰如今。浪合天为黑，水高云若沉。醉时危不觉，醒后怖滋深。始信人间世，风波原在心。

陈抑之大理乞假南归，作此送行二首
殊方新喜故人来，又拂飞旌向曙开。作客我甘牛马走，将雏君自凤凰台。江澄岛树潮痕合，霜落湖天木叶催。从此片帆明月去，烽烟南北首重回。

其二
廷尉清居本自闲，为乘佳兴有钟山。于门日月争雄长，莱彩春秋任往还。柳色暂随青雀舫，瓜期应及紫宸班。王生旧事仍传否？待折梅花寄汉关。

入都
下马问今夕，北风何凄凄。主人识面熟，迎客不后时。晓起步庭际，云物正华滋。残雪未尽销，群山郁参差。金盘露初落，宫树影已移。对此念故园，安得不悠思。况复岁云暮，羽书方急斯。岂无酒与宾，足以欢相持。所乏双飞翼，徒劳羡南枝。

西苑中望大内二首
曙色分仙仗，寒光上玉墀。千官周礼乐，万国汉威仪。阁道垂帘密，宫门放钥迟。中涓传诏旨，罢税普天思。

其二
金屋秋风起，铜盘夕露深。水花红冉冉，宫树绿森森。却望鸾旌影，依稀凤吹音。谁知今夜月，偏照翠华临。

雪
散花从树杪，霏玉下云端。自是丰年兆，非关见睍看。流辉惊皎月，托素比幽兰。莫问袁安事，宫中已苦寒。

寿张洪阳相公
黄阁朝辞暮紫峰，幽轩真有白云封。不妨居士称金粟，自爱留侯访赤

松。法宝六时翻贝叶，星冠七蕊制芙蓉。朝端倘忆甘盘事，应遣征书日下逢。

南归夜泊虔州感怀

十八滩头趁好风，郁孤台下驻征蓬。家乡忽在重关外，鸿鲤犹悬落照中。四海交游春梦远，十年流落壮心雄。儒冠未谢真何补，不待归来赋已工。

访王介甫故居

郭外轻烟隐绿杨，荆公遗迹自荒凉。青苗可是倾炎祚，明月曾经照锦堂。一代文章归馆阁，百年公论付沧桑。伤心莫问前朝事，流水残霞绕故乡。

夜过峡江县

皎月出东岭，流光尚隔溪。一航当晚急，乱石压城低。帘密萤穿巧，风澄鸟下齐。觉时应舍筏，莫遣壮心迷。

兖州道中有怀 四首

眷念先君子，遗言戒薄游。骥足不岂贵，盐车良可羞。今晨入鲁郊，霜雪已载头。回首蒲涧路，潸焉愧松楸。

其二

未明起行役，车尘无息时。念我妻子爱，何日不离思。封侯即非愿，泣岐欲胡为。穷达自昔然，慎莫歌庨廖。

其三

年生怀弟妹，一见一悲欢。衷情难语人，别泪何时残。天风吹白榆，零露湿未干。愿言寄书来，清贫换平安。

其四

半世一良友，遗之在杳冥。知音不复作，按剑安足惊。亭亭萝峰高，湜湜沙浦清。流水与高山，相期定来生。

京师元夜 二首

太乙祠坛彻曙光，严城不闭踏歌长。九枝灯外传华烛，五凤楼前度玉梁。金锁唤开丝管沸，梨花吹落绮罗香。檀车宝马归何处，只听君王问未央。

其二

汉苑祈灵万象新，披襟东观对芳辰。豪游不问金吾禁，秉烛何如玉漏频。云锦七襄纷灿烂，笔花五色斗嶙峋。娇歌急管休辞醉，过此风光又一春。

有所思

蛩鸣雨滴漏难分，念汝停妆减翠云。照泪悔将菱作镜，织愁羞见锦为文。陌头杨柳惊春色，楼上花枝伴夕曛。莫道冲寒衣易薄，帝城三月正氤氲。

灵济宫除夕，与叶启明、孔宁拙对饮

岁云逝矣不可留，琪宫群木寒飕飕。此时孤剑对尊酒，非子孰与宽离忧。参差城阙延清望，瑶树琼花俨相向。残雪初消鸦鹊来，晴云忽拥麒麟上。杯行苦急歌转催，鼓声浩荡如春雷。千门万户椒觞庆，宫彩年年斗花胜。平生结交遍江南，晚得二妙称为三。豫章琴声舄先入，中宿藻赋人争谈。切云高谊深相许，况复思乡泪如雨。酒酣一笑六合宽，明朝匹马朝天去。

出　都

柳陌悲风待晓过，五陵春思更何如。非关骏骨逢人少，自是蛾眉取妒多。击筑渐看离易水，计程何日渡黄河。貂裘莫笑今零落，弹铗犹能一壮歌。

过德州，刘觐国民部招饮，署中有作 四首

羡尔西游日，曾攀玉井莲。即分东岱署，何异两登仙。紫气临关满，青尊待月传。平生忧国意，相对益凄然。

其二

访旧情偏剧，探奇愿不违。壮心谁与折，归计未全非。扇举尘俱远，剑寒星欲飞。明朝离别后，应念钓鲈肥。

其三

牡丹不同赏，桂树为谁栽。渐喜淮南近，何妨剡曲回。庭幽春不散，吏隐客能来。鹏鷃元俱适，休论郭隗台。

其四

归路本从北，飘风乃自南。乾坤一何意，顺逆故相参。柳密疑含雨，

槐低欲照潭。跃龙还此地,珍重异时缄。署中有跃龙潭。

淮安观妓

淮阴池馆集仙踪,十二阑干喜气重。柳底金尊浮琥珀,帘前银烛漾芙蓉。九真半觯云鬟巧,八字娇分翠黛浓。明月夜阑歌舞散,不禁司马醉临邛。

游琼花观

何处箫声度碧岑,落花仙院昼阴阴。林间风定晚烟白,江上明月秋水深。王气已销隋帝垒,客愁犹作越山吟。迷楼极目三千①,不尽征人吊古心。

①此句疑脱一字。

题包氏亭池 二首

草阁经秋净,柴扉彻晓开。雪深无路入,月出有人来。叠石闲鱼沼,通泉引客杯。城南车马地,欲往且徘徊。

其二

我想溪南胜,依稀物外观。石床三伏冷,瑶草一春残。绕砌多兰种,迎宾有箬冠。榷舟知不到,烟水正漫漫。

瑞虹七夕

叠鹊成桥自古今,风光何用远追寻。不嫌细雨迷今夕,惟恨明河隔此心。刺绣微烟萦断缕,登楼斜月照穿针。凭谁乞得天孙巧,巧到天孙恨转深。

夜宿水西驿,遇庞孝移、何龙友二年兄并至,喜极留酌

崇兰丰草满江皋,握手相看思转豪。傲骨已甘为逐客,论心宁忍负春醪。灯前把剑星文动,雨后移舟月色高。想到白云开小径,此回应不负蓬蒿。

观宋徽宗画《鹰》

笔落人间信有灵,云台何用画丹青。可怜媚世空毛羽,不解传书向幕庭。

送苏霏玉归番禺

客鬓逢秋已自惊，离人况在石头城。象台雪照孤灯合，牛首烟销一剑横。小草共知惭谢傅，新书犹欲拟虞卿。往来莫问埋金事，一片乡心送客情。

为蒙光禄寿母

开府功成早息机，承家恩宠似君稀。时清正好调商鼎，日近还能补舜衣。白下风光传桂萼，羊城春色媚萱闱。他年更举潘舆事，坐见霞裾曳锦归。

过金山

奔流忽束咽，形胜亦雄哉。水落江淮尽，天空楚蜀回。龙疑听法出，僧岂度杯来。北固瞻非远，舟人苦不催。

瓜州馆人董鸿逵索赠

酷暑仍为客，凭君一问津。传家知孝弟，遗策见天人。击楫情何壮，开尊意转亲。请看瓜渚月，已照未来身。

送李知白归襄阳

匹马朝驰出禁闱，西南无数白云飞。杏花未拂燕城盖，柳叶先沾楚客衣。江浦星沉鸡叫早，石林霜远雁归迟。送君不尽丘园思，独倚城头看落晖。

徐州客舍

小坐忽当霁，披襟何爽哉。雨余残溜滴，风定暗香来。款客能烹笋，思乡欲折梅。息机犹未得，初服几时裁。

安肃县观春

祥光万丈庆攀跻，士女如云路欲迷。渐解轻冰烹鲤出，旋披新柳唤莺啼。官梅待雪红初放，垅麦含烟绿未齐。岭海定然春事早，梦魂先到铁桥西。

宿邯郸县

柳色邯郸路，停车日未曛。不愁长做客，只畏近移文。白璧城元在，黄粱梦自纷。货奇君莫笑,嬴吕此中分。

望隆兴寺
双塔金光隐夕阴,孤城寒气共萧森。僧翻法宝知龙性,月照昙花识海音。野雪渐消沙隐隐,梵钟初散夜沉沉。自从学佛心无住,一入空门恐费寻。

闻 雁
中夜忽啼雁,他乡听愈悲。风前声断续,月下影参差。正有羁栖感,况当摇落时。即令成锦字,谁为报归期。

客中秋怀
露井银床夜气森,高斋孤枕怨离人。悲秋宋玉高唐梦,作赋陈思洛水神。梧叶乱飘阶雨净,雁声初度月华新。悬知搦管浮舫处,不似天涯泪满巾。

访杨性之庐山小隐
洞门虚敞杳难攀,谁筑茅堂向此山。猿鹤春风参客座,鹿麋秋月叩禅关。青天倒映千岩落,紫阁高凭叠翠环。却怪红尘飞不到,客星犹自照人间。

观太液池忆元顺帝龙舟之戏
云扰中原尽战旗,六宫何事斗腰肢。金渠水暖龙船出,彩槛花香翠辇移。松树盘空皆偃盖,柳条拂地更垂丝。游人尚忆厓门日,鸟窜阴山未足悲。

燕邸夜坐
西风吹角月如霜,短榻孤灯照夜长。一纸家书三四读,不知清泪湿衣裳。

光州道中戏为代答欧阳丈 二首
路出蕲黄即汝南,风尘何日息征骖。从他月旦时时改,千顷波中未易探。

其二
黄叶萧萧白水寒,崎岖历尽寸心丹。可怜欧冶称能铸,不作秦王照胆看。

语溪进棹
岛色含朝雨，湖光带晚霞。渔舟低入树，莺语时藏花。杼轴纷相问，帆樯静不哗。公庭有贤宰，百里尽桑麻。

过杭城观南宋故都
万国朝宗旧帝乡，翠华曾此集冠裳。青山半掩琼楼月，绿树空零玉殿霜。和议尚能传父老，兵端真可笑君王。都人不解兴亡事，犹自区区说汴杭。

谒岳王坟
泪滴松楸日欲昏，伤心何处赋招魂。南浮玉匣千年恨，北诏金牌万古冤。深树暝烟栖老鹤，夕阳流水送哀猿。诸陵久已无消息，一片残碑亦主恩。

钱塘江观潮
望尽扶桑百谷趋，雪山飞挟曜灵俱。鲸吹波浪摇天堑，蜃拥楼台出地图。玉屑似从云际落，雷声直向海门呼。须知九有安澜日，不用鸱夷吊大夫。

严 陵
长安一卧动星辰，转忆羊裘笑此身。非是烟霞难物色，只应湖海任丝纶。赤符已换东京历，绿树犹含汉苑春。落日悲风过桐水，不知何以荐青蘋。

游通天岩
石壁前头紫雾开，凌空百尺见瑶台。却疑环佩乘云去，犹想幡幢入洞来。独宿屡移林雀影，双飞初散水萤堆。酒阑更欲耽余赏，箫鼓无情莫浪催。

攸镇驿口占
南浦登舟后，逢人问水程。热愁江上住，凉爱月中行。拾枣思儿女，探莲忆弟兄。那能即相见，把酒慰深情。

留别华九渊进士

匹马辞双阙,将归向海岑。临行思路远,欲报觉恩深。笔札真何补,风尘一任侵。明年春色早,台上盍朋簪。

代咏梅花二首

照影横书幌,萦妆落镜台。风携姑射至,月送美人来。欲鉴冰壶彻,频移玉柱催。应知墙外望,指点白云堆。

其二

映水珠相媚,横空雪亦疑。寒香销尽酒,芳意逼成诗。薄采凭纤手,低看映画眉。早开缘让路,百卉未全知。

送稽思道之咸阳

碣石探奇意未休,又携书剑向雍州。《广陵散》后无琴谱,渭水新乘有钓舟。陇树尽含朝雨色,江花多结晚云愁。胥门旧钓何时践,即拟从君下虎丘。

沈大参封翁九十寿歌

四明佳气何郁葱,气接蓬莱溟渤东。名家回出休文裔,太白故精钟吾翁。忆翁行年二三十,握兰抱玉人不识。浪清碧海有蚌盘,云净琼条看鹤戢。南岩攀桂咏《离骚》,瑶草金光玉洞高。迢迢庭砌生琪树,冉冉云霄起凤毛。令子清标膺简在,为政风流夸十载。参岳争歌浙水英,褒书屡下山中宰。时来思养乞丘园,一疏还家乐事繁。彩衣犹带湘云色,玉斝深衔掌露恩。德星岂但慈明庆,兰阶况复荪枝盛。紫气秋深越水湄,祥光昼接华筵胜。家近鸿濛大泽头,羡安之属日来游。沧桑不管人间异,称觞惟记海边筹。君不见,伏生传经余九十,安车蒲轮拟宣室。又不见,武公既耄犹称诗,千秋大雅扬威仪。翁今有子熙朝牧,菽水归来万事足。绵绵翁寿比彭佺,岁岁兹辰看合祝。吁嗟!丹砂可觅芝可餐,为翁遥寄青琅玕。安得刻杖我持去,从翁白日生羽翰。

赠保昌刘生

相见一何晚,尊开喜欲狂。时名推白璧,家学绍青缃。授室知情重,论交卜世长。莫愁明日别,回首郑公乡。

荻港阻风

草汀芦荡晚萧萧,五日维舟散寂寥。隔浦香飘梵语近,中天云断月光遥。不愁春雪稀人和，初有烟霞费客招。东望钟山青一点，旧京佳气郁岧峣。

湖口待月偕陈曤与梁啬觉、李仲夔诸君同赋
湖上惊初合，江中侈壮游。朝宗俱有意，方驾尽名流。结客思捐佩，忧时想作舟。渐看明月上，歌管散群愁。

宿采石望金陵
旭日扬帆未有期，水光山色故相欺。石头城下人争待，牛首矶边席屡移。叶暗乌巢哺子早，风高鱼阵度江迟。埋金锁铁俱尘土，何事阴风日夜吹。（以上均见于明区庆云《定香楼全集》卷之二《燕中稿》）

徐位甫生双子
桂香迢递趁佳辰，又见双枝发兴新。瑞叶虎头元入梦，家传龙种自堪珍。联芳渐可称周士，聚德还应奏汉臣。他日庭前舞宫锦，尚夸千岁有灵椿。

寿刘海舆使君 二十八韵
画省声华久，黄堂宠渥新。评曾高月旦，星合聚陈荀。藜阁宵争烛，蒲鞭代罕伦。文章夸世业，清白绍家珍。日月缠雄剑，风云拥赤轮。毗陵千里泽，畿辅百年春。操比悬鱼洁，威同徙鳄神。股肱称要郡，师帅借名臣。化雨施应遍，荆溪沐最真。渊源聊指授，缝掖若为亲。桃李环门茂，骅骝入驷频。平津卑汉事，械朴拟周人。寿国绵文脉，悬弧祝大椿。生虽由岳降，福实自天申。冰魄光方彻，嵩呼喜并陈。明良原有象，际会讵无因。即日华堂辟，从兹瑞霭彬。九龙来灼灼，三凤舞振振。乐奏蓬池侧，筵开大海滨。茅君将欲遇，葛令岂徒询。白面惭迂僻，青毡误简抡。微波回昒睐，大力比陶钧。本乏雕虫技，欣逢祝鸽辰。冈陵听士颂，梅楫望皇纶。此际兰丛发，明秋桂馥臻。宫衣还绰约，莱彩未逡巡。颍渤非前辈，彭佺恰后身。愿摅平格略，接武报枫宸。

又寿刘使君
十载为郎览二京，腰符累若出专城。含香望自云霄重，解佩风从露冕生。天遣六龙资变化，人瞻五马竞喧迎。蒲鞭百代追先躅，麦秀期年起颂声。即墨拟镌明府德，荆溪争似使君清。桑麻无恙萧萧影，芹藻偏邀子子

旌。天禄校书畴继向,邺中染翰旧推祯。常思沛国清谈理,犹记贞元博学名。今古词坛齐鼓吹,东南吾道得宗盟。襃帷日满春风座,落纸常摇午夜檠。光映芙蓉冰鉴濯,津流罨画玉壶倾。牛衣瞥尔沾微睞,豹管悠然睹大明。共探任持鳞爪去,高飞若翼羽毛成。惭无白雪堪投郢,狂有青莲欲附荆。总爱九州需广被,不关一介慕长缨。紫泥应逼随龙衮,丹穴由来产凤鸣。治最颔颐惟颖渤,公余笑傲即蓬瀛。高秋入幕迟明月,银海衔杯泛落英。谁谓乔松须吐纳,但看兰玉与纵横。野人并效南山祝,最是难忘北海情。

赠刘公子游泮

才拥春云出建章,秋风回首更飞扬。殿中气色明骢马,江左祯祥起凤皇。泮水一芹看欲献,杏花千树待含香。登坛莫漫夸年少,世业君恩总未央。

送屈大还归楚

十月归帆趁好风,伤心犹自叹飘蓬。金丹夜气腾龙虎,彩笔春花感燕鸿。赤壁天长云似马,慈湖波静月如弓。荆南不碍潘舆兴,投辖还应到此中。

代寿刘太府 二首

出守谁为九牧雄,行春车辙遍吴中。清声不独过刘宠,惠爱还兼似召公。五马袴襦歌夜月,列城桃李醉春风。政成应自下神雀,已见南阳气郁葱。

其二

堂前椿桂影参差,爽气欣开岳降期。玉简凤传青鸟约,冰桃新泛紫霞卮。星辉南极晨偏炯,筵敞深秋露更滋。此日浓阴摇彩服,伫看申锡自彤墀。

代寿刘海舆先生 四首

圣世求贤日,词臣出牧年。祥光浮五马,淑气兆三鳣。罨画溪头月,兰陵雨后天。不独黍苗颂,应歌棫朴篇。

其二

江左分符地,依然画省香。神明卑孔奂,弦诵拟陈襄。开府风流远,悬弧岁月长。愿兹台极耀,永照太湖旁。

其三

黄堂朝气爽,起舞彩衣鲜。谁识天中圣,翻为陆上仙。星从高里聚,赋忆广陵传。底事郊鸾下,河东兆已前。

其四

漏箭秋方急,呼嵩庆未央。忽逢青鸟至,知有玉书将。喜起原同调,巴歈亦和章。金茎一杯露,持酒向遐方。

薛门烈妇歌

南氏有女年十九,嫁与薛生文而秀。岁在龙蛇贤人殃,化为二竖居膏肓。妇视汤药不离侧,首如飞蓬口绝粒。泣血吁天天不闻,溘焉朝露镜鸾分。独抱空闺忆夫面,不及黄泉无相见。引刀一割复不成,投缳自矢何其健。拜辞姒娌与诸姑,大义烺烺胜丈夫。宁誓来生报翁姆,不肯隐忍延须臾。吁嗟!泰山高兮青不及,渭水东流无返迹。共姜令女非不贤,畴能一死殉幽寂。邑宰表贞字字香,行当起草动岩廊。彤管贞珉永不灭,千秋一瞬何彭殇。呜呼!臣忠妇节并垂常。宇内簪缨何昂昂,可使筓黛擅其芳。

送刘冲倩归山阴

雪涕冲炎不惮劳,旌心时拂吕虔刀。才称八斗名元重,驷结中原气更豪。荆渚断云秋月上,粤天回首客槎高。甘泉已入词人荐,此去何妨著反骚。

赠吴养虚方士

张公岩畔喜逢君,何似关门望紫氛。案上道书秋后写,空中仙乐夜深闻。星垂高阁知天近,雨过青山识路分。他日璇源如许到,不将宫锦换溪云。

贺徐大亨新婿

荣华人比曲江游,百里香风度锦舟。台上吹箫翔彩凤,河边停织待牵牛。行经玉女娇应怯,笑倚银灯兴欲流。更喜嫦娥消息近,一枝先为报中秋。

寿蒋怀讷隐君

曾骑黄鹤下青山,又见真人候紫关。荆水月明花蔼蔼,铜官云散草班班。偶携竹杖寻仙去,旋着蒲衣采药还。玉鼎丹砂如可就,岁星应在五湖间。

春日偕陶余两寅丈暨蒋、徐、单、路诸门人游张公洞
璇题金筑敞新晴，鸾鹤笙歌到处清。紫府移来知法宝，碧云开尽见珠城。柯消石室棋声歇，雨过岩扉带草生。大药未成吾欲老，羞将词笔竞纵横。

次日转游善卷洞待月归
玉带桥边酒谩呼，恰如人在辋川图。梁王有殿云犹湿，祝女无台月自孤。地僻不妨容散吏，书成端合拟潜夫。任鳖此际无消息，心折乡关旧钓徒。洞有祝英台读书处。

文停云招同诸子登虎丘山用韵
层层直透洞门开，说法生公别有台。北望云山都自转，南来松栝为谁栽。吴姬一曲人天籁，楚客千秋屈宋才。酒兴未阑明月上，椎关无遣吏频催。

枫桥夜泊
十年三系木兰舟，枫叶芦花助客愁。自笑七襄无报锦，谁怜五月有披裘。庭前放鹤思遗迹，濠上观鱼感旧游。苜蓿梦回休讶冷，吏情吾已付沧洲。（以上均见于明区庆云《定香楼全集》卷之三《吴中稿》）

初入滇望金碧诸山 四首
昆明方览胜，庆甸忽趋官。王气从天下，星文傍斗看。干云非一状，发地已千盘。镇静惟三老，烽烟息淼漫。

其二
万仞非难到，一丘聊且容。岩虚明月满，洞古白云封。霜凛重门柝，风回野寺钟。圣朝卑远略，邛竹不须供。

其三
西来望已尽，策马欲何之。论事曾张胆，谈诗亦解颐。黄金难换骨，白发易成丝。转忆朱明路，悠悠动我思。

其四
此日犹明目，来朝即折腰。忧天心太早，筑舍口难调。结彩春风动，烧灯夜色骄。古今人岂远，何事忆文饶。

陆澹明司理寿歌

圣主端居总四夷，儒臣奉诏西南驰。苍山一辟爽鸠署，严霜凛若温风披。先生挺出自荒服，源溯云间之二陆。下帷振铎陪京前，依稀独唱阳春曲。曲高和寡不须嗟，朝辞凤阙暮天涯。六条既秉汉章肃，三面仍开汤网赊。律当南吕香风细，祝嵩祝鸤同斯际。法星光并极星悬，豸服还同鹤服制。絷余布席荆溪滨，浮丘化雨私相亲。乃兹促膝聆謦欬，盍簪解佩交何神。珠帘高卷擎华烛，玉斝行时麟脯续。未能五岭走丹砂，先向九隆骖白鹿。方今东北捷书迟，海内诛求无已时。寿身寿国岂二脉，乐只君子邦之基。愿君早入承明殿，愿君早上千秋鉴。蒲轮鸠杖古来闻，火枣交梨谁得见？

谒诸葛武侯祠

祠成兰水最高头，古木森罗万象幽。春尽烟花犹送客，雨中山色一登楼。三分事业归函夏，八阵威灵报早秋。不独明禋存俎豆，平夷还欲借前筹。

明妃曲 三首

飞鸿不到岁将深，天子无烦射上林。寄语六宫须爱惜，红颜多误在黄金。

其二

边城饮至月轮高，诸将纷纷赐锦袍。塞上铅华容易老，宵衣犹恐圣躬劳。

其三

忆昔雕栏望夕晖，羊车何事竟相违。夷方不识娥眉妒，遮莫中郎计未非。

李龙华将军寿歌

李君风骨何昂藏，绿发冉冉双瞳光。虎头燕颔不足异，少年射策空词场。请缨壮志夙奇绝，推毂登坛声卓越。一从仗剑开滇云，盛夏能飞沧水雪。岁在庚申月复申，天之生申何其神。渭水非熊早入梦，极星争映将星新。貔貅百万同欢祝，重译献琛驱白鹿。斑斓起处瑞烟霏，三凤人人步芳躅。嗟余粤峤一鲰生，也从御李夸光荣。玄言觌面肝胆出，不取白头取盖倾。缓带轻裘谁得拟，云台烟阁风堪企。东北羽书来且频，西南节钺会须起。万里封侯未足多，寰中日月似抛梭。君不见，子房辅汉功成去，赤松悠悠千载歌。

右甸署中 二首

兀坐空堂思不禁，芳踪何处可追寻。病来赋少凌云气，愁绝诗余听雨心。南国干戈看未息，北山松柏想成阴。讼庭一任蓬蒿长，吏隐何知岁月深。

其二

万里投荒意未销，微官窃禄亦三朝。酒行奕对惟儿女，泉洌阴膏叹黍苗。官舍似冰差脱俗，桂丛无主不堪招。平泉金谷成虚愿，流水高山太寂寥。

澄江官舍

病躯本无用，飞檄屡相催。春色满天地，客愁何处来。烧山火不绝，望海目空回。明日句町去，岩花谁为开。

中秋前三日，杨又岩、曹养冲两寅丈招泛学海。登文昌阁，憩湖心亭，转步石山，出松坞以望万林寺，苍翠如画。少焉，月出东方，清光四彻，恍与焕山泸水远近辉映，荡桨言归，漏下四鼓矣。因忆三十年前，余丈人李公偕同乡金使君数为此会，归家辄道其盛，余时耳闻而心赏之，不意今日得续此游也，亦胜事哉，为诗十首以纪之

航海不出郭，邀宾有大夫。台隍枕夷夏，象纬落江湖。艇向林梢入，渔从水际呼。且看风浪静，休叹月轮孤。

其二

白云望不极，况复水中央。舟楫书谁作，莼鲈兴自狂。繁华前辈事，流落寸心伤。明月窥帘上，从君进一觞。

其三

泸水渺然去，焕山何日登。天回江槛合，阁倚海云凌。仙侣移舟晚，高言和曲征。就兹营小隐，傲吏不妨称。

其四

边城开浸地，花木四时春。竹密能消暑，亭虚不碍人。官间多胜日，计拙在知津。见说乡关近，狂歌一任真。

其五

飞涛惊绮席，宿鸟亦争呼。山色无远近，秋光冷画图。金尊随月满，

病骨倩花扶。归去忘机事,依然旧钓徒。

其六
东来风气异,山水舆堪乘。仿佛冰壶坐,依稀玉镜凭。新知洵足乐,古意若为增。谁道龙门远,同舟有李膺。

其七
逢僧饶逸兴,挥尘息凡心。乍望山将尽,频行路转深。暮云收雨气,枫叶散秋阴。彼岸看逾近,回头思不禁。

其八
茅亭聊一憩,遮莫掩荆扉。露泛花光湿,烟迷柳色稀。竹桥过马稳,松阁听钟微。客指邕西路,临风泪欲飞。

其九
杯传浑不厌,直至四更天。顾影临流坐,披襟藉石眠。神来思洛赋,谈久悟云玄。车马须臾散,禅灯独自燃。

其十
酒罢谈时事,凄然百感生。茧丝民俗苦,羌笛戍楼横。累耻凭谁雪,杞忧还未平。唯余招隐意,重订买山盟。

送王公子仲韬归麻城 二首
忆从飞旐出隆昌,万里烽烟望汉阳。白雪调高和合寡,黄粱机息梦偏长。月明自叹枝三匝,道阻焉知水一方。他日云霄询故旧,垂纶应在粤山旁。

其二
天涯骨肉好谁如,目断榆城泪满裾。记采秋兰分袂后,敢忘神剑赠心初。云连远树中原外,雪带宾鸿楚泽余。驿路梅花如可折,相思先寄八行书。

碧莲亭独坐 二首
一关长日闭,俯仰自为欢。酹酒邀花饮,分鱼唤鹤餐。静看秋水淡,老觉世途宽。造物知吾意,温风透碧栏。

其二
薄书随手了,客席亦生尘。故国九千里,流光六十春。弃繻忘凤态,似叶笑轻身。肉食看来鄙,深山好结邻。

甲子秋日五上乞休乡关之思转剧遂成 六首
日落空林散暮鸦,荒邸无用报休衙。巢由沮溺原同调,许史金张别一家。幸有诸生能载酒，可无仙侣共餐霞。点苍绝顶非难到，安得风流似孟嘉。

其二
深夜谁家玉笛长，凄风飘送入寒窗。垂罗挂月浑无影，疏竹凝霜剩有光。厚禄故人霄汉绝，窥关戎马羽书忙。急流勇退非吾事，鸟尽弓藏也不伤。

其三
竹林松坞晚萧萧，路上行人半寂寥。败屋仰天云作盖，断崖飞瀑玉为桥。百年肮脏悲存舌，五斗依违笑折腰。所喜迷途犹未远，早携宾从赋逍遥。

其四
跨石穿林兴未穷，经秋皮骨已成空。书生岂必文无害，逐客何妨赋转工。半世功名看失马，寸心消息付冥鸿。含沙按剑从来事，耻与时人说异同。

其五
一自投荒四载余，每思阳羡授经初。种兰茂畹皆成佩，擢桂天宫尽可书。宣室那能前贾谊，雄文元自似相如。饶他四壁图书冷，一望松楸泪满裾。

其六
五度飞章意未休，家书先寄粤江头。亦知金尽还无色，独有年丰可破愁。别后疮痍谁为起，望中涕泪未全收。甘棠畏垒吾安敢，愧杀当年马少游。

中秋无月有怀罗司理
阴晴倏忽变无端，皓魄当空欲见难。圆缺漫从今夕判，升沉须向百年看。解貂欲换谁同醉，梦蝶将成夜已阑。何事广寒添别恨，流光偏注惠文冠。

答闪广山先生送别 四首
尺书原不为寒温，零落知音倍怆魂。问字尔时扬子宅，张罗他日翟公门。功存启事谁能识，草并玄经道愈尊。想到玉河桥上月，百花芳映锦标繁。时公子侄二人俱上春官。

其二
岭梅夹道望归期，徙倚虚亭重所思。五袴歌兴来已暮，千言书就去何疑。鼓行自喜飞扬甚，箕踞深知造化私。世路升沉具莫问，风流儒雅是吾师。

其三
羽岑消息近何如，别后谁堪问索居。买骨愧非燕市骏，还家岂食武昌鱼。欢追隔岁频劳梦，烽息天南好寄书。已许世编来二酉，敢将新赋拟三闾。

其四
信宿澜沧冬正深，绨袍恋恋苦寒侵。匹夫无罪因怀璧，众口何心亦铄金。把酒难销青佩恨，归家还听白头吟。延津万里终能合，滇粤何须叹陆沉。（以上均见于明区庆云《定香楼全集》卷之四《滇中稿》）

樊王家 五四七

总题江皋十景
江皋主人卜幽筑，江皋一水环堤曲。树杪翻将海气青，萝阴卷尽村烟绿。别馆闲亭次第开，碧桃丹荔锦萦回。昼永风生啼鸟径，月明潮撼钓鱼台。主人逸兴时呼酒，主人胸中无不有。题诗白璧重连城，结客黄金高似斗。繁华富贵眼中花，金谷平泉事已赊。爱君欲就江皋宿，散发溪边眠落霞。（明李元弼《江皋小筑集》上卷）

罗奕佐 五四七

沙将军招酌江皋因赠
结静闻君厌市喧，寻幽疑入武陵源。半生文苑名非遁，百亩江皋道自尊。布席故当苔砌软，采芳应遍药畦蘩。相过漫托旌麾暇，盟社从今附执鞭。

相所丈招同元明诸丈再过江皋
一丘君独瘗，三径此重开。酒自林间出，船从溪上来。异花香入座，修竹翠当杯。不假山公骑，偏宜泛月回。

游宝安留别相所词丈

家住羊城路杳漫,凤台一别几重欢。当筵命酒行边促,倚棹题诗思转难。岂以才名逢雅好,何当高从拥江干。归舟载得新诗画,怀望临风夜夜看。(以上均见于明李元弼《江皋小筑集》下卷)

朱　完 五七〇

山　居 二十首

高冈自结庐,回望众山小。万井罗窗前,日暮烟杳杳。
散步纵所之,孤吟无与耦。因随双鹤行,不觉值林叟。
片石何嵌崎,移来自石室。幽蔚欲生云,贞光常耀日。
皎月破云来,疏松影在地。蘧蘧梦初觉,稍似漆园吏。
嗒尔坐高斋,冥观万象表。有琴本无弦,不为知音少。
山中竹万竿,啸咏日相向。斑箨裁为冠,轻条截作杖。
池水清见底,金鳞恣游跃。莫谓我非鱼,不知鱼之乐。
霜染窗前树,烟深竹里厨。邻翁闲对局,稚子晚收芋。
清磬隔云湿,寒蝉抱影孤。经旬无客至,独自著潜夫。
娟娟山月上,切切草虫鸣。轻风吹萝蔓,独坐不胜情。
蔷薇叠作屏,春入花如绮。何用石季伦,锦障五十里。
苔暗空阶色,风生曲沼文。科头据石几,相对只闲云。
哀角起城头,凉风逗窗隙。揽衣不能寐,可是悲秋客。
性本好读书,其如有懒癖。倦来即拨卷,床上任狼藉。
隐隐何寺钟,想是云生处。睇目纵所观,神情亦超举。
柴扉时款客,市近酒能沽。更问家中妇,瓶中粟有无?
山田仅十亩,幸得近溪边。自课儿僮种,惟期大有年。
露顶卧长林,炎蒸当日午。倏然觉凉生,一望千山雨。
夜深焚妙香,露滴惊庭鹤。且莫掩荆扉,山僧曾有约。
芭蕉一夜雨,点点应虚室。虽未是深秋,闻之亦萧瑟。

陈勋卿滘口西庄八咏
列障溪山

投簪返旧庐,开径足幽赏。一水斜通桥,千山叠成障。

临江风月
江边亦何事,相对白鸥闲。短棹随风去,长歌待月还。
绿野平临
旷野桑麻遍,数家鸡犬喧。渔舟乘水入,似是武陵源。
白云在望
高楼时纵目,来去白云闲。不是烟霞侣,经年昼掩关。
层楼蜃气
蜃气望中孤,变幻金银色。仿佛是仙都,可望不可即。
双塔文峰
虚室异香闻,隔林清磬湿。城中起暮烟,缥缈悬双塔。
千帆飞雪
长风卷雪涛,凉气侵窗牖。千帆树杪来,忽度扶胥口。
十亩耕云
躬耕滘口田,春作无虚日。不为学长沮,恐无酿酒秫。

明妃曲 六首
衔悲辞汉阙,万里事和戎。但使边尘静,何须杀画工?
琵琶翻汉曲,罗绮拂胡尘。不是君恩薄,蛾眉却误人。
绝漠风霜厉,重裘尚透肌。丰颜与靓质,不是汉宫时。
毳幕秋霜冷,羌胡夜吹频。可怜青海月,犹照汉宫人。
回首长安远,何年汉使还。梦魂春更乱,夜夜入秦关。
终日悲风生,万里愁云结。胡王恩宠深,贱妾容颜别。

自君之出矣 三首
自君之出矣,尺书谁为传。思君如夜烛,泪尽寸心然。
自君之出矣,铅华了不施。思君如岸柳,秋至减腰肢。
自君之出矣,见月几经圆。思君如江水,日日逐君船。

江 行
烟树隐孤村,风灯隔前浦。悠悠远客情,飒飒寒江雨。

苕溪别卢君玉
我今往钱塘,君亦还新市。明朝两地愁,同在孤舟里。

黄龙洞

片石激清湍,聊可闲余步。仰看二楼云,坐临双瀑布。

宫怨 四首

彩仗笙歌发,承恩凤辇随。由来不在貌,何必妒蛾眉。
蛱蝶图能榻,清平调可翻。纵无呼唤至,且自待长门。
何处砧声急,昭阳日影西。愁看流水去,红叶岂堪题。
晓筹长乐报,旭日未央升。随众趋班罢,铅华空自矜。

采莲曲

歌啭气如花,醉后花如颊。摘得并头时,中情藕丝结。

别　意

浮萍与莲花,清流相依倚。可奈狂风生,浮萍无定止。

白　燕

蹴花仍作态,对语故差池。仿佛霓裳舞,沉香半醉时。

凫

喽喋戏清波,迟回依磐石。有时奋翮飞,疑是王乔舄。

鸡

躞蹀峨花冠,临风仍抚翮。汝鸣须及时,莫学孟尝客。

竹

细枝承湛露,清影散华轩。寂寞枚生赋,令人忆兔园。

古木竹

挺干绝云霄,贞心历霜雪。亭亭独此君,可以并高节。

槿　花

编篱护药栏,芳荣映窗牖。但令朝朝新,宁论千岁久。

雁来红

根根依短径,叶叶著流霞。疑凋枫树落,秋色满山家。

紫 薇
映日金缕丽，临风紫绶垂。遥瞻姚令省，犹忆白公诗。

辛 夷
临风挥彩笔，近水乱红莲。且尽花前醉，人生几壮年？

兰
已纫骚人佩，还赓白雪音。幽香满空谷，谁许结同心。

石 榴
柔肤挹灵液，灿烂若珠琛。不有张骞使，那从植上林。

桃
秾华何灼灼，青实自离离。王母瑶池宴，还应胜紫梨。

卢 橘
秦树山斋里，凌寒翠不移。枝头金弹满，禽过忽惊疑。

杨 梅
青枝缀红实，烂熳熟新晴。起就庭前摘，骊珠握里明。

荔 枝
红疑分海日，味可轶天浆。南国珍奇品，堪图寄远方。

栗
刺多防采摘，实洁拟冰霜。上客金盘荐，华林最擅场。

葡 萄
笼烟翡翠重，映日水晶悬。新酿浮银瓮，谁分圣与贤。

柿
嘉实凌霜熟，乌椑众不如。满庭黄叶下，还可郑虔书。

梨
何须夸大谷，还可宴瑶池。紫实含津润，西游正此时。

橘

笼烟疑缀火，映日似悬金。地气随南北，岁寒不改心。

梅 竹

亭亭上干霄，下荫白玉姿。同结岁寒契，贞心两不移。

落 梅

月下悲羌笛，风前舞锦裀。寿阳春梦觉，更得点妆新。

落 花 二首

晓看红满枝，忽讶委荒径。似解惜花心，傍人飞不定。
风雨何太狂，花枝尽欹仄。袅娜非昔时，犹带可怜色。

正月十五日，区中允同霍君仪，万伯文、刘季德、过山斋共用畅、超、然、之、高、情六字为韵

春风正澹荡，春鸟鸣相向。有客载酒来，扫石坐酣畅。
迟日丽林馆，偶来尘外镳。稍同洛水戏，吐论各玄超。
岸柳条初变，园桃花已妍。黄鹂听不尽，把酒意悠然。
皎月浑如昼，华灯烂九枝。良宵况嘉会，不醉复何之。
朱弦久不拭，今始为君操。相对寂无言，疏林月正高。
藉草拚同醉，和风吹复醒。谁知簪绂客，亦有薜萝情。

春 闺

幽闺闭寥寂，曙色静帘栊。坐恐芳菲尽，空阶数落红。

梨 花

映月偏增艳，随风尚带香。轻治堕马髻，妒杀寿阳妆。

蝉

自许抱孤贞，山中惟饮露。清声处处闻，何必上林树。

寓东官

连朝风雨寒，况复岁将残。惆怅空阶立，花开不忍看。
酒醒客已散，闭户独裁诗。雨暗江城暮，风传鼓角悲。

为李方伯还素公题四景画

石桥横绝壑，桥底悬飞瀑。闲步采松花，烟云常满目。右《天台春》。
云深海上峰，磴道何缭绕。石底晚凉生，钟声传树杪。右《虎丘夏》。
秋空泻明河，风传万壑响。愿随白鹿群，常作匡庐长。右《匡庐秋》。
寒林飞素雪，犹不废跻攀。孤塔时明灭，双峰杳霭间。右《牛首冬》。

胥江对月

夜泊胥江口，长歌复扣舷。计程明日至，愁见月先圆。

江行对月有怀二十绝

晚别泊烟渚，遥闻江笛声。愁心将皎月，一夜满山城。
独坐深离恨，长江急暝流。唯余昨夜月，远近逐行舟。
形影一朝别，江山千里遥。月明回首望，何处听吹箫。
月白江流静，烟深树色微。帆惊孤鹭起，共影一双飞。
揽衣夜徘徊，月落寒潮起。逸态梦中看，清歌犹在耳。
忆醉青楼夜，同歌朗月篇。不堪千里别，独对一轮圆。
与君初别时，月色明如练。月缺旋复圆，此别何时见。
拂船江鸟白，系缆柳风清。最是关情处，疏灯伴月明。
今夕当三五，清光看转佳。愿随玄兔影，流照入君怀。
柳岸风初起，江城月上迟。中肠无限思，独坐强裁诗。
犹是歌筵月，殷勤傍客船。江流涵素影，荡漾不成圆。
梦想不暂离，音尘久已阔。何堪此夜情，千里共明月。
夜深不能寐，欹枕唱新词。愁杀多情月，还来鉴薄帷。
把酒对明月，月中人不见。清光想逸容，团圆似歌扇。
圆亏自有时，离合亦当尔。但恐无还期，愁绝东流水。
彼美人千里，相思月满楼。辉光不盈手，揽赠竟何由。
前山月正圆，高林鸟双宿。不见所思来，心中如转轴。
别梦萦千里，愁思结万重。搴篷时一望，朗月在高峰。
残月斜窥枕，飘风乱扑窗。一声何处笛，客思满空江。
青天悬皎镜，应得照蛾眉。相隔逾千里，阴晴那可知。

刘燕及过山斋

雨过残暑消，千峰净如洗。日暮纵攀跻，烟云生杖底。
极望众山回，神情觉超举。长风万里来，泠然况可御。

烟树连万家，江流列千派。风雷指顾间，变幻真堪怪。

山园漫兴 四首①

绕屋桑田十亩，当门松树千株。墙东墙西蝴蝶，山北山南鹧鸪。
石上风摇薜荔，花门雨滑莓苔。新蝉响断还续，暮鸟飞去复来。
僧来有时鸣磬，客去经旬闭关。夜雨飞泉百道，秋风落叶千山。
看云看水支杖，种豆种瓜荷锄。遥望先开竹径，远来似是朋车。

① 《全粤诗》据清温汝能《粤东诗海》卷四四收此诗前三首。

九日山行 二首①

荒郊重阳极望，霜叶千山尽红。垒垒何人古墓，年年此日悲风。
北邙屡增新塚，芳草半卧残碑。况是黄花节候，任从落帽离披。

① 《全粤诗》据清温汝能《粤东诗海》卷四四收此诗第一首。

游白云①

石上流泉饮鹿，云中茅屋鸣鸡。幽人策杖何去，采药菖蒲寺西。

① 《全粤诗》据清温汝能《粤东诗海》卷四四收此诗，题作"山园漫兴"。

刘　生

不惜千金结客，能轻万里封侯。腰间剑光如电，一任报恩报仇。

闺　怨①

少年轻薄何去，几载音书未通。江头朝朝暮暮，愁中雨雨风风。

① 《全粤诗》据清温汝能《粤东诗海》卷四四收此诗。

偶　咏①

性懒逢迎渐少，山深幽趣偏多。呼童移花移石，对酒自酌自歌。

① 《全粤诗》据清温汝能《粤东诗海》卷四四收此诗，题作"山园漫兴"。

金邦砺过山中

新笋浮蚁深绿，初熟蹲鸱特肥。忽闻前巷惊犬，定有幽人叩扉。

暮春归草堂 十首

山园犹带晚春寒，归启柴扉扫药栏。更与邻翁相对话，松花茗叶当盘餐。

山中三月笋初齐，迸槛穿篱径欲迷。暖日晴风方睡足，支筇深处听莺啼。

驯鹤阶前引步闲，倏然振翮入云间。坐来竹下茶烟灭，又见孤飞片雪还。

今年踪迹浑无定，春色将阑始到家。满院芳菲飘欲尽，蔷薇犹有未开花。

池水旋添三尺余，新荷荡漾叶初舒。闲来起看群鹅浴，乘兴还临逸少书。

修竹万竿松百寻，草堂长日有清阴。经时不遣家僮扫，苔径飘花一尺深。

山泉不让惠泉清，石上新茶沦露轻。采得春芽聊一试，亦应羡杀竟陵生。

绕庄强半是桑麻，种豆旁添五色瓜。除却芟繁无别事，自甘老圃是生涯。

虹冈旧结野人庐，环谷新庄隔里余。两处春深花似锦，往来终日一轻车。

焚香扫石听黄鹂，正是春风澹荡时。竹下幽人能载酒，花间小伎索题诗。

明妃曲 四首

高皇曾有大风词，几度悲歌却自疑。信是威能加海内，单于何事得阏氏？

万里连营尽武臣，安边功已画麒麟。氍毹锦帐呼卢醉，谁念蛾眉没虏尘？

秋风苜蓿满沙场，胡马千群尽壮强。寄语汉廷诸将校，阴山深恨却须防。

疆场万里朔风飘，白骨相撑魂未招。妾自玉关辞去后，只今征妇恨全消。

山居杂咏 十二首

冈连雉堞白云攒，池馆新营十亩宽。几树桐阴双白鹤，主人常著竹皮冠。

倚杖空亭日欲晡，烹茶还就竹间垆。蒲团共坐谭禅客，更速能诗旧酒徒。

荆扉寂寂日初长,短榻疏帘纳晚凉。山鸟不知方睡觉,引雏犹近小窗旁。
　　城隅幽僻似村居,习懒相过礼法疏。供给岂须愁市远,山园菜甲自堪锄。
　　尘心顿息学维摩,终日焚香掩薜萝。病瘦原非因酒苦,身忙只为索书多。
　　万竿修竹绕山堂,即使炎蒸午亦凉。留客有时烧素笋,酒醒常觉稻花香。
　　绕径新花手自栽,春风长日对花开。亦知不是草玄宅,载酒何当客故来。
　　平冈极望荫檀栾,寂寂一庵枕簟寒。清磬有时还自发,楞伽常日对僧看。
　　为园敢拟辟疆胜,只可栽瓜学故侯。独有山门常不闭,任从伧客日来游。
　　座客绝无襁褓子,脱巾裸体卧长林。宁须丝管供觞咏,自有山蝉尽日吟。
　　窗临烟树千家暝,坐对晴峰万叠重。读罢《离骚》新茗熟,忽惊凉月挂高松。
　　门护垂藤别一家,野人性本癖烟霞。闲依竹径还调鹤,晚汲山泉自灌花。

送慈峰山人还金陵

　　曹溪宗教自黄梅,心印初传舍筏回。一缚楞伽双不借,人疑江上渡芦来。

送谭子文还京师,子文原籍岭南,归省坟墓

　　蓟门生长任蹉跎,半百南归鬓欲皤。两地乡心应无那,不知何处较偏多?

赠郑广文

　　罗浮山色入帘光,桃李阴森覆短墙。讲罢焚香聊宴坐,鼓琴高咏亦羲皇。

浈阳峡别刘道子、黎懋瞻、林季昌

　　对酒依依伤解携,归帆去棹各东西。鹧鸪不解游人意,故向浈阳峡

里啼。

泊清溪梦归草堂
曲径新花手自栽,只今开落半苍苔。滩声忽醒孤舟梦,疑是松风入户来。

游南华寺见黎秘书、林太史题名
四望千峰翠欲迷,南来衣钵此禅栖。东林旧社俱寥落,笑别何人过虎溪。

林季昌读书草堂
巀嶭虹冈紫翠连,佳山多列草堂前。薜萝小径容双鹤,读《易》晴窗有郑玄。

题孔阳宗侯小像
曾授丹书自八公,经霜茂质可谁同。传神更有长康笔,置尔还宜丘壑中。

莫愁湖
平湖一望尽莲花,日日弦歌斗丽华。遥望石头唯故垒,至今人尚识卢家。

泛清溪怀李临淮侯
花满堤边水满溪,自操莲叶逐凫鹥。风流千载推江左,朗月长吟忆镇西。

姑苏台
寥落荒台榛棘中,西施曾此醉东风。年年只有飞来燕,莫是春魂觅故宫?

闻笛
秋风客舍已堪悲,邻笛何须夜更吹?况是关山声转切,乡心折尽少人知。

闻 雁

吴江霜冷怯征衣，黄叶丹枫处处飞。一片愁心悬落日，故园犹见雁先归。

少年行二首赠周季文

借客探丸意气殊，玉壶时戏酒家胡。从来不倚将军势，却向人前笑子都。

系马青楼大道旁，常横白眼拥红妆。才开竹叶清如水，又索宜城九酝香。

题薛涛像二首

日日长歌春望词，花开花落竟谁知。从来尔最关情处，玉垒山前风雪时。

秋夜题诗独上台，至今人忆校书才。枇杷花下无穷思，纵有长笺未易裁。

小溪守岁

小溪溪上几人居，蓬底孤灯伴岁除。三十七年看已过，不知狂态竟何如？

人日浈昌江

人日听莺思惘然，况兼风雨滞江边。亦知一醉禁愁得，只见渔船无酒船。

晚 眺

风尘荏苒未能归，独上江楼坐落晖。不分扁舟何处客，片帆东指去如飞。

题美人幅二首

堕马新妆低翠眉，临风披拂紫罗垂。踟蹰独立梧桐下，摘得庭兰欲赠谁？

梧桐露冷竹风清，独步空阶望月明。何处高楼吹玉笛，梅花落尽不胜情。

咏 雁

沙明水碧稻粱肥，顾影参差夜月微。莫是罗浮秋色好，年年霜落向南飞。

丽 情 四首

溪上高楼月色多，美人笑倚朱颜酡。夜深送客留髦在，艳曲重翻可奈何。

繁弦新调促离觞，水满秦淮驻短航。此去相思何处是，六桥疏柳月如霜。

弱柳青青覆道衢，挥鞭曾此醉呼卢。春风日日行人度，纵有长条似旧无。

美人家住水东头，细柳新花压小楼。最爱春潮长日至，门前得系故人舟。

老 妓

心中往事可谁论，每对菱花倍怆神。蝉鬓已随秋草变，琵琶犹自胜诸人。

赠李仲伟游金陵 二首

燕子矶头柳色迷，石头城下草萋萋。扁舟明月长吟夜，倘问袁郎是镇西。

系舸秦淮古渡前，佳人歌舞日当筵。就中定有金陵子，自识风流李谪仙。

送少府林从周之任句容

仙吏犹披石竺霞，南来原为觅丹砂。只今更向句容去，此地还逢葛令家。

送朗上人还匡山

一锡南来手自携，青山到处有新题。东林归去开莲社，不遇攒眉莫过溪。

山中禽鸟杂咏

鹤

玉羽霜毛烟顶浓，长鸣惊矫振飞容。非因耳目供清玩，留尔山中伴古松。

孔　雀
翠角金华姿迥别，闲飞独舞态多奇。亦知文采惊时目，何似云山巢故枝。

鸂　鶒
鸂鶒双双傍钓矶，彩毛金翅弄晴晖。晚来无限采莲女，为尔停桡不忍归。

白　鹇
幽奇自与众禽异，饮啄花间了不猜。五柳先生开笼放，青莲居士呼名来。

白鹦鹉
白云为衣冠更奇，轩轩容与况多知。雕笼金锁忘拘束，犹向人前学诵诗。

锦　鸡
竦冠抚翮自昂藏，浅翠深红错赭黄。晓起开帘当旭日，花间隐映夺霞光。

白　鹅
芙蓉灼灼满前汀，秋水光浮白雪翎。怪得山阴逢道士，临池为尔写《黄庭》。

八　哥
从来不受樊笼苦，日日花间任飞舞。毛羽虽难动世人，能言原不让鹦鹉。

莺
窗外柔枝坐小莺，暖风初转弄新声。去来只在此山里，把酒时听诗思生。

庄　居
雨后颓垣聊补葺，春深芜径颇芟除。倦来竹簟时欹枕，无那松风落架书。

石室戏咏二首
金银楼阁紫烟生，洞里花开不辨名。夜半群仙乘月至，步虚声似许飞琼。

向晚凉风生浪迟，莲花十里对衔卮。迎船岂少新妆女，若个能歌白苎词。

美人昼睡

醉脸斜支枕簟闲，高唐知尔梦初还。翠眉未展双鬟堕，犹似行云出远山。

赠溪女白芙蓉

三月春风竞物华，垂杨千缕拂溪斜。新荷覆水如钱大，何事芙蓉已著花。

采莲曲

新妆摇漾藕花池，纤手牵来尚带丝。颜色定知难比貌，并头何似对郎时。

梅　花

山馆梅花寒玉姿，月明攀折重相思。几回欲寄游仙梦，无那高楼笛里吹。

柳

笼烟带雨小桥西，绾别牵愁万缕齐。横笛数声听不得，况闻深处有莺啼。

庭　松

手种新松仅数寻，风来亦作海涛音。著书自分山中老，终见龙鳞偃盖阴。

梧　桐

百尺梧桐倚石奇，明霞常日护高枝。客来每就清阴坐，攀叶堪题醉后诗。

玉　兰

年年花发及春寒，花开朵朵压栏干。柔枝故作风前态，素质全疑雪里看。

题祁羡仲手植松

长松低拂读书台，曾是当年手自栽。把酒盘桓看不厌，清风犹觉袭人来。

借居挹霞馆
偶为看山得暂留,居邻道院特清幽。疏钟寂寂重门掩,月照仙坛独倚楼。

陈由赞分惠辛夷
为园无地不栽花,呼酒工诗过岁华。分我辛夷高一丈,清齐如对赤城霞。

纵横彩笔临风洒,仿佛红莲映水开。闻说辋川曾有坞,不知移种自何来。

王山人肖龙访我庄
逸客何来慰索居,春深门径满犁锄。亦知野外无供给,小摘山园雨后蔬。

同罗少严、梁少周、李子玉游橹湾
树树荔枝春著花,村村篱落有桑麻。石崖暂驻登山屐,竹径斜通卖酒家。

茅店春风动酒旗,瓦盆对酌倚疏篱。不知何处堤边女,杨柳阴中斗鸭儿。

赠无锡盛德生
肘后奇方能自著,鼎中丹粒是谁传。烟霞痼疾君休问,倘许相从挹惠泉。

送王稚韬赴试司马
握别狂歌江上楼,几回拂拭旧吴钩。须悬肘后黄金印,莫念闺中少妇愁。

送潘子迁游西樵
烟霞七十二峰深,振策谁知远寄心。光禄旧营丹室在,铁泉山下尔须寻。

舟　行
汀洲白雁数行明，驿路丹枫雨岸平。客里逢秋易惆怅，况添夜雨作江声。

循州别四弟右祥
预愁远别故迟回，欲寄家书不忍裁。夜近东江桥下泊，西风吹送角声来。

宝江驿
梧桐山下石城旁，清浅槎江秋气凉。日暮江边汲水女，竞妆高髻动成行。

泊雷乡
雷乡城边多酒家，雷江滩上集鱼虾。买鱼沽酒同谁醉，一曲劳歌新月斜。

发蓝口
不觉离家半月程，秋深风急片帆轻。白云黄叶山山似，古驿荒村不辨名。

程江道中
程江东下七闽通，滩急舟轻不藉风。到处方言都不辨，鸟声仿佛故乡同。

中秋漳浦客店
山城秋月满郊原，处处笙歌彻晓喧。家远却凭僮仆在，囊空犹有匣书存。

清漳送唐奉孝游楚
蒲葵关外暗黄云，路入荆门向此分。想到洞庭秋正好，月明谁共吊湘君。

名妓嫁为材官妇，见其读史戏赠之
晚风花底拂轻裾，弹罢瑶琴读史书。卫霍勋名都不羡，心中空慕马相如。

得家书二绝

风尘逐逐老中原,落落虚名敢复论。褊性自甘沟壑辱,故人亦少问寒喧。

春风马首拂征裘,经岁闽天尚滞留。万事伤心归未得,山明花丽总增愁。

庄君新馆病起偶题

方池匝竹俗尘无,曲曲栏干径自纡。况有主人能爱客,兴来春酒每同呼。

夜来春雨满平芜,径草庭花得并濡。晓起倚栏看柳色,顿令病骨一时苏。

溪流汩汩绕门斜,陇麦青青入望赊。更有小桥通别院,春来开遍白梨花。

好鸟弄晴当槛啭,新花压砌向人娇。明窗竟日闲相对,不觉乡愁却尽消。

广州端阳歌八首

一珠突兀控中流,孤塔晴标海上洲。队队画船齐荡桨,嘈嘈箫鼓易惊鸥。

估舶连樯遮海集,荔枝两岸映霞红。遥看飞渡如龙跃,破浪翻涛戏水中。

锦幔如云拥画船,菖蒲艾叶五丝鲜。当筵歌舞夸殊众,竟日笙箫媚远天。

燕姬越艳满长堤,茉莉花香压鬓低。醉客停杯挥彩笔,竞将白练索新题。

细葛纤罗结束明,共乘小艇往来轻。鸣锣考鼓喧腾甚,赌酒摊钱意气横。

河南河北水空濛,去棹来桡一溜通。海气□□□欲起,舟人先避石尤风。

驻棹常依古树丛,倾壶还就浅沙中。潮痕暗长频移坐,处处渔歌度晚风。

晚潮箫鼓倍相催,远近喧声浑似雷。入夜游人归未尽,中宵犹见禁城开。

送剑津妓入建州

美人家住剑津湄,送客留髠酒满巵。一曲清歌如凤吹,九峰秀色入蛾眉。

醉别还书白练裙,相期同访武夷君。愁心每逐双溪水,飞梦常悬玉女云。

入武夷

花迷洞口似桃源,草没荒坛汉祀存。遥望幔亭云五色,几时犹复宴曾孙。

武夷九曲棹歌

□□□□紫烟,群峰倒影入晴川。兴来□□□□,□□□□□□。(以上均见于明朱完《清晖馆稿》)

太素宫

万仞青溪绝世氛,鸾骖鹤驭拥玄君。参差宫阙中天起,缥缈笙箫下界闻。岩瀑晴飞疑作雨,香炉高倚半连云。扪萝陟磴寻镌记,石壁犹存鸟篆文。(明鲁点《齐云山志》卷五)

《燕市名驹卷》送李靖老计偕北上

翩翩征雁度沧洲,有客乘风蓟北游。海上挂帆开祖席,雪中飞骑入王州。千山朔气梅争发,三月春光柳向柔。此际彤庭知献策,好将勋业达宸旒。(明李元弼《江皋小筑集》下卷)

孙光祚五七〇

虚阁迎薰

太宇自清虚,谁构空中阁。好风从南来,烦蒸散寥廓。

梅坞涵春

一枝罗浮春,移在江皋窟。雪花虽未开,已抱和羹实。(以上均见于明

李元弼《江皋小筑集》上卷)

陈子壮五八一

依韵答怀五弟①
海烟来不近，三月意长悬。送喜灯花际，忘忧背树边。小人思击缶，中妇解安弦。江夏无双誉，何郎第五贤。玉麟传信蚤，金粟注生前。拍浪挝铜鼓，飞花戏玉鞭。兴拖云外瀑，幽动竹间蝉。往恨消听雁，时名等逐膻。纵横迟六印，感怀系终篇。艳说东西廨，平居日月泉。有人闲伐桂，无土不舒莲。若论红颜在，修琴卖药年。

①《全粤诗》据明陈子升《中洲草堂遗集》卷末收此诗。

送吕东川吏部得假奉其尊人归蜀
倾盖逢人蜀道闲，交情千里即追攀。因知荀氏为龙种，不羡王阳整驭还。梦起秋风吹画角，吟余春酒上红颜。汉廷若论安车赐，坐引仙郎第一班。

报国寺
电火那看不坏身，高轩云是再来人。劳劳相送还相迓，碾尽空门浩劫尘。

毗卢阁
三千法界绀光浮，教识五城十二楼。僧来指点前朝事，风起陵园草树秋。

愁是忆韩李二公
秋风客邸忆鲈鱼，堪哭南宫两尚书。匣里有文空骂鬼，山中无侣渺愁予。

送陆季高归平湖有序
季高，庄简公季子也。于先人有言游、子羽之知，在贱子即慈明、季方之好。中间变迁离合者十余年，相见于京师，道故念旧，各自依依。乃季高凤毛未钟,年至倦游,致其詹事主簿而归。予以职事不及祖于潞河,为四绝句曼声送之,异日扁舟弄珠楼下,作谑浪小令也。

千里龙驹叹路岐,秋风一叶遂莼丝。通家岂为交游绝,此日山王非故知。

二

曾倚桐乡作故乡,十年耆旧话甘棠。春风纵自栽槐棘,不及湖阴一瓣香。

三

白首微名掉不回,多男多事亦何哉。陶家纸笔看如许,谁和高歌归去来。

四

烟雨浑如海上沤,月光长伴弄珠游。功成何必逃名姓,任是龟蒙一钓舟。烟雨、弄珠并楼名,颇类吾乡海珠。

老来红

河阳年少数秋风,投分元来金谷同。无限含情君不见,一生赢得老来红。

九月十日过梁瑶石吏部,同萧宁斋侍御夜酌

似有佳期望翠微,可无尊酒沿邻扉。客情澹荡轻过节,人事参差未拂衣。秉烛惯谈三两局,防秋新报数重围。还持共照黄花鬓,北斗阑干海月辉。

相逢曲

何许风花不出游,黄金偏压少年头。长安大道相逢日,便作登临一样秋。

小病戏呈梁瑶石

对酒当歌即二豪,秋华作艳助萧骚。挥杯偶怯看蛇影,匿瓮何妨问蟹螯。坐啸封章长乐晓,沉吟思发广陵涛。亦知昨夜清商曲,目送关河雁字高。

依韵答怀徐木之

斗酒三城易往还,竹林乐地许谁班。海涛欲试钟期耳,梁月应逢李白

颜。畅叙幽怀兼近宅，美游清夜几留关。著书未向西河老，得有移文自故山。

二

别墅因依衹树林，激流植援得幽深。扶风豪士春游骑，天竺灵僧夜梵音。但恐有人歌白石，岂愁无地布黄金。名贤庐岳关兴废，不遣莲花刻漏沉。

为叶给谏题画

百啭初调柳叶黄，掖垣花绽本禁霜。因声翡翠芳洲伴，双引凌霄玉树长。

咏文华殿菊

尘软东华侍节欢，黄中清借菊枝看。普天合醉商飙馆，散地教为擎露盘。

二

五色肜云奉寿杯，天章还望赐亲裁。风华韦绶轻驰和，不见亭亭讲殿开。时睿藻日弘爰有此纪。

西室张琴

龙唇雁足五丝同，自是秋商轶汉宫。镇日南薰教抟拊，徐方先贡峄阳桐。

二

别岛蓬莱气色深，真看山水学龙吟。经陪游豫操新曲，合有猗兰悦圣心。

宋御史大夫、黄吏部各出《上陵诗》见示次韵和之

并马新题绣笏囊，诸陵佳气发秋芳。不孤旅食重阳过，未觉西山信宿忙。塞上旌旗连太白，城边砧杵断流黄。九天亦望遗弓在，欲接遥鸿绕树凉。

宿署感怀再次前韵呈宋、黄二公

驿使频探赤白囊，低垂青鬓负年芳。不教射虎千人废，空逐听鸡五夜忙。铃索影移宫月白，嵩呼声压阵云黄。便抽廛从貂冠赐，收拾行枚辣輵凉。

闻书声有作
扶风曾隔帐，繁露可亲帷。书不求甚解，我常自教儿。能言陇西鸟，没字泰山碑。今记须参取，南能北秀师。

投狱夜示在系诸公 以下多狱中草
环堵曾多半亩宫，南冠相傍几宵同。食随泽雉神偏王，梦到天鸡韵转雄。爱客径须忘下榻，怀人何事欲书空。难凭开落缸花烬，差拟幽山踯躅红。

弹　琴
纷披暗壁有鸣琴，是处相逢即好音。激烈可同燕市筑，轻盈只当女郎砧。高山流水浑闲调，明圣天王亦此心。因忆江州醉司马，琵琶曾否泪沾襟。

夜　风
蚤悔长帆破浪慵，扁舟那得逐吴侬。断棍粗泛圜墙柝，寒被凄回禁殿钟。开口啸空成画虎，安心降钵亦真龙。请看物候循环遍，岂异青阳客岁逢。

新　月
如昏如晓度孤窗，潮落潮生映远江。宛转未堪盈手赠，清虚但使寸心降。从低绕树乌三匝，不缺排空雁几双。处处关山尽延伫，何其今夜和新腔。

同刘半舫大司空，陈玉铉、练任鸿二中丞夜话
命运有旺衰，姿颜无美丑。如彼退宫人，三两长门守。君行信比肩，我生亦匪后。莽莽闾阎关，微弱何能扣。羞涩度星昏，语声低户牖。称诗寓好音，点易幸无咎。古人一饭怀，况此捉杯酒。主为开涓滴，客欲放升斗。暂弄明月光，差禁霜雪厚。梅格与松标，遂为岁寒友。

恭遇万寿节有述
颠倒衣裳自梦中，泠泠仙乐听当空。九天尚觉龙颜近，尺地权将虎拜同。闻有光华歌日旦，心随长久祝年丰。著书虞子何繇上，吹律邹生未是穷。

狱中杂咏

摇荡西风怯一枝，孤生形影奈差池。绦笼枉自闲言语，教讽波罗忏未迟。

二

公子闲游倍自忙，被人呼入斗鸡场。全看不尽虚骄气，待祝终旬纪湣方。

三

邻壁书篇散漫开，从头历史说将来。儒冠总被英雄溺，争得咸阳一劫灰。

四

伐鼓吹笙赛庙神，流星荧惑闪觅磷。青词道士连章写，能附招详报玉宸。

五

劝君中夜歌莫哀，劝君岁晏莫迟回。鹅笼剩演书生剧，好事教寻曲秀才。

六

色味难分秽净天，百瓢同歃洗觅泉。行歌乞食今何世，只当胡麻直一钱。

七

木脱天高永巷斜，朝喧乾鹊暮喧鸦。春来墙上寄生草，偏笑玄都旧种花。

八

一纪铅华等是空，思君蝼首任飞蓬。似闻万岁山前语，又近朝元舞蹈同。

九

微躯久拚为当熊，岂意丹心应白虹。好在邻家莫延爇，到头休论徙薪功。

十

相逢轻薄驾秋云，睢盱何来一路分。江夏不怜狂处士，灞陵曾辱故将军。

十一

夏胜书从弟子参，公明易是老生谈。算来只有枯棋道，一事精灵百事憨。

十二

半榻三生石上安，女儿休问泪阑干。严更夜夜催铃铎，曾记风回宝塔坛。

十三

瓶粟无多搅夜声,东方劳傍气楼明。而今鼢鼠穿墉惯,三尺花猫黯自行。

十四

梦逐鲦鳞共出潭,大夫犹解旧时骖。莫将身外酬知己,便带乡书到岭南。

乙卯除夕

鼓声无那动人眠,灯烛休烦起灶烟。亲舍八千难计日,我辰四十不知年。平安尚记鸡豚社,解脱翻为文字禅。闻道宵衣还避殿,愿生沉水御炉煎。

二

曼声于忽短长吟,坐起星移柏树阴。身外风云从变换,静中鱼鸟好飞沉。青蒲涕泪黄门业,一蹇迟回十载心。又报江南路多阻,得归无怨入春深。

丙子元日

我皇御历九回新,环佩声中想玉真。对影若为羞举烛,因风不敢望司晨。当时鸿爪空遗雪,取次花枝解笑人。独有加餐相感激,今朝权与当盘辛。

二

万水千山怅独行,烈风雷雨黯多惊。蛾眉却悔闲图画,蜗角谁从息战争。一往年华矜自爱,只今生计澹无营。得逢海上安期子,容易丹砂绝世情。

题 画

幽厓峭壁扫苍枝,云根雪片立离奇。其下三秀挺芳蕤,天教灵实对伴宜。能将妙髓笔工施,蜿蜒高闲不可羁。平明或有乖龙窥,紫气青牛诧是谁。请详百十零于斯,八千春秋以为期。

借 书

多是儒生意未除,冲星欲出暗萧疏。世人只解传黄石,来读将军连屋书。

题《三教同局图》

三老何曾定一窠，雌雄子势更如何。纵横太极从人看，莫误闲心覆局多。

题马邢画

彤管丝丝浅澹绿，砑光斗幅欲生烟。因风柳絮翻儿戏，静谱知吾石几拳。

小　字

小字呼来暗自怜，背囊无绪向人前。误因薄诉泥中戏，浪费成都十样笺。

二

名士风流未信无，轻分青眼到菰芦。酌将升斗西江水，为泣前鱼泪欲枯。

三

静夜名香且罢薰，梅花浑和水仙群。蛾眉新月从渠学，休放歌声隔壁闻。

四

金银气色望何迷，徐福相从尽卯兮。无缘化作三青鸟，待报铜池羽仗齐。

无　题

将为情深唤奈何，梅花羌笛蚤吹过。银床似觉牵丝短，蜡烛无劳溅泪多。客与孟尝终返国，家邻震泽易生波。眉州学士聪明甚，不及田间春梦婆。

二

泠泠霜月飒扉开，可是佳期薛夜来。宝剑足为如意舞，明珠长作报恩胎。色丝幼妇难为字，暮雨朝云别有台。莫误秦川寄刀尺，芰荷依旧称身裁。

赏花词

匡床斗帐净无尘，小有花枝逐节新。几处花飞不成醉，眼前看醉赏花人。

二

脉脉含情望阻修，风光到此伴清游。谁言不敢思公子，能写花枝一段愁。

三

九十风亮度曲赊，相逢大道问君家。婆娑玉树参天柏，饶笑尊前顷刻花。

看 灯

恰捧摩尼到掌中，隙光未恨照偏穷。侯家多少闲灯火，欲傍深宵化彩虹。

二

春山自有碧云凝，无限心情尽似冰。窗际落花春不管，教人沉醉几宵灯。

赋得杨柳赠李生

谁省新知即故乡，流莺千里逐年芳。青青好在章台色，劳向三眠问短长。

二

芳草骄嘶白鼻骢，玉河东畔酒帘斜。今朝风物轻盈得，看是杨花是李花。

瓶中牡丹

饮日眠云有剩枝，春光强半此披离。又添一段繁华梦，戏蝶游蜂莫遣知。

二

多艳多情绝代妆，如何释恨拟昭阳？一窗光景阴晴易，就看花神亦不常。

三

今雨先生不出门，名花相闭两无言。亦知中土倾城贵，莫误江蓠楚客魂。

题朱成国像

忘却貂冠是角巾，荡摇青翰碧湖春。若因山水调丝竹，千树桃花烂醉人。

送练任鸿中丞出狱赴戍

剑气微茫贯索开，南征一夕尽余杯。天生七尺疆场用，春意平分雨露来。好事定添流寓传，故人教筑望乡台。可怜百二秦关险，不比梁园竹数栽。

为宋户部题壁

海蜃楼台望几虚，那知如此即吾庐。愿生净土因持偈，人在深帏解读书。简点来禽钩法出，殷勤暖鸭篆烟余。从过不饮陶然适，但抚无弦亦起予。

闻练中丞谪连州再送 二绝

山擘芙蓉瘴欲妆，辞亲堪作岭南游。即今天远多回顾，不必同人易播州。

二

春雨蘼芜满路芳，秋风一叶下浈湟。远游是我江关路，不拟怀沙异洛阳。

俞、戚二将军歌 有序

为俞武襄子咨皋、戚武庄孙司宗，世阀犹新，八尺魁然，不为南北效一剑之用而长分纲目。酒间作歌以属俞、戚，亦以自宽也。

抛书拟学万人敌，艳说南俞与北戚。棒法精灵挥少林，鸳鸯阵脚无坚壁。倭虏稔知吓姓名，流离解道避锋镝。同时枢轴雅推扬，谈者闻风迸感激。新书《纪效》①剑经传，岂真难读误后贤？克迈俞家原有种，戚宗绳武欲超然。况值君王重延武，授钺登坛及少年。覆盆未被回曦照，欃枪举目莽空躔。丈夫相逢乃不意，去年朝审惊奇异。不慎魴鲔顿见收，肯援貔虎终何地。戚能出令戏行觞，豪轰直插糟丘帜。俞同每日响楸枰，略排五花经布置。酒阑棋罢不低回，历历为言家世事。君不见，先朝将将整若神，昂藏曾对刀笔吏。

① "效"，底稿作"功"，据明陈子壮《陈文忠公遗集》改。

蜀国弦为许班王作 有跋

酌酒满叵罗，提携复少年。坐客且停唱，请赓蜀国弦。为君好颜色，桃李春溪妍。为君闲刺绣，花鸟动翩翾。轻登九折坂，惯下瞿唐船。挥手百如意，规矩尽周旋。相于亦古礼，自异桑间缘。悠悠衣带中，误将锦字传。微衷倘不察，弃掷等浮烟。瞿唐与九折，此中信倍艰。昔为群所妒，今肯为谁怜。衡南渺回雁，西川咽杜鹃。借问梁间燕，飞飞在眼前。欲竟此曲起长叹，为君双歌《蜀道难》。

揭阳许君班王令蜀且调,为忌者所逻,系论部狱。值其乡人陈子以戆获罪,执手许君,引满曰:"为我赋诗。"遂巡奏《蜀国弦》一章,已闻许君对簿有诗帙,亦以《蜀弦》名者,则此诗若为之更其端云。嗟夫!以诗对簿,诚为雅事,然亦眼中金玉屑也。臧是谷非,不若两忘而化于道。且既有许君诸诗,则此诗尤在所废耳。

咏狱中柏

庙前四五柏,瞩望逾栌枅。磊落含宿翠,暗懔讶新梯。君看几霜露,积此香林齐。乔木亦有时,以待来者稽。使遂神明力,挺直拂苍霓。盘桓炊爨下,萧疏卧影西。圜中草不苢,足尔据蓬藜。奈听枝间鸟,乌乌望母啼。

古　意

驱车上太行,不戒成蹉跌。渐近嫌疑间,信步皆媒孽。梁鸿解作炊,犹不因人热。悲哉翟氏门,贵贱交情别。而我婴百忧,斯人幸未绝。亟欲免组簪,扣阍代一雪。竟此岁寒天,又负艳阳节。夜雨湿毗衣,朝林噪百舌。井中亦有芹,何时任采掇。

汤叔宁司理释系复任军前监,纪诗以送之

未解忧天客思繁,俄惊雷雨散幽樊。书生实许画麟阁,使者虚疑司马门。为郡两河堪涕泪,束身三月更飞翻。微黄借寇看流辈,曾否人衔国士恩。

潞河感述 以下归舟草

夹道看人叱短驴,青门杨柳肯萧疏。开笼宠过乘轩鹤,得水欢深涸辙鱼。天外先驰生入梦,匣中教卷未焚书。兴公不为轻饶舌,那得寻君赋遂初。

二

夸着身名倍自伤,千金还忍计垂堂。宫闱慈念频申救,魁象氛占独厌禳。陵谷流迁非我事,笑啼澹荡逐人场。虚言奇服生来好,不以酬恩铗许长。

舟次清源,何采侯计部招饮水月庵,延图同侍

江津为问得从容,差拟浮家水月踪。游戏床头方觅枣,提携麈尾亦攀

松。冰盘先向诗中见,昙钵今齐物外逢。翻笑姑苏城畔客,回船空听夜深钟。

题水月庵
触热逢人自不胜,闲寮茗饮当去声敲冰。失途时现抽衣宝,欲济浑如禁足僧。蝉引一弦凡响寂,柏临双盖妙香凝。亦知过去皆沤幻,莫话从头有葛藤。

聊　城
东海名雄百万军,城头一矢邈秋雯。为因轻掉从衡舌,十二诸侯待解纷。

张　秋
一泓无滞虑,合傍鸟声幽。山小初开面,云飞欲并头。枕中消伏暑,帆外送张秋。客路沙汀晚,随鱼是钓舟。

挂剑台 泗州、睢宁各有是迹,兹张秋草成剑形特异,故赋之云尔
如许豪门雀网新,交情况到死生嗔。千金宝剑零荒草,要识徐君是故人。

夜　蝉
枕箪悬崖一倍清,飒同胡蝶梦中惊。非关卷舌慵清昼,为续高云未了声。

南　旺
指点职方来禹贡,寻思神物表河图。游心不拟空濛甚,野蓼花鲜南旺湖。

月　河
鸂鶒鹭鹚逐甚忙,侬家漠漠水中央。东行箫鼓西行挽,一路逢迎便不妨。

南　池
飘泊诗情济水波,津亭无主一经过。青毡怅忆还依旧,零乱芙蓉草

露多。

太白楼
一抹青齐到酒中，黄冠暂与谪仙同。任城风月长如此，曾贯金龟紫极宫。

发济宁
思从浮海客，亦恐负沧波。城闸穿天井，溪桥得月河。仍闻筑瓠子，一唱采菱歌。细雨悠悠去，帆前野色多。

夏镇逢姚昆斗同年
流水东西蚤自安，南阳今下问新湍。一艅衔尾呼耶进，抵是京漕寸寸难。

骆马湖
乱水无情泼大荒，鸣鸡声隐鼓声长。柳家渡口人争渡，不忍萑苻侠少装。

七夕
青口回流浊浪经，三朝三暮雨冥冥。津头空复闲延伫，忘却秋期第几星。

寄何采侯
近济乡心长复消，通城如候粤江潮。计曹公暇来能数，河朔杯深兴欲飘。桑柘几家流水外，木兰一曲暮云遥。不知策杖天门顶，飞梦时时度铁桥。

游金山
灵标蠡京口，奇壁绝江汭。归风受海潮，摇日行天际。二仪动翻澜，鼓作东南势。枚客虚恤骇，郭赋尚零细。触眦蜃纷横，荡胸鸟孤逝。即测冯夷宫，且邻多罗寺。香气越浮游，塔棱纵高厉。漂尔金莲华，吾将挈其蒂。惊觉洲岸人，三朝失昒睨。稽首大愿王，施此永无畏。

薄涉北固山登凌云亭有作
烟雾杂松术，嶣峭出云轩。坎巽偕激昂，金焦相吐吞。三山邀托慕，一感荀君言。嬴秦事望洋，见少安足存。赭衣伐朱方，驰道隐曲村。榎①条战伐垒，荒歇豪华墩。远分荆楚渚，近拥建业门。巡驾跨雄雉，飞雨挟神鼋。我武一何扬，相第企旌幡。运挽渐今逼，并春靡昔繁。徐淮多沦薄，南北肆流奔。菰蒲蔽新田，牛羊鬐古墦。肃肃沙中鸨，嗷嗷岩后猿。一寄数奇子，渺若孤蓬根。谁将去国叹，伤我清秋魂。既寻范蠡舟，斯返仲尉园。

① "榎"，明陈子壮《陈文忠公遗集》作"萧"。

经慧山游眺①

梨谷梅林渴不消，颓然生意一癯②瓢。船轻坐稳吟秋水，为试山泉更度桥。

二

囊底曾钞博士经，可知罂味半南零。为人一种多区别，渔父沧浪笑独醒。

三

绀宇栽松几易邻，华园歌鸟一声春。题诗莫问南平客，只许青山作主人。

四

山上茶烟衣上云，不惊形影碧氤氲。回翔十步梁溪子，野雉仙凫乍作群。为无锡令陈君相迹来就也。

① 《全粤诗》据清温汝能《粤东诗海》卷四五收此诗第一首。
② "癯"，《全粤诗》作"瘦"。

姑苏哭年友姚孟长，时亦有文大学士之变，舅甥同落，海内咸伤讶之

孤客忧思少自挥，吴门风雨奈多违。书留护法金汤在，人并同心白水归。蕉鹿梦残呼不起，弓蛇影杳悔全非。素车正及当年约，为问西州更湿衣。

舟过长水，折六汊为平湖县，先奉常尸祝在焉，感逝伤中，乃不知其涕之和墨而成咏也

雪泪长盈越水湄，追趋官舍度花时。公车一往三年计，负版新烦故老思。筐筥相将同释菜，星辰何许望为箕。传经亦有诸生在，曾为王褒解废诗。

二

望及桐乡赋大招，悬知华柱定归辽。衣冠欲晦龙蛇岁，松柏能喧鸟雀朝。一字延陵褒不细，雨行岘首泪难消。余生可但惭卿长，又触孤怀断

梗飘。

西湖游泛

相思淮海易成翁,来话湖山几个同。桂里乌生方八九,莲间鱼戏更西东。岂关别意渭城旧,未免多情水调工。惊飐六桥天似晓,恐吹清怨入云中。

二

便因湖水试投纶,水阔山长正问津。名迹风流随往矣,芳洲采撷又何人。秋怀不负书千里,地主难消醉一旬。若比钱塘潮有信,朝朝开老木兰身。

西泠桥看月歌同陈仲因赋

苍天倒卧芙蓉影,云佩无声桂华冷。自是明湖一碧秋,无人解向理烟艇。林逋放鹤鹤归乎,巢居四照供蛙黾。苏家文采落杭州,轩雄直逼秋光迴。荒墩或指六一泉,石罅又疑参寥井。遨游何限选阑干,香脂逐队对修整。总剩澹淡浴鹚凫,无赖萧森入藻荇。乍将鼓枻发沧浪,倘许悬瓢事箕颍。桑海未知多变更,今故从看即醉醒。南征报道雁更徂,上方不听虬漏永。宵深浑夺水仙魂,要与奔娥斗奇骋。自然灏气凌风翰,纵横绝跨双高顶。一笛崩云裂石声,乱空碎尽琉璃静。少须铲却十二桥,还遣波心突孤岭。

游三天竺,憩酌冷泉亭,同钱瑞星、翁水因、翁叔朗、沈汉圭、钱赓明、吴弘文兄弟

山秋日以亲,客行至秋仲。丛薄间疏森,霜色微轻重。灌木多噫嘘,慧虫相唤弄。跻丘愿未销,入谷心互动。更看九里松,乃历人天洞。涓净石乳流,合沓海潮送。超乎薝卜香,妙善莲华种。花龛奇木身,普是声闻总。不异四大缘,摄受十方众。当指绕烟峦,密意抽衣缝。底是薰修人,初回尘劳梦。愧矣方导师,轻扶篮舆从。

二

林石转幽演,轻阴未回薄。三天霭缭绕,一鹭飞崖崿。黯洞解延景,磬曲复轩廓。寿藤挂蝙蝠,山果骄猴玃。狮象已攒列,青苍自雕削。增施千佛形,匠斧亦太作。云液澹山瓢,苔衣袭游屩。供写枕漱情,大概心魂濯。行歌野衲偏,岂胜桂子落。近知妙赏同,方称道朋乐。扫藓续题镌,斑荆逾杯勺。北岫有余遣,南岩竟采药。

韬光庵

灵隐至今疑,名庵结在兹。欲窥江海际,还剪竹松枝。白守高招衲,金莲小有池。经游怕相失,登顿岂言疲。

宿吴弘文湖上楼

秋风余十度,燕子尔轻过。乡思登楼减,湖光下榻多。花开云母帐,诗付雪儿歌。已自迁延甚,幽期更若何。

翁叔朗馆葛岭之麓夜集有作

好寻副墨子,更一水云区。古岭安双寺,新堤折两湖。萤灯飒流转,渔呗响虚无。为报琅玕实,因之下采符。

二

邻木疏山阁,秋灯静夜帏。七弦风自掺,二妙尔应知。河汉斜空影,关山故国思。子牟心倍苦,近阙有旌旗。

江头

望京露布断,听越竹枝愁。时候潮俱改,霏微岛自浮。栖栖君子意,琐琐旅人谋。即辨鱼龙服,何从曲直钩?

怀玉登高山有武安塔

越风知已遍,江国正无垠。一塔分圭表,三天示宝轮。此乡虽可人,予思较谁亲。俱见山山顶,何孤吹帽人?

重九后二日信州关蓬石明府邀酌一杯亭亭,故赵忠定汝愚祠。

郡人德公,将湣日尸祝。公觞客其中,咏"且乐生前一杯酒",遂撤像而以名亭云

微茫一水界,磊落四山稠。胜益登高后,名偏任达留。堠烟迟塞雁,枫叶下沙鸥。亦作将归客,难胜此送秋。

二

节后花难见,舟边酒易携。空江飞雉堞,远树趋鸡栖。朔气知秋甚,军声出郡西。共将乡国念,潇洒晚猿啼。

南浦不泊

秋色何迢遥,沤轻舴艋摇。多为名姓累,遂畏友朋招。霞鹜堪狐起,风豚得并骄。南州纷在望,兴寄一长谣。

后对菊十绝句 有序

根株微弱，年时屯折，前度归隐家园，对菊赋诗十章，不知有今也。今旋十年而往，既出复归，客舟南野之滢，家人载菊一窠，秋芳宛然悠演，前兴复如其数，盖呻吟于忽之声，比诸诗骚，识者审之矣。

蒹葭水落冷秋霜，鹈鸠山空黯暮芳。近岭黄花倩相见，田园归计孰为长。

二

斜风细雨动凄迷，暂就旗亭菊不低。艇子木兰张翠被，为郎珍护蕊初齐。

三

窈袅轻周十岁寒，似难栽植易摧残。孤根不肯随萧艾，瓦盎宁移碧玉栏。

四

登高重惜是生辰，老稚行园嬉菊句。何事餐英不成醉，尚留江国赋灵均。

五

四海交情枉记存，泥封开试酒杯温。十千总向花神酹，胡蝶惊飞一枕痕。

六

镜下芙蓉异昔颜，箜篌一阕浪如山。秋风犹似怜双鬓，此度花开不当闲。

七

曾醉餐盘出九天，黄花分掷等金钱。怪来张翰无佳句，剩得风流补逸篇。张翰诗黄花似散金亦自尔尔，而李太白遂云张翰黄花句风流五百年，或亦偶有契也。

八

朝汉台边宿雾收，呼鸾道上拾芳游。登高怀古须千里，人健花明并一舟。

九

世上枯荣石火飘，年华曾否驻松乔？生憎薜荔逢山鬼，无恙长镵耨药苗。

十

归去来兮自有辞，非教纸笔与男儿。如今一见闲花朵，不拟扶锄学赋诗。上延亦成一诗。

放鲤行

客舟归及胥江口，晓潭急桨逢渔妇。艇边一鲤三尺强，倒侧惊冲欲回首。奋鬐拍腮如有云，微茫飒与江波浏。问妇所需曰几何？相供釜俎只升斗。抛粟劝妇纵此鲤，疑我不诚嗔弗受。恨难截致一江鱼，东滩造梁西滩守。吁嗟！皇天好生岂独予，鳄雨腥风亦时有。惯知肠腹乃细故，徒劳气力中餐否？汝叉予放事之常，心固许鱼不可负。举手扬声送鲤去，群渔伥伥叉无处。青天何必龙门游，从容但戒来时路。（以上均见于明陈子壮《秋痕》卷二及《陈文忠公遗集》卷八）

陈经翰 五八九

梅花堂

冠带趋东郭，风流在北堂。奇峰当户牖，修竹荫林塘。梵贝双林楼，图书四壁藏。过逢足幽兴，胜友愧裘羊。

仰山亭

谷口幽栖地，芳亭面水开。凉风披菡萏，积雨暗莓苔。鹤唳青山起，蟾光碧海来。习池多酒伴，骑马肯迟回。

小东林

东林惭憩尘机息，况复清幽似上方。越井分流通曲涧，玉峰飞翠堕禅房。西来开士残碑在，炎宋才人宝翰光。最羡秘书休沐地，当年曾拟草玄堂。

九华宫

初夏风光媚，东林惬雅游。榴花红着雨，山色翠当楼。湖海同舣地，天涯惜别秋。无论南与北，长醉解消愁。

爱此逃禅处，怜君载酒过。丛篁飘玉韵，幽鸟和弦歌。形胜夸庐岳，衣冠集永和。招携犹未洽，其奈别离何。（以上均见于明黎民表《清泉精舍》）

周一士五八九

秋杪集饮江皋漫赋

为忆龙门此际过，芙蓉欲暮奈秋何。白衣席上频添酒，青女霜前暗度梭。不分桃源飞片玉，生憎天外堕双娥。当场莫讶周郎顾，且尽云和一曲歌。

集江皋题《晓春燕喜图》

东风昨夜吹帘帏，晨光欲吐天熹微。卿云乍拥朱轮出，千门万户含光辉。游人早起开春宴，到处寻春春不见。上林一树映江皋，霞光队队红于霰。频来喜鹊噪花间，乳燕鸣鸠乐意关。百子池头人似玉，飞花庭院酒如山。酒酣玉漏催银烛，醉客挥毫满华屋。笔底能回四座春，化工巧夺词人目。岁岁花开陌上游，春去秋来不自由。何如春色归图画，长与丹青万古留。

乙卯七夕集李相所江皋池亭

七月七日潮水平，主人款客出郊坰。冠盖如云杂履舃，水行陆走纷相仍。开筵直向芸晖圃，玉轴牙签不知数。片片轻鸥狎近人，玄津镜澈梅花坞。修竹檀栾绕径青，如亭万籁气凄清。达观台上邀歌舞，莺喉宛转调新声。游人杂沓看何许，笑语欢腾课畔处。环柏茏葱秀可餐，花飞庭院如红雨。楼开四面挹薰风，鹊桥一带银河通。双星隐隐度云雨，天上人间此夕同。荔矶月上横塘暮，坐客翩翩盛词赋。青莲居士兴转豪，授简挥毫扫烟雾。人生取乐莫蹉跎，帝子年年几度过。梨园法曲留连会，不醉无归奈兴何。（以上均见于明李元弼《江皋小筑集》下卷）

黎邦璘五八九

送靖吾丈北上

江皋久拟定鸥盟，赋就凌云又北征。在握明珠元照乘，逢人白璧自连城。凉生衣马宜长道，春入莺花满帝京。愧我穷交无宝剑，一轮秋月赠君

行。(明李元弼《江皋小筑集》下卷)

刘克治五八九

登鼓山最高处
宝地金曾布，高峰剑削成。绤衣花雨湿，轻盖野云生。鳌极摇穷岛，麟车下太清。还逢羡门子，松下坐相迎。(清释元贤《鼓山志》卷九)

石桥岩
福地仙灵集，名山日月开。飞梁跨碧巘，琪树隐丹台。鉴岂神丁力，看疑蜃气来。天门攀咫尺，地脉自蓬莱。岩槛花为雨，松扉锦作苔。芝童贻石髓，木客劝霞杯。桑海尘应见，桃源路不猜。寄言心赏侣，即此是天台。(明鲁点《齐云山志》卷四)

白　岳
名区一入绝器氛，芝尽行逢白岳君。紫殿沉瀏开福地，丹台窈窕出彤云。山中瑶草无人拾，月下琅璈许客闻。关尹只应占气象，遮留堪著五千文。(明鲁点《齐云山志》卷五)

邓时雨五九〇

袭芳亭
草亭依谷口，曲涧隐霞踪。丛桂曾招隐，青山昔卧龙。鸟声临涧隐，竹影度窗重。杖屦闲来此，浮生万事慵。(明黎民表《清泉精舍》)

刘克平 五九〇

《燕市名驹卷》送李靖老计偕北上
昂昂千里资,蹀躞欲何之。燕市名元重,秦庭电可追。一朝辞渥水,双剑起龙池。苜蓿春三月,天闲应独宜。(明李元弼《江皋小筑集》下卷)

李 恺[①] 五九〇

虚阁迎薰
高阁凭虚洞绮窗,薰风习习洒衣裳。凉生白苧侵肌透,荷度青蘋入罪香。渢矣虞弦闻解愠,翛然羲枕涤清商。湘帘半卷沉烟细,徙倚危栏白昼长。

如亭听籁
萧瑟商飙散满林,野亭吹万漫披襟。刁调忽起青蘋末,淅沥遥闻绿树阴。何处临风疑玉佩,那堪对月杂寒砧。冷冷虚谷传空响,倾耳令人思不禁。

层台远眺
纵步棱层睇碧空,孤台崛屼势何雄。城连山色环青黛,桥锁江流跨彩虹。忽讶鸟飞平地上,翻惊人语半天中。凭高欲御扶摇去,翘望蓬莱气郁葱。

庭院飞花
骀荡春光入院清,一帘红雨寂无声。香魂暗逐疑蟾窟,玉片纷披似武陵。日映游丝蜂漫采,风翻成阵燕还惊。谁云南北浑难定,时挹余芬更有情。

---

① 李恺,《江皋小筑集》作"李桤"。

课耕涉趣

弥茫春水足田畴，遍插秧针事未休。十亩菑畲时税驾，一犁烟雨日驱牛。且看饷饁如宾敬，何事持豚祝满篝。遥忆鹿门高逸叟，分畦种秫已成秋。

八柏环青

数干摩霄不可攀，亭亭植峙势回环。青标不改凌霜质，翠叶常留羽客颜。野径浓遮棋韵碎，石台森护鸟声闲。盘桓不减瑶池侣，时向飞云跨鹤还。

梅坞涵春

江南昨夜暖先回，野坞涵香独有梅。锦石高云相掩映，疏枝冷蕊绝尘埃。琼姿待放瑶台艳，玉朵偏从雪岭栽。欲寄陇头春信早，一枝还占上林开。

荔矶钓月

累累丹荔缀琼枝，向晚临江把钓垂。百尺长竿投蜃窟，一轮明月映玻璃。求鳌应具任公技，维祚终持尚父丝。谁谓天渊殊迥隔，广寒宫已接冯夷。

玄关镜水

谁向关头悟解玄，濠梁观泳契真诠。风来水面波澜动，月印川心皓鉴悬。道妙池鱼呈活泼，心澄止水蓄渊泉。一泓何事清如许，须问源流了俗缘。

星槎晚泛

一苇中流纵所之，扣舷同惬赏心期。竹深纤月渔歌晚，笛半疏星鹤唳时。纵棹扁舟疑访戴，采莲联舸狎群姬。非干河朔留连兴，只是乘槎犯斗移。（以上均见于明李元弼《江皋小筑集》上卷）

初夏达观台对月得云字

高台突兀水之滨，词客开尊对夕曛。万顷蟾光天宇静，千章树色座中分。杯传河朔来清籁，目极潮生卷暮云。此地过逢唯二仲，江关诗赋不如君。

重阳登达观台分赋得秋字

风急天高景色幽,经过忽漫野亭秋。登台载酒穿云度,落帽敲诗尽日留。醉把茱萸飞菊斝,暝依芦苇荡兰舟。相看雅有逃禅趣,愧我长征敝客裘。(以上均见于明李元弼《江皋小筑集》下卷)

梁兆奇 五九〇

总题江皋十景

风流争讶谪仙才,百尺层台绕郭开。梅坞春光先漏泄,玄关镜水任纡回。乘槎晚钓矶边月,听籁时倾柏里杯。花落满庭看举趾,薰风长日自南来。(明李元弼《江皋小筑集》上卷)

重阳登达观台分赋得杯字

达观台傍水云隈,海色秋风袭袭开。天上客星看此夕,人间良会自今来。金茎沆瀁元沾席,石壁烟霞共举杯。不用登临频怅望,暮天鸣雁更徘徊。

读靖老七夕诗敬步严韵

可堪翘首彩云深,天上人间此并临。白璧未消三刖恨,青云疑负百年心。清宵机杼双星渡,午夜楼台斗巧针。人世合离元不易,郢歌谁复劢长吟。(以上均见于明李元弼《江皋小筑集》下卷)

梁有谦 五九二

《燕市名驹卷》送李靖老计偕北上

龙骧风入四蹄轻,台上先收万里名。谁惜千金求绝足,按图元是渥洼精。(明李元弼《江皋小筑集》下卷)

翟绳祖 五九二

云 岩

石划天门一线通,玄关缥缈翠微中。香炉半似凌霄汉,岩瀑全疑带雪风。潦倒故人千里至,多情地主一尊同。兴来不尽跻攀意,犹有新题愧未工。(明鲁点《齐云山志》卷五)

梁应高 五九二

虚阁迎薰

切云虚阁倚江流,帘卷薰风六月秋。轻透葛衣清亦得,不妨载酒日追游。

如亭听籁

如亭独立思蘧徐,万窍嘐嘐落太虚。静倚阑干听不尽,人间何事有仙居。

层台远眺

中天突兀耸高台,几许登临亦壮哉。水色山光频极目,彩云西去数蓬莱。

庭院飞花

花满江皋迥市尘,春深谁为酹苍神。客来不籍蒲团坐,笑聚飞红作绣茵。

课耕涉趣

昼暇呼童荷短锄,种禾初罢又栽蔬。兴来日涉真成趣,满眼生机可自娱。

八柏环青

万叶森森翠可餐，主人环植傍阑干。芳姿茂干四时色，劲节犹能傲岁寒。

梅坞涵春

淡淡清香一径深，先春寒玉满园林。千红万紫供吟思，独有梅花最赏心。

荔矶钓月

荔树阴阴系短航，天青云白映波光。一竿掷向江心去，不钓江鱼只钓璜。

玄关镜水

逶迤曲径绕芳塘，步上玄关眇八荒。一鉴水光天上下，红尘不到月苍苍。

星槎晚泛

微风吹浪晚潆洄，荡桨中流烟雾开。西去不知前路远，直从牛渚泛三台。（以上均见于明李元弼《江皋小筑集》上卷）

重阳登达观台分赋得香字

招饮高台上，遐观尽八荒。欢来谁是客，醉后兴犹狂。云薄清砧急，风传紫叶香。不须投井辖，归思已相忘。（明李元弼《江皋小筑集》下卷）

黎邦瑊五九四

送靖吾丈北上

习习霜风吹白蘋，五云南去有通津。暂违鸾鹤三秋梦，且奋骅骝八尺身。绎路花枝牵别思，上林莺韵待词人。悬知紫陌鸣珂客，争识龙门御李新。（明李元弼《江皋小筑集》下卷）

何士域五九四

感 怀

少小志诗书,易言天下事。天门八翼生,乘云欲展翅。时兮不我来,坎壈以自瘁。挟策上金门,有怀莫我遂。道逢一老翁,青眼笑相视。问我岁几何,穷我腹几笥。大倾杖头铜,劝我饮成醉。燕市多飙尘,何时策归骑。明朝有意无,相访碧云寺。惝恍识翁言,归去不成寐。揽衣起徘徊,明月光流地。

其二

威凤元戢羽,神龙自隐鳞。所以英哲士,含章葆其真。世途虽崄巇,亦宜固贱贫。山南与山北,白石水粼粼。天地为蘧庐,烟霞堪比邻。不然尘网中,流连多遭屯。鸱夷未必愚,陶朱未必神。一旦判明昧,千载空悲辛。

其三

朝游燕赵墟,暮走邯郸道。结交三河子,酒胡恣调笑。校猎驰平原,箭如饿鸱叫。耳后风棱棱,怒马若虎豹。气概压万夫,豪雄趋号召。一诺许杀身,千金不顾报。渐觉世路窄,壮志旋消耗。毋乃运数然,妻孥忽相吊。饮酒仰青天,掷杯发长啸。

其四①

步出北郭门,遥望北邙土。多少锦绣人,孤坟茫无主。白昼走狐狸,清宵叹②豺虎。榆柳纷成行,一叶一风雨。萧萧总愁人,无非关情处。俯仰看乾坤,侧身阅今古。服食求神仙,鸾鹤事③冲举。王乔并偓佺,差可与相④语。

① 《全粤诗》据清顾嗣协《冈州遗稿》卷六收此诗。
② "叹",《全粤诗》作"噪"。
③ "事",《全粤诗》作"效"。
④ "与相",《全粤诗》作"相与"。

其五

长安侠少儿,结伴事轻肥。朝游许史第,暮叩金张扉。歌舞盛豪华,当筵散珠玑。旁人皆歆羡,一妪独欷歔。歆羡者云何,韶光须不违。欷歔语悲怆,言出泪沾衣。侠少倘闻之,亮亦不见非。

其六

细推盈虚理,万事等悠悠。盛衰讵有常,阅世惟山丘。昨日长平吏,今朝拜通侯。魏其客何在，武安宾相求。时来势薰赫，门溷列清流。一旦炎凉变，张罗任雀投。蚓向枯泉泣，鸱缘腐鼠愁。富贵何足恋，愚者枉营谋。今日乐云乐，置酒弹箜篌。

其七

家有百亩田，门垂五株柳。架上堆名编，床头贮异酒。前池种游鳞，后园莳葱韭。老农以为邻，老圃以为友。日夕相过从，盘餐足适口。量雨复校晴，算无更计有。朝起日东楹，暮卧日西牖。检书索足女，挽车荆布妇。聊此乐天年，中怀无宿垢。孙子贤不贤，百亩从他守。

过马当

十日开船五日住，扬子江头，茫茫莫知其来去。更兼一舸隘如瓢，手足绝无安顿处。笔床茶鼎亦徒然，果腹便便便打睡。计程不省为何方，耳边似闻长年语。依稀前路是马当，崄巇由来弗可拟。摩挲倦眼推蓬看，令人魂悸毛发竖。雄奇突兀倚江浔，障尽朝霞与夕雾。雪浪霏霏扑面寒，几折云帆挂秋雨。乘风破浪虽非常，蚁行一旦疾于驶。吁嗟乎！行路之难乃如此。客心那能不暂快，且裁新诗吃新水。

泊大孤塘

鄱阳湖水正汤汤，一帆直走过南康。依稀望见匡庐顶，倏忽又到大孤塘。千山万山云乍敛，凉月苍苍白一点。须臾朔风打头来，维舟且住依村店。买鱼沽酒试高歌，石尤虽恶奈我何。人生泛泛已如此，安得水国无风波？噫嘻！匡庐之下孤山侧，夜静水寒行不得。客子但办好梦魂，或者乘风到乡国。

入都门

浃月严程南迤北，处处风烟凄旅迹。面皮皱作松纹枯，衣间时裹尘半尺。才望春明喜气多，下马轻轻聊拂拭。白酒三杯长安市，眼见故乡人不识。剑气飒飒倚天风，欲将寸管排阊阖。阊阖晴开四目明，皇路驱驰敢云窄。马前叱咤是何人，莫惊江南乍到客。

折杨柳

妾家住城口，面面对杨柳。往来南北人，扳条把杯酒。忆昔夫君去，夭桃未见朵。屈指几何时，柳花纷纷堕。昨逢江南人，道君客吴闾。今朝传雁札，挂剑走渔阳。渔阳兵戈地，使妾肝肠碎。悬金何足奇，佩虎亦浪事。一夜风吹梦，黄沙古渡头。不见君颜色，哽咽泪如流。怪来轻薄子，只为贪封侯。

行路难

太行山，高不极。黄河水，流萦折。连天白草冷萧萧，路上相逢不相识。踌躇何地觅通津，欲行不行愁杀人。黄尘迷日，黑风簸扬。歌台舞榭，墓垅战场。噫嘻吁哉！秦岭云正横，易水风犹寒，请君一歌行路难。

悼 亡

明月耿长夜，照我碧阑干。之子归何处，邈若云之端。重泉扃幽魄，会晤良独难。罗帏闲掩翠，妆镜罢窥鸾。薰炉余好气，永夜怨膏兰。音尘讵能接，流芳殊未残。偶来入我梦，劝我重加餐。岂不念宿好，依依难为欢。返魂愧无术，断绝摧心肝。

其二

平时怅别离，今乃长相思。茫茫去路隔，永永无还时。秋气冷梧菊，凄风吹我衣。我衣曷云薄，岁寒谁与期。不见千金笑，空怀九原悲。追想存仿佛，是耶而却非。湘醽徒有酌，恨结不能辞。稚儿未解事，日来戏庭墀。抚景多萧索，开怀翻在兹。

送高公先北上谒大司马

别浦云方黯，离亭柳乍黄。片谈杯底失，万里杖头偿。朔气催丹凤，腥烟走白狼。丈夫酬国志，不在绿沉枪。

吊厓山[①]

惆怅南浮日，乾坤却浪然。江湖无死所，陵庙有生年。转战功奚[②]在，濒危志益坚。悠悠千载恨，杜宇泣荒烟。

①《全粤诗》据明黄淳《厓山志》卷六收此诗。
②"奚"，《全粤诗》作"何"。

度禺阳寄怀诸弟

分手即天涯，无须问迩遐。听猿身到峡，睇雁梦还家。征路成浮梗，游情等泛槎。何当风雨夜，论古一烹茶。

寄示英儿

莫是闲驱出，于焉又北征。霜寒秋自饱，龙剑夜还声。家计微能足，时情确可惊。趋庭曾有语，身外万缘轻。

燕市逢李如初，欣然道故，有感而赠
麟阁著名旧，神洼出水新。三年离粤峤，一日聚延津。骚雅难为命，风尘易老人。君看河伯子，犹复柱游秦。

江门早发，示文玉、廷吹两弟①
晓风吹不断，客路乍扬舲。堤柳恣情碧，江云作意青。余寒销短袂，残梦失长亭。去去天涯杳，孤鸿不可听。

①《全粤诗》据清顾嗣协《冈州遗稿》卷六收此诗。"两"，《全粤诗》作"雨"，误。

度庾岭谒张文献祠
欲问停轩处，梅关及早春。荒祠闲俎豆，官道浪蹄轮。风度稀微旧，丹青想象新。疏烟残照里，凭吊向嶙峋。

贡江闻雁
石濑水汤汤，孤帆入贡章。岸移烟树渺，风紧浪头长。前路愁知己，归心怯雁行。暮云千里白，回望即江乡。

赠潘景升老髯
词坛推宿将，郢曲和人难。白手空弹铗，红尘不惹冠。烟霞新气色，湖海旧心肝。世态无劳问，凭将冷眼看。

荷花荡
江上消残暑，香风泛酒杯。人从清鉴度，歌逐彩云来。越客愁闻笛，吴姬浪奏梅。相逢不相识，空共采莲回。

秋日玉台寺同智公并社中诸子分得天字①
蹑屐攀灵境，云霞别有天。鸟啼红树里，人在翠微边。叶落烦僧帚，花飞点客筵。石桥归路暝，凉月澹疏烟。

①《全粤诗》据清顾嗣协《冈州遗稿》卷六收此诗。

喜林阳仲先生李文度见过
不谓卑栖处，多君冒暑探。径纡梧竹绕，地迥水云酣。欢饮疑河朔，高贤自汝南。从来真率会，礼法不须谙。

漫 述

剩有烟霞癖，偏宜物外游。世人频按剑，吾道自虚舟。红惜枫林晚，香怜橘叶秋。不须扫萝径，无客问蓬丘。

答梁叔子西林寄题

信从双眼白，买得一山青。渐渐遗廛市，阴阴架竹亭。趁闲疏菊户，随意谱茶经。不尔耽微尚，曾谁解独醒。

步过林启鸿皆山亭留酌

秋气引清兴，携筇信所之。入林人不见，看竹鹤先知。萝磴悬空出，虚亭嵌石支。偶然耽胜赏，留醉敢云辞。

偶读贾浪仙《旅游》诗，有"旧国别多日，故人无少年"之句，感而赋此，仍次前韵

微禄吾何恋，离心不可传。芳春闲永日，故国怆衰年。虚壑青猿笑，荒丛白鸟穿。无人知所感，吟醉任悠然。

云碧寺 以勘山过，为欧阳诸文学邀游

幽兴汰难尽，山情与水心。偶闲抛印绶，乘隙踏香林。有地皆苍锁，无天不缘沉。梵残僧亦定，随意听鸣琴。

李长度北还有西河氏之戚，久不得晤，赋此代讯

万里归来旧钓矶，伤心有泪未全挥。空林月出门先闭，野艇潮生棹总违。莫是避人思入壁，或缘多病懒寻衣。深秋云物堪题处，何日从君陟翠微。

寄正上人坐关

梦里烟云也自奇，枕边流水定禅知。闲心懒逐岩头月，幽兴翻成杖底诗。浪喜狂悲元是幻，花香鸟语不曾私。坐来身世浑忘却，枉说松鳞记岁时。

归 舟

献赋无媒浪出关，归帆摇曳白云间。沉香浦口秋容淡，黄木湾头雁影闲。一笑江湖真有味，三春花鸟尚开颜。不须更买君平卜，消得淮南咏

小山。

重修迎旸楼成，僚幕置酒落之
迎旸高阁跨城头，闼座金峰爽气浮。画栋雕栏新出色，碧云红树正宜秋。欣同庾亮三更月，怪煞王宣十载楼。酣饮不妨呼老子，始知从事尽风流。

秋 怀[①]
倦游曾忆马相如，归卧云林叹索居。满目风尘空短剑，闭门岁月有残书。秋高野水莲衣冷，霜落虚[②]堂木叶疏。献赋不妨犹未遇，且将吾道狎樵渔。

[①]《全粤诗》据清顾嗣协《冈州遗稿》卷六收此诗。
[②] "虚"，《全粤诗》作"空"。

夜 意
落叶纷纷秋景繁，月明风紧起愁痕。从教怀土人诚小，敢谓违时道更尊。烽火依稀连瀚海，征轮早晚及鸡豚。长惭求牧无良状，得恕明农即主恩。

泊邗关散步同马德予
一雨飘寒欲送秋，俄惊踪迹又扬州。几人花市堪携手，何处珠帘不上钩。邗水月光波澹澹，秦楼风笛韵悠悠。由来到此魂偏断，宁必相逢尽莫愁。

赠黎有道
不畏风尘点素衣，肯云京洛故人稀。罗浮梦落梅花月，燕市醉残锦字机。每听鸡鸣频起舞，时吟芳草即当归。春明门外天涯远，旿断南云片片飞。

雪浪阁 罗念庵先生书院
杰阁凭陵俯大荒，江流青驶渺长苍。数声啼鸟闲春树，几点渔舠弄夕阳。题句漫留苔藓碧，泛瓢聊试野泉香。那堪剪拂频翘首，惆怅谈经旧草堂。

过太平万寿寺赋赠林当涂阳仲先生

经年浪迹向天涯,又见河阳县里花。采石有灵凭作赋,黄山无约自当衙。鸣琴昼永乌栖柏,露冕春行雨满车。为政风流谁得似,时携双鹤过禅家。

南华遇智公

偶来屐齿印苍苔,师自前山放鹤回。双袖笼云逢客赠,一瓶储月倩人猜。茶勋任策龙泉水,诗兴凭方处士梅。南北宗乘参欲了,烟霞口颊尚犹诙。

登白云绝顶 古传安期生飞升于此,上有水帘洞、鹤舒台

扪萝历磴路迢迢,到处清幽迥沕溷。见说松杉多古迹,亦云僧侣半前朝。悬崖飞瀑疑虬箭,密竹吟风似凤箫。千载安期去不返,峰头白鹤为谁招。

得王虞石老师京邸书却寄

投来玉札五云中,人在蓬莱第几宫。岂谓金门宜大隐,只缘龙衮重孤忠。雕鞍夜醉西园月,彩笔春题上苑风。惭愧郑庄门下士,长杨拟赋未能工。

圭峰宴集,即席赠妓

木落空山秋气清,绮筵高敞唤新声。身轻洛浦娇无力,家在邯郸旧有名。郢雪醉听浑欲舞,峡云不断自多情。青楼薄幸曾谁似,留得殷勤惹恨生。

村 行

看竹何须主,问松不辨年。偶尔逢樵者,领我入苍烟。

珠江子夜歌

珠泣水拍天,河南水平田。郎来莫骑马,撑船梅基边。

又

榕叶阴阴处,金花庙前约。拜祝两三声,渡郎风莫恶。

赋得秋风早下来

冷然瞥见露舒荷,风沁银塘起素波。徙倚不禁凉如水,家家楼榭有

明河。

闺　怨
月冷星孤灯更凄，如何梦得到辽西。邻家歌舞筵方歇，城上哑哑乌又啼。

游仙词
误入仙源几洞天，笑随毛女枕花眠。那知夺取长生诀，一谪人间三十年。

获远寄
几人夫婿是王昌，翡翠衾中夜夜香。却为檀郎非寡鹄，不关错听凤求皇。

别　意
条条烟柳拂长堤，马首东来马尾西。几度江南问消息，鹧鸪无数向人啼。

春　词
画楼齐上看迎春，春杖春幡色色新。半卷珠帘笑指点，今年牛子又黄身。

笑渊明
簿书强对损清真，五斗欠来未是贫。即此欲归归便得，折腰名目总欺人。

别　诗
杨柳枝头欲暮春，杜鹃声里送归人。情知离恨条条在，无奈云山判楚秦。

都梁逢内使
长安日近太平远，五位焦劳百执嬉。若问天颜曾有喜，不知谁助化无为。

题 画

青草湖边红蓼滩,扁舟夜静白云寒。月明数点潮头动,惊起幽人带睡看。

闲居杂咏

疏帘横卷月轮低,野树含烟夜色凄。最是尔晴清韵远,忆梅行过小桥西。

闺 怨

高高霜月冷侵衣,夫婿长征只不归。莫怪偷弹红粉泪,梦中无路到金微。

别

柳色含凄迷去津,半床烟月半香尘。愿留一合相思泪,还有相逢陌上人。

青楼怨

秋风凉夜动轻绡,梦断秦楼碧玉箫。莫讶寒蛩空砌响,寒蛩无语更萧条。

月夜觞别友人

子夜楼头纤月生,博山沉水气偏清。暂将桑落留君醉,或者还堪唱渭城。(以上均见于明何士域《珠树堂集》)

李觉斯 六○三

闱中辍阅后余出牌限韵字索诗各占绝句

扶藜穿屦步溪桥,嫩蓼冰桃隔洞娇。顿转尘根了因果,道翁那许别蓑樵。

又

萼放梅菲春可怜,苍芜半望也飞烟。敢教促席偏浮白,鹭影鸥心共此□。

春日过玩庭中海棠分牌限韵即事
万家森树渺，地僻带云阴。解佩对谭笑，超然天汉心。
又春意
远圃森桃李，庭闲昼梦深。恨教花趁蝶，牵动隔帘心。（以上均见于明贡修龄《斗酒堂集》附集）

同李印元、程稚修二计部暨门人程端伯游琅琊寺作
路转山回石磴斜，醉翁亭过又琅琊。禅堂钟歇僧初定，庶子泉清客欲茶。崖老篆书无故墨，林深灵籁有悲笳。相欢不觉归途晚，犹向峰头望月华。（章心培《琅琊山志》卷五）

课耕涉趣
布谷声残已及时，春深南亩事镃基。徐看野馌堪娱兴，惟念豳风《七月》诗。

星槎晚泛
日落潮生月色妍，扁舟何处泛张骞。寻源一棹沧浪曲，声绕榆花入渚烟。（以上均见于明李元弼《江皋小筑集》上卷）

郭之奇 六三一

诸君子各命予言以纪兹游之盛
出廓初萧散，幽深遂及山。新沾青野色，徐就白云关。携伴俱风雅，开樽得静闲。微醺思更陟，所畏夕阳还。
其二
未能居木石，岂敢避烟云。猿峡秋声合，龙泉暮液分。群心方共得，幽意莫徒欣。更向灵源去，依稀喝水闻。
其三
便合从兹住，萧条问法华。周身惟土石，余意付烟霞。招隐幽丛桂，怀人白露葭。只疑山色外，一往意何加。
其四
扪萝穿宿雾，凌顶出天风。日动飞烟外，海流积气中。方思循旷邈，

何处界空濛。目尽东南际,游心亦有终。(以上均见于清释元贤《鼓山志》卷九)

何士埙 六六二

渔舟词①

日高一网破浪去,日暮一笛冲烟来。东西南北但随意,绿蘋红蓼相徘徊。放歌风吹断还续,惊起鸬鹚鹨鹉宿。得鱼换酒不换钱,醉拥壶瓶酣睡足。

① 《全粤诗》据清顾嗣协《冈州遗稿》卷六收此诗。

怀 人①

白日生新事,秋林怅故人。愁从天外远,望向梦中频。月澹斜分影,云孤冷映身。难忘即易识,挥泪越风尘。

① 《全粤诗》据清顾嗣协《冈州遗稿》卷六收此诗。

园栖偶述

迹寄修林里,诗成无事中。烟亭疑欲暮,兰砌宛如风。闲病驱人老,藏名任路穷。日来收鸟韵,兼欲抹霞红。

秋 来

孤闷未能平,新凉逼体轻。蝉吟将欲歇,水性自然清。衲渐裁云冷,船怜载酒横。年年萧瑟意,强半为秋惊。

遣 兴

沉吟添一事,香对道经焚。贳酒非吾乐,呼卢肯浪闻。留风和皓月,倩鹤伴孤云。莫忆伊人远,悠悠水国分。

续梦诗

休谈天下事,且看眼中人。育长痴何癖,嵇康懒或真。秋声茅店雁,野色柳塘春。万境皆如梦,无劳别富贫。

闻 箫

玉管谁家弄，清音度碧林。只堪云外听，难向竹间寻。切切秦楼远，凄凄汉苑深。此怀吾不浅，怪尔故相侵。

纶巾方新，为鼠所啮，赋此悼之

相矜时样好，不啮亦胡为。掷去殊堪怅，戴来敢自怡。兼之羽扇息，且乏氅裘披。惭负风流叟，何年折角师。

冬 月

冬月光辉减，孤清自不磨。溶溶随漏永，澹澹怯寒多。色喜梅添韵，神疑雪作波。凄然难久玩，圆缺奈愁何。

园居咏怀

莫定穷通路，应惭大小山。青窥千个竹，绿掩一池湾。孤兴吟偏剧，多愁梦不闲。石田炅日热，且卧听潺潺。

行 园

去去愁歧路，遑遑认旧程。倦常呼竹友，坐即托鸥盟。猿饮溪生色，花飘月有声。无妨归傍晚，身世若浮萍。

偶见野鹤群飞唳声嘹亮，羡其矫矫出尘之致赋此

几曾忧失侣，天外自和鸣。支遁惭留迹，林逋误系情。清将连影落，逸且带云轻。仙路宁辞远，三山顷刻行。

春 归 时客穗城

春归人未归，日傍柳条飞。望雨期探醴，看山忆采薇。鹃啼肠欲断，客梦恨多违。寥落凭谁问，含凄送夕晖。

候渡江浦即事

野日照行客，荒原数渡人。江清爱宁舍，棹转望偏频。目警萧条色，心消驱逐尘。探奇余欲驻，肯厌阻经旬。

答所知见讯 次韵

欲识谋身稳，除非大小何。疑休詹尹卜，听赖焚僮歌。开口奚妨少，

读书敢厌多。行藏未足准，为子慎风波。

郊行赋得野水无情处处流
野水讵无情，流中别有声。泠泠涵玉韵，活活泻弦鸣。势已空中荡，光偏远处明。杖藜闲拄去，历历道心生。

佛山道中 有通济桥
信宿征途里，劳劳梦亦怜。絮飘疑暮雨，路渺簇溪烟。行李轻于鸟，轮蹄稳过船。异乡仍故国，通济喜桥边。

忆家园
无事来闲念，遥遥梦绕家。采真何处去，充隐有人哗。兰屺草侵叶，柴门稻着花。客窗思未已，乡泪落清笳。

其二
冷石谁为伴，此君久不看。予怀徒渺渺，世路竟漫漫。梦已随流水，情堪罢钓竿。归期倘可促，行矣敢辞难。

秋怀有寄[①]
凉飙生两鬓，何事不堪怜。宿雨停宵月，新霜乱晓烟。狂无方外侣，兴怯饮中仙。雁影灯前落，声声搅独眠。

① 《全粤诗》据清顾嗣协《冈州遗稿》卷六收此诗。

和黄凫藻偶作
不用埋忧与寄愁，少思多睡亦藏修。穴中蚁斗如何听，空里尘飞只自游。白日茫茫双去鸟，晴川浩浩一虚舟。及时行乐吾那羡，真宅还超卜筑谋。

又
聚散身名果偶然，且逃醉后在家禅。背人春梦堂堂去，惊我秋鸿故故旋。欹枕不须寻蝶栩，闭门时觉友茶颠。百年易满无多日，谁愿长愁挂月边。

又
野性长同纵壑鱼，那堪濡沫度居诸。百年暗尽欢难足，半日偷闲适有余。未觉灌花吾便懒，也知采药计非疏。狂歌亦是穷愁事，敢讶虞卿妄著书。

放慵

懒性何曾一事成,空饶朝暮听蝉声。投林鸟已辞樊苦,纵壑鱼宁复网惊。未厌有诗酬岁月,由来无梦到公卿。野情只合逢僧话,笑杀埋名又钓名。

春倚①

春倚枝头怅旧新,那堪水石更粼粼。书空已悟从前事,问影偏怜此日身。饮涧可知糜性乐,餐霞转觉道情亲。泉声悬树涓涓响,崖畔谁来访②隐沦。

①《全粤诗》据清顾嗣协《冈州遗稿》卷六收此诗。
②"访",《全粤诗》作"方"。

谢客①

爱闲谢客卧烟霞,罗雀门前噪晚鸦。久矣访泉清似雪,偶然拈卷笑当花。四愁平子凭谁解,八咏休文漫自夸。萧寂不禁雄剑去,终惭计拙话桑麻。

①《全粤诗》据清顾嗣协《冈州遗稿》卷六收此诗。

春兴

漫怜燕子日呢喃,闲眺云涛石上帆。转眼风波宁自问,当前杯酒许谁监。花飞鸟路香难断,草压麋踪绿不芟。眠柳醉棠相对冷,已拚心迹付春衫。

访旧

不律焚来恼病容,残灯半壁别离踪。风尘荏苒三三径,湖海飘零六六峰。草色刚怜蓬鬓短,鸟声兼唤杞忧浓。频年梦里居诸异,潦倒樽前泪满胸。

秋诗

林自嫣香水自澄,红霞射月影如灯。听残络纬夜难尽,醉散芙蓉露欲增。鸥社鱼乡曾有约,冥鸿怨鹤讵无朋。茅堂秋事年年异,兴味还教让野僧。

睡乡吟

侧寒薄暖日初长,不学游忙学睡忙。浮世每怜蕉鹿梦,逃闲浪负水烟乡。放开世事身将隐，息尽尘劳我亦忘。啼鸟一声蝴蝶乱，醒来还自认蒙庄。

夏日闲园即事

不从野外觅林坰，丘壑参差在户庭。柳浪槐阴藏霁岫，短蒲修竹漾闲汀。卷帘野鸟窥人静，隐几松风入梦冷。梅雨一番尘海涤，红蕖冉冉送余馨。

梅雨霁后

浣却车尘剩却眠，闲看竹色漱清涟。雨过水碧分蒲嫩，霞映蕖红上荔鲜。搁足任从苔暗壁，濯缨长对鹭晴川。怀人不禁盈盈望，瞥眼风光奈屡迁。

冬圃小酌迟友人不至

丹橘黄柑兴味豪，肯怜岁事日萧骚。窗间展帖辞寒具，竹外开帘拂敝袍。结客虚夸徐孺榻，引杯聊赏吕虔刀。年年万宝场空涤，不见蓬庐慰永号。

倚韵酬黄凫藻

疏酌非关养性情，穷途止酒亦难醒。浮生飘泊真同幻，出世蹉跎只碍形。泉石无弦琴自韵，竹风有响画堪听。时危争羡修鳞乐，才运南溟又北溟。

春日园居漫兴

寻香喜得春来早，对景贪留归去迟。世事鹃啼如此急，且看新水绿弥弥。

秋篱采菊[①]

晚香朵朵傍栖迟，况复余芳慰所思。暂学灵均长学亮，一家生事在东篱。（以上均见于明何士埙《泽月斋集》）

[①]《全粤诗》据清顾嗣协《冈州遗稿》卷六收此诗。

苏 球六七八

虚阁迎薰

棱层楼阁敞江城,徙倚登临万虑轻。岂是炎蒸缘地却,翛然冰雪为谁生。疏帘风入笙簧细,画栱云开锦绣明。再把琴尊销晚况,不知月浸渚梁平。

八柏环青

雕栏结构林塘曲,老柏环栽石磴前。八树铜柯标日月,千秋黛色傲霜烟。栖乌朱府元修美,练叶田鸾已证仙。知是贞心迈群卉,任教红紫自芊芊。(以上均见于明李元弼《江皋小筑集》上卷)

《全粤诗·明代卷》未收作者辑录

陈　迪

陈迪，字保中。四会人。明太祖洪武十八年（1385）进士，任江陵县丞，坐画谪戍辽左。以明经荐为国子助教，入文渊阁参修《永乐大典》。雍正《广东通志》卷四六有传。

登孤山
暇日来寻胜地游，跻攀独上最高头。烟波满目怀偏壮，景色怡情况自幽。遥想钱塘孤岫杳，近看鳄渚一峰浮。湖山胜概知如许，争似兹山景不侔。（陈训廷《惠州诗词选编》）

何文邦

何文邦，南海人。明武宗正德三年（1508）进士，官户部主事、南安知府。事见光绪《广州府志》卷三四。

金地藏塔
游人不问佛，老衲自鸣钟。空中飞锡杖，岩上卷涛松。玉宇千年物，金容万仞峰。云多山更好，偶此寄吟踪。（明顾元镜《九华志》卷五）

再游九华
人爱青山去复来，山云笑口一时开。东君不减游人兴，□付春风扫五

台。(明顾元镜《九华志》卷七)

冯天骏

冯天骏,顺德人。正德岁贡,任柳州府推官。事见光绪《广州府志》卷五〇。

题老君洞
函谷何年始避秦,青牛远远渡前津。眼中紫气依然在,石上丹书信有真。风雨几番尘世梦,乾坤千古洞门春。磨崖十丈题诗遍,谁解岩前更买邻。(乾隆《柳州府志》卷三八)

览胜岩题壁
勘破人间半点微,宦情随处只空悲。风尘不管闲人梦,云月偏宜老病时。趺坐还生云谷静,面赪翻觉世情非。山前一榻松梢月,影落藤蓑人欲归。(王俊、杨奔《柳州诗存》上册)

李邦光

李邦光(1499—?)①,号少洲。高州府茂名人。少习举子业,以诸生贡入太学。谒选授福建沙县训导,历国子监典籍。明世宗嘉靖二十七年(1548)迁归化知县,仕至福建兴化府通判。著有《少洲稿》十卷。生平见康熙《归化县志》卷六。

川上对月图
皓皓天边月,涓涓涧底流。夜深人复静,方寸与天游。

---

① 李邦光生卒年向来不详。邦光有诗《戊申五十诞辰》,戊申为嘉靖二十七年(1548),推其生年为明孝宗弘治十二年(1499)。

扇面小景

水清观自乐,树曲坐常安。世事如更奕,从君冷眼看。

出粟石

《沙志》载,龙溪湾溪边一石下有一小孔,相传旧有粟出,一夕之出自足以克贫人一日之食。有贪者志在多得,凿而大之,粟因以竭,自后无复出云。次方大尹韵。

粟岂石中物?神输到此津。自经贪者手,卒负后来人。

过沙溪

昔自沙溪去,今复沙溪过。溪边问故老,还识旧官么?

与次儿锜试周握笔

岁周初握笔,云烟随手出。拟将握笔手,上天捧红日。

小 阁

小阁无人到,闲眠半饷间。醒来风雨恶,忽讶失前山。

小 亭

临池结小亭,暇日观鱼戏。忽然风雨来,水涨满平地。

次陈少鄂巡察游玉华洞韵

未得长生诀,频来访洞天。洒然脱尘虑,安晓我非仙?

古 意 十首

其一

灼灼枝上花,青青河畔柳。终日镇思君,未必君知否。

其二

焚香夜祝天,徘徊月将午。君向玉楼眠,那知妾心苦?

其三

蔷薇花正开,梧桐月初起。正是忆君时,君心淡如水。

其四

停机问莺儿,莺儿叫睆睆。昨自上林来,知君何日返。

其五

与君别有时,见君恨不早。又说寄书来,使妾生烦恼。

其六
江边见雁飞,问雁几时去。妾有一封书,寄到夫君处。
其七
骑马过门前,好似夫君友。欲向问信音,独立难开口。
其八
妾貌如春花,君行动十载。只恐到君归,零落不堪采。
其九
采桑自养蚕,辛苦织成绢。裁衣寄君边,君穿看妾面。
其十
客从远方来,蒙君寄书至。抱书不敢开,恐君有他意。

游玉华洞
洞里寻幽去,翛然物外身。生愁渔者见,指作避秦人。

舟夜雨中
一宵蓬背雨,沙沙杂滩声。欲作还家梦,五更犹未成。

宿九牧
九牧暮停车,特觅曾留处。不见昔年人,默默无情绪。

石 溪
石溪四五曲,茅屋两三家。记得当年过,山茶满树花。

山行闻泉
流泉何太苦,终日常淙淙。不管行人厌,一路鸣相从。

度仙霞岭 二首
登登重登登,直到霞关表。回首望闽山,数峰江上小。
其二
已到仙霞关,神仙在何许。忽闻霞外声,只是行人语。

度两股岭
一山复一山,直到云霄里。耳畔有风来,如闻天上语。

晓　行
旅梦犹缠绕，征夫已在门。登程烟漠漠，对面失前村。

宿保安旧馆夜雨
前年兹宿雨，今复雨中眠。度度长如此，将无是漏天。

晨　发
自惜身多病，长思闭阁眠。无端霜夜里，屡起在鸡先。

晚　泊
凄凄霜夜里，独宿野江边。懊恨南飞雁，连声过客船。

夜　雨
冻雨沙沙响，长滩沫沫鸣。无端当夜静，并作枕边声。

浔　水
夜雨添新涨，前滩满一篙。孤舟侵晓发，无复昨朝劳。

偶　见
客愁杂乡思，终日满孤舟。未遣红娥识，长劳笑倚楼。

有　感
古道东西析，长江日夜流。谁知兹处所，白尽世人头。

仲春出京舟中漫兴
嫩柳金妆缕，桃夭锦作腮。帝乡春色好，满载一舟回。（以上均见于明李邦光《少洲稿》卷一）

洞天岩
石室丹田异世尘，白云长锁洞中春。神仙孰去终难觅，空见桃花作主人。

题画册十四首
万松书屋
万松千松密如幄，风起洪涛翻巨壑。人在亭中读太玄，不知门外松花落。

渔人吹笛
收网归来阁晚汀，横吹短笛趁余醒。妻儿笑语黄昏后，生怕朝家识姓名。

寒江独钓
满空飞絮昼成昏，水郭人家半掩门。何事此翁不归去，忍寒江上暗销魂。

沙外飞鸥
钓罢潮痕落石矶，泊船堤畔负鱼归。白鸥未会溪翁意，争向沙头散乱飞。

雪里携琴
千崖万壑雪沉沉，何事冲寒独抱琴。暖阁红炉随处有，却怜终是未知音。

渔家吹笛
春水漫漫满野坡，泊船岩底系丝萝。等闲一曲消长昼，羞作牛车扣角歌。

草堂对坐
万松深处郁苍苍，曲径横桥入草堂。邻叟相过谈世故，坐移明月上回廊。

空阶扫叶
曲木横桥度石渠，长松深护草堂虚。呼童净扫阶前叶，莫使飞来搅读书。

雪里归人
寂寞寒山落木稀，萧条茅屋掩柴扉。渡头斜日凄风急，肠断行人雪里归。

渔樵对语
山有樵苏水有鱼，两人相对话何如。资身自足无荣辱，到喜当年不读书。

二士登山
洞口春深花满蹊，两贤相顾欲何之。于今圣代方求士，不用登山学采芝。

船头醉卧
秋水鲈鱼上钓肥，呼儿换酒入柴扉。陶然一醉船头卧，不管人间有是非。

征书起逸
久向山中餐落霞,梦魂无复到京华。黄封马上来何事,恼杀庭前几树鸦。

使节招贤
谷口俄闻降使旌,儿曹未喻扫门迎。谁知身逐他人去,便着羁縻不得轻。

逆浪行舟
怒浪狂飙敌面生,孤舟欲进屡纵横。不如且系堤边树,待取风恬自在行。

郑晴峰以诗寄次韵复之
故人飘泊共天涯,兴味寻常觉更嘉。最爱几番风雨夜,细论心曲对灯花。

新春久雨
一年好景在新正,花正蓓蕾柳正萌。却怪东君无主宰,任教寒雨过孤城。

南平黄龙津大参观物园八景
观物园
谁家背郭草堂开,物理人情种种该。会得个中真趣尽,何须重上读书台。

永思堂
翼翼新堂足主依,四时瞻拜有佳儿。重泉况被君王宠,岂比寻常空致思。

瑞鱼亭
曾闻水族化为飞,三色更呈事更稀。自是主人文采著,故教灵物兆先几。

后兰亭
构石栽花竹引泉,年年修禊集诸贤。龙津不减山阴趣,谁谓兰亭有后先?

宾阳谷
占得名山接翠微,扶桑欲曙最先知。容光照遍宾阳谷,犹是人间未晓时。

步月坡
万籁无声月满天，不妨徐步弄婵娟。西风一夜开金粟，吹落人间此最先。

万松岭
谁向高岗植万松，参差屈曲欲凌空。俄然一夜风雷作，尽上云霄化却龙。

修竹林
万簌连阴六月寒，春风岁岁长琅玕。凭谁借取丹青笔，写作潇湘画里看。

秋思
一番微雨送新凉，赢得藤床午梦长。却怪无情墙角树，故飘零叶扣纱窗。

厓山大忠祠
富贵胡儿已寂寥，厓山今日愈岧峣。波涛夜拍祠前石，疑是忠魂气未消。

夜过江门有慕陈白沙先生
春水江门夜泛航，波光月色满蓬窗。白沙夫子今宵里，知在芦洲与草堂。

望湖亭和苏东坡韵二首
漠漠浮云满晚山，移舟近傍钓鱼船。渔人惯识湖中事，为问阴晴来日天。

其二
湖上青青远近山，湖边灯火夜归船。何时了却风尘债，来学渔郎钓水天。

秀水吴子别号五榆，吴近七十乃仕贰仪真尹，时与同舟，出卷索题，漫成以复
白云山下是谁庐，门外青青荫五榆。向晚收功知有意，时人何必问东隅。

《竹城书屋图》为同寅方竹城题

万竹丛中一草亭,水光山色满虚扃。书声每被风传去,惹得渔人罢钓听。

宫　怨

百计留心理晓妆,不知那样中君王。春风每到重门里,只有梨花识断肠。

清明偶书

安排痛醉艳阳天,却到清明乏酒钱。闭户羞教桃李见,随风也到小窗前。

王昭君

莫怨君王宠爱偏,丹青移向别人妍。临行顾惜虽堪恨,也胜终身不见怜。

为毛延寿解冤

自古蛾眉把主昏,明妃若遇祸难言。毛工独蓄几微意,谁辨当年取赂冤。

题　画 四首

渔

寒江苦钓意如何?不顾纷纷雪满蓑。谁谓溪翁机已息,在鸥虽少在鱼多。

樵

清晓持斤上翠微,夕阳山下负薪归。多情最是村前月,步步相随入竹扉。

耕

四郊农事急匆匆,时雨如膏土脉融。布谷声频山月晓,大家驱犊过桥东。

牧

雨过荒郊嫩草芳,正宜吹笛弄斜阳。却缘底事长相斗,不管群牛过隔塘。

常山道中道人募缘修路持卷索题

行旅孳孳苦自忙，道人底事亦徬徨。崎岖一旦平如砥，谁谓人心尽太行。

过大矶滩

十年别去梦犹违，今复撑舟上大矶。偶起推蓬生一笑，并州念重亦如归。

大矶滩水中一石状若麒麟，惜未有识者为别出之

天生怪石若麒麟，鳞角分明卧水滨。可惜至今人未识，世间安有尽知人。

岁晚偶因儿童数新年日子漫成

身世悠悠鬓欲丝，闻言岁晚便攒眉。儿童别有新年趣，每向人前问日期。

江上观水鸟有怀

岁岁言归未得归，春风回首几沾衣。鸳鸯不管离人苦，故向船头作对飞。

晓 渡

夜半闻鸡渡野航，淡烟残月共荒凉。生愁仆隶高除道，触醒山人怨客忙。

和石牛壁间韵

日日趋程未了程，后人无定是浮名。夜深一样寻常梦，输与山僧几倍清。

山 花

红红白白棘丛中，曾有何人为动容。自恨孤根托非所，休将颜色怨东风。

登狮子岩

云锁灵岩咫尺间，天然胜概异尘寰。两年为客今终到，逢着仙人应

汗颜。

中秋怀内
俄然一别两经秋,见月悬知对倚楼。记得分明如昨日,相看掩泪解兰舟。

宿石泉堂
偶然乘兴到山堂,辍却尘踪半日忙。怪得夜分无俗梦,醒来元是在禅房。

秋胡子
别却蛾眉岁月深,人生异面岂知心。相逢桑下聊相试,未必囊中果有金。

秋胡妻
相逢不肯受金遗,一点贞心君已知。底事却从相见死,桑间言语定差池。

曹操疑冢
设冢疑人保永终,阿瞒设策未为工。聚将千亩农夫力,一卷能消几日功。

宫 怨
露下天街玉漏鸣,重门寂寂锁朱扉。君王寝罢分归院,遥望长河无限情。

明妃怨
凭向君王传妾意,一番回首一悲酸。闲来若为娲容恼,便展毛工旧画看。

和李忠定题宁化县草仓祠壁韵二首
大驾无心与北伐,孤臣饮恨日南征。草仓祠下收残泪,闷倚斜阳望故京。

其二
梓宫未向南陲复,庙议胡为罢北征。惟有窜臣心独若,空依瘴岭忆神京。

浣纱女
何处溪边女浣纱，茜裙波上映红霞。国卿自信无金赠，不用含羞掩绿丫。

冬日山行见花
冬寒无物不萎靡，还有山花三两枝。始信至仁惟造化，四时生意不曾离。

旅宿连夜风雨不止
寒日长途愁绝处，少年湖海念多违。无端彻夜山中雨，不放离情入梦归。

清湖夜泊是晚初登舟
寂寞孤舟泊野汀，梦回正值酒初醒。不知身在蓬窗下，还把滩声作雨听。

姑苏怀古 四首
其一
阊阖城外水如苔，往事悠悠转可哀。早听大夫麋鹿语，越人安得过江来。

其二
昔日城中百丈台，今朝无地起尘埃。伤心十载薪中卧，不识蛾眉是祸胎。

其三
吴王颠倒最堪哀，一女何烦百丈台。若使筑台因望越，至今云里更崔嵬。

其四
越产元来为越谋，西施纵姣亦君仇。吴王得此浑无解，自卷山河上一丘。

范　蠡
倾城载向五湖游，尽说先生为越谋。不识倚楼望君者，夜深还入梦魂否？

高季迪《咏范蠡》云"载去西施岂无意，恐留倾国更迷君"，予谓其言不然，作此反之二首

恐留倾国更迷君，故载西施总浪云。家是谁家亦倾却，五湖何许竟无闻。

其二

恐留倾国更迷君，一剑之间便处分。底事翻徇亡国女，竟无回首念钗裙。

灵岩寺，旧为吴王馆娃宫故地

金屋当年此馆娃，谁教零落入招提。年年想到花开日，应有春魂化子规。

野泊

萧萧芦荻晚风柔，又向寒塘泊小舟。一段离情禁不住，五更归雁过床头。

毗陵月夜

毗陵城外月斜明，枕簟如冰梦不成。无奈一团乡国思，夜来都入捣衣声。

江都怀古

炀帝当年恣远游，离宫相望锦帆稠。繁华已逐轻烟散，依旧寒芜满暮洲。

淮阴怀古二首

一饭之恩犹不昧，食供千里敢君忘。沛公背上芒如戟，谁遣先生请假王。

其二

匹夫孤剑乱犹平，况复诸侯握万兵。安用称王人始服，尽难归咎汉无情。

彭城怀古二首
其一
暴虐慈仁本不伦，民心天意亦谁亲。间关自作驱鱼獭，却向江东愧见人。
其二
莫谓成功抵死难，安闻用暴可除残。请君回首看阳武，仁义曾无共一般。

七 夕
相逢不用泪沾巾，久聚争如久别亲。今夜倚楼凝望者，不知多少隔河人。

重 阳
岁岁重阳旅梦中，几回杯酒得从容。菊花秋色元无异，终与乡园看不同。

游滴水岩
洞门深在碧云堆，常得偷闲载酒来。世上神仙只如此，何须更作有无猜。

新岁馆前道中
五度春风过馆前，敞车羸马只依然。无端却被山花笑，底事栖栖又一年。

新年久雨不霁二首
萧萧风雨一旬加，强出春郊兴不嘉。明日阴晴还未卜，呼童夜半看灯花。
其二
绵绵细雨夹轻寒，十日春光阻跨鞍。喜有盘花三五朵，兴来时复绕栏看。

扇面小景为顾三尹题
白云堆里旧诗坛，短屐曾经此往还。莫讶出山便忘返，官家未放主人闲。

春暮惜花

等闲花发不知怜,花谢看来较值钱。昨剩两枝经暮雨,一宵烦恼不成眠。

游玉华洞

暂息忙踪上玉华,人言此地有仙家。云封洞口无寻处,细向江边认落花。

芙蕖呈瑞为汀守华山陈公赋

南薰门外看芙蕖,国色双双共一株。为问花神安有此,使君仁泽久沾濡。

三洲江上有感

十年别却水云居,漫向他乡泛舳舻。忽见白鸥沙外起,宦情此际淡如无。

九日上杭道中怀官署菊花

乞得山人菊一盘,殷勤培养待秋看。今朝反自违花约,始信难由是做官。

和韵别钱塘徐思明

月明把酒听弹铗,日午焚香看著书。别后要知相忆处,水云亭上对芙蕖。

中秋望月

右来共爱中秋月,今夜中秋月更明。一片清光人共看,不知分作几般情。

观 鱼

终日昏昏事簿书,池边退食暂观鱼。浮沉游泳虽同适,总比江湖不自如。

妾薄命

少同姊妹斗娉婷,城国常怀不足倾。叵耐才郎无眼力,织纴自给过平生。

少妇怨
门外初闻郎马嘶,自言身后有光辉。朝来泪下帘前见,采组绦鹰臂上归。

闺思
闻道平胡欲散师,荒忙制下换身衣。朝来将喜还将惧,听得邻家夫婿归。

从军行
指堕髭胶铁甲寒,远提长戟向天山。男儿不佩封侯印,何必生从故里还?

塞下曲
猎猎阴风卷塞沙,沙场朽骨乱如麻。生来既得为男子,胡虏无平敢顾家?

暮泊苦雨
细雨霏霏江上村,柴扉半掩近黄昏。砧声莫向船头起,此际离人易断魂。

闻歌
何处歌声入夜船,如哀似怨转堪怜。无端恼乱羁人思,直到三更不得眠。

题浦城吴孝子《永思卷》
母氏劬劳孝子知,深恩未报岂胜悲。哀思已及头如雪,长似当年丧母时。

浦城道中有感
横浦桥边古道遒,南来北往未曾休。不知名利为何物,能使人人尽白头。

度仙霞关和壁间韵

上尽霞关不见霞，满山霜叶似春花。数声鸡犬枫林里，却是人间卖酒家。

晓发保安桥

孤村流水小桥头，晓路行行近酒楼。门外偶逢童子问，酒家还在醉乡游。

晓 行

疲马频嘶向北风，出门曙色尚微濛。忙踪自笑缘何事，夜夜长兴过晓钟。

晓发清湖

曙色熹微宿雨收，又从江上上孤舟。年年伎俩长依旧，愧向前滩见水鸥。

夜 泊

孤舟寂寞晚江湄，独拥寒衾旅梦迟。过雁休从云外叫，离人正是断肠时。

油埠晚泊开弦

油埠滩头列市廛，红楼枕近碧溪边。离人正在凄凉处，谁遣弦声入夜船。

泊穀水对酒

穀水维舟傍酒楼，聊沽美品解闲愁。郁金虽有兰陵味，那比山中酒似油。

过徐州有感

路出彭城已夕阳，追思往事重堪伤。休将刘项兴亡论，毕竟同归梦一场。

都下除夕感怀

年年除夕客边经，却喜今宵在帝城。漫向灯前忆儿女，悬知两地一般情。

江上见雁
雍雍鸣鸿满江干,才见南飞又北还。十二年来归未得,相逢自觉有惭颜。

天津阻风
已向天津三日行,晓来犹望见孤城。春风不管行人急,只恐王孙草不生。

不寐
雨打蓬窗首觉醒,无端反侧寐难成。江村不复闻宵柝,空识鸡鸣是五更。

石牛晓发步巡台玉泉赵公韵
凌晨揽辔出行台,野老柴门尚未开。何树有花看不见,暗香时向马前来。

山行即事用前人韵
茅屋孤村四五家,绕墙前后种桑麻。山翁睡起无余事,闲看园蜂趁午衙。(以上均见于明李邦光《少洲稿》卷二)

思母
游子三千里,慈颜六十余。绸缪两地念,来往数行书。岁月淹尘迹,溪山阻板舆。何如耕稼者,菽水获亲娱。

赠叶椒山上舍
孰与椒山子,亭亭冰玉姿。半生思誉望,一见定襟期。道德明时凤,文章瑞世芝。何当生羽翼,霄汉共高飞。

题《双湖别号卷》
闻道双湖里,汪汪千顷波。夜深落星斗,风动起纹罗。柳外收纶去,荷边载酒过。可能乘一叶,就子听渔歌。

晓 行

清晓揽衣起，冲烟度远岑。新寒欺短褐，斜月射虚襟。人影穿松罅，鸡声隔竹林。曾如茅店叟，日出尚蒙衾。

春日病中苦雨

夜半墙头树，飕飕送雨声。难终乡国梦，况是病时情。月魄藏应尽，花神怨未平。恼怀成不寐，欹枕待天明。

病中复方大尹见招赏春

抱病披招札，殷勤感所知。岂无杜甫兴，争奈阆仙疲。酒力非前日，诗肠异往时。春光还未半，花下许重期。

送方尹妹夫赵子还番禺

昔予从北至，见子自南来。笑语乡音合，交游道义谈。清尊思岭表，锦缆发城隈。归到番山日，东篱菊正开。

送郑少嵩秀才还闽

有美少嵩子，复然谁与伦。春葩媲制作，秋水拟精神。造行空当世，论心见古人。却怜分袂后，相忆隔朝云。

送嵩阳连生还闽

立马看移棹，无端转怅然。溪山思共赏，风雨忆同眠。深造应无涘，高谈已入玄。愿言修健翮，霄汉共联骞。

过大夷滩

堪怪兹滩险，翻名作大夷。水如天堑落，浪作雪花飞。力悫舟难进，神慌势莫支。世情多类此，君子慎攸之。

安仁寺

寂寂林丛里，禅关昼掩扉。云深人罕到，僧定鹤相依。古木经春远，新茶带雨肥。爱兹协幽兴，坐久欲忘归。

沙阳八景[①]

凤冈春澍

灵鸟藏辉久，何年到剑沙。羽毛成草木，文彩化烟霞。暮雨喧群鸟，朝阳映万家。好钟鸣旭士，圣主正重华。

豸角秋烟
豸化今何代，形蹲尚俨然。断纹分草色，灵角上苔钱。云起看嘘气，泉流验吐涎。若教居要路，定拟少奸权。

瀛洲夕照
片地沙中起，双溪左右流。雨余分燕尾，水落露鳌头。返照穿渔网，归鸥傍客舟。绝怜光霁景，偏向晚来优。

瑶池夜月
王母从西去，瑶池落世间。碧桃千树熟，青鸟四时还。月浸开金镜，星沉见玉环。愿持杯勺水，化作万家丹。

吕峰晴雪
何年神隐士，曾到此山中。鸡犬今为石，樛松已作龙。雪封头总白，梅放脸还红。千古樵夫过，犹能道吕公。

七峰耸翠
浑沌天地合，北斗落人间。苍翠常三月，岩峣异众山。时从云里去，忽向雨中还。几上瞻辰极，无禁剑气寒。

十里平流
绕城余十里，天为设污潢。客过劳推棹，渔归不系航。霞铺振吐气，星浸蚌生光。底事瞿塘水，时时若沸汤。

① "沙阳八景"之一景为"洞天瀑布"，底本无收录该诗，故《八景》组诗只有七首。

度牛岭
路向层霄上，驱车似挽舟。关门云自锁，石窦水长流。鼓吹惊麋鹿，旌旗碍斗牛。凭高豁双目，海岳一齐收。

夜饮吴东沼司训园亭
对酌花阴下，相忘到夜分。余香暗入盏，残月冷侵人。籁静诗生景，情高酒有神。却嗔城上漏，相促一何频。

哭亡儿钑
予年三十五，生汝已云迟。标致过而父，岐嶷异众儿。未尝离左右，初会认乎之。遽作泉中物，宁胜舐犊悲。

途中苦雨
理役当春暮,终朝冒雨行。羸躯长局促,疲马屡纵横。客路迢迢远,乡心阵阵生。懊怀何以拨,随在看农耕。

遣 怀
误被浮名绊,无端尽日忙。黄昏卸书剑,清晓理衣裳。触目人情异,惊心客路长。乡关在何处,立马对斜阳。

有怀家兄
离家刚一月,怀抱若经年。去住成乖域,参商渐各天。自怜鸣鸿远,翻觉鹡鸰牵。何日长安道,相随执早鞭。

谒白沙祠
画舫停江浒,登祠挹白沙。文章收国史,道德遍天涯。旧业余疏柳,空庭锁落花。微言谁与续,眼底半蝉蛙。

海珠寺
何物怀珠至,搜求竟莫知。月明疑老蚌,云暗拟神螭。风雨常呵护,乾坤不改移。落霞迷绀殿,疑此即瑶池。

飞来寺
古刹云飞至,诚哉一异灵。凌空天已近,逼水地将倾。午霭和烟袅,寒泉衬铎鸣。忙踪暂未定,偏让野僧清。

夜 泊
落日千山暮,维舟野水隈。断云沙外度,微月浪中来。帘卷流萤落,灯开宿鹭猜。客程悲断梗,聊尔托深杯。

过浈阳
晓发浈阳峡,斜阳峡里船。危樯随鸟度,细缆绕云牵。湍激雷霆怒,涛翻蛟鳄闻。何堪今夕雨,还复助潺湲。

过曲江先母故地感怀
念此曲江浒,慈亲昔梦柯。余生幸未灭,今日复来过。启睫情如擘,兴言泪若河。悠悠无极恨，千古共江波。

书梁槐轩长史《焚黄卷》

佳儿承紫诰，万里谒松楸。表树惊新渥，光荣满故丘。义方今不负，罔极已能酬。圣代恩波阔，推崇卒未休。

复卓厚斋用韵

十年南北客，万里喜寻盟。造诣推精熟，蹉跎愧此生。风尘悲逆旅，灯火共残更。弧矢男儿志，还期震蛰声。

立 春

新年过二七，斗柄始回寅。最怪残年腊，刚分半月春。风光方荏苒，花柳自精神。试验重袍上，今朝暖数分。

元 宵

万户当今夕，张灯竞富多。近看无月影，远望类星河。舞妓浓妆过，游人带醉歌。太平占有象，上下喜同和。

暮春出城即事

坐惜春光暮，寻芳一出城。花稀多见蝶，柳密但闻莺。新酒沾唇暖，单衣上背轻。千金难买日，风雨莫无情。

书上饶周生《愧屋卷》

为学无多诀，惟求自得师。常严天鉴念，妙在独知时。《大学》言诚意，《中庸》戒自欺。勉旃克所愧，入圣即由兹。

偶见内子一发变白，戏成

偶道见新发，细君犹自疑。摘来同看后，忆起始归时。结发义元重，齐眉老更宜。劝君休买赋，准拟爱无衰。

腊 梅

既云梅是族，非白又非红。报暖信偏早，论方色最中。有蜂应莫辨，将麝比难同。万卉春风里，输收第一功。

暮春

春事堂堂去,攀援不可留。东风无力量,大火有权谋。花落培莓藓,蜂归向石榴。眼前何恨意,无语付东流。

又登鸡鸣寺 二首

古刹邻官署,乘闲每一游。看花过曲院,望景上高楼。听偈心如觉,逢僧意自投。世人徒扰扰,光景特浮沤。

其二

闲来过古寺,徐步上山巅。远树晴云外,长江夕照边。花摇幽鸟下,门掩老僧眠。若使全无累,频来思亦玄。

玄真观

观向城隅出,门临水曲开。危楼巢白鸟,古木上苍苔。壁萃文人咏,桃经道士栽。解鞍恣胜览,欲去重徘徊。

登凭虚阁用壁间韵

炎日登幽寺,风高类素秋。山腰过远岫,树杪出岑楼。霄汉低将坠,松筠翠欲流。喜闻空色论,破却一生愁。

夏日登鸡鸣寺

避暑城隅寺,僧居昼不□。蝉鸣当户树,鸟瞰灌花瓶。水近衣常爽,风高扇可停。烦襟消涤尽,独悟见虚灵。

龙川黄处士别号直斋

人人均是性,噩噩本无偏。举世胡为者,先生独浩然。真钢难作钓,劲干自参天。大老今东海,行看诏直言。

梦亡儿钑

昨宵清梦里,的的见吾儿。牵母还求乳,呼爹为教诗。只同常在日,都忘隔幽期。醒起增烦恼,争如总不知。

哭亡女婵 二首

三十方生汝,予心已谓迟。虽难承志业,亦足助门楣。论德应惊世,知书半当儿。何堪随物化,曷已尔亲思。

其二

万里遥将汝,晨昏亦解颐。知书过道韫,秉德陋文姬。待老孤吾愿,将衰反尔悲。呼天肠寸断,只有自家知。

赠永丰六石山人游览

尘土看轩冕,飘然出世岑。远游司马志,高尚子陵心。物外双苍鬓,行边一素琴。名山与胜水,随处是知音。

金山寺二首

拳石浮江面,危楼数□□。潮来山势矮,波动月棱崩。巢鹘窥禅榻,归渔认佛灯。转移如有术,作券付山僧。

其二

一簇陀头寺,亭亭峙碧波。尘埃无地着,楼阁占天多。潮汐东西碍,星辰上下罗。绝无人世味,何必问银河。

过严子陵钓台

泊舟台下石,独上拜遗仪。旧日九重友,清风百世师。眼中无汉土,江上有公祠。试问横金客,谁如此钓丝。

度分水关

绝壁撑空立,中通一径遭。人疲援树上,马倦倚崖休。举足分闽楚,抬头迫斗牛。凭高瞻北阙,遥见彩云浮。

望夫石

良人从别后,寂寞守孤帏。音信经年绝,颜容逐日衰。雨添长恨泪,云锁不开眉。可惜身为石,夫归正问谁?

过延平怀沙阳旧游

剑水旧游地,重来已十年。道边逢景丑,渡口入桑干。禄命皆前定,山川似有缘。故人烟树隔,西望意茫然。

元　旦

正朔更天运,东风吹客缨。忽拈新岁酒,犹是旧年情。试笔题春帖,簪冠候晓星。自惭无寸补,何以答升平。

除 夜

　　五十明朝是，百年分已平。旧非犹未觉，多病复奚营。独酌他乡酒，难禁故国情。浮华身外事，夜半看全轻。

期内人不至有怀

　　一别连三载，云山苦万层。情如秋杵急，鬓被晓霜憎。为客惭何补，还家恨未能。相期春又半，夜夜费占灯。

还途口占

　　明知为传舍，住久亦关情。欲出心常苦，言旋兴便生。未眠思早起，临歇复趋程。不道停车后，依还一片萍。

晓 行

　　斜月入窗白，仆夫催启行。鸡声犹历乱，人影未分明。雾重疑为雨，山横惧失程。眼前无物感，夜气觉还清。

晚 行

　　漠漠暮烟暝，迢迢驿路赊。残钟收野寺，远火出田家。响近前滩水，香来何树花。忽闻亭长迓，知是近公衙。

内人至喜而有作

　　孟光千里至，相对有余欢。灯火思微日，恩情忆弱冠。鼓琴重好合，人镜复团圆。只恐还成梦，频频着意看。

新岁启篆偶成

　　门前罗骑从，堂上拥笙歌。抚字功奚有，安尊分已过。责专惭政拙，德薄愿时和。也识谋身好，其如负国何。

春 怀

　　久客惊心处，东风换物华。黛眉回稚柳，红晕上夭花。道向无中出，年从暗里加。自惭成底事，四海浪为家。

人日盛热雷雨大作

　　人日春方稚，雷声何太殷。山云当面起，野水向田分。重汗居然浃，单衣突若焚。道傍牛自喘,谁遣相公闻。

新年有怀家兄
　　相亲无间日,忽作八年违。春信凭鱼达,秋心感雁飞。志还前日在,发比别时非。佳节开樽处,悬知念未归。

寄时亨举人弟
　　万里同为客,相将意独亲。一从河曲别,两见岁华新。夜雨长驰梦,春江少便鳞。家声需子振,频拂剑锋尘。

书张画士别号散仙手卷
　　张生才跌宕,方外寄奇踪。玩物怡天性,挥毫夺化工。自甘身散诞,不受世牢笼。即是神仙侣,何须慕赤松。

赠卢画士朝阳
　　卢生潇洒士,雅趣在丹青。造化裁成手,风云变态情。门前无俗迹,海内有芳声。若使钟王遇,当为避舍行。

揭东山大尹见召,赏灯席上口占
　　灯火开良夜,笙歌沸画堂。盘餐行异品,宾主合殊方。灿灿繁星动,腾腾瑞气翔。千金恨难买,谯鼓为谁忙。

家僮至,得铠儿书,知岁考居首且笃爱弟锴,书以示之
　　长须到官舍,闻道汝平安。家事重烦问,亲书反复看。学文知未废,友道复能殚。只此已吾慰,何须别进欢?

喜郑晴峰远访漫成短作
　　已苦十年别,忽从何处来。细将前事话,蓦使客怀开。经世归高手,违时愧不才。夜分听说剑,壮志未全灰。

夜宿福潭寺
　　黄昏投野寺,却爱老僧贤。旋出看经火,坚辞市果钱。窗虚床近月,岭峻塔齐天。自把忙踪笑,争如拥衲眠。

宿淳化寺，寺日就萧索，恻然有作
破寺空山里，萧条对晚峰。门前三亩竹，院后数株松。古壁苔全蚀，斜碑草半封。呼僧询所以，尽道入强宗。

入觐山行
尽日寒山路，间关独驾言。双旌穿鸟道，一径入云门。见鹭方知水，闻鸡不到村。凭谁借飞舄，顷刻达天阍。

过程头渡
沙邑旧游地，年年入梦频。自悲同泛梗，谁遣复寻津。入境情偏动，逢人意自亲。并州如故里，始信不虚云。

晚　泊
暮烟笼远水，江上且停征。落雁冲帆起，阴蛮出树鸣。渔灯分野烧，人语乱溪声。但使樽常满，无须问客程。

野　泊
野水寒更里，孤灯共不眠。滩声已难听，虫响复谁煎。天冷鸡无信，月斜霜满船。繁思不可数，一夜定应千。

江　行
莫谓江行恶，江行趣亦多。凫鹭寻侣去，翡翠掠鱼过。霞吐满川锦，风生一片罗。月明还独酌，带醉听渔歌。

旅店夜宿
已是旅怀恶，那堪冬夜长。市酤难作醉，邻杵为谁忙。被冷霜侵瓦，棂疏月满床。揽衣候鸡发，明日更他乡。

山　行
百折寒山路，盘回上翠微。霜威凌病骨，云气湿征衣。无处不泉响，向人惟叶飞。争如道傍屋，带日掩柴扉。

京口候潮
落日出京口，舟胶待晚潮。乱樯齐似簇，接舰密如桥。杳杳金山磬，呜呜北固箫。凄凉霜夜里，暗觉旅魂销。

清河夜泛
孤舟乘月泛，寂寞近黄昏。作伴惟灯火，消愁仗酒樽。蒹葭霜里雁，杨柳水边村。几处烟中树，惊心象故国。

日暮徐州江上
尽日孤篷下，悠悠对浊河。船头冲返照，帆影贴晴波。汴水城边远，徐山眼里多。无人慰寥落，闲咏拔山歌。

早　行
夜半冲寒起，驱车向杳濛。月悬疏柳外，人在暗尘中。野寺钟犹静，田家梦未终。凄其霜露下，魂断北来风。

元旦朝贺
春信传清漏，天门启九重。五云迎化日，四海仰皇风。鹓簉联清禁，龙颜带喜容。小臣无补报，矢志效贞忠。

六弟至识喜
相与十年别，几回空尔思。已闻门外至，还作梦中疑。喜极穿衣错，言多劝酒迟。客怀良独苦，今觉一开眉。

滴水岩
胜地知名久，今朝得稔游。寰中闲世界，物外别春秋。邃洞天光漏，悬崖石乳流。蓬瀛说佳致，到此复何求。

次元山巡察《雨中过铁岭》韵
层崖冲雨度，底事苦奔忙。怯马频拘足，闻猿欲断肠。树交一径黑，云合四山苍。因忆阴山戍，无端转不忘。

《北堂终慕》为长乐卓秀才作
自失严君后，慈颜苦备尝。和丸资夜读，截发废晨妆。未待悬鱼养，俄惊化鹤翔。哀哉怜令子，抱恨共天长。

读《北堂终慕卷》有感

读阄终慕卷，不觉泪沾襟。天付民彝理，人生母子心。嗟予曾抱恨，感此欲成喑。已是催伤甚，题诗岂复禁。

冬日山行即事

寒山萧索甚，有处亦堪嘉。晚岫蓝于水，霜林紫似花。近田多野烧，隔竹见人家。寂寞征舆上，微吟兴尚赊。

冬日写怀

寒烟何漠漠，镇日薄笼纱。天气催时序，霜威改物华。颓颜惊镜里，故国隔天涯。为问功名事，于身何所加。

冬日玉华道中阻雨

山高寒气洌，风急雨丝斜。乱石云边路，疏梅雪里花。人家围落水，马首过昏鸦。自向忙踪问，栖栖何为耶？

读《古厓集》有感

久慕《古厓集》，于今始见之。片言皆世宝，只字亦吾师。细味情多触，贪看食每迟。可怜生独晚，不逮侍皋比。

新岁驻临汀雨中拨闷

十日新年雨，寒云晓尚低。山花含怨发，野鸟带愁啼。门掩无人事，泥深困马蹄。呼童市邻酒，独酌对棠梨。

偶 书二首

十载长安去，重来复海涯。孤踪万里外，百岁一停加。何有功裨物，空将官作家。鬓毛今种种，惭愧见春花。

其二

百事未能尽，一官空自萦。红颜无药驻，白发向春生。云水思乘兴，君民复系情。夜长成不寐，几度下床行。

送胡东洲大尹致政归南昌

我爱东洲宰，功成笑拂衣。欲寻元亮乐，先见老疏几。乞疏连篇上，归心似翰飞。休官今见矣，林下孰云稀。

暮春东郊观耕

终日簿书扰，连旬阻出城。花残春已老，草密路如生。南海未成计，东畴且劝耕。忧民头渐白，惭愧去幨行。

清流雷氏云庄

偶到云庄里，风光自一天。临流开草阁，隔竹起茶烟。水面群凫戏，花阴独鹤眠。名缰如可脱，结屋向池边。

忆　昔

忆昔临长道，相看惜别离。背人偷拭泪，慰我强舒眉。有信凭谁寄，相亲只梦知。誓言执金石，愿保岁寒姿。

秋日宿三洲驿

修途倦行役，薄暮达三洲。凉月升官柳，昏鸦集戍楼。山深寒气早，野旷稻香稠。独坐谁相问，开樽自唱酬。

送祝来渠之凤阳

中都天下重，圣祖旧潜龙。王泽先加地，人心易向风。蒲鞭堪弃置，诗酒得从容。独惜中牟众，无由挽鲁恭。

内弟康本固至喜成

知子敦情谊，间关远入闽。会难头尽变，别久面如新。执手疑犹在，移时信始真。定知今夜里，不用梦相亲。

入觐晓发邑治

万里朝天阙，旌旗晓出关。安尊思已过，奔走敢辞艰。未有裨民瘼，将何面圣颜。纤埃知不广，敢昧补崇山。

过延平访玄庙观黄道录不遇

特地寻知己，冲烟上翠微。花阴眠白鹤，松下遇青衣。门掩云长满，日斜师未归。自惭非道骨，惆怅下山扉。

洪塘江上夜别莆田蔡少峰秀才

多君怜远别，步月出江城。对酒过潮落，论心到斗横。是谁知管氏，何日见黄生。后夜遥相忆,烟云总系情。

宿旧浦
江村今泊处,记得昔年曾。捣练三更月,归船半夜灯。轻衾寒似铁,独况淡如僧。矮几孤蓬下,沉吟漫自凭。

江山城下夜泊
江山城下泊,此度是三过。旧态人应识,忙踪独奈何。溪云寒度雨,夜涨暗生波。落落不能寐,时闻发棹歌。

再过严子陵钓台
台下今重过,追思若见公。冥鸿避矰缴,灵鸟远樊笼。足蹑星辰上,身归草泽中。谁云安汉鼎,不藉钩丝功。

富阳夜发
初眠犹未醒,闻说夜潮来。沙没惊江阔,船浮觉岸开。征桡三鼓发,归梦半途回。何处高楼留,凄清怨落梅。

出清口
江淮方过后,眼底又长河。从者自闽语,行人皆楚歌。日中樯影缩,风息橹声多。独坐无聊赖,推蓬看雁过。

河上有感
举目江村上,孤怀郁不怡。瘦田河半蚀,老屋木斜支。有水艰鲜食,无烟起午炊。远施嗟分限,空为一攒眉。

泊桃源
孤城临水曲,云是古桃源。芦苇围民舍,帆樯集县门。微明收市火,远近隔江村。避世人何在,渔郎盖浪言。

泊宿迁
落日西风急,黄昏达宿迁。维舟杨柳下,看剑酒樽前。戍角撩羁思,邻砧恼独眠。已悲行路苦,重值雪霜天。

过武城

蕞尔百家邑,元为古武城。人烟仍满目,弦诵已无声。过化思夫子,流风祖灭明。千年问为政,惟说子游名。

登虎丘,吴王葬时有白虎至,故名

几度山前过,今朝始一登。松萝迷远近,楼阁出崚嶒。守隧今无虎,司灯尚有僧。兴阑添感慨,曲槛去还凭。

和兵宪心泉梁公《玉华洞》韵

何谓玉华洞,昆岗疑与连。山辉知蕴石,日暖屡生烟。胜概天妆就,仙踪世共传。隔花闻犬吠,欲觅恨无缘。(以上均见于明李邦光《少洲稿》卷三)

送罗道卿之桐庐掌教,罗由选贡时新例首膺学谕之除

五教元为治化源,儒官秩羡道仍尊。百年首见逢殊典,九蹶何曾负骏奔。邹鲁斯文如日丽,苏湖往事有风存。桐江士节能扶鼎,好浚清流续钓湍。

送胡浦南宪长升江西右辖手卷

省方重上紫薇台,节钺先声鼓迅雷。炎海岂堪常衮去,大江争迓召公来。天才自昔知明主,地位于今近上台。谁谓藩屏能久滞,九重正重望邻哉。

送徐少湖太史考绩,先因谏左迁延平司理 三首

琼林宴上会群仙,勒马先飞最少年。秘阁燃藜观史籍,明廷视草伴经筵。仲舒有策三篇上,韩愈无端万里迁。旧日忠臣还恋阙,行行重近五云边。

其二

龙飞初试探花郎,四百人中最激昂。玉署编摩班马手,金阶剀切比龙章。江湖谁谓殊廊庙,雨露由来后雪霜。贾谊生还谁不庆,席前民瘼对宜详。

其三

三月莺花照眼明,邮亭曳曳动行旌。溪山迢递归朝路,道里欷歔卧辙声。禁□久烦清夜梦,御屏还记旧时名。□行拟见明良会,肯使长沙吊

屈平。

祐溪贞女

纷纷弃节向流离,女也何为独不移。顷刻捐身谋已定,从容许贼策偏奇。也知好死非真性,只恐偷生坏秉彝。千古祐溪桥上月,夜深长为照英姿。

挽黄别驾

生当有死自常理,人尽公悲我不然。六品官阶非下秩,七旬人世亦乔年。及民已见多遗泽,缵绪今看有后贤。善报责天如执券,恩光会见赍重泉。

思　母

徒云窃禄为亲谋,到隔亲颜逾五秋。瑶草长时空有梦,白云生处久凝眸。回看升斗翻成愧,曾谓妻儿足解忧。乌鸟有情悬望切,画船何日到沙头。

赠黄梅崖授金乡卫幕

羡子腰银衣锦荣,清阶已与列星并。孝宽曾自参军起,安世元从赞幕升。猛士喜看归号令,远夷由此慑威声。海滨到处知宁谧,伫看征书下彩庭。

甲午下第二首

年年奔走趁槐黄,老大无成只自伤。谩道桑榆收放失,谁知造物忌文章。瑟工不合齐王好,味腐翻为海客芳。人力也知难拗命,独怜无以慰高堂。

其二

自恨平生误绩文,竟成有志总虚云。侯门空献六回策,俗眼长迷五色云。安用登科看闵冉,曾闻下第亦刘蕡。定知天把吾身屈,留待儿曹次第伸。

九日与方大尹月下赏菊联句

何事看花近夜来_李,绮筵华烛对君开。月移瘦影侵纱幌_方,露浥清香下酒杯。潇洒要追元亮乐_李,悲吟应愧宋郎才。年年此节人间共_方,满引何妨玉漏催矣。

送林颐庵郡判升滁州守
满城儿女喜传呼，别驾新分太守符。赤子忍看离父母，青襟自此远师模林时延平讲学。重于永叔修前政，况与甘泉近旧都林为甘泉门人，时甘泉为南大司马。独恨羽仪天外远，日劳翘首望云衢。

青洲夜泊与方大尹对酌
夕阳停棹泊江村，江上人家半掩门。近舍疏灯明画舫，隔林残角报黄昏。云笼月魄孤诗景，雨助滩声恼梦魂。却爱多情贤令尹，一樽深夜共谈论。

清明偶感
浪子经年汗漫游，长因雨露忆松楸。诗书窃庆承先泽，豺獭无如愧彼俦。出郭见山疑故垅，逢人挂纸动新愁。归供祭扫曾无念，臣子平生愿未酬。

春日病中 四首
陌上游人日日忙，过墙蜂蝶亦徜徉。欲凭午梦消烦虑，争奈春情搅病肠。庭院迟回花渐少，阶除狼藉草偏长。尘婴近日都忘却，独有寻芳兴尚狂。

其二
九十韶华已半分，病夫一念一伤神。强亲药饵祛残恙，最厌笙歌隔近邻。暗觉愁肠逢酒怯，长搔短鬓对花颦。东君谁谓无私曲，体物元来也不均。

其三
最爱春来景象和，春光已半欲如何。曾无好句酬花鸟，空使微躯伴病魔。排闷止凭儿女辈，恼人厌见蝶蜂多。东君莫把红英促，留待肩舆载酒过。

其四
村北村南挂酒旗，游人随处拂春衣。山花烂漫争容媚，野鸟飞鸣适性宜。简出子云非为懒，长癯崔浩不缘诗。可怜正是千金刻，病客其如起独迟。

病中复方大尹载酒约游兴国寺

多病侵寻已半年，镜中蓬鬓觉萧然。胜游倦客殊无分，戒食良朋每见怜。爱饮奈何悭酒力，强吟没计就诗篇。梵宫咫尺犹难到，岂是仙凡异夙缘。

送林秀才还福清。林，门下士。登科第者十余人，而己犹穷一经，落落不遇。因其来别，赋此慰之

官亭送子意迟迟，惜子才高未见知。桃李漫开春色里，芙蓉犹怨晚江湄。未穷岐路还由己，有样文章自遇时。白首冯唐终遂志，逢人休叹鬓如丝。

送黄梅崖之官金乡幕府

画船清晓发官亭，却忆交游十载情。薄禄淹留惭我拙，亨途坦易任君行。花边把酒频看剑，马上逢人早寄声。珍重到官勤赞画，共将勋业答承明。

送郑晴峰秀才见访还莆

相违已近十年来，谁遣寻盟到小斋。姓名早期登甲第，衣衫尚惜染尘埃。文章愈喜成官样，岁月那能负壮怀。莫向时人嗟未遇，龙头故属老成才。

玉山寺前晚泊

梵宫隐隐瞰江流，暂傍山门泊小舟。渔父见官移钓艇，僧童向客涤茶瓯。白蘋红蓼连晴渚，银鹅文鸂满暮洲。安得不为冠屦缚，轻舠频向此中游。

游豸山次方大尹韵

万山高处建高楼，翠竹苍梧六月秋。几度看云思绝胜，五年为客乃今游。恣将诗酒酬高兴，遍览乾坤入醉眸。若使巍然当阙立，岂愁豺虎满中州。

翔凤桥

银河直泻向东流，乌鹊高飞渡女牛。日出半空悬虹带，雨晴三岛见蜃楼。相如可奋乘车志，子产应无涉水忧。千古行人由坦道，何妨野渡日

横舟。

春日奉委视诸乡社学途中即事
一径森森度薜萝,芳心正值景晴和。马前风软寒将少,树顶花稀春已多。时有野人携酒迓,频闻俗语道官过。须知不是空游豫,为问民风近若何。

馆中坐雨
行处偏晴正却阴,彼苍好似解予心。闭门到省人相候,据案聊将酒自斟。庭树鸟来花雨落,石湫龙去洞云深。单衣不耐轻寒透,欲御无从屡整襟。

登性天峰二首
剑水名山此最优,官闲常得恣登游。楼台翼翼危将坠,松竹森森翠欲流。沧海远从千里见,白云低傍半山浮。夕阳未尽寻幽兴,直蹑崚嶒最上头。

其二
巉岩高耸古灵丘,冠盖相追作胜游。山鸟见人穿树去,桃花无主逐泉流。身依天外人如画,云锁山腰地欲浮。遥向夕阳问归路,孤城如弹水东头。

游豸山次方大尹韵二首
高山天作自何年,上尽危巅思豁然。石上留题千古迹,樽前谈笑四方贤。云根穿破虞无地,风景终疑别是天。当道豺狼犹纵恣,凭谁移向帝城边。

其二
相看十里动经年,到此尘襟一洒然。古木穿云巢乳鹤,断崖留字识前贤。藤萝境静生秋气,钟鼓声频近暮天。安得王乔传秘术,凌虚飞上紫宸边。

游洞天岩
灵岩千仞背孤城,入到山门异世情。楼阁参差随地势,画图浓淡自天成。归云每向松根泊,流水多从屋上倾。几拟移家上高处,只愁猿鹤错猜惊。

送郑晴峰秀才解馆还莆

凤凰桥上朔风寒，目送征帆路渺漫。彩笔担头和剑束，丹枫江上当花看。子长远览才华进，莱子新归父母欢。来岁此时风正便，九霄高处看鹏抟。

风鉴士吴浪仙来自京邸出诸名公诗卷索题

有客疏狂扣小轩，自言身是世间仙。风尘足迹来千里，诗赋公卿尽一肩。别物昭昭如鉴照，逢人往往识几先。云予尚有登瀛路，凡骨封侯愧寡缘。

哭南洲迪功长兄

自失严君甫再龄，提携不坠有吾兄。一官正喜堪酬报，两地谁知隔死生。倚户看云空涕泪，还家何处觅容声？慈颜况值桑榆景，此日如何可作情？

度汀州牛岭

路从云里入嵯峨，镇日肩舆度薜萝。涧水泠泠随客耳，松风阵阵送樵歌。惊人雏雉投林莽，引子猿猱跨树柯。自笑奔忙成孟浪，不知于世果如何。

登飞来寺 二首

两峰高插碧云堆，一水平将地界开。山为有仙常自秘，寺缘何事亦飞来。炉香昼静腾青霭，琪树春深上绿苔。偶领老禅空色论，无端欲去重徘徊。

其二

夜过山前秉烛游，山僧细道寺来由。逢灯错讶星辰近，上殿频虞舄履浮。瑶草琼芝长不老，玉环金锁幻难求。明朝再拟停舟赏，为问山灵爱客不？

厓山杨太后庙

国破家亡事已非，孤儿寡母欲何依。犬羊异类那堪事，鱼鳖为邻早有几。怨气至今随浪起，英魂入夜逐潮归。千年赖有民彝在，庙宇岿然架翠微。

文文山

宋家三百年天下,一旦都从海底沉。志士恨吞胡虏肉,戎儿安得圣贤心。寒霜始见三冬柏,烈火难移百炼金。剩得遗踪青史上,凛然生气起人钦。

陆君实

怒浪排空见亦骇,负君同入略无猜。惟知有死堪殉国,岂顾无人为掩骸?庙宇至今犹宋在,波涛长似击胡来。赢输自古浑常事,莫为先生苦见哀。

张世杰

火运元来遇水终,休将成败论英雄。山河总已归元室,社稷还思起赵宗。暴飓不能容激烈,感天空道有贞忠。至今赤坎坟前浪,犹助先生恨犬戎。

张弘范

厓海当年战血浑,吁嗟弘范太无恩。虽云未受人官禄,亦念曾为宋子孙。不耻冠猴成楚沐,甘为跖犬入尧门。徒将功向岩头勒,岂计功磨贼永存?

大忠祠

巍然高阁出蓬瀛,不祀强兵祀败兵。莫向生前嗟国步,须于殁后念人情。菁蒿若见蒙尘态,风雨时闻恨雷声。得意楼台成瓦铄,方知厓岭是金城。

郑晴峰自莆来访山居,喜而有作

门前报道故人来,倒屣相迎笑脸开。旋说厨中亨野蔌,忙呼阶下扫芳苔。相看恍惚疑为梦,对酌留连不计杯。短塌久悬轻不下,为君今日一除埃。

送陈子献亲家省亲之光泽,予时方在忧中

江上逢君挂彩衣,对君无语欲成痴。嗟予昨日归迎路,是子今朝往省岐。具庆堂前齐进酒,独居庭下且闻诗。人间至乐输君有,可恨孤踪抱永悲。

贺林西川老亲家奉恩诏荣受冠带，用李成卿举人韵六首

闻君久矣谢声华，忽讶承恩出紫霞。天上老人星进次，人间仙侣发笼纱。华封已见全三祝，洛社新看续一家。岁岁画堂春酒熟，锦袍耀日映桃花。

其二

闲随甲子度年华，鹤发如银照彩霞。明主恩深均白叟，高人德劭称乌纱。延年不事长生术，余庆今归积善家。拜舞堂前何以祝，灵椿岁岁满庭花。

其三

久向林泉敛彩华，俄承新渥映朝霞。且夸烂漫衣生锦，那管鬖鬖发似纱。天道元培仁者寿，国恩先及老人家。后车正兆非熊梦，未许篱边醉菊花。

其四

绝意求仙发已华，金丹九转爇流霞。壮心已把尘看冕，老景翻惊帽易纱。治世休坚巢许志，殊恩况出帝王家。谁云千岁人难遇，对语翁归橘又花。

其五

物外逍遥乐岁华，不将轩冕换烟霞。遗珠已自甘沧海，丽锦无端满绛纱。肉帛重□真异数，衣冠称庆尽名家。春风醉啐长生酒，闲数蟠桃实又花。

其六

不共春风竞物华，闲将杖屦伴烟霞。何期物色来丹诏，忽讶笼尘有碧纱。南极重添双老宿，西川别是列仙家。堂前更喜称觞者，丹桂森森满树花。

重过信宜五溪南千兵园亭

故人曾共此茅亭，今日重来倍怆情。散步不闻花外语，留题空见壁间名。忍看松柏含秋色，恼杀芭蕉送雨声。倚遍阑干谁作主，赋诗未就泪先倾。

热 水 在电白县西二十里

生从天一本泠然，地二胡为自下煎。可是明夷来有日，悬知既济定多年。细详玄理真难悟，屡问青山不为传。欲引一泓归涤垢，不知何处是源泉。

望夫山在电白县东北八十里

何事年年望不归,良人一去竟何之。秋山寂寞鸳帏冷,夜雨凄凉蝶梦迟。泪眼欲枯沧海渺,愁眉长共夕阳垂。行人几度山前过,忍向三更听子规。

发五羊

南海江头泛短蓬,春潮作伴过城东。波恬风顺孤帆稳,水阔天高双眼空。田舍微茫烟树里,渔舠摇漾浪花中。可怜一段闲风月,总向沧浪属钓翁。

小金山

雨湾流水碧如苔,一簇楼台水面开。风递客帆窗外过,月移僧棹浪中回。闲云古树相依侣,狎鹭驯鸥自去来。眼底迥无尘世味,何须海上慕蓬莱。

再过飞来寺三首

紫殿深沉架群峦,昔从延祚夜生翰。灵源有路通仙界,浮世无尘到法坛。江上云归松影瘦,石边风度橘花寒。十年别去今重过,岂惜跻攀到兴阑。

其二

巍峨宫阙倚云开,闻说当年御雨来。画栋朱甍凌日月,丹田石室异尘埃。客船夜载钟声去,僧锡时乘月色回。何必远求沧海外,眼前胜概即蓬莱。

其三

寂寂楼台紫翠丛,玄门缥缈与天通。鸟啼花发春长在,猿化犀沉事已空。尘世风烟徒莽漾,仙家岁月自春容。无穷景物收难尽,都付林峦夕照中。

浈阳峡新辟栈道

重峦叠巘碧相连,下瞰深潭上接天。昔日无门堪度鸟,今朝有路可驰鞭。金牛试比知谁右,剑阁俄看在目前。漫赋新诗题石壁,令人千载识开先。

复旧石城沈大尹次韵

樽酒当年共海涯,相看客鬓又京华。风尘笑我劳春梦,泉石输君傲晚霞。身脱机关心自乐，诗临风月兴还赊。逢君说着身轻事，惹起归心忽到家。

和张双溪贰守《露筋贞女》韵

道心本自有生初，玉质由来不受污。明识蚊虻能灭性，生同狗彘定非夫。一时血肉同秋草，千古声名愧世儒。宇宙无穷彝典在，算来谁似阿娇愚。

和卓厚斋司训《小姑山》韵

相传未审姑姑事，空见亭亭水上山。雷港波涛休作怨，巫阳云雨已生寒。芙蓉秋水资红颊，苔藓春风补绿鬟。何似河东天帝女，年年一度到人间。

和卓厚斋《望湖亭》韵

停舟试上望湖亭，湖上群山数点青。烟雨晴阴皆是景，蛟龙鱼鳖总能灵。半间画栋朝迎日，万顷沧波夜浴星。得遇奇观还一醉，丈夫何用叹如萍。

中　秋

一年秋色平分夜，万里长空似水清。玉镜上天光夺目，冰轮出地寂无声。尺规运作十分满，八表均临一样明。直欲腾空伐丹桂，无令桂叶碍阴精。

九　日

此身无定恰如萍，忽讶重阳在帝城。逆旅光阴成浪迹，故园风景每关情。狂怀未肯辞诗债，短鬓还堪插菊英。佳节难逢宁惜醉，人生膜外总虚名。

送卓厚斋分教之翁源

圣朝文教重师儒，今见清才拜美除。且喜坐皋谈道艺，还夸策马入乡闾。西风共醉都门酒，北雁须来岭外书。桃李看培桂看拆，要仁知知故相须。

和吴石溪《九月红梅开》

妙品无烦淑气催，西风先何短墙开。暗浮百和薰纱幌，浓染胭脂上镜台。太极偶从圆处见,小阳潜自静中回。江南不用迟相寄,已有一枝天上来。

和吴石溪《九月开绿李》用前韵

庭前嘉李被谁催,却占黄花节候开。卸下粉容妆翠钿,初将秋府作春台。两般叶萼无相去,一点阳和独干回。自是门墙工化妙,好音先向隔年来。

孝陵陪祀用正韵

玉楼金殿郁龙岖,圣祖龙眠隔九重。四面山河浮王气,万章松柏起凄风。骏奔八节瞻如在,虎拜千官极感通。献罢从容翘首望,彩云缭绕接长空。

喜　雪

腾腾瑞雪搅轻绵,拥膝沉吟坐小轩。细辨六棱观妙化,还从三尺卜丰年。琼楼玉宇如天上,红树青山失眼前。旋拨檐花添茗汁,悠然反复《兔园篇》。

灯节江檗窗国录夜过,漫成谢之

天清月白雪如银,美景良宵最可人。灯火九衢开午夜,笙歌万户沸长春。浅斟竹叶浑忘寐,静对梅花若有神。却爱山阴王处士,夜深乘兴过比邻。（以上均见于明李邦光《少洲稿》卷四）

谒功臣庙

乾坤闭塞是何辰,天为中原出圣人。万户公侯皆虎背,一时霄汉附龙鳞。腥膻沙漠先潜迹,狐鼠江湖自献身。要识酬功何处是,堂堂遗像在麒麟。

次方竹城《功臣庙》韵

巍巍高宇奉遗仪,百战元勋在变夷。秩祀万年光俎豆,回廊四面尽旌旗。间关想见谋王日,威武还如破敌时。仰向云台思圣德,不忘辛苦共开基。

元　旦

夜半东风滚地吹,重看正朔授人时。九重垂拱还三代,万国嵩呼合一词。天向今朝添甲子,春随晓日上花枝。微臣愧乏分毫补,也添乾坤浩荡私。

谷日雨晦和方竹城韵

何堪终日雨纷纷,一岁凶丰系此辰。云气疑从中过薄,风声转向晚来频。阴厓背壑先成雪,冻柳寒花共怨春。造物岂宜重作妒,隔年茅屋甑犹尘。

春　阴

愁云底事久漫漫,积雪墙头半未干。冻雨着衣犹作霰,轻风上面更加寒。一旬石壁孤灵运,十里东山阻谢安。为语春阴莫相妒,么花弱柳未禁看。

送李梅窗上舍南还

东风策马出桥门,杯酒留连且尽欢。事业已收归担子,文章谁道误儒冠。云山去去家应近,春色融融海样宽。送客独怜还是客,归心对子欲生翰。

和竹城国录《咏雪》二首

琼粃玉屑乱相侵,坐久频虞地欲沉。巧似裁花时贴鬓,软如铺絮不胜针。溪山隐隐迷高下,日月昏昏失照临。云是江南丰岁兆,倚窗还作越人吟。

其二

撒粉筛盐处处侵,千山万壑一时沉。春村无路堪沽酒,夜牖摇光可贯针。巷口欲为元宝扫,门前谁作子猷临。朝来独倚虚窗坐,相对梅花一朗吟。

万松书屋为杨国博僚长题

乱松深处草堂开,细路斜陂断复回。风起洪涛号万壑,月明满地走群胝。窗虚时有乱山入,涧近常逢活水来。兀坐日长无个事,新诗赋就自敲推。

闻林瓯山表叔谒选除邑薄,为负不平作此慰之

骅骝疾足最先驰,时辈谁无让白眉。谩拟欧公知子固,却闻延寿误明

姬。今朝小用非君罪，平日高才有我知。素位自为贤者事，不看尊富古犹辞。

送林瓯山表叔之官吉水

平生舞剑学屠龙，拟上云霄试妙功。伯乐未逢谁识骥，卞和无遇叹怀玒。牛刀误使加鸡臂，凤翼终非老棘丛。要识同安当日事，圣贤元不系官崇。

哭铣侄秀才

去年方读平安信，今日何堪读讣音。雨泪如沱还欲惑，客怀已苦若为禁。可怜未了诗书债，最是难忘叔侄心。天道渺茫那可问，几回呜咽欲成喑。

东坡咏雪二诗有车、叉、檐、尖诸险韵，时雄于诗者如王荆公、胡澹庵、赵昌父诸公皆从而和之，卒皆未见有谓压倒元白者，辄不自量强步 二首

白屑漫漫失暮鸦，长疑天上覆盐车。闻言深处心偏喜，看到狂时眼亦花。随在皆将琼作液，无人不以玉为家。吟魂到此清应极，独惜诗才愧八叉。

其二

聚来成片散来纤，初亦如常久渐严。诗客争夸清入骨，时人漫说白同盐。长如着水浇衫领，间被穿棂点帽檐。压却梅花浑莫辨，忽从松顶露针尖。

送史恒斋上舍归省

学就名成返故庐，丈夫今不负为儒。青衫已见更新样，白发悬知慰倚间。一路风烟随剑舄，十年事业在图书。无才岁岁长为客，目送征帆恨不如。

送孙桐山上舍归省

几番风雨共联床，抗手遥怜各一方。璧水春风开祖席，钟山晓日映行装。征帆高挂遍南浦，归梦遥知到北堂。且向海滨修健翮，九霄风便看翱翔。

鸡鸣寺

参差台榭出层城，南国禅林独擅名。玄武湖深涵塔影，凭虚阁敞散经

声。天清独鹤依僧白，日暮群山对佛明。几度听禅心亦定，浮云富贵觉忘情。

送黄天爵上舍省亲还龙川

官河五月柳依依，游子言旋兴若飞。德业已超三舍上，图书满载一帆归。未论白发迟朱绂，且喜青衫胜彩衣。来岁秋风丹桂馥，丁宁及此报春晖。

林宗正上舍还程乡

长日江头送客行，薰风一路便归程。声名已出南宫右，剑气遥冲北斗横。彩笔未忘题柱志，白头且慰倚门情。来秋岭表天香发，拟听佳音过石城。

游灵谷寺二首

禅林近傍帝城开，形胜南来独壮哉。万壑松杉藏日月，半空云雾锁楼台。琵琶细听无非幻寺中有琵琶街，蹴其地宛然如琵琶声，锡杖亲看破凤猜志公真锡，至今尚存本寺。堪笑欲闲闲未得，夕阳归马复尘埃。

其二

翠微深处志公庭，隐隐仙源接玉京。山势遥从三界落，泉声浑在半空鸣。上方自与人寰别，浮世真同鸟羽轻。岁月忙过缘底事，欲寻禅榻息尘缨。

挽同寅江檗窗母夫人，江迎养来南都，终于途

秋风客邸儿怀母，夜雨灯前母念儿。可恨画船移棹日，刚逢宝婺上天时。箧中应有缝衣线，江上能无啮指思。独有凤凰台上客，百年风木抱余悲。

其二

白发慈颜八帙余，天涯遥望每踌躇。心中要毕毛生愿，天上重违李密书。春酒安排开寿域，秋风忽报阻篮舆。佳儿万里还家日，肠断何人为倚闾？

赠永丰六石山人游览

鸡鸣山下雨声秋，送客南为万里游。物外乾坤多远意，人间富贵等浮沤。江山随处供双眼，风月无边共一舟。杳杳冥鸿天外远，岂愁罾缴满

中州。

送胡金峰上舍归省
桥门晓日映雕鞍，得意人归马若抟。誉满南州声价重，剑横朔气斗牛寒。高堂想见迎门笑，故里悬知刮目看。千仞凤凰宜早起，朝阳正在五云端。

春日有怀内人
去年忽向花时别，今对东风有所思。几度踌躇书去日，五更冷落酒醒时。糟糠义重能忘约，鬓发思多半欲丝。却比梦魂翻不及，夜分常得到罗帷。

内人别时与约至家当复来，越期不至，诗以促之
两度春光作女牛，凄凉旅馆独含愁。枕边有梦予常到，江上所言君记否？岂为纷华迷不返，只怜助相未能酬。钟情日日沙头望，好向东风早放舟。

书同寅方檗峰父母节孝卷
泣竹求鱼古有之，坚贞曾著《柏舟》诗。百年闻见犹为异，一室兼全不已奇？可是山川钟间气，将于天地植常彝。他年相见夫和母，地下应知少忸怩。

送李横渚上舍归省
春风忽遂阳城放，据马桥门喜弗禁。器业已成天下士，才名久重越南金。青衫更比斑衣好，美酪相兼醴酒斟。舞罢堂前仍仗剑，及时扬策慰亲心。

闻归化命下偶成
除书飞下九重天，十载儒绅荷再迁。薄劣岂堪民社寄，渊源赖有父兄传。子游志在弦歌里，尹铎心存保障先。浩荡乾坤何以报，能忘海岳补埃涓。

离官署为亡女婵招魂
迢迢将汝上皇畿，底事身先造化归。得命翻悲离故邸，束装那忍见遗

衣。孤举去我思何已,有母将而想不违。设或幽魂还有在,丁宁长与父相依。

金山寺 二首

金鳌跃上大江中,幻作崔嵬石一丛。只有鱼龙知险怪,每疑风雨上虚空。傍岩面面皆僧舍,渡水船船载佛钟。堪笑醺醺在城市,不知方外有奇踪。

其二

青山为问自何来,忽入中流耸一培。地远尘嚣堂宇静,天遗形胜画图开。山僧坐向沧溟老,海鹤鸣从白浪回。偶上妙高台上望,恨无生翼到蓬莱。

哭铎侄秀才

西风忽送讣音来,泪尽还惊不忍开。邓氏恩情予素笃,谢家子弟尔偏才。可怜四壁同原宪,仅有三年过子回。万里无由亲视殓,空歌一曲付泉台。

度常山用龚云冈祭酒题壁

崎岖径路通青霄,隔谷丁丁闻采樵。张翰曾无念故里,王尊未敢忘清朝。剑横牛斗壮心在,云绕蓬莱回首遥。却笑岭猿未喻意,呜呜相向如相招。

书铅山分司竹亭

琅玕万本碧玲珑,谁结幽亭向此中。触目自然亡俗虑,入怀时复有清风。繁阴蔼蔼常笼日,劲干亭亭欲拂空。分付傍人休剪伐,元来不与太安同。

入闽关

一夏驱驰水复山,马头今入八闽关。要知为国纾民愠,岂敢临岐叹路难。水碓石田青嶂畔,竹篱茅舍白云间。江湖渐去君门远,一念殷忧敢放闲。

游武夷

天下名山说武夷,今来始慰十年思。舟经九曲时时折,云衬诸峰个个奇。朱子祠前观逝水，仙人石上辨残棋。穷探直上崚嶒去，道是人间亦自疑。

沙县乡士夫及庠中诸友追念凤雅，漫成复之

昔年曾此坐鳣堂，风化无裨愧是方。世路一场南北梦，车轮再至十三霜。青云诸子多精粹，黄发群公且寿康。尽日追欢情不已，并州谁谓是他乡。

宿旧馆，追忆亡女婵、亡儿钑

昔年将汝从兹去，今汝何之我独来。眼看瓜桃心自苦，道逢儿女首频回。从来尤物多招恨，始信名花弗易栽。物理不齐古如此，且将怀抱托深杯。

黄梅厓参军构楼新成赋此为贺

危楼翼翼喜新成，下瞰江头百尺城。暮雨朝烟呈万状，溪风山月送双清。琴樽作伴皆良友，杖屦相过总硕英。事足身轻更何取，直教潇洒养闲情。

入邑治

千里驱驰入邑城，儿童父老喜相迎。推为慈母争归杜，浪信虚名愿识荆。拟溯求由寻正印，肯令卓鲁独流声。田畴辟治民弦诵，此是孤臣报圣明。

滴水岩

援萝蹑磴上嶙岣，别是乾坤隔世尘。玉磬金钟含太古，药炉丹鼎贮长春。时从石室闻争奕，疑溯泉源有避秦。愿向岩头分一勺，散为霖雨万家均。

闰月九日偕学谕周君濂泉、司训吕君宾旸暨黄莲幕与樵二三乡士夫诸士同登北山二首

前旬九日忙中过，还喜今辰可载觞。云物满前胸次阔，秋光遍野菊花香。良朋并集成奎聚，佳节难逢用醉偿。频向风前牢整帽，生愁蓬鬓见斜阳。

其二

对面相看已半年，偶乘佳节到山巅。黄花满眼秋光好，白酒盈觞野蔌

鲜。隐隐孤城烟树里，重重万巚夕阳前。狂歌尽醉传灯返，剩得人呼作吏仙。

登雪峰山陈有定故城。有定在元为福建行省参政。元末四方兵起，有定因保有闽中，作城于明溪雪峰之巅。窃有大志，惜其不知天命所归，而卒与乃陈友谅相应援，谋欲自立者十八年。后为天兵所加，执而械至京师，不屈，遂令伏铜马而死，今其故垒遗址犹存云

帝业王图岂易成，谬思负险作孤城。湖间鼠窃那堪恃，海内龙飞孰与京。徒把一身当戮辱，空劳廿载费经营。多情犹有遗民在，每指峰头说姓名。

哭林氏婿

消息俄传到耳边，东床佳客已长眠。邓攸友义终无报，管辂聪明不永年。梦入邯郸今已矣，情关骨肉独泫然。临风欲寄伤心曲，几度欹歔掩短篇。

三洲江上

夜半乘槎遂顺流，推蓬兀坐思悠悠。几星灯火归渔浦，一路帆樯估客舟。山月蘸波晴彩乱，江花夹岸暗香浮。丁宁梢子轻移棹，莫放咿哑恼宿鸥。

戏代内人寄己

别来三载废巾箕，闷倚妆楼有所思。北雁自知传信少，西风每恨寄衣迟。爱身愿得加餐饭，遣闷还须强赋诗。报了君恩归未晚，知卿无忍负庲廖。

视锸儿试周识喜

半百光阴再试儿，华堂对酒笑开眉。敢夸明月珠生蚌，偶忆前年梦叶羆。已见曹彬能取印，还期杨亿早题诗。将来奋发悬弧志，好及而亲未老时。

戊申五十诞辰

冠盖遭逢十八春，蹉跎还是旧时身。百年忽值平分日，八月重当初度辰。弧矢未由伸夙志，杯觥有愧对嘉宾。华堂敢受冈陵祝，愿及余年尽

子臣。

自励
衣华食旨不饥寒,策马乘车体复安。圣主于人何所负,斯民与我本相干。忧勤始积朝廷职,恺悌方为父母官。敢把念头差所向,致令成德不能完。

挽周侍御乃尊封君
生来懒作龙楼客,却把黄金购一经。才子方翔千仞凤,仙翁忽跨九天鲸。何论羽化归华表,且看恩光贲玉京。突兀丰碑标柱史,人生安用必生荣。

元宵陈觅梧别驾于溪桥拉予赏灯
画桥烟敛月华光,与客临流泛羽觞。列市星辰迷远近,满城弦管杂宫商。暖风暗拂游人面,火树高悬蹴女场。愿把赏心同百姓,只愁茅屋尚凄凉。

春日感怀
春风又见草芳菲,十载离家未得归。岁月暗将蓬鬓改,功名渐与壮心违。天津地远闻鹃晚,衡岳山高得雁稀。却羡陶公腰懒折,南山当户柳依依。

铠儿应试寄此示之
年过半百笑何成,已被儒冠误一生。事业于予只如此,云霄看尔别峥嵘。策名自古男儿事,悬矢当年父母情。难得者时须奋迅,及亲成就始为荣。

闻三儿生识喜
身世悠悠鬓已星,家僮忽至报添丁。衰迟于此已无梦,颠倒开书还见情。有子从来称事足,笑予犹自未身轻。相遗也信无余物,再蓄官资续一经。

水亭落成
七尺新亭半亩塘,天光云影共悠扬。青铜忽破鱼吹浪,白羽无施水荇凉。几卷图书堆净几,四时风月满虚窗。欲将吏向兹中隐,可恨红尘隔粉墙。

赠郑南泉秀才见访还莆

二十年前道义交,两情奚但说如胶。每听伐木伤离思,忽喜携琴入近郊。文采已看成雾豹,风云拟待起池蛟。腰间宝剑光千丈,磨励工夫莫放教。

送郑晴峰赴举

南省求才设网罗,喜君挟策赴贤科。彩毫已擅万人敌,霜刃曾经十载磨。鱼藻篇中多着锦,鹿鸣宴上醉听歌。寒宫丹桂高如许,不惜先攀第一柯。

蒙抚台旌奖愧而赋此

疏慵自笑旧儒绅,偶向兹邦作主人。未有纤毫裨赤子,敢当嘉奖下台臣。名浮适重识者俱,士屈元凭知己伸。自是矢期竭绵力,肯缘幸致诵终身。

投宝池寺

野寺深沉万木中,隔林遥送夕阳钟。路从涧口萦纡入,僧向山门次弟逢。茶鼎烟浮时避鹤,石盂水溢夜还龙。尘心欲共禅俱寂,未得逃名自笑侬。

野 庙

寥寥野庙倚山隈,门对澄江尽日开。古像年深无彩色,颓垣雨后长蒿莱。不闻祝史司香火,时有行人问玟坯。日午停舆聊假息,莫将猜作乞灵来。

题沙县奎星阁,阁在儒学对江

文宿何年坠七峰,今余楼阁倚晴空。光摇霁月寒宫近,影落澄潭复道重。时向云霄瞻紫极,夜随牛斗射黉宫。五星何日重来聚,我亦从之共一丛。

和胡节推《题李忠定》韵

一身飘泊片云飞,许国平生愿已违。宠禄尽为身后计,山河谁管眼中非。长城自撤天何意，大瓠将穿孰挽机。可惜瘴乡羁旅客，梦魂空向帝城归。

登万岁岩

十年闻道兹山胜，今日登临信可嘉。丹穴玲珑藏夜日，碧昙炫烂映朝霞。长松涧底千年树，异草岩前四季花。拟觅神仙何处是，空闻鸡犬隔烟舲。

水 村

几家茅屋水边村，户苍相通不设藩。汲水引瓶过竹牖，买鱼唤艇到柴门。雨余沙上无人迹，水落篱根有浪痕。夜半渔人乞灯火，料应分熟不辞烦。

田 家

家家篱落豆花缠，两两三三间芋田。竹笕引泉归栈后，石儿甃路到檐前。园姜雨过齐如掌，野蕨春来壮似拳。白首相看无日间，别离应不隔重川。

度仙霞关

猿伸蠖屈上霞关，直到浮云缥缈间。咫尺定应接霄汉，依稀疑是出尘寰。杨朱谩向路岐泣，李白徒云蜀道艰。闻道王杨回折坂，愧予何事过兹山。

枫桥晓发

半带余酣睡正便，无端又被橹声煎。茅檐月落鸡初唱，菰浦霜寒雁尚眠。疏柳依依随岸转，平湖渺渺与天连。微濛未辨经行地，时向船头问长年。

露筋贞女 二首

一死由来人所难，娇娥处此却安闲。宁将血付蚊虻喙，不置身于瓜李间。乱贼闻之羞入地，纲常赖以重如山。湖边碧水天边月，万古相看无厚颜。

其二

乾坤正气久浇漓，却寄区区一女儿。珍重此身过爱宝，从容待毙类唅饴。声名烈日秋霜让，心事青天明月知。今古丈夫祠下过，几人无腼对清姿。

淮阴怀古 二首

志士风云未遇时，区区一饭亦难持。空闻阿母能哀恤，谁信王孙有设施。真主上天膺宝历，将军回首建牙旗。黄金闪烁酬恩处，愧杀当年胯上儿。

其二

奋剑中原百战多，拟将勋业誓山河。遭逢肯逆鸟为喙，辛苦谁知蜜作窠。就械形容嗟局促，筑坛礼数竟如何。无须懊恨齐王请，汉世终难到鬓皤。

彭城怀古

满腹残苛不自知，彭城谩想造鸿基。霸王何以异秦政，亚父元来是李斯。自把周亲离项伯，空将不利泣虞姬。乌江若尚包羞去，应见黄河作赤池。

车中遣怀

终日间关事远征，不禁寥落客边情。迢迢长道穿疏柳，杳杳单车过暮城。旷野天低围水色，平林风起作涛声。还余一节堪消遣，随路人家挂酒旌。

至京再用前韵

喜傍都亭息远征，顾瞻无限小臣情。万家烟火迷燕国，五色云霞绕凤城。数载空驰天阙梦，今宵重听禁钟声。精神夜半还无定，犹自摇摇类拂旌。

朝见

闾阖门开曙色微，恭悬环佩造丹墀。九重天近闻仙乐，五色云开见羽旗。圣主笃恭虞帝德，臣工整肃汉官仪。草茅自庆今何幸，也续鹓班到凤池。

元旦朝贺

玉漏新催晓箭频，冠裳济楚集如鳞。九霄次第传清晖，万烛荧煌出紫宸。日照龙颜争快睹，风传天语喜亲闻。微臣素食惭何补，愿祝皇图亿万春。

领敕

五更清禁肃朝簪，拱听传呼领德音。玉陛趋回思分过，金门捧出荷恩深。龙章烂漫昭云锦，天语丁宁是宝箴。此去益求修职业，敢孤明主爱民心。

感怀

半生碌碌事虚名，百事曾无一事成。岁月都随忙里去，世途恰似梦中行。鬓毛渐变来时色，言语多从异域声。遥忆少年曾钓处，水清沙白不胜情。

铠儿至喜成

十年念尔今相见，慰我之心始庶几。已忆仪容成忽惑，偶看眉目尚依稀。坐过半夜不成寐，知尽千般亦当归。明识今朝非是梦，终兼忽忽未能违。

感怀

少年自负气如虹，四海英豪眼底空。画虎偶然差着意，雕虫缘是总无功。贾生不遇根基薄，李广难封骨相穷。举世尽悬青白眼，几人能别鸟雌雄。

漫成

江湖奔走鬓成丝，蜗角功名只若兹。十载家园惟梦到，一生心迹正谁知。卞和抱璞空悲泣，贾谊忧时自涕洟。三径已荒归未得，强颜真负北山移。

游栖云寺

万峤千峰接翠微，盘回一径入招提。苍松绿竹长三月，幽鸟闲花自四时。铁铎风传声钉鐺，经楼日转影参差。凭虚一眺心如水，欲学阇梨恨已迟。

三月晦日

一年春事忙中过，闻说春归始惘然。花鸟于渠真有负，峰峦对面亦无缘。东风纵老还宜酒,返照无多亦直钱。秉烛不妨连夜赏,三更还是艳阳天。

瀑　布

高山千仞郁岧峣,一道飞泉下碧霄。不有玉龙翻地脉,也应银汉落春潮。是绡又弗随风起,遇石还看作雪飘。四海正今望霖雨,拟登绝巘挽天瓢。

立　夏

昨夜青皇已息轩,朱明晓发秉新权。日从赤道移圭景,风自南窗入鼓弦。云气欲兴先郁若,物情相见各忻然。也知节候关民事,屡起看云卜有年。

小　池

偶引清泉过短篱,因乘隙地凿为池。云开磊磊星辰落,风起潾潾绮縠披。倚槛鸣琴流水近,当轩举念跃鱼知。沧洲未遂归来计,频倚朱栏寄远思。

小　台

抚字无方愧不才,谩劳民力作重台。四时好景来山色,几树闲花出座隈。性与人驯多鹤鹿,地因心远少尘埃。敢为无益供私乐,欲广斯情与众偕。

秋日偶成

西风忽向树头生,短葛朝来觉渐轻。天上火云收烈焰,人间金粟酿芳英。多才宋玉先成赋,久客张膺自动情。正喜夜凉堪静坐,月明无数捣衣声。

闻居要津者下辟狱,予素闻其进不以正,故伤之

丈夫谁不愿封侯,由命由天不自由。枉用机关求速化,那知重大隐深忧。风波虽向平原起,祸福无非自己求。莫致莫为参未透,到今追悔不迟否?

度漳平朝天岭

闻道朝天不可梯,今朝身自费攀跻。历穷磐蹬天应近,出尽烟霏鸟已

低。雨浥苍苔愁马度，云深白昼有猿啼。丈夫故有凌霄志，肯向山前惮路危。

山行

万山连络接晴空，镇日栖栖瘴雾中。怪石当人蹲虎豹，苍松夹道舞虬龙。田家半向云边出，涧水多于树底逢。极目乡关何处是，仆夫指点向溟濛。

挽永安姚屏梧大尹 二首

一旦闻君厌世荣，两行清泪为君倾。田畴总是公孙惠，儿女能言卓鲁名。蝴蝶梦迷身是幻，甘棠爱在死犹生。沿途听得行人语，写付南还作志铭。

其二

忽向西风得讣音，为公惆怅几沾襟。范睢素重绨袍谊，季札难忘挂剑心。千里关山归榇远，百年德泽入人深。独怜伯道无传业，诉与山猿也不禁。

初秋宿太湖寺

西风阵阵送新凉，傍晚投舆宿上方。霁色一天秋气爽，野田千亩稻花香。巡檐待月停杯久，对竹敲诗引兴长。砧杵无端隔邻起，归心一夜满江乡。

秋日漫兴

山城漠漠锁烟霏，客思愀然感授衣。桐影旋看随日瘦，菊花却喜傍霜肥。沙头雁迹行多见，叶底蝉声听渐稀。白酒山中同社伴，定应笑我不怀归。

阅邸报，知东洲家兄蒙抚按交荐，喜而赋此

连月台章达九重，南阳见说起人龙。信知舆论久终定，谁谓人心无至公。勋业大都根晦处，云龙未始不相从。愿言凤驾趋明诏，烂蹂天骄壮国容。

登紫云台山，山去县治九十里，自山麓至其巅可三十里许，石壁峭拔，径路陡峻，不可以舆行者，非攀援不能上。山之上四畔，峰峦矗矗，中如仰釜。复有平田数顷，烟村相望，可七八百家。至此视之，如在平地，然不知其为云霄中也。宋帝昺蒙尘，尝至其上，常见紫云如盖，遂名焉。一水绕村而流，两岸花木掩映，即虽世人所传神仙境界，何以过之？诚一方之绝胜也，惜其僻在万山之中，古今达人名士所未至，无有为著出之者，辄为赋此以传诸好事者焉

万仞崚嶒势接天，忽从高处见平田。千家鸡犬隔疏竹，一望桑麻带淡烟。举足频虞侵帝座，逢人错讶作神仙。桃源旧听渔郎说，忽忽心疑是此川。

和黄抗公馆壁间韵

长亭晴日瞰江开，匹马频从此往来。奔走要知非我故，艰劳敢谓与时乖。道旁惯见花应笑，竹下闲行鸟与偕。好似故山云水榭，临岐不觉首重回。

和张东沙大参《白莲驿题壁》韵

年少轻狂误绝裾，今方追恨欲焚鱼。百年事业三春梦，千里乡关两岁书。青芝纫衣曾不朽，黄金铸印已成虚。江乡何事非宜性，鱼脍莼羹竹瓦居。

九日追随巡台曾元山公登龙山，时适闻边警

去年九日此登楼，今日重陪节使游。三径有花空想望，廿年为客尚淹留。登山力减惟阴觉，报国言狂恨未酬。胡马秋高正肥健，敢将私计念沧洲？

再用前韵

城上巍巍百尺楼，今朝重插菊花游。宾筵满目皆新识，宦辙多年笑独留。抚景恨无词似倒，放怀惟有酒相酬。秋光纵使龙山好，毕竟无如旧鹭洲。

和邓松涧司徒《六合亭》韵

谁将绿树结楼台，宛若天成实异哉。六面好山时隐见，一泓清泚自萦

回。鹿衔芝草过诗案，鸟踏松花落酒杯。亭上主人头似雪，风流不减谪仙才。

再和《开鉴亭》韵

亭亭台榭浸清池，四面波光漾碧扉。物理静观忘有我，人心到此自无机。傍栏鸥鸟看人惯，满尺鲈鱼坠钓肥。鹤发仙翁云水里，襟怀何异在雩沂。

除夜感怀

一年又向今宵尽，百感丛兴却为何？霄汉致身曾未遂，光阴回首觉虚过。连更市巷喧箫鼓，隔院儿童杂笑歌。最苦乡心推不去，年年偏到此多时。

游霹雳岩用壁间韵

仙源镇日碧云扃，偶造幽深见性灵。万壑松萝尘世隔，半空楼阁午风轻。玉蟾已去空遗迹，雁荡终疑浪得名。自笑一生皆梦里，今朝才觉是真醒。

春日郊行

露冕行春信马蹄，暖烟晴景望中迷。山花见我遥相笑，野鸟看人不住啼。但得偷将闲半日，何妨饮到醉如泥。临还更对东风立，赋就新诗自品题。

送吕宾旸先生之铅山掌教

正好论文对酒卮，那堪复赋送行诗。云停铁岭日将暮_{铁岭去县东三十里}，春入铅山雨正时。已见连城增价数，行看大木遇工师。古来五典归敷教，谁把司徒看作卑。

暮春郊行

日正棠阴散午衙，闲从郭外问桑麻。荒村小路穿疏竹，曲涧横桥接浅沙。红槿花边倾浊酒，清明节后试新茶。题诗更欲过僧院，何处呜呜起暮笳。

寄东洲家兄

湖海遨游兴已阑，深惭倦鸟未知还。飘零自拟同孤雁，薄劣奚堪继二难。张翰无时忘故里,谢安何日起东山。高斋白昼吹埙罢,知为看云几度关。

题清流雷氏云庄

冒暑驱驰笑自忙,停车暂憩白云庄。逶迤径路斜穿石,隐映楼台半入塘。荷动午风香满院,柳移晴日影横窗。眼中无限闲风月,总付幽人自主张。

赠宜兴瞿生守谦东归就试。瞿生方弱冠,从乃父宦游寓明溪。一日,其父携以谒予,予观其举止中度,谈吐有章,心窃奇之。因命题试焉,取而阅之,则见其文势滔滔,波澜泛溢,且老成典雅,逆其他日所到,抑又未可量者,遂用起敬,不敢以后生初学易视之。兹当行也,赴予告别,为赋此勖之

年少才华自不侔,昂昂野鹤在鸡俦。蛟龙处沼非常物,虎豹虽驹已志牛。生质古人元不恃,为山由我贵无休。百年发轫从今始,好向青霄觅路头。

赠星士连午塘

有客飘飘思不群,子平自谓是前身。胸中错落涵星斗,笔下纵横泄鬼神。满卷珠玑题国士,半生踪迹出风尘。大夫重感君称许,却笑山林梦已频。

石牛晓发用张蒙溪方伯韵

行役艰难只自知,邮亭贪卧起常迟。关边惯识晨门面,马上长吟蜀道诗。浮世百年同晓梦,故乡千里系遐思。前山更有崎岖路,分付征夫莫疾驰。

初夏馆前小憩

翠竹苍梧满院阴,官亭阒寂昼沉沉。玄蝉叶底翻高调,黄鸟花间送好音。懒性偏多耽野趣,烦襟涤尽见初心。临行重有留连意,漫步云檐发短吟。

家僮至,得之乔、之蕃二孙书,喜赋此

旅食悠悠逾十年,家园回首觉茫然。才欢得信添孙子,亦会裁书到客

边。立志定知居上品，发词已见似初泉。人间可乐谁加此，宦橐何忧没一钱。

和万枫潭宪副丰稔公馆壁间韵

两度秋风过水滨，征袍冉冉惹芳尘。沙边白鸟如窥我，道畔黄花亦厌人。智拙谋身甘偃蹇，酒酣看剑尚精神。匡时未展平生略，白发无情日日新。

九日悦阳途次漫兴

去年九日龙山醉，今雨重阳马上逢。驿路见花将下泪，帽檐无酒不愁风。尘踪飘泊同萍梗，岁月蹉跎愧事功。不用登高酬令节，间关尽日翠微中。

和桂近庵金宪蓝屋驿壁间韵

宦游自笑匪良图，杳杳他乡一雁孤。按马穷跻千仞表，听鸡屡起五更初。世间浮靡看将破，年少骞腾兴渐无。孰与田夫无外志，一蓑春雨带云锄。

送祝来渠之任凤阳别驾

抚字声名众所归，十年频得借光辉。九重忽下贤良选，五马遥从霄汉飞。明月千峰随彩杖，黄花一路照绯衣。濠梁旧是龙兴地，正好从容布德威。

望云遥祝寿汀守华山陈翁母太夫人

万仞青霄宝婺辉，瑶池开宴拥仙妃。天涯游子悬金印，日望慈云舞彩衣。教就双驹功孰俪，养分两国世应稀。孙行何以伸私祝，青鸟年年带信飞。

题并头莲

娇娆作对水中居，袜系青罗脸带朱。两鹤联肩伸一足，孤龙延颈吐双珠。连茎共讶成三物，映水遥看俨四姝。若使有情齐巧笑，倾城应与二乔俱。

别钱塘徐思明上舍

十年海内慕风流，今日亲登李郭舟。太白词华波出峡，相如才气豹吞牛。看花共醉城边寺，玩月还登江上楼。却恨相逢还是别，一川秋水照离愁。

送文园陈思仁表兄南还

千里音书别后赊，还劳相问到官衙。五旬对语疑方定，一旦言归恨转加。秋水落时鱼正美，东篱到处菊初花。亲朋相见如相问，为道归心日在家。

入觐日发邑治

远橐环佩出山城，踽踽重登万里程。路向千峰云里去，人从九月雨中行。及民无绩因循过，面主何词愧怩兴？自信孤忠还耿耿，敢于天地负生成。

江上有述

萧萧黄叶满江秋，远束行装上帝州。霄汉九重双幻舄，波涛万里一轻舟。深惭主德无由报，正恐民瘼未尽瘳。夜倚孤蓬看剑气，光芒还向斗间浮。

过沙县感旧

二十年前此地游，碧溪青嶂亦朋俦。春风久断桥边梦，今日重维郭外舟。往事追思成影响，故人相见尚绸缪。元来久寓同安土，妄说当年是传邮。

晚　泊

落日维舟野水隈，孤怀索寞一灯陪。市酤力薄愁难破，石濑声高梦易回。白鹭群猜征雁下，黄昏人语钓船开。乡心不识元多少，整夜憧憧去复来。

题浦城吴氏《永思卷》

中路伤心母弃雏，哑哑枝上夜啼乌。含饴恩重提孩日，断织功多教子初。思比春蚕那有尽，泪如沧海亦应枯。九原欲报嗟何及，惟是哀哀到白头。

浦城道中

迢迢万里趋王程，又策羸骖出浦城。极目苍烟凝水色，满山黄叶送秋声。泪因异域闻猿落，人在斜阳背雁征。自愧年年长旅食，不知何以答升平。

度仙霞岭

两度跻攀记昔年，今朝重复上层巅。千寻古木浮云外，万点寒山落照边。猿啸空林肠欲断，马临危路力难前。思从霞里求仙去，尚欠人间了俗缘。

油埠晚泊

油埠滩头日已垂，维舟近傍望江台。隔林茅屋烟初起，近岸人家水半摧。砧杵响停霜月冷，棹歌声近钓船回。灯前无限怀乡思，坐对寒更自覆杯。

泊縠水

縠水城边泊晚舟，孤怀寂寞对寒流。黄头落日歌回棹，皓齿临江笑倚楼。诗思不知何所往，客愁无约自相投。深渐百责还多负，敢以闲情许水鸥。

过严子钓台 二首

落日撑舟过钓台，追思往事重徘徊。九重天上龙方起，万里云间雁独回。象榻何曾知帝在，羊裘谩说起人猜。玉楼金殿今何处，只见公祠峙水隈。

其二

江上闻公有钓台，半生倾慕乃今来。帝王但识崇高势，故旧宁终谏议才。高节可能将利动，长竿元不为鱼回。孤舟落日祠前过，聊采江蓠荐一杯。

钱塘江上

中流遥望越王台，江入钱塘势渐开。帆影千重纷似叶，潮声十里响如雷。寒汀苇薮经霜败，晚浦鸥群逆浪回。拟欲题诗吊胥子，恐伤悲愤转堪哀。

吊岳武穆

湖水东头土一抔，淡烟衰草带残愁。胆寒西贼韩枢密，志复中原祖豫州。有策能令强虏慑，无才可弭老奸谋。千年读起《班师诏》，谁不于公一涕流？

江上漫兴

堪怜客里重为客，落落羁怀与孰论？眼底奔波将两月，床头作伴只孤樽。终朝隐几观沙鸟，薄暮收帆向水村。到喜鱼家生计好，相传一网到儿孙。

高邮晓发

未明鼓棹发高邮，坐对寒波漫拥裘。零落千条霜后柳，微濛几处雨中楼。经时望信无青鸟，终日开蓬见白鸥。翻恨不如渔钓者，荻花深处省闲愁。

次清河

风涛万里一孤槎，又向长淮出楚河。蛮语唱歌南客去，毛裘拽缆北船过。天寒雁集沙头遍，日暮人归渡口多。十度往来成底事，颠毛半向水中皤。

早　朝

阊阖门前立晓霜，恭需叠鼓入班行。九关虎豹闲天府，万簌云霞拥御床。清乐近听知律吕，衮衣细睹见文章。遭逢幸际唐虞盛，敢负平生自许肠。

出京马上漫兴

御堤杨柳眼初青，独出金门就远程。宝剑斜悬行色壮，银鞍稳坐马蹄轻。道旁暖逼花将吐，面上风恬酒易醒。城阙渐从云里隐，几番回首有余情。

发张家湾

东风策马出皇州，潞渚冰消水正流。两岸烟花迷醉眼，一川春色送行舟。凌空又见王乔去，报国徒怀贾谊忧。回首九重天渐远，彩云飞处动凝眸。

舟中即事

柳媚花明春正融，客槎江上又匆匆。西来晴雪添新涨，南去轻帆挂暖风。陌上参差逢放马,云边次第见归鸿。韶华满目随心赏,得句何须论拙工。

天津夜泊

天津郭外暮停桡,独况孤灯对寂寥。斜月半窗乡思切,长河万里客星遥。豪门歌沸春如海,极浦人嘈夜上潮。旅梦不知行渐远,五更还到玉河桥。

寒　食

千门万户寂无烟,岁岁人怜介子冤。陌上胜游纷士女,眼中闲望忆乡园。菰蒲水满迷归雁,杨柳烟收出远村。尽日虚舟谁与语,空将冷食对孤樽。

江上即事

春江无迹水茫茫,时倚孤蓬一怅望。沙鸟见人频闪缩,杨花比我更颠狂。荒村岁歉多残壁,野渡潮生似故乡。与世何裨长泛泛,欲将生计问渔郎。

闲　望

岸柳依依江水平,倚蓬凝望不胜情。青山远作十年别,白发闲从两鬓生。家信每凭归雁得,莺声长在异乡听。风尘碌碌徒奔走,何有分毫补盛明。

遣　怀

自将漂泊笑萍踪,一片孤帆万里风。世事四时眉宇上,客情终日水云中。残书读罢还凭几,短句吟成更倚蓬。漫向五湖高范蠡,扁舟不换裂茅封。

漫　兴

忽看桃李满郊居,久客襟怀转不舒。岁月悠悠双鬓短,江湖渺渺一舟虚。途长未止鳖终拙,春暖无归雁不如。惟有江风知我意,案头吹落万言书。

游西湖

西湖闻道似西施,今日来游惬素思。水色山光描不就,夕晖朝雨看皆奇。芰荷远近三千井，歌管留连十二时。安得有才如常谢，尽收皆致入新诗。

题张烈女和韵 有序

张烈女者，闽将乐白莲张氏之处女也。许聘清流萧氏子，未及笄，父母相继以殁，骨肉无期以上亲，惟女茕然偕一弱弟耳。时邓寇作乱，将及白莲，里人皆奔遁。邻之母怜之，邀女与偕，女虑草莽中非处身之道，曰："吾闻女子无母不下堂，又父丧在堂未及殡，不忍离。"辞不与，卒以其弟托之。迨寇至，女度不能免，遂投舍后莲池溺焉。呜呼！死，固难事也，虽大丈夫犹有所不能，况望其行于平日理义未讲之女子哉！张氏生田里之中，其于古今奇节记传，疑未之或闻。一旦临患难，卒至洁身以殁，不为物污，如此谓非天地清淑之气钟于其身，完而弗裂，而能见理之明，就义之决，慷慨从容，暗与道合。易人之所难，能人之所不能至此哉，是可嘉也已。厥后事迹彰闻，观风者采入实录，缙绅贤士争为诗辞以纪之，凡若干首，萃而成帙，名曰《鸣烈集》。予过白莲，得之其弟之孙名弼者，读已，叹曰："若烈女者，可谓无愧于为女矣！今人或贪一时之生，不顾理义，比其死也，卒与草木同朽腐者何限？而烈女之死，等一死耳，而使天下之人咏歌之，播扬之，若恐或后焉。万世而下，芳名奇节直与日月争光，虽死犹不死也，岂不荣甚也哉？"予因摘集中莆礼侍方斋林公所咏韵而和之，亦秉彝好德之心不容于已者。

自古有生谁不死，无如女也死堪嗟。信知真性由天赋，肯把娇容与贼夸。浅土但求全父骨，深池早定是吾家。香肌不共常骸朽，岁岁波心作藕花。（以上均见于明李邦光《少洲稿》卷五）

和何公志贰守《戒逸》韵

周垂《无逸图》，汤著《盘铭戒》。圣贤日忧勤，惟惧厥志懈。尧舜与人同，希之即可届。感君药石言，用以除积瘵。

病中柬西宾连嵩阳

不到聚奎楼，再见月圆缺。本与共宫墙，何殊隔楚粤。所幸道义同，两情自固结。时听读书声，心神欲飞越。病骨已如柴，二竖尚为蘖。赴子未可期，卧看剑光烈。

送徐少湖太史考绩代诸生作

道源日以远，学者半迷途。顾此将颓势，凭谁出力扶。天将启嘉运，何代无真儒？百年见夫子，妙契程与朱。诚明开户牖，敬义示功夫。嗟予二三子，日侍春亭隅。和风久披拂，化雨长沾濡。何堪奏嘉绩，山斗近皇都。

寒食行

晓起出东郭，眷彼南山阳。白杨连古丘，高塚遥相望。笑哭各异情，自是新故常。日暮散归家，饥鸟啄其旁。百年瞬息过，譬若石火光。项讬难苦短，钱铿曾为长。行行重徘徊，感此兴悲伤。寄言世间夫，及时须自强。

排律赠风鉴吴浪仙

与君相别后，江柳十回新。广土游将遍，玄机造愈神。烟花双醉眼，风月一闲身。囊里无长物，寰中有故人。浮云看富贵，疣物视珠珍。无以酬佳意，聊倾面米春。

复思楼为同寅冯中隐国录赋

巍巍百尺楼，上题复思字。问君何所思，所思良有自。阿翁荷国恩，奋扬事戎备。双亲属纩时，幽明悬两地。白云黯长空，枕戈不能寐。功成奏凯还，涕泣空流泗。有恨含终天，泉深不可至。伐木构危楼，时时遥睇视。悲风撼松楸，一望一伤思。因名思亲楼，永言思不置。孝诚闻缙绅，共起高其义。为赋思亲诗，为作思亲记。佳儿在髫童，朝夕亲相侍。目睹乃翁情，一一能牢识。自翁捐馆余，兹楼犹屹峙。一朝无妄灾，回禄起邻比。万室密如鳞，虽神莫能庇。卷帙与兹楼，尽成煨烬器。儿兮当此时，呼吁心如刺。抆泪告苍穹，亟起承先志。鸠工集众材，虽艰敢云避。百堵聿然兴，经始何容易。楼成拂青云，视昔曾无二。高颜扁复思，儿心今始遂。子思即父思，自尔精神萃。古来孝子心，绳绳不相离。父兮天既全，子也讵无类。此楼与此思，看看何以异。九原如有知，含笑应无怼。嗟彼望昭陵，不过思娇媚。更有望思台，无乃悲其嗣。大孝慕终身，后世谁能企。孝哉中隐君，父子心同致。忽持诗卷来，索我书其事。嗟予亦有思，茫茫无所寄。对君不能言，泣下双行泪。翻思浇世人，亲没惟争利。蛆流出户庭，过者掩其鼻。曾无哀戚容，况有思亲意。嘉君行独敦，岂敢为君秘。强起赋长歌，告与世同懿。人人思其思，天下无不治。

瑞莲为汀守华山陈公咏

灿灿水中花，岁岁犹夫昔。何事使君来，本本头双坼。方信草木微，亦易知恩泽。前乎几见之,落落渔阳麦。

晓 行
邻鸡二三唱,展转不复眠。驱车就长途,残星犹在天。流水绕我后,高山当我前。恨无奋龙泉,割去名利牵。

和元山巡察曾公《玉华二石》韵
巨灵逞双臂,厥势何雄哉。拟将摩青天,岂徒倚山隈。排之不可动,欲触胡能催。云谁孕其奇,乾坤为之胎。

瓮牖卷为清流雷典膳题
高人在市廛,心与尘嚣隔。门堪容马车,所处良不窄。而乃不自张,顾复瓮其额。时人无所知,错比扬雄宅。(以上均见于明李邦光《少洲稿》卷六)

送徐少湖太史考绩
多公善养浩然气,致君尧舜平生志。瘴乡自古逐臣多,敢为此身长顾忌。一封朝奏抗危言,延平夕贬心怡然。韩愈远投何所恨,阳城不谏曾为贤。公身虽困公不愧,公心愈作冰霜励。流行坎止固命存,笑彼轩然为得计。造化元无两样情,雪霜雨露皆生生。贤者所志在天下,安以内外为重轻。三载剑溪淹骥足,公庭清暇官无俗。闲吟苏子和陶诗,岂学贾生赋妖鹏。今朝喜见百姓肥,乃言底绩曾何迟。画船箫鼓发江浒,眼看攀卧难为私。况复清朝多霈泽,英雄岂是炎方客。放臣得召游子还,且慰倚闾望脉脉。过家持酒上北堂,瑟琴谐乐凤求凰 时公有续弦之举,故云。愿言早去作霖雨,以慰四海苍生望。

赠李南原太守,公侄铁峰求乃翁志铭归云间
有客远从吴下来,颜容颦蹙衣累累。早起拜我入官舍,欲语不语长含哀。执手问之何因尔,但谓此身余一死。北堂梦隔忽三年,白首严君重不起。人从父母有此身,父母既殁身无闻。自惟无地酬罔极,远求名笔铭双坟。更道坟前结小屋,前年念母向中宿。菊花一本色三更,白日渡江来二鹿。鹿本无心菊少知,细看此事真希奇。嗟彼菊鹿何为者,将与孝子昭天彝。丁宁此念积勿置,人心元可召和气。区区菊鹿何足多,还看精诚动天地。邻家亦丧父与娘,饮酒食肉饭稻粱。谁知孝子此心苦,栉风沐雨经他

乡。父母劬劳子克肖,汲汲为亲图显耀。闽南千里奉铭归,九原有觉应含笑。白杨瑟瑟鸣秋风,上题安人处士封。青云有子事文艺,恩光天上应未穷。万古纲常先始孝,喜君气节关风教。临岐为子赋长歌,传语世人须仿效。

赠半犁张山人归永丰

有美有美半犁子,满胸错落皆经史。不随时俗事王侯,却向山中群鹿豕。忽然乘兴曳长裾,直游雁荡还匡庐。眼空天地若粒粟,赋诗滚滚言万余。春初作客来钟阜,相与论心成邂逅。秋风一夜到梧桐,复忆黄花拂归袖。拂归袖兮兴翩然,长歌直指白云巅。安排来岁春风动,还把吾犁理旧田。理旧田,谁我笑?古来贤哲隐屠钓。请看天上处士星,昔日曾干太史兆。君不见,历山之人莘野农,欣然畎亩身若终。一朝天使辅明主,九州四海咸其功。

寿柏堂为冯中隐国录母夫人赋

葱葱郁郁堂前树,非樗非栎还非椐。春风不与众芳争,劲节独从霜后著。为问谁哉居此堂,有母有母寿且康。一从稿砧逐朝露,孤灯啮苦三十霜。作舟矢向中流逝,熊胆和来亲手制。儿成大器母白头,柏在堂前两不愧。堂前柏,自何年?婆娑已见摩青天。上有女萝下琥珀,服之可以成神仙。君不见,蟠桃生向瑶池里,千岁开花初结子。王母长生不记年,柏兮与母真堪比。堂前况有彩衣郎,发挥母教事君王。一朝紫诰自天下,柏堂会见生辉光。更喜桂芬芳,兰苗秀,岁岁堂前奉春酒。柏也苍苍母健强,直与天长同地久。

赠张画士一奇,别号散仙

我爱张散仙,精思入神巧。造化在权舆,万有若素饱。兴来随意写轻绡,笔端泼泼如风飘。喜时花卉怒涛石,世间物物皆有条。真机不假友朋传,妙诀无由师父授。若教生向古人时,王赵无能出其右。

挽周弦斋侍御乃翁封君

环滁之山高崔嵬,环滁之水碧于苔。自古称为佳丽地,人生于此多奇瑰。其间有士尤堪喜,隐居乐善世无比。平生不爱满籝金,却把一经勤教子。矍矍行年逾古稀,看儿折取丹桂枝。忽然谢却人间事,天上捉将箕尾骑。佳儿永抱风木恨,励志苦心思自奋。一朝着取绣罗衣,豸角峨峨山岳震。圣主推恩表直臣，先从水木求源根。俄然丹诏自天下，龙章凤篆光燐燐。儿心对此悲无已，翻言不及生前美。谁知泉下白头人，笑破苍颜曾不死。佳城聿把侍臣题，鬣封七尺高巍巍。岂惟九地动颜色，山川草木咸生辉。至此方知为善好，隐居教子良为宝。丁宁传语世间人，养子须看周大老。

瑞莲吟为汀守华山陈公赋

昔日吾闻玉井莲，花开十丈至今传。又尝见说杭州胜，荷花十里留歌咏。万物皆由天主张，一花一本莲之常。若夫双双同本峙，细观此理殊莫详。绕汀十里城南渚，一种娇花娇欲语。自花托此已多年，更阅主人知几许。但见年年似旧开，今朝忽发双蓓蕾。锦苞耀日光烨烨，非雕非刻真奇哉。问花安得有如此，花谓吾生非偶尔。自从渐渍使君恩，和气感通天所使。人人共庆际龚黄，将花移上大公堂。丁宁爱护须珍重，即是当年召伯棠。

七夕吟

谁从天上浚长河，日日中流生碧波。东西相去曾几许，无舟无楫将奈何。世上伊谁无匹配，相近相亲常作对。胡为隔断女牛星，一岁只令一相会。一年一会若为情，衷肠未诉泪先倾。良宵短景四十刻，欲系可恨无长绳。携手相看情默默，此恨何时方止息。不如早放鹊飞还，从此无桥归不得。（以上均见于明李邦光《少洲稿》卷七）

唐守勋

唐守勋（1511—1559），字允懋。番禺人。嘉靖二十三年（1544）进士。知闽县，迁南京户部主事，历郎中、兴化知府，卒于赣州。明郭棐《粤大记》卷二〇有传。

宿黎惟敬精舍

偶缘胜赏过林丘，山色初开草木幽。为惜佳期独乘兴，更因新雨坐销忧。光摇斜汉芳塘静，气转凉飙石室秋。秉烛已图良夜乐，青门谁道故秦

侯。(明黎民表《清泉精舍》)

杨　钧

杨钧,明世宗嘉靖年间人。曾与黎民表游。事见黎民表《清泉精舍》。

黎惟敬精舍
粤王台下开精舍,水绕门墙过石渠。春涌长波通海窍,秋生匹练影天虚。阴阴小阁寒霏几,日日疏帘映读书。中有龙潜今岁久,风云未起望何如。(明黎民表《清泉精舍》)

邝元礼

邝元礼,南海人。由岁贡,嘉靖四十五年(1566)任大田知县,升王府审理。事见康熙《大田县志》卷四。

题清泉精舍
锦袍公子能修翮,骢马先生学闭门。屋里琴书迎日丽,林前燕雀傍人喧。扶刘诸葛恒坚志,去国三闾□放言。夏日南薰高处坐,百年心事与君论。(明黎民表《清泉精舍》)

梁有兆

梁有兆,顺德人。梁有誉弟,曾与黎民表游。事见黎民表《清泉精舍》。

秋夜集清泉精舍

怜君多逸兴，近市筑名园。月照窗中岫，星临竹外樽。空山疑豹隐，涧水有龙蟠。即此尘纷隔，襟期孰与论。

赐书楼

岩峣飞栋俯层峦，南国河山掌上看。日射长林春霭断，天垂高阁暮云寒。吟边岁序惊蓬鬓，醉后登临喜鹖冠。独倚未须怜骯髒，好将浊酒荐辛盘。

仰山亭

别业邻仙岛，孤亭面碧岑。曲栏余夕照，丛竹散轻阴。四壁图书满，高秋象纬临。过逢元蒋径，吟望屡披襟。

奕　台

石磴上嶙峋，丛篁碍角巾。关前迎紫气，槛外俯红尘。静息同禽戏，行吟有鹤驯。年来看万事，还似奕棋新。（以上均见于明黎民表《清泉精舍》）

粤城山楼待月

露冷疏梧秋夜凉，楼前待月共飞觞。清辉渐壮银河失，素魄初移玉漏长。似扇总添班女恨，如圭曾表汉官祥。宾朋最有西园兴，促席抽毫愧谢庄。（明郭棐、清陈兰芝《岭海名胜记》卷一）

黄启让

黄启让，明世宗嘉靖年间人。曾与黎民表游。事见黎民表《清泉精舍》。

集清泉精舍怀惟敬

枫树萧疏入望中，茅斋隐隐白云笼。泉流暮逐孤台出，树色晴摇曲径丛。视草汝长依秘省，挥弦予自送飞鸿。竹林雅有衔杯兴，旧社羊何几过逢。

载酒欢同焚客游，依微江影照吴钩。青门岂为耘瓜计，金马还容执戟留。千叶云烟溪上月，一池风笛槛边秋。年来供奉饶恩渥，可得音书到粤州。（明黎民表《清泉精舍》）

黄在业

黄在业，明世宗嘉靖年间人。黎民表甥。事见黎民表《清泉精舍》。

七夕同家兄集舅氏黎秘书山楼

霜落千门外，山园万树青。凭高思远道，一啸俯疏棂。帘卷城云入，窗临海日荧。君为金马客，吾自楚人醒。

对酌江波动，招携兰蕙馨。凤歌随夜月，龙气满青萍。心折商飙至，寒生岱色冥。何人揽丛桂，偃蹇问黄□。

孤磬林间度，征鸣塞外听。兴来拾瑶草，秋入怆流萤。万象寒仍敛，浮云散复停。庾公情不浅，阮籍醉难醒。

时序思纫佩，耕锄更带经。忧宁忘畎亩，志岂负彤庭。天转萧森气，楼观涧水泠。银河垂永夜，砧杵动林坰。

薜荔畴能把，芙蓉露未零。二仪新景色，大化自流形。疏雨黄花径，斜阳白玉瓶。欲为池草赋，殊愧北山灵。

远目欢能适，玄谈喜共聆。秘书勤所眷，休沐此频经。负郭开文苑，垂纶结草亭。芳期迟后夜，复尔咏双星。（明黎民表《清泉精舍》）

黄在扆

黄在扆，明世宗嘉靖年间人。曾与黎民表游。事见黎民表《清泉精舍》。

集清泉精舍

高秋露滴金茎冷，芳径同游尽异才。客帽近从风外落，壶觞遥向竹间来。波连碧汉星辰动,霜乱丹枫塞雁回。羌管夜阑还入听,娟娟凉月照岩隈。

小东林

递禅从净业,卜筑似招提。木落山逾静,花深日易低。窗间闻妙语,壁上促新题。若是忘怀地,何妨出虎溪。(以上均见于明黎民表《清泉精舍》)

林 乔

林乔,字维乔。明世宗嘉靖年间人。曾与黎民表游。事见黎民表《清泉精舍》。

仰山亭
朝望松上云,暮坐松下石。朝暮此徘徊,青山似相识。

墨 池
清池流不去,神形差可莹。闲来濯练裙,游鱼避人影。

奕 台
山樵来息檐,爱此竹风凉。不是迷归路,山中日自长。

汲古亭
流泉汲山下,自觉淄渑别。瀹以白云芽,入口胜霜雪。

墨妙亭
遭遇虽不同,才名俱妙绝。剜苔认遗踪,蛟龙自蟠结。

袭芳亭
飞花迷谷口,幽思入春多。只恐渔樵至,呼童掩绿萝。

梅花洞
为问东风到,幽人最易知。山前一夜雪,添得向南枝。

小东林

青山不在远，秋色佳可悦。欣泛二士游，开襟聆妙说。稍坐天宇披，松间露初月。始知印佛心，不在莲花诀。

见日庵

黝渍混一气，谁能辨真源。此中有灵峤，夜见扶桑暾。湛然玉宇静，瞥尔瑶波翻。冥寂开万有，颒洞辟妙门。始知至阳气，宜于中夜存。竣鸟翼我体，千秋固灵根。嗜欲断真性，营魂用飞奔。竭来卧松竹，散鬓晞洧盘。

同贾道人过云野山房

独鹤孤云无定踪，偶然相过许从容。逢人不说来时路，笑指莲花第一峰。一下金华便掩扉，秋风猿鹤待人归。十年踪迹红尘遍，肯向山门着衲衣。（以上均见于明黎民表《清泉精舍》）

李士表

李士表，号扩宇。明神宗万历年间东莞人。李元弼之兄。事见李元弼《江皋小筑集》。

夏至江皋赏荔分赋得妆字

卜筑湘筼绕草堂，垂垂丹荔水云乡。迎薰翠叶清阴匝，映日红姿火树妆。纵棹飞觞偕李郭，搴芳骈赏引求羊。当今渐却遐方贡，安得宫人带笑尝。（明李元弼《江皋小筑集》下卷）

徐兆魁

徐兆魁（1550—1635），字策廷，号海石。东莞人。明神宗万历十四年（1586）进士，初任行人司行人，后任山西道监察御史。官至刑部尚书。民国《东莞县志》卷六四有传。

虚阁迎薰
士人耻怀居，而亦重游息。虚阁有余薰，岂为眠与食。云霞自卷舒，延览无终极。兴至但凭栏，何必生八翼。

如亭听籁
野亭亦人境，不受市廛喧。世与我俱违，无然生畔援。苔涧深不测，桃李故无言。侧耳一何闻，清籁净林园。

层台远眺
不尽江山趣，油然森以具。层台倚方隅，万象同煦妪。蓬茨得大观，会境即真遇。云霄有归鸿，应否生遐慕。

庭院飞花
林丘少尘事，赢得岁时春。开落元无定，风来重逡巡。舞蝶恋墙幔，游蜂扑坐茵。岂谓尽无情，片片欲依人。

课耕涉趣
古人耕且食，今人学耻耕。安识其中味，陇亩多余荣。有莘饶诵读，栗里无经营。此自君南陔，日涉以怡情。

八柏环青
名园足余青，花鸟日相迎。试阅岁寒候，列柏故峥嵘。味苦翠自若，霜侵节愈明。秾冶岂共侪，挺挺迈群英。

梅坞涵春
百昌喜春回，在在锦成堆。不待春先放，寒姿独有梅。坞因梅并重，春与坞相催。岁岁梅花期，赏心共徘徊。

荔矶钓月
独坐渔矶上，岸帻试垂纶。荔影摇波间，水天皓如银。我怀月可酌，谁与月同新。所志不在鱼，持竿自沉吟。

玄关镜水

至人能善息，日日掩重关。水镜远当户，澄然心自闲。尘缨犹可濯，玄鬓任其斑。应有跨牛人，相将一解颜。

星槎晚泛

江皋水曲漰，仿佛浣花村。一叶宜晴晚，驾言问桃源。棹拥波间月，鱼惊曲里坝。何处采菱女，同泛不同言。（以上均见于明李元弼《江皋小筑集》上卷）

初冬江皋夜集

十月九夜气初凉，美人犹拥芰荷裳。星辉河汉人联席，雪满江亭酒共觞。且放好怀随永夕，肯悭余量负清商。相逢莫讶黄花晚，雪蕊金葩味并长。

己酉发珠江，靖吾年丈佳章华行，依韵赋别

万里江亭再问津，雁行今日惜中分。风生剑佩劳为赠，歌发骊驹忍遽闻。报国十年空揽辔，忧时百念付排云。遥闻蓟北风烟急，谁共燕然早勒勋。

秋日，公饯李靖老年兄，席上读陈美老扇头。谨步韵赋赠

尔自空群足，遥看郭隗台。锦帆向日挂，霜剑倚天开。秋净澄江色，情深浊酒杯。加餐聊为嘱，春信伫相催。

其二

久处忽别去，看君在此行。红亭樽酒绿，尘路晚风清。好快扶摇翮，那牵陇亩情。都门如有问，泉石幸无惊。（以上均见于明李元弼《江皋小筑集》下卷）

赵　响

赵响（1552—1617），字心极，号恪存。东莞人。万历三十三年（1605）以《诗经》贡，藏修三十年。黎民表、袁昌祚、唐伯元、区大相、

韩日缵皆乐与之游。四十五年（1617）卒，年六十六。道光《广东通志》卷二八三有传。

虚阁迎薰

高阁南来一味凉，卷帘长日傲羲皇。翛然顿觉尘襟爽，仍送芙蕖十里香。

八柏环青

黛色虬枝三五株，森森环石酒堪呼。贞标雅有凌霄操，不独霜台可集乌。（以上均见于明李元弼《江皋小筑集》上卷）

夏至江皋赏荔分赋得声字

绿树浓阴夏日晴，隔江时唱采莲声。名园风物饶珍美，更羡荷筒佐侧生。（明李元弼《江皋小筑集》下卷）

黄文科

黄文科，博罗人。晚穆宗隆庆年间任平阳知县，历道州判官。

重到月岩

月岩岩上月团团，对照人间玉宇寒。如会一机弦上下，满天光景属谁看。（明胥从化《濂溪志》卷八）

黄流芳

黄流芳（1557—1628），字若瓒。博罗人。明神宗万历十七年（1589）进士。历吉水知县、松江同知、宁国丞、南京户部员外郎。万历三十三年（1605），出守池州。三十七年（1609）调广西按察副使，四十年（1612）

升布政司参政。道光《广东通志》卷三三四有传。

冬日游齐云
门从天外凿山开,浩劫应随挂锡来。寂定法堂花舞雪,香浮兰若石悬台。珠帘飞瀑齐云出,碧涧传声绕殿洄。顿觉浮生无定着,九还何日觅蓬莱。

其二
曾说禅心花欲开,今看紫气度关来。天门坐见楠无树,石壁高悬镜岂台。雾卷珠帘晴复湿,云环玉殿去犹回。相逢休问长生诀,东南犹复有污莱。(明鲁点《齐云山志》卷五)

曾舜渔

曾舜渔(1559—1625),字泽卿。博罗人。万历二十六年(1598)进士,改庶吉士。授山西道监察御史,谪福宁州判,起南户部主事,迁福建参议,擢广西副使,未赴而卒。道光《广东通志》卷二九一有传。

忆梅堂
曾见罗浮万树梅,花时词客到衔杯。香风吹醒游仙梦,怪问春从何处来。

书院古木
三圣祠前古木丛,从来此地有鹓鸿。海涛天籁时时起,为有扶摇万里风。(清蒋兆奎《河东盐法备览》卷一二)

赵 襄

赵襄,字用赞,号思日。东莞人。明神宗万历元年(1573)举人,历官九江、赣州府同知。民国《东莞县志》卷五九有传。

丁亥元夕挹薰楼集得湖字

野旷危楼夜可呼，佳辰得尔复携壶。浮云海上还今古，宿雾天边乍有无。近酒繁灯元逐吹，傍人清月故侵湖。朋游此际真豪举，烂熳先拚醉共扶。

春日集如如亭分赋得舫字 时腊月念又八日

绕郭园林足任狂，孤亭天外郁苍苍。飘窗翠竹辉辉静，布席疏梅宛宛香。隔岸风云邀翰墨，当溪弦管促飞舫。君家伯仲江东并，闻说池塘草已芳。

江皋晚泛分赋得生字 丁亥

青天入夜吾徒在，海月高悬箫鼓鸣。短鬓江湖飞棹欹，暮云涛浪锦帆轻。蛟龙避醉深无语，松柏凌空却尽清。世事悠悠难俱说，欲将幽侧问无生。（以上均见于明李元弼《江皋小筑集》下卷）

陈　果

陈果，字稚硕。新安人。明神宗万历四年（1576）以《诗经》中乡试，十四年（1586）登第二甲会试第八名，授兵部山海关主事。嘉庆《新安县志》卷一五有传。

《燕市名驹卷》送李靖老计偕北上

群才天府计比年，圣主新调六御先。白璧共知三献楚，黄金犹自重趋燕。惭称片玉齐通籍，未合双龙限各天。临路独愁云树杳，听莺应向上林偏。（明李元弼《江皋小筑集》下卷）

车鸣时

车鸣时,字宜仲,号中吾。归善人。明神宗万历四年(1576)举乡荐,署文安教谕,旋令政和县,广有政声,迁永安州守。仁洽风移,民依之如父母。归隐自号羊鹤山人,祀名宦乡贤,著有《政和县志》《梅花集古诗》。道光《广东通志》、光绪《惠州府志》有传。

虚阁迎薰
高阁凌空对晓曛,一瓢长共海鸥群。清风拂练如相访,自起披襟向楚云。

如亭听籁
紫气遥连睥睨开,丈人河上枕流回。海天一望如秋色,尽日笙竽树杪来。

层台远眺
劳劳应接走芳埃,树色波光次第来。正好登临成一醉,云山那不属层台。

庭院飞花
茅斋咫尺接南溟,眼底烟花逐队青。恰好逍遥向寥廓,不妨蝴蝶满紫扃。

课耕涉趣
短褐扶筇试饮牛,呼童荷蓧到瓯窭。幽居欲识农桑苦,不为持豚祝满篝。

八柏环青
霜干森森覆垅阴,绕亭苍翠伴瑶琴。稔知太谷还如此,日杷芳尊柏叶斟。

梅坞涵春

罗浮春色照东官,绿萼香浮雪欲干。仙客每怜诗兴逸,参横疏影倚阑干。

荔矶钓月

荔子斑斑映钓台,婵娟好为故人来。丝纶掷下忙收拾,拾取天香付玉醅。

玄关镜水

白云千里接遥天,海上长留玉镜悬。词赋如君饶笔札,观涛几染紫鸾笺。

星槎晚泛

斜阳秋色满沧洲,醉拥沙棠汗漫游。应策旧时朋好在,不知谁共李膺舟。(以上均见于明李元弼《江皋小筑集》上卷)

冬日与黄懋忠、林祯灿、梁幼宁、高正甫、麦德征携具访李相所年丈于濠上水亭分赋得江字

旅馆临洲渚,芳亭似画艭。竹林思六逸,雪夜到三江。郢曲诚难和,长城未易降。一尊聊共醉,莫遽返麾幢。(明李元弼《江皋小筑集》下卷)

翟廷策

翟廷策,字伯勋。东莞人。明神宗万历十年(1582)举人,二十三年(1595)进士。初授福建清流令,调宰浙江武康,卒于任。民国《东莞县志》卷五九有传。

春日集如如亭分赋得林字 时腊月念又八日

隔岁看春春气深,菜盘清赏谩相寻。烟涵水郭家家静,风转蹊桃片片阴。问字只过扬子宅,放歌同入阮公林。欲将潦倒随江曲,日落云生兴不禁。(明李元弼《江皋小筑集》下卷)

温皋谟

温皋谟（1567—?），字尔弼，号青霞。东莞人。明神宗万历十三年（1585）举人，四十一年（1613）进士。初任江西吉水知县，升御史，出按四川，再按湖广。民国《东莞县志》卷六四有传。

夏至对酌联句丁亥

寻盟载酒问荆扉_{靖吾}，五月亭深暑气微_{青霞}。拂槛荔垂堪小摘_{靖吾}，恋林蝉嘒未惊飞。杯传竟日难辞醉_{青霞}，坐扣玄谈解息机。千载芳辰须我辈_{靖吾}，暂时移棹肯相违_{青霞}。

江皋晚泛分赋得蓉字丁亥

风林长夏快相从，向晚携壶兴倍浓。天外飞涛云万里，尊前明月雪千峰。江湖短鬓青萍合，草泽回舟彩鹢冲。翘首美人何处是，涉溪徒自把芙蓉。

中秋后如如亭赏桃花

千年超忽如亭景，八月徜徉顿逊杯。已见芙蓉临水秀，倏惊桃萼绕枝开。霞铺阆苑花神护，锦簇天台淑气培。春色羯来良不偶，汉家应擢董生才。

中秋后一夕集江皋得楼字

萧森晴夜挹薰楼，四郭清烟靖素秋。问字漫劳呼野酾，滨涛元未惜孤舟。人间刭席空中合，梦里明花海外浮。不必凭高叹蓬落，男儿何处不应刘。

载酒江皋送靖吾之端州

癸水天空尽野潢，悠悠西棹破江氛。炎天荔浦还芳草，晴日星岩自白云。两岸苍山当落叶，五湖青鬓惜离群。金樽潦倒怜秋色，期尔黄花对夕曛。

春游二十韵，时江皋主人偕其兄敬可，予亦从兄尔惇

昆友寻盟地，江皋载酒时。潮平溪活活，风细日迟迟。款客鱼相问，迎人犬不疑。洞深松竹润，堂古桂兰滋。玩物吾何有，偕春固在兹。君能联棣萼，吾亦叶埙篪。雁影看双度，嘤鸣听共怡。层檐翻紫燕，密树响黄鹂。弄色花争笑，含香蝶共嬉。传杯频引满，散步缓相随。楼敞清薰袭，亭虚万籁披。达观延远睇，镜水澹幽姿。露顶依嘉木，忘机理钓丝。盘桓香雪径，容裔紫茸墀。月入荷池漾，尊于柏石移。景和情倍适，兴剧乐忘疲。荀陆文章并，羊何气味宜。采葵歌互和，梦草句偏奇。郑重弹冠意，僮侗倚杖思。香山与栗里，皓首以为期。

游闽寄怀

阒寂山城客，低吟苦忆君。琴书虚夜月，砧杵度斜曛。云想斑衣丽，秋知桂树芬。如亭尊酒在，谁与细论文。

游罗浮憩参天岩，见此岩绝胜，因题其石曰"温仲子为李季子选此石"，遂成一律

扪罗跻绝胜，卧壑吸飞湍。身觉凭虚过，天疑上界宽。蠓浮云竟白，苔剥字仍丹。选石留题在，何年御李看。

天津春晚一晴一阴有怀同社兄弟

江皋遥望忆春晴，青眼相看几弟兄。无事倚垆频索笑，有时鼓枻共寻盟。风开细苘枝枝色，日射新葵片片明。安得羽翰生两腋，便冯羊角到前楹。

其二

惆怅沧洲春已深，柳烟含日半晴阴。嘤鸣寡和偏飞动，龙性难驯自古今。醉拥绨袍寒欲尽，狂来岸帻冻仍侵。凭谁问讯高阳侣，手把琼枝思不禁。（以上均见于明李元弼《江皋小筑集》下卷）

月夜如如亭同李靖吾对酌集杜句

到此应常宿，长吟野望时。圆荷浮小叶，宿鸟择深枝。野树欹还倚，残樽席更移。此时同一醉，似向习家池。（明李元弼《江皋小筑集》附稿）

梁天植

梁天植,字元衷,号儆弦。东莞人。明神宗万历十三年(1585)举人。事见民国《东莞县志》卷四五。

如亭听籁
露冷瑶阶月满天,坐深良夜寂如禅。何来凉籁生商思,非竹非丝韵自然。

梅坞涵春
春早江南雪乍晴,罗浮香霭梦中清。冰姿敛萼藏深坞,留取先开上苑英。(以上均见于明李元弼《江皋小筑集》上卷)

夏至江皋赏荔分赋得歌字
江皋亭上景偏多,荡漾莲舟鼓枻歌。黄鸟亲人调好语,彤云护客索诗魔。薰风冉冉来青竹,朱实离离映绿波。但使荔枝供白堕,何妨沉醉舞蹉跎。(明李元弼《江皋小筑集》下卷)

何绍圣

何绍圣,号敬宇。东莞人。明神宗万历十六年(1588)举人,历永新、石埭知县。事见民国《东莞县志》卷四五。

夏至江皋赏荔分赋得琚字
喑喑林蝉咽雨余,几竿修竹称清居。横塘碧树惟堆锦,积案缃缥只著书。丹实千林时并赏,玄言半壁兴还舒。尊开赖有如渑在,一醉江头集佩琚。(明李元弼《江皋小筑集》下卷)

周梦龙

周梦龙,号我劬。东莞人。明神宗万历十六年(1588)举人,官至泰州知州。事见民国《东莞县志》卷四五。

夏至江皋赏荔分赋得霞字
杖入竹溪沙,寻闲大隐家。酒过墙外白,荔摘海边霞。丹实开银甲,冰浆映玉华。相逢须尽醉,浪说枣如瓜。(明李元弼《江皋小筑集》下卷)

骆凌霄

骆凌霄,字国茂,号静庵。东莞人。明神宗万历十九年(1591)举人。事见民国《东莞县志》卷四五。

夏至江皋赏荔分赋得来字
小筑多佳胜,招游及夏来。荔枝红匝地,曲米绿浮杯。细雨沾歌扇,驯鸥狎钓台。醉深时藉草,休笑玉山颓。(明李元弼《江皋小筑集》下卷)

梁为诚

梁为诚,字昭芳,号健吾。东莞人。明神宗万历十九年(1591)举人。事见民国《东莞县志》卷四五。

层台远眺
何处高台插碧空,登临诸子气如虹。醉来极目乾坤小,万里山河指顾中。

荔矶钓月

丹荔垂垂入眼浓,开筵载酒得相供。晚来醉弄矶头月,钓落江干起卧龙。(以上均见于明李元弼《江皋小筑集》上卷)

同温刺史集江皋

式燕良朋集,园亭绮席重。巡檐嘶五马,引佩跃双龙。桂树纷纷白,蒹葭采采秋。一尊秋色满,心赏快相从。

夏至江皋赏荔分赋得旋字

朱夏长林隔市喧,招携词客集名园。蝉声过耳浓阴迥,花气蒸人百和旋。万颗匀圆紫水国,千林丹艳映江村。宁饶涪淑夸奇品,对景还思上至尊。(以上均见于明李元弼《江皋小筑集》下卷)

黎 密

黎密(1566—1629),字缜之,号柱流。番禺人。黎遂球父。诸生。曾游四明六桥,与王骥德、徐渭、葛冰壶等交善。崇祯二年(1629)因病卒。著有《黎缜之文稿》《籁鸣集》。事见康熙《番禺县志》卷一七。

之临汀留别诸亲友

早春忽动江湖兴,皂帽青鞋事远游。别绪不堪杨柳岸,相思多在白蘋洲。樽前一日成千里,杖底他年遍九州。翻笑尚平犹有累,却缘婚嫁重淹留。

辰安夜泊呈萧翼猷明府

离家才一日,弭棹宿辰安。浊酒淹残夜,轻衣怯峭寒。依君青雀舫,愧我白鸥湍。此去蓬窗下,春山到处看。

西南驿

古驿西南步,临流屋万间。市为狙狯窟,津是利名关。迢递湘漓水,微茫楚粤山。寒潮春雨后,惟有钓矶闲。

远　游

仗剑出门日,裁诗赋远游。偶乘山水兴,肯为女儿留。文酒随青翰,风涛笑白头。计程无远近,一月到汀州。

春　江

春江烟水阔,几日促行舟。却羡忘机叟,多惭泛渚鸥。雨山青欲断,原树绿初浮。廿载头颅改,风尘忆旧游。

行经峡山

名山藏古刹,绝壁涌青莲。岸断疑无路,流通别有天。云随樵子笠,花覆钓人船。指点经行处,依稀记昔年。

中宿飞来寺,昔年为雨潦所塌,邑人朱惟四捐资重修,作诗美之并寄惟四

五丁夜叱丰隆御,峡水奔流如滟滪。电火烧空毁寺门,龙象欹斜欲飞去。碑碣纵横贔屭愁,荆榛惨澹狐狸据。榻冷谁翻贝叶文,厨荒久废伊蒲箸。行人指顾为嗟吁,却是沙门小劫余。邑中居士大檀越,草莱复辟成精庐。布金不藉给孤长,卓锡况有比丘间。瞿昙宝树花重发,水月青莲叶再舒。更引飞泉开别洞,喷玉悬珠落高栋。百尺长虹下蜿蜒,半空清啸疑鸾凤。君家大阮最耽奇,凿翠诛茅自昔时。紫峰突兀倚天际,香阁芸窗如见之。我生落魄江湖者,廿载山林飯大雅。水色山光任往还,萝月松风共潇洒。重来放舸当青春,流水桃花一问津。箫韶恍忽闻清韵,载酒还思奇字人。

美人峰

奇峰如玉女,影落水中央。江月澄如镜,山花艳作妆。烟霞为伴侣,云雨濯衣裳。客子还家梦,迢迢忆故乡。

舟　行

十日溯春水,舟行崖石间。轻烟林外寺,丫髻画中山。诗酒忘羁旅,风尘损壮颜。孤云兼野鹤,来往意俱闲。

观音岩

兹山信奇绝,削成立江水。波吞石洞幽,日射岩光紫。钟乳垂欲滴,

悬崖欹若累。云霞凝不流，剑戟森相倚。石从女娲炼，骨露洪濛髓。龙象何年栖，潮音半空起。妙香闻旃檀，丹葩落琼蕊。有众同皈依，法轮无终始。永作水月观，大地山河里。

弹子矶

鬼斧劈洪濛，壁立几千尺。岩栖混沌云，空嵌玲珑石。枯藤万古悬，老树半天碧。腾猿悸惊魂，飞鸟骇敛翮。苍茫紫群巅，缥缈仙灵宅。我行徂春涨，桃浪流堋落。往来空岁月，少壮异畴昔。青山冷笑人，有觍尘途客。何当一振衣，还丹炼金液。

韶石舟中风雨大作

舟行属春仲，处处鸧鹒鸣。登舻恣遐瞩，颇惬山水情。经旬抵韶石，溯流从北征。侵晨飙轮转，震荡雷车砰。萧飒骤风雨，澎湃波涛惊。恍忽万乘巡，百灵趋蹴迎。空濛隔楚峡，愁云怅皇英。会当息怒号，一听箫韶鸣。遭回戒川途，引睇瞻层城。长谣遂成篇，怀古空复情。

凌江客舍

仆仆马蹄尘，悠悠关前路。峻岭无古今，行人自来去。嗟我漫游情，春风凡几度。淡荡吹柳风，轻盈浥桃露。不见昔时人，空留歌舞处。

度　岭

度岭云烟翠几重，山行依旧削芙蓉。飞泉晓挂层崖石，灵籁长飘合抱松。万里车书归汉室，千年开凿想秦封。凭高更寓中原目，风雨时时起蜇龙。

庾岭道中古松

风云一壑舞虬龙，大庾关前万树松。阅尽世途车马迹，消残尘土往来容。高寒似送波涛远，磊落从教雪霰封。我欲采苓山涧曲，遨游空自笑行踪。

南康舟中二首

水上高楼楼上人，红妆粉面不胜春。从教燕子穿帘入，一任桃花照眼新。

其二

二月沙头杨柳风，扁舟晴日棹歌中。往来南北皆行客，春草王孙处处同。

虔州

重镇东南节钺分，岩城开府控三军。貔貅四野阁烽燧，鹅鹳千群集水云。暮下材官空说剑，帷中参佐几论文。榆关直北风尘际，辛苦谁标塞上勋。

隘岭

闽越本奥区，天南称保障。贡水自西流，虔州互东向。客子远行迈，舍舟逐车两。迢迢历翠微，步步陟青嶂。峰峦指顾间，磴道迂回望。乃知兹岭高，迥出群峰上。呼吸帝座通，突兀襟怀旷。险设万古雄，当关一夫壮。有道萃车书，僭窃戒狂妄。易著苞桑图，居安危莫忘。

度九里岭呈长汀萧名府

信宿戒车徒，轮蹄及闽关。隘岭既已度，九里仍跻攀。扶疏松桧阴，迂回径路环。仰面岭层阜，俯首低众山。阡陌敞夷下，井里鳞次班。霁景属熙融，春涧流潺湲。东作于耜勤，俶载田畴间。美人筮新政，绶映桃花颜。岂弟孚惠心，如伤轸民艰。勉矣抚字劳，康哉淳朴还。

暮春寄怀社中李烟客诸子

去年芳节共盟鸡，此日游踪逐马蹄。烽火未消辽海戍，家山遥隔大江西。风尘洴澼名俱隐，书剑关河老自携。满目莺花归未得，天涯春草漫萋萋。

月夜书怀

花时风雨别垂杨，粤峤闽天道路长。到处烟霞供啸咏，此身湖海任徜徉。黄金自拙干时计，白眼难消阅世狂。裘马少年思往事，坐深明月满庭霜。

纸帐

纸帐和云卧，匡床引梦长。一宵梅子雨，千里荔枝乡。客思怜孤枕，归心逐短航。题诗寄童稚，果熟阿谁将。

临汀杂咏 十首

万山环四面，百雉涌层城。云气阶前满，溪流郭外清。草深惟牧豕，树密不闻莺。久作临汀客,幽居见物情。

其二
对舞双松树,生来少尹衙。托根盘厚地,耸干拂流霞。籁似笙簧奏,阴从蔀屋遮。客窗傍苍翠,吟望意俱遐。

其三
昔年徐子与,熊轼此专城。词赋中兴日,风流绝代名。登楼还坐啸,散帙有余清。近世谁同调,空怀吊古情。

其四
咫尺郡东隅,青葱自一区。灵岩开霹雳,野寺涌浮图。砥柱千寻壮,奔流几道趋。凭将交笔曜,风雅振诸儒。

其五
十日风兼雨,经旬燠复寒。自从乡国异,谁念客衣单。垂老身差健,奇游兴转阑。故园三径在,清梦到幽兰。

其六
三月无书到,中宵有梦归。蒲觞端午酒,绨绤隔年衣。贫念家人谪,娇怜稚子啼。目穷南去路,天外片云飞。

其七
少壮尝轻别,今来异昔时。情多朋好恋,衰有鬓毛知。佐读书千卷,随行杖一枝。客居逢节改,风物寄相思。

其八
汀南风土异,五月飒疑秋。尽日飘凉籁,三时揽敝裘。故园丹荔圃,海国白蘋洲。社事怜诸子,挥毫览胜游。

其九
楮树阴如屋,参差出短墙。晓风摇嫩绿,西日送清凉。高卧羲皇世,居然广莫乡。不材虽散木,玉露莫凋伤。

其十 时同旅有南归者
相依同旅邸,相送望家山。尚忆方舟济,无由并马还。离筵风雨候,归路水云间。为报平安札,封题泪点班。

读袁小修游荆南、玉泉诸山记
伊余秉微尚,颇涉山水趣。苦为儒服羁,复鲜济胜具。宗生托卧游,尚子待婚娶。壮志忽蹉跎,红颜遂迟暮。读君纪游篇,目若与景遇。突兀山上峰,葱蒨岩前树。丘壑置胸怀,烟霞写毫素。玉泉倏流览,洞庭已飞度。乃知灵秘洩,能令鬼神妒。掩卷三太息,襟情远驰慕。

客舍闻啼鸟二首

清和当首夏,绿叶故垂阴。拂曙闻歌鸟,临风弄好音。惊残乡国梦,愁绝客窗心。支枕还听女,依稀似故林。

其二

楮叶藏官舍,微禽托荫栖。转枝随断续,送响有高低。语或因时变,机能应候啼。关情如怨别,徙倚夕阳西。

临汀客舍寄二兄、三兄

长兄徂谢后,垂白止三人。手足关同气,支离愧此身。念儿忧学懒,怜侄苦家贫。作客三千里,思归十二辰。地偏书信少,天迥物华新。树绿檐前满,山青郭外邻。麦秋犹拥褐,花月每沾巾。酒为衰容减,诗缘晚节真。闲听啼鴂语,聊与蠹鱼亲。鸟道愁危岭,渔舟忆旧津。凭高时送目,望远益伤神。若问归时候,明年棣萼春。

木柝

木柝山城急,严更直到明。中宵孤枕客,千里倦游情。梦蝶蘧然化,飞鸟匝自惊。壮怀兼往事,万感一时生。

感怀二首

少年学击剑,今日竟何成。自失干时策,弥深阅世情。烟尘隅虎据,风雨匣龙鸣。垂老看传檄,吞胡气未平。

其二

近得长安报,东西苦用兵。力疲山海戍,围逼贵阳城。肉食迂筹策,壮心谁请缨。中宵翘白首,鸣剑指欃枪。

纪游

中年菽水恋,雅志负名山。藜杖今衰老,桃花非壮颜。偶来闽越峤,寄兴水云间。莫更论婚嫁,游踪此暂闲。

忧旱

赤日当隆暑,青郊生野埃。苍天岂无意,云汉莫兴哀。返照低垂蛛,长空薄隐雷。何当赋神女,行雨下阳台。

苦热行

长离赤啄衔火飞,洪炉鼓冶腾光辉。当途赫赫皆炎威,谁家触热裋褐衣。世间别有清凉处，清泉白石容箕踞。篑筥千亩隔南云，我独胡为不归去。

鸿鹄篇

鸿鹄千里心，燕雀宁复知。岂为稻粱谋？饮啄游清池。秽浊不肯顾，终朝恒苦饥。顾影私自怜，泛泛随凫鹥。混迹本偶然，出群见雄姿。逍遥乘天风，羽可为世仪。

一 雨

一雨朝来爽气增，坐来高馆失炎蒸。畦蔬绿剪时堪荐，陇稻黄收岁渐登。榆塞供输犹告急，黔阳氛祲尚凭陵。谁将兵甲天河洗，藿食端居思不胜。

七夕纪梦

朱火尚残夏，灏气迎初秋。迢迢望天汉，耿耿会女牛。如何一夕欢，翻作经岁愁。羁旅感岁时，千里仍淹留。辗转清夜阑，月堕长河流。片云逐归梦，倏忽凌沧洲。分明见儿女，同登乞巧楼。寻常瓜果陈，缥缈香霭浮。殷勤为远人，细语祝绸缪。谁知老大心，守拙复何求。

老骥行

老骥昔壮齿，筋力初长成。过都迅霜蹄，掣电风雷惊。胡为困盐车，百折上大行。皮毛半摧落，蹭蹬遭时轻。驾驷与同皂，岁月忽已更。俯首恋刍秣，局促辕下情。徒有千里志，伏枥长悲鸣。

苦热 四绝

汀南七月苦炎蒸，大火西流赤日升。官舍一区惟木榻，晚凉何处兴堪乘。

其二

罩日烧空出火云，倦抛笔砚总如焚。何当散发长林下，卧听蝉声到夕曛。

其三

旱雷驱雨过西山，溽暑经时独闭关。大地黄尘俱火宅，长途车马几人闲。

其四

冰丸谁授葛仙方，入口能生五内凉。永日渴喉思一润，胜于甘露洒垂杨。

蝉
嘒嘒鸣蝉隐叶深，客窗长日伴清吟。天阶渐觉来秋爽，白月中庭露满林。

得家书
白首离家叹索居，关山迢递北来书。缄题细检平安字，惜别俄惊半岁余。寄日薰风垂荔子，到时秋水落芙蕖。长亭一月经行路，夜夜归心梦故庐。

忆少子阿年
阿年聪慧五龄初，抗手喃喃学读书。一任涂鸦随不律，敢云字犬似相如。牵衣惯索前庭果，奉杖能从下泽车。归去明春应渐长，且拚生计伴樵渔。

拟怨歌行
妾本良家子，承恩误蒙眷。朝通掖庭籍，夕侍椒房宴。容颜不自保，君心岂中变。春来舞罗衣，秋至悲团扇。明月扬辉光，流照昭阳殿。徘徊上玉阶，悲歌泪如霰。

松风篇
凉飔韵冰弦，乃在松梢上。伫立空庭中，侧耳情所向。间关林莺语，清切水龙吟。流云一以驻，虚寂此时心。

云雁篇
君不见，云中雁，飞鸣逐俦侣。朝辞塞北暮江南，栖迟到处成羁旅。岂若豢鹰为一身，饱则飏去饥附人。安能鸡鹜与争食，逐队随行敛双翼。丈夫有心当告谁，襟怀磊落只自知。时来屠钓亦逢世，不然甘采商山芝。

秋怀寄社中欧子建诸子
昔别当上春，客居届秋仲。芳草倏已腓，嘒嘒寒蜩弄。回首望故乡，川途阻章贡。朔风鸿雁来，浮云远相送。江寒有潜虬，梧老无栖凤。美人不可见，宵半劳归梦。

其二

此身如浮萍,随波递流转。相依故山池,倐在他乡县。首路鸰鹏鸣,即次社辞燕。韶华一以迈,俗态厌衰残。栖栖为固穷,踽踽宁辞狷。言念素心友,岁寒终不变。

其三

达人多旷怀,志士多苦心。慷慨慕往古,无闷岂自今。章句耻为儒,岁月忽我侵。灵鸟无卑栖,恶木无美阴。洁饥乃恁性,秽饱非所任。俯仰天地间,涉世良已深。逍遥百年内,保己甘陆沉。

其四

清斋觉秋爽,晓看城外山。明霞耀初日,掩映松杉间。磬声出林杪,塔影标禅关。仰睇天宇空,飞鸟时往还。匪无济胜情,杖屦违跻攀。徙倚当卧游,悠然心自闲。

双松行

长汀署里双古松,亭亭偃盖凌春冬。枝条矫劲舞鸾鹤,根株屈结盘虬龙。明星欲堕晨鸟警,朝暾红射城东影。笙簧半部天风来,萧屑一庭秋露冷。客居恰傍双松侧,斐几绳床摇翠色。磊砢非无栋梁用,贞操一任冰霜蚀。罗浮旧宅饶仙灵,黄龙洞口垂萝青。葛洪授得还丹诀,归去长镵事副苓。

君子行

乌不日黔,鹄不日浴。洁泉本清,直节岂曲?君子秉德,温其如玉。弘我包荒,焉知宠辱。日月丽天,熠耀宵烛。大小攸分,彼此各足。与世逍遥,任之亭毒。

鸿鹄篇

鸿鹄高飞横四海,下视田原何每每。渴饮琼浆啄兰苴,夕弄月华朝日采。冥冥上与浮云驰,世途缯弋将安施。从来污洁有本性,腐鼠鸱鸮徒尔为。

将进酒

生年百岁为期,十五幼稚,何知衰龄?耄耋期颐,中更愁苦伤悲,开口而笑,几时赤绳?难系朱羲,鬓发俄成素丝。仲春良月熙熙,红芳乱拂花枝。华镫绮席金卮,阶前明月如规。吴歙越艳征词,美人长袖蛾眉。箜筷宝瑟。参差曲成，流昒所私。留髡送客，低帏乐哉，一石何辞。

时命篇
阳春二三月，繁英耀光彩。一旦秋风吹，零落枝条改。骐骥当壮齿，逸足如风驰。及其筋力衰，驽马或先之。盛年不作乐，老大心情恶。乘时策高足，毋为伤局促。倚伏固不常，祸福从中变。得时享荣华，失势甘贫贱。人生天地间，万事各有主。时命使之然，岁月不我与。

癸亥八月十四夜，对月有怀同社戴安仲、李德孚诸子
欲满天边月，翻从客邸看。路分云树远，衣怯露华泞。命酒思同社，题诗寄所欢。素心兼白发，双照玉壶寒。
其二
明月出闽关，清辉共越山。衰容青镜影，归思宝刀环。梧叶秋偏下，桂丛谁与攀。南飞有乌鹊，三匝绕枝间。

中秋夜偕陆少秩暨萧两门人共酌
郭外标金刹，云端涌玉轮。林疏不碍影，境寂迥无尘。灏气当樽满，霜华入鬓新。他乡暂为乐，小子见情亲。
其二
不饮青樽酒，其如良夜何。桂香飘月路，榆影澹天河。旅思三千里，生年半百过。岁时聊复尔，敢自怨蹉跎。

秋雨三首
夜雨便高枕，秋风欲授衣。来鸿知节候，啼鹎歇芳菲。池水溜仍满，山云低乱飞。好催黄菊发，把酒醉忘归。
其二
雨意连宵足，凉风已洒然。苍茫分陇稻，萧飒落池莲。酿给田家酒，炊余邑井烟。殊方称乐土，为客任经年。
其三
庭树散朝烟，客窗清可怜。霜前杨柳色，雨后菊花天。对酒惟三雅，裁诗任几篇。故园当此际，渔艇钓鲈鲜。

九日独坐成诗二十韵
旅怀当九日，摇落不胜秋。戏马谁高会，据梧余卧游。他乡对黄菊，

故国感松楸。白雁霜前度，清猿月下愁。美人青玉案，久客黑貂裘。踪迹随藜杖，生涯问蒯缑。相思违命驾，远道赋登楼。身世飞蓬转，年光逝水流。酣来歌伏骥，名在应呼牛。忽漫杨生肘，萧然雪满头。鹪栖元自适，藿食敢忘忧。辽左氛全恶，黔阳孽尚留。干戈何日息，庚癸此时求。漕绝关中饷，沙粮塞上筹。脱巾防内变，筑室患多谋。力已闾阎竭，功难旦夕收。燕翻怜处幕，鱼莫漏吞舟。控御须长策，安攘藉壮猷。仰天徒慷慨，卒岁愿优游。旧业南山下，云松寄一丘。

丽谯鼓

丽谯鼓，声隆隆，回环四序何无穷。朝三通，暮三遍，催人仆仆尘途中。百年三万六千日，轻槌急节开群聋。愚者终难醒大梦，小儿闻汝成老翁。喑呜叱咤总乌有，娇歌急管随飘风。回头世事倏更变，鼓声朝暮还相同。请君沉思试静听，蓦然一觉双耳聪。

梦伯子举子

昨夜还家梦，迢迢几驿亭。明珠隋氏掌，玉树谢家庭。作客三秋暮，怀人双眼青。天香飘八桂，金粟是宁馨。

送乡人南还便取家报

一缄凭远信，千里望南云。霜落鲈鱼鲙，秋高鸿雁群。故乡行渐近，新酿醉微醺。莫作经时恋，家书早寄闻。

秋怀

露下江枫落，天寒陇稻收。授衣逢九月，为客度三秋。菊负陶潜酒，霜凋季子裘。不因吾土恋，宁用赋登楼。

其二

山气侵寒早，清霜九月中。凋零杨柳陌，狼藉菊花丛。旅梦醒残月，长吟寄北风。百年天地里，未敢怨途穷。

其三

长风吹海月，一片挂秋空。故国青山外，寒芳白露中。狂呼石作友，隐忆桂为丛。望远伤心处，长汀叫断鸿。

竹枝词

江头少妇竹枝歌，离别声中恨最多。楚水西来云雨暗，扬州东去奈君何?

其二
生长从来近水乡,侬家夫婿惯舟航。芦花九月寒飞絮,何处秋风不断肠。

秋夜
落叶朔风急,孤眠秋夜长。晓看庭草白,知是夜来霜。

其二
地僻书难到,水穷山更深。寒衣谁与授,羁客此时心。

窗前盆菊杂开,色绚如锦,因赋四绝
素练霞绡共一丛,不禁狼藉倚秋风。翻思故国东篱下,满径寒芳白露中。

其二
盆菊清芬着意栽,傲霜濡露傍阑开。谁言秋色偏摇落,却有杨家锦队来。

其三
秋杪仍看九日花,深黄浅白间流霞。餐英独对成清赏,随意他乡即是家。

其四
经年为客滞汀南,对菊孤吟酒半酣。欲插满头还自笑,萧条霜鬓已鬖鬖。

杪秋寄怀觉道、朗生两上人
净社春灯夕,别来秋已深。旅怀正摇落,寒色共萧森。好事今谁最,幽期重可寻。菩提坛上树,诃子寺中林。念尔烟霞侣,知余湖海心。霜前黄叶坠,句里碧云阴。卓锡游何处,因风惠好音。百年山水意,珍重寄瑶琴。

秋暮偶成
倦读抛芸卷,闲吟对菊花。如僧差有发,久客即为家。夜榻寒窥月,晴窗晓带霞。题书报乡国,高枕是生涯。

对菊
丛菊有黄花,纷披孟冬月。为保贞素姿,凌霜复傲雪。

其二

萧萧摇落候，朔风来自北。篱菊与江枫，点缀尽佳色。

枕上偶成

住山二十载，已习烟霞气。作客忽经年，始识尘途味。

其二

万山锁层城，百雉环官署。客舍在此中，寥寥与谁语。

其三

谁云故乡远，乃在枕席间。寒风吹客梦，夜夜度梅关。

其四

主人敬爱客，每食必粱肉。何如对妻孥，一饭甘半菽。

其五

我有径寸心，磊落千古事。课读与高眠，朝来对山翠。

孟 冬

孟冬之月风气佳，菊开无数金钱花。美人忆昔别南浦，客子晏岁仍天涯。不堪残梦夜欹枕，况复清泪寒吹笛。凭将尺素寄消息，庾关迢递雁行斜。

朔 风

朔风吹木叶，寒色入丹枫。返照千山外，层城万井中。不才如散木，有迹类飘蓬。近识逍遥理，浮生事事空。

感 怀

朔气届严候，草木已萎黄。客子咏无衣，恻然履寒霜。南云跂予望，归路阻且长。何以解忧思，命酌聊尽觞。颓然寄宵梦，梦觉仍他乡。哕哕征鸿号，揽衣起彷徨。

其二

忽忽岁将暮，悠悠度穷秋。短晷阳月驰，朔风来不周。久客知夜长，展转襟与裯。蟋蟀床下鸣，百感增烦忧。盛年一以迈，老大何所求。俯仰私自怜，岂为儿女谋。

述 游

我本澹荡人，雅尚在山水。既装蒯缑剑，复躧远游屣。吴越历几春，湘漓溯千里。结交贤豪间,领略烟霞里。九州迹未穷,五岳奇方始。蹉跎困儒服,倏忽逾三纪。兹为闽峤行,采真撷琼蕊。愿访武夷君,支策寻九鲤。大药可驻颜,要之以暮齿。

早起口占
拥被朝来卧起迟,雁声残月梦醒时。不知瓦上霜华色,偏照离人两鬓丝。

其二
江上红亭路几千,岭头寒树入苍烟。登山临水将归去,容易相思隔岁年。

食虎行 癸亥孟冬与陆少秩饮萧长汀署中,作时虎肉致自武平甘都护
漏下层城击谯鼓,烧镫促坐寒挥麈。案头炉火拨始红,瓶内新醪滴如乳。纵饮休夸北海鲸,盘餐况有南山虎。问谁获此甘将军,猿臂弯弓能饮羽。亲提一校朝打围,猎火烧空净林莽。哮咆呼风卒莫逃,生致军前缚其股。归来享士欢满堂,割鲜走送贤明府。儒生食指偶然动,异味亲尝果稀睹。酒罢高歌气益豪,狂来拔剑灯前舞。吁嗟乎!武夫缚虎何足数,当为天子东扫奴酋北击虏。

癸亥长至
仲冬初阳云出箕,暖律潜回当此时。江梅花飞玉作片,堤柳叶尽霜凝枝。朔风北来吹鬓发,遥天南望长相思。山城旅食伤迟暮,短咏狂歌对酒卮。

得家书
昨得家园信,械来月再圆。饥为八口累,贫是凤生缘。皋鹤翅垂塌,辕驹步不前。未除湖海气,宁受世人怜?

冬日旅怀
懒慢真吾性,萧条见物情。岁寒曾不改,冰雪澹余清。榻冷藏山气,更长厌漏声。浮云千里梦,归思渺然生。

其二
眼前俱长物,身外付醇醪。丘壑吾将老,云霄他自高。宁知存敝帚,交或恋绨袍。江海冥鸿意,翛然一羽毛。

其三

苍苍闽峤路，望远当将归。古柏疑霜翠，寒梅带雪飞。愁来诗自遣，穷有剑相依。不用逃姓名，知从我贵希。

其四

寺涌层城出，山环四面青。微阳回朔气，野烧失寒星。白发搔从短，红尘梦早醒。他乡兼岁暮，谁与慰飘零。

雨　雪

万山寒色锁层城，岁序萧条旅客情。日暮浮云章水远，不堪零雨听猿声。

其二

空斋高枕似袁安，乌雀争枝啄食残。共道南天荣橘柚，不知霜雪此中寒。

其三

漫向他乡叹薄游，岁寒何地不堪愁。相思风雪经行处，一夜青山尽白头。

甲子立春雨雪，时癸亥腊月望后二日

岁序逼寒威，同云雨雪霏。律从残腊改，春向隔年归。白玉庭阶树，清镫牖户机。辛盘今日会，乡思正依依。

哭冯彭倩

四十人间世，浮生竟有涯。黄垆传酒颂，青鬓惜年华。尘想芸窗满，风知竹径斜。河山他日泪，吹笛是谁家。

岁暮书怀

节序逢春早，天涯逼岁除。羊城千里道，鱼素几回书。小妇空悬梦，狂夫少定居。王孙芳草色，长铗叹归与。

其二

桃开残腊后，庭树始知春。白首仍为客，青山却笑人。裘从风雪敝，诗与岁时新。旧业存三径，陶家未厌贫。

癸亥除日生日，寄怀子建、伯乔伯子

罗浮归梦寄春前，生日仍添犬马年。客里椒花惊节序，望中琼树隔风

烟。歌成定寡千人和,赋就凭将两地传。翻忆往时同守岁,草堂灯火夜深悬。

雷电行

岁云暮矣逢除日,雪霰漫空寒凛溧。雷声殷殷度前山,紫电微微照虚室。阴惨阳舒并一时,节宣无乃调和失。苗仲西南尚跳梁,夷酋辽左尤狂獝。大将新承阃外恩,丈人期奏师中吉。国耻将同雪共消,天威愿与雷俱疾。从此年丰米谷贱,汛扫欃枪底宁谧。老夫饱饭歌太平,优游老作山中逸。

甲子元日

五十八年今始度,天涯踪迹可怜春。当杯柏叶宁辞醉,拂槛桃花解笑人。信美江山怀土赋,将归舟楫倦游身。汀兰到处堪为佩,迟日光风事事新。

上元雨怀

一树桃花娇上春,相看仍是客中身。沾泥藉草关何事,细雨微风解妒人。

其二

积雨山城逢上元,云霾惨澹忘朝昏。开樽酌酒不成醉,孤榻寒灯独闭门。

寄谢宗吉

雨余春草绿初齐,忆昔樽前恋解携。交态忽惊年老大,游踪仍隔岭东西。词坛君自司牛耳,生计吾将问马蹄。何日相逢一相笑,新诗聊寄客中题。

怀陶摇光

竺西云起读书堂,旧事仙留五石羊。篮舆且邀诗作社,秫田真拟醉为乡。书来松菊家三径,人在蒹葭水一方。无恙鸡坛朋好在,与君相对鬓俱苍。

积雨寄怀区启图叔永兄弟

青阳届春候,阴晦云弥漫。启蛰在正元,积雨何时干。碧草已萌芽,红桃开井干。怀人渺乡国，延伫空盘桓。临岐忆赠言，氤氲若芳兰。入掌皆明珠，揽佩俱琅轩。奉以长周旋，永言钦所欢。合并谅匪遥，归心迅飞翰。

雨后

山城春雨后，晴旭翠岩西。雷起荒池蛰，莺过竹院啼。村烟连远树，樵径出丹梯。赛赏占农候，田家乐事齐。

其二

忽漫初春雨，翻成竟月阴。樽开红蕊落，榻拥绿苔深。于耒驱村犊，催耕听野禽。晴云千里目，一慰望乡心。

其三

岭海三春雁，闽汀二月花。北来将远信，南望即思家。雨洗岩扉翠，晴舒县郭霞。野人谙久住，诗酒是生涯。

怀梁非馨

梁生三十富文籍，笔扫千军饮一石。去年惜别城东宅，春花满檐春草碧。生时卧病余遄行，欲发不发难为情。八行觅寄曾凭雁，千里相思又听莺。雁度莺啼不相待，蹉跎勿使朱颜改。干莫精埋划似虹，陵阳璞剖终呈彩。我今头白甘隐沦，生也子立谁与亲。相如四壁赋仍在，陈平七尺宁长贫。泥蟠天飞任所适，龙蛇变化随屈伸。

怀曹伯缨

七尺亭亭是玉山，美髯潇洒出人间。丈夫骨相有如此，莫使风尘凋壮颜。

怀君选十一弟

藉藉才名擅彩毫，承家人羡凤凰毛。三春南浦愁为别，千里西堂梦独劳。社事汝当执牛耳，花时谁与持蟹螯。江城荔熟菱歌起，待我观潮赋海涛。

枕上听雨

单裌犹未成，春事已过半。迢遥故园心，久客将归叹。天风吹雨声，一夕来枕畔。南山殷其雷，窗隙电光灿。展转床蓐间，不明夜求旦。晓看东园花，落英定零乱。

花朝雨怀寄子建、烟客

雨候偏愁雨,花朝不见花。苔阶潜穴蚓,草径乍鸣蛙。望眼春云乱,归心海国赊。山中文社酒,空自惜年华。

清明前二日书怀

春衣寒食近,离思杳难裁。柿叶绿初染,榴花红未开。长风吹梦断,细雨伴愁来。岁月形容老,芳菲景物催。浮名身外物,生事掌中杯。且奏思归引,惭非作赋才。一从攀岸柳,两度熟关梅。好去乘新水,凌江几日回。

送陈杲阳游南雍

结束千金剑,言登万里途。津亭折杨柳,春水绿蘼芜。烟雨催形色,风雷起壮图。三山龙虎气,六代帝王都。礼备周官典,经传汉大儒。阴垂槐市茂,月映璧池孤。慷慨干时策,昂藏许国躯。群空冀北骏,握有日南珠。汗史家声旧,青箱世泽俱。奇游从上国,玄揽伫中区。会合鱼欣藻,和鸣凤在梧。赠言惭下走,局促笑辕驹。

读王而弘给谏《黄如稿》

大雅云谁振,黄门迥绝伦。何来香案吏,却现宰官身。溟海渺无际,微言别有津。东南开半壁,天柱共嶙峋。

汀州歌十二首

隘岭千寻高插天,关门一道锁狼烟。筠篁竹囤蛮王寨,却忆当时虎踞年。

万山回合水南流,悬瀑飞泉舴艋舟。若向尤龙滩下过,居然泷濒与黄牛。

鬓发簪银练布裙,东城南陌总如云。儿家本是农桑妇,不学罗敷恼使君。

丹崖翠壁白云层,处处庵堂寺寺僧。酒熟粳香无一事,绳床空对佛前灯。

岭云山月半空浮,斗大孤城据上游。莫讶征人书信少,雁飞原不到汀州。

可是汀南别有天,花时三月不闻鹃。客窗幸傍长松署,流水声中住一年。

火炬烧空砲鼓喧，迎灯送喜遍山村。今年愿得禾苗好，犬卧花阴不闭门。

上杭原号小南京，宁化繁华旧有名。白苎织来桐布细，陟厘裁出扇头轻。

贡水源从新乐来，奔流西下郁孤台。渟泓万顷宫亭上，突兀匡庐砥柱回。

谁道闽汀是胜游，声名那得似诸州。舟行陆走真无奈，问水寻山到上头。

在山泉水本来清，泻出朱弦作玉鸣。客子可无长铗叹，令公赢得布袍名。时萧公为长汀令最清，有萧布袍之名。

女墙高跨卧龙山，朝斗珠峰紫翠环。鸡犬柴门清昼永，却疑乡落是城间。

忆山中花卉

迢递三千客路中，江头碧草又春风。别来却忆山窗下，两度花开到海红。

其二

蓼水清居木笔花，仙姿姑射醉流霞。主人漫有怜芳典，可奈开时不在家。

其三

种得交梨傍井干，春深轻燕掠花残。归时正好尝嘉实，满树垂垂浥露寒。

上巳日寄社中诸子

常年修禊事，少长集芳辰。此日天涯客，遥思水国津。和风三月暮，韶景万家春。绿映丝丝柳，香生岸岸蘋。难乘游冶兴，不见绮罗尘。多病怜衰老，羁栖笑隐沦。有怀曾莫喻，同调自相亲。倘就临流咏，裁书寄远人。

送方舆、霞台两弟还五羊，便寄家书兼订归约

襆被离家一载余，送君今日重踌躇。来时杨柳才堪折，归去荷花宛自舒。蜜酿遣携楼下酒，鱼械劳寄袖中书。呼儿为扫长林石，乘兴余将返旧庐。

首夏杂诗二首

鸟鸣荫嘉树，首夏方清和。晏坐薰风来，浮云出岩阿。云作无心观，

鸟解忘机歌。悠然会其趣，取适不在多。万虑既已淡，恍忽游无何。胡为世途内，冉冉随风波。

其二

少逐名利场，憧营婴百虑。得失渺莫凭，是非两无据。泛彼不系舟，飘若空中絮。中岁颇好道，冥心忘毁誉。意马始就调，神龙以为御。鹏鷃物本齐，逍遥吾殆庶。

闻西师失利，王中丞陷贼中，志感 二首

节钺西南大出师，虚传五道捷书驰。星芒夜掩中军垒，杀气朝翻上将旗。死难讵堪酹眷顾，生灵何计问疮痍。蛮烟瘴雨游魂地，处处猿声草木悲。

其二

罗施西去万山青，千里劳师左担经。坐惜金戈难返日，谁将铜柱更留铭。宵传唳鹤军声散，雾堕飞鸢战血腥。安得丈人司阃外，天威真合迅风霆。

久 客

别来天上月，一十五回圆。衣敝重更葛，衾温自损绵。情于贫贱见，乐任醉醒传。忽动归与叹，山中漱石泉。

其二

薰风逐飞絮，飘泊竟何之？山午云容澹，庭空日影移。猖狂时共弃，疏懒自相宜。旧业余三径，鹪鹩恋一枝。

闻倭警

云帆片片拂扶桑，极目风烟水一方。不见威灵生斧钺，遂令往来戒舟航。天吴昼挟鲸鲵舞，蜃气晴开组练光。闽粤旧称唇齿地，偏师南澳绝须防。

寄怀赖天熙明府

美人清望对冰壶，为邑襟江复带湖。花里伴来唯一鹤，日边飞处是双凫。交论白首惭同调，名起青云羡壮图。我自鸿冥君豹变，相逢还省下车无。

伏日自临汀归五羊，留别萧翼猷明府

垂老关情是别离，两年花署对君时。片言肝胆还相照，归路炎蒸只自

知。游倦总为婚嫁累,盟深曾与鹭鸥期。分携倘问重逢日,出处同心任所之。

留别陆少秩

去年春末半,风雨忆同舟。共作他乡客,俱为隔岁留。郗生还入幕,王粲倦登楼。别后兼葭水,裁诗寄好秋。

其二

旅邸寒暄共,归心岁月余。装仍蒯缑剑,箧有蠹鱼书。触热过重岭,乘秋返旧庐。我行君且住,临发重踟蹰。

游霹雳岩雷雨大作,观宗、徐二先生诗刻

云霄来爽气,雷雨遍空山。久客初归日,孤亭眺望间。杖藜惭独往,樽酒笑衰颜。二妙留题后,高名孰可攀。

清江寺观夷庚王孙题壁感旧

清江禅寺赣城西,古木疏篁老衲栖。客子扁舟成浪迹,王孙佳句见新题。烟波不省重来意,游冶空怜旧日堤。我欲乘流观左蠡,湖山秋色正堪携。

豫 章

谁道狂夫好远游,冲炎六月到南州。山冠云起遥知雨,水屋凉生飒似秋。下榻清标思往事,临江文藻见风流。片帆直欲趋程去,为爱龙沙览胜留。

渡宫亭湖

湖水平于掌,悠然望不穷。云开远山出,天阔片帆空。日月升沉外,波涛变态中。往来争利涉,身世任飘蓬。

康山阻风

白浪凌千顷,青山浸一区。两旬事舟楫,七月涉江湖。宿水从飘泊,分风定有无。昔年龙战处,仿佛万灵趋。

饶 阳

饶阳真泽国,积水绕城隅。雨霁烟初澹,秋生暑未徂。舟航通楚蜀,

名胜据江湖。欲识维城意,亲藩礼数殊。

乐平邂逅夷庚宗侯赋赠

怀中藏半刺,滞没似祢衡。野服方裁芰,游踪正合萍。才缘八斗重,神已廿年倾。其作江湖客,因知羁旅情。

留别夷庚

销魂惟有别,客子倦依刘。为读陈思赋,难忘邺下游。剑弹星欲动,帆挂树先秋。处处王孙草,归心不可留。

隘岭

峻岭初回辙,驱车冒暑登。人家翠微外,禅寺白云层。路学羊肠绕,身疑鸟翼凭。振衣临绝顶,齐物等鹍鹏。

题大隐寺壁

想是前身结佛缘,迢遥千里泛湖船。到来一月无他事,木榻禅灯照独眠。

出门长啸看秋云,衣狗沧茫竟莫分。欲向人间问交态,尘途车马自纷纷。

当垆曲

胡姬十五正当垆,调笑高阳混酒徒。留客但知簪夜合,送人不省赠文无。新妆镜里螺为黛,小立筵前雪作肤。月落乌啼君莫管,且拚烧烛共呼卢。

捉搦歌 四首

丈夫刚肠直如矢,剖心片语称知己。从来老贱遭笑耻,西驰白日东流水。

谁家少妇太姣好,采桑日出城南道。踟蹰五马莫草草,女儿所悦非金宝。

盈盈红纷楼中女,素手缝裳力砧杵。夫婿三年在军旅,月白霜寒共谁语。

世间翻覆难逆睹,龙或为鱼鼠变虎。有钱在手百媚妩,日撞华钟击鼍鼓。

前缓声歌

入当处芝兰室,行当息桃李堤。芝兰馨香能袭人,桃李不言下成蹊。东家娇女十八九,西家青钱贯将朽。可怜颜色难自保,守财终属他人有。少年行乐当及时,劝君有钱但沽酒。君不见,金谷园中春。又不见,铜驼陌上尘。昔时歌舞委蔓草,令人对酒长酸辛。

白团扇歌

白团扇,盈盈裁素练。摇风兰气生,却月花容见。秋至箧笥珍,春深复回眷。非是君恩久弃捐,由来冷暖随时变。

乌栖曲

东城月出闻乌栖,惊枝未定犹争啼。良人远戍交河道,边庭雪积寒风早。年年泪尽空寄衣,帛书不到红颜老。

中秋偕杨以约、宰平兄弟舟中共酌

扁舟今夜月,仍似故乡明。千里浮章水,三秋隔穗城。江空蟾欲跃,露冷桂逾清。对此盈尊酒,焉知摇落情。

答杨宰平见赠

传家清白后,之子洵名流。彩翮丹山凤,霜蹄渥水骝。文成知泽雾,气厉独横秋。学以三冬足,书仍二酉搜。丰城光正射,荆国璞终售。暂尔探奇胜,相将事远游。长卿未西使,迁史且南浮。题柱凌云壮,抽毫副墨留。与君同逆旅,经月共扁舟。倾盖章门外,谈心赣水头。苣将兰并合,胶以漆堪投。雅调相期许,清言共唱酬。世情从泪没,吾道任沉浮。名岂王杨并,交惭李郭俦。心真忘出处,乐可傲王侯。钟鼎勋元茂,山林迹自幽。异时如下榻,旧事有南洲。

郭汝赵归自燕都,邂逅梅关,辄枉赠章,率尔赋答

白社相从十载余,关河南北叹离居。酣歌尔贷燕台酒,奇字予探越绝书。赋就千金看气色,归来双鬓共萧疏。名山似隔风尘路,禽尚游踪好自如。

抵 家

蒲帆千里送将归,不染缁尘上褐衣。世上鹪鹏元自适,江头鸥鹭故相

依。青松翠竹新开径，白石苍苔旧钓矶。况值故山重九候，茱萸相赏未应违。

城坳最胜为韩孟郁题

卜筑郡城坳，栖云列荫茅。隍池通碧涧，睥睨俯苍郊。乌尾墙头毕，莺声树底交。主人富文藻，人拟凤凰巢。右城坳居。

崇台依粉堞，山色夕来佳。跨鹤仙踪古，呼鸾霸气埋。披襟风有隧，送目海无涯。俯仰成今古，酣歌激壮怀。右返照台。

智上人惠南华竹杖

箨龙蜕起春雷霹，瑶玉玲珑森列戟。摇曳曾捎象岭云，萧疏更濯曹溪碧。裁为拄杖六尺强，挂瓢荷笠归禅堂。劳师持赠意良厚，五岳游踪引兴长。

秒秋君玺兄、君选弟、傅贞父集价甫侄嘉树堂分得涵字

池光云影乱相涵，石□阴浓古木参。风递霜钟来埔北，渠通秋水绕城南。开帘自许烟霞入，散帙惟将典籍耽。竹下风流谁得似，不妨时过仲容谭。

送陈子载北试春官子载为士鹄先生孙

郡丞高调擅词场，儒雅人推大父行。龙种再传生骥㲚，凤毛三世见文章。图南自壮风云气，直北行依日月光。年少公车谁得似，将因鸿藻荐长杨。

送欧嘉可游临贺，兼致翼明明府

沸水岩前水，经行我旧游。万山盘贺岭，百里近昭州。君为探奇去，诗应吊古留。钟声城北寺，歌吹驿边楼。商贾年供税，桑麻春满畴。故人今抚字，佳政定风流。到日占梅雪，归时想麦秋。衔杯如问讯，知不忘林丘。

玉芝颂为何赞侯

于穆灏气，厥祥孔嘉。金虎始御，瑶草载华。团云作盖，比玉靡瑕。轮菌郁结，状若盘槎。三秀挺洁，七明耀霞。至味玄澹，异香辟邪。何以饵之？养龄则遐。宜尔子孙，庐江世家。

寒雨宿智公禅房，时公归自曹溪，余归自鄱阳
寒色夜来足，烧灯清话长。星霜违隔岁，风雨慰连床。妙法原无树，前身是众香。晨钟发深省，尘土意俱忘。

何龙友太史手柬见招以山行弗克赴约赋谢二首
龙乘云作雨，蜗负壳为庐。偃息惟丹壑，招寻有素书。树连春望迥，华落野情疏。自笑山林骨，樽罍此会虚。

潇洒瀛洲客，风流白社盟。交存贫贱好，老见弟兄情。蝶趁花间拍，莺传叶底声。遥看星聚处，佳气满春城。

春日归蓼水居，佐朝诸侄过集
柔荑新绿染垂杨，兰气临风拂坐香。别墅且邀林下会，归途休问橐中装。梦回草□春三度，笑涤衣尘酒一觞。紫燕黄莺似相语，年来不减旧猖狂。

送李伯襄宫庶还朝，时有春卿之报
一从滇海遂高骞，十载词名重木天。载笔从容征实录，陈诗前后见新篇。经纶正遇风云际，顾问还依日月边。况是虚怀能吐握，平津开阁待招贤。

送黄元吉还姑苏
柴房无剥啄，蓝舆忽来过。色自生松桂，交能恋薜萝。清言江左玉，高调虎丘歌。南海探明月，投人竟若何。

我自逃名久，君能迹影寻。高山铿尔韵，空谷跫然音。负俗惭真隐，穷交有片心。杨华春欲暮，把袂意弥深。

迢递还吴客，萧条适越装。帆开秦尉垒，酒熟荔枝乡。老至难为别，魂销黯自伤。凭将鲛室泪，归去酹真娘。（以上均见于明黎密《黎缜之游稿》）

张文录

张文录（1567—1627），字备纯，号吹藜。东莞人。明神宗万历二十二

年（1594）举人。事见《东莞张氏族谱》卷一一。

虚阁迎薰

开轩不爱自家凉，一味清阴遍八方。高枕却嗤陶五柳，梦中谁与到羲皇。

如亭听籁

悟到无心虑不营，拈花灵会法昙轻。于喁巧送天然曲，总是如如耳外声。

层台远眺

兀兀层台倚太清，主人非抱庚公情。月明铺练空尘界，海上三山又一瀛。

庭院飞花

成都花箔锦为茵，香趁杯浓琥珀新。故遣氤氲天女散，非关一片减于春。

课耕涉趣

七月姬公动帝看，田家作苦味堪酸。课中具识盘餐意，不为幽贞励伐檀。

八柏环青

饮中如并八为仙，香叶栖凰不记年。为问乍时蒲与柳，霜心留得几残烟。

梅坞涵春

何逊扬州旧有名，疏枝半吐影横清。明朝有客欣携酒，分付东风好放琼。

荔矶钓月

无饵钩垂一线风，荔矶乐矣许濠同。群鱼化作忘机鸟，日夕迎波向海翁。

玄关镜水

一碧澄鲜彻古今，源头脉脉此中寻。主人静对心如洗，曾有红尘半点侵。

星槎晚泛

荡漾晴空苇渡川，惊传太乙月中莲。知君妙脱回头岸，一棹清光处处圆。（以上均见于明李元弼《江皋小筑集》上卷）

张人龙

张人龙（1567—1651），字廷御，号青虬。东莞人。为人澹于名利，喜交游。事见《东莞张氏族谱》卷一〇。

课耕涉趣

不贵邵瓜奇，非耽蒋径异。只就此耕中，领略生生意。

星槎晚泛

一棹近云间，织女支机否？棹人总不知，知虚度何有。（以上均见于明李元弼《江皋小筑集》上卷）

范　缉

范缉，字国熙，号明初。东莞人。明神宗万历二十二年（1594）举人。事见民国《东莞县志》卷四五。

夏至江皋赏荔分赋得图字

午月阴生候，寻芳过竹区。舟横癸水渡，人入辋川图。酒进兰陵液，盘餐齐火珠。不辞归酩酊，日莫倩谁扶。（明李元弼《江皋小筑集》下卷）

方遂千

方遂千,字仞翔,号迟庵。东莞人。明神宗万历三十四年(1606)以《易经》中举人,官湖南黔阳知县,摄沅州知州。民国《东莞县志》卷六三有传。

承江皋祖别偶占
出郭临溪滑,开尊傍石寒。树光浮淡月,霜气上雕栏。买楫劳劳去,登台漠漠看。风尘青鬓在,搔首一弹冠。

其二
凭高眺天际,百里见苍茫。且拚群芳兴,何愁七圣狂。不空尊北海,疑是路南塘。坐久涟漪处,时为叔度汪。

集江皋得观文昌张仙妙像喜赋
选胜为宫现法轮,庄严今见一珠新。大千劫转龙蛇幻,高四台看燕雀驯。王气剑浮星汉色,慈云衣护水田人。凭轩正会团栾夜,绿酒黄花岁共因。

靖吾亲家之官分宜,余时落拓都门,为之言别不觉真发,并非绮语以荣其行,漫录郢政,似不禁余之狂也,小作四首如次
曾向江干蚤著韩,露华初重宰臣冠。无言老天收名晚,勋业何人起灌坛。

其二
锦色新看濯岁华,遥遥仙令漫浮槎。分江想有余间地,记得春融早种花。

其三
君去文江江上邻,故人相见一重论。只堪杯酒商前事,才说官情也怆神。

其四
惆怅都门一别留,囊琴相送入袁州。山狂已到临岐处,应见揶揄五月裘。(以上均见于明李元弼《江皋小筑集》下卷)

蔡兆祥

蔡兆祥，号献庵。东莞人。明神宗万历四十年（1612）举人，官江浦知县，升贵阳知县。事见民国《东莞县志》卷四五。

课耕涉趣
绿水平原春事幽，秧针时插遍田畴。闲看馌饷如宾敬，肯放阿衡效许由。

星槎晚泛
入夜潮生水满川，扣舷歌发兴流连。沿洄莫问支机石，恐讶乘槎日月边。（以上均见于明李元弼《江皋小筑集》上卷）

清秋如亭宴集
卜筑清幽近水浔，著书瑶草日萧森。百年交谊欢投辖，四座雄谈侈盍簪。傍月征鸿横远浦，自天凉籁散疏林。酒阑却愧中郎操，一曲那堪郢国音。（明李元弼《江皋小筑集》下卷）

王时春

王时春，东莞人，明神宗万历年间任宁远知县。

咏濂溪
洙泗隔已远，一派在春陵。圣脉何迢迢，汤濔复渊泓。浠之弗以浊，澄之匪以清。千畴赖余润，赴壑如飞琼。却是元初水，临流可濯缨。扰扰风波徒，沉昏唤靡醒。偶来溪上游，松风起泠泠。试取一勺饮，洗我五脏灵。徘徊忽豁然，须曳①破万营。直欲穷其源，行行日未冥。（明胥从化《濂溪志》卷八）

① "曳"疑为"臾"之误。

梁上云

梁上云，号汉章，明神宗万历年间人。曾与李元弼游。事见李元弼《江皋小筑集》。

虚阁迎薰
飞阁玲珑洞绮窗，轻飙披拂洒衣裳。疏帘涧簟凉如水，支枕泠然到上皇。

如亭听籁
证得真如觉路开，听闻都断万缘灰。空亭趺坐看明月，一片松涛天际来。

层台远眺
踏上瑶台十二重，丹梯缥缈锁芙蓉。分明觅得游仙路，迟尔蓬莱第一峰。

庭院飞花
云构深沉翠幕垂，繁英艳葩怯风吹。东皇不为停仙驭，剩有金铃缀绿枝。

课耕涉趣
漠漠平田黍稻赊，短筇斗酒过农家。酣歌耳热还相劳，笑杀齐人祝满车。

八柏环青
古柏亭亭秀可餐，环回宛似八龙蟠。非怜黛色参天长，惟羡贞心共岁寒。

梅坞涵春
疏影棱棱迥出尘，暗香杳杳不胜春。江皋入望罗浮近，梦里应逢劝酒人。

荔矶钓月
丹荔飘香月影高，野航不系浪滔滔。主人何忝任公子，长傍矶头钓六鳌。

玄关镜水
参透玄关悟六通，本来色相忽成空。寒潭碧练澄如镜，惟有青莲现此中。

星槎晚泛
霜冷蒹葭淡月斜，西风猎猎度仙槎。何妨直上灵津去，莫问成都卖卜家。（以上均见于明李元弼《江皋小筑集》上卷）

董江都

董江都，号景舒，明神宗万历年间人。曾与李元弼游。事见李元弼《江皋小筑集》。

虚阁迎薰
谁信人间有十洲，高华宁复出斯楼。幽虚不碍云来往，顿觉凉生五月秋。

如亭听籁
静对幽亭别有天，几回冥虑现青莲。海风吹度松涛彻，犹似布声入耳传。

层台远眺
娱老林塘一室宽，台连云汉足雄观。登临便觉乾坤小，青白何劳世上看。

庭院飞花

最爱东风大有情,吹红飘紫舞檐轻。春深晴霁余香遍,不让成都锦绣城。

课耕涉趣

江皋亭畔寄幽栖,读罢《离骚》又课犁。不为涉园成士隐,阿衡原自起田溪。

八柏环青

飘红万木尔含青,三五参差拂画庭。任是繁霜倍凌剥,贞标不改自亭亭。

梅坞涵春

江南春信任谁传,野坞梅花已报先。冷蕊香飘浮玉斝,不妨开阁恣流连。

荔矶钓月

丹荔垂垂覆钓矶,矶头凉月映荷衣。持竿取兴鱼何羡,钓得川璜后载归。

玄关镜水

洞石临漪白昼闲,守玄终日闭长关。坐来渐觉红尘远,云在青天水在湾。

星槎晚泛

银汉光澄八月秋,且将一苇溯中流。寻源直上灵津去,取石那知犯斗牛。(以上均见于明李元弼《江皋小筑集》上卷)

陈　谏[①]

陈谏，号冲玄。明神宗万历年间。曾与李元弼游。事见李元弼《江皋小筑集》。

虚阁迎薰

绮阁凌空接上台，紫云长护迥氛埃。披襟莫待朱弦奏，自有薰风入座来。

层楼缥缈昼偏长，飒飒轻风拂面凉。闲卷疏帘拖枕簟，皋林时送碧荷香。

如亭听籁

静里真如万虑轻，天风吹窍忽成声。朝来一派琅璈奏，嗒矣蒙庄可结盟。

空亭徙倚正凄清，无数松涛天际鸣。泂是境如心共适，不须耽寂学无生。

层台远眺

独上高台眺十洲，乾坤今古自悠悠。蓬莱不用飙轮到，万里微茫一望收。

百尺丹梯拥翠丛，四时佳气郁菁葱。凭栏指点江山外，一笑那知眼界空。

庭院飞花

万绿千红斗落英，轻风吹屑扑檐楹。阳和散入人间去，不用当筵下水晶。

碧院阴浓紫翠园，朱栏十二对春晖。乱红满径花茵合，日玩芳菲尽醉归。

---

① 《全粤诗》所收陈谏为阳春人。笔者又查光绪《广州府志》，发现明正德至万历年间，广州府名"陈谏"者有3人，故将陈谏列为"未收作者"。

课耕涉趣

一犁春雨半蓑云，绿野逍遥到夕曛。领略农家幽意足，前村灯火已缤纷。

拟筑青门学种瓜，带经聊自傲烟霞。不因日涉那成趣，耕凿真堪阅岁华。

八柏环青

翠盖铜柯拂紫烟，托根名苑自何年。万株浪说留金谷，谁似江皋俨列仙。

甘香凝露自堪餐，长与乔松阅岁寒。鹤节偏宜云外赏，虬枝应傍雪中看。

梅坞涵春

江梅千树蘸清流，暖律初回小洞幽。窗外寒香清入梦，却疑身世在罗浮。

参差琼树倚江滨，嫩蕊繁英照眼新。调鼎由来需结实，一枝先报岭头春。

荔矶钓月

澄潭千顷净烟波，日理长竿拥钓蓑。荔子矶头江月白，夜来偏得和渔歌。

水气涵虚皓魄浮，苔矶片石共悠悠。长江一望澄如练，却怪游鳞不上钩。

玄关镜水

宝筏玄津只自知，一泓清浅与心期。后来色相元非有，探得玄珠掌上持。

汪汪千顷碧于蓝，静对玄关好自参。欲问源头消息在，满江明月印寒潭。

星槎晚泛

晚凉林外启柴扉，闲棹仙槎趁夕晖。尘世莫言银汉杳，坐看乘月到支机。

江渚凉飔暑气消，得鱼沽酒信兰桡。醉来暂宿芦花岸，月满前溪起暮

潮。(以上均见于明李元弼《江皋小筑集》上卷)

梁文烜

梁文烜,号太循,明神宗万历年间人。曾与李元弼游。事见李元弼《江皋小筑集》。

虚阁迎薰
飞阁临漪俯钓台,疏棂八面趁花开。遥知适意虞弦奏,时有薰风送爽来。

如亭听籁
如如亭上会真吾,静里乾坤自有无。解识个中闻籁意,幽禽不用向人呼。

层台远眺
凌霄台观足登临,海外青山入望深。勿谓江湖廊庙隔,高冈应待凤凰音。

庭院飞花
春深庭院有飞红,片片余香殿晚风。坐数落英须爱惜,不教随水过桥东。

课耕涉趣
布谷催耕处处啼,一蓑烟雨忆磻溪。有莘原负天民望,会起阿衡活众黎。

八柏环青
翠柏参差倚碧天,灵根联植荫环连。云何若木东隅好,饶尔长遮玳瑁筵。

梅坞涵春

满坞寒梅疏影斜,琼姿春遭伴霜华。偏宜秋桂飘香后,又报东风第一花。

荔矶钓月

红荔溪边月渐高,谁将六物狎波涛。竿头百尺丝纶在,下钓还应得巨鳌。

玄关镜水

石上瑶花色自莹,玄关水镜更清冷。晴云飞盖盈朱履,共许探珠问日星。

星槎晚泛

尊酒扁舟月正明,流光随沂俗尘轻。星河一带清如许,莫问支机且濯缨。(以上均见于明李元弼《江皋小筑集》上卷)

夏日江皋鲙集

苍狗横空雨正繁,过逢欣得且盘桓。谭玄只愧千秋业,避暑还开五月樽。鲙细玉鳞工部酌,舞翻金缕辟疆园。缘知爱客过虚左,雅道于今可并论。

再谳江皋登达观台

画舫青尊向晚开,相携欣上达观台。千家形胜逶迤合,万里风云次第来。对酒不孤今夜月,看花须听早春雷。当年河朔应谁是,索笑东南尽百杯。(以上均见于明李元弼《江皋小筑集》下卷)

余道南

余道南,号楚望,明神宗万历年间人。曾与李元弼游。事见李元弼《江皋小筑集》。

虚阁迎薰

缥缈危栏瞰八荒，披襟乍可敌新凉。商弦更奏南风曲，须信虞廷有和章。

如亭听籁

孤亭寂寂昼冥冥，隐几翛然静炼形。为报管弦休聒耳，刁调清响在林坰。

层台远眺

梧桐旗岭郁巃嵸，斗绝层台峙此中。览胜倘穷千里目，莫南云物望来空。

庭院飞花

院落深沉花自风，天然点缀胜人工。何须脂粉施涂抹，剩有苍苔衬浅红。

课耕涉趣

流云盈壑雨盈畦，布谷频呼鹥鶺啼。想是报人春事急，漫携畚锸过桥西。鹥鶺音必弼。

八柏环青

远望明霞不可攀，独怜列柏势回环。年来学得长生诀，堪茹瑶芝共驻颜。

梅坞涵春

满坞幽香玉作丛，亭亭素质对春风。县知东望罗浮近，青鸟时来入梦中。

荔矶钓月

月色光寒印海方，潮头初长岸微茫。主人欲试丝纶手，故向矶头拟钓璜。

玄关镜水

小构玄关傍水湄，卷帘长日挹涟漪。忘鱼更觉浑忘我，乐意那能语惠施。

星槎晚泛
日落风恬浪乍停，孤槎荡漾在寒汀。何当直向灵津去，遂使君平诧客星。（以上均见于明李元弼《江皋小筑集》上卷）

龚必登

龚必登，号岸文，明神宗万历年间人。曾与李元弼游。事见李元弼《江皋小筑集》。

虚阁迎薰
百尺梯云阁影悬，东洲烟景入尊前。凭阑欲奏宫商曲，披豁南薰动五弦。

如亭听籁
云满溪亭坐起迟，静闻天籁胜朱丝。清机深省谁能会，一卷《南华》手自披。

层台远眺
主人矫矫气如虹，独上高台望远空。弱水飙轮三岛外，琼楼金阙五云中。

庭院飞花
坐惜芳菲诗欲就，景怜幽绝酒堪携。庭前□①忆长安道，凌乱红香送马蹄。

①底本模糊不清，疑为"错"字。

课耕涉趣
迎梅雨足杏花前，禾黍云披负郭田。卜稼劝农归去晚，草堂明月竹溪烟。

八柏环青

偏宜隐映三蓬径，不减萧疏八桂林。酒里香浮元日醉，雪中青耐岁寒心。

梅坞涵春

移得孤山万树云，嫩香微蕊白缤纷。人间未识春消息，坞里琼瑶已报君。

荔矶钓月

荔圃阴浓白石矶，烟波不湿荇荷衣。闲乘钓艇垂纶去，缓唱菱歌棹月归。

玄关镜水

瑶圃玄关别有天，霓衣长日挟飞仙。堪携二女凌波步，来照东江水镜前。

星槎晚泛

槎泛银涛露气清，支机何必问君平。乘潮东去沧溟近，坐听天鸡看日生。（以上均见于明李元弼《江皋小筑集》上卷）

陈 玘

陈玘，字节韶，号心宇。明神宗万历年间人。曾与李元弼游。事见李元弼《江皋小筑集》。

虚阁迎薰

篆烟香霭上帘栊，虚阁凉生绕锦丛。坐对此窗浑一味，虞弦相解午阴浓。

如亭听籁

华亭高构纳新凉，适意翛然引兴长。万窍喁千清响彻，坐听玄籁自徜徉。

层台远眺
巍楼雄跨碧江隈,玉簟珠帘掩映开。入望微茫烟景好,酣歌一曲即蓬莱。

庭院飞花
玉树琼葩翠且重,倚云映日竞芳浓。晓风吹舞深庭院,无限春光满眼中。

课耕涉趣
一犁春雨满烟蓑,喜见西畴乐事多。乘兴不妨闲步屧,雅歌击壤更如何。

八柏环青
孤直森罗翠盖擎,瑞烟腾鹤舞苍精。经霜黛色还葱郁,匝地阴浓丽日晴。

梅坞涵春
江南春暖雪初晴,丽苑群葩未吐英。只有一枝先破腊,芳馨烂熳擅魁名。

荔矶钓月
妃子香凝玉露清,冰轮浮动蘸波平。垂纶荡漾云穿影,一段寒光彻底澄。

玄关镜水
源头活水湛空浮,透入玄关一处幽。冰鉴静分晴色晓,月光凝魄漾波流。

星槎晚泛
暝色微茫入夜阑,潮生荡桨向江干。仙槎泛泛寻溪转,一醉狂歌任渺漫。(以上均见于明李元弼《江皋小筑集》上卷)

春日集如如亭分赋得摇字 时腊月念又八日

春日如亭酒共招，桃花初萼柳初条。谢家诗句池塘梦，习氏宾朋马首骄。疏懒已知成孟浪，登临何用叹飘摇。过逢多是龙山彦，无限光风拂石桥。

中秋后如如亭赏桃花

天入名园眼倍赊，如亭八月足桃花。蒸蒸丽日呈芳色，苒苒祥云映瑞葩。欲奋禹门先兆浪，更征麟趾叶宜家。花神解报真消息，把酒酣歌兴未涯。

初冬十日，偕诸友人江皋称觥漫赋

争羡英才早擅名，江皋庭院又新成。函关紫气青山绕，闾阖祥云白昼生。五秩年华蓬氏德，一池春草谢家情。侑觥不尽高歌祝，况复骊驹送远征。（以上均见于明李元弼《江皋小筑集》下卷）

尹朝鋾

尹朝鋾，号飞阁，明神宗万历年间人。曾与李元弼游。事见李元弼《江皋小筑集》。

虚阁迎薰

高阁嵯峨枕碧沧，凭空遥俯白云长。冷然顿觉凉飔透，一箪清风到上皇。

如亭听籁

风林淅沥鸟啼春，揽翠亭芳宿俗尘。会却玄玄喧亦寂，籁中何事辨天人。

层台远眺

遥蹑云根步达观，翩跹鹤驭欲生翰。胸中八极乾坤阔，世上那烦白眼看。

庭院飞花

风暖园林百卉新,锦霞片片舞芳春。客来不用呼童扫,一醉还凭作卧茵。

课耕涉趣

郊原春雨足桑麻,平楚为园学种瓜。嗤世利名多妄觊,每操豚酒祝污邪。

八柏环青

石磴阴森长薜萝,苍园乔柏挺铜柯。由来大谷齐天地,不数平泉雁翅多。

梅坞涵春

月浸梅窝似蕊宫,冰绡碎剪竞春工。淡妆自入师雄梦,犹带香魂倚晚风。

荔矶钓月

帘卷清风理钓钩,荔红波绿趣悠悠。缘空漫寄竿中月,翻笑严安爱着裘。

玄关镜水

槛内仙翁槛外漪,玉轮高挂镜光垂。看来水月冰心在,湛定浑如八解池。

星槎晚泛

兰桡秋晚御纤阿,慢橹吴姬采芰荷。一曲横塘吹玉笛,却疑身世在银河。(以上均见于明李元弼《江皋小筑集》上卷)

赵弘猷

赵弘猷,号集虚,明神宗万历年间人。与李元弼游。事见李元弼《江皋小筑集》。

虚阁迎薰
手倦抛书梦未成，炎蒸何事故相萦。乘凉忆上凌虚阁，消尽烦襟转自清。

如亭听籁
逃虚要使杂喧违，翻听笙竽似若非。静里灵籁得真趣，孤亭不觉坐忘归。

层台远眺
苍茫六合笑罍空，万象参差指顾中。共道凭高舒眼孔，冥心宁识更昭融。

庭院飞花
万紫千红片片匀，一番开落自然因。秾华不必论金谷，酩酊惟知曲米春。

课耕涉趣
闲来出郭课春田，怅恨如闻垅上旋。莫笑佣耕多浪说，抱怀原是燕鸿偏。

八柏环青
柏株环列郁苍菁，饱谙风霜干愈贞。栽植莫容萝蔓附，好移梅竹结寒盟。

梅坞涵春
玉蕾藏春未破葩，一枝横压坞边斜。行人共指林逋宅，应有清香赛雪华。

荔矶钓月
矶头坐爱绿阴连，倒浸冰轮夜愈鲜。定有妖鳖贪饵出，垂纶牵动碧潭烟。

玄关镜水

玄关深敞俯沧浪,秋霁澄清一镜凉。洗砚乍侵银兔影,流觞旋动玉蟾光。

星槎晚泛

滚滚长江不尽流,晚凉邀月上虚舟。寻源直到榆花镜,那恤星辰犯斗牛。(以上均见于明李元弼《江皋小筑集》上卷)

陈大业

陈大业,号抑庵,明神宗万历年间人。曾与李元弼游。事见李元弼《江皋小筑集》。

虚阁迎薰

凌虚高阁倚天开,阁外浮云任往来。坐对南薰清气爽,翻疑身世在冰台。

如亭听籁

古木萧森鸟不惊,静观宇宙寂无声。焚香默坐心如水,惟听天空万籁鸣。

层台远眺

步上层台眼界空,一层一眺玉玲珑。举头红日天边近,回首白云望正融。

庭院飞花

沉沉庭院锁春愁,片片花飞逐客游。传语花神好回护,愿教长插美人头。

课耕涉趣

抱膝长吟诵读频,一犁耕破陇头春。呼童涉尽田家趣,疑是当年乐有莘。

八柏环青
八株翠盖耸天奇,老干如龙节不移。合抱栋隆华国器,托身元是万年枝。

梅坞涵春
逊雪三分色可夸,暗藏春色早抽芽。个中自有调羹味,先向东风第一花。

荔矶钓月
矶头五月荔枝红,明月垂丝细浪中。圣世不闻妃子笑,一竿惟见有飞熊。

玄关镜水
参偈谭玄日闭关,蒲团打坐自闲闲。镜空水净浑无迹,鱼跃鸢飞任往还。

星槎晚泛
一叶扁舟泛晚流,西湖烟景一般秋。回头是岸君须记,莫问张骞犯斗牛。(以上均见于明李元弼《江皋小筑集》上卷)

范 钦

范钦,号侍庭,明神宗万历年间人。曾与李元弼游。事见李元弼《江皋小筑集》。

虚阁迎薰
高阁涵虚四望开,挥毫永日集雄才。疏帘半卷薰风动,会送荷香入酒杯。

如亭听籁

夜坐如亭酒正呼,碧空云尽月轮孤。忽惊何处声方起,疑是乾坤弄管竽。

层台远眺

层台数尺傍江干,花气蒸人景色漫。谩倚危阑望西北,五云深处是长安。

庭院飞花

庭院春深花乱开,飘香舞片逐人来。三千珠履芳筵集,一曲鸾音佐酒杯。

课耕涉趣

柳条轻湿雨晴余,喜课农耕且带书。但觉眼前生意满,东风吹绿入菑畲。

八柏环青

八柏团青一亩阴,兴来樽酒日登临。龙标翠盖凌霄起,岂拟淮南桂树林。

梅坞涵春

云锁千峰冻未开,忽看梅蕊吐江隈。今人尽道春回早,谁解天机不断来。

荔矶钓月

荔子垂垂映晚涛,一轮明月落江皋。柔丝且试投甘饵,暂借蟾光作巨鳌。

玄关镜水

步入玄关气转清,一泓寒鉴碧相迎。红尘不到心如洗,照见千秋万古情。

星槎晚泛

森森乔树拥林丘,水碧山青接素秋。翘首银河真咫尺,星槎清泛晚悠

悠。（以上均见于明李元弼《江皋小筑集》上卷）

招饮江皋谩赋称谢
卜筑江皋信美哉，楼台东控海门开。无边玉树逢春起，不断青云接汉来。投辖独怜酬野逸，登龙今喜挹风裁。曲江宴锡酣歌里，还忆高阳并举杯。

靖翁静摄江皋诗以讯之
病后存真静，神清疠不侵。高山曾景仰，流水复知音。老我浑如梦，怀君独此心。为霖舒健翮，应念白头吟。（以上均见于明李元弼《江皋小筑集》下卷）

李渐蕃

李渐蕃，明神宗万历年间人。曾与李元弼游。事见李元弼《江皋小筑集》。

虚阁迎薰
中天楼阁接微茫，坐对南来一味长。解愠未须弦里奏，樽开花外有微凉。

如亭听籁
碧云凉月思偏长，独坐如亭酒一觞。万窾寒生风细细，清音随处有笙簧。

层台远眺
亭亭高阁枕江隈，帘卷寒云四望开。醉倚危栏时极目，朱明烟雾郁崔嵬。

庭院飞花
燕语莺鸣春欲稀，空庭无事坐花飞。纷纷蜂蝶频相逐，故促余红点客衣。

课耕涉趣
落花红破陇头云,雨霁平畴绿正分。剩有鹿门遗址在,等闲随地乐耕耘。

八柏环青
罗列森森柏数株,连枝并秀可谁如。岁寒万木凋零尽,犹自葱苍拂太虚。

梅坞涵春
东风犹未到江台,冉冉梅花已占魁。自是粤南春信早,逢人聊赠一枝回。

荔矶钓月
荔满溪头水满津,晚凉随水弄丝纶。闲来暂适玄真趣,还系长鳌巨海滨。

玄关镜水
习静玄门已破关,潇然无俗一心闲。清光自得长如许,人世浮尘任往还。

星槎晚泛
蒹葭秋水暮烟横,明月同登李郭船。致语舟人频荡桨,直应高上斗牛边。(以上均见于明李元弼《江皋小筑集》上卷)

王济川

王济川,号莱玉,明神宗万历年间人。曾与李元弼游。事见李元弼《江皋小筑集》。

虚阁迎薰
危栏百尺倚天开,虚牖浮云任逞回。隐几卷帘浑自得,清真恰对故人来。

如亭听籁
静里心闲只自如,声尘不入耳根祛。凉风敲碎琅玕月,剩有松涛洒六虚。

层台远眺
台浮万叠欲摩霄,极目河山望转迢。横剑倚空凌北斗,乘风直拟驾扶摇。

庭院飞花
画梁新燕喜宜春,花气香浮欲醉人。饶有洛阳千种色,舞筵赢得锦为茵。

课耕涉趣
耕云耨月两优游,步屧扶筇趣转幽。点破一犁春雨绿,瞻蒲鸡黍熟新畴。

八柏环青
黛色浓侵太谷年,缃缃翠结郁苍烟。移根羡尔凌霜骨,不数人间浪诧仙。

梅坞涵春
山寒万片雪连云,红紫芳菲总未芬。聊向坞梅占气色,一枝新喷玉龙文。

荔矶钓月
荷香十里月初舒,锦荔斜侵拂钓渚。谢却羊裘风细处,不妨呼酒饵江鱼。

玄关镜水
洞里玄关本自肩,千株松下两函经。客来问道无余话,镜在青天水在瓶。

星槎晚泛
李郭仙舟泛晚秋,银河漾漾月悠悠。缘谁拾得支机石,笑傲天边犯斗牛。(以上均见于明李元弼《江皋小筑集》上卷)

彭世诏

彭世诏,号用予,明神宗万历年间人。曾与李元弼游。事见李元弼《江皋小筑集》。

虚阁迎薰
云屏翠幕野烟苍,高阁临江引望长。谁谓检书清味少,故人相对一襟凉。

如亭听籁
野亭林木锁芳烟,世外身心世内缘。欹枕觉来凉籁入,却疑仙乐下钧天。

层台远眺
高并黄金百尺台,平临日月彩云开。剑横北斗成天象,触日河山锦绣裁。

庭院飞花
春院春深入酒杯,晓风花片逐人来。妆成朱瑟翻红甲,舞袖争裁蜀锦回。

课耕涉趣
一犁新水问儿童,饱饭桑阴卧午风。谩道躬耕老虞舜,到来乐事几人同。

八柏环青

翠拥鸿蒙雪后姿,风云长护万年枝。独怜脂药人间寿,犹有巢乌带月窥。

梅坞涵春

四海春光荡漾催,苑梅先信一枝开。暗香笛里江南曲,素影偏凝雪色来。

荔矶钓月

长夏平林熟荔丹,苔矶新水自漫漫。空江不下惊鱼饵,曾寄丝纶月一竿。

玄关镜水

隐几玄门昼不关,每因奇字醉应还。湖光一鉴芙蓉色,长对冰心只自闲。

星槎晚泛

翠管银瓶乐未涯,岸花堤树掩流霞。人从霄汉瞻牛斗,李郭乘风泛晚槎。(以上均见于明李元弼《江皋小筑集》上卷)

送靖吾丈北上

仙舟明发趣神京,未尽离筵万里情。过市骅骝曾复顾,乘风鸿鹄自先声。九街柳色青萍合,三殿花香彩笔明。献纳有司存雨露,愿多封事答升平。(明李元弼《江皋小筑集》下卷)

梁敬之

梁敬之,号觉一道人,又号无逸道人。明神宗万历年间人。曾与李元弼游。事见李元弼《江皋小筑集》。

虚阁迎薰

谁家高筑倚云开,握手登临破绿苔。坐把南薰尘虑远,更从何处问兰台。

如亭听籁
闻道如亭辟俗缘，如亭清景果天然。等闲独倚雕阑听，更有松声和管弦。

层台远眺
步入江皋亦快哉，层楼高耸并崔嵬。登临每谓长安近，翘首依然入望来。

庭院飞花
园庭景色画图开，魏紫姚黄列翠苔。更有一般真可羡，落花飘佐紫霞杯。

课耕涉趣
道从何处适相宜，且向田园乐片时。除却往来车马客，带经还有几人知。

八柏环青
石几清凉日色稀，数株苍柏列成围。昼长仙侣闲敲局，误却旁观几度归。

梅坞涵春
庾岭移根傍四邻，一枝曾寄陇头人。只今鼎鼐多悬望，莫向梢头久恋春。

荔矶钓月
荔熟矶头夜正凉，一轮明月蘸沧浪。扁舟独隐垂竿钓，岂是当年渭水姜。

玄关镜水
踏上玄关世界轻，玄关光景有余情。门环素练堪供谢，况复冰轮彻底清。

星槎晚泛

瑟瑟西风入素秋,银河耿耿夜悠悠。乘槎直拟冲斗牛,不愧当时博望侯。(以上均见于明李元弼《江皋小筑集》上卷)

夏日游江皋

宛似恒河曲,祇陀太子林。可谈无住法,偏惬出尘心。竹叶寒声细,梅花雪色深。沧浪吹玉笛,夜夜水龙吟。

精舍傍江流,津梁彼岸头。人烟如舍卫,山色似罗浮。心度恒沙劫,身同象外游。从来香积饭,不在钵盂求。

奉香南华别李靖老

去路青山外,长林绿树阴。独怜泉石癖,人共水云心。闻梵香花远,寻幽古洞深。与君惆怅别,策杖自登临。

重阳登达观台分赋得重字

黄花锦石澹秋容,曲槛层台紫翠重。芷长习池鱼竞戏,客来蒋径鹤先逢。机忘鸥鸟群偏狎,香积菩提味自浓。何异龙山恣意赏,晚归休问景阳钟。

江皋主人惠以绨袍赋谢

几年踪迹亦堪悲,况值天空木落时。梵阁未忘藜阁夜,解衣何幸授衣期。即看白雪谁同调,更托朱弦自不疑。千载绨袍怜往事,任教寒色满江湄。

两承解衣口占再谢

李膺文采擅中原,倒屣当时礼独尊。恋恋绨袍谁得似,百年天地一龙门。(以上均见于明李元弼《江皋小筑集》下卷)

王而御

王而御,号兰洲,明神宗万历年间人。曾与李元弼游。事见李元弼

《江皋小筑集》。

沐初堂
别业依江浒,高堂号沐初。清虚宜澡雪,疏豁任居诸。闭户挥玄草,褰帷检素书。预知龙卧处,应作一蓬庐。

挹薰楼
高阁入云平,依微近玉京。苍烟连广漠,薰吹上檐楹。意远天同迥,缘空暑尽清。自然能解愠,何用舜琴鸣。

如如亭
漫说西天竺,君亭亦祇林。垂帘堪入定,闲坐自明心。鸟过听新偈,云留豁远襟。真如多妙趣,此地得来深。

飞花庭院
芳径绕云斜,虚亭百卉遮。白飘秦岭雪,红堕赤城霞。风入分香霭,曛笼护绛纱。年来春色早,更向上林夸。

达观台
思豁登临目,来游江上台。风烟千里合,云树万山回。笑指沧波阔,襟披岱色开。兴酣吾欲赋,愧乏大夫才。

芸晖圃
胜地开瑶圃,环阶长绿芸。凝脂明似玉,叶细密如云。每觉晖盈室,那令蠹蚀文。牙签君旧业,长此挹清芬。

环柏石
古柏八为行,亭亭翠盖长。贞心元傲雪,劲节饱经霜。泛盏香浮绿,蟠虬色带苍。石床时静对,寒色助飞觞。

梅花坞
几株庾岭雪,万斛隐侯春。冷蕊琼为朵,疏枝玉作鳞。寒入枚生赋,清含水部神。江城休弄笛,幽趣正宜人。

竹 径

秀色瑯玕遍，萧骚一径中。影翻鸾婉转，声戛玉玲珑。岂少嵇康侣，元高蒋诩风。王猷今满宅，清赏与君同。

钓 矶

不作临渊羡，登台自息机。月涵新水阔，云触晚风微。静对鸥为侣，闲收芰缉衣。他年求泽畔，人拟子陵矶。（以上均见于明李元弼《江皋小筑集》上卷）

初冬江皋夜集

十月九夜气初凉，美人犹拥芰荷裳。星辉河汉人聊席，雪满江亭酒共觞。且放好怀随永夕，肯悭余量负清商。相逢莫讶黄花晚，雪蕊金葩味并长。

余于靖吾兄夙好也，阔别多年，几成岐路，一日谓余曰："《江皋集》剞劂垂成，可独无言乎？"余感今追昔，相对怅然。偶以《夏至赏荔》诗帙示余触兴成篇，不暇计其工拙也

昔年星聚拟高阳，别后频惊月满梁。分韵如亭稀授简，问奇玄阁忆飞觞。惭看荔谱无新什，喜续瑶编有近囊。踪迹未须怜泛梗，且将人世付沧桑。

《烟渚浮槎图》为相所四兄题

侧身转觉乾坤小，尘世驱人徒扰扰。乘槎聊傍水云乡，澹荡烟光何浩淼。每随鸥鹭浴沧波，手拍铜壶自放歌。日把丝纶临极浦，晚依牛斗泛明河。采莲戏逐菱歌起，贳酒狂呼白云里。眼底风云任卷舒，闲中日月何穷纪。兴酣移棹向江皋，笑倚蓬窗首漫搔。纷纷世上繁华客，那知天地有吾曹。吾曹行乐寻真境，玩弄孤槎心不竞。渭滨严濑并高踪，烟水逍遥倍清迥。纫兰缉芰足优游，洞箫明月载船头。满目红尘飞不到，夜深时复过王猷。

初夏达观台对月得东字

谩夸河朔堪逃暑，喜傍高台爽气通。清眺云中双阙迥，剧谭花下一尊同。凉生竹径含新月，静入松林度晚风。醉倚归槎疑泛斗，萍踪明日任西东。

自东官赴循州，中途阻风，追李靖吾舟不及，用李韵

棹发东官望古循，霾云漠漠黯江滨。牙樯逆击风雷动，锦缆斜穿雪浪频。定有蛰龙思欲奋，岂缘莓鳄故难驯。仙舟李郭无由并，远道凭谁一问津。（以上均见于明李元弼《江皋小筑集》下卷）

钱大猷

钱大猷，号肖溪，明神宗万历年间人。曾与李元弼游。事见李元弼《江皋小筑集》。

虚阁迎薰

别业初开城北隈，迎薰虚阁迥崔嵬。荷风香透侵帘入，竹色光摇拂槛来。雨过松萝浮远翠，月明歌吹落深杯。昼长暂寄南窗傲，欹枕从教蝶梦回。

如亭听籁

夜色苍茫万籁嘘，如亭静听思踟蹰。稀微斗气云端落，啁唽秋声叶下初。风啸却从登岭后，梵音原自步虚余。江皋不是浔阳浦，何事琵琶到草庐。

层台远眺

层台高构倚云孤，纵步登攀路转迂。咫尺峰峦关象纬，微茫烟水绕城区。乱屹入夜歌相应，绮席留宾酒屡呼。眺望渺然空世界，百年天地只斯须。

庭院飞花

院宇阴森一径通，万花开遍广庭中。移来疏影枝枝瘦，飞入鲜葩片片红。好鸟啼春过别圃，游蜂遥夜宿芳丛。东皇愿借长为主，岁岁花时许暂同。

课耕涉趣

一犁春雨喜新晴，日涉园林兴趣生。放舸乘潮携馌具，停桡到处饷农

耕。满车休羡齐疆祝，对案还嘉冀野情。收获千钟留秫酿，持螯殊喜绿尊盈。

八柏环青

列柏连云绕槛西，亭亭幢盖八株齐。帘开绣幕长松并，月浸朱栏百卉低。剑阁远瞻遗庙肃，霜台近听夜乌啼。青青柯叶浑无改，黛色依然望不迷。

梅坞涵春

天转瑶衡淑气回，坞梅先已报春魁。枝枝密蕾凌寒吐，习习幽香傍月来。吟苦漫怜何逊兴，赋成堪羡广平才。岁华未是当摇落，怪底城头玉笛催。

荔矶钓月

朱实累累夹岸垂，持竿偏喜月横枝。风摇柳线牵游舫，浪卷桃花漾钓丝。星象每临烟水曲，蟾光偏照富江湄。时来漫展经纶手，车后还看帝者师。

玄关镜水

缥缈玄关漾镜湖，霏微秀色月平铺。沙边风起斜飞燕，天外帆张急避凫。情逐暮云歌遄发，斗移深夜酒频呼。登台陡觉星辰近，岂滞沧波老钓徒。

星槎晚泛

城外沧江胜若耶，晚凉邀客泛星槎。银蟾璀璨湖光润，锦缆舒徐雁影赊。远浦渔歌侵座剧，平堤树色入帘斜。夜归不向君平卜，犹觅醍醐对绛纱。（以上均见于明李元弼《江皋小筑集》上卷）

史记事

史记事，号右亭，明神宗万历年间人。曾与李元弼游。事见李元弼

《江皋小筑集》。

虚阁迎薰

危栏先已动微凉,况复南薰洒客裳。驱雪入怀宁有色,随花飘坐但闻香。日长尚想虞弦远,风至应怜楚调芳。逃暑倘然能获此,何妨高处数回翔。

如亭听籁

空宇高临众窍前,日闻吹万转翛然。琤琤响动雕甍月,纱纱音流画栋烟。侧耳却疑清夜梵,倾心疑诵六时禅。谁云起自青蘋末,能复驰声到坐边。

层台远眺

崇阶屹立势偏雄,驻舄凭虚四望通。直视天壤襟带下,俯窥城郭画图中。身沾飞霭形神杳,足乱浮云眼界空。百二山河如许壮,达观元已入心胸。

庭院飞花

江干庭院艳年芳,冉冉花飞侣洛阳。几处和风随蝶舞,有时迎雨伴莺翔。冲帘忽讶胭脂冷,袭袂常疑锦绣香。恍若仙姬鸣佩下,金钿重堕素茵旁。

课耕涉趣

农事时维及仲春,西畴何地不堪亲。以兹畎亩几畦稼,劳却岩廊一德身。省处是耕观足获,山将为历野为莘。自从瘖寐勋华后,唯此巾柴乐最真。

八柏环青

节并长松总不凋,青青露叶着寒条。虬形屈曲姿偏古,翠羽扶疏色更饶。浥雪故能明媚景,抱云犹自丽层霄。春葩秋萼浑秾艳,孰与参天入沕漻。

梅坞涵春

群芳待暖始繁华,汝独冲寒自放花。谁夺化工无限妙,倏分篱落数枝斜。幽香习习霜应妒，疏影离离玉共夸。蜂蝶试令偷着眼，讵宜飞去入邻家。

荔矶钓月

溪头锦树绚新晴，入暮披衣弄月明。倚树正深垂钓想，临溪宁薄羡鱼情。竿纶并得任公术，物色应图汉武形。勿谓荒郊空阒寂，嫦娥长伴有余清。

玄关镜水

皓窍涵虚尽日开，皎然澄澈讵徒哉。静时索照千形出，动处逢源一线来。不独潆洄成变化，更能挥拭绝尘埃。人间冰鉴元非乏，为问无私且属谁。

星槎晚泛

万纬含光彻夜清，沿流随意进船轻。空明倒着齐桡影，波静偏传鼓枻声。箫鼓忽疑天上奏，旌干如在镜中行。兴移颇似山阴棹，独讶寒江雪未生。（以上均见于明李元弼《江皋小筑集》上卷）

江皋谧集

习家池管傍林丘，景物千重一眄收。水树故邀天籁合，亭台遥带月光浮。青青柏叶时薰荜，白白江鱼晚上钩。卜昼兴高欢未足，夜长仍作泛舟游。（明李元弼《江皋小筑集》下卷）

林敬修

林敬修，号聚吾，明神宗万历年间人。曾与李元弼游。事见李元弼《江皋小筑集》。

虚阁迎薰

岧峣高阁俯星辰，坐对南薰作主宾。香送露荷闲白羽，影摇烟竹迥红尘。兰台词赋谁同调，河朔风流自可亲。倪许逃虚频取醉，披襟深酌豁吾真。

如亭听籁
如如亭上晚风轻,独倚朱阑夜气清。万窍烦吹横碧落,半天流响下空明。谩疑太乙朝真佩,翻讶缑山度月笙。坐久露深凉似洗,残樽呼烛复同倾。

层台远眺
高台秋望莽苍苍,极目遥天破大荒。翰海波光遥渤澥,崦嵫山色入扶桑。三千世界舆图壮,十万烟花罨画张。最是蓟城多王气,祥云迢递起朝阳。

庭院飞花
曾呼羯鼓擅天工,帝女新妆送晚风。几树茏葱添嫩绿,一枝摇曳换残红。蛛丝缀片张新锦,蝶翅寻香恋旧丛。不独开时堪对酒,玳筵飞舞赏心同。

课耕涉趣
入望平畴小筑间,春深十里雨潺潺。数林布谷啼声合,千耦连歌乐意关。载听击壤知帝力,几因尝馌识农艰。田园日涉真成趣,莘野紫桑并可攀。

八柏环青
何年新甫带云移,翠绕青环自四时。劲节不缘冰雪改,孤根惟许蛰龙知。离奇远写炉峰胜,森郁遥邻葛岭祠。几度过从难去汝,采花餐实亦疗饥。

梅坞涵春
植梅深坞雪丛丛,忽见南枝暖渐融。老干横斜浓着月,寒英疏淡静含风。兴撩水部神偏王,句索孤山调转工。为问罗浮他夜梦,可能无意荐师雄。

荔矶钓月
丹荔垂垂拂钓矶,月明沙暖鳜鱼肥。直钩谩掷青蘋动,独茧频牵白鸟飞。严濑风波终物色，渭流烟雨且蓑衣。占星协卜年来事，会拟连鳌合负归。

玄关镜水

深深萝洞锁云烟，剩水当关潋滟鲜。人为问奇频过酒，客缘看竹几探玄。霞翔碧树千峰出，月印澄波一镜圆。最是无营堪远俗，濯缨吾兴故翩翩。

星槎晚泛

蒹葭过雨晚潮平，载酒中流泛月明。荡桨鱼龙骄欲语，忘机鸥鸟不相惊。未论博望槎头石，会有浔阳水上声。满地江湖人共适，乘风破浪独含情。（以上均见于明李元弼《江皋小筑集》上卷）

初夏达观台对月得浓字

乘闲过小筑，坐语自高舂。对酒看新月，登台见远峰。兔华窥短发，鹤梦憩疏松。渐觉人烟迥，堪忘世味浓。

《锦堂春蔼图》为靖吾丈题

寻真晓入江皋路，万紫千红簇烟雾。珍禽怪石争鲜妍，满地春光随杖屦。春光澹澹花冥冥，枝头尽日悬金铃。龙眠老史画奇绝，故将彩笔传丹青。主人却爱春光媚，共玩新图饶雅致。我来恍惚融心神，辋川金谷何轩轾。花间锦雉驯不惊，飞来娇鸟争枝鸣。海棠雨湿朱唇破，牡丹风动红妆明。补天余炼中林起，莓苔斑驳张新绮。顾瞻不断四时花，悠然坐我春风里。君家有酒万石余，孔融坐下长不虚。披图深酌夜忘去，呼童秉烛仍踌躇。堂开锦绣人如玉，四壁生绡新未触。独怜此景最逼真，为掇锦堂春蔼曲。

重阳登达观台分赋得眸字

高台聿峰凌丹丘，九日招携开远眸。川原绕席错新锦，星汉低空浮酒瓯。客子帽欹风猎猎，主人歌竟思悠悠。醉来共把茱萸看，此会更谁同胜游。

送靖吾丈北上

大匣龙泉夜夜鸣，陆离摇佩照秋清。寒云匹马曾游路，明月孤鸿别后

声。万里舟航班景倩,千秋词赋马长卿。曲江春醉看花遍,早向青蒲翼治平。(以上均见于明李元弼《江皋小筑集》下卷)

翟恂章

翟恂章,号席竹,明神宗万历年间人。曾与李元弼游。事见李元弼《江皋小筑集》。

虚阁迎薰
风动箫韶万里酣,倚阑相对五云涵。文章气色占眉宇,易简神情引鼻参。玉女峰高门外紫,灵翁源浚槛前蓝。披襟挥麈任天性,人上羲皇羡斗南。

如亭听籁
宴坐如如寂俗氛,心游象外复何闻。盈虚海运声从律,窍穴风寥响遏云。翠幄不牵人抚案,丹崖曾有客移文。眼前世味同鸡肋,道在壶中一篆薰。

层台远眺
丹梯百尺出林扉,极目凭虚遍四围。云淡罗浮诸岛近,风生海月乱帆飞。林光静带团朝曙,花影晴分弄晚晖。乘兴咏歌森桂树,游行赏胜顿忘归。

庭院飞花
昼永帘垂万虑微,逍遥坐啸看花飞。身闲自觉无羁是,性逸谁嫌不着非。欲舞且随风引竹,多情偏学雪粘衣。玉姬解佩难胜此,银汉悬榆可庶几。

课耕涉趣
奢年通贵值平阶,雅尚明农咏圣涯。暂息云衢驰凤辖,频经草露湿芒鞋。从心岂但开三径,府物须知寓六骸。为报相看休浪讶,江干风景似无怀。

八柏环青

名园嘉树总华腴，柏向隆冬秀更殊。带雪悬冰徒岁晏，集鹓仪凤只秋徂。何妨白眼狂相对，共羡清标道与俱。就此开尊无不可，何如仙府有三珠。

梅坞涵春

北郭为园多植梅，春光不俟淑风回。花明日与琼争丽，叶布时看翠作堆。生意长留天地色，芳心久抱掞摛才。品题自有扬州兴，郢雪何难对月裁。

荔矶钓月

玉漏迢迢潮已生，江头片月向人明。持竿岂是渔翁计，对景真同仙客情。树下壶觞频藉草，沙边鸥鸟互寻盟。邻家错比披裘者，懒慢无心借钓行。

玄关镜水

懒从妄境叹云泥，白法传神意自西。界彻河山天宇静，照悬日月海光齐。草玄卒岁情偏适，出定嘲风思不迷。灵觉摄心犹证果，更将何处问菩提。

星槎晚泛

天空风习月华生，一叶扁舟自在行。近眺城池连塔影，俯聆弦管叶潮声。竹间驻桨题诗去，花外邀宾尽醉倾。容与漫游同赤水，胜缘不是世间情。（以上均见于明李元弼《江皋小筑集》上卷）

春游同赋

海润炳灵焞宇宙，开芳镜里郁葱葱。天垂岐峻三衡接，地迥烟消百雉崇。积翠氤氲倚翰墨，含清缥缈焕雕虫。鹤凭葛冶金坛古，凤引箫笙石室庞。王气颁斌被广运，葆光原隙匹崆峒。卧龙帝梦山中相，乘鲤人传河上翁。絜景游蒙瑛更发，鉴辉澄霭瑞偏降。神情制作由皇锡，心境形容迈国工。缘砌嫩苔斐秀壁，隔溪新泚漾文虹。虚堂庄籁弦相叶，满座虞薰抱自冲。岫倚青螺晨送目，波泂蓝练晚收筒。平林舻罨梅将白，环浦晶英荔放红。墙下桑麻需日用，阶前兰桂课时丰。鸳鸯剩有凌霄翮，轩冕那能诓智笼。庵蔼结鳞连冀北，葳蕤非雾袭番东。璃苏净入荷香湛，玉案殷依柏影龘。不负百年长作主，敢论万物竟为铜。吁嗟会俗牵尘想，觉悟劳生忆酒功。应化漫疑殊性橘，居安便得去心蓬。要津灭裂行多蹶，岐路徘徊世已穷。稻获新笪邀上客，诗分险韵试豪雄。一尊身外乾坤付，五际人间岁月砻。生草咏歌欣散步，聚星占奏贯圆空。薜萝雅叶奇文合，牛斗寒芒宝剑通。结驷千门枝绕雀，飞冥四野渚来鸿。谁云轻世膝常拥，尚许从心玉可攻。同调据床陪笑语，披襟聊浪醉春风。（明李元弼《江皋小筑集》下卷）

陈又开

陈又开，号青林，明神宗万历年间人。曾与李元弼游。事见李元弼《江皋小筑集》。

虚阁迎薰

乘潮放舸江皋路，笑拨红尘入烟雾。迎薰高阁凌青霄，轩窗习习薰风度。我来兴发时一登，微凉两腋驱炎蒸。何因白日生羽翼，更上瑶台第一层。

如亭听籁

如如古亭萃森爽，寥寥天外流清响。彩云千片挂朱阑，玉露遥天下仙掌。坐来夜久尘虑清，疏林漏月如有情。呼童洗盏更呼酌，遮莫天鸡催曙鸣。

层台远眺

达观高台何崒屼，上薄青冥俯云物。跻攀直蹑最高层，飘飘如在蟾蜍窟。凭阑四顾心眼开，泰山如拳海如杯。乘风御气兴无赖，拟跨鹏翻时盘回。

庭院飞花

百花庭院争红白，酒光入面浓香发。酒痕未减花已飞，满地残红惨鹍鸠。苔阶拾片挹芳尘，涧水流香送暮春。殷勤寄语花神道，来岁开时还问津。

课耕涉趣

阳和布濩土膏溢，田间啼鸟催耕急。田夫举趾春雨匀，侯主省工春草绿。东畴亚旅多如云，瞻蒲望杏何纷纷。欲知稼穑艰难意，共听农谈到夕曛。

八柏环青

八柏青青最出群，宿云屯雾含清芬。连枝接叶密如幄，下视众木徒缤纷。石台阴合如厦屋，苔痕斑驳连钱簇。赋诗行酒醉且歌，三伏炎蒸清亦足。

梅坞涵春

江梅暖入南枝长，雕琼琢玉扬孤芳。罗浮明月袅疏影，东阁微风传暗香。漫夸桃李春光好，梅花已占春光早。相逢信是百花魁，冲寒日对梅花坞。

荔矶钓月

五月矶头荔子红，火齐万树垂薰风。东山月白晚潮上，坐向矶头收钓筒。詹何之纶玄真竹，波动月摇金簇簇。何当钓得渭川璜，后车旋应非熊卜。

玄关镜水

草玄关门春不开，草玄关外多莓苔。下临止水静如镜，濯缨濯足湔尘埃。我缘问字频来往，案头玄草常兼两。天光上下见鸢鱼，道心尽洗安排障。

星槎晚泛

月澹风恬溪水平，采菱何处放歌声。一尊共上青莲舫，云净天空沙鸟鸣。中流荡桨迷远近，武陵溪在谁堪问。酒酣枕手卧船头，一任姮娥笑容鬓。（以上均见于明李元弼《江皋小筑集》上卷）

翟廷谟

翟廷谟,号青城,明神宗万历年间人。曾与李元弼游。事见李元弼《江皋小筑集》。

虚阁迎薰
杨子垂花径,鹅池洒墨林。堂虚时雨润,阁敞夏云阴。翰藻亲鱼鸟,文心洽古今。泠焉清吹入,自谓上皇人。

如亭听籁
扰扰乾坤内,如如有此亭。人天同法界,岁月但玄冥。列树非成障,无关未可扃。真如空色相,时见一莲青。

层台远眺
世人阶尺土,未上达观台。万里长风至,千峰积翠开。天临海镜阔,剑拂斗文回。安得高怀侣,超然畅举杯。

庭院飞花
三春陶和气,别院正芳菲。淡荡吹轻片,鲜荣上舞衣。酣醑方寄畅,齐契岂相违。缱绻东皇意,年华未息机。

课耕涉趣
磻溪三亩宅,帝业一鸿毛。彼美丘园道,何来玉帛劳。云泥朝印屐,月露晚浸袍。日涉皆成趣,应非事桔槔。

八柏环青
亭亭翠羽盖,蔚蔚青云姿。直干比君子,寒柯历岁时。几将苔藓合,一任女萝施。风动池边影,虬龙戏绿漪。

梅坞涵春
寂寞孤山后,栖迟庾岭分。几从仙客梦,欲问陇头人。的的明香雪,

□盆照玉鳞。汉宫传剪彩,先报一枝春。

荔矶钓月

离离映朱实,湛湛浴清滨。下坐渔矶石,中含太古人。持竿不设饵,钓月岂惊鳞。漫拟披裘者,应于象纬真。

玄关镜水

红尘飞不到,却扫有玄关。一鉴平如掌,回廊绕似鸾。昔人曾喻性,而我亦澄颜。向晚波心月,终宵濯魄还。

星槎晚泛

兴逐山阴夜,人乘上汉槎。或逢牛女会,别自访仙家。取石窥鲸室,停桡探月华。未穷沧海意,渔笛满蒹葭。(以上均见于明李元弼《江皋小筑集》上卷)

仲春过江皋值雨赋赠北上

芳草萋萋绿未干,盍簪人共过江干。幽香半逐燕泥湿,嫩蕊偏嫌蝶粉寒。岂有浊醪频问字,却将春色上征鞍。莺花莫怪颠风雨,饶取年来帝里看。

读《江皋集》寄怀三十韵 有引

予昔放浪形骸,恣情游览,朋来之益,江山之助,时一啸发,足以畅豁幽怀,有天际真人想。无何,情随事迁,碌碌膝下,俯仰一室,感慨系之,忽忽此况,又已白衣苍狗耳。兹靖吾君惠教刻集,抚卷兴怀,翻然技痒。因记曩时,梁石楼明府过莞,青霞君载酒江皋,招予在席,花阴月夜,皓齿青娥,予独谑浪,把酒浩歌。回首昔游,已为陈迹,拭目二君公车并辔,蹀躞后先,视予泉石膏肓,烟霞痼疾,其亦今之视昔乎?兴感之由,因成三十韵奉寄,为时事居诸,共发一叹。如曰三百而后,往往寓穷愁之士,则予何有?

我有一束素,写心千百言。薄云缄咫尺,聊且备寒暄。弱冠真无似,壮怀亦可论。盍欢剧孟子,掉臂辟疆园。不问轻肥贵,惟知道义尊。形骸当日忘,气概此生存。过阮能青眼,如陵具绿樽。絮羹延上客,染翰赋高轩。异姓联金友,垂年契玉昆。盛名曾御李,挺义凤标温。咏古骊先探,谈今虱便扪。一舴同上巳,十日对平原。高谊云天隔,浮生岁月奔。风尘抠短褐，时俗曝长禅。自泣杨朱泪，谁招楚客魂。路遗新俎豆，行断旧筵埙。入馔偏宜笋，忘忧赖有萱。款宾陶母舍，谢客翟公门。地迥应无累，家贫得避喧。经年多疾病，往事少扳援。脱帻非为达，吹瓢岂谓烦。未同秦汉代，莫问武陵源。遽信龙犹卧，随看凤欲骞。仙舟青翰舫，星象紫微垣。今代图麟阁，他时画鹿轓。似君双逸骥，而我一穷猿。忝礼思儒行，原诗愧素餐。百朋虽重锡，一顾实深恩。屈宋才堪驾，曹刘气可吞。相期共千古，挥手任乾坤。（以上均见于明李元弼《江皋小筑集》下卷）

吴苧歌

吴苧歌，号钟吕，明神宗万历年间人。曾与李元弼游。事见李元弼《江皋小筑集》。

虚阁迎薰
高构涵虚敞大荒，南来一味洒衣裳。负鹏壮击三千里，从虎期乘九五昌。逸思空中邀御寇，醉眠枕上识羲皇。亦知解阜人间世，满院荷花倍送香。

如亭听籁
云锁深林昼未开，刁调万壑静尘埃。心偕野马忘喧寂，袖握尼珠没去来。风入松间堪拂操，鸟啼花里好衔杯。是非不接真如耳，却笑巢由枕漱隈。

层台远眺
百万山河粤镇雄，登台极目思何穷。元知六宇多辽廓，无复层峦障远空。雉堞低垂云汉外，虹桥遥瞰夕阳中。蜃楼不识高如许，翘首青天问去鸿。

庭院飞花
碧栏干外落纷纷，恼乱隋宫剪彩新。嫩蕊已抛今夕艳，香枝还抱隔年春。因风朱殿遥飞片，随水仙源识问津。无那芳庭深锁住，绣茵时复坐幽人。

课耕涉趣
春雨霏微洽陌阡，一犁耕破陇头烟。青牛尽负讴童出，黄犬时随饷妇前。朴厚豳风歌播谷，升闻虞德在于田。清时不作归来赋，太史占书大有年。

八柏环青
列柏江皋屯密翠，绳绳绿叶带明霞。三槐座上无多植，五柳门前并一家。阅世合围具皓首，希仙服食变黄芽。岁寒最挺凌霜干，不与群芳竞物华。

梅坞涵春
东皇昨夜遣花神，散入南枝宿素茵。玉笛楼中吹未落，琼葩陇上折还新。诗成香染黄昏月，歌罢声传白雪春。莫把闲情归水部，垂垂应待鼎调珍。

荔矶钓月
江南中夏荔枝红，绿水名园湛碧空。几点疏星沉玉饵，一竿明月上丝筒。拂萝坐暖云根雾，吹蓼摇红水面风。莫讶垂纶甘贲迹，汉图曾入富春中。

玄关镜水
柱下书成抱膝吟，红尘心远静中深。风摇止水情同湛，草长平湖色不侵。青饭日斜知隽味，素琴云寂觉希音。俗嘲岂作扬雄解，应有侯芭杖屦寻。

星槎晚泛
客到龙门兴自翩，晚槎疑犯斗牛边。潮生汐没归何处，天上人间岂眇然。烟景五湖思范蠡，秋风八月忆张骞。白榆两岸穿归棹，已办成都买卜钱。（以上均见于明李元弼《江皋小筑集》上卷）

贺年伯靖吾弄璋
昨夜天仙谪，长庚入梦新。逡巡浮玉液，缥缈听天钧。紫气初涵瑞，

明珠一握珍。龙门声价待，秋水若为神。（明李元弼《江皋小筑集》下卷）

王克思

王克思，号中楼，明神宗万历年间人。与李元弼游。事见李元弼《江皋小筑集》。

总题江皋十景
啸傲凌千古，烟霞景自联。江皋开胜会，庭院集名贤。虚阁心逾寂，如亭意匪禅。登台瞻北阙，送酒舞前筵。柏石仙群剧，柴关独扣玄。先春梅正放，中夏荔偏妍。最课三农足，长书大有年。兴来闲涉趣，乐极泛归舷。共推司马实，尤羡李青莲。宁须觅东海，尊酒赋瑶编。（明李元弼《江皋小筑集》上卷）

王万寿

王万寿，号九如，明神宗万历年间人。与李元弼游。事见李元弼《江皋小筑集》。

总题江皋十景
凭虚高阁并如亭，坐对南薰籁谩听。台荫吟边花散锦，野耕闲处柏垂青。春融梅坞香初放，月挂渔竿荔正馨。了悟关头玄已剖，兴来独自泛河星。（明李元弼《江皋小筑集》上卷）

邝 春

邝春,号晋园,明神宗万历年间人。曾与李元弼游。事见李元弼《江皋小筑集》。

总题江皋十景

薰阁闻清籁,层台数落花。农耕看午馌,丛柏集昏鸦。荔映矶头月,梅含坞里霞。谭玄参妙诀,乘兴泛仙槎。(明李元弼《江皋小筑集》上卷)

王前谏

王前谏,号起霖,明神宗万历年间人。曾与李元弼游。事见李元弼《江皋小筑集》。

总题江皋十景

桃李自名园,何如江上原。近关饶远致,背郭足林樊。满坐元非偶,如云共有骞。四虚开户牖,一映奏篯坝。籁发心愈静,如真俗不喧。层阶爱极目,青白两相浑。彩绚天花散,庭砌锦为藩。青葱环柏色,绿澳涤玄根。闲钓矶头月,时开坞里尊。红尘并雪色,随意坐寒温。菽水园蔬美,桑麻芳桂繁。乘流天不夜,买酒薄云屯。胜拟武陵口,应夸上若村。当年香洛社,此日有龙门。(明李元弼《江皋小筑集》上卷)

谢昺

谢昺,号月湖,明神宗万历年间人。曾与李元弼游。事见李元弼《江皋小筑集》。

总题江皋十景

清溪一带抱江流，密树烟村夹岷幽洲。修修绕径琅玕玉，嘤嘤鸣鸟时相求。绮疏四面玲珑彻，霄汉棱层构画楼。遥闻凉籁起天末，如亭爽飒时啾啾。葳蕤片片繁英坠，缤纷子结盈枝头。八柏苍青森护石，高枝拳曲如蟠虬。暂理竿纶坐矶石，何劳缥骋亲羊裘。扁舟载月来归晚，疑是乘槎犯斗牛。不以三公移善养，喜图家庆乐林丘。琳琅赓韵裂金石，笑指河山入酒瓯。追陪每附宾筵末，静坐机忘狎海鸥。江皋之主凌飙起，廊庙仍为国计忧。背郭茅堂远尘迹，环江选胜列瀛洲。中有高人最轩豁，四焉之馆聊优游。习习薰风来永昼，彷疑身傲羲皇搂。凭高眺远一何极，俯视山岩如培塿。烟皋日出农耕急，馌饷亲尝遍绿畴。横斜疏影藏深坞，冷蕊涵香月色浮。玄关时扣尘心息，动静同原道与谋。赏兹胜概乐无极，岂任居诸春复秋。承欢日暇时清适，且邀良友相绸缪。嗟予久遂鹪鹩志，忝藉葭莩辱晚收。诗豪咳唾饶珠玉，点检奚囊驾邺侯。三径松筠闲锁月，还将东道属吾俦。（明李元弼《江皋小筑集》上卷）

宿挹薰楼

叶落初秋雁度迟，交欢泉石足幽期。何来珠履频移席，共宿玄亭数问奇。自笑是宾还是主，却惭能饮不能诗。园林尽日无拘束，触目琅函酒满卮。（明李元弼《江皋小筑集》下卷）

徐璋

徐璋，明神宗万历年间人。曾与李元弼游。事见李元弼《江皋小筑集》。

秋日，余附靖老仙舟而南，出示余《江皋小筑》诗刻，似耽泉石，今则令宜阳矣，久衡泌而折担，公何心？惟其时耳。妄意续貂，为之赓叶，和雷怒蛙，非其伦以声，倡也，抑亦俟其后云

卜筑寻幽小隐家，主人何事滞天涯。已从陶径开丛菊，今向潘庭学种

花。十亩桑间成独往,五湖烟景乐还赊。江皋不尽栖霞地,留与年来玩岁华。(明李元弼《江皋小筑集》上卷)

送李靖吾令分宜

藜火曾亲子夜功,观光此日可谁同。河边虎渡千溪净,天外凫飞万里空。剑拂霜花秋色冷,樯开烟树曙光胧。宜阳今作文翁蜀,嘶马还看避道骢。(明李元弼《江皋小筑集》下卷)

黄文学

黄文学,号省非,明神宗万历年间人。曾与李元弼游。事见李元弼《江皋小筑集》。

岂寄窗

出世非逃世,潇闲卧北窗。此身岂寄傲,竟日侣羲皇。

且适窝

宇大身非藐,闲闲且适窝。天宽无物碍,自适适人多。(以上均见于明李元弼《江皋小筑集》上卷)

祁一菁

祁一菁,号同宇,明神宗万历年间人。曾与李元弼游。事见李元弼《江皋小筑集》。

层台远眺

凭虚几欲出尘寰,漫步瑶台紫翠间。侵晓远看离海日,拨云遥望隔湖山。荧煌金碧千重耸,缥缈烟花万井环。珍重庙廊心正切,举头何处是燕关。

星槎晚泛

烟岚方敛色苍苍，云树依微带夕阳。画舫乍移歌转剧，渔灯掩映兴偏长。洞箫赤壁双蓬鬓，雪夜山阴一羽觞。逸思暂随鸥鸟迹，海天凉月且徜徉。（以上均见于明李元弼《江皋小筑集》上卷）

李孝廉别业新成赋贺

习家台榭枕城隅，户牖迎阳启画图。龙驭壮怀悬魏阙，鸥盟清梦暂江湖。韦编只合筹金鉴，列座还应叩玉壶。燕雀绕梁多喜色，会看眉宇长群雏。（明李元弼《江皋小筑集》下卷）

戴 霍

戴霍，号敬虚，明神宗万历年间人。曾与李元弼游。事见李元弼《江皋小筑集》。

虚阁迎薰

凌空高阁迥，对阆白云长。手卷抛书卧，薰风一枕凉。

课耕涉趣

一犁春雨深，竟亩勤耕凿。中有课农人，真知田家乐。（以上均见于明李元弼《江皋小筑集》上卷）

刘大湘

刘大湘，号沧源，明神宗万历年间人。与李元弼游。事见李元弼《江皋小筑集》。

如亭听籁

兀坐如亭对绿阴,真空觉后迥尘心。晚来何处风潇飒,散作云和碧玉音。

梅坞涵春

群芳摇落擅荣华,映雪凝寒自一家。最是岭南春信蚤,高枝先发上林花。(以上均见于明李元弼《江皋小筑集》上卷)

殷一德

殷一德,号若存,明神宗万历年间人。曾与李元弼游。事见李元弼《江皋小筑集》。

虚阁迎薰

绮阁凌清汉,登临兴自佳。荷风当户入,一枕到无怀。

层台远眺

倚云开玉垒,黛色有无中。纵目一舒啸,翩翩若御风。(以上均见于明李元弼《江皋小筑集》上卷)

陈承龙

陈承龙,明神宗万历年间人。曾与李元弼游。事见李元弼《江皋小筑集》。

如亭听籁

松楸摇响度亭阴,静听如如万籁森。一曲萧搔飞木末,乾坤清韵自瑶琴。

星槎晚泛

荡漾烟波潮晚生，沧浪几棹濯缨声。朝来听得君平语，昨夜银河有客星。（以上均见于明李元弼《江皋小筑集》上卷）

刘绍高

刘绍高，号五岳，明神宗万历年间人。曾与李元弼游。事见李元弼《江皋小筑集》。

虚阁迎薰

高阁凌空控斗牛，薰风习习此中收。珠帘半卷虞弦奏，目断燕云是帝州。

飞花庭院

万紫千红次第开，飞飞无限点苍苔。凭尊共对论心久，剩有春光入酒杯。（以上均见于明李元弼《江皋小筑集》上卷）

蔡梦松

蔡梦松，号向若，明神宗万历年间人。曾与李元弼游。事见李元弼《江皋小筑集》。

梅坞涵春

江南初报早春回，试问寒梅开未开。青帝昨宵传信息，一枝先占百花魁。

星槎晚泛

闲来乘兴泛星槎，荡漾银河弄月华。牛女只夸张博望，谁知元礼是仙

家。（以上均见于明李元弼《江皋小筑集》上卷）

同麦正老游江皋

江阁巍崇近海滨，琪花瑶草自森森。天高疑是桃源胜，地迥偏夸上苑珍。词客缤纷悬翰迹，德星环聚喜豪吟。兴文启胤祥光霭，他日重游兴倍深。（明李元弼《江皋小筑集》下卷）

王用康

王用康，号适吾，明神宗万历年间人。曾与李元弼游。事见李元弼《江皋小筑集》。

庭院飞花

暖烟晴日锦成堆，几片因风上舞台。蜂蝶扑香休浪呀，后园如许未曾开。（明李元弼《江皋小筑集》上卷）

谢圣庆

谢圣庆，号孔来，明神宗万历年间人。与李元弼游。事见李元弼《江皋小筑集》。

庭院飞花

庭院春深花正飞，千林万树舞芳菲。闲来偶得东风意，犹带余香共醉归。

玄关镜水

地僻关玄万象幽，子云读《易》卧羲周。关前一碧空虚鉴，惟有乾坤倒影浮。（以上均见于明李元弼《江皋小筑集》上卷）

张　铎

张铎,号敬玄,明神宗万历年间人。曾与李元弼游。事见李元弼《江皋小筑集》。

如亭听籁
万籁渺然来,听之在何寄。默默听于虚,妙哉听者至。

梅坞涵春
根向倚云移,远过旁蹊挪。春光满上林,吁嗟已全借。(以上均见于明李元弼《江皋小筑集》上卷)

苏　琼

苏琼,号耀苍,明神宗万历年间人。曾与李元弼游。事见李元弼《江皋小筑集》。

层台远眺 二首
闲倚高台望眼赊,碧空云静敛残霞。乾坤不改河山色,目极天涯似一家。

博望云山天际外,遥看烟树翠微中。由来极目穷千里,知在层台第几重。

荔矶钓月 二首
垂垂丹荔拂晴川,把钓矶头月色娟。独拟临流怀古迹,渭滨严濑景依然。

朱实离离绽欲铺,月明垂钓意徐徐。临川但适闲中趣,所羡矶头不在鱼。(以上均见于明李元弼《江皋小筑集》上卷)

张　渚

张渚，号浴日，明神宗万历年间人。曾与李元弼游。事见李元弼《江皋小筑集》。

庭院飞花
理料东风太有情，吹华渐见实分明。主人拈弄干吟兴，五色还从笔阵生。

玄关镜水
晴波潋滟静娟娟，何但澄襟足覆玄。曾跃双鱼供母馔，乡人指点陆姜泉。（以上均见于明李元弼《江皋小筑集》上卷）

翟承誉

翟承誉，号虚谷，明神宗万历年间人。曾与李元弼游。事见李元弼《江皋小筑集》。

虚阁迎薰
飞阁玲珑四望开，重帘高栋郁崔嵬。凉生乌几薰风透，暑散湘帘爽气来。棋局声随幽鸟度，酒杯欢得故人陪。当年东阁连河朔，今雨英风又属谁。

庭院飞花
春深庭院万花稠，零乱残红不待秋。繁朵自怜风雨色，疏枝偏重蝶蜂愁。纷披金谷苔铺锦，飞舞瑶空燕蹴球。开结不须论早晚，即看朱实满枝头。

八柏环青

森森老柏带烟岚,冰雪频年且自酣。绿接王槐同瑞应,翠分陶柳盍朋簪。日移密叶重阴合,风动苍枝秀色含。片石传觞忘坐久,杜陵滋味见清谈。(以上均见于明李元弼《江皋小筑集》上卷)

何 苠

何苠,号见阳,明神宗万历年间人。曾与李元弼游。事见李元弼《江皋小筑集》。

如亭听籁

如如亭上对秋清,坐息尘机万籁鸣。三十六天谁独胜,夜来真觉道心生。

课耕涉趣

十亩平畴一雨过,千夫俶载乐春和。熙然妇子频相劳,笑和尧天《击壤歌》。

八柏环青

八柏连枝结翠围,宿云屯雾媚朝晖。四时不断青青色,几度相看与俗违。(以上均见于明李元弼《江皋小筑集》上卷)

夏日何见阳、翟绍心、翟日宣、曾日辉、张廉夫、钟绍曾、李以诜、梁崇卿、林圣舆、陈华汉载酒过李相所江皋,酌环柏石兴酣联句

带水郊居僻林,招遊意气亲何。新荷摇翠盖李,古柏远红尘翟。细路饶苔藓曾,平池跃锦鳞林。风林堪却暑张,花坞尚留春梁。白鸟依青草翟,玄蝉噪绿筠钟。初疑勾漏洞陈,忽讶武陵津何。坐有携尊客曾,门盈问字人。杯传银凿落翟,盘引紫丝莼李。兴发频移席张,狂来不着巾。聚茵夸许慎林,投辖笑陈遵李。桂棹归乘月梁,兰桡捷有神曾。相过足幽事陈,百遍莫辞频李。(明李元弼《江皋小筑集》下卷)

翟承学

翟承学,号霞谷,明神宗万历年间人。曾与李元弼游。事见李元弼《江皋小筑集》。

如亭听籁
天籁本无声,真听不在耳。吾性自如如,兹亭聊复尔。

荔矶钓月
江上荔初红,矶边新水阔。独有钓鳌人,长竿弄明月。

星槎晚泛
星河亘长天,江皋共流注。试问乘槎人,曾否支机去。(以上均见于明李元弼《江皋小筑集》上卷)

曾昕

曾昕,号杏堂,明神宗万历年间人。曾与李元弼游。事见李元弼《江皋小筑集》。

层台远眺
为爱林塘泛舸来,共乘晴色上层台。目悬山海舆图小,身入青冥象纬开。南北风烟归指顾,古今形胜漫迟回。莫论望外无穷事,且尽忙中有限杯。

梅坞涵春
江梅初放向南枝,深坞涵春蝶未知。烂熳幽香风远递,横斜疏影月频移。广平爱重偏成赋,和靖情多自有诗。留取巡檐供索笑,江城羌笛莫轻吹。

星槎晚泛

六幕烟销秋气清,短槎浮月晚风轻。抱珠龙卧夜初静,狎客鸥眠梦不惊。夹岸芙蓉迎棹出,低空河汉傍人明。支机有石知多少,牛渚长悬博望情。(以上均见于明李元弼《江皋小筑集》上卷)

钟 沂

钟沂,号奕川,明神宗万历年间人。曾与李元弼游。事见李元弼《江皋小筑集》。

层台远眺

飞步蹑天根,引手探月窟。飘然万仞间,一眺了无极。

庭院飞花

春谷万花深,飞红满帘箔。莫恨妒花风,复前元有剥。

玄关镜水

草玄关外水潆洄,云影天光一镜开。来往无期幽兴足,始知人境有蓬莱。(以上均见于明李元弼《江皋小筑集》上卷)

张 相

张相,号粤梧,明神宗万历年间人。曾与李元弼游。事见李元弼《江皋小筑集》。

庭院飞花

槲阑分得上林春,玉蕊琼枝叨锦茵。几片前筵浮太白,天花应与共传神。

玄关镜水

洞门玄草白云封,一鉴澄清万径踪。且就江流赊月色,蒲团打坐问三宗。(以上均见于明李元弼《江皋小筑集》上卷)

周之纪

周之纪,号瑞石,明神宗万历年间人。曾与李元弼游。事见李元弼《江皋小筑集》。

总题江皋十景

迎薰高处风烟迥,籁散亭秋听转赊。望去层云连远树,兴来庭院满莺花。一犁雨足耕中趣,八柏杯深洞里霞。梅坞月矶无限胜,玄津还拟泛仙槎。

虚阁迎薰

飞阁红尘外,逃虚懒著书。薰风对瑶瑟,清兴复何如。

八柏环青

梅竹同盟侣,青青绕堵寒。凌云饶意气,休作七松看。(以上均见于明李元弼《江皋小筑集》上卷)

钟兴国

钟兴国,号衡岳,明神宗万历年间人。曾与李元弼游。事见李元弼

《江皋小筑集》。

总题江皋十景

江皋之上何者矶，江皋之景何芳菲。主人结构南薰阁，迎得南薰入绣帏。夜静如亭天籁发，层台眺望风萧飒。万片飞花扑北窗，一犁雨足耕南陌。青青八柏秀晴天，梅坞涵春太极前。荔浦兰舟堪钓月，玄关镜水印澄渊。秋来还拟乘槎去，飘然直上星河渚。相逢织女问真源，始知不是尘凡处。（明李元弼《江皋小筑集》上卷）

袁 裳

袁裳，号中玄，明神宗万历年间人。曾与李元弼游。事见李元弼《江皋小筑集》。

如亭听籁 金线系芙蓉

月到亭初静，风来籁有声。江潮不断古今清，萤入疏林花弄影。夜摇高木鸟，微惊鸳梦醒。凤仪鸣悠悠，流水可谁听。

梅坞涵春

仙郎闲里玩，神女醉中看。罗浮深洞即江干，瘦影横斜秋不断。疏枝高挂月，长存生意满。素心悬阳和，无日不名园。（以上均见于明李元弼《江皋小筑集》上卷）

孙 珪

孙珪，号辉宇，明神宗万历年间人。曾与李元弼游。事见李元弼《江皋小筑集》。

层台远眺
近郭环青障，层台四望开。云山千万树，举目是蓬莱。

荔矶钓月
夏至日加长，矶头荔正香。持竿弄明月，舒卷任行藏。（以上均见于明李元弼《江皋小筑集》上卷）

梁志勤

梁志勤，号励修，明神宗万历年间人。曾与李元弼游。事见李元弼《江皋小筑集》。

庭院飞花 步袁调
春深桃欲褪，风动蕊呈薰。高枝瑶月夜筛银，海棠蝶舞红堆锦。杨柳莺回绿，作茵香不尽。翠丛新飞花，送酒杜贤人。

星槎晚泛
海国风烟静，沧江波浪平。数声渔笛一帆轻，河源夜半穿云影。牛女秋中问，月明兰桨定。玉壶清摇指，仙舟过洞庭。（以上均见于明李元弼《江皋小筑集》上卷）

陈启心

陈启心，字辅德，号乃轩。明神宗万历年间人。曾与李元弼游。事见李元弼《江皋小筑集》。

丁亥元夕挹薰楼集得人字
六街秾李促香尘，片䯻垂扬动角巾。最爱名园依绿水，合凭高阁醉芳辰。羽觞飞月穷愁破，谈馥丛云火树新。长啸天门应咫尺，凌风思作叩阍人。

江皋晚泛分赋得凉字丁亥

江水新添数尺强，濯缨何处不沧浪。波空返照涵高阁，荷静扁舟纳晚凉。远浦笛声孤鹤杳，芳汀兰佩暮云长。陶然一啸清歌发，石上藤萝片月光。

李孝廉别业新成赋贺

秋钞弘开出郭堂，翚飞画栋敞朝阳。喜看白屋祥光见，况有黄花晚节香。橘柚江皋来野艇，尊罍虚白走璃浆。芳塘半亩堪垂钓，日日烹鲜傍母尝。

载酒江皋饯靖吾、青霞计偕北上

泽国东南羡二鸿，相呼相唤苇花丛。清秋露冷天门晓，联翩扶摇驾远空。

其二

寒沙迹渐郯郯锦，碧落长呷戛王音。幽蓟雪晴春似海，修翎交映五云深。

江皋主人惠搭肩赋谢

谁向祁寒解问兄，绨袍爱女古今情。负暄暖合龙颜献，万里霜飙任远行。（以上均见于明李元弼《江皋小筑集》下卷）

李殿扬

李殿扬，字昌言，号明宇。明神宗万历年间人。曾与李元弼游。事见李元弼《江皋小筑集》。

丁亥元夕挹薰楼集得乘字

春宵城郭竞张灯，烂熳行歌尽酒朋。点点星桥云外出，翩翩凤辇月中腾。须弥雪拥三千界,渤海风高万里鹏。圣主只今祠太乙,不妨人拟汉枚乘。

春日集如如亭分赋得连字**时腊月念又八日**

椒花采采媚遥天,荏苒韶华春可怜。万里风云双剑外,百年踪迹一尊前。青丝纤手还今古,白雪新诗自惠连。欲问真如何处是,醉乡终日泛银船。

和夏至对酌丁亥

问讯江皋扣竹扉,凭虚应觉协风微。鱼吹细浪深深见,花逐游丝袅袅飞。李白金龟原意气,太真玉镜羡神机。蝉鸣鹍乱何须问,遮莫登临愿不违。

江皋晚泛分赋得舟字丁亥

避喧盛夏集江头,极目洪涛滚滚流。牢落弟兄双短鬓,沉潦天地一虚舟。沧浪浴罢还长啸,尊酒豪来散百忧。总是高阳行乐处,何须蓬岛觅仙游。

冬日李孝廉招酌挹薰楼同赋得才字

丹梯九折上楼台,髯发飘飘万里来。四望山河平野合,百年尊酒好怀开。仲宣不倦登临兴,何逊还多作赋才。胜会难逢须尽醉,骊驹门外莫频催。

中秋后如如亭赏桃花

秋高白露映蒹葭,倏睹园桃吐艳花。红点万丛应胜锦,紫标八月故飞霞。河阳片片安仁赏,玄观枝枝梦得夸。总是春光先漏泄,独能无意答圆沙。

九日李靖老招登达观台

辉辉百里德星光,岭海词人聚一堂。青眼共看佳节会,黄花斜映酒卮香。天空云净开襟远,台峻风高引兴长。今日登临成胜事,明年萍梗自他方。

初冬十日，偕诸友人江皋称觞，梨园纷沓，烂醉长夜，为寿星漫赋，时将北征兼致别意云

白雪纷披万象新，壮游词客正生申。气横北斗双龙剑，乐奏南飞几故人。仙李盘根还此日，长杨献赋拟三春。牧猪报鳝侬家事，莫遣青娥袖拂尘。

载酒江皋饯靖吾、青霞计偕北上

征帆无恙挂通津，携手河梁倍怆神。汉主临轩三适集，天人挥笔五云陈。

其二

大鹏干馔总奇才，揭调原从汉魏来。忽漫阳关无限意，莫辞美酒夜光杯。

其三

六子论文烂熳游，翩翩同醉挹薰楼。眼看去住浑如梦，半入燕州半粤州。（以上均见于明李元弼《江皋小筑集》下卷）

尹 璋

尹璋，字崐选，明神宗万历年间人。曾与李元弼游。事见李元弼《江皋小筑集》。

春日集如如亭分赋得森字 时腊月念又八日

最爱如亭风物好，园林泉石自萧森。碧窗雾宿飞帘湿，朱栱云移画栋阴。迎气柳条晴欲动，当春梅蕊冻仍侵。阳回喜见天流转，惆怅江湖北极深。（明李元弼《江皋小筑集》下卷）

钟善鸣

钟善鸣，字以韶，明神宗万历年间人。曾与李元弼游。事见李元弼

《江皋小筑集》。

江皋晚泛分赋得林字丁亥

江皋几赴论文约,尊酒移舟向晚林。静里山光云外见,筵前树色雾中深。烟霞世路怜吾女,乌雀人情自古今。击揖高歌明月在,可堪蓬鬓二毛侵。(明李元弼《江皋小筑集》下卷)

何予方

何予方,号宜庵,明神宗万历年间人。曾与李元弼游。事见李元弼《江皋小筑集》。

冬日李孝廉招同王将军李明经酌挹薰楼得留字

凌寒同眺谪仙楼,极北岩峣是帝州。征雁远从云外度,轻鸥时狎镜中游。右军走笔书长练,水部题诗愧上头。疑有虞琴藏太古,薰风不断四时留。(明李元弼《江皋小筑集》下卷)

王　宠

王宠,号石川,明神宗万历年间人。曾与李元弼游。事见李元弼《江皋小筑集》。

冬日李孝廉招酌挹薰楼同赋用前韵

寒色何妨共倚楼,真如何逊在扬州。寻芳喜有逍遥兴,浪迹惭多汗漫游。早种菊松同里社予与宜庵同社,长看鸥鹭狎沙头。登临此日堪逢李,好向龙门一醉留。

李靖翁招饮郭外别业

晴空出郭眺扶桑,星聚偏宜有美堂。四壁图书人似玉,一溪花竹语生香。酣歌物色登高阁，倚剑风霜度野航。霖雨济时期自迩，高怀宁恋水云乡。

寒腊重饮李孝廉达观台

出郭寻梅散客愁，重开尊酒对沧洲。流漪潋滟含奇景，落日依微纵远眸。珠海渔舟怀梓里予事也，黄扉青琐赞皇猷李公事也。高情不尽酣归晚，云白山青足胜游。

重游宝安，九日李靖老招登达观台，同李明宇、陈星剑共赋

群山拥翠接秋光，剑倚楼台俯草堂。令节今逢重九日，菊黄初向故人香。临风对酒情何洽，迟月高歌兴转长。剡曲何妨重访戴，任教萍迹寄他方。

靖吾翁还东邑，载酒舟别兼赠卮言

青云客思胜阴何，避暑来游五穗坡。入槛碧峰看不尽，出关紫气望偏多。论心化日频沽美，问字玄亭忆更过。愧我发华叨御李，清风明月动骊歌。（以上均见于明李元弼《江皋小筑集》下卷）

陈梦斗

陈梦斗，号星剑，明神宗万历年间连州人。曾与李元弼游。事见李元弼《江皋小筑集》。

九日李靖老招登达观台

百尺青天立，金风泛二仪。习池无限兴，郑谷更称奇。佳节欣逢赏，清觞乐未涯。四人夸讲德，同醉却归迟。（明李元弼《江皋小筑集》下卷）

祁 堪

祁堪，明神宗万历年间人。曾与李元弼游。事见李元弼《江皋小筑

集》。

初冬十日偕诸友人江皋称觞漫赋

为汝称觞载酒过，传筹偏得近仙娥。香凝素手娇无力，花入琼楼艳更多。月露连篇裁楚句，风情千种托齐罗。自怜不惜黄金贵，买笑无因奈若何。（明李元弼《江皋小筑集》下卷）

王　盛

王盛，明神宗万历年间人。曾与李元弼游。事见李元弼《江皋小筑集》。

初冬十日偕诸友人江皋称觞漫赋

念昔论文岁月驰，黄花白雪降申期。敢将白雪酬知己，且献黄花满寿卮。瑶室日高萱永茂，龙门星朗凤来仪。经纶早为苍生出，莫待明朝鬓有丝。（明李元弼《江皋小筑集》下卷）

蔡嘉宁

蔡嘉宁，明神宗万历年间人。曾与李元弼游。事见李元弼《江皋小筑集》。

过酌江皋为北征劝驾

负郭幽居倚碧澜，窗涵旭日丽云端。当阶看翠围书带，绕槛纷芳灿玉兰。车辙徘徊停夜语，物华浮动向阳欢。主人勿谩夸龙卧，大地苍生起谢安。

饮水镜轩

为爱凉风倚碧漪，一尊宾主共襟期。杏娇红蕊侵雕槛，啼懒黄莺转绿枝。裙妒石榴人是玉,曲辞金缕雪裁诗。平泉酒后知无恙,疏散公荣子敬宜。

莫春闻莺怀李相所兼询王于圣、刘奕唐

朴帘红蕊飏轻丝,绕树莺声太睩离。声好每缘怜日永,情多应是怨春迟。风流供奉昆山玉,文雅刘郎桂树枝。沅芷澧兰原有恨,西清花鸟更逶迤。

花日怀江皋小筑

忆汝山房春事娇,碧桃银杏媚花朝。轻风入座香烟细,远色侵帘山黛遥。阁迥琴尊供笑语,楼高书剑丽云霄。主人岸帻池亭上,徙倚双凫喽野藻。

初夏代简约访江皋

偶憩长嬴望太清,片云衔日过东城。新看并蒂榴花放,更妒交枝楚雀鸣。性僻未堪偕客语,心贫难向故人倾。相思欲买王猷棹,一笑囊空仗友生。

李孝廉午日施钱,句以纪之,漫书江皋壁中

箫鼓催佳节,郊原仰岁时。锦衣称赵客,彩鹢醉吴姬。六博追游旧,千金竞渡奇。闾阎徒想象,歌舞自逶迤。亦有征求困,能无俯仰悲。向人皆束缊,村妇忆蒸梨。奔走空存骨,仓皇问者谁。推心唐李约,应世宋彭箕。天地同周渥,流离尽覆茨。负裘歌带索,扶杖嚷来熙。承事今谁并,于门慰我思。遐方知有待,开济复何疑。青史银为管,苍生口是碑。赠君九子粽,万载以为期。

江皋两招不及赴却寄

两度春风负草堂,遥怜佳兴独徜徉。能无琼烛催鼍鼓,定卷银波促羽觞。曲径逶迤穿蛱蝶,石栏迟丽度鸳鸯。月明客散狂歌后,玉树迎风入醉乡。

过王于圣有怀江皋主人

宝树清居寄隐幽,苍苔白石足淹留。绮疏花气传修竹,碧簟凉生起翠楸。君爱疏狂翻倒屣,我怜文秀擅登楼。新刍却病桃花酒,何日青莲共

劝酬。

上巳登达观台，更订明日之约
竹门斜辟映松杉，碣石蹲阶列画岩。吟眺高台搔短鬓，杯传残照未归帆。傍檐或简团修禊，夹道垂杨送舞衫。来岁阴晴知健否，不妨明日更飞缄。

上巳后一日同茂才王于雄招孝廉李相所饮于城西馆
昨朝修禊江皋北，今日开尊驿水西。雅咏未酬王氏帖，余欢还待谪仙携。日长邻媪茅柴熟，春到蓬门菜甲齐。柱沐不妨骑马过，归时那惜醉如泥。

江皋送春
共向江皋送晚春，江皋花鸟尚堪亲。葵榴带笑偏宜酒，燕雀啼娇不避人。踏胜尽教冲暮雨，赏心且莫负芳辰。飞花庭院春长好，扶醉重来景更新。（以上均见于明李元弼《江皋小筑集》下卷）

朱 樵

朱樵，明神宗万历年间人。曾与李元弼游。事见李元弼《江皋小筑集》。

辛丑清明日饮江皋小筑
乡土风烟信美哉，怜君小筑枕城隈。开轩山色空中尽，隐几潮声江上来。隔竹嚣尘元不到，狎人鸥鹭岂相猜。况逢令节同朋好，秉烛飞觞月满台。（明李元弼《江皋小筑集》下卷）

王素业

王素业，明神宗万历年间人。曾与李元弼游。事见李元弼《江皋小筑集》。

载酒江皋饯靖吾、青霞计偕北上

发船箫鼓还尊酒，匣剑芒寒动碧浔。九万风抟须比翼，八千蟾棹更同心。路逢岭峤梅初雪，歌彻离筵菊尚金。元礼太真称赋者，献成丹阙主恩深。

秋日病中怀江皋主人

世态交情聚，吾生独有君。病多非纵酒，愁剧转停云。地僻琴声寂，天寒树杪分。江皋风景好，那许细论文。（以上均见于明李元弼《江皋小筑集》下卷）

王维藩

王维藩，明神宗万历年间人。曾与李元弼游。事见李元弼《江皋小筑集》。

载酒江皋饯靖吾、青霞计偕北上

别尔河桥朔雪中，俄惊天际有双鸿。帆开直北长安近，浪暖花明相映红。

又

翩翩鸿起五羊城，望阙云霄万里程。海内已传龙剑合，集池还拟凤和鸣。（以上均见于明李元弼《江皋小筑集》下卷）

迁士约

迁士约，号省弦，明神宗万历年间人。曾与李元弼游。事见李元弼《江皋小筑集》。

载酒江皋饯靖吾、青霞计偕北上
翩翩意气振蜚声,迢递关河事远征。凫舄拟随双舄动,凤文遥映九苞明。结游不尽中宵酒,攀附应怜此日情。磬衎和鸣春正早,江皋花发听流莺。(明李元弼《江皋小筑集》下卷)

钟公恕

钟公恕,号磬石,明神宗万历年间人。曾与李元弼游。事见李元弼《江皋小筑集》。

宿挹薰楼
郊馆留宾泛菊觞,移尊虚阁晚苍苍。绮疏平接星河色,玉树低含水镜光。砧杵万家凄夜月,雁鸿千里唳寒霜。坐中亦有清狂客,欹枕长歌兴未央。(明李元弼《江皋小筑集》下卷)

温可权

温可权,号罗樵,明神宗万历年间人。与李元弼游。事见李元弼《江皋小筑集》。

夏至江皋赏荔分赋得杯字
荔熟名圆绮席开,同依密树坐莓苔。一溪潋滟云争丽,万颗殷红锦作堆。已讶冰丸供碧碗,更看玉液漾金杯。不妨饱食仍拚醉,缓步江头泛月回。(明李元弼《江皋小筑集》下卷)

温益谟

温益谟,号若木,明神宗万历年间人。曾与李元弼游。事见李元弼《江皋小筑集》。

夏至江皋赏荔分赋得宫字

龙门高宴集群公,丹荔垂垂映碧空。坐倚阴浓浮太白,行搴芳蔚擘轻红。水晶恍发波斯匣,玉露疑分太乙宫。喜附连枝陪胜赏,挥毫谁并长苏雄。(明李元弼《江皋小筑集》下卷)

陈向明

陈向明,号抱一,明神宗万历年间人。曾与李元弼游。事见李元弼《江皋小筑集》。

夏至江皋赏荔分赋得枝字

序属天中乐事宜,侧生初熟子垂垂。檠荷结绿成新帐,芳树凝红满故枝。轻解朱衣香馥郁,漫持白玉润冰姿。圣明优罢南方诏,留助骚人送酒卮。(明李元弼《江皋小筑集》下卷)

陈凤阁

陈凤阁,明神宗万历年间人。曾与李元弼游。事见李元弼《江皋小筑集》。

载酒江皋赏菊

摇落西风岁序赊,却怜篱畔有黄花。谁将白发惊时暮,共对青尊感物华。近水楼台疑阆苑,平畴鸡黍即胡麻。渊明笑傲归三径,醉卧羲皇自一家。(明李元弼《江皋小筑集》下卷)

王一新

王一新,明神宗万历年间人。曾与李元弼游。事见李元弼《江皋小筑集》。

过江皋漫题

涉趣江皋兴欲飞,层云远树映台辉。独将镜水抽玄藻,共对南薰弄玉徽。花院飘香春满坞,星槎不夜月横矶。坐深风霭青青柏,籁散如亭声正稀。(明李元弼《江皋小筑集》下卷)

黄思谏

黄思谏,字懋忠,明神宗万历年间人。曾与李元弼游。事见李元弼《江皋小筑集》。

冬日与林祯灿、车宜仲、梁幼宁、高正甫、麦德征携具访李相所年丈于濠上水亭分赋得微字

东来犹紫气,因共款郊扉。潮长水云晚,江清烟屿微。感时语转剧,思往涕堪挥。纵有南游叹,无言易息机。(明李元弼《江皋小筑集》下卷)

林应奎

林应奎,字祯灿,明神宗万历年间人。曾与李元弼游。事见李元弼《江皋小筑集》。

冬日与黄懋忠、车宜仲、梁幼宁、高正甫、麦德征携具访李相所年丈于濠上水亭分赋得东字

年来飞雁一相通,握叙犹疑梦寐中。兴似王猷乘夜雪,过从元礼挹高风。看君征马情偏壮,愧我幽居赋未工。把酒更期连日醉,扁舟容易各西东。(明李元弼《江皋小筑集》下卷)

梁元祯

梁元祯,字幼宁,明神宗万历年间人。与李元弼游。事见李元弼《江皋小筑集》。

冬日与黄懋忠、林祯灿、车宜仲、高正甫、麦德征携具访李相所年丈于濠上水亭分赋得时字

江皋遥别忽经时,濠上重来兴亦奇。挂席恍从规外过,系舟还傍镜中移。逢人皂帽空怀刺,对客清樽独赋诗。良会直须忘去住,故交惟有白头知。

送李相所年丈会试兼寄温尔弼明府

李俟弱冠青云士,半生却卧青山里。鸿来燕去本悠悠,虎变龙蒸宁已已。忆昔同君献赋秋,雄谭阔步常高视。缁衣颇厌洛京尘,麻鞯却羡罗浮美。故园千亩竹成林,新诗数卷苔为纸。江皋唱和得王裴,海内知交识温李。只今徒步上公车,往代平津安足拟。大器由来合晚成,远志未须愁暮齿。遥看逾岭即章江,取次浮舟过吉水。美人佳政在鸣琴,旧侣清游应倒

屣。把臂论交总蕙兰，披衷道故皆桑梓。携将荆璧叩秦关，解赠吴钩入燕市。梁生老去返林丘，谢客年来栖栗里。双舄空瞻叶县凫，尺书且托湘江鲤。（以上均见于明李元弼《江皋小筑集》下卷）

卢廷龙

卢廷龙，号昭余，明神宗万历年间人。曾与李元弼游。事见李元弼《江皋小筑集》。

李相所约游江皋别业，阻雨。既霁，放艇重携。移坐，出所藏卷帖相示。临别登台，如不能去

折简皋亭续昔游，潇潇风雨更夷犹。主人爱客频开径，野水兼天远放舟。霁后长林清暑气，花间散帙俯江流。徘徊不用仍投辖，剩有高台豁送眸。

将之京，弭舆攀酌李相所，承锡佳章，途次寄答

闭关几载卧江皋，结束匆匆觉尔高。孤楫兴来徐访戴，新诗叠出敏于曹。绸缪未尽倾幽兴，信宿聊同醉浊醪。握里骊驹犹佩诵，一缄迢递托鸿毛。（以上均见于明李元弼《江皋小筑集》下卷）

陈向殿

陈向殿，明神宗万历年间人。曾与李元弼游。事见李元弼《江皋小筑集》。

重阳登达观台分赋得开字

摇落空悲宋玉才，招携幽兴此中开。黄花应节商量发，白雁凌空次第来。破帽任教风自落，分题宁用雨相催。登临莫话牛山事，佳节须成一

醉回。

重游江皋别业 乙卯初夏

濠上方逃暑，江皋屡见招。薰风来夏木，曲水酌生潮。石磴危能蹑，云山淡可描。几回归路暝，渔火照兰桡。

将归山房，相所诸君载酒舟中话别 席有琴客

河梁尊酒送将归，绿绮朱弦为一挥。幽壑璧沉鱼夜出，晴空云静雉朝飞。广陵绝后声仍续，流水孤扬听亦稀。为讯墨洲黄叔度，别来谁对理金徽。（以上均见于明李元弼《江皋小筑集》下卷）

麦如京

麦如京，号五百甲子老生，明神宗万历年间人。曾与李元弼游。事见李元弼《江皋小筑集》。

游江皋小筑

东里开基接海湄，龙门轻尔习家池。诸天云拥神仙座，群木星生父子枝。先月台知邀紫桂，化龙鱼梦坐灵芝。墨花素解青莲趣，题咏千千写十奇。（明李元弼《江皋小筑集》下卷）

陈少登

陈少登，明神宗万历年间人。曾与李元弼游。事见李元弼《江皋小筑集》。

李孝廉别业新成赋贺

龙门高第喜初成，燕雀梁翻羽翩轻。紫气早看花正满，珠帘朝卷日先

迎。萱金普砌春风暖,兰玉团阶雨露荣。由此衣冠旋马地,夔龙千载集宸京。(明李元弼《江皋小筑集》下卷)

祁应震

祁应震,明神宗万历年间人。曾与李元弼游。事见李元弼《江皋小筑集》。

登达观台
步屐江皋里,登台共赏心。花飞春满院,竹静绿成阴。玉袖连襟剧,银灯照夜深。主人能醉客,从此数过寻。(明李元弼《江皋小筑集》下卷)

梁广誉

梁广誉,明神宗万历年间归善人,新安掌教。曾与李元弼游。事见李元弼《江皋小筑集》。

过李靖老江皋,讽诵壁间联句,用韵续貂请政
江干移棹问荆扉,为爱名园倚翠微。水镜台边凫共浴,把薰楼外燕交飞。檐花径草俱生意,树色蝉声总化机。取醉欲期山吐月,肯教心赏愿相违。(明李元弼《江皋小筑集》下卷)

钟继樑

钟继樑,增城司训,明神宗万历年间四会人。曾与李元弼游。事见李元弼《江皋小筑集》。

饮沐初堂赋谢
入洞风烟细，重重竹径森。山光长照座，海色谩留云。剧饮情偏壮，雄谭思不群。羯来春意好，那得更论文。（明李元弼《江皋小筑集》下卷）

吴道昭

吴道昭，号清宇，明神宗万历年间东莞人。与李元弼游。事见李元弼《江皋小筑集》。

余过江皋旬日谈酌欢甚，别佐茶陵，承靖吾年丈佳章远讯，用韵奉答兼送梁裕庵东归云
红亭莫惜醉离觞，前路脂车动晓霜。马度桂山当十月，帆回珠海是三阳。梁园赋罢云连袖，粤客歌来雪满场。东望故人乡国思，青衫频湿楚湘傍。（明李元弼《江皋小筑集》下卷）

杨应龙

杨应龙，明神宗万历年间人。曾与李元弼游。事见李元弼《江皋小筑集》。

《燕市名驹卷》送李靖老计偕北上
送客正高秋，青尊得暂留。疏烟连海峤，明月照仙舟。鹏翮冲霄汉，龙光划斗牛。春风三月里，献赋帝王州。（明李元弼《江皋小筑集》下卷）

陈凤韶

陈凤韶,明神宗万历年间人。曾与李元弼游。事见李元弼《江皋小筑集》。

喜李靖老诞公子
乾坤间气自钟奇,何物宁馨此俊儿。万里长庚光映宙,九霄雏凤快来仪。金茎酒注千秋露,宝树香联五桂枝。世业箕裘应不忝,振振宜尔肇螽斯。(明李元弼《江皋小筑集》下卷)

蔡秉光

蔡秉光,明神宗万历年间人。曾与李元弼游。事见李元弼《江皋小筑集》。

北征赠言
朗耀南楼月,翱翔北阙情。花开千片锦,浪绕五羊城。惜别难为赠,携壶不忍倾。鸟催帆去急,山逐水流清。赋献青莲美,功成善长贞。靖忠报明主,旋听凤池赓。(明李元弼《江皋小筑集》下卷)

谭逢时

谭逢时,明神宗万历年间人。曾与李元弼游。事见李元弼《江皋小筑集》。

江皋景昔曾游之，未尽其趣，今得主人唱和雄章，深慰夙愿，短章求政

主人卜筑林塘幽，八咏风高破四愁。客至青尊浮白日，豪来诗兴满南州。山环翠拥横溪碧，城背松声曲水流。我亦浪游曾览胜，白蘋红蓼渡江洲。（明李元弼《江皋小筑集》下卷）

袁学贞

袁学贞，号端庵，明神宗万历年间人。曾与李元弼游。事见李元弼《江皋小筑集》。

再访江皋别业

卜筑元称胜，寻盟兴独饶。晴云闲绕郭，曲水细通潮。命酌春樽倒，论文赤帜标。因君爱疏散，月下更停桡。

其二

名园欣再过，一径绕扶疏。楼阁观何壮，幽深景自殊。栖心时汲古，清听每逃虚。暂息图南翮，谁云大隐居。（以上均见于明李元弼《江皋小筑集》下卷）

杨弘勋

杨弘勋，明神宗万历年间人。曾与李元弼游。事见李元弼《江皋小筑集》。

承惠《江皋诗集》赋谢

南国词人羡汝曹，赓歌白雪满林皋。诗成灵运生池草，赋就江淹梦彩毫。肯以连城偿白璧，却怜孤月照宫袍。中原试问谁雄长，千载峨眉调最高。（明李元弼《江皋小筑集》下卷）

陈　骥

陈骥，明神宗万历年间人。曾与李元弼游。事见李元弼《江皋小筑集》。

送靖吾丈北上
握别三秋晚，扬舲万里遥。休论霜雪夜，喜际圣明朝。赋捷金门献，花看上苑娇。春风知得意，题寄慰潇条。（明李元弼《江皋小筑集》下卷）

袁　贺

袁贺，明神宗万历年间人。曾与李元弼游。事见李元弼《江皋小筑集》。

送靖吾丈北上
少年经略著英声，此日雄飞万里程。海内文章惊白雪，座中霖雨起苍生。月明星斗挥龙剑，雪满青徐入燕京。侧席只今应有待，金瓯还拟覆贤名。（明李元弼《江皋小筑集》下卷）

蔡嘉胤

蔡嘉胤，字崇锡，明神宗万历年间人。曾与李元弼游。事见李元弼《江皋小筑集》。

总题江皋十景
卜筑江皋称地雄，名园生事若为同。竹径逶迤四焉馆，清溪环带远山朦。沐初堂上南薰挹，庭院飞花酒卮入。文昌高阁列岿然，缓步层台眺云物。悠悠听籁坐如亭，簇簇朱鳞八柏青。漫叩玄关凭水镜，矶头钓月狎鸥鸰。春涵晓报梅花坞，课耕涉趣云晖圃。豪踪晚兴泛星槎，且适窝中明月好。憩云洞，薜荔墙，彧兰檐望岂寄窗。飞盖西园供笑傲，跃如心目任徜徉。江声和月色，树影射池光。选胜饶佳致，东洲旧草堂。主人岂为林泉癖，遮莫藏修或游息。龙门声价济清闲，莘野渭滨须物色。（明李元弼《江皋小筑集》上卷）

送靖吾丈北上

匆匆骏足上燕台，把酒江皋一快哉。候馆不堪疏柳折，渭阳其奈片帆催。云连斗气青萍壮，星聚仙舟白雪裁。独对纵横须彩笔，好凭双鲤寄江隈。（明李元弼《江皋小筑集》下卷）

黎元望

黎元望，明神宗万历年间人。曾与李元弼游。事见李元弼《江皋小筑集》。

送李靖吾令分宜

昨夜郎星耀碧天，安仁竹马政连绵。风云早岁秋曾奋，仙掌当空露更鲜。百里重怜才□罄，九重旋见席虚前。子虚惭赋难为赠，□□揄揶笑日边。（明李元弼《江皋小筑集》下卷）

李 通

李通，明神宗万历年间东莞人。李元弼之宗侄。事见李元弼《江皋小筑集》。

喜李靖老诞公子
极目苍天处处明，长庚梦叶紫云迎。光腾上苑庄椿茂，色动琼宫宝桂荣。蚌底玄珠惊错落，蓝田璧玉丽晶英。盈庭朱履觇华萼，争道充闾不辍声。（明李元弼《江皋小筑集》下卷）

李应桂

李应桂，字遂良，明神宗万历年间东莞人。李元弼之侄。事见李元弼《江皋小筑集》。

虚阁迎薰
虚阁凌霄傍斗寒，披襟高坐并琅玕。卷帘爽气南来好，天禄书成试一看。

八柏环青
八柏森阴挺拂云，翠围庭院四时春。恩叨鹿尾承甘露，犹得霏微入酒巾。（以上均见于明李元弼《江皋小筑集》上卷）

春望忆江皋 集古
不到东山久，江皋已仲春。空村为见鸟，疏快颇宜人。白浸梨花月，青归柳叶新。几时杯重把，重与细论文。（明李元弼《江皋小筑集》下卷）

李日芳

李日芳，字公望，明神宗万历年间东莞人。李元弼之侄。事见李元弼《江皋小筑集》。

虚阁迎薰
棱层五云高阁，浩荡八极昭融。读罢羲皇清昼，卷帘时把薰风。

玄关镜水
鉴澈云影天光，静对青山绿树。此中活泼鸢鱼，独得孔颜乐处。（以上均见于明李元弼《江皋小筑集》上卷）

李呈器

李呈器，字卓英，明神宗万历年间东莞人。李元弼之侄。事见李元弼《江皋小筑集》。

如亭听籁
万籁原无籁，如亭独自听。雷声渊嘿里，白卷是传经。

梅坞涵春
梅花开满坞，春色足前林。莫道疏枝笑，巡檐半不禁。（以上均见于明李元弼《江皋小筑集》上卷）

李仲惇

李仲惇，字庶翼，明神宗万历年间东莞人。李元弼之侄。事见李元弼《江皋小筑集》。

层台远眺
登台举步闲，摩空咫尺间。云烟笼万树，霭气拥千山。

荔矶钓月
夏日树鸣蝉，明珠颗颗圆。钓鱼酌新酒，月影满前川。（以上均见于明李元弼《江皋小筑集》上卷）

李文焰

李文焰,字道表,明神宗万历年间东莞人。李元弼之侄孙。事见李元弼《江皋小筑集》。

庭院飞花
入眼韶华景色融,几番红雨拂帘栊。非贪送酒前筵舞,且喜枝头子结丛。

玄关镜水
洞门寂静锁幽居,一鉴波光映太虚。无限鸢鱼昭道妙,满亭玄草子云书。(以上均见于明李元弼《江皋小筑集》上卷)

李兴周

李兴周,字见遇,明神宗万历年间东莞人。李元弼之曾侄孙。事见李元弼《江皋小筑集》。

课耕涉趣
莘野春雷动,呼童诛草莱。个中自有乐,币聘莫相催。

星槎晚泛
入夜银河静,乘槎泛斗牛。相将试舟楫,谁讶订江鸥。(以上均见于明李元弼《江皋小筑集》上卷)

李茂桂

李茂桂,明神宗万历年间东莞人。李元弼之侄孙。事见李元弼《江皋小筑集》。

送靖吾丈北上
蒹葭秋色锦帆催,恋别江皋祖帐开。庭院飞花迎彩鹢,河桥垂柳映金罍。图南健羡抟鹏翼,蓟北争看倚马才。无限荪枝须渥芘,上林红杏待春回。(明李元弼《江皋小筑集》下卷)

李兆斗

李兆斗,明神宗万历年间东莞人。李元弼之侄孙。事见李元弼《江皋小筑集》。

步陈美翁江亭赠别韵 二首
清秋饶爽籁,怅①望一登台。鹏翮南溟举,龙光北斗开。岸花迎去棹,江月促行杯。春满长安色,林莺处处催。

对酒江亭夜,遥看万里行。黄金燕市重,白雪郢中清。远雁横秋色,孤帆惜别情。长杨如有赋,应识鬼神惊。(明李元弼《江皋小筑集》下卷)

关镇明

关镇明(?—1621),字节所。东莞人。官镇抚,随陈策援辽,战死于浑河口。事见道光《广东通志》卷二八四。

载酒江皋饯靖吾青霞计偕北上

旭日初升海曙晴，双鸿遥向凤皇城。关河雪霁腾飞急，驿路风高羽翮轻。剑倚长天频极目，杯摇银海速离情。三春禁苑花明候，期尔扶摇九万征。（明李元弼《江皋小筑集》下卷）

高赉明

高赉明，字孟良。新会人。明熹宗天启二年（1622）进士，授新喻知县，调安福县。迁河南道御史。明昭宗即位后，任刑部郎中。历大理卿，升工部右侍郎。光绪《广州府志》卷一二二有传。

游琅琊新亭

琅琊新胜敞林垌，历历阶前列翠屏。夹道虬龙秦树古，悬岩苔藓岘碑青。泉名庶子初经品，山有僧人识使星。今日贼平滁地乐，不妨重记醉翁亭。（章心培、释达修《琅琊山志》卷五）

孙 瑜

孙瑜，字嘉玉，号如璞。东莞人。明思宗崇祯六年（1633）举人。事见民国《东莞县志》卷六三。

课耕涉趣

稼穑生涯事，耕耘乐处多。古来君与相，都在此中过。

玄关镜水

主静透玄关，真如在此间。镜湖清澈处，应对此心闲。（以上均见于明李元弼《江皋小筑集》上卷）

李钟岳

李钟岳,南海人,明熹宗天启年间任天台县尉。

国清寺
人去遗踪在国清,至今仙灶白云生。欲寻寒拾应难识,无复丰干道姓名。(清张联元《天台山全志》卷一八)

《全粤诗·明代卷》作者生卒考①

李 震

李震,一名伯震。德庆人。明太祖洪武初年,举怀才抱德科。初授广西容县知县。官至光禄寺丞。《全粤诗》卷五六收其诗,生卒年付阙。

陈琏《琴轩集》卷二五《故光禄寺丞李君伯震墓碣铭》:"卒于官舍,实永乐庚子冬十月二日,距所生庚子二月九日,享年六十有一。"② 知其生于元至正二十年(1360),卒于明永乐十八年(1420)。

张志逊

张志逊,原名势祖。东莞人。明太祖洪武十七年(1384)举人,入国子上舍。二十三年,选刑部观政,逾年授户部司务。未几,左迁柳城少宰。三十一年,罢官归。事见张其淦编《东莞诗录》卷六。

《全粤诗》卷七〇收其诗。志逊生卒年,《全粤诗》、李君明《东莞文人年表》付阙。

志逊生卒年可确考。陈琏《琴轩集》卷二七《前户部司务张君墓志铭》:"君讳势祖,字志逊,姓张氏……。岁庚午,选刑部观政。明年,授户部司务,以勤敏为尚书赵公勉礼遇。未几,以他故左迁柳城典史……岁乙亥,忤吏谊,罢官归省……永乐戊子,谪河间兴济县,虽环堵萧然,而吟诵不辍,缙绅士大夫过者必造焉。永乐戊戌五月二十六日,以疾终,距所

---

① 仿宋字体内容为笔者的考证。所记岁数均为虚岁,即卒年减去生年再加一年。
② 上海古籍出版社2011年版,第1593页。

生丁酉二月七日，得寿六十有二。"① 知其生于元至正十七年（1357），卒于明永乐十六年（1418），年六十二。

邓　林

邓林，初名彝，字仕齐（一作仕斋），一字观善，号退庵。新会人。明太祖洪武二十九年（1396）举人。授贵县教谕，历官吏部主事。宣宗宣德四年（1429），以言事忤旨，谪戍保安。赦归，居杭州卒。工诗文及书法。有《退庵集》《湖山游咏录》。《全粤诗》卷八三收其诗，生卒年付阙。

道光《新会县志》卷一二《金石·邓退庵墓碑》："□世祖考仕斋翁，初讳彝。明成祖永乐皇帝以更之曰林，因自号退庵，示谦让未遑也。生于洪武甲寅年二月初一寅时……宣德八年还家，二载考终，考寿六十有一。十七世裔孙芳振谨识。"② 知其生于洪武七年（1374），卒于宣德九年（1434）。

翟　溥

翟溥（《全粤诗》作翟溥福），字溥福，又字本德，别号慎庵。东莞莞城城西栅口人。明成祖永乐二年（1404）进士，官至南康知府。著有《慎庵集》《霞泉集》。《明史》卷二八一、民国《东莞县志》卷五五有传。《全粤诗》卷八七收其诗，生卒年付阙。

罗亨信《觉非集》卷四《中顺大夫南康郡守翟公墓铭》："公讳溥，字溥福，又字本德，别号慎庵……公生国朝洪武辛酉四月二十有九日，卒景泰庚午十月十八日，享年七十。"③ 知其生于洪武十四年（1381），卒于景泰元年（1450）。

---

① 上海古籍出版社2011年版，第1671—1673页。
② 台湾成文出版社1966年版，第381页。
③ 上海古籍出版社2011年版，第152页。

李 亨

李亨，字嘉会。博罗人。明成祖永乐十二年（1414）举人，永乐十六年（1418）乙榜，授广西博白教谕，迁国子监学正。清道光《广东通志》卷二九〇有传。《全粤诗》卷九一收其诗，生卒年付阙。

民国《博罗县志》卷八《古迹》："明大学士商辂撰墓表。按状：公讳亨，字嘉会，静庵其号也……在国学数载，以疾辞归。数载，乃以子贵受封矣。优游林泉十有余年，年七十七以寿终……生洪武乙丑十二月十二日，卒天顺辛巳六月十一日。"① 知其生于洪武十八年（1385），卒于天顺五年（1461）。

卢 宽

卢宽，字伯栗。东莞人。明成祖永乐二十一年（1423）举人，任广西全州训导。荐为知县，辞不就。迁上高县教谕。事见明崇祯《东莞县志》卷三、清康熙《东莞县志》卷八。

《全粤诗》卷九一收其诗。卢宽生卒年，《全粤诗》《东莞文人年表》付阙。

卢宽生卒年可确考。陈琏《琴轩集》卷二七《故上高县教谕卢先生墓志铭》："先生讳宽，字伯栗，号樵山……永乐癸卯，以《诗经》领乡荐。会试中副榜，授广西全州儒学训导……升端州府上高县教谕……洪武庚辰六月三十日生，正统壬戌正月一日终，得年四十有二。"②

根据墓志，卢宽生于"洪武庚辰"，即建文帝建文二年（1400）。明成祖朱棣在靖难之役成功后，下令废除建文年号，改建文四年为洪武三十五年，至万历二十三年（1595）明神宗下诏恢复建文年号。此间，明代文献遇有建文帝在位时间，均用洪武纪年顺延代替。卒于"正统壬戌"，即正统

---

① 博罗县志办公室1988年版，第780页。
② 上海古籍出版社2011年版，第1730—1731页。

七年（1442），享年四十二。

陈　琮

　　陈琮，号乐芸居士。新会人。陈献章父。隐居不仕。清道光《广东通志》卷二七四有传。《全粤诗》卷九一收其诗，生卒年付阙。
　　李承箕《大厓李先生诗文集》卷一八《陈公乐芸配林合葬志》："宣德戊申九月十二日，陈公乐芸卒。於乎！存于世者二十有七年，何若是夭也？"①知陈琮卒于宣德三年（1428），年二十七，逆推二十七年，知其生于建文四年（1402）。

罗　泰

　　罗泰，字彦通，号思贻。东莞人。罗亨信子。不求仕进，与何时跃等结凤台诗社。有《思贻诗稿》。事见民国年间张其淦编《东莞诗录》卷八。《全粤诗》卷一二四收其诗，生卒年付阙。
　　罗亨信《罗亨信集》卷一〇附录罗泰《通议大夫都察院左副都御史罗公年谱》："（永乐）四年丙戌，公年三十。秋八月，子泰生。"②知罗泰生于永乐四年丙戌（1406）八月，卒年未详。

彭　谊

　　彭谊，字景宜。东莞人。明宣宗宣德十年（1435）举人，授工部司务。

---

　　①　见《四库全书存目丛书》集部第43册，齐鲁书社1997年版，第603页。
　　②　上海古籍出版社2011年版，第342页。

累官至右副都御史。《明史》卷一五九有传。

《全粤诗》卷一〇六收其诗，生卒年付阙。东莞市文学艺术界联合会编《东莞历史人物》定其生卒年为1411—1498年，王元林主编《东莞历史名人》则定为1410—1498年。

据《孝宗实录》卷一二九"弘治十年九月丁未"载："巡抚辽东致仕都察院右副都御史彭谊卒。谊，字景谊，广东东莞县人。由举乡试，授工部司务。迁监察御史，督修张秋有功，加六品俸。从都御史王文平剧盗，擢大理右寺丞。进右佥都御史，提督紫荆、倒马等关。以忤权贵，左迁绍兴知府。九载秩满，升山东左布政使，迁工部右侍郎。寻改右副都御史，巡抚辽东。八年凡四上疏请老，上乃许之。家居二十余年，以诏例进阶者再。至是卒，赐葬祭如例。"① 知彭谊卒于弘治十年丁巳（1497）。欲知其生年，须知其年寿。郭棐《粤大记》卷一七《献征类》谓彭谊"在辽凡十有一年，成化戊戌始得谢事归，凡二十有二年乃卒，寿八十有八"②。崇祯《东莞县志》称其"戊戌始谢事，两奉恩诏，进阶至资善大夫，卒年八十八"。彭谊于弘治十年（1497）卒，年八十八，可知其生于永乐八年（1410）。

李 颙

李颙，字思诚。博罗人。明宣宗宣德十年（1435）举人，明英宗正统元年（1436）进士，累迁至工部右侍郎。清光绪《惠州府志》卷三二有传。《全粤诗》卷九三收其诗，生卒年付阙。

民国《博罗县志》卷八《古迹》所收"明大学士韩雍撰墓志"载："公讳颙，字思诚……公生于永乐辛卯三月十五日申时，终于成化甲午二月初十日子时，春秋六十有四。"③ 知其生于永乐九年辛卯（1411），卒于成化十年甲午（1474）。《宪宗实录》卷二〇四载其"卒于成化十六年"，恐误。

---

① 见李国祥、杨昶主编《明实录类纂·广东海南卷》，武汉出版社1993年版，第619页。
② 广东人民出版社2014年版，第478页。
③ 博罗县志办公室1988年版，第781—783页。

方用中

方用中，本名权，以字行，别号亭秋。南海人。献夫之祖。颖悟善记，人呼为方书匮。抱道不仕。追赠大学士，祀乡贤。事见清温汝能《粤东诗海》卷一六。《全粤诗》卷一四六收其诗，生卒年付阙。

方献夫《西樵遗稿》卷之七《亭秋翁行状》载："先祖考亭秋公讳权，字用中，以字行，别号亭秋……公寿八十，卒于弘治庚戌五月。"① 弘治庚戌为弘治三年（1490），用中卒于是年，寿八十，推其生于为永乐九年（1411）。

郑　敬

郑敬，字德聚，东莞人。明英宗正统六年（1441）举人，七年进士。官至山东按察副使。光绪《广州府志》卷一二三、民国《东莞县志》卷五六有传。《全粤诗》卷九三收其诗。

郑敬生卒年，《全粤诗》付阙，《东莞历史人物》定为1427—1484年，《东莞文人年表》从之。

《东莞历史人物》《东莞文人年表》记载有误，郑敬生卒年应为1413—1470年。祁顺《巽川祁先生文集》卷一五《中宪大夫山东按察司副使致仕郑公墓表》："公讳敬，字德聚，厥先家闽之福清，曾祖诚、祖贤俱有隐德。父讳美，字用和，母陈氏。洪武初，募兵于民，用和隶广东南海卫，生四子，遂占籍于东莞。公自幼颖秀……正统辛酉，以《春秋》领广东乡荐。明年，登进士第……成化庚寅，朝廷下考察之令，有以年耋议公者，公忻然请老南归，是年十二月十二日，以疾终于家，春秋五十有八。"②

据墓志，"成化庚寅"，郑敬"请老南归"，是年十二月"以疾终于家"，则其卒年在成化六年庚寅（1470），又知其卒年五十八，则推知其生

---

① 广西师范大学出版社2014年版，第475—479页。
② 见《明别集丛刊》第1辑第54册，黄山书社2013年版，第493页。

年为永乐十一年（1413）。

黄　瑜

　　黄瑜，字廷美，号双槐老人。香山人。明代宗景泰七年（1456）举人，间以乡荐入太学。知长乐县。未几归老。有《双槐岁钞》。《全粤诗》卷一一六收其诗，生卒年付阙。

　　谢廷举《明故文林郎知长乐县事双槐黄公行状》："于宏（弘）治丁巳三月二十二日卒于正寝，距公之生宣德丙午正月初六日，享年七十有三。"① 知其生于宣德元年丙午（1426），卒于弘治十年丁巳（1497）。

戴　缙

　　戴缙，南海人。成化二年（1466）进士。官至南京工部尚书。《全粤诗》卷一三一收其诗，生卒年付阙。

　　广州博物馆藏有戴缙及妻周氏墓志铭。《大明尚书戴公墓志》："尚书公讳缙，字子容，号云巢居士……公生于大明宣德丁未十一月十二日……正德庚午十月初三日以疾终，寿享八十有四。"② 知其生于宣德二年（1427），卒于正德五年庚午（1510），年八十四。

---

　　① 见吴道熔原稿，张学华增补《广东文征》第 4 册，香港中文大学出版社 1973 年版，第 101 页。
　　② 见冼剑民、陈鸿钧编《广州碑刻集》，广东高等教育出版社 2006 年版，第 571—572 页。

谢 佑

　　谢佑,字天锡。南海人,陈白沙弟子。清道光《广东通志》卷二七四有传。《全粤诗》卷一六二收其诗,定其生卒年为1434—1507年,卒年有误。

　　湛若水《湛甘泉先生文集》卷三〇《逸士谢葵山先生墓碣铭》:"此吾友谢葵山先生之藏也!葵山名佑,字天锡,广州府庠生,弃去,从游白沙先生于江门……天锡生于甲寅年六月初八日,终于丙寅年九月二十日。"①知其生于宣德九年(1434),卒于正德元年丙寅(1506)。

祁 颐

　　祁颐,字思正,东莞人。祁顺弟。明宪宗成化十年(1474)举人。事见道光《广东通志》卷二七四。《全粤诗》卷一四六收其诗。祁颐生卒年,《全粤诗》《东莞文人年表》皆付阙。

　　祁颐生卒年可确考。祁顺《巽川祁先生文集》卷一四《故弟乡贡进士思正墓志铭》:"吾弟颐,字思正,号贞庵。初名项,又名致中。生正统庚申八月二十八日。六七岁即喜读书,十五通举子业,十七以儒士应举,不偶。遇父丧,服阕,补邑庠弟子员,数举皆不偶。成化甲午,始以《春秋》中广东乡试二十五名,上春官。卒业胄监,援例南归。岁戊戌十一月,卒于家,年三十有九。明年十二月初九日,葬高台山祖茔之右。"②

　　祁颐卒于"戊戌"年,即成化十四年(1478),"年三十有九",由成化十四年逆推三十九年,得其生年为正统五年庚申(1440)。

---

① 明万历七年吴瑜刻本。
② 见《明别集丛刊》第1辑第54册,黄山书社2013年版,第487页。

林　掞

林掞，字秉之，号野庵。东莞人。明宪宗成化间诸生。陈白沙弟子。传附于道光《广东通志》卷二七四《林时嘉传》。《全粤诗》卷一六二收其诗，生卒年付阙。

"掞"或当作"琰"。陈献章《白沙子全集》卷五有《悼林琰》诗。林光《南川冰蘖全集》卷二《书秉之事寄庄定山》："族弟琰，字秉之，号野庵，年四十二而卒。自幼从光力学，岁庚寅又偕之进拜石斋之门。尝与光静处清湖洞及扶胥数年，亦颇有见，观其诗之所发可知矣。如斯时，非独光爱之，先生亦爱之。后为府庠弟子员，亦尝两预乡省试矣。迹其平生，自三十以前，日从事于敬谨。三十以后，遂放纵于酒，不事拘检。遇朋游，辄剧饮赋诗，抵掌歌笑，日不夕不返。或时作大字书，傲倪若无人。亲旧或劝之检节，佯若不闻。去年果以杯酒延蔓诖误，入宪司狱。后宪司颇闻其才，又狱中为人作诗，往往传入上人耳，后事白得脱放出。就乡试，又不利而卒。"① 末署"丁未三月二十日书在姑苏舟中"，知其作于成化二十三年（1487）丁未三月二十日。"就乡试，又不利而卒"，琰卒于成化二十二年（1486）乡试之后，年四十二，推其生年为正统十年乙丑（1445）。

苏　葵

苏葵，字伯诚，别号虚斋。顺德人。明宪宗成化二十三年（1487）进士，选庶吉士，授编修，历江西提学佥事、四川学正，屡迁至福建右布政使。事见《国朝献征录》卷九〇。《全粤诗》卷一五五收其诗，生卒年付阙。

苏葵《吹剑集》卷六："予从兄铁峰长予二岁，服在小功，亲如同气，己未岁得年五十有二，卒于家，时予在江西官舍……亦庶几鉴于斯言也

---

① 中国文史出版社 2004 年版，第 63 页。

耶。"知弘治十二年己未（1499）苏葵五十岁，推其生年为景泰元年庚午（1450）。

姚　祥

姚祥，字应龙。归善人。明宪宗成化十七年（1481）进士。历官江西道监察御史。正德初迁云南按察副使。刘瑾加以"违制乘肩舆"之罪，枷号濒死，谪戍铁岭。瑾诛，复官，卒于道。《全粤诗》卷一四九收其诗，生卒年付阙。

张诩《东所先生文集》卷七《云南按察司副使姚公墓志铭》："公讳祥，字应龙，初号希庵，晚更玄谷道人。系出姚文献之后，宋南渡避兵南雄，后迁惠州归善，遂家焉……公生天顺己卯年六月十七日，卒正德庚午年十二月初四日，得年五十有三。"① 其生于天顺三年己卯（1459），卒于正德五年庚午（1510），享年五十二。墓志谓其"得年五十有三"，有误。

丘　敦

丘敦，字一成。琼山人。丘濬长子。明宪宗成化十九年（1483）荫补太学生。明嘉靖《广东通志》卷六一、清雍正《广东通志》卷四六有传。《全粤诗》卷一四九收其诗，生卒年付阙。

嘉靖《广东通志》卷六一载其"弘治三年卒于京邸，年三十一"。知其卒于弘治三年庚戌（1490），卒年三十一，推其生年为天顺四年庚辰（1460）。

---

① 上海古籍出版社2015年版，第191—192页。

郑 铭

郑铭,字克新(《全粤诗》作克信),新会人。明孝宗弘治十八年(1505)进士。授户部主事,历郎中,出为袁州知府。《全粤诗》卷二〇六收其诗,生卒年付阙。

区越《区西屏集》卷六《冈州郑太守行状》:"郑君讳铭,字克新,号冈州……琦生铭,实天顺庚辰岁十月十八日辰时也……甲午闰二月卒于正寝,享年七十有五也。"① 知其生于天顺四年(1460),卒于嘉靖十三年(1534)。

张 津

张津,博罗人,字广汉。明宪宗成化二十三年(1487)进士。除建阳知县,筑城郭,建朱熹诸贤祠。累擢为右佥都御史,提督操江,进右副都御史,巡抚应天诸府,所部水军,请停织造。寻加至户部右侍郎。《全粤诗》卷一六二收其诗,生卒年付阙。

民国《博罗县志》卷八《古迹》:"明南京礼部尚书吴俨撰墓铭。公讳津,字广汉,号罗峰……公生于天顺甲申正月二十二日,以正德十三年五月二十三日卒,享年五十有五岁。"② 知其生于天顺八年甲申(1464),卒于正德十三年戊寅(1518)。

---

① 见《广州大典》集部别集类总第423册,广州出版社2015年版,第363—365页。
② 博罗县志办公室1988年版,第786—788页。

陈 锡

陈锡,字祐卿。南海人。明孝宗弘治十八年(1505)进士,授户部主事。历官至顺天府尹。以兄子绍儒赠太常寺卿。嘉靖《广东通志》卷六二、道光《广东通志》卷二七六有传。《全粤诗》卷二〇六收其诗,生卒年付阙。

黄佐《泰泉集》卷四八《嘉议大夫应天府尹陈公神道碑》:"公讳锡,字祐卿,南海人……甲辰三月卒于家,寿八十一。"① 知其卒于嘉靖二十三年甲辰(1544),年八十一,推其生年为天顺八年(1464)。

黄 重

黄重,字子任。南海人。明武宗正德三年(1508)进士,授行人,擢户科给事中。建言重名器、久任用、慎荐举、省榷课四事,户部奏从。又清理畿内仓场,权贵为之敛迹。进兵科给事中,以谏大礼被杖。官终南京太常少卿。道光《广东通志》卷二七七有传。《全粤诗》卷二一三收其诗,生卒年付阙。

黄佐《泰泉集》卷五二《中宪大夫南京太常寺少卿毅斋黄公墓志》载其"卒嘉靖己亥七月,寿六十有二"。② 知其卒于嘉靖十八年(1539),年六十二,推其生年为成化四年(1468)。

---

① 见《明别集丛刊》第2辑第34册,黄山书社2015年版,第595—596页。
② 见《明别集丛刊》第2辑第34册,黄山书社2015年版,第639—640页。

盛端明

　　盛端明，字希道，号程斋。饶平人。明孝宗弘治十一年（1498）解元，十五年（1502）进士，历官至工部尚书、礼部尚书。《明史》卷三〇七、康熙《潮州府志》卷九上有传。《全粤诗》卷一八五收其诗，定其生卒年为1476—1556年，有误。

　　湛若水《湛甘泉先生文集》卷三〇《明太子少保礼部尚书程斋盛公墓碑铭》："於乎！斯惟明太子少保、礼部尚书盛公程斋之墓乎？端明其讳，希明其字……瀚其子，遣侄生员达造天关而告曰：'瀚也不幸，吾考程斋公以庚戌七月十五日卒，距生庚寅九月初七日，年八十一。'"① 知其生于成化六年庚寅（1470），卒于嘉靖二十九年庚戌（1550）。

唐　勋

　　唐勋，字汝立，归善人。明武宗正德三年（1508）进士。授靖江知县，改知休宁，官终陕西道御史。清道光《广东通志》卷二九〇有传。《全粤诗》卷二一三收其诗，生卒年付阙。

　　吕柟《泾野先生文集》卷二六《监察御史唐君墓志铭》："君讳勋，字汝立，广东惠州归善县永平乡人也。君与予同举戊辰进士……乃驰归，就药数月，竟不起，实嘉靖丙戌十月十二日也，享年四十有八岁。"② 知其卒于嘉靖五年（1526），年四十八，则其生年为成化十五年（1479）。

---

① 明万历七年吴瀹刻本。
② 见《四库全书存目丛书》集部第61册，齐鲁书社1997年版，第319页。

陈志敬

　　陈志敬，字一之。东莞人。明孝宗弘治十七年（1504）举人。授广西浔州通判。道光《广东通志》卷二七七有传。《全粤诗》卷二〇六收其诗，其生卒年付阙。

　　志敬生卒年可确考。黄佐《泰泉集》卷五〇《奉政大夫南宁府同知莲峰陈公墓表》："公讳志敬，字一之，东莞之北栅人……嘉靖己酉三月终于正寝，距其生成化戊戌，享年七十有二。"① 知其生于成化十四年（1478），卒于嘉靖二十八年（1549），年七十二。

祁　敕

　　祁敕，字惟允，东莞人。祁顺第三子。明武宗正德十二年（1517）进士，授刑部主事。官终饶州知府。民国《东莞县志》卷五七有传。《全粤诗》卷二一六收其诗。

　　祁敕生卒年，《全粤诗》付阙；《东莞历史人物》定为1485—1537年，《东莞文人年表》从之，其记载有误。

　　黄佐《泰泉集》卷五三《前中宪大夫饶州府知府棠野祁公墓志》："嘉靖癸巳正月乙卯，前饶州太守祁公卒于家，是年十有二月丁酉葬从先兆……距其生成化辛丑十有一月二十一日，寿五十有三。"② 据墓志，祁敕卒于嘉靖十二年癸巳（1533），生于成化十七年辛丑（1481），享年五十三。

---

① 见《明别集丛刊》第2辑第34册，黄山书社2015年版，第595—596页。
② 见《明别集丛刊》第2辑第34册，黄山书社2015年版，第645—646页。

杨骥

杨骥，字仕德，号毅斋。饶平人，一作海阳人。明武宗正德十一年（1516）举人。仕德与弟杨鸾同受学湛若水，后更从王阳明游。清康熙《潮州府志》卷九上、清乾隆修《潮州府志》卷二八有传。《全粤诗》卷二一六收其诗，生卒年付阙。

湛若水《湛甘泉先生文集》卷二九《奠杨仕德文》："维正德十六年，岁次辛巳，正月甲寅朔，越十一日甲子，翰林院编修湛以牲帛之奠，告于故国子君杨生仕德之灵。"① 奠文作于正德十六年正月。《薛侃集》卷八《三贤墓志铭》："潮治之杨有三贤焉。其伯曰北山，讳凤，字仕敬。其仲曰毅斋，讳骥，字仕德……卒于正德庚辰，年三十七。"② 知其卒于正德十五年庚辰（1520），年三十七，推其生年为成化二十年（1484）。

钟景星

钟景星，字叔晖，号宝潭。东莞人。师从湛若水，著《宋明道学四书》，并注释湛若水的《心性图说》。清道光《广东通志》卷二七九有传。《全粤诗》卷二三六录其诗四首。

景星生卒年，《全粤诗》《东莞历史名人》皆付阙。张岱年主编《中国哲学大辞典》定为1478—1551年，李君明《东莞文人年表》则定为1489—1562年，两书记载皆有误。

庞嵩《庞弼唐先生遗言》卷二《有道淳儒宝潭钟先生墓志铭》："先生讳景星，字叔晖，姓钟氏，世居东莞之宝潭乡，因别号宝潭。曾大父某，大父某，父柏轩禄，母刘氏。以弘治元年八月初八日生……嘉靖庚申三月先师年九十有五，宝潭亦七十有三，偕往龙潭书院开讲。嵩时在侍。是年

---

① 明万历七年吴瀹刻本。
② 见薛侃著，陈椰编校《薛侃集》，上海古籍出版社2014年版，第268页。

四月,先师见背。辛酉九月,先生亦竟长逝,可伤也哉。"① 可知景星生于弘治元年戊申(1488),卒于"辛酉九月",即嘉靖四十年辛酉(1561),享年七十四。

周孚先

周孚先,字克道。潮阳人。明武宗正德十四年(1519)举人。笃志理学,尝从学于湛若水,又与薛侃相与论学。中举后不应会试,归隐桃溪,自号西山居士。明李士淳《阴那山志》卷三载其为西川参政。著有《桃溪吟稿》。隆庆《潮阳县志》卷一二、康熙《潮州府志》卷九上、道光《广东通志》卷二九三有传。《全粤诗》卷二三五收其诗,生卒年付阙。

湛若水《湛甘泉先生文集》卷三〇《明故西山居士太学生周君墓志铭》:"潮有桃溪真隐者西山子周子孚先,卒于壬寅五月十有六日。其冢嗣光阳以讣至,且请铭……或曰克道祖梅叟,梅叟裔出濂溪,故梅叟今配食潮之濂溪庙。生弘治辛亥十一月十九日。配杨氏。子三人,长即光阳,次光命,次光镐。"② 知其生于弘治四年(1491),卒于嘉靖二十一年(1542)。

杨 鸾

杨鸾,字仕鸣,一字少默。饶平人,一作海阳人。杨骥弟。明武宗正德十一年(1516)举人。与兄骥当时并称双凤,从学于湛若水。若水为南京祭酒,鸾从居观光馆,凡三年,病卒。道光《广东通志》卷二九三有传。《全粤诗》卷二一六收其诗,生卒年付阙。

湛若水《湛甘泉先生文集》卷二九《奠杨仕鸣文》:"维嘉靖五年,岁次丙戌,六月壬子朔,越六日丁巳,南京国子监祭酒湛若水敬以牲醴之奠,

---

① 见《广州大典》集部别集类总第426册,广州出版社2015年版,第169—170页。
② 明万历七年吴瀹刻本。

告于近故乡荐士杨君仕鸣之灵。"① 奠文作于嘉靖五年。《薛侃集》卷八《三贤墓志铭》："潮治之杨有三贤焉……其叔曰复斋，讳鸾，字仕鸣，一字少默……卒于留都甘泉之邸，年三十五，皆未竟而终。"② 知其卒于嘉靖五年丙戌（1526），年三十五，推其生年为弘治五年（1492）。

何 彦

何彦，字善充。顺德人。明世宗嘉靖十四年（1535）进士。授行人，擢南京户科给事中，出守荆、淮两府，官至太仆寺卿。晚筑定性、澄心二楼，于其间讲学赋诗。清温汝能《粤东诗海》卷二三、道光《广东通志》卷二七八等有传。《全粤诗》卷三二三收其诗，生卒年付阙。

庞尚鹏《百可亭摘稿》卷中《寿冏卿石川何先生》："吾郡石川何公当弘治甲寅挺生南服，负才名，系天下重望。今皇上登极之明年，为万历甲戌，春秋八十有一矣。"③ 知万历二年甲戌（1574）八十一岁，推其生年为弘治七年（1494）。又道光《广东通志》卷二七八《何彦传》称其"年九十而卒"，则其卒于万历十一年（1583）。

刘 模

刘模，字叔宪，号素予。南海人。明世宗嘉靖十年（1531）举人。官四川梓潼知县。清道光《广东通志》卷二七九有传。《全粤诗》卷二五二收其诗，生卒年付阙。

霍与瑕《霍勉斋集》卷之十一《贺素予刘师翁七十一叙》："维兹丁卯，实天皇改元，隆庆之初年暨其七月六日为我素予师翁七十又一初度。"④ 丁

---

① 明万历七年吴瀹刻本。
② 上海古籍出版社2014年版，第268页。
③ 明万历二十七年庞英山刻本。
④ 见《明别集丛刊》第3辑第18册，黄山书社2015年版，第109页。

卯为隆庆元年（1567），刘模是年七十一，当生于弘治十年丁巳（1497）。卒年尚不可考。

岑 万

岑万，初名薮，字体一，号蒲谷。顺德人。明世宗嘉靖五年（1526）进士。授户部主事，管九江钞关。后历官布政司参议、云南副使、四川参政、河南右布政使、福建左布政使，年五十六致仕，徜徉林泉。有《蒲谷集》。郭棐《粤大记》卷一八、道光《广东通志》卷二七九有传。《全粤诗》卷二四四收其诗，生卒年付阙。

霍与瑕《霍勉斋集》卷之十一《贺岑蒲谷六十寿叙》："己未中秋之朔，岭南岑子偕刘子、罗子、黄子、霍子造西野先生之门。先生与之坐焉。岑子跪而言曰：'用宾受先生之教有日矣，愿窃有请。惟今年十有二月实家君六十初生之度，用宾就选南归，将称觞焉。敢辱先生之文以荣归寿。'"① 己未为嘉靖三十八年（1559），是年六十，当生于弘治十三年庚申（1500）。又《本朝分省人物考》卷一百十一《岑万传》谓其"年七十三卒"，知其卒于隆庆六年壬申（1572）。

钱 仝

钱仝，字公甫。东莞人。明世宗嘉靖五年（1526）进士，官副使。张其淦《东莞诗录》卷一一有传。《全粤诗》卷二四七收其诗，生卒年付阙。

钟卿《明故中宪大夫山东按察司副使樾桥钱公暨配宜人陈氏合葬墓志铭》载："嘉靖乙巳五月初十日病终，距生弘治庚申十月十六日，年仅四十有六。"② 知钱仝生于弘治十三年庚申（1500），卒于嘉靖二十四年乙巳（1545）。

---

① 见《明别集丛刊》第 3 辑第 18 册，黄山书社 2015 年版，第 101 页。
② 见陈贺周主编《茶山历代碑刻》，世界图书出版公司 2018 年版，第 207 页。

郭廷序

郭廷序,字循夫,号介斋。潮阳人。尝师事黄佐。明世宗嘉靖二十年(1541)进士。官贵溪知县。著有《循夫先生集》。隆庆《潮阳县志》卷一二、郭棐《粤大记》卷二〇有传。《全粤诗》卷三三四收其诗,其生卒年,《全粤诗》付阙;《中国文学家大辞典·明代卷》括注为"1501—1547"。

《循夫先生集》附录薛侨《邑大夫介斋郭君墓志铭》:"维岁丁未四月十四日,任贵溪大夫郭君卒,享年四十有七……君生于弘治十四年辛酉九月十五日午时,终则前月日午时。"① 知其生于弘治十四年(1501),卒于嘉靖二十六年(1547)。

邝梦琰

邝梦琰,一作梦炎,字均房,号养吾。顺德人,南海籍。明世宗嘉靖七年(1528)举人。二十九年(1550)授定海学谕,官至杭州通判。卒年八十六。有《养吾吟稿》。清道光《广东通志》卷二七九有传。《全粤诗》卷二四七收其诗,生卒年付阙。

庞尚鹏《百可亭摘稿》卷中《贺宗师邝养翁荣寿》:"弘治癸亥秋八月为公岳降之期,今万历改元,春秋七十有一矣,乡之父老子弟及士大夫故尝与公游者,悉图为公寿。"② 万历元年癸酉(1573)七十一岁,推其生年为弘治十六年(1503)。又《粤大记》卷之二〇《献征类》谓其"卒年八十六",则其卒年为万历十六年(1588)。

---

① 明崇祯七年郭守命等刻本。
② 明万历二十七年庞英山刻本。

邝元乐

邝元乐，字仲和。南海人。早年从学于湛若水。明世宗嘉靖十年（1531）举人。历官江南广德州、广西郁林州、山东宁海州知州。《全粤诗》卷二五二收其诗，生卒年付阙。

霍与瑕《霍勉斋集》卷之十一《贺五岭邝先生六十一诗叙》称"今年丁卯四月为五岭六十一初度"①。丁卯为隆庆元年（1567），是年六十一，当生于正德二年丁卯（1507）。卒年尚不可考。

郑一统

郑一统，字朝庆，号紫坡、碧河。揭阳人。明世宗嘉靖十四年（1535）进士，选翰林院庶吉士，授编修。以父丧归，嘉靖二十一年（1542）起复，寻卒。康熙《潮州府志》卷九上有传。《全粤诗》卷三二三收其诗，生卒年付阙。

郭之奇《宛在堂文集》卷三〇《编修郑公一统传》谓其"年二十三领嘉靖辛卯举人"，嘉靖十年辛卯（1531）年二十三，推其生年为正德四年（1509）。《编修郑公一统传》又载其卒年"三十有四"，知其卒于嘉靖二十一年（1542）。

林　烈

林烈，字孔承，号艾陵。东莞人。明世宗嘉靖十三年（1534）举人，

---

① 见《明别集丛刊》第3辑第18册，黄山书社2015年版，第108页。

官至福建盐运同知。民国《东莞县志》卷五八有传。《全粤诗》卷三二三收其诗。

《全粤诗》定其卒年为1566年，生年付阙；《东莞文人年表》谓其卒于1566年，生年付阙。两书记载均不确。

杨宝霖《蝴蝶岭出土明代女尸陈氏夫家家世考》《林蒲封及其家族》将其生卒年定为1513—1567年，所据为庞嵩所撰墓铭，可从之。庞嵩《庞弼唐先生遗言》卷二《福建盐运同知艾陵林公墓志铭》："隆庆元年丁卯春二月十九日，艾陵林子卒于闽之水口官舍。讣闻，予为位率诸同志望哭于天关。旅榇归，复率奠于江浒。寻，公仲子培图襄葬事，持舅氏卢君存礼所撰行状诣予，征铭勒诸墓石……公讳烈，字孔承，别号艾陵子。林之先为莆阳人，宋有广东儒学提举时举留居梅岭之柯树里，二世月梅迁莞，遂为东莞人……乙丑四月升福建盐运同知，八月抵闽，驻水口分司。阅十有九月而卒，距生年五十五耳。"[①] 林烈卒于隆庆元年丁卯（1567），年五十五，推其生年为正德八年癸酉（1513）。

林烈生卒年，尚有他证。叶春及《石洞集》卷一六《明朝列大夫福建都转运盐使司同知艾陵林先生墓表》："隆庆戊辰，余至闽，则艾陵先生卒已逾岁……先生名烈，字孔承，系出莆阳。元季，世高提举广南儒学，留雄州柯树里，子迁东莞，遂为邑人。汝椿儒先距始迁七世，是为大桥公，生先生，母余氏，襄公之苗裔也。先生生于正德癸酉。"[②] 明记生年为"正德癸酉"（1513）。"隆庆戊辰，余至闽，则艾陵先生卒已逾岁"，亦可推知卒年在隆庆元年丁卯（1567）。

胡世祥

胡世祥，字光甫，号曙庵。博罗人。明世宗嘉靖三十一年（1552）举人。官南曹郎。后隐于罗浮山。道光《广东通志》卷二九一有传。《全粤诗》卷三六〇收其诗，生卒年付阙。

韩日缵《韩文恪集》卷一七《南京户部山东清吏司郎中曙庵胡公墓志铭》："公讳世祥，字光甫，曙庵其别号也……公生于正德戊寅三月十三日，

---

① 见《广州大典》集部别集类总第426册，广州出版社2015年版，第171页。
② 见影印文渊阁《四库全书》本。

卒于万历壬辰八月十三日，寿七十有五。"① 知其生于正德十三年戊寅（1518），卒于万历二十年壬辰（1592），享年七十五。

梁 孜

梁孜，字思伯，号罗浮山人。顺德人。梁储孙。弱冠中秀才，厌举业，弃去。与梁有誉、黎民表等为诗、古文。尤好书画，画追宋元大家笔意。以荫补中书舍人，客部主事。为人雅正恭谨，海内名士多与之交游。《全粤诗》卷三四四收其诗。

梁孜生卒年，《全粤诗》付阙。李时人《中国文学家大辞典·明代卷》定为1509—1573年，所据为王世贞《弇州四部稿续稿》卷一〇三《承德郎礼部主客司主事浮山梁公暨配杨安人合葬志铭》："主客公以万历癸酉卒，卒之明年而葬……公卒之年六十有五。"② 万历元年癸酉（1573）卒，年六十五，推其生年为正德四年己巳（1509）。

庞尚鹏《百可亭摘稿》卷下《浮山梁公墓志铭》："公生正德己卯某月某日，万历元年癸酉卒，享年五十有五。"③ 梁孜生于正德十四年己卯（1519），卒于万历元年癸酉（1573），年五十五。王世贞、庞尚鹏所记卒年相同，年寿相差十岁。

考王世贞《承德郎礼部主客司主事浮山梁公暨配杨安人合葬志铭》："久之，为万历己卯，公之配张安人复卒……张安人少于公一岁，故丞相曲江公后也……安人后公六年卒，得寿六十。"张安人卒于万历七年己卯（1579），寿六十，可推其生年为正德十五年庚辰（1520），比梁孜小一岁，梁孜当生于正德十四年（1519），可知世贞所记梁孜年寿有误。

① 见《四库禁毁书丛刊补编》第70册，北京出版社2005年版，第376—378页。
② 明万历中刊本。
③ 明万历二十七年庞英山刻本。

区次颜

区次颜，字德舆。南海人。明世宗嘉靖二十八年（1549）举人。初授新蔡教谕，擢广西北流县令，迁养利知州。未几以丁忧归。结庐粤秀山读书凡二十年。著有《宁野堂稿》。清温汝能《粤东诗海》卷二六有传。《全粤诗》卷三四七收其诗，生卒年付阙。

区庆云《定香楼全集》卷之二《粤中稿》载《先考奉直大夫知养利州璧江府君行状》："府君讳次颜，字德愚，别号璧江居士……府君生嘉靖乙酉六月十八日，终万历癸巳十月三十日，寿六十九，所著有《宁野堂稿》藏于家。"① 知其生于嘉靖四年乙酉（1525），卒于万历二十一年癸巳（1593），享年六十九。

钟继英

钟继英，字乐华，号心渠，一作心瞿。东莞人。明世宗嘉靖三十七年（1558）中解元，四十四（1565）年成进士，选庶吉士。官终湖广按察副使。道光《广东通志》卷二八一、民国《东莞县志》卷五八有传。《全粤诗》卷三八九收其诗。继英生卒年，《全粤诗》付阙；《东莞历史人物》定其卒年为1591年，生年付阙。

继英生卒年皆可考。陈履《悬榻斋集·文集》卷四《明故宪副乐华钟公行状》："遂正寝而逝……时万历辛卯十月二十八日也，距其生嘉靖己丑六月二十五日，享年六十有三。"② 知其生于嘉靖八年（1529），卒于万历十九年（1591）。

---

① 广西师范大学出版社2014年版，第453—457页。
② 广东教育出版社2005年版，第546页。

霍与瑕

霍与瑕,字勉衷,号勉斋。南海人。霍韬次子。明世宗嘉靖三十八年(1559)进士,授慈溪知县。时与海瑞齐名,称浙中二廉吏。俱为御史袁淳所排,归栖西樵六年。起知鄞县,终广西佥事。事见《明史》卷一九七。《全粤诗》卷三六八收其诗。与瑕生卒年,《全明词》《全粤诗》付阙;李时人《中国文学家大辞典·明代卷》将其生年定为1531年,卒年付阙。

霍韬《石头录》卷二"嘉靖元年壬午"载:"十月八日,男与瑕生,戌刻。"[①] 霍绍远《石头霍氏族谱》卷之一载与瑕"终万历戊戌十月初一日未时,寿七十七"。知其生于嘉靖元年壬午(1522),卒于万历二十六年戊戌(1598)。

李 材

李材,字鄂先。番禺人。明穆宗隆庆元年(1567)举人。初授太仓州学正,晋南宁府推官。迁判宁国府,转知全州,寻擢临安府同知。以监军平寇有功,除武定府知府。旋卒。清道光《广东通志》卷二八一有传。《全粤诗》卷三七四收其诗,生卒年付阙。

区庆云《定香楼全集》卷之二《粤中稿》载《外父中宪大夫云南武定军民府知府靖吾李公行状》:"公讳材,字鄂先,别号靖吾居士……公生嘉靖辛卯八月二十四日,终万历丁酉十二月十二日,享年六十有七。"[②] 知其生于嘉靖十年辛卯(1531),卒于万历二十五年丁酉(1597)。

---

① 广西师范大学出版社2015年版,第141页。
② 广西师范大学出版社2014年版,第445—451页。

尹　瑾

　　尹瑾，字昆润，号莞石。东莞人。明穆宗隆庆五年（1571）进士。授福建漳州府推官。历任工部给事中、吏科都给事中，晋南太仆寺卿。清道光《广东通志》卷二八一、清温汝能《粤东诗海》卷三五有传。《全粤诗》卷四〇二收其诗。其生卒年《全粤诗》《东莞文人年表》皆付阙。
　　清代尹廷熙《蕉鹿草堂遗稿》附《岭南文献征存》载赵志皋《太仆寺少卿莞石公墓志》："公庚寅年正月初四日终。"① 又称其"生于嘉靖丙申，享年五十有五"。知其生于嘉靖十五年（1536），卒于万历十八年（1590）。

吴誉闻

　　吴誉闻，字紫楼。顺德人。明世宗嘉靖三十七年（1558）举人，四十年（1565）乙榜。初选许州学正，寻迁邵武府推官，历仕思恩府同知。著有《绿墅堂集》。咸丰《顺德县志》卷二四有传。《全粤诗》卷三六七收其诗，生卒年付阙。
　　吴誉闻《绿墅堂遗集》卷首严鉴《奉政大夫署邵武思恩两府事思恩府军民同知紫楼吴公传》："公讳誉闻，字少修，号紫楼，又号海元，姓吴氏，顺德黎村人……公生于嘉靖丁酉年九月廿五日，卒于万历壬子年十二月十二日，享年七十有五。"② 知其生于嘉靖十六年（1537），卒于万历四十年（1612）。又《绿墅堂遗集》卷下《丙戌生日》题注："时年五十"。万历丙戌为万历十四年（1586），推其生年亦为嘉靖十六年。

---

① 见《东莞历史文献丛书》第37册，广东人民出版社2017年版，第118页。
② 见《广州大典》集部别集类总第428册，广州出版社2015年版，第560—562页。

方　藁

方藁,字清臣。南海人。方献夫次子。有平寇功。历任赣州府同知,终武定府知府。著有《龙井集》。温汝能《粤东诗海》卷三三、吴道镕《广东文征作者考》卷二有传。《全粤诗》卷三七六收其诗,生卒年付阙。

方菁莪《南海丹桂方谱》收有郭棐所撰《中顺大夫武定太守龙井方公墓表》:"君讳藁,字清臣,别号龙井……即不起,时万历庚辰六月十八日,距生嘉靖己亥十一月十一日,享年四十有二。"① 知其生于嘉靖十八年(1539),卒于万历八年(1580)。

吴从周

吴从周,字思宪,号镜塘,晚号清隐处士。潮阳人。吴仕训父。明隆庆、万历间人。事见光绪《潮阳县志》卷一七。《全粤诗》卷四一〇收其诗,生卒年付阙。

周光镐《明农山堂文草》卷一五《明清隐处士镜塘吴赠公墓志铭》:"己亥夏,遂患痢归……遂暝,是为五月望日。距生嘉靖丁酉,享年六十有三。"② 知其生于嘉靖十六年丁酉(1537),卒于万历二十七年己亥(1599)。

韩鸣凤

韩鸣凤,字伯仪。博罗人。明神宗万历元年(1573)举人,任邵武训

---

① 广西师范大学出版社2014年版,第1191—1194页。
② 见《明别集丛刊》第3辑第68册,黄山书社2015年版,第346页。

导,擢高邮知州,寻改知沅州。因忤贵州巡抚,弃官归。以子韩日缵贵,赠礼部右侍郎。《全粤诗》卷四一七收其诗,生卒年付阙。

韩日缵《韩文恪集》卷一八《先府君状》:"岁在己酉,先府君行年七十,不孝孤乞言为寿,同朝诸君子其言成帙,无何,而讣音至。"① 民国《博罗县志》卷八《古迹》:"明大学士施凤来撰墓铭。按状:公讳鸣凤,字伯仪,别号海罗。岁己酉,秋九月十八日寝病卒。距生嘉靖庚子,得寿七十。"② 知其生于嘉靖十九年(1540),卒于明神宗万历三十七年(1609)。

邓世厚

邓世厚,字惟坤。东莞人。邓云霄之父。明神宗万历年间布衣,以子贵,赠知县、给事中。民国《东莞县志》卷八七有传。《全粤诗》卷五九〇收其诗。

世厚生卒年,《全粤诗》付阙;张金祥、杨宝霖主编《东莞邓氏诗文集》谓其"生卒年不详"。

世厚生卒年可考。明代汤宾尹《睡庵稿》卷一六《封征仕郎南京户科给事中慎吾邓公墓志铭》:"公讳世厚,字惟坤,姓邓氏,广东东莞人。今海内诗文集中所称邓玄度云霄者,其子也。玄度方以选贡赴京兆闱,其年登贤书而公卒于合浦之商所……公卒于万历二十二年七月十七日,距生嘉靖二十一年四月初七日,得年五十有三。公既没之三年,而玄度成进士。"③ 知其生于嘉靖二十一年(1542),卒于万历二十二年(1594),享年五十三。

林 培

林培,字培之,又字定宇。东莞人。林烈子。明神宗万历元年(1573)

---

① 北京出版社 2005 年版,第 421 页。
② 博罗县志办公室 1988 年版,第 801—803 页。
③ 见《四库禁毁书丛刊》集部第 63 册,北京出版社 2000 年版,第 240—241 页。

举人。任湖广新化知县,擢南京河南道御史。温汝能《粤东诗海》卷三六、民国《东莞县志》卷五九有传。《全粤诗》卷四一七收其诗。

林培生卒年,《全粤诗》《东莞文人年表》记其约于1597年卒,生年付阙。杨宝霖《蝴蝶岭出土明代女尸陈氏夫家家世考》《林蒲封及其家族》将其卒年定为万历二十七年(1599),生年付阙。

林培生卒年可确考。屈大均《广东文集·林光禄集》附录袁昌祚《明文林郎南京河南道监察御史定宇林公墓志铭》:"父烈,福建运司同知,加赠朝议大夫,有道行,并祀贤宦。母陈,封太恭人,生侍御名培,字培之……生嘉靖丁未三月廿七日,终万历己亥九月朔二日,寿五十三。"① 可知其生于嘉靖二十六年(1547),卒于万历二十七年(1599),享年五十三。

李元弼

李元弼,字靖吾,号相所。东莞人。明神宗万历中卜筑江皋,题为十景,与友朋唱和,集所作为《江皋小筑集》。《全粤诗》卷四二〇收其诗。其生卒年诸书皆付阙如。

李元弼《丁亥生日,两舍兄觞我江皋,怅然书怀》:"十月十二寒气新,惊看三十七年心。"元弼为明神宗万历四年(1576)举人,此"丁亥"必为万历十五年(1587),是年三十七,则其生年为嘉靖三十年(1551)。卒年尚不可知。

林熙春

林熙春,字志和,号仰晋。海阳人。明神宗万历十年(1582)举人,明年进士,授巴陵知县。官终户部右侍郎。《全粤诗》卷四五五收其诗。其生卒年,《全粤诗》付阙;李时人《中国文学家大辞典·明代卷》括注为

---

① 见《广州大典》集部总集类总第489册,广州出版社2015年版,第578—580页。

"1552—1631"。

林熙春《赐传草》有诗《戊辰除夕》谓"天假余年逢七七","戊辰"为崇祯元年（1628），是年七十七，推其生年为嘉靖三十一年（1552）。郭之奇《宛在堂文集》卷三〇《户部左侍郎林公熙春传》谓其"享寿八十"，则其卒于崇祯四年（1631）。

谢与思

谢与思，字见齐，一字方壶。番禺人。明神宗万历八年（1580）进士。官诸暨知县，寻调大田，为蜚语所中，贬秩。筑小楼于郊坰以隐居。有《抱膝居存稿》。温汝能《粤东诗海》卷三八、同治《番禺县志》卷四一有传。《全粤诗》卷四二四收其诗，生卒年付阙。

全天叙《皇明文林郎方壶先生谢公墓志铭》："呜呼！此南海方壶先生谢公之墓也。门人史官天叙按公从弟与慈氏之状，抆泪执笔为墓志铭曰：谢公者，讳与思，字见齐，方壶其别号也。家番禺石桥，盖八世祖从南雄再迁云。大父，封永宁县知县，讳遵，有儒行。父，上石西州知州，讳元光，循良大夫也，举公一子耳。公蚤慧，材气倜傥，总矿游胶庠，仙仙乎振其奇。二十一举乡试，明年为南宫分校所取第一人成进士，始奉诏归娶。乃谒选人得诸暨令……公生于嘉靖己未二月二十二日，卒以万历庚寅四月二十四日，春秋仅三十有二。"① 知其生于嘉靖三十八年己未（1559），卒于万历十八年庚寅（1590）。

黎民衷

黎民衷，字惟和，号云野。从化人。黎民表之弟。明世宗嘉靖三十五年（1556）进士。历吏部郎中，出为广西参政。边民劫藩库，民衷与战，

---

① 见《广州大典》集部别集类总第 428 册，广州出版社 2015 年版，第 704—705 页。

受伤卒。《全粤诗》卷三六七收其诗，生卒年付阙。

陈一松《陈侍郎玉简山堂集》卷八《祭大参黎云野文》："公乃闻噪辄缨冠盛服临之，公叱贼，贼遂害公，时甲子冬十二月二十四日也。"[①] 知其卒于嘉靖四十三年（1564）。

李之世

李之世，字长度，号鹤汀。新会东亭人。李以麟子。明神宗万历三十四年（1606）举人。晚年始就琼山教谕，迁池州府推官，未几，以疾罢归。有《鹤汀集》。清道光《广东通志》卷二八一有传。《全粤诗》卷五三一收其诗，生卒年付阙。

《鹤汀集》卷八《先室杨氏孺人行状》："孺人以辛未十月初六日生，明年壬申九月十五日而生余，交相庆也。"之世为万历三十四年（1606）举人，则壬申必为隆庆六年（1572），之世生于是年九月十五日。

张一凤

张一凤，字圣瑞，号五若。东莞人。明神宗万历三十四年（1606）举人，授四川夔州推官。张其淦《东莞诗录》卷一九有传。《全粤诗》卷五〇三收其诗，生卒年付阙。

苏泽东辑《明苏爵辅事略·遗著》载有苏观生《廉宪张五若先生墓志铭》："师生于万历己卯年二月初九日，卒于崇祯癸未年十一月初六日，寿六十有五。"[②] 知其生于万历七年（1579），卒于崇祯十六年（1643）。

---

① 见《明别集丛刊》第2辑第50册，黄山书社2015年版，第506页。
② 见《东莞历史文献丛书》第13册，广东人民出版社2017年版，第414页。

苏 升

苏升,字孺子,号紫舆。顺德人。明神宗万历四十四年(1616)进士,官新建知县。有《读易堂稿》。温汝能《粤东诗海》卷四五有传,事又见于道光《广东通志》卷六九、卷七五。《全粤诗》卷五七五收其诗,生卒年付阙。

其《读易堂遗稿》卷下《与谢伯子》:"仆生于世盖二十六年于兹,交游一事极古今之变,所不得遭者十无二三矣。"① 题下注"戊申年"。"戊申年"为万历三十六年(1608),是年二十六,得其生年为万历十一年癸未(1583)。卒年尚不可知。

李觉斯

李觉斯,字伯铎,号晓湘,东莞人。明熹宗天启五年(1625)进士。明思宗崇祯元年(1628),授户科给事中,后转南京太仆寺卿。崇祯九年,于滁州抵御李自成起义军,事后升刑部侍郎。崇祯十三年(1640)七月,授刑部尚书,十二月,受黄道周、解学龙案牵连,削职归乡。入清后屏居一室,自称龙水老人。温汝能《粤东诗海》卷四五、民国《东莞县志》卷六四有传。《全粤诗》卷六〇三收其诗。

《全粤诗》定其生年为1584年,卒年付阙。杨宝霖辑校《袁崇焕集》附录卷四收李觉斯《旧抄本〈袁督师事迹〉小引》,题释谓觉斯生卒年为1585—1668年,未知所据。

李觉斯《疏草》载洪穆霁《大司寇李晓湘公传》:"公讳觉斯,字伯铎,号晓湘,东莞县人……公寿八十有四,以康熙六年丁未三月卒。"② 知其卒于清康熙六年(1667),由康熙六年逆推八十四年,得其生年为明万历十二年(1584)。

---

① 见《广州大典》集部别集类总第430册,广州出版社2015年版,第554页。
② 见《东莞历史文献丛书》第12册,广东人民出版社2017年版,第199—200页。

黎　许

　　黎许，字国倩。增城人。黎元熙次子。明神宗万历二十二年（1594）举人。有《白鹿洞稿》。康熙《增城县志》卷九有传。《全粤诗》卷五〇五收其诗，生卒年付阙。

　　韩上桂《韩忠愍公遗稿》卷六《同诸年友祭黎国倩文》有"丙申之冬，乃殒天命"之语，丙申为万历二十四年（1596），黎许卒于是年。其生年尚不可知。

黎彭龄

　　黎彭龄，字颛孙。番禺人。黎淳先次子。诸生。有《芙航集》。事见陈恭尹《番禺黎氏诗汇选》卷一。《全粤诗》卷七二〇收其诗，生卒年付阙。

　　黎遂球《莲须阁集》卷一八《颛孙芙航集序》："予生壬寅，颛孙生丁未，雁行相先后，盖予长六岁。"① 遂球生于明神宗万历三十年壬寅（1602），彭龄当生于万历三十六年戊申（1608）。卒年尚不可考。

---

① 见《四库禁毁书丛刊》集部第 183 册，北京出版社 2000 年版，第 247 页。

主要征引文献

(依文献首次引用的先后顺序排列)

[1] 朝鲜官府. 皇华集 [M]. //四库全书存目丛书编纂委员会. 四库全书存目丛书: 集部, 第301册. 济南: 齐鲁书社, 1997.

[2] 黎民表. 清泉精舍 [M]. //四库全书存目丛书编纂委员会. 四库全书存目丛书: 集部, 第304册. 济南: 齐鲁书社, 1997.

[3] 郭廷序. 循夫先生集 [M]. 明刻本. 1634 (崇祯七年).

[4] 陈一松. 玉简山堂集 [M]. 香港: 博士苑出版社, 2013.

[5] 李以龙. 寒窗感寓集 [M]. //沈乃文. 明别集丛刊: 第3辑, 第47册. 合肥: 黄山书社, 2015.

[6] 吴誉闻. 绿墅堂遗集 [M]. //陈建华, 曹淳亮: 广州大典: 总第428册. 广州: 广州出版社, 2015.

[7] 李元弼. 江皋小筑集 [M]. //四库全书存目丛书编纂委员会. 四库全书存目丛书: 集部, 第327册. 济南: 齐鲁书社, 1997.

[8] 屈大均. 广东文集 [M]. //陈建华, 曹淳亮. 广州大典: 总第489册. 广州: 广州出版社, 2015.

[9] 周光镐. 明农山堂汇草 [M]. //沈乃文. 明别集丛刊: 第3辑, 第88册. 合肥: 黄山书社, 2015.

[10] 区庆云. 定香楼全集 [M]. 桂林: 广西师范大学出版社, 2014.

[11] 朱完. 清晖稿 [M]. //陈建华, 曹淳亮. 广州大典: 总第428册. 广州: 广州出版社, 2015.

[12] 陈子壮. 秋痕 [M]. //陈建华, 曹淳亮. 广州大典: 总第431册. 广州: 广州出版社, 2015.

[13] 陈子壮. 陈文忠公遗集 [M]. //沈乃文. 明别集丛刊: 第3辑, 第67册. 合肥: 黄山书社, 2015.

[14] 何士域. 珠树堂集 [M]. //陈建华, 曹淳亮. 广州大典: 总第432册. 广州: 广州出版社, 2015.

[15] 何士埙. 泽月斋集 [M]. //陈建华, 曹淳亮. 广州大典: 总第432

册. 广州：广州出版社，2015.

[16] 李邦光. 少洲稿［M］.∥域外汉籍珍本文库编委会. 域外汉籍珍本文库：集部，第 5 辑，第 28 册. 北京：人民出版社，2015.

[17] 黎密. 黎缜之游稿［M］.∥陈建华，曹淳亮. 广州大典：总第 428 册. 广州：广州出版社，2015.

后　　记

这本书稿最初的文字形成于2016年。那时《全粤诗》已总共出版了19册，主要收录明代及明代以前的诗作。由于要研究明代东莞文人陈琏，我经常翻阅《全粤诗》以及杨宝霖先生整理的《琴轩集》，却发现杨先生所辑陈琏佚诗比《全粤诗》已收录的陈琏诗多出10余首。此外，我从各种别集、方志、地方总集中陆续发现陈琏佚诗12首，又根据陈琏所撰墓志考证了《全粤诗》中一些诗人的生卒年问题。由此，我逐渐开始了对《全粤诗》明代诗人部分的辑补工作。

辑补工作真正取得较大进展是在对明代岭南文献的普查之后。我以骆伟先生所编的《岭南文献综录》为基础，结合《四库系列丛书目录·索引》《中国古籍总目》《明别集版本志》等工具书，查阅《四库全书存目丛书》《广州大典》《明别集丛刊》《域外汉籍珍本文库》等大型丛书，最终形成了《明代岭南诗文别集目录》。将《目录》跟《全粤诗》比较，我发现《全粤诗》明代诗人部分失收别集、总集有10余种。如潮州诗人周光镐，《全粤诗》据地方总集、方志录其诗39首，而周光镐诗文别集《明农山堂汇草》收诗14卷近1300首；又如茂名诗人李邦光，著有《少洲稿》10卷，其中存诗7卷，有500余首，但《全粤诗》却未收其人其诗。

经过文献采集、标点、校勘、编排，最终呈现在大家面前的成果分为3个部分：《全粤诗·明代卷》已收作者补录、《全粤诗·明代卷》未收作者辑录、《全粤诗·明代卷》作者生卒考。共辑补诗歌4700余首，考订诗人生卒年60余条。

以上就是这部书稿的大致成书过程和结构。但正如《全粤诗》主编陈永正先生所说，《全粤诗》要做到真"全"几乎不可能。我也只是在自己视野范围内对《全粤诗》的完善做了一点努力。辑补工作远没有结束，有些别集仍待寻访，大量史部、子部图书仍需排查。只要时间允许，我还会把这项工作继续做下去。

书稿就要出版了，萦绕心间的除了惶恐还有感谢。衷心感谢一直帮助我的老师、朋友和亲人，没有他们，这部书稿不可能顺利完成。还要特别感谢评审专家的严格评审,感谢广东省哲学社会科学规划领导小组办公室的大力支持,使本书入选《广东哲学社会科学成果文库》得以出版。感谢中山大学出版社的叶枫编辑,他严谨细致的审稿,为拙作订正不少文字错漏。

由于各方面的原因,主要是个人学识的限制,本书不可避免地存在错漏和不足,有待日后补充和完善,恳请读者批评指正。

李国栋

2020 年 12 月 8 日